Über dieses Buch

Balzac, der Schöpfer des gewaltigen Romanwerkes »Die menschliche Komödie«, schrieb diese berühmten (und auch berüchtigten) Geschichten zwischen 1830 und 1850. Anknüpfend an mittelalterliche Schwankerzählungen entzündet sich Balzacs derbe Fabulierfreude an der Darstellung grotesker menschlicher Situationen. So entsteht ein Pandämonium menschlicher Sinnlichkeit ohne prüde Reflexion. Verglichen mit der Sexakrobatik, die moderne Autoren gelegentlich als »Befreiungsakt« vorführen, wirken Balzacs Geschichten ursprünglich und direkt; selbst die gewagtesten Szenen werden durch die Vitalität und epische Meisterschaft der Darstellung jeder Peinlichkeit entkleidet. Die Kunst triumphiert, indem sie das Menschlich-Allzumenschliche ins Zeitlose überhöht.

Die kongenialen Zeichnungen von Gustave Doré, vollständig übernommen, akzentuieren das Lesevergnügen auch optisch.

dtv-bibliothek

Literatur · Philosophie · Wissenschaft

Tolldrastische Geschichten

wie sie in den Abteien und Klöstern der Touraine gesammelt
und ans Licht gebracht der edle Herr

Honoré de Balzac

zu Ergötzen, Kurzweil und Erbauung aller
derer Pantagruelisten und mitnichten der Banausen
und griesgrämigen Sauertöpfe

Deutscher Taschenbuch Verlag

Vollständige Ausgabe, aus dem Französischen übertragen und mit einem Nachwort versehen von Walter Widmer, mit den gesamten Illustrationen von Gustave Doré zu der Ausgabe von 1855

Mai 1975
Deutscher Taschenbuch Verlag GmbH & Co., KG, München
Lizenzausgabe des Winkler Verlages, München
ISBN 3-538-05013-9
Umschlaggestaltung: Celestino Piatti unter Verwendung einer Zeichnung von Gustave Doré
Druck: Buchdruckerei C. Brügel & Sohn, Ansbach
Bindung: C. H. Beck'sche Buchdruckerei, Nördlingen
Printed in Germany · ISBN 3-423-01104-1

LES
CONTES
DROLATIQUES

DAS ERSTE ZEHNT

PROLOG

Hiernach bekommt ihr ein schwer verdauliches Buch vorgesetzt. Es steckt gerüttelt voll gepfefferter Späße, eigens gewürzt für jene hochgerühmten Gichtknoteriche und viellieben teuern Zecher, an welche sich unser preislicher Landsmann Franziskus Rabelais, Ruhm und Zier unserer wunderschönen Touraine, gewandt hat. So vermessen ist zwar der Verfasser nicht, Gott bewahre! daß er etwas anderes sein möchte als bloß ein wackerer Sohn der Touraine! Er maßt sich beileibe nicht an, mehr zu können und Besseres, als die saftigen Happen und riesigen Schlücke der weitherum berühmten Inwohner dieses üppigen, gottgesegneten Ländchens mit guter Laune und Freudseligkeit zu würzen, dieses Landstrichs, so reich gesegnet an Gehörnten, Hörnerheckenden und anderen Spaßvögeln wie keiner weit und breit, dieses heitern Himmelsstriches, der Frankreich so manchen vielberufenen Mann beschert hat: Courier zum Exempel, boshaften Angedenkens, oder Verville, den Verfasser des mutwilligen Büchelchens, betitelt: *Wie man's zu etwas bringt* . . . und noch andere gut angeschriebene Köpfe. Den Meister Cartesius aber lassen wir lieber unerwähnt, denn der war ein sauertöpfischer Griesgram und frönte lieber hirngespinstigen Grübeleien als dem Bechern und Schlemmen. Drum ist selbiger Trübsalbläser auch allen Zuckerbäckern und Garköchen zu Tours mit Fug und Recht ein Greuel; sie mögen ihn nicht leiden, wollen nichts von ihm wissen und geraten in hellen Zorn, wenn man seiner Erwähnung tut. »Wo wohnt der Gauch?« fragen sie und tun erstaunt, wenn sein Name einmal fällt.

Dies Buch nun ist der Niederschlag stillvergnügter Stunden unserer guten alten Mönchlein, von denen noch mancherlei Spuren rings im Lande erhalten sind, so beispielsweis nächst Saint-Cyr in der Grenadière oder im Flecken Sacché-lez-Azay-le-Ridel, in Marmoustiers, Veretz, La Roche-Corbon und in andern Typotheken trefflicher Schwänke und Geschichten, als da sind uralte Domherren und hochehrbare Frauen, die noch die gute alte Zeit erlebt haben, wo man einen Spaß verstand und aus vollem Herzen lachen konnte, ohne alleweil ängstlich niederzuschielen, ob einem nicht am Ende bei jedem herzhaften Gelächter ein Rößlein oder ein paar muntere Fohlen zwischen den Rippen hervorgesprungen kämen. Denn so treiben's heutigentags die jungen Weiber: sie möchten sich ganz feierlich und ernst vergnügen, und solches steht unserm fröhlichen Frankreich so übel an wie etwa ein Öltopf dem gesalbten Haupt einer Königin.

Und weil das Lachen ein Vorrecht ist, das einzig dem Menschen verliehen ward, und weil überdies bei diesen Zeitläuften mit ihren politischen Freiheiten Grund genug zum Weinen vorliegt, ohne daß wir mit unsern Büchern weitern Anlaß zum Tränenvergießen zu schaffen brauchten, so erachtete ich's für eine verteufelt vaterländische Tat, meinen Lesern einen Korb voll frischfröhlicher Schnurrpfeifereien und Possen vor-

zusetzen. Ist ja auch die Zeit danach. Wie ein feiner Nieselregen legt sich die Langeweile auf die Welt, durchnäßt und kühlt uns ab bis auf die Knochen, weicht unsre althergebrachten Sitten und Bräuche auf und zersetzt sie, die vormals alle öffentlichen Geschehnisse für den Großteil der Bürger zu einem Heidenspaß und einer höchst vergnüglichen Angelegenheit machten. Doch sind sie schon nahezu ausgestorben, die alten Pantagruelisten, die wackern Lebenskünstler, die den lieben Gott und ihren König schalten und walten ließen und ihnen nicht mehr als nötig ins Handwerk pfuschten. Sie waren vollauf zufrieden, wenn es etwas zu lachen gab. Jetzt sind ihrer nur noch wenige, und sie sterben tagtäglich dahin wie die Fliegen, so daß mir angst und bange wird, ich müsse es noch erleben, wie man diese ehrenwerten Überbleibsel solcher alten Breviere bespeit, bescheißt, verunglimpft und verunziert, und das wäre mir gar nicht gleich, zumal ich einen ausbündigen Respekt vor den ehrwürdigen Trümmern unserer heimischen Altertümer hege.

Denkt auch daran, ihr verbissenen Krittler, ihr Wortklauber und Schmutzvögel, die ihr eines jeglichen Absichten und Ansichten mit euerem Unrat besudelt: Wir können nur lachen, solange wir jung sind, und je länger wir leben, um so gründlicher vergeht uns das Lachen, wie das Öl in einer Funzel mählich versiegt. Das will heißen, daß man unschuldig und reinen Herzens sein muß, um lachen zu können. Und dieweil ihr's nicht mehr seid, schürzt ihr verächtlich eure Lippen, kaut und schmatzt und runzelt die Brauen wie Leute, die allerhand Laster und Unflat zu verbergen haben. So nehmt denn also dies Buch wie eine Marmorgruppe oder ein Bild aus Stein, an welchen der Künstler gewisse augenfällige Teile auch nicht weglassen darf noch kann, und er wäre, bei Gott, ein zweiundzwanzigkarätiger ausgewachsener Esel, wollte er an ihrer Statt Feigenblätter und derlei Firlefanz anbringen. Sind doch solche Bildwerke wie auch dies Buch keinesfalls für Nonnenklöster und Jungfernkränzchen bestimmt. Immerhin habe ich mich redlich abgemüht, in den alten Pergamenten, wennschon mit großem Widerstreben, alle alten Ausdrücke auszumerzen, welche kraft ihrer saftigen Jugend zarte Ohren hätten verletzen, empfindliche Augen verwirren und blasse Wänglein rot anlaufen lassen können. Desgleichen habe ich sämtliche Wörter ausgestrichen, ob welchen gewisse hosentragende Jungfern und mit dreien Liebhabern gesegnete Tugendboldinnen die Lippen hätten kräuseln können. Denn man soll auch für die Laster seiner Zeitgenossen etwas tun, und verhüllende Umschreibungen kitzeln ja stets weit mehr als unverblümte Worte! Fürwahr, wir sind alt geworden und finden größern Spaß und mehr Geschmack an lang ausgesponnenen, nichtigen Tändeleien als an den kurz abgefertigten Narrenstreichen unserer Jugend, zumal wir jetzt länger daran zu zehren haben.

So geht denn glimpflich mit mir um und fallt nicht gar zu bissig und gehässig über mich her. Lest dies Büchlein lieber nachts als am hellen Tage. Und gebt es um des Himmels willen keinem Jüngferchen in die Hand – wenn es die überhaupt noch gibt –, denn sonst könnte am Ende noch das Buch Feuer fangen. Um mich ist mir nicht bange. Mich laßt füglich aus dem Spiel. Aber für dies Buch bin ich getrost, hat es doch denselben Ursprung wie so manch andere köstliche Dinge. Hocherlaucht und vornehm ist der Ort, wo sie herstammen, und alles, was von dort kommt, hat sich die Welt im Flug erobert, wie es die königlichen Orden vom Goldnen Vlies und vom Heiligen Geist wie auch der Hosenband- und Bad-Orden wohl beweisen, nebst soviel andern trefflichen Einrichtungen, die ihren Ursprung vom selben Ort herleiten. Unter deren Schutz und Schirm stelle ich mich.

So ergötzt euch denn dran, meine viellieben Leser, lest alles, was darin steht, heiteren Sinnes, möge es euch wohltun an Leib und Lenden, und der leibhaftige Gottseibeiuns hole euch, wenn ihr mich gelesen habt und hernach verleugnet. Diese Worte hat unser wackerer Meister Rabelais gesprochen, vor dem wir allesamt in Ehrfurcht unsern Hut lüften. Denn er ist unser aller Fürst, unser Vorbild an Weisheit und übermütigem Spott.

DIE SCHÖNE IMPERIA

Der Erzbischof von Bordeaux hatte auf seiner Reise zum Konzil von Konstanz in seinem Gefolge ein bildhübsches kleines Pfäfflein, ein Kind der Touraine. Alles, was dieses anmutige Priesterlein tat und sagte, war so zierlich und einnehmend, daß alle Welt darob staunte, und so galt er denn auch allgemein für einen Sohn der weitberühmten Soldea und des Statthalters. Der Erzbischof von Tours hatte ihn seinem Amtsbruder auf der Durchreise in seiner Stadt willig abgetreten, denn Erzbischöfe haben die Gepflogenheit, einander derlei Angebinde zu machen, wissen sie doch recht wohl, wie kitzlig so ein gottgelahrtes Jucken sein kann. Also kam nun dieses Priesterlein zum Konzil und fand im Hause eines Prälaten Unterkunft, der ein Mann war von vorbildlichem Lebenswandel und hoher Weisheit.

Philipp von Mala – so hieß der Pfaffe – nahm sich vor, seinem Gönner nach Kräften zu dienen und sich bei ihm lieb Kind zu machen. Doch mußte er mit ansehn, wie bei diesem neunmalweisen Konzil manche Leute ein liederliches Lotterleben führten und deswegen nicht etwa weniger, sondern noch viel ausgiebiger Ablässe, Golddukaten, Pfründen und Ämter einheimsen konnten als manch andere, die sich ehrbar und wohlgesittet aufführten.

Da geschah es in einer Nacht, die seiner Tugendhaftigkeit arg zusetzte, daß der Teufel ihm ins Ohr raunte und ihm

zuredete, er solle sich doch ebenfalls Vorräte körbeweise anlegen, sintemal ein jeder aus dem Schoße unsrer heiligen Nährmutter, der Kirche, schöpfe, ohne daß der jemals versiege. Solch ein Wunder sei wohl dazu angetan, Gottes Allgegenwart zu beweisen.

Das Pfäfflein aus der Touraine tat, wie ihm der Teufel eingeflüstert hatte. Er nahm sich vor, zu schlemmen und zu prassen, sich kopfüber in die Gar- und Bratküchen zu stürzen mitsamt ihren fetten deutschen Tunken und Brühen, wenn er's umsonst und ohne Unkosten tun konnte, denn er war arm wie eine Kirchenmaus. Und da er äußerst enthaltsam lebte und sich darin seinen alten Erzbischof zum Vorbilde nahm, der notgedrungen nicht mehr sündigte und deswegen im Geruch der Heiligkeit stand, so geriet er oftmals in unerträgliche Anfechtungen, und zufolge solcher Versuchungen litt er große Not an seiner Seele angesichts der Unzahl von bildschönen und prachtvoll aufgeputzten Buhlerinnen, die armen Schluckern eiskalt und mit ungerührter Gleichgültigkeit begegneten. Konstanz wimmelte von solchen Weibern, die allesamt hingekommen waren, den Konzilsvätern Sinn und Verstand zu erleuchten. Das arme Pfäfflein wurde halb toll, weil er nicht wußte, wie er sich an diese galanten Elstern

heranmachen sollte, die mit den Kardinälen, Äbten, Großrichtern, Legaten, Bischöfen, Fürsten, Herzögen und Markgrafen ebensowenig Federlesens machten wie mit blutarmen Pfäfflein, die weder Heller noch Pfennig herausrücken konnten. Des Abends, wenn er seine Gebete verrichtete, übte er sich darin, lange Zwiesprache mit ihnen zu halten, und legte sich das wundersame Liebesbrevier mit seinem Frage- und Antwortspiel zurecht, damit es ihm auf alle Fälle geläufig sei. Und lief er dann anderntags um die Vesperstunde einer von diesen Prinzessinnen in den Weg, die sich füllig und hoffärtig in ihrer Sänfte spreizte, von schwerbewaffneten Reisigen und Edelknaben geleitet und beschützt, so blieb er mit weit offenem Maule stehen wie ein Hund, der Fliegen schnappt, so sehr schüchterte ihn ihr frisches, keckes Lärvchen ein, ob es ihn schon von Kopf bis Fuß in Gluthitze tauchte.

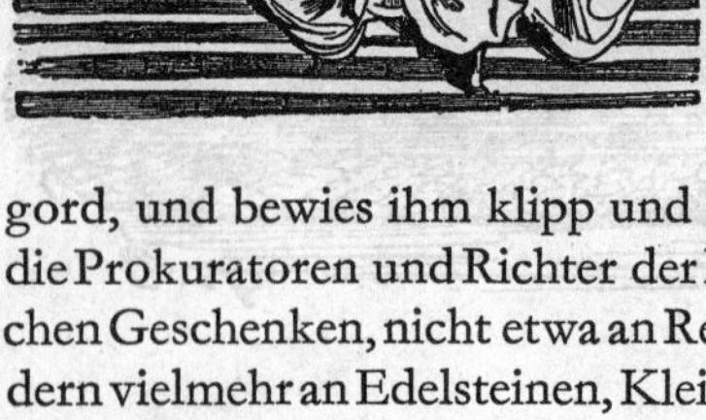

Da belehrte ihn einmal der Geheimschreiber des hochwürdigen Herrn, ein Edelmann aus Périgord, und bewies ihm klipp und klar, die Väter der Kirche, die Prokuratoren und Richter der Rota erkauften sich mit reichen Geschenken, nicht etwa an Reliquien und Ablässen, sondern vielmehr an Edelsteinen, Kleinoden und Gold, die Gunst vertraulichen Umgangs mit den erlauchtesten unter diesen umschmeichelten Kätzchen, die sich da im Schutz und Schirm der Konzilsgewaltigen sonnten. Und fortan sammelte der arme

Touraner, so einfältigen Gemütes und unerfahren er war, in seinem Strohsack einen Schatz von Silberlingen, an, die ihm der gute Erzbischof für Schreibereien aller Art verehrt hatte, und er lebte der Hoffnung, eines Tages besitze er genug, um das Liebchen eines Kardinals für ein Weilchen aus nächster Nähe besehen zu können. Was dann weiterhin geschehen mochte, das stellte er dem lieben Gott anheim. Nun war er freilich vom Scheitel bis zur Sohle so schäbig und unansehnlich gewandet, daß er einem Manne so wenig ähnlich sah wie etwa eine Ziege, wenn man ihr eine Nachthaube aufsetzt, einem edeln Fräulein. Aber von seinem Verlangen unwiderstehlich umgetrieben, strich er des Abends durch die Straßen und Gäßlein von Konstanz, unbekümmert um Leib und Leben. Und wenn er auch tausendmal Gefahr lief, daß ihm ein Landsknecht fast seinen Spieß in den Bauch rannte, so ließ er gleichwohl nicht ab, den Kardinälen aufzulauern, wenn sie sich zu ihren Beischläferinnen begaben. Dann sah er, wie sogleich drinnen in den Häusern die Wachslichter angesteckt wurden, und Türen und Fenster leuchteten hell im Kerzenschein. Er hörte, wie die gottgefälligen Äbte und übrigen geistlichen Herren

sich vergnügten und wacker becherten, vom Allerbesten zechten und verliebt das heimliche Halleluja anstimmten, ohne sich viel um die Musik zu scheren, die man ihnen dazu aufspielte. Die Küchen vollbrachten wahre Wunder, und nun zelebrierten die Gottesdiener ihre Messen mit Riesentöpfen voller fetter, kräftespendender Brühen, die

Metten läuteten sie mit zarten feisten Schinken ein, die Vesper feierten sie mit leckeren Happen, und die Lauden sangen sie mit Zuckerwerk und mancherlei süßen Speisen . . . Und hatten die wackeren Pfaffen dann üppig getafelt und gezecht, so herrschte mit einmal andächtige Stille. Ihre Pagen hockten derweil auf den Stiegen und vertrieben sich die Zeit mit Knobeln und Würfelspiel, und die störrischen Maultiere standen auf der Straße und teilten einander zur Kurzweil Huftritte aus. So ging alles zum besten. Freilich gab es dazumal noch echten Glauben und wahre Frömmigkeit, und darum wurde ja auch der Biedermann Hus verbrannt! Und aus welchem Grunde? Ei, langte er nicht ungeladen mit seinen Fingern mit in die Schüssel? Und wozu mußte er auch ein Hugenott sein, noch ehe es Hugenotten überhaupt gab?

Doch kommen wir auf unsern kleinen allerliebsten Philipp zurück. Er steckte dabei oft weidlich Püffe ein und bekam manch tüchtigen Hieb ab. Doch der Teufel stand ihm zur Seite und sprach ihm Mut zu. Immer aufs neue flüsterte er ihm ein, früher oder später komme auch noch an ihn die Reihe, daß er Kardinal werde, wenigstens bei einem von diesen Kardinalsschätzchen. Sein ungestümes Verlangen machte ihn tollkühn gleich einem Hirsch im Spätjahr, und so dreist und verwegen wurde er, daß er sich eines Abends in das schönste Haus von Konstanz einschlich und beim Trittstein Aufstellung nahm, von wo er des öftern schon die Bedienten, Mundschenken, Knechte und Edelknappen beobachtet hatte, wenn sie mit Kienfackeln auf ihre Herren, die Herzöge, Könige, Kardinäle und Erzbischöfe, warteten.

»Ach weh!« seufzte er schwer, »wie muß dieses Weib schön und liebeserfahren sein! . . .«

Ein bis an die Zähne bewaffneter Landsknecht ließ ihn vorbei, denn er meinte, das Pfäfflein gehöre zum Gefolge des Kurfürsten von Bayern, der gerade das Haus verließ, und habe eine Botschaft des besagten Fürsten auszurichten. Philipp von Mala stieg flink wie ein liebestoller Windhund die Treppe hinan und ward von köstlichen Düften zur Kammer geleitet, wo die Herrin des Hauses mit ihren Frauen saß und – dieweil sie angeregt mitsammen plauderten – ihren Putz und ihr ganzes Geschmeide ablegte. Da blieb er sprachlos und völlig verdattert stehn wie ein Dieb, der unvermutet seinen Häschern gegenübersteht.

Die schöne Frau saß im Hemdchen und ohne Haube da. Eben waren die Kammerfrauen und Mägde damit beschäftigt,

ihr das Schuhwerk und die Gewänder auszuziehn, und nun enthüllten sie ihren lieblichen Leib in strahlender Nacktheit, so flink und ohne Scheu, daß das arme Pfäfflein glutrot anlief und ein leises, gelüstiges Ah! seinem Mund entfuhr. Seine ganze staunende Liebe sprach aus diesem Stoßseufzer.

»Und wonach steht denn Euer Begehr, Kleiner?« fragte ihn die Dame.

»Euch meine Seele darzubringen!« versetzte er darauf und verschlang sie mit den Augen.

»Dann könnt Ihr morgen wieder vorbeikommen«, erwiderte sie spöttisch, um ihn zu foppen.

Darauf gab ihr Philipp, der bis hinter beide Ohren errötet war, artig zur Antwort: »Ich werde nicht verfehlen, wieder vorzusprechen.«

Als sie das hörte, mußte sie vor soviel holder Ahnungslosigkeit schallend herauslachen, als wäre sie närrisch geworden. Philipp blieb wie angewurzelt stehen, verdutzt zwar und ein wenig stutzig geworden, aber dennoch vergnügt und frohen Mutes, und starrte sie mit einem Paar Augen an, aus denen er verliebte Glutblicke auf ihre holdseligen Reize schoß, die ihm unverhüllt dargeboten wurden. Ihr üppiges Haar floß in reichen Flechten über den elfenbeinblanken Rücken nieder, und zwischen den prachtvollen Locken hindurch blitzte und leuchtete es schneeweiß und verheißungsvoll. Mitten auf ihrer lichten Stirn funkelte ein Ballasrubin, doch strahlte er bei weitem nicht so hell wie ihre tiefschwarzen Augen, in denen vom übermütigen Lachen helle Tränen schimmerten. Sie warf sogar ihren Schnabelschuh, der über und über vergoldet war wie ein Reliquienschrein, weit von sich in die Kammer, so wand und bog sie sich vor mutwilligem Lachen, und man sah ihre zierlichen bloßen Füßchen, die kaum größer waren als eines Schwanes Schnabel.

Sie war diesen Abend zufällig guter Laune und zum Scherzen aufgelegt, sonst hätte sie den tonsurierten Knirps, ohne viel Federlesens zu machen, kurzerhand zum Fenster hinauswerfen lassen und sich um ihn nicht mehr Gedanken gemacht als um ihren ersten Bischof.

»Schöne Augen hat er, Herrin«, meinte eine der Mägde.

»Wo hat er denn bisher gesteckt?« fragte eine andere.

»Das arme Bübchen!« spottete ihre Herrin. »Seine Mutter sucht ihn vielleicht! Wir müssen ihn wieder auf den rechten Weg zurückführen.«

Doch der Touraner ließ sich nicht aus der Fassung bringen. Mit einem verzückten Augenaufschlag schaute er zu dem goldbrokatenen Bett hinüber, auf dessen schwellenden Pfühlen der schöne Leib der Buhlerin ruhen sollte. Dieser heimlich verstohlene Blick, voll Saft und geladen mit verliebtem Einverständnis, kitzelte die holde Frau in tiefster Seele, und halb lachend, halb schon in den herzigen Schelm verliebt, sagte sie abermals: »Morgen!« und entließ ihn hernach mit einem Wink, dem sogar der Papst Johann höchstselbst augenblicks Folge geleistet hätte. Freilich war der auch sozusagen eine Schnecke ohne Häuschen, denn das Konzil hatte ihn gerade entpapstet.

»Ach, Herrin, schon wieder habt Ihr da ein Keuschheitsgelübde in sündiges Verlangen gekehrt«, meinte eine der Kammerfrauen.

Und erneut brach hageldicht das Gekicher und prustende Gelächter los. Philipp aber ging ganz benommen fort und stieß mit dem Kopf überall gegen die Wände wie eine blinde Krähe. So verwirrt war er vom Anblick des holdseligen Weibes, denn sie war schöner und begehrenswerter als eine Sirene, wenn sie den Fluten entsteigt ... Er merkte sich die Tierbilder, die überm Haustor eingehauen waren, und kehrte zu seinem Erzbischof zurück, dieweil tausend und aber tausend Legionen Teufelchen in seinem Kopf und Herzen ihr Unwesen trieben und sein Gemüt gänzlich verstört war. In seiner Kammer angekommen, zählte er die liebe lange Nacht in einem fort seine Silberlinge, brachte aber, sooft er sie auch zählen mochte, nie mehr denn ihrer viere zusammen. Und da dies nun all sein Hab und Gut war, das er auf Erden besaß, dachte er, die schöne Frau werde sich wohl damit zufriedengeben, da es doch sein ganzer irdischer Besitz war.

»Wo fehlt's Euch denn, Philipp?« fragte ihn der gute Erzbischof, den die sichtbare Unrast und das verstohlene Geseufze seines Schreibers ängsteten.

»Ach, gnädigster Herr«, gab ihm der arme Priester zur Antwort, »mich wundert, wieso eine so leichte und holde Frau unsereinem so schwer auf dem Herzen liegen kann . . .«

»Was denn für eine Frau?« fragte nun der Erzbischof und legte sein Brevier beiseite, das er für die andern las, der gute Mann.

»Ach, Herr Jesus, du mein lieber Heiland!« jammerte das Pfäfflein, »gewiß werdet Ihr mich verfluchen, mein guter Herr und Gönner, denn ich habe eine gesehen, die war zumindest die Buhle eines Kardinals . . . Und ich mußte bitterlich weinen, da ich sah, daß mir noch mehr denn nur ein lumpiges Talerstück fehlt, um sie zu bekommen, gesetzt sogar, Ihr ließet mich sie zum Heil bekehren . . .«

Da zog der Erzbischof den Circumflex kraus, den er über der Nase trug, sprach aber kein Wort, so daß der demütige Priester in seiner Haut schlotterte und es ihn bitter gereute, daß er seinem Obern so vorlaut gebeichtet hatte. Doch da sprach der heilige Mann mit einmal: »Sag, ist sie denn so teuer?«

»Ach«, seufzte der liebeskranke Jüngling, »sie hat schon so manche Mitra um ihren Glanz gebracht und ungezählte Krummstäbe geknickt!«

»Hör zu, Philipp«, sprach nun der Erzbischof, »wenn du auf sie verzichten willst, schenke ich dir dreißig Engelsgulden aus dem Armenschatz.«

»Ach weh, gnädigster Herr, dabei käme ich gar zu kurz!« versetzte der Racker, dem bereits der Mund nach dem leckern Mahle wässerte, das er sich versprach.

»Oho, Philipp«, zürnte der wohlmeinende Kirchenfürst, »du willst also in die Hölle kommen und Gottes Mißfallen erregen wie alle unsre Kardinäle?«

Und in tiefem Schmerz warf sich der fromme Seelenhirt auf die Knie und betete zu Sankt Gatian, dem Schutzpatron der Keuschlinge, er möge seinen Diener erretten. Dann hieß er ihn gleichfalls niederknien und gebot ihm, sich auch dem heiligen Philipp anzubefehlen. Doch der gottverflixte Pfaffe flehte heimlich den Heiligen an, er möge ihn davor bewahren, in der morgigen Nacht, wenn ihn seine Herzallerliebste in

Gnad und Barmherzigkeit aufnehme, zu versagen, sondern ihm helfen, seinen Mann zu stellen und in Ehren zu bestehen. Der gute Erzbischof sah, wie inbrünstig sein Diener betete, und rief ihm zu: »Kopf hoch, Kleiner! Der Himmel wird dich erhören!«

Anderntags, als sein Herr im Konzil wider das schamlose Gebaren der unheiligen Apostel der Christenheit eiferte, gab Philipp von Mala seine sauer verdienten Taler für duftende Wässerlein, Schwitzbäder, Wannen-, Voll- und Fußbäder aus und für andern solchen Schnickschnack und Firlefanz. Und er salbte und schniegelte sich, daß ihn ein jeder hätte für den Herzallerliebsten einer liebestüchtigen leichtfertigen Dame halten können. Danach lief er stadtauf, stadtab und suchte das Haus seiner Herzenskönigin wieder auszuforschen, und als er es dann gefunden hatte und die Leute, die vorbeigingen, fragte, wem denn dies Haus zu eigen sei, da lachten sie ihm ins Gesicht und spotteten: »Wo kommt denn das Rotzbübchen her, daß es nicht einmal weiß, wer die schöne Imperia ist?«

Da packte ihn die schiere Angst, er habe am Ende seine blanken Taler für den Teufel ausgegeben, denn aus dem Namen ersah er, in welch schaurige Fallgrube er sich da hineinbegeben hatte.

Imperia war berühmt und bekannt als die launenhafteste und hoffärtigste Weibsperson, so weit die Erde reichte, und obendrein galt sie für die schönste und sinnebetörendste Frau auf der ganzen weiten Welt. Es hieß, sie verstehe es wie keine andere sonst, die Kardinäle um den Finger zu wickeln und die rauhesten Landsknechte und Volksschinder zu kirren und lammfromm zu machen.

Als Leibwache hielt sie sich eine Schar tapferer, todesmutiger Hauptleute, Bogner und edler Herren, die jederzeit bereit waren, ihr in allen Dingen zu dienen. Sie brauchte nur ein Wörtlein zu hauchen, und sie brachten fein sänftiglich einen jeden ums Leben, der auch nur zu mucksen oder die Nase zu rümpfen wagte. Einen Mann ins bessere Jenseits zu befördern kostete sie nicht mehr denn ein huldvolles Lächeln, und manchesmal ließ ein Herr von Baudricourt, ein königlicher Gardehauptmann und streitbarer Haudegen, bei ihr anfragen, ob es nicht vielleicht am heutigen Tag irgendeinen Gauch umzubringen gebe ihr zuliebe und aus barem Spott wider die Äbte und Prälaten. Ausgenommen die höchsten Würdenträger des Klerus, in deren Gegenwart Frau Imperia ihr Lachen fein abzustimmen wußte, führte sie die Mannsleute, geistliche wie weltliche, samt und sonders am Gängelband kraft ihres anmutigen und klugen Plauderns und vornehmlich ihrer erprobten Liebeskünste, worin sich auch die tugendsamsten und unzugänglichsten der Herrn fingen wie Vögel an der Leimrute. So führte sie denn ein Leben, vielgeliebt und hochgeachtet wie die wahren Damen und Prinzessinnen, und man redete sie mit Madame an. Und da einstmals eine ahnenstolze und tugendhafte Frau beim Kaiser Sigismund darüber Klage führte, erwiderte ihr der gute Herrscher: Sie, die ehrbaren Damen, möchten auch fürderhin die Hüterinnen wahrer Tugend und kluger Sittsamkeit bleiben, Madame Imperia aber in den süßen Irrungen der Göttin Venus verharren. Und über solche wahrhaft christlichen Worte entrüsteten

sich die Damen und nahmen groß Ärgernis daran, ganz zu Unrecht.

Dem holden Philipp nun, der immerfort an die Augenweide und den köstlichen Vorschmack denken mußte, den er tags zuvor genossen hatte, schwante, es möchte wohl dabei sein Bewenden haben. Das drückte ihm beinahe das Herz ab, und er strich durch die Stadt, dachte nicht an Essen noch Trinken, sondern harrte der Stunde um so zuversichtlicher, als er sich schmuck und galant genug dünkte, um notfalls andere Buhlerinnen zu finden, die minder widerborstig und zugänglicher sein mochten als Madame Imperia.

Als die Nacht hereingebrochen war, schlich der hübsche Touranerbengel stolzgeschwellt, hellwach von seinen Gelüsten und vorwärtsgepeitscht von seinen Seufzern, die ihn fast erstickten, aalglatt in die Behausung der wahren Königin des Konzils. Denn vor ihr beugten sich alle Autoritäten, die Wissenschaften, Würden und Ämter insgesamt der ganzen Christenheit. Der Haushofmeister, der ihn nicht wiedererkannte, machte gerade Miene, ihn vor die Tür zu stellen, da rief ein Kammerzöfchen von oben die Stiege herab: »Ei, Herr Imbert, das ist doch der kleine Schatz unserer gnädigen Frau!«

Daraufhin stieg der arme Philipp glutrot und selig wie eine Brautnacht die Wendeltreppe empor und stolperte vor Glück und wonnigem Behagen ein Mal übers andere. Die Kammerjungfer faßte ihn bei der Hand und führte ihn in den Saal, wo bereits Madame, nur leicht bekleidet, wie sich's für eine beherzte Frau geziemt, die besserer Dinge gewärtig ist, voll Ungeduld seiner harrte. Die schöne Imperia saß vor einem Tisch, der mit einem samtenen, golddurchwirkten Tafeltuch gedeckt war, und darauf prangte alles, was zu einem erlesenen Mahl gehörte: Flaschen voll Wein, schwappvolle Humpen, Kannen gefüllt mit Würzwein, Krüge mit edelm Zyperwein, Schalen und Schüsseln getürmt voller Leckereien, mit gebratenen Pfauen, grüner Kaperntunke, kleinen geräucherten Schinklein, waren in Hülle und Fülle aufgetischt; und alles dies hätte wohl das Auge des verliebten Bürschleins erfreuen können, wäre er nicht in die schöne Frau

Imperia so verliebt gewesen. Sie sah recht wohl, daß das Pfäffchen keinen Blick mehr von ihr wenden konnte. Und war sie schon an die scheinheiligen Augenaufschläge der geistlichen Männer gewöhnt, so ging's ihr diesmal doch wonnig

ein, denn sie hatte sich nächtlicherweile in den armen Kleinen bis über die Ohren verliebt, und er war ihr den ganzen Tag im Herzen und im Kopf herumgegangen. Die Fenster waren geschlossen, und die holde Frau war höchst aufgeräumt und strahlender Laune, dazu geputzt, als gelte es, einen gefürsteten Herrn des Heiligen Römischen Reiches zu empfangen. Ebendarum dämmerte es auch dem Schlingel, der sich angesichts Imperias Schönheit im siebenten Himmel fühlte, daß heute abend kein Kaiser, kein Burggraf und nicht einmal ein Kardinal, und wäre er auch drauf und dran, zum Papst gewählt zu werden, ihm, dem bettelarmen Pfäfflein, werde den Rang ablaufen können, obschon er in seinem Säckel nichts barg außer dem Teufel und seiner Liebe. So spielte er sich denn als großer Herr auf, warf sich in die Brust und verneigte sich vor ihr mit zierlicher Anmut, die sich gar nicht täppisch ausnahm. Und die schöne Frau erwiderte seine artige Verbeugung sogleich mit einem zärtlichen Blick und sprach zu ihm: »Kommt, setzt Euch hierher, auf daß ich sehen kann, ob Ihr Euch seit gestern verändert habt.«

»Ach, ja . . .« versetzte er darauf.

»Und wie kommt das?« fragte sie.

»Gestern«, gab ihr der Racker zur Antwort, »gestern liebte ich Euch . . . Jetzt aber, heute abend, lieben wir beide einander. Und nun bin ich aus einem armen Hungerleider zu einem reichen Mann geworden, der sich wohl mit Königen messen darf!«

»Ei, ei, Kleiner, mein Kleiner!« rief sie fröhlich, »ja gewiß bist du ein anderer geworden, denn aus einem milchbärtigen Pfäfflein hast du dich in einen alten durchtriebenen Teufel verwandelt!«

Sie rückten nahe zusammen vors Kaminfeuer, das wohlige Wärme ausströmte und im ganzen Gemach überallhin auch ihre selige Trunkenheit verbreitete. Nach wie vor war es ihnen nicht ums Essen und Trinken zu tun, denn sie dachten nur daran, sich mit den Augen zu schnäbeln, und die Schüsseln blieben unberührt.

Als sie sich's endlich so recht wohl sein lassen und den Himmel auf Erden erleben wollten, erhob sich mit einmal draußen ein wüstes Gelärm, das sich anhörte, als rauften sich vor der Tür Leute mit lautem Geschrei.

»Herrin«, sagte die Kammerfrau, die eilends hereinkam, »nun geht alles verquer!«

»Was ist denn los?« herrschte Imperia sie hochfahrend an wie ein Tyrann, der in seiner Kurzweil gestört wird.

»Der Bischof von Chur wünscht Euch zu sprechen . . .«

»Der Teufel soll ihn striegeln!« schnob sie und warf Philipp einen verliebten Blick zu.

»Herrin, er hat Licht durch die Türspalte schimmern sehen, und jetzt schlägt er einen Höllenkrach . . .«

»Sag ihm, ich habe das Fieber, und das ist nicht die Spur gelogen, denn ich bin ganz krank vor Verlangen nach diesem Priesterbübchen, das mir im Hirn strampelt.«

Doch just, als sie diese Worte zu Ende sprach und dabei inbrünstig Philipps Hand drückte, dem es in seiner Haut

siedendheiß war, siehe, da ging die Tür auf, und herein kam der dicke Bischof von Chur, wutschnaubend und keuchend vor Atemnot. Hinter ihm traten seine baumlangen Bedienten ins Zimmer. Sie trugen auf einer Schüssel aus lötigem Gold eine wahrhaft kanonische Lachsforelle, frisch aus dem Rhein gezogen, dazu köstliche Gewürze auf prachtvollen Schalen und tausenderlei Leckerbissen und Naschwerk, Liköre und eingemachte Früchte, die für ihn hochheilige und gottgefällige Nonnen in seinen Abteien und Klöstern zubereitet hatten.

»Ha!« grölte er mit seiner polternden Stimme, »ich habe noch eine gute Weile Zeit, mich mit dem Teufel einzulassen, ohne daß Ihr mich schon im voraus von ihm schinden lasset, mein schönes Kind . . .«

»Euer Wanst wird eines Tages eine treffliche Degenscheide abgeben! . . .« tat sie ihm Bescheid und runzelte die Brauen, die, eben noch so schön und anmutig, jetzt böse dräuten, daß einem schon das Schlottern ankommen konnte.

»Was will dieses Chorbübchen? Etwa schon Opfer auf Eurem Altar darbringen?« fragte unverschämt der Bischof und wandte sein feistes, puterrotes Gesicht dem artigen Philipp zu.

»Hochwürdigster Herr, ich bin hier, um der gnädigen Frau die Beichte zu hören.«

»Schau, schau! Kennst du das kanonische Gesetz so schlecht? . . . Den Damen um diese nachtschlafende Stunde die Beichte abzunehmen ist ein Recht, das ausschließlich den Bischöfen vorbehalten bleibt... Scher dich zu allen Teufeln, will sagen: geh mit den einfältigen Mönchen zur Weide und komm mir nimmermehr hierher zurück, bei Strafe der Exkommunikation!«

»Rührt Euch nicht von der Stelle!« schrie da zornflammend die schöne Imperia, und in ihrem Zorn war sie noch schöner als zuvor in ihrer Liebe, dieweil nun Zorn und Liebe zugleich in ihr loderten. »Bleibt hier, mein Liebster, Ihr seid hier zu Hause!...«

Da erst erkannte er für gewiß, daß er der einzig wahrhaft Herzgeliebte war.

»Heißt es nicht in der Bibel und lehrt nicht das Evangelium, daß ihr werdet alle gleich sein vor Gott im Tale Josaphat?« fragte sie den Bischof.

»Eine Erfindung des Teufels ist's, der die Heilige Schrift verpanscht hat. Aber geschrieben steht es«, setzte der rüpelhafte Bischof von Chur hinzu, denn er konnte es kaum erwarten, daß man zu Tische ging.

»Wohlan, so seid denn auch vor mir gleich, die ich hienieden eure Göttin bin«, hob Imperia wieder an zu sprechen. Und zum Bischof gewendet, setzte sie hinzu: »Sonst könnte ich Euch eines Tages zwischen Kopf und Schultern fein säuberlich erdrosseln lassen! Das schwöre ich bei der Allmacht meiner Tonsur, die wohl des Heiligen Vaters Tonsur wert ist!«

Und da ihr der Mund nach der Forelle wässerte und auch die Schüsseln und die Schalen und desgleichen die Leckereien darinnen gar verlockend waren, lenkte sie gewandt ein und sprach: »Setzt Euch zu uns und trinkt mit.«

Dabei zwinkerte aber das durchtriebene Weib, die ja solchen Mummenschanz und Trug nicht zum erstenmal ins Werk setzte, ihrem Herzallerliebsten zu und bedeutete ihm, er brauche sich um diesen deutschen Tölpel keine Sorgen zu machen, denn er werde sich binnen kurzem schon untern Tisch gesoffen haben.

Die Kammerfrau nötigte den Bischof zu Tisch und machte es ihm bequem, während Philipp stumm wie ein Stockfisch dasaß, so raste es in seinem Innern, als er sah, wie sein Glück in Rauch und Dunst aufging, und er wünschte dem erzbischöflichen Störenfried mehr Teufel auf den Hals, als es Mönche gibt auf dem weiten Erdenrund. Sie hatten bereits seit einer Weile das halbe Mahl hinter sich gebracht, und immer noch hatte das Pfäfflein keinen Bissen angerührt, denn es hungerte ihn einzig nach Imperia, an welche er sich hinkuschelte, ohne ein Wort zu sprechen. Dafür redete er um so deutlicher in jener andern Sprache, welche die Damen auch ohne Punkt, Komma, Akzente, Buchstaben, Figuren und Bilder, ohne Zeichen, Noten und Lettern gar wohl verstehen. Der dicke Bischof, ein Vielfraß und Naschmaul sondergleichen und sehr um das Kleid aus geistlicher Haut besorgt, in das ihn seine Mutter selig eingenäht hatte, ließ sich von der zarten Hand der Hausherrin noch und noch Würzwein einschenken und leerte Glas um Glas. Und schon hatte er zum

erstenmal vernehmlich gerülpst, da erhob sich draußen auf der Straße ein lautes Pferdegetrappel. Die Zahl der Pferde, das laute Ho! Ho! der Edelknaben zeigte an, daß da zumindest ein Fürst nahte, der in Liebeswut raste. Und in der Tat stürmte bald danach der Kardinal von Ragusa herein, dem Imperias Dienstgesinde den Eintritt nicht zu verwehren gewagt hatte. Bei diesem betrüblichen Anblick vergingen die arme Imperia und ihr kleiner Schatz vor Scham und Verlegenheit und wären am allerliebsten in den Erdboden versunken, denn es hieß den Teufel versuchen, hätte man den Kardinal aus dem Hause scheuchen wollen, um so mehr, als man zur Zeit noch nicht wußte, wer künftig Papst sein werde, sintemal die drei Anwärter auf Petri Stuhl sich zu Nutz und Frommen der Christenheit der dreifachen Krone entschlagen hatten. Der Kardinal, ein schlauer, langbärtiger Italiener, ein spitzfindiger Klügler und Deutler, der Leithammel des Konzils, durchschaute alsbald mit einem winzigen Quentchen seines gewitzten Verstandes das Alpha und Omega dieser absonderlichen Gasterei. Er brauchte nur einen Augenblick lang zu überlegen, und schon wußte er, wie er hier vorzugehen hatte, um den Löwenanteil an diesem Mahl einzuheimsen. Er war ausgehungert wie ein Klostermönch, und wenn es galt, seinen Happen Weiberfleisch zu ergattern, war er Manns genug, ein paar Mönche mit seinem Dolch abzustechen wie Schweine und obendrein noch seinen Splitter vom wahrhaftigen Kreuz Christi zu verschachern, und das wäre wahrlich arge Sünde gewesen.

»Heda, guter Freund!« sprach er zu Philipp und winkte ihn zu sich heran.

Der arme Touraner war mehr tot als lebendig. Ihm schwante, daß der Teufel sich da arglistig in seine Angelegenheiten einmengte, und so erhob er sich denn und sprach kleinlaut zu dem fürchterlichen Kardinal: »Was beliebt?«

Dieser faßte ihn beim Arm und führte ihn auf die Treppe hinaus, dort glotzte er ihm stier in die Augen und sagte, ohne lange zu fackeln, zu ihm: »Bei Gottes heiligem Bauch! Du scheinst mir ein guter Geselle, und ich möchte mich lieber nicht gezwungen sehen, deinem Kopf beizubringen, wie schwer dein Bauch wiegt! . . . Solches würde mir zwar Genugtuung verschaffen, könnte mich aber auf meine alten Tage mancherlei fromme Stiftungen kosten . . . So wähle denn: entweder du vermählst dich für den Rest deiner Tage mit einer Abtei, oder du hältst heute nacht mit Madame Imperia Beilager und stirbst morgen in der Frühe . . .«

Der arme Kleine war in heller Verzweiflung und sprach: »Und wenn Ihr Eure Lust gebüßt und Euch abgekühlt habt, hochwürdiger Herr, darf ich dann wiederkommen?«

Da hatte der Kardinal alle Mühe, sich erbost zu stellen. Aber er erwiderte ernst und streng: »Wähle! Entweder den Galgen oder die Mitra!«

»Ach«, meinte das Pfäfflein arglistig, »eine schöne, fette Abtei . . .«

Als der Kardinal dies hörte, trat er in den Saal zurück, nahm sein Schreibzeug zur Hand und kritzelte auf ein Stück Pergament ein Briefchen für den Gesandten Frankreichs.

»Hochwürdigster Herr«, raunte ihm indes, während er den Namen der Abtei hinschrieb, der Touraner ins Ohr, »der Bischof von Chur wird nicht so geschwind weggehn wie ich, denn er besitzt so viele Abteien wie die Landsknechte Schenken in der Stadt, und außerdem hört er die Engel im Himmel singen, so stockbesoffen ist er. So will mich bedünken, ich sei Euch zum Dank für die schöne Abtei einen Rat schuldig . . . Ihr wißt im übrigen, wie bösartig und ansteckend dieser gottverdammte Keuchhusten ist, der voriges Jahr Paris so grausam heimgesucht hat. Sagt ihm darum, Ihr hättet eben Eurem guten alten Freund, dem Erzbischof von Bordeaux, die letzte Tröstung gereicht . . . Auf diese Weise werdet Ihr ihn loswerden; er wird davonstieben wie Heu vor einem Windstoß.«

»Oho!« staunte der Kardinal. »Du verdienst etwas Besseres als nur eine Abtei ... Hei! Bei Gottes heiligem Bauch! mein Freundchen, da hast du hundert Goldtaler für die Reise nach der Abtei von Turpenay, die ich gestern im Spiel gewonnen habe und die ich dir obendrein noch zum Geschenk mache ...«

Als die schöne Imperia diese Worte hörte und ihren Philipp von Mala sich aus dem Staube machen sah, ohne daß er ihr, wie verhofft, einen kitzelnden Glutblick zugeworfen, einen Blick, der alles aussprach, was er an Liebe fühlte, da grollte sie wie eine gereizte Löwin und schnaubte wie ein Delphin. Nun durchschaute sie den ganzen jämmerlichen Kleinmut des Pfäffleins. Sie war noch nicht katholisch genug, um ihrem Liebsten verzeihen zu können, daß er sie genarrt und es nicht verstanden hatte, für sie sein Leben zu lassen, weil ihr gerade der Sinn danach stand. So war denn auch Philipps Todesurteil in dem Natternblick zu lesen, den sie ihm nachsandte. Über diesen pfeilscharfen Blick freute sich der Kardinal mit hämischem Schmunzeln, denn der italienische Wollüstling sah wohl, daß ihm über kurz oder lang seine Abtei wieder zufallen werde. Der kleine Touraner kümmerte sich nicht weiter um das dräuende Ungewitter, sondern drückte sich beiseite, in aller Stille und mit hängenden Ohren wie ein begossener Pudel, den man aus der warmen Stube jagt. Imperia seufzte aus tiefstem Herzensgrunde. Hätte sie das ganze Menschengeschlecht jetzt in die Finger gekriegt, sie hätte ihm wahrlich übel mitgespielt, denn das Feuer, das in ihr loderte, war ihr zu Kopfe gestiegen, und rings um sie knisterte und sprühte die Luft. Sie hatte auch allen Grund zu solcher Wut, war's doch zum erstenmal, daß ein geistlicher Mann sie am Narrenseil herumgeführt hatte. Aber der Kardinal lächelte vor sich hin, denn er versprach sich davon nur um so mehr Glück und Genuß. War er nicht ein pfiffiger Geselle? Freilich, dafür trug er ja auch den roten Hut!

»Ja, ja, liebwerter Gevatter«, begrüßte er den Bischof, »ich preise mich glücklich, in Eurer Gesellschaft zu sein, und ich freue mich auch, daß es mir gelungen, diesen Knirps und Schreiberling zu verscheuchen, der wahrlich der gnädigen

Frau unwert ist, um so mehr, als auch Ihr, mein bildschönes, sprühlebendiges Rehkitzchen, hättet eines würdelosen Todes sterben können, wäret Ihr diesem einfältigen Bübchen nahe gekommen . . .«

»Was Ihr nicht sagt! Wieso?«

»Ei, er ist der Schreiber des hochwürdigen Erzbischofs von Bordeaux! . . . Nun ist aber dieser wackere Mann heute in der Morgenfrühe von der Seuche befallen worden . . .«

Da sperrte der Bischof das Maul auf, als wollte er einen ganzen Käse verschlucken.

»Du mein Trost! Woher wißt Ihr das? . . .« fragte er.

»Fürwahr«, versetzte der Kardinal und nahm den gutgläubigen Deutschen bei der Hand, »ich habe ihm vorhin die Letzte Ölung und Tröstung gespendet. . . Zu dieser Stunde fährt der Gute schon mit vollen Segeln dem Paradiese zu.«

Da zeigte der Bischof von Chur mit einmal, wie leichtfüßig dicke Männer sein können. Das kommt daher, daß beleibte Leute, aus Gottes besonderer Gnade, zum Lohn für ihre Mühseligkeiten und Beschwerden, ihre innerlichen Kanäle dehnbar wie Gummibälle haben. Da tat nun selbiger Bischof einen mächtigen Satz rückwärts, schwitzte bächeweis vor Angst und Qual, hustete auch bereits wie ein Ochse, welcher in seinem Fressen Flaumfedern gefunden hat. Dann ward er mit einmal leichenfahl und rannte die Stiegen hinab, ohne der schönen Herrin auch nur Lebewohl zu sagen. Als die Tür hinter dem Bischof sich zugetan hatte und er die Straßen hinunterhastete, fing der Kardinal von Ragusa an zu lachen und seiner zu spotten.

»Ach, mein Liebchen, bin ich nicht würdig, Papst zu werden und, was mir noch lieber ist, für heute nacht dein Liebster? . . .«

Doch da er Imperia sorgenvoll sah, trat er zu ihr und gedachte sie zu herzen, sie verliebt mit seinen Armen zu umfangen und an sich zu drücken nach Art der Kardinäle, welche besser als alle andern zu kosen verstehen, besser sogar als die Landsknechte, dieweil sie müßig gehn und mit ihren Lebensgeistern haushalten.

»Ha!« schrie sie auf und wich vor ihm zurück, »du willst meinen Tod! Du erzbischöflicher Narr! Euch ist ja stets nur die Hauptsache, daß Ihr Euern Spaß dabei findet, boshafter, lästerlicher Wüstling, und was mir dabei geschieht, ist gänzlich unwichtig. Hast du nur deine Lust, und kostet es mich auch das Leben, ei, dann wirst du mich eben heiligsprechen, ist's nicht so? . . . Aha, Ihr habt die Seuche und wollt mich haben! . . . Pack dich, trolle dich anderswohin, du hirnloser Mönch . . . Und rühr mich nicht an, nimm dich in acht«, setzte sie hinzu, da sie sah, wie er abermals auf sie losgehn wollte, »sonst mach ich dich mit diesem Dolch kirre!«

Und bei diesen Worten zog das listige Weib ein allerliebstes zierliches Stilett aus ihrer Gürteltasche, mit dem sie bei Gelegenheit und notfalls meisterlich umzugehen wußte.

»Aber, mein kleines Paradiesgärtlein, mein Liebchen«, begütigte sie der Kardinal unter Lachen, »siehst du denn nicht, daß es bloß eine Kriegslist war? . . . Mußte ich nicht diesen alten Ochsen aus Chur hinausekeln?«

»Meinetwegen . . . Ob Ihr mich liebhabt, werde ich ja unverweilt sehen«, entgegnete sie darauf. »Ich wünsche, daß Ihr auf der Stelle fortgeht . . . Hat Euch die Seuche geschnappt, so schiert Euch mein Tod nicht viel. Ich kenne Euch gut genug und weiß, was Ihr Euch einen Augenblick der Lust zur Stunde Eures Hinscheidens kosten lassen würdet. Ihr wärt imstande, den Erdball zu ersäufen. Ha, Ihr habt selber damit geprahlt, als Ihr einmal trunken wart! Ich aber liebe nichts außer mir selbst, meinen Schätzen und meinem Wohlbefinden . . . Geht jetzt, und wenn Ihr morgen noch am Leben seid und Euch Freund Hein nicht geholt hat, kommt wieder und besucht mich . . . Heute haß ich dich, mein viellieber Kardinal«, sprach sie lächelnd.

»Imperia!« flehte der Kardinal auf den Knien, »meine heilige Imperia, komm, treib nicht dein Spiel mit mir!«

»Nein, nein«, erwiderte sie, »ich spiele nie und nimmermehr mit heiligen und geweihten Dingen.«

»Ha, du Metze! Ich exkommuniziere dich . . . morgen!...«

»Gütiger Gott! Nun seid Ihr aber, obwohl ein Kardinal, ganz von Sinnen.«

»Imperia, du Satanstochter und Teufelsweib! ... Was sag ich da bloß? ... Meine Tausendschönste! ... Mein Kindchen! ...«

»Ihr verliert ja allen Respekt! ... Kniet doch nicht vor mir. Pfui doch!«

»Möchtest du einen Ablaß *in articulo mortis?* ... Willst du mein Vermögen oder noch lieber einen Splitter vom wahrhaft echten Kreuze Christi? ... Sag, willst du? ...«

»Heut abend vermöchten alle Reichtümer des Himmels und der Erde mein Herz nicht zu kaufen! ...« lachte sie. »Ich wäre die erbärmlichste unter den Sünderinnen, unwürdig, den Leib des Herrn zu empfangen, hätte ich nicht auch meine Launen.«

»Ich stecke dein Haus in Brand! ... Hexe, du hast mich besprochen und verwünscht! ... Du wirst noch auf dem Scheiterhaufen schmoren! Hör mich an, mein herziges Luderchen. Ich verspreche dir das schönste Plätzchen im Himmelreich! Was sagst du jetzt! – Nein? – So stirb denn, stirb eines Jammertodes, du Hexe!«

»Oho! Vorher müßt Ihr dran glauben, hochwürdiger Herr!«

Der Kardinal schäumte vor böser Wut.

»Ihr verliert den Verstand«, sagte sie, »geht jetzt ... Das ermüdet Euch nur ...«

»Ich werde Papst, und dann sollst du mir diesen Schimpf entgelten!«

»Auch dann werdet Ihr nicht von der Pflicht entbunden sein, mir zu gehorchen.«

»Was muß ich also heute abend tun, um dir zu gefallen?«

»Fortgehen ...«

Und sie lief behend, leichtfüßig wie eine Bachstelze, in ihre Schlafkammer und verriegelte die Tür. Den Kardinal aber ließ sie draußen wettern und toben, bis er schließlich wohl oder übel das Feld räumte. Als die schöne Imperia allein vor dem Kaminfeuer wieder am Tische saß und ihr nur ihr kleines Pfäfflein fehlte, da zerriß sie vor Ingrimm alle ihre goldnen Ketten und rief: »Beim dreifachen Doppelgehörn des leibhaftigen Gottseibeiuns! Wenn der Kleine mich hat den

Kardinal so schnöde abblitzen lassen und mich in Gefahr bringt, morgen früh einem schleichenden Gift zu erliegen,

ohne daß ich meine Freude mit ihm gehabt habe ... bis ich genug und übergenug habe! – so will ich nicht eher sterben, als bis ich ihn lebendigen Leibs geschunden vor mir sehe ... Ach mein Gott!« wehklagte sie, und für diesmal rannen ihr echte Tränen über die Wangen, »ich führe ein erbärmlich elendes Leben, und das bißchen Glück, das mir dann und wann in den Schoß fällt, erkaufe ich mit einem hundewürdigen Dasein, ganz abgesehen von meinem ewigen Seelenheil ...«

Während sie just ihren Kropf vollends leerte und dabei stöhnte gleich einem Kalb, das man absticht, da gewahrte sie das blühendrote Gesicht des kleinen Priesters, der sich geschickt verborgen hatte und nun mit einemmal hinter ihrem venezianischen Wandspiegel hervorlugte.

»Ach!« frohlockte sie, »du bist doch der allerpfiffigste Mönch, das hübscheste Mönchlein, das durchtriebenste Pfäfflein und vertrackteste Meuchelmönchlein und bübischste Priesterbübchen, das jemals hier in dieser heiligen verliebten Stadt Konstanz herumgemönchelt hat! ... Komm, ach komm, mein artiger Tröster, mein Herzenssohn, mein Dickwänstchen du, mein Wollustgärtlein, mein wonniges Glück! Ich will deine Augen trinken, dich vor Liebe auffressen mit Haut und Haar, dich totküssen! O du, mein blühender, immergrüner, ewigjunger Gott! ... Komm, aus einem kleinen Pfaffen will ich dich zu einem König machen, zu einem Kaiser, zum Papst! Viel glücklicher sollst du sein als sie alle insgesamt! – Schau, du darfst hier drinnen alles brandschatzen und verheeren! Bin ich doch dein eigen! Ganz und uneingeschränkt! Und ich will's dir wohl beweisen, denn du sollst über kurz oder lang Kardinal sein, und müßte ich auch, das Barett purpurn zu färben, mein ganzes Herzblut verströmen!«

Und mit vor Seligkeit zitternden Händen füllte sie einen goldenen Becher, den der Bischof von Chur mitgebracht hatte, mit griechischem Wein und kredenzte ihn ihrem Liebsten, dem sie auf den Knien dienen wollte, sie, deren Pantöffelchen den Fürsten mehr behagten als des Heiligen Vaters Pantoffel.

Er aber schaute sie stumm und wortlos an, mit solch einem liebeshungrigen Blick, daß sie vor Wonne erzitterte und zu ihm sprach: »Schweig still, Kleiner, schweig still... Komm zum Mahl!«

PISAN

DIE LÄSSLICHE SÜNDE

Wie der wackere Ritter Bruyn ein Weib freite

Der edle Herr Bruyn, derselbe, welcher das Schloß La Roche-Corbon-lez-Vouvray an der Loire ausgebaut hat, war in seinen jungen Jahren ein rauher Geselle und großer Tunichtgut. Schon als kleiner Dreikäsehoch ließ er keine Jungfernschaft ungeschoren, stellte, wo er hinkam, das ganze Haus auf den Kopf, und als er erst seinen Vater, den Baron von La Roche-Corbon, unter den Boden gebracht und beigesetzt hatte, ward er vollends des Teufels, und es war nicht ratsam,

mit ihm anzubinden. Nun war er sein eigner Herr und Meister und konnte tagaus, tagein in Saus und Braus leben und dem lieben Gott ungestraft den Tag stehlen. Und er trieb es denn auch arg genug und suhlte sich bis zum Hals in seinen Lüsten. Und so lange ließ er seine Taler springen, seinen Hosenlatz husten, seine Münzpunzen Blut schwitzen, so oft traktierte er seine Eintagsliebchen und brachte sein Geld und Gut mit vollen Händen durch, daß ihn schließlich alle redlichen und ehrbaren Leute mieden wie die leibhaftige Pestilenz. Treu blieben ihm nur die Schnapphähne, Tagediebe, Strauchritter und Geldwechsler. Doch die Wucherer wurden gar bald widerborstig wie Kastanienschalen, als er ihnen nichts anderes mehr zu verpfänden hatte als seine obenerwähnte Herrschaft von La Roche-Corbon, sintemal die *Rupes Carbonis* ein königliches Lehen und dieserhalb unverpfändbar war.

So war nun Bruyn just in der rechten Laune, für nichts und wieder nichts um sich zu hauen und zu stechen, dem ersten besten alle Knochen im Leib entzweizuschlagen und mit einem jeden, der ihm über den Weg lief, Händel vom Zaun zu brechen, um eines strittigen Fliegendrecks willen.

Als solches der Abt von Marmoustiers sah, sein Nachbar, ein Mann, der nur ungern ein Blatt vor den Mund nahm, sagte er zu ihm, das sei ein Zeichen dafür, daß seine Ritter-

G. Doré

schaft immer vollkommener werde, und er sei sicherlich auf dem besten Wege, ein Ausbund adliger Tugenden zu werden.

Wenn er jedoch zum Ruhme des Höchsten auszöge, die ungläubigen Sarazenen zu züchtigen und auszurotten, welche das Heilige Land schändeten, so würde ihm das noch besser anstehn, und er kehre zweifelsohne mit Reichtümern beladen und mit Ablässen gesegnet wieder heim, entweder in die Touraine oder ins himmlische Paradies, aus dem alle edlen Ritter einstmals hervorgegangen seien.

Besagter Bruyn war von dem klugen Sinn des frommen Mannes baß erbaut und ging außer Landes, vom Kloster geziemend ausstaffiert und mit des Abtes Segen wohlversehen,

zur großen Freude all seiner Nachbarn und Freunde. Nun legte er ungezählte Städte in Asien und Afrika in Schutt und Asche, schlug die ungläubigen Heiden, ohne lange zu fackeln oder Pardon zu gewähren, metzelte Sarazenen, Griechen, Engländer nieder, und wer ihm sonst noch vor die Klinge kam, ohne sich groß darum zu kümmern, ob sie Freund waren oder Feind, noch woher sie kamen. Denn nebst andern Tugenden zierte ihn im besondern ein Vorzug: er war nämlich kein bißchen neugierig und fragte sie jeweilen erst nach Herkunft und Namen, wenn er ihnen den Garaus gemacht hatte. Bei solchem Handwerk, das Gott, dem König und ihm selber ausnehmend behagte, gewann Bruyn den Ruf eines gottgefälligen, guten Christen, eines Ritters ohne Furcht und Tadel, und er fand viel Spaß in den Landen jenseits des Meeres, zumal er lieber einen Taler den

Huren spendierte als sechs Heller einem Bedürftigen, wennschon er mehr schönen Armen begegnete, als ihm bildhübsche Weibsbilder über den Weg liefen. Aber da er ein guter Touraner war, schmeckte ihm die Suppe, sie mochte zubereitet sein, wie sie wollte. Als Bruyn schließlich übergenug hatte

von Türkenweibern, Reliquien und anderen gnadenreichen Kostbarkeiten des Heiligen Landes, kehrte er zur großen Verwunderung seiner Landsleute vom Kreuzzug zurück, reich beladen mit Schätzen an Gold und edlen Steinen, im Gegensatz zu etlichen andern, die reich ausgezogen waren und leicht an Hab und Gut, dafür aber mit Aussatz beladen, wiederkehrten.

Als Bruyn aus Tunis heimgekommen war, ernannte ihn unser Herr und König Philipp zum Grafen und erhob ihn zu seinem Seneschall in unserm Land und im Poitou. Da war er mit einemmal hochgeliebt und genoß mit Fug und Recht großes Ansehen, zumal er's nicht bei seinen schönen Tugenden bewenden ließ, sondern auch noch die Barfüßerkirche in der Pfarrei zu Esgrignolles stiftete, gleichsam dem Himmel als Sühne für die Verirrungen seiner Jugendzeit. Derhalben war er auch lieb Kind bei der Kirche und bei Gott dem Herrn. War er vordem ein Schnapphahn, ein rauflustiger Geselle und ein rechter Strauchritter gewesen, so wurde er nunmehr ein kluger Ehrenmann und sündigte nur noch mit Maßen, je mehr sein Haar sich lichtete. Er erboste sich nur noch selten und geriet höchstens außer sich, wenn man in seiner Gegenwart Gott lästerte, denn das konnte er auf den Tod nicht leiden, weil er in seinen jungen Tagen so viel und reichlich gelästert hatte, daß es für alle andern reichte. Kurzum, er brauchte nicht mehr Händel zu suchen, denn nun war er Seneschall, und die Leute waren ihm von selber willfährig. Wahrlich, nun sah er alles erfüllt, wonach sein Herz begehrte. Und dabei kann sogar ein Teufel faul und geruhsam werden vom Scheitel bis zur Sohle.

Er wohnte in einem verfallenen Schloß, das überall aus den Fugen ging und voller Flicken und Scharten und Risse

war gleich einem spanischen Wams. Es lag hoch oben auf einem Hügel, von wo es sich in der Loire spiegelte. In den Sälen hingen kostbare Wandteppiche, allenthalben standen so prächtige Möbel und Geräte, sarazenische Prunkgefäße und Zierate, daß die Leute von Tours darüber Maul und Augen aufsperrten, sogar der Erzbischof und die geistlichen Herren zu Sankt Martin, denen er ein Banner mit Fransen und Troddeln aus purem Gold zum Geschenk gemacht hatte. Rings um das Schloß drängten sich in buntem Gewimmel stattliche Bauerngüter, Mühlen, Waldungen, die reichen Ertrag abwarfen und ihrem Besitzer ansehnliche Einkünfte an Zehnten und andern Pflichtabgaben einbrachten, so daß er einer der mächtigsten Bannerherren im Lande war und in Kriegszeiten unserm Herrn, dem König, an die tausend Reisige zuführen konnte. Wenn ihm in seinen alten Tagen von ungefähr sein Amtmann, ein hängesüchtiger Galgenfreund, der immer gleich mit dem hanfenen Strick bei der Hand war, einen armen Bauern vorführte, der im Verdacht stand, irgendwelche Missetat begangen zu haben, so sagte er lächelnd zu ihm: »Laß den laufen, Breddif, er mag für die vielen andern zählen und noch mit dreingehen, die ich drüben mutwilligerweise abgemurkst habe, ohne mich lange zu besinnen . . .« Oftmals aber ließ er sie auch an einem Eichbaum kurzerhand aufknüpfen oder an einem von seinen Galgen baumeln. Doch geschah dies einzig und allein, auf daß Gerechtigkeit herrsche im Lande und damit sich der alte schöne Brauch, soweit seine Gerichtsbarkeit reichte, nicht verliere. Drum war auch das gemeine Volk in seinen Landen sittsam, brav und ehrsam wie betagte Nönnlein und

hielt sich ruhig und still, zumal er sie vor streunendem Gesindel und Wegelagerern schützte, die niemals Gnade vor ihm fanden, wußte er doch aus eigner Erfahrung, was für böse Wunden solche vermaledeiten Raubtiere schlagen können. Sonst aber war er ein frommer, gottesfürchtiger Mann und tat alles, was er sich vornahm, im Handumdrehn ab, den

Gottesdienst so gut wie einen Humpen voll alten Weines, seine Prozesse erledigte er im Nu, wie er's bei den Türken gelernt hatte, tröstete die Leute, wenn sie verloren, mit tausenderlei Schnurren und Possen und tafelte mit ihnen, um ihnen drüber hinwegzuhelfen. Die Gehenkten ließ er in geweihter Erde beisetzen und meinte, auch sie seien Gottes Kinder und schwer genug bestraft, weil sie nicht weiterleben dürften. Die Juden schließlich piesackte er immer nur dann, wenn die rechte Zeit gekommen war und sie sich mit Wucherzinsen und Geld vollgesogen hatten, und sonst ließ er sie ihre Beute in Frieden sammeln wie die emsigen Honigbienen, denn sie seien die fleißigsten Steuerzahler, meinte er. Und immer nahm er ihnen ihr Geld nur weg zu Nutz und Frommen der geistlichen Herren, des Königs, des Landes und dann und wann auch zu seinem eignen Vorteil.

Dies leutselige Wesen trug ihm die Liebe und Achtung eines jeden ein, und groß und klein war ihm zugetan. Oftmals, wenn er bieder lächelnd vom Gerichtstag nach Hause ritt, sagte der Abt von Marmoustiers, ein alter Mann wie er, zu ihm: »Aha, edler Herr, Ihr habt also wieder etliche aufknüpfen lassen, daß Ihr so heiter gestimmt seid! . . .« Und wenn er von La Roche-Corbon nach Tours unterwegs war und hoch zu Roß durch die Vorstadt von Sankt Symphorion ritt, sagten die kleinen Gassenmädchen zueinander: »Heut ist Gerichtstag. Der alte Bruyn reitet vorüber.«

Und dann schauten sie ihm dreist und unerschrocken nach, wenn er auf seinem hochbeinigen schneeweißen Zelter, den er aus dem Morgenlande mitgebracht hatte, vorbeiritt. Auf der Brücke aber hörten die Gassenbuben mit Murmelspielen auf und schrien ihm nach: »Guten Tag, Herr Seneschall!« Und er rief lachend zurück: »Macht euch lustig, meine Kinder, spielt weiter, bis man euch die Rute gibt!«

»Ja, ja, Herr Seneschall!«

Drum befriedete und säuberte er das Land so gründlich von Dieben und Spitzbuben, daß im Jahre der großen Überschwemmung des Loireflusses nur zweiundzwanzig Missetäter gehenkt wurden den ganzen Winter über, ungerechnet ein Jude, der in der Gemeinde von Chasteau-Neuf verbrannt ward, weil er eine geweihte Hostie gestohlen hatte. Andere sagten, er habe sie gekauft, denn er war ein schwerreicher Mann.

Eines Tages im darauffolgenden Jahr geschah's, etwa um Sankt Johannis Heumahd oder Sankt Johanns Sicheltag, wie wir hierzulande sagen, daß ein Trupp Zigeuner, Ägypter oder Böhmen oder sonst ein fremdländisches Diebesgesindel, das zu Sankt Martin den Kirchenschatz ausgeplündert, anstatt des Muttergottesbildes zu Schimpf und Spott unseres wahren Glaubens ein bildhübsches Heidenmägdlein zurückließ, annähernd so alt wie ein ausgewachsner Hund, dessen Lebenszeit in Bälde abgelaufen ist. Dies Kind war splitterfaser-

nackt und gleich seinen Landsleuten zum Gaukeln und Seiltanzen abgerichtet und eine schwarzbraune Kreatur, ein rechter Heidenbalg.

Über diese unerhörte Schandtat herrschte ungeteilte Empörung, und sowohl die weltliche als auch die geistliche Gerichtsbarkeit war der Meinung, die Mohrendirne müsse dafür büßen und solle auf dem Platz vor Sankt Martin nahe dem Brunnen lebendigen Leibes verbrannt und geschmort werden, da, wo der Kräutermarkt abgehalten ward.

Da bewies Bruyn, der wackere Seneschall, entgegen der

Ansicht und dem Dafürhalten der andern, gar klüglich und einleuchtend, daß es gottgefällig und nutzbringend handeln hieße, wenn man diese afrikanische Seele für die wahre Religion gewinnen könnte. Und wenn der Teufel, der in diesem weiblichen Körper hause, sich etwa als halsstarrig erweisen

sollte, dann sei ja keine Not an Reisigbündeln und Scheiterholz, um sie immer noch zu verbrennen, wie das Urteil besage. Solches dünkte dem Erzbischof weise gesprochen und über die Maßen kanonisch, wie es die christliche Nächstenliebe vorschrieb, und dem Evangelium gemäß. Die vornehmen Damen und andere maßgebende und einflußreiche Leute in der Stadt wandten empört ein, man wolle sie um ein herrliches Schauspiel bringen, zumal das Mohrenkind in seinem

Kerkerverlies um sein junges Leben wehklagte und wimmernd jammerte wie ein Zicklein, das man festgebunden hat, und sicherlich, meinten sie, werde es sich noch zu Gott bekehren, um dergestalt ein hohes Alter zu erreichen gleich einem Raben, wenn man ihm die Wahl lasse! Darauf gab der Seneschall zur Antwort, wenn sich die fremde Dirne in die Arme der christlichen Religion flüchten und ein gottgeweihtes Leben führen wolle, so gebe das eine noch viel weihevollere Zeremonie und ein viel prächtigeres Schaugepränge; er mache sich anheischig, diese Festlichkeit mit einem Prunk aufzuziehen, eines Königs würdig, dieweil er ja als Taufpate den Täufling zu betreuen gedenke, und ein jungfräuliches Wesen müsse seine Gevatterin sein, auf daß Gott um so größeres Wohlgefallen daran finde, sintemal er selbst allgemein als ein rechter Milchbart und Grünschwanz beschrien sei.

So nennt man nämlich bei uns zu Hause, in der Touraine, die jungen Männer, die noch nie mit Weibern Umgang gepflogen und unverheiratet sind oder dafür angesehen werden, um sie zu unterscheiden von den Ehemännern und Wittibern. Die Dirnen aber wissen sie gar wohl auszuwittern, auch ohne diesen Namen, weil sie nämlich viel leichtherziger und frohgemuter sind als alle andern, die vom Ehestand angestäubt sind.

Die Mohrendirne schwankte nicht lange zwischen dem Scheiterholz des Feuerstoßes und dem Taufwasser. Sie wollte lieber als Christin weiterleben denn als Ägypterin verbrannt werden. Darum mußte sie ihr Leben lang in ihrem Herzen brennen und sich verzehren, denn um ihrer Bekehrung desto sicherer zu sein, steckte man sie in das unweit Le Chardonneret gelegene Nonnenkloster, allwo sie das Gelübde lebenslanger Keuschheit und heiligen Lebenswandels ablegte. Besagte Feierlichkeit aber wurde im Palast des Erzbischofs vollzogen, wo für diesmal ausnahmsweise getanzt und Ball abgehalten wurde, dem Heiland aller Menschen zu Ehren, von den edeln Damen und Herren der Touraine, welche ein Land ist, wo öfter getanzt und juchheit, bankettiert und geschmaust, geschwelgt und gezecht wird als in irgendeinem andern Land auf Gottes schöner Erde.

Der gute alte Seneschall Bruyn hatte zur Gevatterin die Tochter des Herrn zu Azay-le-Ridel erwählt, das später das »eingeäscherte Azay« genannt wurde. Selbiger Burgherr war mit den Kreuzfahrern ins Heilige Land ausgezogen und vor Akkon, einer fernen Stadt, in die Hände eines Sarazenen gefallen, der für ihn ein wahrhaft königliches Lösegeld forderte, weil besagter Ritter gar stattlich aussah.

Als die edle Burgfrau von Azay ihr Lehen verpfändet und es den Geldwechslern, Wucherern und Halsabschneidern überlassen hatte, um die verlangte Summe aufzubringen, blieb sie bettelarm, ohne einen roten Heller, und harrte in einer armseligen Behausung drunten in der Stadt ihres Herrn und Gemahls, hatte keinen Teppich, sich draufzusetzen, war aber stolz und hoffärtig wie die Königin von Saba und beherzt wie ein Windspiel, das seines Herrn Hab und Gut mit scharfen Zähnen hütet. Der Seneschall, der um ihre große Not und Bedrängnis wußte, begab sich mitfühlend zu ihnen und ersuchte das edle Burgfräulein von Azay, der Mohrendirne mit ihm zusammen zu Gevatter zu stehn, und solches tat er, um der Dame von und zu Azay mit Fug und Recht eine Guttat und Unterstützung zukommen lassen zu dürfen. In der Tat bewahrte er sorgsam eine schwere Goldkette auf, die er bei der Einnahme von Zypern erbeutet hatte, und die gedachte er seiner anmutvollen Gevatterin umzuhängen. Doch hängte er daran noch alle seine Besitztümer und sein weißes Haar, seine Goldgulden und seine Rosse, kurzum, er entschlug sich seines ganzen Besitzes, sobald er Blanche von Azay hatte eine Pavane tanzen sehen, mitten unter den vornehmen Damen von Tours. Obzwar die schöne Mohrin sich noch ein letztes Mal nach Herzenslust austobte und die Gesellschaft mit ihren Drehungen und Wendungen, ihren Sprüngen und Sätzen, mit ihrem Tanzen, Neigen und Beugen in helles Staunen versetzte, so tanzte doch Blanche weit schöner und zierlicher als sie, wie jedermann fand, so züchtig tanzte sie und mit solch jungfräulichem Liebreiz.

Bruyn aber stand wie verzückt da und starrte auf das liebreizende Fräulein, dessen Füße sich gleichsam vor dem Fußboden zu fürchten schienen und das so arglos umhertollte und sich

E. SUTAIN.SC.

seines jungen, siebzehnjährigen Lebens freute wie eine Grille, die ihre Fiedel stimmt und probiert, und da packte ihn mit einmal ein greisenhaftes Gelüsten, ein schlagflüssiges Verlangen, welches vor lauter Schwachheit erst recht stark wurde, und durchrieselte ihn heiß, aber nur von der Sohle bis zum Nacken, denn sein Haupt war allzu weiß beschneit, als daß sich die Liebe darin hätte einnisten können. Da kam ihm urplötzlich zum Bewußtsein, daß ihm eine Frau fehlte auf seinem Schlosse, und es wollte ihm auf einmal noch öder und trübseliger vorkommen, als es ohnehin war. Und was war auch ein Schloß ohne Schloßherrin? Man könnte sagen: ein Schwengel ohne Glocke. Mit einem Wort: eine Frau war das einzige, was ihm noch zu wünschen übrigblieb. Drum mußte er sie auch so schnell wie möglich bekommen, denn wenn ihn die edle Frau von Azay zappeln ließ, so hatte er noch Zeit und Muße, vorher aus dieser Welt ins Jenseits hinüberzugehn. Doch während der Tauffestlichkeit dachte er kaum je an seine schweren Wunden und noch weniger an die geschlagenen achtzig Jahre, die ihm das Haupt kahl gerupft hatten. Seine Augen dünkten ihn noch klar genug, weil er deutlich damit seine jugendfrische Gevatterin sah, welche, gehorsam den Weisungen ihrer Mutter, der edlen Burgfrau von Azay, mit ihm liebäugelte und gar zutunlich mit ihm plauderte und scherzte, im Glauben, mit einem so betagten Graukopf könne ihr nichts Arges widerfahren. So geschah es, daß Blanche, kindlich arglos und einfältig, wie sie war – ganz im Gegensatz zu allen andern Mägdlein in der Touraine, welche aufgeweckt sind wie ein Lenzmorgen –, dem biedern Seneschall zuerst gestattete, ihre Hand zu küssen und dann noch andre Dinge, als zum Beispiel den Hals ein bißchen tief unten, wie der Erzbischof sagte, als er sie eine Woche darauf ehelich zusammengab. Und es wurde eine wunderschöne Hochzeit, und die Hochzeiterin war noch schöner . . .

Besagte Blanche war ein schlankes Mägdlein, frisch und liebreizend wie sonst keine. Und mehr als das: sie war jungfräulich, wie noch nie eine Jungfrau war, so jungfräulich, daß sie nicht mit einem Gedanken je an Liebe gedacht hatte, ja

daß sie nicht einmal wußte, daß es so etwas gab, geschweige denn, wie und warum dergleichen Dinge vor sich gingen. Sie war so jungfräulich, daß sie sich gar nicht genug wundern konnte, was die Leute eigentlich so lange im Bett miteinander treiben mochten, so einfältig und unwissend, daß sie immer noch glaubte, die kleinen Kindlein kämen in einem Kohlkopf auf die Welt. Ihre Mutter hatte sie nämlich so unschuldig in aller Ahnungslosigkeit aufwachsen lassen, daß ihr nicht einmal verstattet war, darüber nachzudenken, wie sie ihr Süppchen in den Mund löffelte. So war sie denn auch ein blühend hübsches Kind, unberührt, verspielt und voll Einfalt, ein Engel, dem nur die Fittiche fehlten, damit er ins Paradies emporfliegen konnte.

Als sie aus der armseligen Behausung ihrer bitterlich weinenden Mutter fortging, um ihr Verlöbnis im Bischofsmünster zu Sankt Gatian und Sankt Mauritius vor aller Welt auszusprechen, da strömte von weither das Bauernvolk zusammen und weidete sich am Anblick der schönen Braut und auch an den prunkvollen Bildteppichen, die man ausgebreitet hatte, so lang die Sattlergasse reichte, und alle sagten einhellig, noch nie seien niedlichere Füßchen über Touraner Boden gewandelt, nie zuvor hätten blauere Äuglein gen Himmel geblickt, noch nie habe ein schöneres Fest die Straße mit Teppichen und Blumen geschmückt. Die Dirnen aus der Stadt, die von Sankt Martin und aus der Vorstadt Chasteau-Neuf, neideten ihr allesamt die langen aschblonden Flechten, mit welchen Blanche zweifelsohne eine Grafschaft gefischt hatte, mehr noch trugen sie aber Verlangen nach dem goldschimmernden Kleid, den Edelsteinen aus dem Morgenland, den blitzenden Diamanten und den goldnen Ketten, mit welchen die Kleine spielte und die sie für alle Zeit an den Seneschall fesselten.

Der alte Haudegen schritt ganz verjüngt und aufgeplustert an ihrer Seite dahin, und sein Glück strahlte aus allen seinen Runzeln, Blicken und Gebärden hervor. Wennschon er ungefähr so strack und gerade war wie eine Rebhippe, so stolzierte er doch neben Blanche einher, daß er dreinsah wie ein Landsknecht bei der Parade, wenn er nach der Musterung seinen Sold ausgezahlt bekommt. Und er preßte die Hand auf sein Zwerchfell wie einer, den Wonne und Wohlbehagen beengen und beinah ersticken. Als die Mägdlein und Jungfrauen alle die Glocken mit Macht läuten hörten, als sie den Hochzeitszug, das Gepränge und den ganzen feierlichen Aufzug dieser Vermählung sahen, von welcher seit dem Fest beim Bischof überall die Rede ging, wünschten sich diese Mägdlein eine reiche Lese von Mohrendirnen, ganze Regengüsse von alten Haudegen und Taufen von Zigeunerweibern korbweise. Doch war diese die einzige, die jemals in der Touraine stattfand, angesichts des Umstandes, daß dies Land weit von Böhmen und Ägypten abliegt.

Nach der Feierlichkeit erhielt die edle Frau von Azay eine erkleckliche Summe Geldes ausbezahlt, die so hochherzig bemessen war, daß sie unverweilt nach der Stadt Akkon ihrem Gemahl entgegenfahren konnte, im sichern Geleit des Feldhauptmanns und einer Rotte Reisiger des edeln Grafen von La Roche-Corbon, die er ihr mitgegeben hatte. Sie reiste am Hochzeitstag ab, nachdem sie ihre Tochter in die Hände des Seneschalls gegeben und ihn ermahnt hatte, mit ihr schonend und behutsam umzugehn. Und späterhin kam sie mit dem Burgherrn von Azay wieder ins Land, welcher vom Aussatz befallen war, und sie pflegte ihn gesund in aufopfernder Liebe, auf die Gefahr hin, selbst aussätzig zu werden gleich ihm, was allenthalben große Bewunderung erweckte.

Als nun die Hochzeit vorbei und vollzogen war – sie währte volle drei Tage, zur großen Zufriedenheit des Volkes –, führte der edle Ritter Bruyn mit großem Gepränge das Bräutchen auf sein Schloß heim. Und wie's bei Neuvermählten Brauch und Sitte ist, bettete er sie feierlich aufs Ehelager, das vom Abt von Marmoustiers eingesegnet wurde. Hernach legte er sich zu ihr in dem großen gräflichen Schlafgemach zu La Roche-Corbon, welches mit grünem, goldbesticktem Brokatstoff ausgeschlagen war. Als nun der alte Bruyn, wohlbesprengt mit duftenden Essenzen, sich mit seinem bildhübschen jungen Frauchen Leib an Leib beisammen sah, da küßte er sie zuerst auf die Stirn, hernach auf den blütenweißen runden vollen Busen, auf dasselbe Plätzchen, wo sie ihm erlaubt hatte, ihr das Schloß der güldenen Kette einzuhaken. Und dabei blieb es. Der alte Knasterbart hatte sich zuviel zugetraut und geglaubt, er könne auch den Rest noch leisten. Nun aber war Feierabend, aus und amen, und die Liebe hatte Fastenzeit, trotz den fröhlichen Hochzeitsliedern und ungeachtet der ausgelassenen Spottgesänge, die unten in den Sälen erschallten, wo die Gäste immer noch tanzten. Er stärkte sich mit einem Schluck von dem Brauttrank, der gleichfalls geweiht war und in einem goldenen Pokal neben dem Lager bereitstand, wie's der Brauch erheischte. Die scharfen Würzen darin erhitzten ihm wohl den Magen, nicht aber das Herz seines erstorbenen Hosenlatzes.

Blanche wunderte sich nicht einen Augenblick lang über das schnöde Verhalten ihres Herrn und Gemahls, denn sie war jungfräulich auch in ihrer Seele und sah am Ehestand nur das, was jungen Mädchen daran in die Augen sticht: schöne Kleider und Pferde zu besitzen, Feste zu feiern, Dame, Hausfrau und Herrin zu sein, eine Grafschaft ihr eigen zu nennen, sich an alledem zu freuen und befehlen zu dürfen. Sie war ja noch ein rechtes Kind und spielte und tändelte mit den goldenen Quasten, Fransen und Troddeln des Betthimmels und bestaunte die reiche Wohnung, wo ihre Jungfrauenblüte sollte gepflückt werden. Der Seneschall fühlte seine Schuld, wenn auch ein wenig spät, und so baute er auf die Zukunft, die doch mit jedem neuen Tag ein weniges von dem hinwegnahm, womit er seinem Weib aufzuwarten gedachte, und so wollte er mit Worten wettmachen, was er mit Taten nicht zu vollbringen vermochte. Also vertrieb er seiner Frau die Zeit mit manch unterhaltsamem Firlefanz: er versprach ihr die Schlüssel zu seinen Schränken, Speichern und Truhen, unumschränktes Schalten und Walten mit den Einkünften aus seinen Häusern und Landgütern, ohne daß er oder sonst jemand ihr dreinreden sollte, kurzum, er hing ihr, wie man hierzulande sagt, den Anschnitt vom Brot um den Hals. Sie kam sich dabei vor wie ein junges Schlachtroß angesichts der vollen Heuraufe, und ihr Gemahl dünkte sie der zärtlichste und liebenswerteste Ehemann auf der ganzen weiten Welt. Sie setzte sich im Bett auf, lächelte ihn selig an und weidete ihre Augen mit noch größerem Behagen an dem schönen grünbrokatenen Bett, in dem sie künftig Nacht für Nacht schlafen durfte, ohne daß es ihr jemand verwehrte. Da nun der gewitzte Burgherr, der zeit seines Lebens nur wenigeu Jungfrauen begegnet war und aus reicher Erfahrung wußte, was für Faxen die Weiber im Bett machen können – hatte er sich doch nur immer mit abgebrühten Buhlweibern abgegeben –, da nun also Bruyn sah, daß sie zu Scherz und Spiel bereit war, fuhr ihm der Schreck in alle Glieder beim Gedanken, es sei nun an der Zeit, mit Streicheln, Kitzeln, Herzen und Drücken anzufangen, mit Küßchen und dem ganzen Liebesvorspiel, bei welchem er voreinst wacker seinen Mann gestellt hatte, das ihn aber jetzt kälter ließ als eines Papstes Seelenmesse. So rückte er denn von ihr weg bis zum Bettrand, aus Angst vor seinem Glück, und sprach zu seinem allzu verführerischen Eheweib: »Und jetzt, mein Schätzchen, seid Ihr also Frau Seneschallin. Und gar wohl seid Ihr gefreit und gefraut, in Tat und Wahrheit, will mich bedünken, Frau Seneschallin!«

»O nein!« widersprach sie ihm da mit einmal.

»Wieso denn nicht?« versetzte er, zu Tode erschrocken. »Seid Ihr denn nicht Schloßherrin und mein liebes Weib?«

»Nein«, erwiderte sie abermals. »Das werde ich erst sein, wenn ich ein Kind habe.«

»Habt Ihr die fetten Wiesen gesehen, vorhin beim Kommen?« fragte jetzt der Seneschall.

»Freilich«, gab sie zur Antwort.

»Nun, sie gehören Euch . . .«

»Oh!« jauchzte sie und lachte, »da will ich drauf Schmetterlinge haschen und herumtollen!«

»So ist's recht«, schmunzelte der Alte. »Und die Waldungen? Habt Ihr die auch beachtet?«

»Ach, dahinein würde ich mich nicht allein getrauen, da müßt Ihr schon mit mir kommen! Aber reicht mir doch einen Schluck von dem Tränklein, welches Eure alte Schaffnerin mit soviel Liebe für uns zubereitet hat.«

»Warum denn nur, mein Herzchen? Du würdest dir bloß unnötig den Leib erhitzen.«

»O doch, ich möchte aber!« trotzte sie unwillig. »Ich wünsche Euch doch in Bälde ein Kindlein zu bescheren, und der Trank, das weiß ich wohl, ist eigens dazu gebraut!«

»Ach weh, mein Kind«, beschwichtigte sie der Seneschall, der daraus ersah, daß seine Blanche vom Scheitel bis zum niedlichen Zeh unschuldig und jungfräulich war, »zunächst ist Gottes guter Wille dazu vonnöten, und zweitens muß sich die Frau im Zustande der Heumahd befinden.«

»Und wann werde ich im Zustande der Heumahd sein?« fragte sie darauf lächelnd.

»Wenn's der Wille der Natur ist«, versetzte er gezwungen lachend.

»Und was muß man dafür tun?« forschte sie weiter.

»Bah! Eine kabbalistische und alchimistische Operation, die voller Gefahren ist!«

»Aha«, seufzte sie nachdenklich, »darum also weinte meine Mutter so arg wegen dieser Verwandlung. Aber Bertha von Preuilly, die über die Maßen selig ist, seit sie in eine Ehefrau umgewandelt wurde, hat mir gesagt, nichts sei leichter als das.«

»Es kommt aufs Alter an«, gab ihr der alte Burgherr zur Antwort. »Aber habt Ihr im Stall den schönen schneeweißen Zelter gesehen, von dem man in der ganzen Gegend spricht?«

»Ja, er ist überaus sanft und zutraulich.«

»Nun wohl, ich schenk ihn Euch, und Ihr könnt ihn reiten, sooft Euch der Sinn danach steht.«

»Oh, Ihr seid lieb und gut, und man hat mich nicht belogen, als man mir das sagte ...«

»Hier gehört alles Euch, mein Schatz«, fuhr er fort, »der Kellermeister, der Kaplan, der Schatzverwalter, der Stallmeister, der Koch, der Amtmann, ja sogar der Junker von Montsoreau, der junge Knappe – Gautier heißt er –, der mein Banner trägt, mitsamt seinen reisigen Knechten, Hauptleute, Gesinde und Tiere, alles ist Euer Eigen und wird alle Eure Weisungen schnurstracks ausführen, bei Strafe des Strangs.«

»Aber«, erwiderte sie, »diese alchimistische Operation, könnte man sie nicht jetzt auf der Stelle vornehmen?«

»O nein!« versetzte der Seneschall. »Dazu ist erforderlich,

daß wir vor allem alle beide im Zustand vollkommener Gnade vor Gott seien. Wo nicht, könnten wir ein schlechtes, sündenbeladenes Kind bekommen. Und das verbieten die kanonischen Gesetze. Dies ist auch der Grund, warum soviel unverbesserliche Galgenstricke in der Welt herumlaufen. Ihre Väter und Mütter haben nicht klüglich abwarten können, bis sie ihre Seelen geläutert und geheiligt hatten, und so haben sie ihren Kindern böswillige Seelen gezeugt. Die schönen und tugendlichen Kinder kommen von Eltern, die rein und ohne Sünde waren . . . Um deswillen lassen wir adligen Herren unsere Betten einsegnen, wie's der Herr Abt von Marmoustiers mit diesem hier getan hat . . . Habt Ihr Euch gegen die Gebote der Kirche versündigt?«

»O nein!« erwiderte sie lebhaft, »ich habe vor der Messe Absolution für alle meine Sünden erhalten! Und seither habe ich auch nicht das allerwinzigste Sündlein begangen.«

»Ihr seid die leibhaftige Vollkommenheit!« rief der schlaue Ehemann aus, »und ich bin überglücklich, daß ich Euch zur Frau habe. Aber ich habe leider Gottes geflucht wie ein Heide!«

»Oh, warum denn nur?«

»Weil der Tanz kein Ende nehmen wollte und ich Euch nicht ganz für mich allein haben konnte, um Euch hierherzuführen und ungestört zu küssen.«

Und nun faßte er sie zärtlich bei den Händen und wollte sie vor Verliebtheit beinah auffressen, er streichelte sie, strich ihr übers Haar und bedachte sie mit tausenderlei Kosenamen und Liebkosungen, welche die junge Frau froh und zufrieden machten.

Da sie jedoch vom Tanzen und den Feierlichkeiten müde war, legte sie sich nieder und sagte zu ihrem Seneschall: »Morgen will ich über Euch wachen, auf daß Ihr nicht mehr sündigt!«

Und dann lag der alte Knasterbart neben ihr, völlig benommen von ihrer weißen Schönheit, verzehrte sich nach ihrem zarten Leib und wußte doch nicht, wie er's anfangen sollte, um sie in ihrer Kindesunschuld und Arglosigkeit zu erhalten, sowenig er ihr hätte erklären können, warum die

Ochsen ihr Fressen ein zweites Mal wiederkäuen. Wennschon ihm aber nichts Gutes schwante, so geriet er beim Anblick ihrer vollendeten Schönheit dermaßen in Feuer, während er sie in ihrem unschuldigen und lieblichen Schlummer betrachtete, daß er sich vornahm, dies Kleinod der Liebe zu hegen und zu hüten und es einem jeden streitig zu machen ... Mit Tränen in den Augen küßte er sie auf das goldblonde Haar, auf die holden Augenlider, auf ihren purpurroten, frischen Mund, ganz sanft und sachte nur, damit sie nicht etwa davon aufwachte! ... Das war alles, was ihm diese Nacht an Liebesfreuden einbrachte, stumme Wonnen, welche ihm das Herz versengten, ohne daß Blanche sich darob geregt hätte. Und es tat ihm bitter leid um die Schneekälte seines kahlen, welken Alters, und er sah wohl, der arme Biedermann, daß Gott ihm just Nüsse bescherte, wo er keine Zähne mehr hatte, sie aufzuknacken.

Wie sich der Seneschall mit seines Weibes Jungfrauschaft herumschlug

In den ersten Tagen seines Ehestandes ersann der Seneschall immer neue und glaubwürdige Ausflüchte, womit er sein Weib narrte und ihre preisliche Unwissenheit täuschte. Zuerst fand er in seinen Obliegenheiten als Gerichtsherr triftige Gründe die Menge, sie oft allein zu lassen. Dann lenkte er sie mit mancherlei ländlicher Kurzweil ab, nahm sie mit zur Weinlese in seine Rebberge zu Vouvray, kurzum, er lullte sie mit tausenderlei Possen und Schnacken ein.

Bald sagte er ihr, edle Herren und vornehme Männer benähmen sich nicht wie das gemeine Volk, und die Grafenkinder könnten nur unter gewissen günstigen Gestirnskonstellationen gezeugt werden, und den Astrologen sei es vorbehalten, die passende Stunde und den rechten Augenblick zu bestimmen. Dann wieder hielt er ihr vor, man müsse sich an Feiertagen des Kinderzeugens enthalten, denn es sei eine schwere Arbeit und darum untersagt. Und die Feiertage hielt er wie einer, der geradewegs und unweigerlich ins himmlische Paradies eingehn wollte. Manchesmal behauptete er kühn, wenn zufällig die Eltern nicht im Zustande der Gnade seien, so würden die Kinder, welche am Namenstag der heiligen Klara empfangen wären, blind geboren, die am Sankt Genou-Tage gezeugten bekämen das Zipperlein, die von Sankt Aignan würden grindig, und die von Sankt Rochus erlägen der Pestilenz. Ein andermal erklärte er, die im Hornung gezeugten frören bei jedem kühlen Lüftlein, die Märzkinder seien arge Wildfänge, die vom April seien lauter Tunichtgute und Taugenichtse, und die artigen Knäblein würden allesamt im Mai empfangen. Mit einem Wort: er wolle, daß sein Stammhalter ein Ausbund an Tugend und Schönheit werde, ein wahres Wunder an Liebreiz und Anmut, an Geist und Kraft. Und zu solchem Behufe müsse man abwarten, bis alle erforderlichen Bedingungen einträfen. Zu andern Zeiten sagte er wieder zu Blanche, es sei das Recht des Mannes, seinem Eheweib ein Kind zu schenken nach seinem Willen und Gutdünken. Und wenn der Frau daran liege, als tugendsame Ehefrau geehrt zu werden, müsse sie sich dem Willen ihres Gemahls fügen. Schließlich machte er noch geltend, man müsse warten, bis die edle Frau von Azay heimgekehrt sei, damit sie dem Wochenbett beiwohnen könne. Aus alldem schloß Blanche, daß ihrem Eheherrn ihr Bitten und Drängen wider den Strich ging, und sie dachte sich, vielleicht habe er recht, dieweil er ja ein alter Mann sei, reich an Erfahrung und Weisheit. So schickte sie sich denn darein und dachte nur noch heimlich an ihr ersehntes Kind, das will besagen: sie dachte unablässig Tag und Nacht daran, wie's eben geht, wenn sich ein Weib etwas in den Kopf gesetzt hat, ohne zu ahnen noch zu bedenken, daß sie damit nicht besser handelte als eine leichtfertige Dirne oder ein ehrvergessenes Weib, dem der Sinn nach verbotenen Leckerbissen steht.

Eines Abends brachte Bruyn von ungefähr das Gespräch auf das Kinderkriegen, welche Unterhaltung er sonst scheute wie die Katze das kalte Wasser, und beschwerte sich über einen halbflüggen Burschen, den er am Morgen um bedenklicher Missetaten willen zu schwerer Strafe verurteilt hatte, und dabei konnte er sich's nicht versagen beizufügen, solch nichtsnutzige Rangen kämen eben zur Welt, wenn ihre Eltern mit Todsünden beladen seien.

»Ach«, seufzte Blanche, »wenn Ihr mir einen bescheren wolltet, auch wenn Ihr Eurer schweren Sündenlast nicht ledig gesprochen seid, so will ich ihn schon so gut erziehn und unterweisen, daß Ihr mit ihm sollt zufrieden sein . . .«

Da sah der Graf, daß sein Weib nun einmal diesen Floh im Ohr hatte, und es ward ihm klar, daß es an der Zeit war, dieser Jungfernschaft zu Leibe zu rücken, ihrer Herr zu werden, sie auszurotten und auszutilgen, ihr Zaum und Sattel anzulegen oder sie einzulullen und abzutöten.

»Wie wollt Ihr denn Mutter werden, mein Schatz?« sagte er. »Ihr versteht Euch ja noch nicht einmal auf Euern Frauenberuf und seid es noch nicht gewohnt, die Schloßherrin zu spielen.«

»Oho!« erwiderte sie, »muß ich, um eine Gräfin ohne Fehl und Tadel zu sein und ein junges Gräflein in meinem Schoße zu tragen, die Schloßherrin und große Dame spielen? Daran soll's nicht fehlen; ich werde es tun, und zwar so, daß Euch Hören und Sehen vergehen soll.«

So fing Blanche an, den Hirschen und Hunden nachzuhetzen, um einen Stammhalter zu bekommen. Sie setzte über Gräben und Hecken, ritt auf ihrem Zelter über Stock und Stein, durch Berg und Tal, querfeldein und durchs dichte Gehölz, ergötzte sich am Fluge ihrer Jagdfalken, denen sie im Dahinjagen die Kappen abnahm. Und sie trug sie, immer unterwegs, zierlich auf ihrem niedlichen Fäustchen, während sie talaus, talein sprengte. Das hatte der Seneschall gerade gewollt.

Aber bei diesem immerwährenden Jagen und Hetzen erwachte in der unschuldsvollen Blanche ein Gelüste, wie's Nonnen und geistliche Herren zuweilen befällt, ich meine: ein unbändiger Liebesdrang, der ihre Kräfte nur schärfte und ihren Hunger kein bißchen stillte, wenn sie nach Hause kam und sich die Zähne blank wetzte. So kam es, daß sie – je länger sie im Buche der Natur und ihren Schriften längs der Wege und Pfade las und aus ihrem Tode der Vögel und der wilden Tiere Liebesbrunft und Werben erriet – ein Mysterium natürlicher Alchimie bot. Ihre Wangen röteten sich, ihre Lebensgeister regten sich immer übermütiger und unbändiger, und das besänftigte ihr streitbares Wesen keineswegs und kitzelte bloß ihr Verlangen erneut auf, das um so heftiger lachte, bettelte und zappelte.

Der Seneschall hatte gehofft und geglaubt, er könne die aufsässige und aufmuckende Jungfernschaft seiner Frau dukken und zähmen, indem er sie anhielt, sich in Wald und Feld auszutoben. Doch schlug's ihm übel aus, und seine Arglist kehrte sich gegen ihn, denn die Liebe, die unbekannte Liebe, die in Blanches Adern pulste, ging aus diesem Kampf nur desto üppiger hervor und lechzte nach Ringelstechen und Lanzenbrechen gleich einem Edelknappen, der just zum Ritter geschlagen worden ist. Da wurde der gute Seneschall gewahr, daß er den falschen Weg eingeschlagen hatte und daß auf einem glühenden Rost nicht gut ruhn ist. Auch wußte er nicht mehr, womit er eine so unersättliche Tugend abspeisen sollte, denn je länger er sie hinhielt, um so aufsässiger wurde sie. In solchem Kampfe mußte einer unterliegen, und eine klaffende Wunde mußte aufbrechen, eine teuflische Wunde, die er mit Gottes Hilfe seinem Angesicht fernhalten wollte bis zu seinem Ableben.

Der arme Seneschall hatte schon seine liebe Müh und Not, seinem Weib auf der Jagd nachzukommen, ohne aus dem Sattel geworfen zu werden. Er schwitzte ganze Bäche unter seinem Harnisch und hetzte sich schier zu Tode, dieweil seine lebensprühende Frau Gemahlin immer quicklebendiger und ungebärdiger wurde und sich von Herzen ihres Lebens freute. Des öftern wollte sie, wenn der Abend hereinbrach, noch tanzen. Nun war aber der Alte, in seine dicken Gewänder eingemummt, gänzlich mit seinen Kräften am Rande zufolge all der anstrengenden Ausritte und Jagdvergnügen, an welchen er teilzunehmen gezwungen war, und er vermochte vor Ermattung ihr kaum die Hand zu reichen, wenn sie den Hupftanz der Mohrin probierte oder wenn er ihr die brennende Fackel halten mußte, weil sie gerade die Laune ankam, einen Fackeltanz aufzuführen. Und ungeachtet seines Zipperleins, seiner Gliedersucht und Hüftgicht mußte er ihr noch zulächeln und ihr artige Komplimente machen nach all den Drehungen, Wendungen, Mummereien und drolligen Pantomimen, die sie zum Zeitvertreib aufführte. Denn er war so bis über beide Ohren in sie verliebt, daß er ihr den Mond vom Himmel heruntergeholt hätte, wenn's ihr darum zu tun gewesen wäre.

Jedoch eines Tages kam er zur Einsicht, daß seine Lenden gar zu schwach und entkräftet waren, als daß er es hätte mit der springlebendigen Natur seines Weibes aufnehmen können. So entschloß er sich, den Dingen ihren Lauf zu lassen und vor der gestrengen und herrischen Jungfernschaft seines Weibleins klein beizugeben, wobei er sich wohl ein bißchen auf Blanches keusche Frömmigkeit und Züchtigkeit verließ. Gleichwohl schlief er immer nur mit einem Auge, ahnte er doch, daß Gott die Jungfernschaften geschaffen habe, auf daß sie gepflückt würden, wie er auch die Rebhühnchen schuf, damit sie aufgespießt und gebraten werden sollten.

Eines Morgens, als draußen feuchtnebliges Wetter war und ein dünner Nieselregen vom Himmel fiel, das rechte Wetter für die Schnecken, die bei solcher Witterung scharenweis

auf den Wegen herumkriechen, ein Wetter, das trübsinnig macht und zu träumendem Dahindämmern verlockt, saß Blanche auf einem Stuhl am Fenster in ihrem Gemach und schaute gedankenverloren in ihren Schoß, sintemal nichts so hitzige Wallungen der stofflichen Essenzen erzeugt und keinerlei Tränklein, Spezifikum oder Liebeszauber so durch und durch wärmt, so kitzelt, schürt und brennt, zwickt und glüht wie die feine Wärme, die zwischen dem weichen Polster eines Lehnstuhls und dem einer Jungfrau heimlich schwelt, wenn sie ein Weilchen ruhig darauf sitzt. So kam's denn auch, daß der Gräfin, ohne daß sie es merkte, ihre Jungfernschaft lästig wurde, daß es sie allerorten juckte und zwickte, im Hirn, im ganzen Leib und überall.

Den alten Seneschall wurmte es bitter, daß er mit ansehn mußte, wie sie sich verzehrte, und er hätte ihr gar gerne die argen Gedanken ausgetrieben, die zu außerehelichem Liebeln und Schnäbeln verleiten konnten.

»Was quält Euch, mein Schatz, und macht Euch so bekümmert?« fragte er.

»Ich schäme mich.«

»Wer hat Euch denn einen Schimpf angetan?«

»Ich schäme mich, weil ich keine rechte Frau bin, aller Ehren wert und Eurer Achtung würdig, dieweil ich kinderlos bleibe und Ihr ohne Nachkommenschaft seid. Kann man überhaupt eine Dame sein, wenn man keine Kinder kriegt? Nein und abermals nein! Seht Ihr ... Alle meine Nachbarinnen haben Kinder, und ich habe mich verehelicht, um Kinder zu bekommen, wie ja auch Ihr mich geheiratet habt, um mir Kinder zu schenken. Die edeln Herren im Touranerland sind allesamt mit vielen Kindern gesegnet, und ihre Frauen gebären sie ihnen schockweis. Nur Ihr allein habt keine! Man wird Euch ja auslachen, Ihr werdet es sehen! Euer Name wird aussterben! Und was wird dann aus Euerem Lehen und aus allen Euern Herrschaften? Ein Kind ist für uns Frauen die natürlichste Gesellschaft. Es ist unsere größte Freude, wenn wir's ein- und auswickeln, wenn wir es trockenlegen, an- und auskleiden, herzen, küssen, hätscheln, streicheln, stillen, wiegen, in Schlaf singen oder ihm seinen Brei einlöffeln. Und ich spüre wohl, hätte ich nur die Hälfte von einem eigenen Kindlein, ich würde es Tag und Nacht abküssen, ich möchte es in seine Windeln wickeln und dann wieder auspacken, ich ließe es hüpfen und springen und auf meinen Knien tanzen, ohne je müde zu werden, wie es alle die Damen tun!«

»Ja, wenn's nicht immer wieder vorkäme, daß Frauen bei der Geburt sterben, Ihr wäret längst schon Mutter! Aber Ihr seid noch zu schmal und schmächtig und allzu eng verschlossen! ...« gab ihr der Seneschall zur Antwort. Der Kopf rauchte ihm, so hatte ihn ihr Redeschwall benommen. »Wollt Ihr aber nicht lieber eines kaufen, das schon fertig ist? So kostet's Euch keine Qual und macht keine Schmerzen!«

»Wahrhaftig«, fuhr sie ihn an, »ich will aber Qual und Schmerzen ausstehn, sonst wäre es ja nicht richtig mein! Ich weiß genau, es muß aus mir zur Welt kommen, sagt man doch in der Kirche immer, Jesus Christ sei die gebenedeite Frucht aus der Jungfrau hochheiligem Leib.«

G. Doré
F. PIERDON

»Wohlan, so laß uns zu Gott beten, daß es also geschehe!« rief nun der Seneschall. »Die Muttergottes von Esgrignolles wird uns beistehn. Wir unternehmen eine Wallfahrt zu ihr. Gar manche Dame hat schon nach der neuntägigen Andacht empfangen. Ihr dürft aber nicht eine davon verfehlen!«

Da machte sich noch am selben Tage Blanche auf den Weg zur Muttergottes von Esgrignolles, prächtig angetan wie eine Königin, auf ihrem schönen Zelter, in ihrem grünen, mit einer goldenen Kordel umschnürten Sammetkleid, welches ihren Busen bloß ließ, mit scharlachroten weiten Ärmeln, in winzigkleinen Schühlein, einer hohen Haube, die mit edeln Steinen verziert war, und einem übergoldeten Gürtel, der ihre gertenschlanken Hüften anmutig zur Geltung brachte. All ihren Putz und ihr Geschmeide gedachte sie nämlich der jungfräulichen Gottesmutter darzubringen. Und sie gelobte ihr alles dies für den Tag des ersten Kirchgangs nach dem Wochenbett. Vor ihr her ritt der edle Herr von Montsoreau, blitzenden Auges wie ein Sperberfalke, er trieb das Volk beiseite und wachte mit seinen Reisigen über die Sicherheit der Wallfahrer. In der Nähe von Marmoustiers war der Seneschall vor Hitze eingenickt, denn es war im August, und er schwankte auf seinem Roß hin und her wie ein Stirnreif oder Diadem auf dem Kopf einer Kuh. Und als sie bei einem Bauernweib vorüberritten, das am Fuße eines Baumstamms hockte und aus einem irdenen Krug Wasser trank, sah sie die übermütige und anmutige junge Edelfrau neben dem steinalten Kracher einherreiten, und sie wandte sich an ein altes zahnloses Bettelweib, das da Ähren las und in einem fort ächzte und jammerte, und fragte, ob diese liebreizende Prinzessin etwa den Tod zu Grabe geleite.

»Wo denkt Ihr hin!« versetzte die Alte. »Das ist doch unsere edle Frau von La Roche-Corbon, die Seneschallin von Poitou und der Touraine! Sie wallfahrtet um ein Kind.«

»Aha!« rief das junge Ding und lachte wie eine Fliege, die den Verstand verloren hat.

Dann deutete sie auf den schmucken Ritter, der dem Zug vorausritt, und meinte: »Der dort vorne an der Spitze soll's ihr besorgen, dann spart sie Wachs und Gelübde.«

»Mich nimmt nur wunder«, erwiderte das Bettelweib, »mein Schätzchen, warum sie zu Unserer Lieben Frau von Esgrignolles wallfahrtet, sind doch die Pfaffen dort so gar nicht schöne Männer. Sie täte besser, sich für eine Spanne Zeit im Schatten des Kirchturms von Marmoustiers hinzulegen, da wäre sie im Handumdrehn gesegneten Leibes, so flink sind die guten Väter dort!«

»Hol der Teufel die Pfaffen insgesamt!« schimpfte eine Schnitterin, die eben aus ihrem Schläfchen erwachte. »Seht nur, der Junker von Montsoreau ist feurig und liebreizend genug, um das Herz dieser Dame aufzuschließen, zumal es ja bereits einen Spalt hat.«

Und alle brachen in lautes Gelächter aus. Da wollte der Herr von Montsoreau zu ihnen hinreiten und sie zur Strafe für ihre losen Reden an einem Lindenbaum, der am Wege stand, aufknüpfen lassen. Doch Blanche wehrte es ihm und rief: »O nein, Junker, laßt sie doch nicht hängen! Sie haben noch nicht alles gesagt. Den Rest werden wir uns auf dem Rückweg anhören.«

Dabei wurde sie über und über rot, und der Junker von Montsoreau schaute ihr tief in die Augen, als wollte er ihr bis auf den Grund ihres Herzens blicken und dorthinein die geheimnisvollen Ahnungen und Erkenntnisse der Liebe senken. Doch dämmerte es in ihrem Herzen und auch in ihrem Geist schon mächtig, seit sie mit angehört, was die Bauerndirnen miteinander getratscht hatten, und der Same, den die Weiber ausgestreut hatten, war auf fruchtbaren Boden gefallen. Ihre Jungfernschaft war wie Zunder, und es brauchte bloß ein Wörtlein, daß sie lichterloh brannte.

So kam es, daß Blanche mit einmal bemerkenswerte und augenfällige Unterschiede zwischen der kümmerlichen Erscheinung ihres betagten Ehegemahls und der vollkommenen Schönheit besagten Gautiers entdeckte. Dieser edle Junker trug nicht allzuschwer an seinen dreiundzwanzig Jahren, er hielt sich bolzgerade im Sattel wie ein Kegel, munter und springlebendig wie das Geläute der Frühmette, dieweil der Seneschall im Reiten döste und schlief. Auch war er beherzt, kühnen Mutes und flink, wohingegen ihr Herr und Meister jämmerlich versagte. Der Junker war eines von den ausgepichten, goldigen Mannsbildern, welche sich die putzsüchtigen Frauenzimmer nächtlicherweile viel lieber überziehen als eine Nachthaube, weil sie sich dann weniger vor den Flöhen zu fürchten brauchen. Manche wollen sie deswegen tadeln, doch soll man keinen Menschen um solcher Dinge willen schelten, sintemal ein jeder schlafen kann, wie's ihm gefällt.

So reiflich, gründlich und wohlbedacht überlegte sich die Seneschallin alles, daß sie schon bei der Brücke von Tours oder noch vorher den schmucken Gautier heimlich und verstohlen liebte, wie eine Jungfrau eben liebt, ohne zu ahnen, was Liebe eigentlich ist. Also wurde sie eine Frau, erfüllt von echter Nächstenliebe, das heißt eine Frau, die ihrem Mitmenschen alles Gute wünscht, was ja der Menschen bestes Teil ist. Und es befiel sie großes Herzeleid, denn es packte sie jählings mit so übermäßiger Gewalt ein tiefinneres Sehnen und Bangen, dieweil ja alles eitel Feuer ist zwischen dem ersten zaghaften Gelüsten und dem letzten sehnsüchtigen Begehren. Und erst jetzt erfuhr sie, was sie zuvor nicht hatte wissen können, daß nämlich durch die Augen sich ein feines Gift einschleichen konnte, welches in allen Adern und Fasern des Leibes, in allen heimlichsten Fältchen des Herzens, den Sehnen der Gliedmaßen, den Haarwurzeln, sämtlichen Eingeweiden, Hirnwindungen, Hautporen, in Lunge, Leber, Milz und Nieren, kurz, in allen Teilen, Höhlungen und Wölbungen ihres Leibes sich einfraß, so daß sie mit einemmal sich weiteten, erhitzten, kitzelten und krabbelten, prickelten und kribbelten, als hätte sie tausend Henkelkörbe voll spitzer Nadeln im Leibe. Was sie da spürte, war so ein rechtes Jungferngelüste, ein voll ausgewachsenes Verlangen, bei welchem ihr schwarz vor den Augen wurde, so daß sie ihren alten Ehegemahl nicht mehr sah, vielmehr nur noch den jungen Gautier, der vor Gesundheit strotzte wie das glorreiche Doppelkinn eines Abtes.

Als nun der Seneschall seinen Einzug in Tours hielt, weckten ihn die Zurufe und das Geschrei der Menschenmenge auf, und er ritt unter großem Gepränge mit seinem Gefolge zur Kirche Unserer Lieben Frau von Esgrignolles, ehemals genannt *die Gnadenreiche*, was etwa soviel heißt wie *die segensreich Wirkende*. Blanche ging schnurstracks in die Kapelle, wo man zu Gott und zur Jungfrau um Kindersegen betete. Und sie betrat diesen Ort ganz allein, wie es der Brauch war; immerhin war der Seneschall zugegen, und bei ihm waren seine Knechte und eine Unzahl von neugierigen Gaffern, welche vor dem Gitter harrten. Als die Gräfin den Priester kommen sah, welchem die kinderbescherenden Messen oblagen und der auch die Erklärung der Gelübde jeweilen entgegennahm, fragte sie ihn, ob häufig kinderlose Frauen hierherkämen. Worauf ihr der gute Priester zur Antwort gab, er könne sich wahrlich nicht beklagen, und seiner Kirche erwüchsen aus solcherlei Nothilfe und Beistand ganz beachtliche Einkünfte.

»Und kommen oftmals«, fragte Blanche weiter, »junge Frauen mit ihren Männern zu euch, die so alt sind wie der gnädige Herr Seneschall?«

»Nur selten«, entgegnete der Abt.

»Aber die wenigen, die kommen, haben doch Kinder gekriegt?«

»Jedesmal!« versetzte der Priester lächelnd.

»Und die andern, die jüngere Gatten haben?«

»Zuweilen . . .«

»Oh!« staunte sie. »Da geht man also sicherer mit einem, der ist wie der Seneschall?«

»Sicherlich«, pflichtete der Priester bei.

»Weshalb denn?« fragte sie weiter.

»Hohe Frau«, antwortete der Priester ernst und würdig, »vor diesem Alter steht die Sache bei Gott allein. Später steckt immer noch ein Mann dahinter.«

Zu jener Zeit – das kann man füglich sagen – lag noch alle Weisheit und Wissenschaft in den Händen der Priester. Blanche tat nun ihr Gelübde, das überaus ansehnlich war, sintemal ihr Putz und Geschmeide wohl zweitausend Golddukaten Wert hatte.

»Ihr seid ja ausnehmend fröhlich heute!« sprach der Seneschall zu ihr, als sie auf dem Heimweg ihren Zelter tänzeln, springen und munter kurbettieren ließ.

»Ei freilich«, gab sie zur Antwort. »Jetzt brauche ich ja nicht mehr zu zweifeln, daß ich ein Kind bekommen werde, weil noch andere dabei mithelfen können, wie mir der Priester gesagt hat. Ich werde Gautier dazu nehmen . . .«

Der Seneschall hätte am liebsten den Mönch stracks umgebracht. Dann aber fiel ihm ein, das wäre ein Verbrechen, das ihn zu teuer könnte zu stehen kommen, und er faßte den Entschluß, seine Rache klug mit Hilfe des Erzbischofs ins Werk zu setzen. Und ehe er noch die Dächer von La Roche-Corbon wiedergesehen hatte, befahl er dem Junker von Montsoreau, heimzureiten in seine Burg und ihm dort eine Handvoll Schatten zu holen, und das tat der junge Gautier unverzüglich, da er die Grillen seines Herrn zur Genüge kannte.

An Stelle des besagten Gautier nahm der Seneschall den Sohn des Junkers von Jallanges in Dienst, welches Lehen zu La Roche-Corbon gehörte. Der war ein blutjunger Bursche namens Renatus, noch nicht volle vierzehn Jahre alt, und der Seneschall machte ihn einstweilen zu seinem Pagen, bis er einmal alt genug war, um Knappe und Kriegsmann zu werden, und den Befehl über seine Reisigen übergab er einem alten einbeinigen Haudegen, mit dem er sich lange Zeit im Heiligen Land und anderswo herumgeschlagen hatte. Solchergestalt, meinte der Alte, könnte er's vermeiden, den geweihverzierten Harnisch der Hahnreischaft anzulegen, und so könnte er die rebellische Jungfernschaft seiner Frau weiterhin zügeln, darniederhalten und ducken, obwohl sie aufmuckte und störrisch war wie ein Maulesel, wenn man ihn anpflöckt.

L. DECHOUY.

Was nur eine läßliche Sünde ist

Am Sonntag, der auf die Ankunft des jungen Renatus im Schloß von La Roche-Corbon folgte, ritt Blanche ohne ihren alten Seneschall auf die Jagd. Und als sie im tiefen Wald unweit Carneaux war, erblickte sie einen Mönch, welcher einem jungen Ding hitziger als nötig zusetzte. Sie gab ihrem Roß die Sporen und rief ihren Begleitern zu: »Ihr da, haltet ihn ab, daß er sie nicht umbringt!«

Als aber die Seneschallin nahe zu den beiden hingeritten war, riß sie geschwind ihr Pferd herum, und der Anblick dieses kraftgeschwellten Mönches verleidete ihr das Jagen für diesen Tag. Still und nachdenklich ritt sie nach Hause, und da ging ihr jählings ein Licht auf und erleuchtete ihren Verstand, und tausenderlei Dinge wurden ihr mit einmal klar, die sie bis auf diesen Tag nicht begriffen hatte, Kirchengemälde und andere Bilder, Schnurren, Mären und Spielmannsgeschichten oder auch das Treiben der Vögel und Tiere in Wald und Feld. Mit einem Schlag erkannte sie das süße Geheimnis der Liebe, das in allen Zungen geschrieben ist, sogar in der Sprache der Karpfen. Ist es nicht eitel Wahnwitz, dies Wissen den Jungfrauen vorenthalten zu wollen? . . .

Blanche legte sich früh zur Ruhe, und kaum lag sie im Bett, sprach sie zum Seneschall: »Bruyn, Ihr habt mich angelogen und schnöde hintergangen. Ihr müßt mit mir tun, was der Mönch zu Carneaux mit der Dirne getrieben hat.«

Da schwante dem alten Bruyn, was vorgefallen war, und er sah wohl, daß ihm eine böse Stunde geschlagen hatte. Er schaute Blanche mit Augen an, in denen allzuviel Feuer war, als daß weiter unten dieses Feuer noch hätte brennen können, und gab ihr freundlich und sanft zur Antwort: »Ach weh, liebster Schatz! Als ich Euch zum Weibe nahm, da besaß ich mehr Liebe als Leibeskraft und zählte auf Euer Mitleid und Euer tugendliches und keusches Herz. Was mein Leben so kummervoll und traurig macht, ist die Reue darüber, daß ich meine ganze Kraft nur noch im Herzen spüre. Dieser Kummer wird mich gar bald ins Grab bringen, und Ihr seid dann frei! . . . Wartet mein Hinscheiden aus dieser Welt ab. Dies ist die einzige Bitte, die ich an Euch richte, ob ich schon Euer Herr und Meister bin und Euch befehlen könnte. Aber ich will nichts weiter sein als Euer untertäniger Knecht und Diener. Bringt nicht Schande über mein weißes Haar! . . . Mancher Edelmann hat unter solchen Umständen schon sein Weib umgebracht . . .«

»Wollt Ihr mich also töten?« fragte sie.

»Nein«, erwiderte der alte Mann, »dafür liebe ich dich zu sehr. Siehst du, du bist meines Alters Blüte, die Freude meiner Seele! Du bist mein heißgeliebtes Töchterlein. Dein Anblick tut meinem Auge wohl, und alles kann ich von dir ertragen, Leid und Glück . . . Ich gebe dir Vollmacht zu handeln, wie's dir gefällt und behagt, wenn du nur deinem armen Bruyn nicht allzu gram bist, weil er dich zu einer mächtigen, reichen und hochgeehrten Dame gemacht hat. Wirst du nicht eine hübsche Wittib abgeben? Dein Glück wird mir das Sterben leicht und süß machen . . .«

Und er rang seinen ausgetrockneten Augen noch eine letzte Träne ab, die glühendheiß über seine ausgemergelten, furchigen Wangen niederrann und auf Blanches Hand tropfte. Blanche aber war tief gerührt über die große Liebe ihres alten Gemahls, der ihr zuliebe in die Grube fahren wollte, und so sagte sie lachend zu ihm: »Still, macht Euch keine Sorgen und weint nicht mehr. Ich will ja schon zuwarten! . . .«

Daraufhin küßte ihr der Seneschall die Hände und tätschelte und liebkoste sie zärtlich wie ein gurrender Turteltauber. Dabei sagte er mit zitternder Stimme: »Wenn du wüßtest, Blanche, mein Herzchen, wie ich dich, während du schliefst, vor zärtlicher Liebe beinah aufgefressen und dich bald dahin, bald dorthin geküßt habe . . .«

Und der alte Affe streichelte sie dabei mit seinen beiden Händen, die wahre Knochengerippe waren.

»Und ich getraute mich nicht, dich aufzuwecken«, stammelte er weiter, »ich wagte nicht, das süße Kätzchen zu wekken, das meiner Ehre den Garaus gemacht hätte, sintemal ich bei solchem Liebkosen nur mein Herz in Brand setzte . . .«

»Ach«, versetzte sie, »so könnt Ihr mich ruhig hätscheln, auch wenn ich wach bin. Das macht mir nichts.«

Bei diesen Worten nahm der arme Seneschall den kleinen Dolch vom Nachttisch, reichte ihn ihr hin und rief: »Mein Lieb, töte mich . . . oder laß mich glauben, daß du mich ein ganz klein wenig liebhast.«

»Ja, ja!« begütigte sie ihn ganz erschrocken. »Ich will versuchen, Euch sehr liebzubekommen.«

So geschah es, daß diese junge Jungfernschaft Macht gewann über den greisen Mann und ihn zum hörigen Sklaven machte. Denn im Namen dieses wunderhübschen Venusgärtleins, das brachlag, zwang Blanche, mit der Bosheit, die allen Frauenspersonen angeboren und natureigen ist, ihren alten Bruyn, hin und her zu traben gleich einem Mülleresel. »Mein lieber Bruyn, ich möchte dies!« Und: »Bruyn, ich will das!« – »Vorwärts, Bruyn! Geh schon, Bruyn!« So hieß es in einem fort. »Bruyn! Bruyn!« Und immerzu mußte Bruyn folgsam kuschen, so daß der Ärmste unter dem Erbarmen seiner Frau ärger litt, als er unter ihrer Bosheit gelitten hätte. Sie machte ihn mit voller Absicht verrückt, bis er nicht mehr aus noch ein wußte. Alles mußte nach ihrem Köpfchen gehn, alles wünschte sie aufs Wort und aufs Tüpfelchen ausgeführt, und dann wieder mußte er auf einen leisen Wink ihrer Brauen das Unterste zuoberst kehren. Und war sie einmal mißgestimmt, so verlor der Seneschall vollends den Kopf und sagte zu allen und jedem auf seinem Richterstuhl: »Hängt ihn auf ...« Jeder andere wäre draufgegangen wie eine Fliege bei diesem jungfernschaftlichen Scharmützel. Aber Bruyn war so eisenhart von Natur, daß er nicht leicht umzubringen war.

Eines Abends, als Blanche alles im Hause auf den Kopf gestellt, Menschen und Tiere todmüde gehetzt hatte und sogar den Ewigen Vater im Himmel mit ihrer unerträglichen Laune hätte rasend machen können, obwohl er doch einen unerschöpflichen Vorrat an Langmut und Güte besitzt, sonst könnte er's mit uns ja nicht aushalten, da sagte sie beim Zubettegehen zum Seneschall: »Mein guter Bruyn, ich spüre da unten Gelüste, die mich zwicken und zwacken, von da hinauf ins Herz steigen und mir das Hirn versengen, und dann erwecken sie in mir allerlei schlimme Gedanken, und des Nachts träume ich vom Mönch zu Carneaux ...«

»Mein Lieb«, erwiderte der Seneschall, »das sind lauter Teufelswerke und höllische Versuchungen, gegen die sich die Mönche und Nonnen zu feien wissen. Wenn Ihr somit heil davonkommen wollt, so geht zu unserm ehrwürdigen Nachbar, dem Abt von Marmoustier, zur Beichte. Er wird Euch wohl beraten und auf den rechten Weg weisen, der heilige Mann.«

»Gleich morgen will ich hingehen«, versetzte sie.

Und so tat sie auch. Anderntags trabte sie munter dem Kloster der frommen Mönche zu, die sich baß wunderten, daß eine so liebreizende Dame zu ihnen auf Besuch kam, und am Abend ihretwegen Sünde über Sünde begingen.

Doch für den Augenblick geleiteten sie ihren Gast zu ihrem hochwürdigen Abt.

Blanche fand den Abt in einem abgelegenen Garten, unweit den Felsen, unter einem kühlen Laubengang, und blieb stehen, betroffen von der ehrfurchtgebietenden Haltung des heiligen Mannes, obschon sie sonst nicht viel Aufhebens mit weißen Haaren zu machen gewohnt war.

»Gott mit Euch, edle Frau!« begrüßte er sie. »Was sucht Ihr, eine junge Frau, hier in solcher Nähe des Todes?«

»Euern unschätzbaren Rat«, antwortete sie und verneigte sich tief vor ihm. »Und wenn es Euch lieb ist, ein ungelehriges Weltkind anzuleiten und zu betreuen, werde ich überglücklich sein, einen so weisen Beichtiger zu haben.«

»Meine Tochter«, erwiderte der Mönch, mit welchem der alte Bruyn diese Spiegelfechterei abgekartet und die Rollen verabredet hatte, die sie beide zu spielen hatten, »hätte ich

nicht die Kälte von hundert Wintern auf diesem entlaubten Haupte gespürt, so vermöchte ich Eure Sünden gar nicht anzuhören. Doch sagt sie mir nur, und wenn Ihr dereinst ins Paradies eingeht, so will ich gerne daran schuld sein.«

Hierauf beichtete die Seneschallin im Handumdrehen den Kleinkram ihrer Sünden von der Seele, und als sie sich alle die harmlosen Versündigungen vom Herzen geredet hatte, kam sie zum Postskriptum ihrer Beichte.

»Ach, mein Vater«, sprach sie, »ich muß Euch bekennen, daß ich Tag für Tag vom Wunsche heimgesucht werde, ein Kind zu gebären. Ist das sündhaft?«

»Nein«, antwortete darauf der Abt.

»Aber«, fuhr sie fort, »meinem Gemahl ist es von der Natur versagt, mir den Zagel zu liefern, mit dem ein Weib gefreit werden will. So hörte ich die alten Weiber unterwegs sagen.«

»Dann«, entgegnete der Priester, »müßt Ihr keusch und unbescholten leben und Euch jedes Gedankens an solche Dinge enthalten.«

»Ich habe aber gehört, wie die Burgfrau von Jallanges einmal sagte, es sei keinesfalls eine Sünde, sofern man davon weder Nutzen noch Vergnügen habe.«

»Vergnügen ist immer dabei!« sprach der Abt. »Und rechnet Ihr's nicht als einen Nutzen, ein Kind zu bekommen? So lasset Euch denn ein für allemal gesagt sein, daß es immer eine Sünde vor Gott sein wird und ein Verbrechen in den Augen der Menschen, einen Bankert in die Welt zu setzen, indem man mit einem Manne Umgang pflegt, mit dem man nicht kirchlich getraut ist... Darum müssen solche Frauen, die den heiligen Gesetzen der Ehe zuwiderhandeln, im Jenseits bitter büßen und werden von greulichen Ungeheuern mit spitzen und scharfen Krallen gepeinigt, die sie in glühenden Öfen schmoren, zum Gedächtnis dafür, daß sie hienieden ihre Herzen ein wenig heißer gehegt haben, als erlaubt ist.«

Da kratzte sich Blanche ratlos hinterm Ohr, und nachdem sie ein Weilchen nachgedacht hatte, fragte sie den Priester: »Und wie hat es denn die Jungfrau Maria angestellt? . . .«

»Sachte, sachte!« gab der Abt ihr zur Antwort. »Dies ist ein Mysterium!«

»Und was ist das: ein Mysterium?«

»Etwas, was man nicht erklären kann und was man unbesehen glauben muß.«

»Und könnte ich nicht auch ein Mysterium vollbringen?«

»Selbiges«, sagte der Abt, »hat sich nur ein einzig Mal zugetragen, weil Gottes Sohn zur Welt kommen sollte.«

»Ach, mein Vater, ist es denn Gottes Wille, daß ich sterben muß? Oder soll ich bei klarem und gesundem Verstande in Wahnsinn verfallen? Wahrlich, viel fehlt nicht daran, und die Gefahr ist nicht gering. Manches Mal sind alle meine Eingeweide in Aufruhr und erhitzen und erregen sich, und dann bin ich nicht mehr bei Sinnen und kümmere mich um gar nichts mehr. Dann muß ich einen Mann haben, und ich möchte über Mauern springen und ohne jede Scham querfelein laufen, und alles könnte ich zu Fetzen hauen, bloß um das zu sehen, was damals beim Mönch zu Carneaux so glutrot prangte. Und wenn mich solche Raserei befällt, die mich an Leib und Seele quält und allenthalben in mir prickelt und kribbelt, dann kenne ich weder Gott noch Teufel noch einen Gatten mehr. Ich bin zappelig, muß umherrennen, möchte aus der Haut fahren und alles kurz und klein schlagen, Geschirr und Geräte, den Geflügel- und den Hühnerhof, Hausrat und alles, ich kann überhaupt nicht sagen, was alles noch. Ich getraue mich gar nicht, Euch alles einzugestehn, was ich Schlechtes tue, denn wenn ich darüber rede, läuft mir das Wasser im Munde zusammen, und das Ding, das Gott der Herr verdammen möge, juckt und krabbelt mich gottserbärmlich... Es kommt noch so weit, daß mich der Irrsinn packt und mich so stachelt, daß meine Tugend dabei erliegt. Sagt nun, Herr, kann Gott, der mir solch übermächtiges Liebesverlangen in den Leib gelegt hat, mich wirklich und wahrhaftig verdammen? . . .«

Daraufhin war's nun am Priester, sich hinterm Ohr zu kratzen, so völlig verblüfft war er über diese Wehklagen, tiefsinnigen Weisheiten, Gegengründe und Erkenntnisse, die da eine Jungfernschaft von sich gab.

»Meine Tochter«, sagte er schließlich, »Gott hat uns von den unvernünftigen Tieren unterschieden und ein Paradies erschaffen, in das wir eingehen können. Dazu schenkte er uns die Vernunft, welche ein Steuerruder ist, uns in den Stürmen unserer Wünsche und Begierden zu lenken und zu leiten... Und es gibt freilich eine Möglichkeit, die Arglist der Anfechtungen abzuwehren, durch Fasten nämlich, durch nimmermüdes Arbeiten und anderes gottgefälliges und weises Tun... Anstatt voll Unrast zu zappeln und zu strampeln wie ein Murmeltier, das man von der Kette läßt, müßt Ihr zur jungfräulichen Muttergottes beten, auf hartem Lager schlafen, Euern Haushalt in Ordnung halten und nie und nimmer müßig sein . . .«

»Ach, mein Vater, wenn ich in der Kirche in meinem Gestühle sitze, sehe ich weder Priester noch Altar, sondern nur das Jesuskindlein, das in mir sogleich wieder allerlei Gelüste erweckt. Doch kommen wir zum Ende: wenn mir der Kopf wirbelt und mein Verstand schwindet, so daß ich mich in der Liebe verstricke und nicht mehr loskomme? . . .«

»Stünde es so um Euch«, erwiderte unbedacht der Abt, »so wäret Ihr im gleichen Fall wie die heilige Lidoria, welche eines Tages im tiefen Schlafe lag, ein Bein hier-, das andere dorthin gestreckt und nur leicht bekleidet, weil die Hitze übergroß war. Da nahte ihr ein junger Mann voll Hinterlist und schwängerte sie, hast du nicht gesehen, mit einem Kinde. Und weil die gute Heilige keine Ahnung hatte von dieser Untat und hoch erstaunt war, daß sie sollte mit einem Kinde niederkommen, tat sie, im Glauben, die Schwellung ihres Unterleibs sei eine bösartige Krankheit, dafür Buße als für eine läßliche Sünde, zumal sie bei diesem Bubenstück keinerlei Lust verspürt hatte, was auch aus der Aussage des Bösewichts klar hervorging, welcher auf dem Schafott, wo er hingerichtet wurde, erklärte, die Heilige habe sich kein bißchen gerührt und geregt . . .«

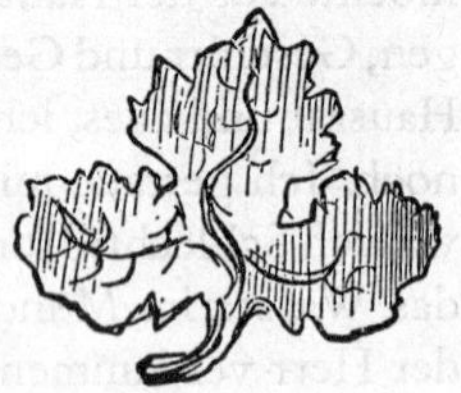

»Oh, mein Vater«, sagte da die Seneschallin, »seid gewiß, daß ich mich ebensowenig regen würde wie sie«!

Kaum hatte sie das gesagt, so wischte sie davon, flink, frisch und liebreizend, ein nachdenkliches Lächeln auf den Lippen, denn sie überlegte hin und her, wie sie so eine läßliche Sünde begehen könnte.

Als sie vom Kloster nach Hause ritt, sah sie im Schloßhof den kleinen Jallanges, der unter der Aufsicht des alten Stallmeisters auf einem prächtigen Roß auf und ab ritt, kehrte und wendete, sich jeder Bewegung des Tieres anschmiegte, sich im Sattel hob und dann zu Boden sprang, wieder aufsaß und artig allerlei Volten und Sprünge ausführte, die Schenkel angezogen, und der dabei so bildhübsch, so gewandt und gelenkig und keck aussah, daß man es gar nicht schildern kann; mit einem Wort: so lieblich, daß es sogar die Königin Lukrezia

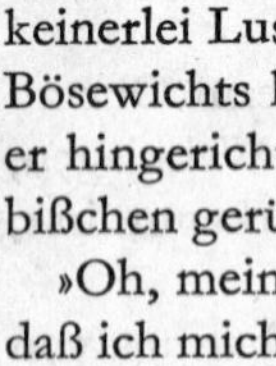

nach ihm hätte gelüsten mögen, wiewohl sie sich ja entleibt hat, nur weil sie gegen ihren Willen genotzüchtigt worden war.

»Ach«, seufzte Blanche, »wäre doch dieser Edelknabe nur schon fünfzehn Jahre alt, wie gerne wollte ich in seiner Nähe einschlafen!«

So kam es, daß sie ungeachtet der allzu großen Jugend dieses artigen Pagen während des Mittags- und Nachtmahls unablässig voll Begehrlichkeit nach Renatus hinschielte, sich nach seinem schwarzen Krauskopf die Augen ausschaute, nach seiner schneeweißen Haut, wie Milch und Blut, äugte, seine anmutige Gestalt mit ihren Blicken verschlang und vor allem sich an seinen Augen nicht satt sehen konnte, welche leuchteten und vor Wärme strahlten und vor Lebensfreude sprühten. Und diese Glut wagte er nicht zu zeigen, der arme Kleine, so schüchtern war er noch!

Als zur Abendzeit die Seneschallin in ihrem Sessel beim Kamin saß und vor sich hinträumte, fragte sie der alte Bruyn, worum sie sich denn sorge.

»Ich denke über etwas nach«, gab sie ihm zur Antwort. »Ihr müßt Euch in der Liebe recht früh schon die Sporen verdient haben, daß Ihr seit langem schon so klapprig und verbraucht seid ...«

»Oho!« schmunzelte er lächelnd wie alle alten Krauter, wenn man die Rede auf ihre Liebeserinnerungen bringt, »mit dreizehneinhalb Jahren hab ich schon der Kammerjungfer meiner Mutter ein Kind angehängt ...«

Mehr wollte Blanche gar nicht wissen; sie war nun überzeugt, der Page Renatus sei hinreichend dazu imstande. Darüber freute sie sich sehr, war heiter, aufgeräumt und guter Dinge, trieb allerlei übermütigen Schabernack mit dem Seneschall und kuschelte sich in ihr stummes Verlangen ein wie Kuchenteig ins Mehl.

Wie und von wem besagtes Kind gezeugt wurde

Die Seneschallin brauchte nicht allzu lange über die Art nachzudenken, wie sie unverweilt des Pagen Liebe erwecken könnte. Bald schon hatte sie herausgefunden, mit welchen natürlichen Fallstricken sie auch die Schlauesten ins Garn locken könnte.

Wie sich das anließ, sei im folgenden erzählt.

Zur Stunde, da es am Tage heiß war, hielt der Seneschall nach sarazenischer Gepflogenheit Siesta, wie er es sich im Heiligen Lande angewöhnt und seither nie mehr unterlassen hatte. Während dieser Zeit war Blanche allein und erging sich auf einer Wiese oder stichelte an einer Handarbeit, wie Frauen gerne tun, an einer Stickerei oder Webart. Zumeist aber hielt sie sich im Saale auf, sah nach der Wäsche oder schloß die Tischtücher in die Spinde und Truhen, oder sie lief umher, wie ihr gerade ums Herz war. Nun erkor sie diese stille Stunde für ihr Vorhaben: der Erziehung des Pagen den letzten Schliff zu geben und ihn zu lehren, in Büchern zu lesen und seine Gebete zu sprechen.

Anderntags denn, als Schlag zwölf Uhr der Seneschall eingenickt war, der die Sonnenhitze nicht vertragen konnte – denn der Burghügel von La Roche-Corbon war der prallen, sengenden Gluthitze ausgesetzt, so daß man unweigerlich einschlafen mußte, es sei denn, so ein Teufelsding von einer ungebärdigen Jungfernschaft setze einem ganz unerträglich zu, lasse dem matten Leib keine Ruhe und plage ihn mit solcherlei Anfechtungen, daß er nicht anders kann als wachbleiben –, Schlag zwölf Uhr also nistete sich Blanche in dem mächtigen Armstuhl ihres Herrn und Gemahls ein, fand ihn auch mitnichten zu hoch, dieweil sie auf die Zufälligkeiten der Perspektive baute. Das listige Weib setzte sich flink darin zurecht wie eine Schwalbe in ihrem Neste, neigte das Köpfchen, das schlaue, durchtriebene, auf den Arm wie ein Kind, das eingeschlummert ist. Während sie aber alle diese Vorkehrungen traf, behielt sie beide Augen genäschig weit offen und lächelte in der Vorfreude auf die artigen, verstohlenen Scherze, das Schnupfen und Schielen, Zappeln und Räkeln, das Hangen und Bangen des Pagen, der zu ihren Füßen liegen würde, nur um die Hupfweite eines ausgewachsenen Flohs von ihr getrennt. Und so lange und wohlbedacht rückte sie das Sammetkissen näher heran, auf welchem der arme Page niederknien sollte – wie trieb sie allbereits ihr Spiel mit des Ärmsten Leib und Seele! –, daß seine Augen, auch wenn er ein fühlloser Heiliger von Stein gewesen wäre, notgedrungen an den Faltenlinien ihres Gewandes entlang hätten schauen müssen, und es konnte nicht ausbleiben, daß sie bewundernd auf den vollendet schönen Formen ihrer zierlichen Beine verweilten, die sich unter dem weißen Rock der Seneschallin abhoben. So mußte es unausweichlich dazu führen, daß ein schwacher Edelknabe sich in einer Falle fing, in welcher der kräftigste Ritter noch willig hätte schwach werden wollen.

Als sie sich nun so lange hin und her gekuschelt und zurechtgerückt hatte, bis sie in der Stellung dasaß, die ihr für ihr Vorhaben am ehesten geeignet schien und den Pagen am sichersten zu Fall bringen konnte, rief sie leise und sanft: »Oh, Renatus!« Und Renatus, der sich, wie sie wohl wußte, im Vorzimmer bei den Schloßwachen aufhielt, kam unverzüglich herbeigelaufen und streckte alsbald seinen braunen Lockenkopf durch den Türvorhang.

»Was befehlt Ihr, Herrin?« fragte der Page.

Er hielt vor großer Ehrerbietung sein karmesinrotes Samtkäpplein in der Hand, und dies Käpplein war minder rot als seine frischen Grübchenwangen.

»Kommt näher«, hauchte sie mit leiser Stimme, denn das Bübchen gefiel ihr so gut, daß sie darob gänzlich von Sinnen ward.

Freilich war auch kein Edelstein so strahlend licht wie des Renatus Augenpaar, kein Samt so weiß wie die Haut seines Angesichts: keine Frau konnte anmutigere Formen haben. Und nun, so nah dem Ziel ihrer Wünsche, dünkte er sie noch weit liebreizender von Gestalt, und ihr könnt darauf zählen, daß das süße Liebesspiel angesichts solcher Jugend, dank der warmen Sonne und der tiefen Stille ringsum und zufolge aller sotanen Umstände in verklärtem Lichte vor ihr stand.

»Lest mir die Litaneien der hochheiligen Gottesmutter vor«, gebot sie und schob ein aufgeschlagenes Buch vor ihn hin auf das Betpult. »Ich möchte gerne wissen, ob Ihr von Euerm Lehrmeister gut unterwiesen werdet. – Findet Ihr die Heilige Jungfrau nicht schön?« fragte sie dann lächelnd, als er das Stundenbuch in Händen hielt, das mit Gold und Azurblau reich verziert war.

»Das ist nur abgemalt«, gab er schüchtern zur Antwort und warf einen scheuen Seitenblick auf seine anmutreiche Herrin.

»Lest weiter. Lest . . .«

Da hob Renatus mit ungeteilter Aufmerksamkeit an, die süßen, so geheimnisreichen Litaneien aufzusagen. Doch könnt ihr mir glauben, daß die *Ora pro nobis* der Seneschallin allmählich immer schwächer klangen, wie sich der Ton eines Jagdhorns über die Felder hin verliert. Und als der Page voll Inbrunst wieder einsetzte und »O Rose voll Geheimnis!« psalmodierte, da respondierte die Schloßherrin, die es gewißlich gehört hatte, nur mit einem leisen Seufzer. Nun ahnte

Renatus mit einmal, daß seine Seneschallin eingeschlafen sei. Also ließ er ungescheut seine Augen auf ihr ruhen, besah sie sich nach Herzenslust, und er begehrte nach keinem andern Wechselgesang als dem der Liebe. Vor Glück hüpfte ihm das Herz und tat einen Sprung bis hinauf in die Kehle. Diese beiden anmutvollen Jungfernschaften entbrannten um die Wette und glühten füreinander, wie's gar nicht anders kommen konnte, und hättet ihr sie beisammen gesehen, nie und nimmermehr würdet ihr euer Lebtag zwei solche einander nahe kommen lassen. Renatus sah sich an diesem herzerquikkenden Anblick satt und malte sich zutiefst in seiner Seele tausenderlei Genüsse aus, so daß ihm das Wasser im Munde zusammenlief ob dieser zuckersüßen Liebesfrucht. In solcher Verzückung ließ er das Buch fallen, worüber er so betroffen ward wie ein Mönch in unverhofften Kindsnöten. Doch wurde ihm dabei auch gänzlich klar, daß Blanche tief und fest schlief. Denn sie rührte und regte sich nicht, die Listige, und sie hätte auch um größerer Fährnisse willen die Augen nicht aufgeschlagen, hoffte sie doch zuversichtlich, daß noch etwas anderes zu Fall kommen werde als nur ein Stundenbuch. So vernehmt nun, daß es kein schlimmer Ding gibt als das Gelüste nach einer Schwangerschaft! Nun beschaute der Page den Fuß seiner Herrin, der in einem winzigen zierlichen Schühlein aus persischblauer Seide stak. Sie hatte ihn augenfällig auf einem Schemel aufgestützt, weil sie im Lehnstuhl des Seneschalls gar zu hoch saß. Selbiger Fuß war schmal im Ausmaß, leicht gewölbt, zwei Finger breit und wie ein Schmetterling so lang, den Schwanz mit inbegriffen, vorne spitz und kurz, ein Fuß voller Wonne, ein jungfräulicher Fuß, der des Küssens so wert war wie ein Schelm des Stricks am Galgenbaum, ein mutwilliger Fuß, gleich einem Kobold, ein lüstereicher Fuß, wohl imstande, einen Erzengel in Verdammnis zu bringen, ein augurisch hellsehender Fuß, ein verteufelt aufreizender Fuß, bei dessen Anblick es einen gelüstete, ein Pärlein neue, haargenau gleiche zu machen, damit hienieden Gottes herrliche Schöpfungswerke nicht ausstürben. Am liebsten hätte der Page, den die Versuchung mit aller Macht kitzelte, diesen höchst überzeugend sprechenden Fuß seines Schühleins entkleidet. Zu diesem Behuf huschten seine Augen, aus denen das ganze Feuer seiner Jugend leuchtete, geschwind wie der Schwengel einer Glocke von diesem wonnigen Fuß hinauf zum schlummernden Antlitz seiner Herrin und Meisterin, er belauschte ihren Schlaf, trank ihren Atem, und da wußte er wieder nicht, was wohl süßer zu küssen wäre, die frischen purpurroten Lippen der Seneschallin oder dieser beredte Fuß. Kurzum, sei's aus Ehrerbietung oder aus schierer Angst, vielleicht aber auch aus übergroßer Liebe, er erwählte den Fuß und küßte ihn hastig, wie's gerade traf, wie eine Jungfrau, die sich nicht so recht traut. Dann hob er flugs das Gebetbuch wieder auf, spürte derweil, wie sein gerötetes Angesicht noch röter wurde, und schrie, ganz überwältigt von Wonne und Lust, gleich einem Blinden: »Janua coeli! . . . O Himmelspforte!« Doch Blanche wachte nicht auf, sie baute darauf, daß der Page vom Fuße weiter hinaufsteigen werde zum Knie und von da geradewegs in den Himmel. Sie war bitter enttäuscht, als die Litaneien zu Ende gingen, ohne daß sie weitern Schaden nahm, und Renatus aus dem Saale schlich, überzeugt, er habe für einen Tag des Glückes mehr als genug genossen, ganz wirbelig und taumelig und nach diesem verwegenen Kuß reicher als ein Dieb, welcher den Opferstock gestohlen hat.

Als die Seneschallin allein war, dachte sie in ihrem Herzen, der Page gehe wohl ein bißchen langsam zu Werke, wenn er sich die Zeit damit vertreibe, das Magnifikat zur Frühmette zu singen. So nahm sie sich vor, am nächsten Tag den Fuß um ein weniges höher zu stellen und dergestalt das Nasenspitzchen derjenigen Schönheit ins Licht zu rücken, die man in der Touraine die makellose nennt, weil sie niemals an der Luft Schaden leidet und darum immerfort frisch bleibt. Ihr könnt euch wohl denken, daß der Page, glühend in seinem Verlangen und ganz erhitzt von den Bildern, die ihn seit dem glückseligen Nachmittagsschläfchen erfüllten, ungeduldig genug der Stunde harrte, wo er aufs neue in dem Liebesbrevier lesen durfte. Und er wurde gerufen; abermals hoben die verfänglichen Litaneien an, und auch diesmal verfehlte Blanche nicht, einzuschlafen. Diesmal aber streichelte Renatus, kühner geworden, das hübsche Bein und wagte sich sogar weiter hinauf, um sich zu überzeugen, daß das Knie rund und glatt und etwas anderes weich war wie Seide. Bei diesem Anblick getraute sich der arme Kleine, der sich vor lauter Angst gegen sein glühendes Verlangen sperrte, nur kurze Andacht zu halten und bloß flüchtige Liebkosungen zu spenden; und wenngleich er, ganz sachte und sanft, dieses weiche, linde Ding küßte, verhielt er sich doch mucksstill. Als die Seneschallin, deren Seele mit besonderen Sinnen begabt war und deren Leib seinen eigenen Verstand besaß, dies spürte, wollte sie schier verzweifeln. Sie hatte bis dahin, so gut sie's vermocht, an sich gehalten und sich kein bißchen geregt. Nun aber rief sie ihm zu: »Was tust du denn, Renatus? Ich schlafe doch!«

Als der Page diese Worte hörte, die er für einen schweren Vorwurf hielt, da nahm er voll Entsetzen Reißaus und ließ das Buch, seine Herrin und alles im Stich. Daraufhin fügte die arme Seneschallin den Litaneien noch folgendes Stoßgebet hinzu: »Heilige Muttergottes, wie ist das Kinderkriegen doch ein schwieriges Ding!«

Beim Nachtmahl lief dem Pagen der kalte Schweiß über den Rücken, als er seiner Herrin und seinem Herrn aufwarten mußte. Doch war er höchlich überrascht, als ihm Blanche den verliebtesten Blick zuteil werden ließ, den jemals eine Frau einem Mannsbild zugeworfen hat. Und so allmächtig und liebreich war dieser Blick, daß er mit einem Schlag dieses Kind in einen mannhaften Mann umwandelte.

So kam es, daß noch am selben Abend, als Bruyn ein wenig länger als gewohnt in seiner Seneschallei verweilte, der Page Blanche aufsuchte und sie schlafend fand; und er ließ einen

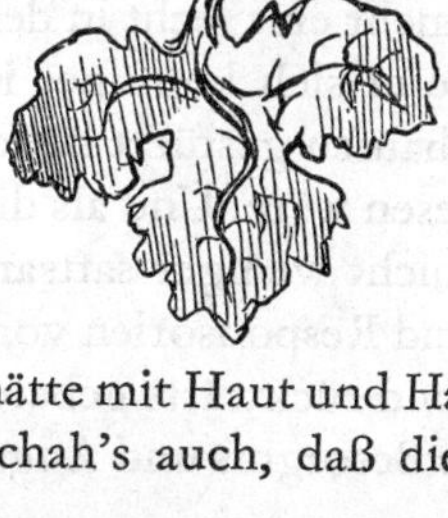

wunderschönen Traum über sie kommen. Er erleichterte sie von dem, was ihr so lange zur Last gewesen war, und spendete ihr so überreichlich von dem Segen, aus dem die Kinder gemacht werden, daß sie aus dem Zuvielen gut und gern noch weitere zwei hätte mit Haut und Haaren fertigbringen können. Drum geschah's auch, daß die Seneschallin mit einmal den Pagen beim Schopf packte, ihn fest an sich drückte und rief: »O Renatus! Du hast mich aufgeweckt!«

Und wahrlich, das hält kein noch so tiefer Schlaf aus . . . Es wollte sie bedünken, die Heiligen hätten wohl wie die Murmeltiere geschlafen. Und ohne daß irgend ein anderes Wunder oder Geheimnis im Spiel gewesen wäre, sproßte dank einer gütigen Fügung, welche das erhaltende Prinzip der Ehemänner ist, das anmutige und zierliche Gefieder, das den Hahnreien so wohl ansteht, auf dem Kahlkopf des guten Ehegemahls, ohne daß er das mindeste davon spürte.

Seit diesem wunderschönen Festtag hielt die Seneschallin mit Behagen ihr Schlummerstündchen auf die bewährte französische Art, indes Bruyn seine Siesta auf gut sarazenisch hielt. Im Verlaufe besagter nachmittäglicher Schläfchen aber erkannte die schöne Frau, daß die blühende Jugend des Edelknaben weit bekömmlicher war als die Tugend alter Seneschalle. Und des Nachts wickelte sie sich in ihre Laken ein und rückte weit von ihrem Manne weg, so stinkend und widerwärtig kam er ihr vor. Und so lang trieb es die Seneschallin mit Einschlafen und Wiederaufwachen, so lange hielt sie ihre Schäferstündchen und ließ sich die Litaneien beten, daß sie eines Tags in ihrem zarten Leib das Kind sprossen und gedeihen spürte, das sie so lange und so sehnsüchtig erseufzt und ersehnt hatte. Nun aber dünkte sie, die Machart behage ihr doch viel besser als das Ergebnis.

Bedenkt, Renatus verstand es aber auch zu lesen, nicht nur in den Schmökern und Schriften, vielmehr erst recht in den Augen seiner schönen Herrin, für die er sich kopfüber in einen lichterloh brennenden Scheiterhaufen gestürzt hätte, wenn dies ihr Wunsch und Wille gewesen wäre. Und als die beiden wohl an die hundertmal und nicht weniger sattsam und nach Herzenslust ihre Litaneien und Responsorien vom ersten bis zum letzten Vers vorwärts und rückwärts gebetet hatten, da befiel die Seneschallin große Besorgnis und Angst

um das Seelenheil und die Zukunft ihres heißgeliebten Pagen. Als sie nun eines Morgens, als es draußen regnete, miteinander in aller Unschuld, wie zwei arglose Kinder, die nichtsahnend sind vom Kopf bis hinab zu den Zehen, das süße Spiel vom Hartmann im Rosengärtlein spielten, so fragte Blanche, die dabei immerfort den kürzern zog, ihren Freund: »Hör zu, Renatus! Weißt du auch, daß ich bloß läßliche Sünden begangen habe, weil ich doch jedesmal schlief, während du in Todsünde verfallen bist?«

»Ach, edle Frau«, erwiderte er, »wo will denn der Herrgott alle die Verdammten hintun, wenn das eine Sünde ist?«

Da mußte Blanche hell herauslachen und gab ihm einen Kuß auf die Stirn.

»Schweig still, du Böser, jetzt geht's um das ewige Paradies, und wir müssen doch beide dort hineinkommen, wenn du in aller Ewigkeit bei mir bleiben willst!«

»Oh, ich habe mein Paradies hienieden!«

»Laß diese Scherze!« verwies sie ihn. »Du bist ein gottloser, ein schlechter Mensch und denkst nicht an das, was mir lieb ist: an dich nämlich! Du weißt nicht, daß ich ein Kind unterm Herzen trage und daß man es mir über eine kurze Weile ansehen wird, sowenig wie ich meine Nase im Gesicht verheimlichen kann. Was wird dann der Abt sagen? Was mein Gemahl, dein Herr und Gebieter? Er kann dich glattweg umbringen, wenn er in Wut gerät. Mich will bedünken, mein Schatz, du solltest den Abt von Marmoustiers aufsuchen und ihm deine Sünden bekennen. Gib ihm Vollmacht, vorzukehren, was er für schicklich hält, um meinen Seneschall zu besänftigen.«

»Ach wehe!« wandte der listige Page ein, »wenn ich meine heimlichen Freuden preisgebe, wird er doch über unsere Liebe ein Interdikt verhängen!«

»Und wenn schon«, versetzte sie drauf. »Gewiß wird er das. Doch deine Glückseligkeit im Jenseits ist ein Gut, das mir über alles andere köstlich ist!«

»So wollt Ihr es denn wirklich, Liebste?«

»Ja«, antwortete sie widerstrebend und mit schwacher Stimme, »ja, ich will es.«

»Gut denn, ich will hingehn. Aber schlaf noch ein letztes Mal, auf daß ich ihm Lebewohl sagen kann!«

Und das schöne Paar betete die Abschiedslitaneien, als hätten sie beide geahnt, daß ihre Liebe, kaum aufgeblüht, schon ein Ende nehmen sollte. Anderntags brach Renatus von Jallanges zum großen Kloster auf, mehr seiner Herrin Heil zuliebe und um ihrer Seelenruhe willen als zu seiner eigenen Rettung, und vor allem aus Gehorsam gegen ihren Wunsch und Willen.

Wie besagte sündhafte Liebe schwer gesühnt ward
und wie große Trübsal daraus entstand

»Wahrhaftiger Gott!« rief der Abt aus, als der Page die Litanei seiner wonniglichen Sünden zu Ende gebetet hatte, »du trägst da Mitschuld an einer ungeheuerlichen Missetat.

Du hast deinen Herrn und Gebieter verraten! Weißt du auch, du unseliger Page, daß du für diese Sünde während der ganzen unendlichen Ewigkeit, immerdar und ewig wirst brennen müssen? Und weißt du auch, was es heißt, für die lange Ewigkeit die himmlische Seligkeit dranzugeben um eines vergänglichen und unbeständigen Augenblickes willen, den du hienieden genossen hast? Du Unglückswurm! Ich sehe dich schon für alle Ewigkeit kopfüber in die Schlünde der Hölle gestürzt, es sei denn, du büßest schon in dieser Welt, was du Gott für eine so schwere Missetat schuldig bist ...«

Hierauf jagte der gute alte Abt, der aus dem Stoffe war, woraus man Heilige macht, und im Touranerlande großes Ansehen genoß, dem Jüngling so gewaltiges Entsetzen ein mit haufenweise angebrachten Vorhaltungen, christlichen Ermahnungen und erbaulichen Reden, er hielt ihm eindringlich die Zehn Gebote der Kirche vor Augen und redete ihm mit tausenderlei gewichtigen Beweisgründen so beharrlich in die Seele, er wandte soviel Überzeugungskraft auf, wie sie ein Teufel in sechs Wochen aufbringt, wenn er eine Jungfrau verführen will, und so lange setzte er ihm zu, bis Renatus, der ehrlich zerknirscht und von Herzen bußfertig war, hatte er sich doch nichts Arges dabei gedacht, sich dem frommen Abt zu Füßen warf und bedingungslose Unterwerfung unter alle seine Maßnahmen gelobte. So gebot ihm denn der Abt, der für alle Zeit aus diesem Kind und angehenden Bösewicht einen heiligen und tugendlichen Mann zu machen gedachte, sich zuallererst vor seinem Herrn und Gebieter in den Staub zu werfen und ihm seine Verfehlungen einzugestehn. Hernach sollte er, falls er mit heiler Haut aus dieser Beichte davonkomme, sich augenblicks das Kreuz anheften und geradeswegs ins Heilige Land ziehen und dort fünfzehn Jahre, keinen Tag länger, aber auch keinen weniger, bleiben und wider die Ungläubigen kämpfen.

»Ach, hochwürdiger Vater«, erwiderte der ganz verwundert, »werden denn fünfzehn Jahre ausreichen, um solch unsagbare Freuden zu sühnen? Ach, wenn Ihr wüßtet! Ich habe Seligkeit für mehr denn tausend Jahre gekostet!«

»Gott wird fünfe gerade sein lassen. Geht jetzt«, fuhr der Abt fort, »und sündigt hinfort nicht mehr. Dies angenommen, *ego te absolvo* . . .«

Zerknirscht kehrte der arme Renatus hierauf ins Schloß La Roche-Corbon heim, und der erste Mensch, dem er in die Hände lief, war der Seneschall, der seine Waffen, Eisenhauben, Armschienen, und was er sonst noch besaß, blitzblank scheuern ließ. Er saß auf einer klotzigen Marmorbank an der frischen Luft und schaute mit Wohlbehagen auf die schönen blinkenden Harnische, die ihm alle seine frischfröhlichen Erlebnisse im Heiligen Lande wieder ins Gedächtnis riefen, die wackern Streiche, seine Buhlliebchen *et cetera*. Als sich nun Renatus vor ihm auf die Knie warf, war der tapfere Seneschall baß erstaunt und fragte ihn: »Was soll das bedeuten?«

»Gnädiger Herr und Gebieter«, gab ihm Renatus zur Antwort, »befehlt denen da, sie mögen sich wegbegeben.«

Als die Knechte dies getan hatten, bekannte der Page seine Schuld und erzählte, wie er seiner Herrin im Schlafe Gewalt angetan, und daß er sie wohl mit einem Kinde geschwängert habe, wie dazumal der Mann die heilige Lidoria, und nun komme er auf Geheiß seines Beichtigers, um sich auf Gnade und Ungnade dem Manne, dem er solchen Schimpf angetan, zu überantworten. Als er dies gesagt hatte, schlug Renatus von Jallanges seine schönen Augen nieder, die an dem ganzen Unheil schuld waren, und verharrte reglos und still, furchtlos und gottergeben, mit hängenden Armen vornübergeneigt, barhaupt und des Schlimmsten gewärtig. Der Seneschall war noch nicht so weiß, daß er nicht hätte noch mehr erbleichen können, und so erblaßte er gleich einem frisch gebleichten Linnentuch und verharrte stumm und starr vor Zorn. Dann fand dieser alte Mann, in dessen Adern nicht mehr genug Lebenssäfte rannen, um ein Kind zu zeugen, in diesem Augenblick höchster Wut noch größere Kraft, als erforderlich gewesen wäre, um einem Menschen das Lebenslicht auszublasen. Mit seiner haarigen Rechten packte er seine schwere Kampfkeule, hob sie hoch, schwang sie in der Luft und handhabte sie so leicht und sicher, als wär's eine Kugel im Kegelspiel, um sie hernach auf die blasse Stirn des blutjungen Renatus niedersausen zu lassen. Dieser wußte wohl, daß er im Unrecht war und sich gegen den Seneschall verfehlt hatte, und so rührte er sich nicht, gefaßt und heitern Angesichts, und reckte den Hals in Erwartung des Todesstreichs, mit welchem er die ganze Schuld, auch für seine geliebte Herrin, im Diesseits wie auch im Jenseits mit einem Schlag zu sühnen gedachte.

Doch so viel liebliche Jugend und alle die naturgegebenen Verlockungen dieser Sünde fanden Gnade vor dem richtenden Herzen des alten Mannes, wenngleich Bruyn ein strenger Richter war. Er warf seine Keule weit von sich, gerade auf einen Köter, welchen er damit krumm und lahm schlug.

»Tausend Millionen Krallen«, so tobte er, »sollen die ganze lange Ewigkeit hindurch die Gelenke des Weibes zerfetzen, das den Kerl zur Welt gebracht hat, der die Eiche gepflanzt hat, aus welcher der Stuhl gezimmert worden, auf dem du mich gehörnt hast! Und das gleiche gebührt denen, die dich gezeugt haben, du verdammter Unglückspage! Geh zum Teufel! Scher dich dahin, wo du hergekommen bist, du Elender! Hebe dich aus meinem Angesicht, flieh aus meinem Schloß und aus meinem Land und verweile auch nicht einen Augenblick länger, als unbedingt nötig ist! Sonst werde ich dir einen lieblichen Tod im langsamen Feuer zu bereiten wissen, so daß du stündlich zwanzigmal deine verruchte Metze verfluchen wirst . . .«

Als der Page den Anfang dieses Wutausbruches hörte, welchen der Seneschall in einem Rückfall in sein jugendliches Donnern und Fluchen zum besten gab, ließ er ihn gar nicht erst ausreden, sondern drückte sich unbemerkt und floh. Und daran tat er gut. Vor rasendem Zorn flammendrot im ganzen Gesicht, stürmte der alte Bruyn davon, rannte, so geschwind ihn seine alten Beine tragen konnten, hinaus in die Gärten, wünschte alles zum Teufel, was ihm in die Quere kam, schlug blindwütend zusammen, was er antraf, und fluchte wie ein Heide. Ja, er zerschlug sogar drei irdene Töpfe, die ein Knecht vorbeitrug, um den Hunden ihr Fressen zu bringen, und er kannte sich so gar nicht mehr, daß er einen Kamm an Stelle eines Hausierers umgebracht hätte. Kurzum, er wütete so lange, bis er seine nicht mehr jungfräuliche Gemahlin gewahrte, die in Erwartung des Pagen auf der Landstraße, die zum Kloster führte, Ausschau hielt, nicht ahnend, daß sie ihn niemals wiedersehen würde.

»Ha, Weib, bei der roten dreigezinkten Gabel des Leibhaftigen, bin ich eigentlich ein Mensch, der alle Lügen und jeden Unsinn schluckt? Haltet Ihr mich für ein neugebornes Kind, daß ich glauben soll, Ihr habt ein so weites Pförtlein, daß ein Page hineinwischen kann, ohne Euch aufzuwecken? Himmelherrgottsakrament!«

»Wahrhaftig«, versetzte sie, als sie sah, daß er Lunte gerochen hatte, »ich habe ihn recht angenehm gespürt. Da Ihr mich das Ding aber nicht gelehrt hattet, glaubte ich, es sei ein Traum!«

Da schmolz des Seneschalls grimmiger Zorn dahin wie Schnee an der Märzensonne, denn sogar Gottes ärgster Zorn hätte vor einem Lächeln Blanches nicht Bestand haben können.

»So mögen tausend Millionen Höllenteufel diesen Bankert holen! Ich schwöre, daß . . .«

»Schwört lieber nicht«, meinte sie. »Wenn es nicht Euer eigen Kind ist, so ist's doch meines. Und habt Ihr nicht jüngsthin des Nachts einmal gesagt, Ihr würdet alles liebhaben, was von mir kommt?«

Daraufhin redete sie sich mit vielen Ausflüchten heraus, wußte manche goldene Worte anzubringen, vielerlei Klagen, beredte Beschwerden und Einwände aufzutischen, sie vergoß Tränen und fand reiche Gründe und Gegengründe, kurz, sie betete das ganze Paternoster der Weibsbilder herunter, machte zuvörderst geltend, die Lehnsbesitztümer würden nicht mehr an den König zurückfallen, nie zuvor sei ein Kindlein auf unschuldigere Weise gemodelt worden,

und dies und das und so fort . . . Dann aufs neue tausenderlei Dinge, bis sich schließlich der gute Hahnrei beruhigte. Und nun nutzte sie eine günstige Gelegenheit aus und fragte: »Und wo ist der Page?«

»Zum Teufel ist er!«

»Was? Ihr habt ihn umgebracht?« stammelte sie.

Sie ward totenbleich und taumelte.

Bruyn wußte nicht, was er anfangen sollte, als er das ganze Glück seiner alten Tage einstürzen sah. Zu seinem eigenen Heil hätte er gerne den Pagen zur Stelle geschafft. So gab er denn Befehl, ihn zu suchen. Doch Renatus floh in Windeseile, denn er hatte Angst, es könnte sein Leben kosten, und er war bereits unterwegs ins Heilige Land, um sein Gelübde zu erfüllen. Als darauf Blanche von obengenanntem Abt er-

fuhr, was für eine Buße ihrem vielgeliebten Herzensfreund war auferlegt worden, fiel sie in schwere Trübsal und sprach zuweilen: »Wo weilt er, der Arme, der Unselige, der um seiner Liebe willen inmitten von Todesgefahr leben muß?«

Immerzu verlangte sie nach ihm, wie ein Kind, das seiner Mutter keine Ruhe läßt, bis sie ihm seinen Wunsch erfüllt. Wenn der alte Seneschall ihr Jammern und Wehklagen hörte, gab er sich alle Mühe und tat ihr, im Gefühl seiner Schuld, zuliebe, was er vermochte, sie glücklich zu machen, ein einzig Ding ausgenommen. Nichts aber konnte ihr die süßen Leckerbissen des Pagen ersetzen . . .

Eines Tages jedoch bekam sie das so sehnlich erwartete Kind. Ihr könnt euch denken, was für ein hoher Festtag dies für den armen Hahnrei war! Denn da dieses Kind der Liebe seinem Vater ähnlich sah wie ein Ei dem andern, ward Blanche wieder getrost und zufrieden, und sie lebte auf, er-

erblühte aufs neue, ihr Frohsinn und ihr arglos unschuldiges Gemüt erwachten und verschönten wiederum die alten Tage des Seneschalls. Mit der Zeit, als er den Kleinen herumtollen sah und mit anhörte, wie die Gräfin in das helle Lachen ihres Kindes einstimmte, gewann er ihn schließlich lieb, und er hätte sich gegen einen jeden grimmig erbost, der ihn nicht für den Vater angesehen hätte.

Da nun, was Blanche mit ihrem Pagen erlebt und getrieben hatte, nicht über das Schloß hinausgedrungen war, nahm man weit herum im Touranerland an, der edle Herr Bruyn habe noch das Zeug zu einem Kinde in sich gehabt. Makellos blieb die Ehre der Seneschallin, welche kraft jener Quintessenz kluger Lebensart und Unterweisung, die sie aus dem angeborenen Weisheitsschatz aller Weiber schöpfte, erkannte, wie unerläßlich es war, die läßliche Sünde zu verhehlen, die ihres Kindes Geburt überschattete. So ward sie fromm und tugendreich, und weit herum im ganzen Lande war sie als Muster einer Ehefrau in aller Mund. Im Zusammenleben mit ihrem Eheherrn konnte Blanche seine Gutherzigkeit erproben, wenn sie ihm auch nicht weiter zu gehen verstattete als höchstens bis zum Kinn, da sie sich in ihrem tiefsten Herzen als dem jungen Renatus zu eigen betrachtete; aber zum Lohn für die dürren Blüten seines Greisenalters, die ihr Bruyn von Zeit zu Zeit darbot, verwöhnte sie ihn, lächelte ihm holdselig zu, erhielt ihn in guter Laune und umgarnte ihn mit all den Zärtlichkeiten, artigen Koseworten und Liebesdiensten, mit welchen die pfiffigen Weiber ihre Ehemänner versorgen, denen sie Hörner aufsetzen. Sie strich dem Seneschall so trefflich um seinen schlohweißen Bart, daß er gar nicht mehr sterben wollte, sich vielmehr behaglich in seinem Armstuhl räkelte und sich, je länger er lebte, um so besser ans Leben gewöhnte. Doch eines Abends, um es kurz zu machen, verschied er still und friedsam, ohne eigentlich recht zu wissen, wohin die Reise ging. Denn mit einmal sagte er zu Blanche: »Oh! Oh! Mein teurer Schatz, ich kann dich nicht mehr sehen! Ist es denn schon Nacht?«

So starb er wahrhaft den Tod des Gerechten. Und er hatte ihn wohl verdient für seine Mühsale im Heiligen Lande.

Blanche legte über seinen Tod echte und tiefe Trauer an den Tag und beweinte ihren Gemahl, wie man um einen guten Vater weint. Sie verharrte in Trübsal und schwermütigem Leid und wollte nichts von einer zweiten Ehe hören. Deswegen waren auch alle Leute weit und breit des Lobes voll und priesen ihre Treue, wußten sie doch nicht, daß die Seneschallin in ihrem Herzen einen Gatten liebte und in der Hoffnung auf ein künftiges Leben seiner in Sehnsucht harrte. Doch war sie in Wahrheit Witwe die meiste Zeit, auch Witwe, was ihr Herz anlangte, denn weil sie von ihrem Freunde, dem Kreuzfahrer, niemals auch nur das kleinste Lebenszeichen erhielt, so glaubte die arme Gräfin, er sei tot. Zuweilen schrak sie mitten in der Nacht aus dem Schlaf auf, wenn ihr geträumt hatte, er liege zu Tode versehrt allein im fernen, fremden Land, und dann erwachte sie mit tränenüberströmtem Gesicht. So lebte sie dahin, vierzehn Jahre, und zehrte von der Erinnerung an einen einzigen Tag des Glücks.

Endlich, eines Tages, als etliche vornehme Touraner Damen bei ihr zu Besuch waren und sie nach Tische mitsammen plauderten, da kam ihr kleiner Sohn herein, der dazumal etwa dreizehneinhalb Jahre alt war und dem Pagen Renatus ähnlich sah, mehr als einem Kind erlaubt ist, seinem Vater zu gleichen. Vom verstorbenen Bruyn hatte er ja nichts außer dem Namen ... Dieses Bübchen, ein ausgelassener Wildfang und mutwillig und lieblich, wie seine Mutter früher gewesen war, kam aus dem Garten hereingestürmt, ganz in Schweiß gebadet und erhitzt, außer Atem und nach Kinderart alles umstoßend, was ihm in den Weg kam. Es rannte auf seine liebe Mutter zu, kuschelte sich eng in ihren Schoß und rief, ohne darauf zu achten, daß die edlen Damen in eifrigem Gespräch beisammensaßen: »Oh, Mutter! Ich muß dir etwas erzählen. Drunten im Hof habe ich einen Pilgersmann stehen sehen, der hat mich ganz stürmisch in die Arme genommen!«

»Was soll das heißen?!« schrie die Schloßherrin auf und wandte sich an einen Diener, der Auftrag hatte, stets in der Nähe des jungen Grafen zu weilen und über sein kostbares Leben zu wachen, »ich hatte Euch doch ein für allemal verboten, meinen Sohn von fremden Händen anrühren zu lassen, und wären's auch die Hände des heiligsten Mannes auf Gottes Erde! ... Ihr seid aus meinen Diensten entlassen!«

»Ach, gnädigste Frau«, gab ihr der alte Stallmeister kleinlaut zur Antwort, »der da wollte ihm sicherlich nichts zuleide tun, denn er hat in einem fort geweint und ihn ungestüm geherzt und geküßt.«

»Geweint hat er?« rief sie da. »Ach, so ist er sein Vater!«

Als sie dies gesagt hatte, neigte sie ihr Haupt über den Lehnstuhl, auf dem sie saß. Ihr könnt Euch wohl denken, daß es derselbe Stuhl war, in welchem sie so oft gesündigt hatte...

Als die Damen diese unziemlichen Worte vernahmen, waren sie dermaßen verdutzt, daß sie zunächst gar nicht sahen, daß die arme Seneschallin tot war. So konnte man nie erfahren, ob an ihrem jähen Tod der Gram über das plötzliche Verschwinden ihres Geliebten schuld war, der sie, getreu seinem Gelübde, nicht hatte sehen wollen, oder ob sie aus allzugroßer Freude über seine Heimkehr gestorben war, weil sie hoffte, sie könne das Verbot aufheben, mit dem der Abt von Marmoustiers ihre Liebe getroffen hatte. Und es hob ein großes Trauern an, denn der Herr von Jallanges verlor den Verstand, als er mit ansehen mußte, wie man seine geliebte Herrin in die Gruft senkte; er wurde Mönch zu Marmoustier, das zu jener Zeit manche *Maimoustier* nannten, was etwa soviel besagen will wie *maius monasterium*, das allergrößte Kloster, und wahrlich, es war auch das allerschönste in ganz Frankreich.

DAS KÖNIGSLIEBCHEN

Es lebte zu jener Zeit ein Goldschmied, der hatte seine Wohnung in den Werkstätten bei der Wechslerbrücke. Dessen Tochter war wegen ihrer ausnehmenden Schönheit in aller Munde, und ganz Paris sprach von ihr als von einer bildschönen, wohlgesitteten Jungfrau. So konnte es denn auch nicht ausbleiben, daß ihr die Männer eifrig den Hof machten und sie von vielen Anwärtern mit den seit altersher üblichen Machenschaften umworben wurde. Und mancher hätte dem Vater gerne noch Geld gegeben, wenn er dafür dessen Tochter hätte zur Eheliebsten bekommen können, was dem Alten so warm ums Herz machte, daß es nicht zu beschreiben ist.

Da ließ sich's einer von seinen Nachbarn, ein Advokat am Oberhofgericht – er hatte mit seinem dreisten Mundwerk,

das er gegen klingendes Geld den andern zu Diensten hielt, so gute Geschäfte gemacht, daß er nun so viele Landgüter besaß wie ein Hund Flöhe –, da ließ sich's dieser mundfertige Rechtsverdreher also einfallen, dem Vater selbiger Jungfrau ein prächtiges Stadthaus anzubieten, zum Dank für dessen Zustimmung zu der Heirat, die er eingehen wollte. Das war dem Goldschmied recht, und er willigte ein und gab ihm sein Töchterlein, ohne sich weiter darum zu kümmern, daß unter dieser pelzverbrämten Mütze eine Affenschnute hervorschaute und daß dieses Fuchsers Kinnbacken nur noch mit wenigen Zähnen bestückt waren, die dazu noch wackelten. Auch hatte er ihn nicht lange beschnüffelt und beschnuppert, obschon er schmierig und stinkend war wie alle Paragraphenreiter, die sich zeit ihres Lebens in den Unratlöchern des Gerichtspalastes suhlen und in vergilbten, staubigen Pergamenten, uralten Protokollen und altersschwarzen Prozeßakten wühlen.

Wie ihn nun aber das schöne Töchterlein zu Gesicht bekam, rümpfte sie die Nase und sagte schnippisch: »Gott sei mir gnädig! Den mag ich nicht!«

»Das geht mich nichts an!« versetzte der Vater, der bereits einen Narren an dem schönen Stadthaus gefressen hatte. »Ich gebe ihn dir zum Mann. Seht zu, wie ihr miteinander auskommt. Das ist jetzt seine Sache, er soll dafür sorgen, daß er dir gefällt!«

»Aha, so steht's also?« höhnte sie. »Gut denn, bevor ich Euch gehorsam bin, will ich ihm noch gründlich meine Meinung sagen!«

Und noch am selben Abend nach dem Nachtmahl, als der verliebte Freier anhob, ihr seinen brennend dringlichen Fall auseinanderzusetzen, und ihr des langen und breiten erklärte, wie er bis über beide Ohren in sie verliebt sei, als er ihr dann ein Leben in Saus und Braus bis an ihr seliges Ende versprach, da gab sie ihm kurz angebunden zur Antwort: »Mein Vater hat Euch meinen Leib verschachert. Wenn Ihr ihn aber besitzen wollt, so werdet Ihr aus mir eine Hure machen; denn merkt Euch wohl: viel lieber möchte ich dem ersten besten auf der Straße angehören als Euch! Ich schwöre Euch – gerade umgekehrt wie die züchtigen Fräulein – ewige Untreue, die erst mit dem Tod, Eurem oder dem meinen, ein Ende nehmen wird.«

Dann fing sie an zu weinen und zu schluchzen, wie es alle Mägdlein zu tun pflegen, wenn sie noch nicht gewitzigt und beschlagen sind, denn nachher werden ihnen nicht bloß die Augen feucht. Der Trottel von einem Advokaten nahm dies absonderliche Getue für Ziererei und Lockköder, wie sie die Mädchen oft und gerne anwenden, um das Feuer zu schüren und die Verliebtheit ihrer künftigen Ehemänner auf Leibgedinge, Begünstigungsklauseln im Testamente und andere Vorrechte jungverheirateter Frauen abzulenken und daraus klingende Münze zu schlagen. So kümmerte sich der pfiffige Fuchs nicht weiter darum und lachte nur über das Geschluchze und Zetergeschrei der schönen Goldschmiedstochter.

»Wann soll die Hochzeit sein?« fragte er schließlich.

»Gleich morgen schon«, gab sie zurück, »je eher, je lieber! Um so früher bin ich frei, mir Buhler und Liebhaber zuzulegen und das fröhliche Leben derer zu führen, die nach ihrer eignen Wahl lieben!«

Daraufhin zog der Advokat, dieser Erznarr, ab, verliebt und gefangen wie ein Fink auf der Leimrute eines Buben, traf seine Vorbereitungen, besprach sich mit seinen Kollegen im Gerichtspalast, trabte hierauf zum geistlichen Richter, kaufte die erforderlichen Dispense und betrieb diese Sache mit einer Eile und Hast, wie er nimmer zuvor seine andern Prozesse betrieben hatte, und träumte im Wachen und im Schlafen immer nur von der schönen Goldschmiedstochter.

Mittlerweile war der König von einer Reise heimgekehrt und hörte an seinem Hofe von nichts anderm reden als von der schönen Goldschmiedstochter, die tausend Dukaten von dem einen ausgeschlagen und dem andern einen Korb gegeben hatte, die keinem Mannsbild wollte untertan sein und alle die hübschen Herrchen abblitzen ließ, die dem lieben Gott gern ihren Anteil am Paradies billig abgelassen hätten, wenn sie dafür nur einen Tag lang sich dieses liebreizenden Drachens hätten erfreuen dürfen. So ging denn der gute König, der auf solcherlei Wildbret lüstern war, in die Stadt, kam bei den Werkstätten an der Brücke vorüber, trat beim Goldschmied in den Laden, in der Absicht, für die Dame seines Herzens allerlei Geschmeide zu erstehen, aber auch, um das köstlichste Kleinod im Laden einzuhandeln. Der König fand nicht sonderlich Geschmack an den Goldschmiedearbeiten, oder die Goldschmiedearbeiten waren nicht nach seinem Geschmack, bis der Meister in einer Lade kramte, um dem König einen großen Diamanten zu zeigen.

»Mein Herzchen«, sprach er da zu der schönen Tochter,

während der Alte seine Nase in die Lade steckte, »Ihr seid nicht dazu geschaffen, Edelsteine und Geschmeide zu verkaufen, sondern um sie geschenkt zu bekommen. Und wenn Ihr mir unter all den Ringlein die Wahl laßt, so weiß ich eines, in das hier ein jeder vernarrt ist, das mir gar wohl gefällt, dessen Untertan und ergebener Diener ich für alle Zukunft sein will und dessen Preis das ganze Königreich niemals wird bezahlen können.«

»Ach, gnädigster Herr König«, erwiderte das schöne Mädchen, »ich heirate morgen. Wenn Ihr mir aber den Dolch gebt, der da an Euerm Gürtel hängt, so werde ich meine Jungfernblüte zu verteidigen wissen und sie für Euch bewahren, gehorsam dem Evangelium, darin geschrieben steht: Gebet dem Kaiser, was des Kaisers ist.«

Alsbald gab ihr der König den zierlichen Dolch, und diese beherzte Antwort bewirkte, daß er sich bis über beide Ohren in das Mädchen verliebte und ihm Essen und Trinken nicht mehr schmecken wollte. Und als er von ihr Abschied nahm, war er fest entschlossen, sein neues Liebchen in einem seiner schönen Häuser an der Schwalbengasse einzulogieren.

Unser Advokat aber hatte es eilig, unter den Pantoffel zu kommen, und so führte er zum großen Leidwesen und Ärger seiner abgeblitzten Nebenbuhler sein Bräutchen beim Geläute der Glocken mit Musik und Gepränge zur Kirche, veran-

PISAN

staltete Gelage und Gastereien, daß den Gästen die Gedärme platzten, und am Abend, nach dem Tanz, betrat er in seiner Wohnung die Kammer, wo die schöne Goldschmiedstochter im Bette seiner harren sollte. Doch da fand er keineswegs die schöne Goldschmiedstochter, vielmehr einen streitbaren Kobold, eine wildwütende Teufelin, die in einem Armstuhl am Herdfeuer saß, weil sie sich nicht hatte ins Bett des Advokaten legen wollen. So erwartete sie ihn und hielt ihren Groll und ihr Mausekätzchen warm. Da beugte der Gatte ganz erstaunt die Knie vor ihr und lud sie zu einem ersten Waffengang in ihrem frischfröhlichen Ehekrieg; sie aber blieb stocksteif und stumm sitzen und rührte sich nicht. Und als er

versuchte, ihr die Röcke aufzuheben, um nur ein ganz kleines bißchen dessen zu beschauen, was er so teuer erkauft hatte, da gab sie ihm eine Maulschelle, daß ihm beinahe der Kiefer ausgerenkt worden wäre, und blieb im übrigen mucksstill und schweigend sitzen. Das Spiel behagte dem Advokaten nicht übel, denn er meinte, es werde, wie üblich, damit enden, daß . . . Ihr wißt ja schon! Und so spielte er zuversichtlich weiter und steckte manch wackern Schlag ein, den ihm sein heimtückisches Eheweib aufsalzte. Aber bei all diesem Getobe, bei diesem Sichwinden und -drehen und Grapsen und

Bedrängen konnte er doch bald einen Ärmel, bald den Rock zerreißen und schließlich trotz ihrer ingrimmigen Gegenwehr mit der Hand an das süße Ziel seiner Wünsche gelangen. Doch über diese Freveltat geriet die schöne Goldschmiedstochter in helle Wut, sprang auf die Füße und zückte den Dolch, den ihr der König geschenkt hatte.

»Was wollt Ihr von mir?« schrie sie.

»Alles will ich!« versetzte er darauf.

»Ha! Ich wäre eine elende Metze, wollte ich mich wider meinen Willen hingeben, wo's mich nicht gelüstet! Wenn Ihr geglaubt habt, Ihr werdet meine Jungfernschaft unbewehrt finden, so irrt Ihr Euch. Seht hier des Königs Dolch! Damit werde ich Euch umbringen, sofern Ihr Miene macht, mir nahe zu kommen.«

Als sie das gesagt hatte, nahm sie eine Kohle aus dem Kamin, behielt den Advokaten immer fest im Auge und zog einen Strich auf den Fußboden. Dann setzte sie hinzu: »Hier soll die Grenze des königlichen Gebietes sein. Nehmt Euch in acht und übertretet sie nicht, sonst werde ich Euch nicht verfehlen!«

Der Advokat, der sich seine Hochzeitsnacht ganz anders vorgestellt hatte und mitnichten mit diesem Dolch seinem Weibchen beizuwohnen gedachte, war zuerst gänzlich entmutigt; aber während er das grausame Urteil anhörte, dessen Kosten er im voraus beglichen hatte, sah der gute Ehemann durch die Risse und Dreiangel im Gewande seiner Frau ein so wunderschönes Muster ihres prallen, schneeweißen und frischen Schenkels schimmern, dazu leuchteten durch die Löcher ihres Kleides so verlockende Rundungen, Grübchen *et cetera*, daß ihn der Tod süß dünkte, wenn er nur ein winziges Häppchen davon zu kosten kriegen könnte. Und also brach er in das Gebiet des Königs ein mit dem Ruf: »Was kümmert's mich schon, wenn ich sterbe!«

Und fürwahr, er stürzte sich so ungestüm auf die schöne Goldschmiedstochter, daß sie recht unsanft auf das Bett fiel. Doch verlor sie den Kopf nicht, sondern setzte sich geistesgegenwärtig und flink mit Strampeln und Gezappel zur Wehr, so daß der Advokat nichts weiter erreichte, als daß er sein Wild beim Pelz zu fassen kriegte. Und dabei bekam er erst noch einen Dolchstich ab, der ihm ein wackeres Stück Speckschwarte aus dem Rücken schnitt, ohne ihn freilich allzu schwer zu verletzen. Somit war es ihn nicht gar zu teuer zu stehen gekommen, daß er in des Königs Gut und Eigentum eingebrochen war.

Doch war er wie berauscht von dem kläglichen Vorteil, den er gewonnen hatte, und keuchte: »Ich kann nicht weiterleben, ohne diesen himmlisch schönen Leib und dieses Wunderwerk der Liebe zu besitzen! So tötet mich denn!«

Und aufs neue machte er sich über das her, was dem König zugedacht und vorbehalten war. Die schöne Goldschmiedstochter, die nur noch ihren König im Kopfe hatte, blieb bei dieser großen Liebe ungerührt und sprach ernst und feierlich: »Wenn Ihr das tut, dann bringe ich nicht Euch um, sondern mich! . . .«

Und ihre Augen blitzten wild genug, um den armen Ehemann zu Tode zu erschrecken. Er ließ sich auf einen Sessel nieder, beweinte sein Ungemach und verbrachte die ganze Nacht, seine Hochzeitsnacht, die allen verliebten Eheleuten sonst immer so fröhlich und ergötzlich vergeht, mit Jammern, Wehklagen, Beten, Wettern und Toben und allerlei Beschwörungen und Beteuerungen. Er malte ihr in den schönsten Farben aus, wie er ihr jeden Wunsch von den Augen ablesen werde, wie sie mit allem nach Belieben und Laune schalten und walten könne, Geld ausgeben dürfe, soviel sie wolle, aus güldenem Geschirr speisen werde, wie er sie aus einem einfachen Bürgermädchen zur vornehmen Dame machen und ihr Schlösser und Landgüter kaufen wolle. Und schließlich verstieg er sich sogar zu dem Vorschlag, wenn sie ihm erlaube, nur eine einzige Lanze zu Ehren des Liebesgottes zu brechen, so gebe er sie frei und entbinde sie aller weitern Verpflichtungen, und obendrein wolle er für sie sein Leben lassen und stelle ihr anheim zu bestimmen, auf welche Art.

Sie aber war früh am Morgen noch so munter wie abends zuvor und erklärte ihm, sie habe nichts dagegen, wenn er sterben wolle; ja es sei ihr das Allerwillkommenste, was er ihr zuliebe tun könne.

»Ich habe Euch nicht hinters Licht geführt«, sagte sie zu ihm. »Ja, entgegen meinem Gelöbnis gebe ich mich sogar einzig und allein dem König hin und erspare Euch die Männer, die ich von der Straße holen wollte, die Kärrner und Lastträger, die ich Euch angedroht hatte.«

Als dann der Tag angebrochen war, kleidete sie sich in ihre Gewänder und Röcke, legte ihren bräutlichen Hochzeitsstaat an und wartete geduldig, bis der Ehemann, von dem sie

nichts hatte wissen wollen, in Geschäften weggehen und das Haus verlassen mußte. Und kaum war er fort, lief sie flugs durch die Stadt gaßauf, gaßab, den König zu suchen. Doch kam sie kaum so weit, wie eine Armbrust trägt, weil der gnädige Herr König einen von seinen Dienern auf die Lauer gestellt hatte. Der schlich rund ums Haus, hielt die Augen offen und sprach auch gleich die junge Frau an, die immer noch ungefreit und jungfräulich war.

»Sucht Ihr nicht den König?« fragte er sie.

»Freilich«, erwiderte sie.

»Wohlan, so bin ich Euer bester Freund«, versetzte der Mann, der ein abgefeimter und durchtriebener Höfling war. »Ich bitte Euch um Euern Beistand und Eure Gunst, wie ich Euch heute auch meine Hilfe und meinen Rat verspreche ...«

PREDHOMME

Daraufhin tat er ihr kund, was für ein Mann der König sei, wie man ihn zu nehmen habe, er erzählte ihr, einen Tag tobe und wüte er, am nächsten rede er kein Wort, und dies und das und jenes ließ er sie wissen, sagte ihr auch, sie werde mit Geld, Hausrat und Speise und Trank wohlversorgt sein, doch müsse sie den König kurz und knapp halten, kurzum, er schwätzte unterwegs so munter drauf los, daß er aus ihr eine mit allen Wässerlein gewaschene Buhlerin gemacht hatte, lange bevor sie im Haus an der Schwalbengasse anlangten, wo späterhin die Herzogin von Estampes gewohnt hat.

Der arme Tropf, ihr Ehemann, plärrte wie ein verendender Hirsch, als er nach Hause kam und sein liebes Weibchen nicht mehr vorfand. Und er fiel in Trübsal und tiefe Schwermut, seine Amtsbrüder aber bedachten ihn mit so viel Hohn und Spott, wie dem heiligen Jakob zu Campostella Ehren zuteil

werden. Doch dem armen Hahnrei fraß der Kummer so sehr am Herzen, daß er darüber ganz abmagerte und vom Fleische fiel und allmählich so ausgemergelt war wie der leibhaftige Tod, so daß die Spötter ihn zuletzt trösten mußten, anstatt ihn zu hänseln. Diese Spitzköpfe mit den pelzverbrämten Baretten tiftelten und deutelten lange gar spitzfindig herum und erklärten schließlich, der bekümmerte Ehemann sei eigentlich gar kein Hahnrei, da ihm sein Eheweib ja Beilager und Waffengang verweigert habe, und wäre der Mann, der ihn gehörnt, ein anderer als der König gewesen, so hätten sie gewißlich die Nichtigerklärung besagter Ehe angestrengt. Aber der Ehemann war in sein Weib gänzlich vernarrt, so sehr, daß er für sie hätte sterben wollen. So überließ er sie vorderhand dem König, in der festen Zuversicht, daß er sie eines Tages doch noch für sich bekommen werde. Denn es wollte ihn bedünken, eine Nacht mit ihr sei mit lebenslanger Schande nicht zu teuer bezahlt. So etwas bringt nur ein Mann fertig, der wahrhaft liebt. Das könnt ihr mir ruhig glauben. Und mancher großmäulige Laffe würde naserümpfend eine solch unmäßige Liebe ausschlagen.

Er aber dachte immerfort nur an sie, vergaß darüber seine Rechtshändel und Prozesse, seine Klienten und seine Wuchergeschäfte, kurz: alles und jedes. Er torkelte durch das Gerichtsgebäude wie ein Geizhals, der einen verlorenen Schatz sucht, sorgenvoll und geistesabwesend vor sich hinbrütend, und eines Tages pißte er sogar einem Amtsrat auf den Talar, weil er meinte, er stehe vor der Wand, wo die Advokaten für gewöhnlich ihre anhängigen Rechtsfälle auskramen.

Mittlerweile aber steckte die schöne Goldschmiedstochter Tag und Nacht mit dem König zusammen. Er konnte nie genug von ihr bekommen, weil sie sich auf unterschiedliche besondere Arten der Liebe und obendrein auf mancherlei artige Abarten vortrefflich verstand. Auch wußte sie das Feuer ebensogut anzufachen, wie sie es zu löschen kundig war. Heute behandelte sie den König schnöde und abweisend und war kratzbürstig, morgen strich sie ihm um den Bart und tat ihm schön wie das reinste Schmeichelkätzchen. Nie war sie langweilig und die gleiche wie tags zuvor, immer fiel ihr ein neues Spiel und irgendeine launige Abwechslung ein. Bei alledem war sie ein herzensgutes Geschöpf, mundfertig und unterhaltsam wie keine sonst, stets übermütig und zum Lachen aufgelegt, immerfort zu Scherzen und ausgelassenen Streichen bereit.

Ein Herr von Bridoré entleibte sich ihretwegen, aus Kummer und Enttäuschung, weil sie seine Liebe verschmähte, obwohl er ihr seine Grafschaft Bridoré in der Touraine dafür

Procédé Piaud

geboten hatte. Doch solche wackeren Touraner aus der guten alten Zeit werden leider Gottes heutzutage nicht mehr gezeugt. Heute verschenkt keiner mehr ein Landgut für ein einziges lustiges Lanzenstechen ...

Der Tod dieses Edelmanns ging der schönen Goldschmiedstochter aber doch zu Herzen. Und da ihr auch ihr Beichtvater dafür die Schuld gab und ihr deshalb Vorwürfe machte, gelobte sie sich, wenn sie auch des Königs Liebchen sei, so wolle

sie gleichwohl künftig die Landgüter nicht mehr ausschlagen, sondern insgeheim allen Bewerbern um ihre Gunst zu Lust und Willen sein, um ihr Seelenheil nicht aufs Spiel zu setzen. So legte sie damals den Grundstock zu dem großen Reichtum, welcher ihr die Hochachtung der ganzen Stadt eintrug. Aber zugleich rettete sie dem König manches kostbare Menschenleben; sie verstand es so meisterlich, ihre Gunst unauffällig und wohlüberlegt zu verteilen, sie fand so vielerlei Schliche und Winkelzüge, daß der König überhaupt nicht auf den Gedanken kam, sie könnte mithelfen, seine Untertanen zu beglücken. In der Tat hatte er sich so blind und völlig in sie vernarrt, daß sie ihm hätte weismachen können, die Balken an der Stubendecke seien die Dielen des Fußbodens, und er hätte es ihr glattweg geglaubt. Das fiel ihr freilich auch leichter als jeder andern, denn der König verbrachte seine Schäferstündchen im Schwalbennest fast ausschließlich längelang liegend, so daß er den Unterschied zwischen Balken und Dielen kaum je wahrnahm; er konnte von dem frischfröhlichen Ringelstechen nie genug bekommen, als hätte er in einem fort ausprobieren wollen, ob sich dieser schöne Stoff unter ihm nicht abnütze. Doch nützte er dabei nur sich selber ab, der teure Mann, und starb schließlich an den Folgen der Liebe.

Wenngleich sie sich nur ausschließlich an schöne Männer hingab, obschon sie Sorge trug, ihre Gunst nur solchen zu schenken, die bei Hofe viel galten und fest im Sattel saßen, und ihre Gunstbeweise rar waren wie Gotteswunder, so streuten doch die Neidhammel wie auch ihre Nebenbuhlerinnen das Gerücht aus, für zehntausend Taler könne auch ein schlichter Krautjunker aus demselben Töpfchen naschen wie der König. Und dies war erstunken und erlogen und so falsch wie nur etwas, denn als dem König diese Gerüchte zu Ohren kamen und sie sich deswegen in die Haare gerieten, da hielt sie seinen Vorwürfen stolz entgegen: »Hol der Teufel alle, die Euch solche Flausen in den Kopf gesetzt haben! Ich sag Euch, sie sind allesamt niederträchtige Ehrabschneider! Nie habe ich einen erhört und zu mir eingelassen, er hätte denn zuvor mehr denn dreißigtausend Taler bar hinterlegt, noch ehe er hereinkam!«

So aufgebracht der König auch war, er mußte doch lächeln, und er behielt sie noch ein paar Wochen bei sich, um den üblen Nachreden und dem böswilligen Klatsch das Wasser abzugraben. Zuletzt aber hatte das Edelfräulein von Pisseleu keine Ruhe, bis sie ihre Rivalin zu Fall gebracht hatte; vorher fühlte sie sich als Dame und Geliebte des Königs nie so recht sicher. Doch hätte manch einer sich die Finger nach einem solchen abgedankten Königsliebchen geschleckt, wurde sie doch alsbald von einem jungen Edelmann heimgeführt, der mit ihr noch sehr glücklich lebte; so viel Liebe und Feuer glühten in ihr, daß sie davon noch denen hätte abgeben können, die durch allzu große Lauheit sündigen.

Doch ich bin abgeschweift und nehme den Faden meiner Geschichte wieder auf.

Eines Tages, als sich des Königs Liebchen in ihrer Sänfte durch die Stadt tragen ließ, um Gürtelschnallen, Nestel und Bänder, Schuhe und Pantöffelchen, Halskrausen und anderen Kram für ihre Verführungskünste einzukaufen, so wunderschön und reichgeputzt, daß alle Leute, zumal die Pfaffen, bei ihrem Anblick den Himmel offen zu sehen vermeinten, siehe, da begegnete ihr unweit des Fischmarktes ihr verschmähter Ehegemahl. Sie wollte gerade ihr zierliches Füßchen aus der Sänfte hervorstrecken, da zuckte sie zurück, als hätte sie eine Viper erblickt. Sie war eine gute Ehefrau, das muß ihr der Neid lassen, denn wie manche, die ich kenne, hätte keine Miene verzogen und wäre stolz vorbeigerauscht, um ihren gehörnten Gatten so recht vor den Kopf zu stoßen vor lauter Verachtung seiner ehelichen Herrenrechte.

»Was habt Ihr denn?« fragte erschrocken Herr von Lannoy, der sie ehrerbietig begleitete.

»Nichts von Belang«, gab sie leise zur Antwort. »Der Mann, der dort vorbeigeht, ist mein Gemahl. Der Ärmste, wie hat er sich verändert! Früher glich er aufs Haar einem Affen, heute aber, dünkt mich, ist er das Ebenbild des Dulders Hiob!«

Der arme Advokat bot einen jammervollen Anblick. Er blieb verdutzt stehen und sperrte Maul und Augen auf, als er diesen winzigen, zierlichen Fuß und seine heißgeliebte Frau gewahrte.

Als der Herr von Lannoy ihre schnippische Antwort hörte, herrschte er ihn an, wie es sich für einen echten Höfling und Witzbold ziemte: »Daß Ihr der Ehemann seid, gibt Euch noch lange nicht das Recht, ihr den Durchgang zu verwehren!«

Bei diesen Worten brach sie in ein helles, schallendes Lachen aus, und der gute Ehetrottel, anstatt sie beherzt und kurzerhand niederzustoßen, brach in bittere Tränen aus, als er dieses Lachen hörte, das ihm das Herz zerriß, und nicht bloß das Herz, sondern auch den Kopf, die Seele und alles, und er stolperte dermaßen kopflos und wirr seines Weges weiter, daß er beinah einen Mümmelgreis umgerannt hätte, der sich am Anblick des Königsliebchens das eingefrorene Gemächte aufwärmte. Das Wiedersehen mit dieser herrlichen Frauenblume, die er als Knospe einstmals sein eigen genannt hatte, die nun aber voll aufgeblüht war und herrlich duftete, und diese leuchtende Erscheinung, glanzvoll aufgeputzt und geschmückt, diese Feengestalt, all dies machte den armen Advokaten kränker und noch heilloser verliebt, als Worte es zu schildern vermöchten. Nur wer auch schon einmal sinnlos in eine Frau vernarrt gewesen ist, die sich ihm versagt hat, kann so recht erfassen, wie dieser Mann gerast haben muß. Und auch dann noch kommt es nur selten vor, daß einer so unmäßig entbrennt, wie jetzt der törichte Rechtsbeuger in Feuer geriet.

Er verschwor sich hoch und heilig, Leben, Vermögen, Ehre und alles daranzusetzen, daß er wenigstens einmal mit ihr Leib an Leib beisammen sein könnte, und dann wollte er so unersättlich schlemmen, daß gar wohl dabei Lenden und Gekröse draufgehen mochten. Die ganze Nacht hockte er da und stöhnte ununterbrochen: »O ja, ich muß sie haben! Ich werde sie kriegen! Hol's der Teufel! Bin ich doch ihr Ehemann! Himmel und Hölle! . . .« Und er schlug sich an die Stirn und konnte nicht stillesitzen, geschweige denn ruhig liegenbleiben.

Es gibt hienieden in dieser Welt Zufälle, denen kleinmütige und beschränkte Geister keinen Glauben beimessen, weil solche Zufälligkeiten scheinbar nicht mit rechten Dingen zugehen. Aber Menschen mit ausgeprägter Einbildungskraft halten sie für möglich und wahr, weil man dergleichen unwahrscheinliche Zusammentreffen unmöglich erfinden könnte. So erging es auch dem armen Advokaten eben am andern Morgen nach der kummervoll durchwachten Nacht, in welcher er liebeshungrig gerast und doch nichts zwischen die Zähne bekommen hatte. Einer von seinen Klienten nämlich, ein hochangesehener Mann aus vornehmem Haus, der jederzeit beim König Zutritt hatte und im Palast aus und ein ging, suchte den geprellten Ehemann frühmorgens auf und erklärte ihm, er benötige auf der Stelle eine große Geldsumme, zwölftausend Dukaten zumindest, und es dulde keinen Aufschub. Worauf ihm der durchtriebene Fuchs

entgegenhielt, zwölftausend Dukaten finde man nicht so mir nichts, dir nichts auf einem Haufen an einer Straßenecke wie andere Häufchen, die dort zu finden seien, und es sei unerläßlich, ganz abgesehen von den Sicherheiten und Bürgschaften für Kapital und Zinsen, einen Mann aufzutreiben, der zu Hause in seiner Lade zwölftausend müßige Dukaten brachliegen habe, und solche Menschen seien dünn gesät in Paris, so groß es auch sei, und was sonst die Rechtsverdreher noch für Ausflüchte und hinhaltende Redensarten für solche Fälle bereit haben.

»Fürwahr, gnädiger Herr, Ihr habt wohl einen ausnehmend geldgierigen und unerbittlichen Gläubiger, der Euch arg in die Enge drängt?« fragte er ihn schließlich.

»Ei ja«, gab der Höfling zur Antwort. »Nämlich das süße Ding des Königsliebchens. Doch laßt kein Wort darüber verlauten! Heute nacht aber werde ich ihm für zwanzigtausend Taler und mein Landgut in Brie das Maß nehmen.«

Da wurde der Advokat kalkweiß im Gesicht, und dem Höfling schwante, daß er da etwas Dummes angerichtet habe. Er war nämlich erst jüngst aus dem Krieg heimgekehrt und wußte darum nicht, daß die schöne Geliebte des Königs einen ehelichen Mann hatte.

»Was ist Euch? Ihr seid ja ganz blaß!« fragte er.

»Ich habe Fieber«, erwiderte der rechtskundige Halsabschneider. »Doch sagt mir«, fuhr er fort, »dann übergebt Ihr also der schönen Frau die Kontraktbriefe und das Geld?«

»Ja, gewiß.«

»Und wer verkuppelt sie denn? Macht sie das selbst?«

»Wo denkt Ihr hin!« sprach der Edelmann. »Diese Einzelheiten, Vereinbarungen und nebensächlichen Dinge erledigt eine Zofe, das geriebenste und allergewitzteste Kammerkätzchen, seit die Erde besteht! Sie ist mit allen Wassern gewaschen und durch und durch pfiffig und schlau, und es wird wohl auch ein erkleckliches Geld an ihren Fingern klebenbleiben, von all den Nächten, die sie dem König abstiehlt!«

»Ich habe da einen Geldwechsler, mit dem ich befreundet bin«, sagte darauf der Advokat, »der wird Euch das Geld beschaffen können. Aber ich werde keinen Finger rühren, und Ihr sollt von den zwölftausend Talern auch nicht einen roten Heller zu sehen bekommen, wenn nicht die erwähnte Kammerzofe hierher zu mir kommt und den Kaufpreis für das süße Ding einsteckt, das ein so trefflicher Schwarzkünstler und Alchimist ist. Verwandelt es doch Blut in Gold, beim wahrhaftigen Gott!«

»Oho, das wird ein Heidenspaß, wenn Ihr sie eine Quittung unterschreiben laßt!« versetzte der Edelmann lachend.

Die Kammermagd erschien pünktlich beim Advokaten, um die Goldtaler abzuholen, wie er es dem Höfling eingeschärft hatte. Und gebt wohl acht: die blinkenden Talerstücke lagen schön in Reih und Glied auf dem Tisch, wie Nönnlein, die zur Vesper ziehen, und so wunderschön leuchteten und gleißten die wackern, die edeln, die nigelnagelneuen Goldstücke, die da säuberlich in Häufchen aufgeschichtet lagen, daß sogar einem Esel, den man just striegeln will, das Herz im Leibe gelacht hätte. Doch der Advokat hatte diese Augenweide mitnichten für einen Esel hergerichtet. So schleckte sich denn auch das Kammerkätzchen lüstern die Lippen danach, schnitt beim Anblick der glitzernden Taler die begehrlichsten Grimassen und schielte gierig darauf hin. Als dies der Ehemann sah, raunte er ihr die verheißungsvollen Worte ins Ohr: »Das soll alles Euch gehören!«

»Ach«, flüsterte sie zurück, »so teuer bin ich noch nie bezahlt worden.«

»Liebes Kind«, setzte der Mann hinzu, »du sollst sie bekommen, ohne daß ich dir zur Last fallen werde . . .«

Dann führte er sie abseits in einen Winkel und sagte: »Euer Auftraggeber hat Euch wohl meinen Namen nicht genannt, wie? Natürlich nicht! Nun, so vernehmt denn, ich bin der wahre und rechtmäßige Gatte der Frau, welche der König ihren Ehepflichten abspenstig gemacht hat und bei der Ihr in Diensten steht. Bringt ihr diese Taler und kommt wieder hierher. Dann will ich Euch Euere Goldvögelchen auf den Tisch zählen, und zwar zu einer Bedingung, die Euch wohl zusagen wird.«

Da beruhigte sich die erschrockene Zofe wieder und hätte nun für ihr Leben gerne gewußt, womit sie zwölftausend Taler verdienen konnte, ohne den Advokaten überhaupt nur anzurühren. Es dauerte denn auch nicht lange, so kam sie wieder zurück.

»Komm her, mein Kind«, sagte der Mann zu ihr, »da liegen zwölftausend Taler bereit. Mit zwölftausend Talern aber kann man Landgüter, Männer und Weiber und das Gewissen von mindestens drei Pfaffen kaufen. Somit, mein ich, kann ich für zwölftausend Taler auch dich haben, dich mit Leib und Seele, mit Haut und Haar. Und ich habe Vertrauen zu dir, wie's bei uns Advokaten der Brauch ist: Gibst du mir, so geb ich dir. Ich will, daß du unverzüglich zu dem Edelmann gehst, der glaubt, meine Frau werde ihn heute nacht beglücken, und du sollst ihn hinters Licht führen und ihm weismachen, der König komme diese Nacht zu ihr, und er müsse für die heutige Nacht sich anderweitig umsehen. Und wenn du ihm das eingeredet hast, werde ich an Stelle dieses schmucken Burschen, und auch des Königs, bei ihr schlafen.«

»Und wie das?« fragte die Zofe erstaunt.

»Ei«, gab er zur Antwort, »ich habe dich gekauft, dich mitsamt deinen Schlichen und Kniffen! Aber noch ehe du die blanken Taler zweimal angeschaut hast, wirst du auch bereits einen Weg gefunden haben, mir zu meiner Frau zu verhelfen. Denn damit begehst du beileibe keine Sünde! Ist es nicht ein gottgefälliges Werk, zwei Eheleute zusammenzubringen, die ein Priester getraut hat und die außer ihren Händen nichts haben zusammenfügen können?«

»Bei meiner Kleinen! Kommt nur«, sagte sie. »Nach dem Nachtmahl werdet Ihr alle Lichter gelöscht finden, und dann könnt Ihr Euch an meiner Herrin satt lieben, sofern Ihr Euch ganz still verhaltet und kein Wort redet. Zum Glück pflegt sie bei diesem fröhlichen Zeitvertreib mehr zu stöhnen und zu schreien als zu sprechen, und wenn sie etwas zu fragen hat, dann tut sie's mit Gebärden, denn sie ist eine äußerst schamhafte Person und kann so garstige Worte nicht leiden, wie sie die Damen bei Hofe so gern in den Mund nehmen...«

»Oh!« sagte der Advokat, »da, nimm die zwölftausend Taler, und ich verspreche dir noch zweimal soviel, wenn ich heimlich wie ein Schelm das Gut besitzen kann, das mir von Rechts wegen gehört vor Gott und den Menschen!«

Darauf verabredeten sie miteinander, um welche Zeit und zu welcher Tür er hinkommen solle, was sie ihm für ein Zeichen geben werde, kurz alles, was nötig war. Und dann trollte sich die Magd, schwer beladen wie ein Maultier und unter sicherem Geleite, mit den blanken Goldstücken, die eins ums andere von dem Paragraphenfuchser den Witwen und Waisen und auch andern bedauernswerten Opfern waren abgeknöpft worden und nun alle in den heimlichen Schmelztiegel wanderten, in dem alles schmilzt, sogar unser Leben, das doch daraus kommt.

Und nun schabte sich unser Advokat den Bart, besprengte sich mit wohlriechenden Wässerchen, zog seine schönste Leibwäsche an, verzichtete sogar auf die gewohnte Zwiebelsuppe, um ja nicht aus dem Maul zu riechen, stärkte, schniegelte und striegelte sich und tat alles, was so ein Knollfink aus dem Advokatenstand ersinnen kann, um sich in einen Galan und Stutzer zu verwandeln. Er schwänzelte wie ein junger unternehmungslustiger Lebemann, quälte sich ab, leichtfüßig einherzugehen, und gab sich alle Mühe, seiner widerwärtigen Schnute ein liebenswürdiges Aussehen abzugewinnen; aber es half alles nichts, man roch ihm von weitem den Advokaten an. So gewitzigt wie die schöne Wäscherin von Portillon war er freilich nicht. Wollte sich die nicht eines Sonntags für einen ihrer Liebhaber schön machen und wusch sich darum ihr Mauselöchlein aus. Da sie nun ihren Ringfinger ein wenig hineinsteckte – ihr wißt schon, wo – und daran roch, sagte sie: »Oho, mein Schatz! Du unterstehst dich noch zu stinken? Warte nur, ich werde dich gleich mit Lauge ausspülen!«

Und sogleich tunkte sie ihr bäurisches Dingsda gründlich ins Laugenwasser, was es verhinderte, sich auszuweiten.

Unser pfiffiger Kniffler aber hielt sich für den allerschönsten Burschen auf Gottes Erdboden, wennschon er die Luft ärger verpestete als alle seine Salben und Wässerchen. Kurzum, er zog seine leichtesten Kleider an, obgleich es draußen bitter kalt und Stein und Bein gefroren war. Dann machte er sich, so geschwind er konnte, auf den Weg zur Schwalbengasse.

Dort mußte er sich eine gute Weile gedulden. Doch gerade als er zu glauben anfing, man habe ihn zum Narren gehalten, weil es mittlerweile stockfinstere Nacht geworden war, da kam die Kammermagd und schloß ihm die Tür auf. Hochbeglückt und selig schlüpfte der gute Ehemann in das Haus des Königs. Die Zofe schloß ihn sorgsam in einen Verschlag ein, dicht neben dem Bett, wo ihre Herrin schlief, und durch die Ritzen und Spalten konnte er sie in ihrer ganzen Pracht und Schönheit beobachten, denn sie legte ihre Gewänder und ihren Putz ab und hüllte sich vor dem Kamin in ein spinnwebfeines Nachtgewand, so recht geschaffen für den bevorstehenden Liebeskampf, so durchsichtig und hauchdünn, daß man durch das feine Linnen alles genau wahrnehmen konnte. Und während sie sich auskleidete, plauderte sie, im Glauben, sie sei mit ihrer Zofe allein, ungezwungen, was ihr gerade durch den Kopf ging, und sagte alle die närrischen Dinge, wie sie Frauen beim Zubettegehen zu sagen pflegen.

»Bin ich heute abend nicht gut und gerne zwanzigtausend Taler wert? Und das da, ist das mit einem Schloß in Brie überzahlt?«

Während sie dies sagte, lüpfte sie leicht zwei Vorwerke, die hart und fest waren wie zwei Bastionen und manchen Ansturm aushalten mochten, sintemal sie schon gar wütend waren berannt worden, ohne daß sie schlaff geworden wären.

»Meine Schultern allein sind ein Königreich wert!« brüstete sie sich. »Ich möchte sehen, ob der König zwei ebenso schöne fertigbrächte! Aber, beim wahrhaftigen Gott, ich bekomme mein Gewerbe nachgerade satt. Immer und ewig nur mit Männern zu hecken, da ist am Ende kein Vergnügen mehr dabei.«

Und weil das Zöfchen lächelte, sagte die schöne Goldschmiedstochter zu ihr: »Ich möchte dich gerne einmal an meinem Platze sehen . . .«

Und die Zofe fing noch lauter an zu lachen und gab ihr zur Antwort: »Schweigt still, Fräulein. Er ist da.«

»Wer denn?«

»Euer Mann.«

»Welcher?«

»Der richtige!«

»Pst!« gebot ihr die Schöne.

Da erzählte ihr die Kammerfrau im Flüstertone alles, was sie erlebt hatte, denn sie wollte die Gunst ihrer Herrin behalten und obendrein die zwölftausend Taler.

»Gut denn«, sagte die Advokatin, »er soll genug kriegen für sein Geld. Zunächst werde ich ihn gründlich abkühlen lassen. Wenn er auch nur ein Zipfelchen von mir zu genießen bekommt, so will ich meine ganze Schönheit einbüßen und so häßlich werden wie ein Ölgötze. Du wirst dich an meiner Stelle zu ihm ins Bett legen und magst zusehen, wie du deine zwölftausend Taler verdienst. Sag ihm aber, er soll sich morgen beizeiten aus dem Staube machen, damit ich deinen Betrug nicht erfahre, und kurz bevor es tagt, komme ich dann herein und lege mich an seine Seite.«

Der arme Ehemann schlotterte in seinem Versteck und klapperte vernehmlich mit den Zähnen. Darum huschte die Zofe zu ihm hinüber, unter dem Vorwand, sie müsse ein Wäschestück holen, und sagte zu ihm: »Haltet Euch schön warm in Eurer Liebesglut. Die gnädige Frau trifft für heute nacht umständliche Vorbereitungen und wirft sich in ihren schönsten Staat. Ihr werdet für Euer Geld vom Allerbesten zu kosten kriegen. Tobt Euch aus, aber haltet Euch mucksmäuschenstill und redet kein Wort, sonst bin ich verloren.«

Endlich, als der gute Ehemann bis auf die Knochen durchfroren war, wurden die Lichter ausgelöscht, und die Zofe steckte ihren Kopf durch die Bettvorhänge und meldete ihrer Herrin, der Edelmann sei da. Dann legte sie sich ins Bett, und die schöne Frau huschte aus der Kammer, als ob sie die Kammerfrau wäre. Nun kroch der Advokat aus seinem kalten Versteck hervor und schlüpfte – wie's sein gutes Recht war – unter die Laken.

Mein Gott, wie tut das wohl! dachte er bei sich.

Und wahrlich, die Zofe knickerte nicht und gab ihm für mehr denn hunderttausend Taler. Und der gute Advokat erkannte wohl den Unterschied zwischen dem verschwenderischen Überfluß königlicher Häuser und den bescheidenen Verausgabungen der Bürgersfrauen! Das Zöfchen verbiß krampfhaft das Lachen und spielte ihre Rolle bewundernswert, sie bereitete dem Federfuchser ein wahres Festmahl aus wonnigen Schreien, Windungen und Drehungen, sie bog sich, zappelte und zuckte wie ein Karpfen auf dem trockenen Stroh, und ihr Stöhnen klang so echt und glaubhaft, daß weitere Worte höchst unangebracht gewesen wären. Und so oft und häufig hatte sie den Advokaten etwas zu fragen, und so oft gab er ihr auf ihre Fragen erschöpfend Antwort, daß er schließlich dalag wie ein leerer Sack und einschlief. Doch ehe er von ihr abließ, wollte er noch ein Andenken an diese ergötzliche Liebesnacht aufbewahren und rupfte seiner vermeintlichen Frau, als sie sich gerade so recht aufbäumte, ein Büschel Haare aus – wo, weiß ich nicht, weil ich ja nicht dabei war! –, und dieses kostbare Unterpfand der hitzigen Tugend seiner schönen Gattin hielt er nun krampfhaft in der Hand fest. Gegen Morgen beim ersten Hahnenschrei schlüpfte die schöne Goldschmiedstochter zu ihrem Ehemann ins Bett und

stellte sich schlafend. Hernach trat das Zöfchen zu ihm ans Lager, stupfte den selig Schlummernden sachte auf die Stirn und flüsterte ihm ins Ohr: »Es ist Zeit. Nehmt Eure Kleider und hebt Euch weg von hier. Es tagt ja schon.«

Da wollte der gute Advokat, den es sauer ankam, seinen Schatz so bald schon wieder zu verlassen, wenigstens den Quell seines entschwundenen Glückes sehen.

»Oho!« staunte er, als er die beiden Haarbüschel miteinander verglich. »Was ich da halte, ist blond, und das hier ist rabenschwarz!«

»Was habt Ihr da gemacht?« schmälte die Zofe. »Die gnädige Frau wird doch merken, daß ihr ein paar fehlen!«

»Ja, ja, doch seht nur her!«

»Aber wißt Ihr denn nicht«, versetzte sie spöttisch und mit verächtlicher Miene, »Ihr wißt doch sonst alles! – wißt Ihr denn nicht, daß ausgerupfte Pflanzen welken und sich verfärben?«

Und daraufhin schob sie ihn zur Tür hinaus und wollte mit ihrer Herrin vor Lachen beinah platzen.

Die Geschichte wurde bald stadtbekannt. Der arme Advokat, Féron mit Namen, fuhr vor Gram in die Grube, als er sah, daß einzig er seine Frau nicht haben konnte, während sie, die man die schöne Feronnière nannte, einen jungen adligen Herrn, den Grafen von Buzançois heiratete, nachdem sie bald hernach den König verlassen hatte.

Und in ihren alten Tagen erzählte sie gerne diesen lustigen Streich und lachte sich dabei halbtot. Denn, so sagte sie stets, diesen Paragraphengrapser habe sie nie riechen können.

Dies lehrt uns, daß wir uns nicht mehr als nötig an Frauen hängen sollen, die unser Joch nicht ertragen wollen.

DES TEUFELS ERBE

Dazumal lebte ein guter alter Domherr Unserer Lieben Frau zu Paris, welcher in einem schönen eigenen Haus unweit Sankt Peter am Ochsenmarkt in der Nähe des Münsters wohnte. Selbiger Domherr war als einfacher Priester nach Paris gekommen, nackt und bloß wie ein Dolchmesser ohne Scheide. Weil er aber von ungefähr ein schöner Mann und wohlversehen mit allem war, dazu so üppig und bärenstark, daß er, wenn's darauf ankam, mehrerer Männer Arbeit zu leisten imstande war, ohne daß ihm der Schnauf ausging, so widmete er sich voll Eifer und Hingebung der Beichte vornehmer Frauen. Den Schwermütigen und Trübsalbläserinnen spendete er süße Absolution, den Bleichsüchtigen und Kränlichen eine Unze seines lebenspendenden Balsams; für alle hatte er irgend etwas Leckeres und Tröstliches übrig. Und er ward weit herum bekannt und so wohlbeschrien wegen seiner Verschwiegenheit, seines wohltätigen und wohltuenden Lebenswandels und um anderer den Kirchenmännern eigener Vorzüge willen, daß sich seine Kundschaft sogar bis an den Hof ausdehnte. Um nun nicht die Eifersucht seiner Obern, der Ehemänner und übrigen Neider zu erwecken, kurz, um dies treffliche und einträgliche Treiben mit dem Geruch der Heiligkeit zu übertünchen, schenkte ihm die Frau Marschallin Desquerdes einen Knochen des heiligen Victor, und mit Hilfe dieses wunderwirkenden Gebeins vollbrachte der Domherr nunmehr alle seine Mirakel. Den vorwitzigen Fragern aber gab man zur Antwort: »Er hat einen Knochen, mit welchem er alles heilt.«

Dagegen wußte niemand etwas einzuwenden, denn an der Wirksamkeit der Reliquien zu zweifeln war unziemlich und nicht wohlanständig. Im Schatten seiner Soutane erfreute sich der wackere Priester des allerbesten Rufes, er galt als ein Mann, der treu seine Pflicht tat und nimmermüde zum Kämpfen bereit war. So konnte es nicht ausbleiben, daß er lebte wie ein Vogel im Hanfsamen; er schlug klingende Münze aus seinem Weihwedel und verwandelte das Weihwasser in puren guten Wein. Überdies war sein Name in allen Testamenten der Notare vermerkt oder doch in den Kaudizillen, welche man fälschlicherweise *Kodizill* schreibt, sintemal dies Wort von *cauda* abgeleitet wird, sozusagen dem Schwanz und Anhängsel der Vermächtnisse. Am Ende hätte der gute Kuttenmann gar noch Erzbischof werden können, wenn er bloß scherzweise gesagt hätte: »Ich möchte gerne eine Mitra als Kopfbedeckung aufsetzen, um mir den Kopf warmzuhalten.« Hingegen nahm er von allen Pfründen, die ihm angeboten wurden, nur ein einfaches Chorherrenamt an, weil er solchergestalt nicht auf die Nutznießung seines Beichtstuhls verzichten mußte. Doch eines Tages erlahmte sogar die Lendenkraft des rastlos wirkenden Chorherrn, denn er war bereits achtundsechzig Jahre alt und hatte eine erkleckliche Anzahl Beichtstühle abgerutscht. Da rief er sich alle seine guten

Werke ins Gedächtnis, und es wollte ihn bedünken, es sei an der Zeit, seine apostolische Wirksamkeit einzustellen, zumal er rund hunderttausend Taler erspart hatte, die er im Schweiße seines Angesichts und auch seines Leibes erworben. Von nun an hörte er nur noch den Damen aus fürstlichen Häusern die Beichte, und zwar eingehend und gründlich. Darum hieß es auch bei Hofe, den Anstrengungen der tüchtigsten jungen Geistlichen zum Trotz sei keiner dem Chorherrn zu Sankt Peter am Ochsenmarkt gewachsen, wenn es gelte, die Seele einer vornehmen Dame schneeweiß zu waschen.

Hernach wurde der Domherr endlich, wie es der Lauf der Natur ist, ein stattlicher Neunziger mit weißbeschneitem Haupt. Zwar zitterten seine Hände, aber er hielt sich turmgerade aufrecht, und da er so häufig gespien, ohne zu husten, so hustete er jetzt, ohne hernach spucken zu können. Er stand nicht mehr aus seinem Armstuhl auf, nachdem er doch so oft aus reiner Menschenliebe aufgestanden war. Doch trank er weiterhin vom Allerbesten, frisch vom Faß, und aß wie ein Scheunendrescher, redete mit keinem Menschen ein Wort, sondern schwieg beharrlich, sah aber im übrigen ganz und gar wie ein quicklebendiger Chorherr Unserer Lieben Frau aus.

Angesichts der Bewegungslosigkeit und des zurückgezogenen Lebens des Chorherrn, im Hinblick auf die Gerüchte von seinem liederlichen Lebenswandel, welche seit kurzer Zeit im gemeinen Volk, das ja immer unwissend und abergläubisch ist, umgingen, auf Grund seiner stummen Abgeschiedenheit, seiner blühenden Gesundheit, seines jugendfrischen Alters und auch aus andern Gründen, die zu weitläufig zu erzählen sind, gab es gewisse Ehrabschneider und hämische Nörglerseelen, die gerne mit Wunderdingen prunken und auch unserer heiligen Kirche Unglimpf und Schaden zufügen wollten. Die liefen in der Stadt herum und erzählten, der richtige Chorherr sei längst schon gestorben, und seit über fünfzig Jahren hause der Gottseibeiuns im Leibe des vielbeschrienen Domherrn. In der Tat wollte es seine ehemaligen Beichttöchter bedünken, der Teufel allein habe dank seiner höllischen Hitzigkeit die wundersamen hermetischen

Destillationen zustande bringen können, die ihnen, wie sie sich noch recht wohl erinnerten, zuteil geworden waren und die ihr unermüdlicher Beichtvater ihnen, Herz, was begehrst du, verschafft hatte, soviel ihnen der Sinn danach stand. Fürwahr, immer und jedesmal hatte er den Teufel im Leib gehabt! Da nun aber dieser Teufel offenkundig von ihnen war zuschanden gebeichtet und völlig niedergekämpft worden und er sich auch für eine zwanzigjährige Königin nicht mehr geregt hätte, so fragten die wohlgesinnten Geister und alle, die des gesunden Menschenverstandes nicht entrieten, insonderheit die Bürgersleute, die über alle Dinge sich ihre eignen Gedanken machen – denn sie hören ja sogar das Gras wachsen und finden noch Läuse auf einem ratzekahlen Schädel –, alle diese klugen Köpfe also fragten sich, zu welchem Behufe und warum eigentlich der Teufel im Leibe eines Chorherrn ausharre, in die Kirche Unserer Lieben Frau gehe, zumal zu den Zeiten, da auch die Domherren hingehen, weswegen er die Weihrauchdüfte einatme, sich mit Weihwasser besprenge und noch tausenderlei andere Dinge tue.

Auf diese ketzerischen Einwände erwiderten die einen, fraglos wolle sich der Teufel bekehren, und andere meinten, er sei in den Leib des Kanonikus gefahren und habe seine Gestalt beibehalten, um die drei Neffen und Erben dieses wackern Beichtigers zu foppen, die er bis zum Tage ihres eigenen Hinscheidens auf die erkleckliche Erbschaft ihres Oheims warten lassen wolle. Denn die drei ließen keinen Tag vergehen, ohne daß sie in seinem Hause vorsprachen und Nachschau hielten, ob der Gute die Augen offen habe. Und siehe, sie fanden ihn jedesmal kreuzfidel und munter, seine Augen blickten klar und lebendig in die Welt, wie Basiliskenaugen, worüber sie sich von Herzen freuten, denn sie liebten ihren Onkel über alles in der Welt. So sagten sie wenigstens.

Hierzu erzählte ein altes Hutzelweib, sicher und gewiß sei der Chorherr der leibhaftige Gottseibeiuns, denn zwei von seinen Neffen, der Advokat und der Hauptmann, hätten einmal nächtlicherweile ihren Oheim nach einem Mahl, welches der Pönitentiar ihnen gegeben hatte, ohne Fackeln und Laternen nach Hause geleitet, und da sei er aus Unachtsamkeit über einen Steinhaufen gestolpert, der mitten auf dem Weg aufgehäuft gewesen sei, weil man hier dem heiligen Christoph ein Standbild errichten wollte. Zuerst habe der Greis beim Hinfallen Funken geschlagen und Feuer gesprüht. Als aber seine beiden teuern Neffen mit Fackeln, welche sie bei ihm

geholt hätten, wieder zu der Stelle zurückgekommen seien, hätten sie ihn aufrecht vorgefunden, kerzengerade und vergnügt wie ein Dompfaff. Der gute Wein des Pönitentiars habe ihm den nötigen Mut verliehen, sagte er, auch seien seine Knochen noch fest und hart genug, einen solchen Prall und Fall auszuhalten, und hätten schon weit ärgere Stöße erlebt. Die beiden guten Neffen, welche ihn bereits tot geglaubt hatten, waren baß erstaunt und sahen wohl, daß es die Zeit nicht werde leicht haben, ihn zu zermürben oder entzweizubrechen, da ja bei solchem Unterfangen sogar die harten

Kieselsteine den kürzern gezogen hatten. Darum nannten sie ihn auch nicht zu Unrecht ihren guten Onkel, war er doch fürwahr aus gutem Holz geschnitzt. Manch böse Zungen munkelten freilich, der Domherr habe so viele Steine auf seinem Wege gefunden, daß er fortan lieber zu Hause bleibe, um nicht etwa noch ein Steinleiden aufzulesen, und die Schuld an seiner Menschenscheu und Abgeschiedenheit trage die Furcht vor noch Schlimmerem.

Von all diesem Gerede und solcherlei Gerüchten und Gemunkel ist jedenfalls so viel wahr und sicher, daß der alte Chorherr, war er nun der Teufel oder nicht, immerfort zu Hause saß und niemals aus seiner Wohnung wich, daß er nicht ans Sterben dachte und daß er drei Erben besaß, mit denen er so gut auskam und zusammenlebte wie mit seinem Zipperlein, seinem Lendenweh und anderm angenehmem Zubehör des menschlichen Daseins.

Von den genannten drei Erben war der erste wohl der garstigste und ungeschlachteste Landsknecht, der jemals aus

eines Weibes Leib gekrochen ist, und er hat gewißlich seiner Mutter Schoß arg zerfetzt, als er seine Schale zersprengte, hatte er doch bereits Haare und Zähne, als er zur Welt kam. Er fraß aber auch gierig und unersättlich, was er zwischen die Zähne bekam, schlug sich den Bauch voll, daß es für den Augenblick und auch noch für später anhielt, und trieb sich mit Weibsbildern herum, denen er Geld für Putz und Hauben gab. Dem Onkel schlug er in manchem nach: vornehmlich was die Ausdauer, die Kraft und die treffliche Anwendung dessen anlangt, was ein Mann am öftesten betätigt. Im Schlacht-

getümmel war er stets klug darauf bedacht, Hiebe auszuteilen, aber keine einzustecken, was ja seit jeher und für alle Zeit das einzig Schwierige am Kriegführen ist. Doch schonte er sich nie und wich der Gefahr nicht aus, und da er keine andere Tugend außer der Tapferkeit sein eigen nannte, wurde er Hauptmann eines Fähnleins von Langspießen und stand in hoher Gunst beim Herzog von Burgund, welcher nicht viel danach fragte, was seine Söldner anderweitig trieben. Dieser Neffe des Teufels hieß mit Namen der Hauptmann *Kriegerschreck*, und seine Gläubiger, die geprellten Tölpel, alle die feisten Bürger und andere, denen er gemeinhin die Taschen schröpfte, hießen ihn den *Waldaff*, weil er ebenso schlau wie riesenstark war. Überdies war aber noch sein Rücken verunstaltet durch einen Buckel, den er von Geburt an trug, und es war nicht ratsam, da hinaufzuklettern, um eine bessere Fernsicht zu genießen, denn er hätte einen jeden unweigerlich kaltgemacht, der sich dessen vermessen hätte.

Der zweite hatte fleißig die Rechtsbücher studiert und war, weil der Onkel seine Hand über ihn hielt und ihm voranhalf, ein beliebter und vielbeschäftigter Anwalt geworden; er besorgte die Geschäfte und Angelegenheiten der Damen, welche einstmals der Chorherr geistlich beraten und im Beichtstuhl getröstet hatte. Dieser Neffe hieß spottweise der *Ziegendreck*, mit welchem Spitznamen die Leute seinen eigentlichen Namen lächerlich machten, der *Kriegerschreck* lautete wie beim Hauptmann, seinem Bruder. Der Ziegendreck war kümmerlich von Statur, sah aus, als schlage er eiskaltes Wasser ab, sein Gesicht war fahl und käsig-bleich und glich aufs Haar einer Marderschnauze. Desungeachtet war er einen halben Batzen mehr wert als der Hauptmann und brachte seinem Oheim ein winziges Quentchen Zuneigung entgegen. Doch seit beiläufig zwei Jahren hatte sein Herz etliche Sprünge und Risse abbekommen, und Tropfen um Tropfen war seine Erkenntlichkeit versickert, so daß er von Zeit zu Zeit, wenn die Luft feucht war, gerne seine Füße in die Hosen seines Onkels steckte und im voraus den Saft dieser so schmackhaften und bekömmlichen Erbschaft auszupressen versuchte.

Er und sein Bruder, der Landsknecht, fanden, ihr Anteil wiege gar leicht, da sie von Rechts wegen, nach Gesetz und Herkommen, mit Fug und Recht und wie sich's schickte und gehörte, den dritten Teil einem armen Vetter abtreten mußten, dem Sohn einer zweiten Schwester des Domherrn, welcher Miterbe beim Chorherrn wenig beliebt war und darum als Schafhirt unweit Nanterre auf dem Lande lebte. Dieser Schäfer und Viehhüter, ein rechter Bauernlümmel und Tölpel, kam auf den Rat seiner Vettern hin in die Stadt, und sie brachten ihn im Hause ihres Oheims unter, in der Hoffnung, er werde mit seinen Eseleien, seinem flegelhaften Benehmen und tölpischen Gebaren, durch seine Einfalt, Dummheit und sein Ungeschick das Mißfallen des Domherrn erregen und der werde ihn in seinem Testament vor die Tür setzen. So wohnte nun also der arme *Strunkel*, so hieß der Schäfer, ganz allein mit seinem alten Onkel zusammen, seit etwa einem Monat schon. Und da er fand, es bringe mehr ein, an Nutzen sowohl wie an Unterhaltsamkeit, wenn er einen Abt betreue, als wenn er Schafe und Hammel hüte, so wurde er von nun an der Wachhund des Domherrn, sein ergebener Diener, seines Alters Stütze und Stab und sprach zu ihm: »Helf Euch Gott!« wenn er einen fahrenließ, »Zur Gesundheit!« wenn

er nieste, und »Wohl bekomm's Euch!« wenn er rülpste. Er sah nach, wenn es draußen regnete, suchte die Katze, wenn sie sich verlaufen hatte, hielt den Mund und redete kein Wort, spitzte die Ohren, gab seinen Senf nur dazu, wenn man ihn darum anging, ließ sich willig, und ohne die Nase zu rümpfen, von dem alten Karchler anhusten und be-

wunderte ihn von ganzem Herzen als den schmucksten Chorherrn auf Gottes schöner Welt, ja himmelte ihn in ehrlichster Überzeugung geradezu an, und es wollte ihm gar nicht in den Sinn kommen, daß er ihm recht eigentlich den Pelz leckte, wie's die Hündinnen tun, wenn sie ihre Jungen säubern und abstauben. Und der Oheim, den man längst nicht mehr lehren mußte, auf welcher Seite das Brot geschmiert war, schurigelte und striegelte den armen Strunkel nach Noten, zwirbelte ihn herum wie einen Kreisel und gönnte ihm nicht Ruhe noch Rast. Den lieben langen Tag hieß es in einem fort: »Strunkel, komm her!« und »Strunkel, tu dies oder das!« und immerzu lag der Oheim seinen beiden andern Neffen in den Ohren, Strunkel bringe ihn noch ins Grab mit seiner Tölpelei. Und wenn der gute Strunkel solche Vorwürfe hörte, gab er sich noch viel mehr Mühe, es seinem Onkel recht zu machen, und er zermarterte sich den Kopf, wie er ihm noch gefälliger sein und ihm noch besser dienen könnte. Da er aber ein Hinterteil wie ein paar Kürbisse hatte, breitschultrig und vierschrötig und mit plumpen Gliedmaßen ausgestattet war, sah er eher dem Schmerbauch Silen ähnlich als einem leichtfüßigen Zephyr. Sagt nun selbst, wie hätte sich der arme Schafhirt, der ein frommer Geselle voll Einfalt war, noch ummodeln können? So blieb er eben dick und feist und harrte der Erbschaft, um wieder abzumagern.

Eines Abends wußte der Domherr manch erbauliche Dinge über des Teufels Unwesen zu berichten und schilderte ihm die Todesängste, Qualen und höllischen Nöte und alle die

Peinigungen, welche Gott für die verdammten Seelen zugerüstet habe, wie er ihnen die Hölle heiß mache, und so fort. Und der gute Strunkel hörte ihm aufmerksam zu, sperrte die Augen weit auf wie ein Ofenloch, wollte aber solchen Schilderungen keinen Glauben schenken.

»Ei, ei«, staunte der Chorherr, »bist du denn kein Christ?«

»Freilich wohl«, gab ihm Strunkel zur Antwort.

»So ist's recht. Es gibt also ein Paradies für die Frommen, muß es da nicht auch eine Hölle für die Gottlosen geben?«

»Ja, das schon, Herr Oheim, aber der Teufel ist zu gar nichts nütze ... Hättet Ihr hier im Hause einen bösen Störenfried, der Euch alles drunter und drüber brächte, sagt, würdet Ihr ihn nicht hinauswerfen?«

»Natürlich würd ich das, Strunkel ...«

»Seht Ihr, Herr Onkel, da wäre Gott doch ein rechter Einfaltspinsel, wenn er in dieser Welt, die er so mühsam und mit Fleiß gebaut hat, einen greulichen, abscheulichen Teufel gewähren ließe, der nichts anderes im Sinne hat, als ihm sein ganzes Werk gründlich zu verpfuschen ... Nein, nein, da pfeif ich drauf! Ich glaube nicht an den Teufel, sofern es einen lieben Gott gibt ... Darauf könnt Ihr Euch verlassen. Ich möchte ja den Leibhaftigen gar zu gerne einmal sehen!... Ha, mir wäre nicht bange vor seinen Klauen ...«

»Ach, hätte ich nur dein Gottvertrauen«, versetzte der Domherr, »ich würde mir keine Sorgen um meine jungen Jahre machen, als ich wohl zehnmal des Tags die Beichte hörte ...«

»Hört nur weiter die Beichte, Herr Kanonikus! ... Ich versichere Euch, das wird Euch droben im Himmel hoch angerechnet werden.«

»Glaubst du das im Ernst?«

»Freilich, Herr Oheim.«

»Und ist dir gar nicht bange, Strunkel, wenn du so dreist den Teufel leugnest?«

»Das macht mir so wenig Kummer wie eine Schütte Stroh!«

»Es kann dir aber Unheil zustoßen, wenn du in deinem Unglauben verharrst!«

»Wo denkt Ihr hin! Gott wird mich schon vor dem Teufel

in Schutz nehmen, denn ich glaube, er ist nicht so dumm und einfältig, wie ihn die Gelehrten hinstellen.«

Da traten gerade die beiden andern Neffen zur Tür herein, und als sie der Stimme des Chorherrn anhörten, daß er den Strunkel nicht allzusehr haßte und daß sein Gejammer über seine vielen Unarten nichts als lauter Verstellung gewesen war, um ihnen nicht zu zeigen, wie herzlich er ihm zugetan war, da blickten sie einander erstaunt an.

Hernach, als sie sahen, daß ihr Onkel gutgelaunt und zum Lachen aufgelegt war, fragten sie ihn rundheraus: »Wenn Ihr jetzt Euer Testament aufsetzen müßtet, wem würdet Ihr Euer Haus vermachen?«

»Ei, dem Strunkel.«

»Und die Grundzinsen aus der Rue Saint-Denis?«

»Bekommt der Strunkel.«

»Und das Landgut in Ville-Parisis?«

»Bekommt auch der Strunkel.«

»Aber«, platzte der Hauptmann mit seiner grollenden Stimme grob heraus, »so soll denn alles der Strunkel bekommen?«

»Nein, nein«, gab ihm der Chorherr verschmitzt lächelnd zur Antwort, »denn wenn ich auch in rechtsgültiger Form testiere, so wird doch meine Erbschaft dem Schlauesten von euch drein zufallen. Ich stehe schon mit einem Bein im Jenseits und kann also deutlich und klar sehen, wie Euer künftiges Schicksal sich gestalten wird.«

Und der durchtriebene Chorherr warf dem Strunkel einen verschmitzten Blick zu, einen Blick, den geradesogut eine mit allen Hunden gehetzte Buhlerin einem hübschen Leichtfuß hätte zuwerfen können, um ihn in ihre Lasterhöhle zu locken. Beim Feuer, das aus diesem flammenden Auge sprühte, ging dem Schäfer ein Licht auf, und er ward gewitzigt und hellhörig, allen Gottesgaben aufgeschlossen wie eine Jungfrau am Morgen nach der Hochzeitsnacht. Der Advokat und der Hauptmann, welche die Sprüche des Chorherrn für bare Münze nahmen und daran glaubten wie ans Evangelium, machten jeder einen Kratzfuß und drückten sich arg kleinlaut und erbost über die hirnverbohrten Absichten des Domherrn.

»Wie denkst du über diesen Strunkel?« fragte der Waldaff den Ziegendreck.

»Ich denke, ich denke«, versetzte der Landsknecht grollend, »ich denke, daß ich gedenke, ihm in der Jerusalemstraße aufzulauern und ihm den Kopf vor die Füße zu legen. Er mag ihn dann wieder anleimen, wenn's ihm Spaß macht.«

»Oho!« meinte der Advokat. »Du hast so deine eigene Art, die Leute kaltzumachen, man würde sie augenblicks erkennen, und alle Welt würde sagen: Da steckt der Waldaff dahinter! Ich habe mir ausgedacht, wir könnten ihn zu einem Schmaus einladen, und nachher spielen wir miteinander Sackhüpfen und schauen, wie beim König, wer in diesem Aufzug am geschwindesten laufen kann. Haben wir ihn dann erst in den Sack eingenäht, schmeißen wir ihn in die Seine und ersuchen ihn höflich, ein bißchen zu schwimmen.«

»Das muß reiflich überlegt werden«, erwiderte der Landsknecht.

»Oh, das ist längst reiflich bedacht!« grinste der Advokat. »Ist erst der liebe Vetter beim Teufel, so fällt die Erbschaft an uns beide allein.«

»Ich mache mit«, stimmte der Schnapphahn zu, »aber es wird nötig sein, daß wir zusammenhalten wie zwei Beine an einem Rumpf. Denn wenn du fein bist wie Seide, so bin ich hart wie Stahl. Und ein Dolch taugt so gut wie eine Seidenschlinge! Hörst du, Bruderherz?«

»Ja! . . .« sagte der Advokat. »Der Fall ist erledigt. Und jetzt? Was gilt, Schnur oder Eisen?«

»Ei, zum Teufel! Schockschwerenot! Gilt es denn, einen gekrönten König umzubringen? Braucht es so viel Worte um einen einfältigen Schafhirten? Weißt du was? Zwanzigtausend Franken soll der von der Erbschaft vorausbeziehen, der ihm zuerst den Garaus macht! . . . Ich will ihm recht herzlich zurufen: ›Lies deinen Kopf auf!‹«

»Und ich: ›Schwimm jetzt, Freundchen!‹« schrie der Advokat und lachte wie ein Schlitz in einem Wams.

Hernach gingen sie zum Nachtmahl, der Hauptmann zu seiner Metze und der Advokat zum Weib eines Goldschmieds, deren Liebhaber er war.

Wer aber war höchlich verwundert und erschrocken? – Der Strunkel! Der arme Schäfer hörte und verstand nämlich die Reden seiner beiden Vettern und auch, wie sie ihm nach dem Leben trachteten, obwohl die beiden drunten auf der Straße miteinander auf und ab gegangen waren und so leise gesprochen hatten, als wären sie in der Kirche und beteten zu Gott. So hätte Strunkel mit dem besten Willen nicht sagen können, ob die Worte zu ihm heraufgestiegen oder seine Ohren auf die Straße hinuntergegangen waren.

»Hört Ihr's, Herr Oheim?« fragte er den Domherrn.

»Ja, ja«, gab der zur Antwort, »das Holz schwitzt und knistert im Feuer.«

»Oho!« erwiderte Strunkel, »wenn ich auch nicht an den Teufel glaube, so glaub ich doch an den heiligen Michael, meinen Schutzengel, und laufe dorthin, wo er mich hinruft . . .«

»Geh, mein Sohn«, sprach nun der Chorherr, »und gib acht, daß du nicht naß wirst oder dir den Kopf abhauen läßt, denn mir ist, als höre ich Wasser rauschen. Und das Strolchengesindel auf der Straße ist nicht immer das schlimmste Gelichter . . .«

Über diese Worte verwunderte sich der Strunkel gar sehr, und als er den Domherrn genauer anschaute, dünkte ihn, er sehe ungewöhnlich heiter und aufgeräumt aus, sein Auge blitze lebhafter als sonst und seine gichtischen Beine seien noch krummer. Da er aber den Tod, der ihm drohte, um jeden Preis abwenden mußte, sagte er sich, er habe nachher immer noch Muße genug, den Domherrn zu bestaunen oder ihm die Klauen zu stutzen, und er rannte geschwind durch die Stadt, wie ein Frauenzimmer, das eilends zu seinem Liebsten trippelt.

Die beiden Vettern, die nichts ahnten von den hellseherischen Erleuchtungen, die zuweilen urplötzlich über einfältige Schäfer kommen können, hatten oft und oft in seinem Beisein ihre heimlichen Techteleien ausgekramt, weil sie ihn jederzeit gänzlich als Luft behandelten.

Nun hatte eines Abends der Ziegendreck dem Chorherrn zum Zeitvertreib und zur Erheiterung erzählt, wie meisterlich sich die Frau des Goldschmieds auf die Liebe verstand, dem er so schön ziselierte, vergoldete, reichverzierte und mit Bilderschmuck versehene Hörner, prunkvoll wie fürstliche Salzgefäße, aufsetzte. Wenn man ihn so hörte, war die gute Goldschmiedsgattin ein wahrer Ausbund an toller Laune, ein rechtes Luder, das keinesfalls einen Ritt abschlug. Ja, sie war imstande, noch rasch ein Schäferstündchen abzutun, während ihr Gatte schon die Stiege heraufkam, ohne daß sie im geringsten aus der Fassung geriet, und ließ sich solch leckere Zukost munden, als verschlucke sie eine Erdbeere.

Dabei hatte sie nichts anderes im Kopf als mutwilligen Schabernack, quengelte und zappelte den lieben langen Tag; dazu war sie heiter und zufrieden wie eine ehrbare Frau, der nichts abgeht, was ihr Herz begehrt. Ihren Gatten wickelte sie um den Finger und las ihm jeden Wunsch von den Augen ab, und er liebte sie deswegen auch von Herzen und fast so sehr wie seinen eigenen Magen. Schlau war sie, durchtrieben wie kaum eine und so gewitzt, daß sie seit fünf Jahren ihre Hauswirtschaft neben ihren recht zeitraubenden Liebesstunden versehen konnte und sich des besten Leumunds erfreute, ihres Gatten blindes Vertrauen genoß, unbeschränkt über die Schlüssel im ganzen Hause verfügte, über sein Geld und über alles andere.

»Und wann spielt ihr denn miteinander das süße Flötenspiel?« fragte der Domherr.

»Abend für Abend. Und oft bleibe ich noch über Nacht bei ihr.«

»Aber wie ist das möglich?« fragte der Chorherr erstaunt.

»Das ist ganz einfach. In einem Verschlag nebenan steht eine mächtige Truhe, darin verstecke ich mich. Wenn dann ihr Mann von seinem Gevatter, dem Tuchmacher, nach Hause kommt, bei dem er allabendlich speist, weil er häufig mit der Tuchmacherin dringliche Arbeit zu erledigen hat, dann schützt meine Liebste ein leichtes Unwohlsein vor und läßt ihn allein schlafen, und hernach kommt sie in die Kammer, wo die Truhe steht, und läßt sich von mir ihr Gebresten quacksalbern. Am nächsten Morgen, wenn der Goldschmied in seiner Werkstatt ist, schleiche ich mich fort, und dieweil das Haus zwei Ausgänge hat, einen auf die Brücke und den andern auf die Gasse, bin ich stets durch die Tür gekommen, wo der Mann nicht war, unter dem Vorwand, ich hätte mit ihm über seine Prozesse zu reden, welche ich allesamt in Freuden und bei guter Gesundheit erhalte und niemalen einen Abschluß finden lasse. Das ist mir nämlich eine Hahnreischaft, die etwas Erkleckliches abwirft, denn die Sporteln, Unkosten und Gebühren kommen ihn geradeso hoch zu stehen wie ein paar Gäule im Stall. Er hat mich ins Herz geschlossen, wie jeder ehrliche Hahnrei seinen Gehilfen lieben muß, der ihm an die Hand geht, das Venusgärtlein seiner Frau umzugraben, zu begießen, zu bebauen und umzupflügen, und er unternimmt nichts und tut auch nichts ohne mich.«

Diese Gepflogenheiten kamen nun dem Schäfer wieder in den Sinn, und die Todesgefahr steckte ihm ein Licht auf. Der Selbsterhaltungstrieb, von dem ja jedes Lebewesen ein ausreichendes Maß besitzt, auf daß es den Knäuel seines Lebensfadens bis zum Ende abwickeln kann, hatte ihm den rechten Weg gewiesen. Darum rannte Strunkel, was gibst du, was hast du, bis zur Tuchmacherstraße, wo vermutlich der Goldschmied beim Nachtmahl mit der Tuchmacherin zu treffen war, und nachdem er an die Tür geklopft und durchs Gitter Auskunft gegeben hatte, wer er sei und was er begehre, gab er sich als einen Boten aus, der dringliche und geheime Nachricht zu bringen habe, und man ließ ihn eintreten. Drinnen machte er nicht lange Umschweife, sondern ging stracks aufs Ziel los, nötigte den eß- und trinklustigen Goldschmied, vom Tisch aufzustehn, nahm ihn abseits in einen Winkel und sprach zu ihm: »Wenn einer von Euern Nachbarn Euch ein ganzes Strauchwerk von Hörnern auf die Stirn pflanzte, würdet Ihr ihn, wenn ich ihn Euch an Händen und Füßen gefesselt überantworten könnte, nicht ins Wasser schmeißen und ersäufen?«

»Ganz gewiß«, gab der Goldschmied zur Antwort, »wenn Ihr mich aber an der Nase herumführt, so werde ich Euch weidlich durchbleuen, daß Euch Hören und Sehen vergeht!«

»Gemach, gemach!« versetzte der Strunkel, »ich meine es gut mit Euch und bin hergekommen, Euch zu sagen, daß jedesmal und ebensooft, wie Ihr's hier der Tuchmacherin besorgt habt, der Advokat Ziegendreck das auch mit Euerem Eheweib gemacht hat. Und wenn Ihr mit mir nach Hause in Eure Werkstatt kommen wollt, werdet Ihr dort ein schön warmes Feuer vorfinden. Und sobald Ihr heimkommt, kriecht der Kerl, der so artig kehrt und fegt, was Ihr ja wißt, um es hübsch sauberzuhalten, in die große Kleidertruhe. So nehmt denn zur Kenntnis, daß ich Euch selbige Truhe abkaufe und mich mit einem Karren auf der Brücke einfinden werde, wo ich Eurer Weisungen gewärtig sein will.«

Da nahm der Goldschmied Mantel und Mütze, stahl sich aus dem Hause seines Gevatters fort, ohne ihm Lebewohl zu sagen oder ihm eine Nachricht zu hinterlassen, und rannte heim wie eine vergiftete Ratte in ihr Loch. Er kam vors Haus und pochte ans Tor. Man schloß ihm auf, er trat ein, stürmte eiligst die Treppe hinan, fand den Tisch für zwei gedeckt, hörte, wie die Truhe zuklappte, sah sein Weib aus der Kammer kommen, wo sie mit dem Advokaten ihren Spaß gehabt hatte, und da fragte er sie: »Lieber Schatz, da sind zwei Gedecke?«

»Nun ja, mein Herz, sind wir denn nicht unser zwei?«

»Nein«, erwiderte er, »wir sind unser drei!«

»Kommt Euer Gevatter auch?« versetzte sie drauf und schaute flugs die Treppe hinab, so unschuldig, als könnte sie kein Wässerlein trüben.

»Nein, ich meine den Gevatter, der dort in der Truhe steckt!«

»In welcher Truhe?« fragte sie. »Seid Ihr eigentlich bei Verstand? Wo seht Ihr denn eine Truhe? Steckt man Gevattersleute neuerdings in Truhen? Traut Ihr mir etwa zu, daß ich ganze Truhen voller Gevatter im Hause halte? Seit wann hausen die Gevatter in Truhen? Ihr seid ja nicht bei Troste, daß Ihr Eure Gevatter mit Euern Truhen durcheinanderbringt! Ich kenne keinen andern Gevatter außer Meister Corneille, den Tuchmacher, und keine Truhe als die, worin unsere Kleider verwahrt sind.«

»Oh«, versetzte nun der Goldschmied, »liebe Frau, es ist da vorhin ein Bursche, ein übler Geselle, zu mir gekommen und hat mir erzählt, du lassest dir von unserm Advokaten den Pelz striegeln, und er stecke dort in deiner Truhe.«

»Ich soll mit einem solchen Paragraphenfuchser unter einer Decke stecken?« wandte sie ein. »Daß ich nicht lache! Die machen ja doch alles verkehrt und verquer! . . .«

»Nur nicht gleich so hitzig, liebes Weib«, erwiderte der Goldschmied, »ich kenne dich doch; du bist eine ehrliche Haut und ein gutes Weib, und ich will wegen einer alten Truhe keinen Streit mit dir haben. Der Mann, der dich bei mir angeschwärzt hat, ist ein Kistenmacher. Dem will ich die gottverfluchte Truhe verkaufen; ich mag sie nicht mehr hier drinnen sehen. Und er verkauft mir dafür zwei zierliche kleine Lädchen, in denen nicht einmal genug Platz ist für ein kleines Kind. So werden die Verleumdungen und üblen Nachreden über deine Untreue ganz von selber verstummen, denn wenn die bösen Mäuler nichts mehr zu klatschen finden, werden sie's bald bleiben lassen.«

»Damit tut Ihr mir einen großen Gefallen«, sagte die Frau, »mir liegt gar nichts an meiner Truhe, und es ist zufälligerweise gerade nichts drin. Unser Linnenzeug ist in der Waschküche. Gleich morgen früh kannst du die unselige Truhe leicht fortschaffen lassen. Willst du jetzt zu Abend essen?«

»Nein, nein«, wehrte der Mann ab. »Ich meine, das Essen wird mir besser schmecken, wenn die Truhe aus meinen Augen ist.«

»Ich sehe schon«, meinte die Frau, »die Truhe geht leichter hier heraus als aus Eurem Dickschädel ...«

»Holla! Heda!« rief nun der Goldschmied seinen Gesellen und Lehrbuben zu. »Kommt alle herunter!«

Im Handumdrehen war sein ganzes Gesinde auf den Beinen. Und als ihnen der Meister kurzangebunden befahl, die Truhe wegzuschaffen, wurde sie flugs durchs Zimmer davongeschoben und holterdiepolter hinausbugsiert. Dabei kam aber der Advokat auf den Kopf zu stehen und streckte die Beine in die Höhe, und da er solches Kopfstehen nicht gewöhnt war, polterte er mit den Schuhen gegen die Wände.

»Nur zu«, meinte die Frau, »nur zu! Das Seitenbrett hat sich verrutscht!«

»Nein, mein Schatz, eher der Pflock!«

Und nun glitt die Truhe ohne weitern Zwischenfall die Treppenstufe hinab.

»Holla! Wo bleibt der Karren?« schrie drunten der Goldschmied.

Und Strunkel kam pfeifend mit seinem Maultiergespann herbei, und die wackern Gesellen und Lehrjungen luden die leidige Truhe auf den Karren.

»Heda! He!« schrie darinnen der Advokat.

»Meister, die Truhe spricht!« rief da ganz verdattert ein Lehrjunge.

»Was für eine Sprache?« fragte der Goldschmied und versetzte ihm einen kräftigen Fußtritt mitten in den Hintern, der zum Glück nicht aus Glas war. Der vorwitzige Lehrjunge flog im hohen Bogen auf die Treppe, so daß er seine Forschungen über die Sprache der Truhen nicht länger fortsetzen konnte. Der Schäfer aber, begleitet vom Goldschmied, führte den ganzen Bettel hinab ans Ufer der Seine, ohne auf die hohe Beredsamkeit des sprechenden Holzes hinzuhören. Und dann beschwerte er die Truhe mit ein paar tüchtigen Wackersteinen, und der Goldschmied schmiß sie in den Fluß.

»Schwimm jetzt, Freundchen!« rief ihr der Schäfer höhnisch

nach, gerade als die Truhe Wasser schluckte und dann in den Fluten untertauchte wie ein Entchen auf dem Teich.

Hernach setzte Strunkel seinen Weg fort und rannte den Fluß entlang bis zum Sankt-Landry-Gäßchen unweit dem Kloster Unserer Lieben Frau. Dort sah er sich um, bis er ein bestimmtes Haus gefunden hatte, suchte die Tür und pochte kräftig dagegen.

»Öffnet!« rief er laut, »macht auf, im Namen des Königs!«

Das hörte ein alter Mann, der kein anderer war als der berüchtigte Wucherer und Wechsler Versoris, und kam eilends zur Tür gehumpelt.

»Was soll das bedeuten?« fragte er.

»Ich bin vom Profosen hergesandt, Euch zu warnen. Er läßt Euch sagen, Ihr sollt heute nacht gut auf der Hut sein«, erwiderte Strunkel, »und er wird seinerseits die Wachsoldaten aufbieten. Der Bucklige, der Euch bestohlen hat, ist wieder im Land. Bleibt drum wach und legt Eure Waffen nicht ab. Er könnte Euch sonst recht wohl noch um den Rest erleichtern.«

Sprach's und machte alsogleich kehrt und rannte bis in die Götzengasse zu dem Hause, wo der Hauptmann Waldaff im schönsten Zuge war, in Gesellschaft der minnigen Paquerette ein Gelage abzuhalten. Die Paquerette aber war unter sämtlichen Dirnen in der ganzen Stadt die allerhübscheste und auch die gerissenste und in allen Kniffen und Pfiffen ihres Gewerbes erfahrenste. Das gaben sogar ihre Neiderinnen, die andern Freudenmädchen, neidlos zu. Ihre Augen blitzten feurig und scharf wie Dolchstöße. Ihr Gang war so wollüstig und kitzelte alle, die ihr zusahen, dermaßen, daß es hieß, sie brächte es sogar zustande, das Himmelreich lüstern zu machen. Kurzum, sie war so unverfroren und dreist, wie's nur ein Weib sein kann, das keine Tugend mehr hat außer der Schamlosigkeit.

Der arme Strunkel war in großen Ängsten, als er dem Stadtviertel zulief, wo die Paquerette wohnte. Er fürchtete nämlich, er könne am Ende die Wohnung der Paquerette nicht ausfindig machen oder die beiden Turteltäubchen seien schon zu Bett gegangen. Aber ein guter Engel fügte alle

Dinge so, wie es ihm zugute kam. Hört nur, wie das zuging. Als er in die Götzengasse einbog, gewahrte er strahlend hell

erleuchtete Fenster, Köpfe mit Nachthauben und Schlafmützen beugten sich heraus, und alle die guten Weiber, die Dirnen, Hausfrauen, Gatten, Fräulein, die eben aus den Betten gesprungen waren, schauten einander an, als wenn man einen Dieb beim Fackelschein zum Galgen führte.

»Heda, was ist hier los?« fragte der Schäfer einen Bürgersmann, der in größter Eile mit einer Partisane in der Hand unter die Türe trat.

»Oh, nichts weiter«, gab ihm der Wackere zur Antwort. »Wir haben geglaubt, die Armagnaken seien in die Stadt eingedrungen. Aber es ist bloß der Waldaff, der die Paquerette verprügelt.«

»Wo denn?« fragte der Schäfer.

»Dort drüben in dem schönen Haus mit den Pfeilern, die oben zierlich eingemeißelt die Mäuler der geflügelten Kröten tragen. Hört Ihr nicht die Diener und die Zofen schreien?«

Und wirklich vernahm man ein gewaltiges Zetermordiogeschrei. In einem fort schrien verzweifelte Stimmen: »Mordio! Zu Hilfe! Holla! So kommt doch zu Hilfe!« Dann hörte man drinnen im Hause die Schläge hageldicht klatschen. Und die tiefe, rauhe Stimme des Waldaffs grölte: »Ich schlag dich tot, du Schandweib! Du Luder, da kannst du singen! Aha, du willst Taler? Da hast du!« Und die Paquerette ächzte und stöhnte: »Oh! Oh! Ich sterbe! Zu Hilfe! Oh! Oh! . . .« Dann hörte man einen wuchtigen Hieb mit einem eisernen Gegenstand und den dumpfen Fall, den das leichtfertige hübsche Ding beim Hinstürzen tat, und darauf trat tiefe Stille ein. Danach verlöschten die Lichter; Diener, Kammermägde, Gäste und andere Zuschauer gingen wieder hinein, und der Schäfer, der just zur rechten Zeit gekommen war, stieg mit ihnen die Treppen empor. Als sie aber im obern Gemach die zerbrochenen Flaschen, die zerfetzten Wandteppiche und das Tischtuch samt den Schüsseln und Platten auf dem Boden liegen sahen, da blieb die ganze Schar mucksstill stehen.

Der Schäfer, todesmutig wie ein Mensch, der nur noch ein Ziel im Auge hat, riß die Tür zu dem prächtigen Gemach auf, in dem die Paquerette schlief, und sah sie entstellt und gräßlich zugerichtet mit wirren, aufgelösten Haaren und verdrehtem Hals blutüberströmt auf dem Teppich liegen. Daneben stand völlig niedergedonnert und blöde der Waldaff, der nicht gicks noch gacks mehr sagen konnte, so gründlich hatte es ihm die Rede verschlagen.

»Komm, steh auf, meine kleine Paquerette!« maulte er, »stell dich doch nicht tot! Komm zu mir, so kann ich dich wieder zurechtflicken. Ach, du Luderchen, tot oder lebendig bist du so wunderhübsch in deinem Blut, daß ich dich umarmen und herzen muß!«

Als er das gesagt hatte, hob sie der schlaue Kriegsmann auf und warf sie aufs Bett. Aber sie plumpste hin, steif und schwer, wie der Leichnam eines Gehenkten. Als der Kerl das sah, hielt er es für das beste, Reißaus zu nehmen und seinen Buckel aus dem bösen Spiel zu ziehen. Ehe er sich aber aus dem Staube machte, sagte der abgefeimte Kerl noch: »Arme Paquerette! Wie habe ich ein so gutes Mädchen, das ich von Herzen liebhatte, so übel zurichten können? Ganz braun und blau habe ich sie geschlagen! Ja ich habe sie umgebracht, sie ist mausetot, das ist klar. Als sie noch am Leben war, hing ihre hübsche Brust nie so schlaff herab wie jetzt! Hölle und Teufel! Man könnte meinen, es seien zwei schlappe Beutelsäcke mit einem Taler unten drin!«

Da machte die Paquerette das Auge ein Spältchen auf und neigte leicht den Kopf, um nach ihrer Brust zu schielen, die milchweiß und fest war. Und schon erwachte sie wieder zum Leben und bewies das, indem sie dem Hauptmann eine gewaltige Maulschelle versetzte.

»Das gehört dir, weil du Tote verlästerst!« sagte sie lächelnd.

»Und warum wollte er Euch eigentlich töten, liebes Bäschen?« fragte der Schäfer.

»Weshalb? Morgen kommen die Gerichtsbüttel ins Haus und tragen hier alles weg. Und er hat ja nicht mehr Geld im Beutel als Tugenden in seinem Herzen, und dabei will er mir Vorwürfe machen, weil ich einem schmucken Junker gefällig sein wollte, der mich aus den Klauen des Gerichtes erretten will.«

»Paquerette, ich breche dir alle Knochen im Leib entzwei!« tobte der Landsknecht.

»Sachte, sachte!« sagte da Strunkel, den der Waldaff erst jetzt erkannte, »ist's nur das? Da kann geholfen werden, mein lieber Freund. Ich kann Euch da ein erkleckliches Sümmchen beschaffen!«

»Und woher denn?« fragte der Hauptmann verblüfft.

»Kommt mit mir beiseite, ich sag es Euch ins Ohr. Wenn so beiläufig dreißigtausend Taler nächtlicherweile im Schatten eines Birnbaums spazierengingen, würdet Ihr Euch da nicht bücken und sie einstecken, auf daß sie nicht Schaden leiden?«

»Strunkel, ich schlage dich tot wie einen räudigen Hund, wenn du mit mir Schindluder treibst, oder ich will dich küssen, wo du's nur haben willst, sofern du mich mit den dreißigtausend Talern Aug in Auge zusammenbringst, und sollte ich dafür auch drei Stadtbürgern in einem Winkel am Uferweg die Gurgel abschneiden müssen!«

»Nicht einmal eine Nachtmütze müßt Ihr deswegen ins Jenseits befördern! Hört zu, wie die Sache steht. Ich habe eine Liebste, in allen Ehren und Züchten wohlgemerkt, die ist Dienstmagd bei dem Wechsler in der Altstadt, nicht weit vom Hause unseres guten Oheims. Nun habe ich vorhin erfahren, und zwar aus sicherer Quelle, daß dieser wackere Mann heute in der Morgenfrühe über Land gereist ist. Vorher aber hat er unter einem Birnbaum in seinem Garten einen gehäuften Scheffel Gold vergraben, fest überzeugt, daß ihm nur die Engel vom Himmel bei seiner Verrichtung zuschauten. Mein Liebchen aber hatte zufällig heftige Zahnschmerzen und schöpfte frische Luft an ihrem Fenster, und da beobachtete sie, ohne es zu wollen, den alten Halsabschneider und hat mir hernach aus Liebe und Gefälligkeit alles ausgeplaudert. Wenn Ihr mir schwört, daß Ihr redlich mit mir teilen werdet, will ich Euch meine Schultern leihen, damit Ihr auf die Gartenmauer klettern könnt, und von dort springt Ihr dann mit einem Satz hinüber auf den Birnbaum, der dicht an der Mauer steht. Sagt Ihr jetzt immer noch, ich sei ein Tolpatsch und dumm wie das liebe Vieh?«

»Wo denkst du hin! Du bist ein ehrenwerter Vetter, der es gut mit mir meint, ein redlicher Kerl! Und wenn du je einen Feind hast, den du gerne aus der Welt geschafft hättest, so bin ich bereit, dir zuliebe sogar meinen besten Freunden das Lebenslicht auszublasen. – Holla, mein Schatz!« rief nun der Waldaff zur Paquerette hinüber, »deck uns den Tisch und wasch dir das Blut ab! Es gehört mir, ich zahl es dir und will dir von meinem geben, hundertmal soviel, wie ich dir abgezapft habe. Laß vom Allerbesten auffahren, beschwichtige unsere aufgescheuchten Vögel, zupf dir die Röcke zurecht, lache! Ich will's so haben! Sieh nach, ob etwas Leckeres im Haus ist, und dann wollen wir unsere Abendgebetlein da wieder aufnehmen, wo wir sie abgebrochen haben. Morgen früh sollst du, wenn's auf mich ankommt, reicher gekleidet sein als die Königin! Schau, da ist mein Vetter, den will ich fürstlich bewirten, und müßte ich dazu das ganze Haus zum Fenster hinauswerfen. Morgen finden wir alles wieder im Keller! Drauf denn! Drauf auf die Schinken!«

Und in weniger Zeit, als ein Pfaffe braucht, um sein *Dominus vobiscum* zu sprechen, wandelte sich der Jammer und

das Wehgeschrei im ganzen Haus in Gelächter und Freude, ebenso rasch, wie zuvor aus Lachen bitteres Jammergeschrei entstanden war. Nirgendwo sonst liebt man sich so rundheraus und geht ohne viel Federlesens mit dem Dolch aufeinander los wie in solchen Buhlhäusern, nur da gibt es zwischen vier Wänden so lustige Stürme. Doch das sind Dinge, die vornehmen Damen eh und je unverständlich sind, das geht über ihr Fassungsvermögen ...

Der Hauptmann Waldaff war strahlender Laune und vollführte einen Heidenlärm wie hundert Schulbuben, wenn die Schule aus ist. Er nötigte seinen lieben Vetter immer wieder zum Trinken, und der soff wie ein Bauer auf der Kirchweih, spielte meisterlich den Betrunkenen und schwatzte das tollste Zeug zusammen, lallte und nuschelte munter drauflos, prahlte, morgen wolle er ganz Paris kaufen, er werde dem König hunderttausend Taler borgen, er könne pures Gold kacken, kurzum, er gab so hirnverbrannten Unsinn zum besten, daß der Hauptmann, aus Angst, er könnte noch zu seinem Unheil etwas ausplaudern, fand, er sei nun hinreichend betrunken und benebelt, ihn unterm Arm faßte und mit sich fortzog, in der löblichen Absicht, dem guten Strunkel bei der Teilung des Raubgutes ein klein wenig den Bauch aufzuschlitzen und nachzusehen, ob er nicht am Ende einen Schwamm im Magen habe, weil er ein so unheimliches Quantum von dem guten Suresnewein hatte vertilgen können. Unterwegs redeten sie miteinander über tausenderlei theologische Spitzfindigkeiten, die in ihren Köpfen arg durcheinandergerieten, und schließlich schlichen sie auf leisen Sohlen zum Fuße der Mauer, wo angeblich die Taler des Wechseljuden vergraben waren. Hier nun kletterte der obgenannte Waldaff auf die breiten Schultern Strunkels, machte einen Satz und sprang gewandt, wie er's im Krieg beim Sturm auf die Städte gelernt hatte, hinüber auf den Birnbaum. Doch Versoris lauerte ihm auf, schlug ihm eine klaffende Schramme im Genick, dann noch eine zweite so wuchtige, daß nach dem dritten Hieb der Kopf des Waldaff vom Rumpfe rollte, nicht ohne daß er zuvor noch die helle Stimme des Schäfers gehört hätte, der ihm zurief: «Lies deinen Kopf auf, lieber Freund!«

Daraufhin fand der großmütige Strunkel, in dem die Tugend so augenfällig ihren Lohn erhielt, es sei nun wohl das klügste, wenn er wieder nach Hause zu dem guten Chorherrn zurückkehre, dessen Erbschaft mit Gottes gnädiger Hilfe nunmehr so einfach zu teilen war. So strebte er also eilenden Fußes der Sankt-Peters-Gasse beim Ochsenmarkt zu, und es dauerte nicht lange, so schlief er selig und fest wie ein neugeborenes Kind und wußte nicht mehr, was ein blutsverwandter Vetter für ein sonderbar Ding sei.

Am nächsten Morgen stand er, nach seiner Gewohnheit und wie's bei den Hirten der Brauch ist, mit der Sonne auf und trat zu seinem Oheim in die Kammer, um sich zu erkundigen, ob er schön weiß spucke, ob er huste und gut geschlafen habe. Aber die alte Wirtschafterin sagte ihm, der Chorherr sei, als er zur Frühmette des heiligen Mauritius, des Schutzherrn von Unserer Lieben Frauen Münsterkirche, habe läuten hören, dorthin zur Messe gegangen, einesteils aus frommer Andacht, aber auch weil das ganze Domkapitel beim Bischof von Paris speisen sollte. Da schmälte Strunkel: »Ist denn der würdige Chorherr nicht recht bei Sinnen, daß er sich der frischen Morgenluft aussetzt, sich das Zipperlein oder die Gicht holt und kalte Füße obendrein? Will er eigentlich mit aller Gewalt abkratzen? Ich werde ihm ein lichterlohes Feuer anfachen, damit er sich wärmen kann, wenn er heimkommt.«

Und der gutmütige Strunkel rannte hinauf in den Saal, wo

der Chorherr sich zumeist aufhielt. Doch zu seinem großen Schrecken sah er ihn da in seinem Lehnstuhl sitzen.

»Was hat denn bloß die alte Buyrette für dummes Zeug zusammengefaselt? Ich wußte doch, Ihr seid zu vernünftig, um zu dieser Stunde in Euerm Chorgestühl zu frieren.«

Der Domherr gab ihm keine Antwort. Der Schäfer, der wie alle beschaulichen Naturen ein kluger Mensch war, dem man's aber nicht gleich an der Nase ansah, wußte gar wohl, daß alte Leute dann und wann solche Schrullen haben, Anfälle von Tiefsinn und Entrückung, wo sie mit dem Wesen der verborgenen Dinge Umgang pflegen und in ihrem Innern Dinge brabbeln und murmeln, die nichts mit dem zu tun haben, was wir vernehmen. So trat er ehrfürchtig und aus Scheu vor den geheimen Meditationen des Chorherrn beiseite und setzte sich abseits, um abzuwarten, bis der Oheim aus seinem gedankenverlorenen Brüten erwachte, und derweil starrte er verwundert auf die langen Krallen des lieben Onkels, die aussahen, als wollten sie die Schuhe des alten Mannes durchlöchern. Hierauf betrachtete er aufmerksam die Füße seines teuren Onkels und erschrak gewaltig, als er sah, wie das Fleisch seiner Beine so glutrot war, daß davon die Hosen ganz purpurn leuchteten, als schiene Feuer durch die Maschen der Strümpfe.

Ist er denn tot? dachte Strunkel bei sich.

Im selben Augenblick ging die Tür zum Saal auf, und er sah noch einmal den Chorherrn, der mit vor Kälte roter Nase aus dem Gottesdienst nach Hause kam.

»Oho!« redete ihn Strunkel an, »lieber Oheim, seid Ihr denn von Sinnen? Bedenkt doch, daß Ihr nicht dort an der Tür stehen dürft, da Ihr ja bereits in Euerem Armstuhl beim Kaminfeuer sitzt, und zwei Domherren, wie Ihr's seid, kann es doch auf dieser Welt nicht geben.«

»Ach, Strunkel, es gab einmal eine Zeit, wo ich gar gerne an zwei Orten zugleich gewesen wäre. Doch das kann kein Mensch. Das wäre des Glücks zuviel! Siehst du denn doppelt? Ich bin doch allein hier!«

Da blickte sich Strunkel geschwind nach dem Sessel um, doch der war leer. Und baß erstaunt, das könnt ihr euch

LAVIEILLE.

wohl denken, trat er näher und gewahrte auf dem Sitzpolster ein Häuflein rauchender Asche, aus dem ein übler Schwefelgestank aufstieg.

»Ha!« rief er ganz entsetzt, »nun sehe ich, daß sich der Teufel gegen mich benommen hat wie ein rechter Ehrenmann. Ich werde für ihn beten.«

Und danach erzählte er dem Onkel in aller Herzenseinfalt, wie der Leibhaftige sich den Spaß geleistet und Vorsehung gespielt hatte, wie er ihm geholfen habe, sich auf ehrliche Art seine beiden üblen Vettern vom Halse zu schaffen. Darüber wunderte sich der gute Kanonikus höchlich und begriff es auch ohne weiteres, denn er besaß noch ein gut Teil gesunden Menschenverstand und hatte schon oftmals Dinge erlebt, die dem Teufel Vorteil brachten. Drum meinte der gewitzte Priester auch, es finde sich immer ebensoviel Gutes im Argen wie Böses im Guten, und man brauche sich deswegen nicht allzusehr um das Jenseits zu sorgen. Und das war eine schwere Ketzerei, die manches Konzil verdammt hat.

So kamen die Strunkel zu Reichtum und konnten in jüngster Zeit, dank dem Vermögen ihres Ahnherrn, mithelfen, die Sankt-Michaels-Brücke zu bauen, wo der Teufel sich gar zierlich unter dem Erzengel ausnimmt, zum Andenken an diese Geschichte, die in den wahrhaftigen Geschichtsbüchern verzeichnet steht.

DIE FRÖHLICHEN SCHNURREN UND STREICHE DES KÖNIGS LUDWIG DES ELFTEN

Der König Ludwig, seines Namens der Elfte, war ein guter Zechkumpan und Tafelgenosse und jederzeit zu einem lustigen Possen aufgelegt. Und wenn es nicht gerade um sein Königtum und um die Religion ging, saß er gerne an einer reichgedeckten Tafel, zechte wacker und machte ebenso eifrig Jagd auf leckere Schnepfen wie auf Karnickel und anderes königliches Hochwild. So beweisen auch die paar sauertöpfischen Tintenkleckser, die aus ihm einen tückischen Duckmäuser gemacht haben, daß sie ihn gar nicht kannten, denn er war ein guter, verläßlicher Freund, ein Spaßvogel und lachlustiger Geselle wie keiner sonst im ganzen Lande.

War er's doch, der zu sagen pflegte, wenn er aufgeräumt und guter Laune war, vier Dinge seien vortrefflich und ausnehmend bekömmlich im Leben, nämlich: warmer Schiß und kühler Trunk, ein hart Gemächt und weich geschluckt. Manche haben ihm tadelnd vorgeworfen, er habe sich mit liederlichen Weibern gemein gemacht. Das ist aber eine faustdicke Lüge, weiß doch alle Welt, daß seine Bankertstöchter, von denen eine späterhin sogar für gesetz- und rechtmäßig erklärt wurde, samt und sonders aus hochangesehenen Häusern hervorgegangen sind und sich in der Folge auch mit vornehmen Männern verehelicht haben. Freilich gab er nichts auf eiteln Flitterprunk und äußerliches Gepränge, hatte vielmehr eine Vorliebe fürs Dauerhafte und Gediegene, und weil so mancher Völkervertilger bei ihm kein Bröslein gefunden hat, mit dem er sich mästen konnte, haben ihn alle verlästert und verleumdet. Wem aber an unverfälschter und

wahrheitsgetreuer Darstellung gelegen ist, weiß recht wohl, daß der genannte König, wenn man ihn näher kannte, ein gutherziger und sogar recht liebenswerter Geselle war, und bevor er seinen Freunden den Kopf abschlagen ließ oder sie bestrafte, was nicht selten der Fall war, mußten sie ihn schon schmählich hintergangen haben. Seine Rache war allezeit gerecht. Einzig bei unserm Freunde Verville habe ich einen Fall gefunden, wo sich dieser würdige Herrscher geirrt hat. Aber einmal ist keinmal. Und überdies trägt da weniger der König Schuld als sein Gevatter Tristan. Ich will die Begebenheit berichten, wie sie obengenannter Verville verzeichnet hat, und ich habe ihn schwer im Verdacht, er habe sich da einen Spaß gemacht. Ich erzähle die Geschichte aber auch darum, weil manche Leute das vortreffliche Werk meines unerreichten Landsmannes gar nicht kennen. Doch kürze ich's und biete lediglich den eigentlichen Kern, denn das Drum und Dran ist zu weitschweifig erzählt, wie die Kenner wohl wissen.

Ludwig XI. hatte die Abtei Turpenay, von der in der *Schönen Imperia* die Rede war, einem Edelmann zu Lehen gegeben, der ihre Einkünfte genoß und sich der Herr von Turpenay nannte. Da begab es sich, daß der König einmal zu Plessis-lez-Tours weilte und der wahre Abt, ein Mönch, vor den König hintrat und bei ihm vorstellig wurde. Er machte geltend, nach kanonischem und mönchischem Recht sei er der rechtmäßige Abt, und der Edelmann, der sich diese Pfründe zu Unrecht anmaße, stehe ihm wider alle Vernunft und Billigkeit im Wege und tue seinen Rechten Abbruch, und deshalb rufe er des Königs Urteilsspruch an, damit ihm sein

RIAULT

Recht werde. Der König schüttelte seine Perücke und versprach ihm, er wolle ihn zufriedenstellen. Dieser Mönch, ein unleidlicher, lästiger Bursche wie das ganze kapuzentragende Gelichter, stellte sich noch zu öfteren Malen ein, sobald der König die Tafel aufhob, bis dieser, dem das klösterliche Weihwasser nachgerade in die Nase stieg, eines Tages seinen Gevatter Tristan zu sich rief und zu ihm sprach: »Gevatter, es treibt sich da ein gewisser Turpenay herum. Schafft ihn mir aus der Welt!« Tristan, dem eine Kutte gleich viel galt wie ein Mönch oder ein Mönch gleich viel wie eine Kutte, ging zu dem Edelmann hin, den der ganze Hof den Herrn von Turpenay nannte; und er trat zu ihm und nahm ihn beiseite, und als er ihn unter vier Augen vor sich hatte, gab er ihm zu verstehen, der König wünsche, daß er sterbe. Der Ärmste wollte sich dem Urteil widersetzen und um Gnade flehen, aber es half ihm nichts. Niemand wollte ihn anhören. Er wurde sänftiglich zwischen Kopf und Schultern erwürgt, so daß er seinen Geist aufgab. Und drei Stunden später meldete der Gevatter dem König, er sei allbereits fein säuberlich umgebracht und ins Jenseits befördert.

Nun geschah es, daß fünf Tage später, also zu der Zeit, nach welcher die verstorbenen Seelen wiederkehren, der Mönch den Saal betrat, wo der König sich aufhielt, und als der ihn gewahrte, wunderte er sich über die Maßen. Tristan war auch zugegen. Der König winkte ihn zu sich heran und raunte ihm ins Ohr: »Ihr habt nicht ausgeführt, was ich Euch befohlen hatte.« – »Mit Euerm Verlaub, Majestät, ich habe es getan. Turpenay ist tot.« – »Ei, ich meinte doch diesen Mönch!« – »Ich habe verstanden, Ihr meint den Edelmann!« – »Was? So ist es also geschehen?« – »Freilich, Majestät.« – »Nun wohl, dann ist's auch gut.« Und dann wandte er sich an den Mönch: »Kommt her, Mönch.« Der Mönch trat näher, und der König sprach zu ihm: »Kniet nieder.« Der Arme zitterte vor Angst wie Espenlaub. Doch der König sprach: »Dankt Gott, der nicht gewollt hat, daß Ihr getötet werdet, wie ich's befohlen hatte. Den hat's

ereilt, der Euch Euer Eigentum weggenommen hat. Gott hat Euch zu Euerm Recht verholfen! Geht hin und betet für mich und rührt Euch nicht mehr aus Euerem Kloster!«

Dies beweist, wie gütig Ludwig XI. war. Er hätte sehr wohl den Mönch, der Schuld an diesem Mißgriff trug, aufknüpfen lassen können, denn was diesen Edelmann anlangt, so hatte er in des Königs Dienst sein Leben gelassen.

In den ersten Zeiten seines Aufenthaltes in Plessis-lez-Tours, da der genannte König Ludwig seine Zechgelage, Schlemmereien und andern Lustbarkeiten nicht in seinem Schloß abhalten wollte, aus Ehrerbietung vor seiner eignen Majestät – und damit bewies er ein Feingefühl, das seinen Nachfolgern gänzlich abging –, dazumal verliebte er sich in eine Dame, Nicole Schönlöchlin mit Namen, welche, der Wahrheit die Ehre, eine Bürgersfrau aus der Stadt war. Ihren

Mann schickte er mit irgendwelchen Aufträgen gen Westen übers Meer, und der obengenannten Nicole richtete er ein Haus in der Distelfinkvorstadt ein, da, wo die Siebensündengasse ist, weil diese Gegend einsam war und weitab von bewohnten Straßen lag. So waren ihm also der Ehemann so gut wie die Frau zu Diensten, und die Schönlöchlin schenkte ihm eine Tochter, die später als Nonne im Kloster starb. Diese Nicole hatte ein geschliffenes Mundwerk gleich einem Papageien, sie war drall und mollig, wohlversehen mit zwei stattlichen, schönen und üppigen Naturkissen, straff und fest und grad eben recht zum Liebesspiel, weiß schimmernd wie Engelsflügel, und im übrigen weit beschrien für ihre Findigkeit in abwechslungsreichen Liebeskünsten, so unterhaltsam, daß ihr Liebster sich nie über Eintönigkeit zu beklagen brauchte, so gut und gründlich hatte sie die erquicklichen Lösungen dieser Wissenschaft studiert, die unterschiedlichen Arten, die Poissy-Oliven zuzubereiten, samt den Zutaten, Würzen und Füllseln, kurzum, alle die geheimen Lehren und Vorschriften des Lustbreviers. Und solch kundige Unterhaltung liebte der König über alles. Sie war lustig und vergnügt wie ein Distelfink, sang und trällerte in einem fort, lachte den lieben langen Tag und tat keinem Menschen etwas zuleide, und das ist ja die Art solcher Frauen, die immer offen und frei und jederzeit ausgefüllt sind . . . ich meine, die Tag und Nacht etwas Vernünftiges zu tun haben – deutet's, wie ihr wollt.

Der König suchte sie oft mit seinen guten Freunden und Kumpanen in ihrem Haus auf, und da er nicht wollte gesehen werden, begab er sich zur Nachtzeit ohne großes Gefolge dorthin. Weil er aber mißtrauischer Natur war und vielleicht einen Hinterhalt fürchtete, hatte er Nicole aus seinem Zwinger die bissigsten Hunde geschenkt, die einen Mann ohne viel Federlesens aufzufressen imstande waren. Diese königlichen Hunde kannten außer dem König und Nicole niemanden. Jedesmal, wenn nun der König seinen Besuch ankündigte, machte Nicole die Köter im Garten von

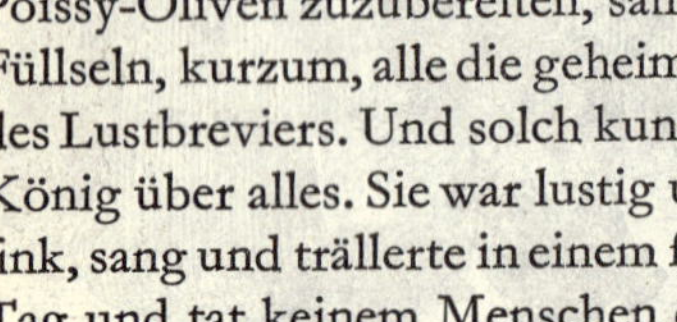

der Koppel los. Und weil das Haustor mit Eisen beschlagen und gut verriegelt war, behielt der König die Schlüssel in

Verwahrung und konnte so in aller Sicherheit mit seinen Freunden den Lustbarkeiten und Vergnügungen mannigfaltigster Art frönen, ohne daß er Verrat und Hinterlist zu fürchten brauchte, ergötzte sich nach Herzenslust und soviel ihm der Sinn danach stand, trieb Scherz und mutwilligen Schabernack mit ihnen, und sie spielten einander ausgelassene Streiche noch und noch.

In solchen vergnüglichen Nächten wachte Gevatter Tristan über die ganze Umgegend, und ein jeglicher, der sich da in der Nähe der Distelfinkvorstadt lustwandelnd herumgetrieben, hätte im Handumdrehen am nächsten Ast gebaumelt und hätte den Vorübergehenden mit den Füßen seinen Segen erteilen können, es sei denn, er hätte das königliche Paßwort gekannt. Denn der elfte Ludwig ließ zuweilen allerlei leichtfertige Weibsbilder für seine Freunde herbeischaffen, und manchmal holte er auch Leute zu seinem eignen Zeitvertreib, und dies tat er aus schuldiger Rücksichtnahme auf Nicole und die Tafelgäste. Die Bürger von Tours und ihre Weiber mußten auch zu manchem Possen herhalten, den ihnen der König spielte, und es fiel ihm nicht schwer, ihnen das Ausschwatzen zu verleiden. So hielten sie denn auch klüglich reinen Mund, und erst nach seinem Ableben wurde ruchbar, wie toll sie es getrieben hatten.

Das Possenspiel »Küß mich am Hintern« wurde von diesem König erdacht, wie es heißt. Obschon es mit dieser Geschichte gar nichts zu tun hat, will ich's hier gleichwohl erzählen, kann man daraus doch so recht erkennen, wie der König allezeit zu Späßen aufgelegt war und einen ausgeprägten Sinn für schnakische Kurzweil hatte.

Damals lebten zu Tours drei stadtbekannte, verschriene Geizhälse. Der erste war Meister Cornelius, der ja sattsam bekannt ist. Der zweite hieß Miesling und handelte mit Flitterramsch, allerhand Kinkerlitzchen und frommem Krimskrams. Der dritte hieß Pantscherer und war ein schwerreicher Weinbauer. Die beiden letzten stammten aus der Touraine und hinterließen, ungeachtet ihres schmutzigen Geizes und ihrer Knickerei, recht ehrenwerte Nachkommen.

Eines Abends, als der König in bester Laune bei der Schönlöchlin weilte, leicht angesäuselt vom Trinken, denn er hatte wacker vom Allerbesten gezecht, als er seinen Witz an den Gästen genugsam gewetzt und auch vor der Vesper noch im Oratorium seiner lieben Frau Schönlöchlin sein Gebet verrichtet hatte, sagte er mit einmal zu seinem Gevatter Le Daim, zum Kardinal La Balue und zum alten Dunois, der nach wie vor farzte wie ein alter Karrengaul: »Wir sollten uns eins lachen, liebe Freunde! . . . Das hält gesund. Und ich glaube, es wäre ein herrlicher Spaß, mit anzusehn, wie sich ein Geizkragen benimmt, wenn er einen Sack voll Gold vor der Nase hat und doch nicht daran rühren darf . . . Holla!«

Auf sein Rufen erschien der Diener.

»Holt mir meinen Schatzmeister herein«, sagte er zu dem, »er soll augenblicklich sechstausend Golddukaten hierherbringen. Hernach schaffst du mir, wo nötig mit Gewalt, zuerst meinen Gevatter Cornelius herbei, dann den Ramschtrödelkrämer aus der Schwanengasse und schließlich den alten Pantscherer. Du bringst sie mir hierher, im Namen des Königs.«

Hierauf ging aufs neue das Zechen und Humpenheben an, und unterm Bechern und Pokulieren führten die Herren gar sinnreiche Tischgespräche: sie erörterten die tiefsinnige Streitfrage, was besser sei, eine Frau, die gehörig wildenze, oder eine, die weithin nach Seife dufte, eine wohlbeleibte, üppige Frau oder eine magere, und dieweil hier die Blüte der Gelehrsamkeit beisammensaß, so erklärten sie einhellig, die allerbeste sei doch die Frau, die man gerade vor sich habe, wie eine Schüssel gedämpfter Muscheln, im Augenblick, da einem der Herrgott einen guten Gedanken eingebe, den man ihr weitergeben könne. Der Kardinal wollte wissen, was für eine Dame köstlicher sei, der erste oder der letzte Kuß. Worauf die Schönlöchlin antwortete, natürlich der letzte, denn da wisse die Frau, was sie verliere, und beim ersten wisse sie nie, was sie zu erwarten und zu gewinnen habe. Unter solchen und ähnlichen Reden, die zu unserm großen Leidwesen alle verlorengegangen sind, kamen die sechstausend Golddukaten, welche gut und gern dreihunderttausend Franken heutiger Währung wert waren, so arg geht es in allen Dingen mit uns bachab. Der König gebot, daß die Dukaten auf einen Tisch aufgehäuft und hell beleuchtet werden sollten, und sie strahlten und funkelten denn auch wie die Augen der tafelnden Gäste, die unwillkürlich aufblitzten. Darüber mußten sie alle, wenn auch ein wenig säuerlich, lachen. Sie brauchten nicht lange auf die drei habgierigen Geizhälse zu warten. Der Diener brachte sie, bleich und schlotternd vor Angst, herbeigeschleppt, außer Cornelius, für welchen des Königs Schrullen und Grillen nachgerade nichts Neues mehr waren.

»Schaut her, liebe Freunde!« begrüßte sie Ludwig, »seht euch die Goldvöglein an, die hier auf dem Tisch liegen.«

Die drei Bürger verschlangen die gleißenden Dukaten mit den Augen. Ihr könnt euch darauf verlassen, daß der große Diamant der Schönlöchlin nicht so hell funkelte wie ihre kleinen grauen Mausäuglein.

»Das alles gehört euch«, fuhr der König fort.

Daraufhin blickten die drei filzigen Gesellen nicht mehr auf die Dukaten, sondern maßen einer den andern von oben bis unten, und die Gäste sahen gar wohl, daß die alten Affen weit geschickter waren im Grimassenschneiden als alle andern, denn ihre Gesichter sahen mit einemmal viel neugieriger aus als die Miene, die eine Katze beim Milchschlappen macht, oder die Faxen, die ein Jungfräulein schneidet, wenn's die Mannbarkeit kitzelt.

»Bei Gott«, sprach der König, »all dies soll dem von euch dreien gehören, der dreimal zu den andern sagen kann: ›Küß mich am Arsch!‹ und dabei die Hand aufs Gold legt. Wenn er aber nicht ernst bleibt wie eine Fliege, die ihre Frau Nachbarin genotzüchtigt hat, wenn er den Mund auch nur zu einem Lächeln verzieht, während er diese possierliche Einladung vorbringt, dann muß er der Hausfrau bare zehn Taler bezahlen. Immerhin darf er dreimal von vorne anfangen.«

»Das ist schnell gewonnenes Geld!« brummte Cornelius,

der als wortkarger Holländer das Maul ebensooft geschlossen und ernst hielt, wie das Schnecklein der Frau Schönlöchlin oft und immer wieder offenstund und genüßlich lachte.

So legte er denn mir nichts, dir nichts die Hand auf die Dukaten, um zu spüren, ob die Prägung auch gut sei, und wühlte feierlich und ernsthaft in dem Häuflein. Als er dann aber die beiden andern anglotzte und artig zu ihnen sagte: »Küß mich am Arsch!« und ihm die beiden Filze, denen vor seinem echt holländischen gravitätischen Ernst bange war, ebenso höflich zur Antwort gaben: »Wohl bekomm's!« als hätte er niesen müssen, da mußten alle laut herauslachen, und Cornelius selbst konnte das Lachen nicht verbeißen.

Als der Weinbauer die Dukaten anfassen wollte, spürte er in seinen Lippen ein solches Jucken und Prickeln, daß sein altes blatternarbiges Gesicht aus sämtlichen Ritzen und Runzeln lachte und es aussah wie ein rissiger Ofen, der aus allen Fugen qualmt. Er brachte kein Wort hervor.

Nun war die Reihe am Ramschkrämer, der ein winziges spaßiges Männlein war. Seine Lippen waren so eng zusammengepreßt wie der Hals eines Gehenkten. Er nahm eine Handvoll Dukaten, blickte die andern und auch den König an und sprach dann vergnügt und trocken: »Küß mich am Arsch!«

»Ist er arg schmutzig?« fragte der Pantscherer.

»Meinethalben könnt Ihr ihn Euch beschauen«, versetzte der Krämer, ohne eine Miene zu verziehen.

Jetzt wurde dem König angst und bange um seine Dukaten, zumal der Miesling schon ein zweitesmal, ohne zu lachen, die Probe bestanden hatte und eben zum drittenmal das feierliche Wort sprechen wollte. Da nickte ihm plötzlich die Schönlöchlin zu, ja, sie werde seiner Einladung gerne Folge leisten, worauf er die Fassung verlor und sein Maul sich zu einem breiten Grinsen verzog und auseinanderklaffte wie eine verlorene Jungfernschaft.

»Wie hast du's bloß angestellt«, fragte Dunois, »daß du angesichts des Goldhaufens so lange hast ernst bleiben können?«

»Oh, gnädiger Herr, zuerst habe ich an einen meiner Prozesse gedacht, der morgen entschieden wird, und hernach an meine Frau, die eine unleidige Kratzbürste ist.«

Ihr gieriges Verlangen, diese erkleckliche Summe Goldes für sich zu bekommen, ließ sie ein weiteres Mal beginnen, und der König weidete sich fast eine volle Stunde lang an ihren grauslichen Grimassen, an ihren grimmig verzerrten Gesichtern, den krampfhaften Mienen, den Affereien und stummen und doch so beredten Verrenkungen. Doch das war alles verlorene Liebesmüh, und für Leute ihresgleichen, denen der Ärmel lieber ist als der Arm, war es ein unerträglicher Schmerz, daß sie der Hausfrau einer wie der andere hundert Dukaten bar auf den Tisch zahlen mußten.

Als sie mit hängenden Ohren abgezogen waren, sagte Nicole beherzt zum König: »Majestät, soll ich's einmal versuchen?«

»Gott bewahre!« lachte Ludwig der Elfte, »nein! Ich will ihn Euch gerne für weniger Geld küssen!«

Er war eben ein haushälterischer Mann und blieb es seiner Lebtage.

Eines Abends setzte der schmerbäuchige Kardinal La Balue nicht bloß mit Worten, sondern auch mit beiden Händen der Schönlöchlin verliebterweise zu, ein wenig zudringlicher und hitziger, als es das kanonische Recht gestattet. Zum Glück war sie ein pfiffiges Weibchen und weder auf den Kopf noch auf den Mund gefallen, auch brauchte man sie nicht erst zu fragen, wie viele Spitzen am Hemd ihrer Frau Mutter gewesen seien.

»Ihr dürft mir's ruhig glauben, Herr Kardinal«, bedeutete sie dem feisten Herrn, »das Ding, das der König liebt, hat es noch nicht nötig, die Letzte Ölung zu empfangen!«

Hierauf versuchte Olivier Le Daim sein Glück bei ihr, und auch er blitzte ab. Als er ihr mit seinen albernen Sprüchen in den Ohren lag, sagte sie schnippisch zu ihm, sie werde den König fragen, ob's ihm recht sei, wenn sie sich ihr Bärtchen abrasieren lasse.

Da nun der Barbier sie nicht einmal um Verschwiegenheit bat und keineswegs in sie drang, sie möchte doch um Gottes willen seine Zudringlichkeiten für sich behalten, so dämmerte ihr, all diese Anschläge auf ihre Tugend habe der König selbst ausgeheckt und ins Werk gesetzt, weil seine Freunde ihr das Wasser abgegraben und seinen Argwohn geweckt hatten. Da sie sich nun nicht gut an Ludwig dem Elften rächen konnte, so wollte sie wenigstens diesen großen Herren einen Possen spielen, um sie gründlich zu prellen und gleichzeitig dem König mit den Streichen, die sie ihnen zu spielen gedachte, einen Heidenspaß zu verschaffen.

Eines Abends nun, als sie alle wieder einmal zum Nachtmahl bei ihr erschienen waren, lud sie auch eine Dame aus der Stadt zu Tische, die ein Anliegen an den König hatte. Diese Dame war eine hochgestellte Frau, welche die Begnadigung ihres Gatten erflehen wollte. Und als Folge dieser tollen Nacht wurde sie ihr späterhin auch zuteil. Nicole Schönlöchlin nahm den König beiseite in ein Kämmerchen und weihte ihn in ihr Vorhaben ein. Er solle nur dafür besorgt sein, sagte sie ihm, daß seine Gäste tüchtig einhieben und wacker dem Wein zusprächen. Er selbst müsse seiner guten Laune die Zügel schießen lassen, müsse lachen und allerhand Kurzweil treiben. Sobald aber die Tafel aufgehoben sei, solle er einen Streit vom Zaune brechen, gleichgültig warum; er solle an ihren Reden herummäkeln und nörgeln, sie so recht auf die Gabel nehmen, und dann werde sie ihm einen lustigen Zeitvertreib verschaffen und ihm all das Heu zeigen, das sie an den Hörnern trügen. Vor allem aber müsse er der genannten Dame hofieren, und zwar müsse es aussehen, als sei es ihm Ernst damit und als wolle er ihr seine allerhöchste Gunst zuwenden, weil sie sich so willig zu diesem trefflichen Schabernack hergegeben hatte.

»Zu Tisch, meine Herren!« rief der König, als er wieder hereinkam, »kommt zur Tafel. Die Jagd war lang und hat hungrig und durstig gemacht.«

Und der Barbier, der Kardinal, ein dicker Bischof, der Hauptmann der schottischen Leibwache wie auch ein Abgesandter des Hofgerichts, ein Richter, der beim König in hohen Gnaden stand, folgten den beiden Damen in den Saal, wo man sich die Kinnladen sauber wetzte.

Sie machten sich daran, den Model ihrer Wämser zu wattieren. Was das heißt? Ei, das will sagen, daß sie sich den Magen mit Fliesen auslegten, Naturchemie trieben, mit Fleiß die Schüsseln und Platten ergründeten, ihre Kaldaunen festlich traktierten, ihr eigen Grab mit wuchtigen Kinnbackenhieben schaufelten, mit dem Kainsschwerte fochten, die Tunken und Brühen beerdigten, einen wirklichen oder möglichen Hahnrei bei Leben und Gesundheit erhielten oder, philosophischer ausgedrückt: Dung und Mist mit ihren Zähnen machten. Versteht ihr's jetzt? Wieviel Worte muß man doch machen, um euch den Verstand zu ölen! Der König ließ es nicht an Nötigungen fehlen, seinen Gästen dieses erlesene Göttermahl mundgerecht zu machen. Er stopfte sie mit grünen Erbschen voll, rühmte immer wieder den Hotschpotsch, das saftige Fleischragout mit den zarten Rübchen, legte ihnen die Pfläumchen ans Herz, gab seinen Senf zu den Fischen, sagte zu einem: »Warum greift Ihr nicht zu? Ihr müßt essen!« und zum andern: »Trinken wir aufs Wohl der Hausfrau.« Und zu allen sprach er: »Ihr Herren, versucht doch diese Krebse! Brechen wir dieser Flasche den Hals! Was? Diese Wurst kennt ihr nicht? Und was sagt ihr zu dieser Lamprete? He? Wollt ihr nicht ein Wörtlein mit ihr reden? Und da kommt, meiner Seel, die schönste Barbe, die seit Menschengedenken in der Loire geschwommen ist! Knackt mir diese Pastete auf, vorwärts! Das ist Wild von meiner Jagd, wer das verschmäht, beleidigt mich!« Oder dann: »Trinkt nur, der König braucht's ja nicht zu wissen! Sprecht diesen eingemachten Früchten zu, die Hausfrau hat sie eigenhändig zubereitet. Zupft von dieser Traube die Beeren ab, sie ist in meinem Weinberg gereift. Oh, kostet diese mürben Mispeln!

Und indem er ihnen zuredete und mithalf, ihre Wänste zu mästen, die ohnehin schon aussahen wie Riesengeschwülste, lachte der gute König mit ihnen aus vollem Halse, und die Tafelrunde war unbändig vergnügt und ausgelassen. Alle redeten zusammen und durcheinander, spuckten, schneuzten sich und trieben derbe Scherze und faustdicken Mutwillen, gerade als wäre der König nicht zugegen gewesen. Unmengen von Gebratenem, Gesottenem und Gebackenem wurden verschlungen, zahllose Flaschen wurden gehöhlt, unzählige Schüsseln, hochbeladen mit Wildbret und Geflügel, verschwanden in den Schlünden der Gäste, bis ihre schweißglänzenden feisten Gesichter purpurrot leuchteten und ihre Wämser nahezu am Platzen waren, dieweil sie alle vollgestopft waren wie eine Cervelatwurst aus Troyes, vom Schlund bis hinab zum Spundloch ihrer Wänste. Als sie in den Saal zurückwankten, stand ihnen schon der Schweiß in Perlen auf der Stirn, sie schnauften schwer und fingen an, ihr unmäßiges Schlingen und Einhauen zu verwünschen. Der König tat, als sei's ihm gar nicht ums Reden, und ein jeder schwieg um so lieber, als sie alle ihre Kräfte brauchten, um mit dem Geknurre und Gerumpel in ihrem Bauch fertig zu werden und die bullernden und kollernden überladenen Gedärme nicht unziemlicherweise zu erleichtern. Der eine sprach zu sich selber: Ich hätte doch lieber nicht von dieser Brühe essen sollen. Ein anderer konnte es sich nicht verzeihen, daß er sich den Bauch mit einer Schüssel in Kapern gedämpfter Aale gar zu voll geschlagen hatte. Ein dritter dachte bei sich: O weh! O weh! Die fette Blutwurst kommt mir hoch! Der Kardinal, welcher der beleibteste von ihnen allen war, schnaubte pfeifend durch die Nüstern wie ein scheugewordenes Roß. Er war auch der erste, der nicht länger an sich halten konnte und sich mit einem dröhnenden Rülpser Luft schaffen mußte, und er wäre am allerliebsten in Deutschland gewesen, wo man einem in solchem Falle »Helf dir Gott!« wünscht. Denn als der König diese bauchrednerische Äußerung hörte, runzelte er bitterbös die Brauen und schoß dem Kardinal einen zornigen Blick zu.

»Was soll das heißen?« fuhr er ihn an, »bin ich denn einer von Euren Pfaffen?«

Das vernahmen alle, die zugegen waren, mit großem Entsetzen, wußte doch sonst der König einen meisterlichen Rülpser sehr wohl zu schätzen. Da nahmen sich die übrigen Gäste vor, einen andern, minder gefährlichen Ausweg für die drängenden Dünste zu suchen, die bereits in ihren pankreatischen Retorten zappelten und sich entladen wollten. Zunächst versuchten sie die leidigen Quälgeister in den Windungen ihres Gekröses zurückzuhalten. Just in diesem Augenblick, als die Schönlöchlin sie aufgeschwemmt und gedunsen wie Steuerpächter dasitzen sah, nahm sie den guten König beiseite und sagte zu ihm: »Nun sollt Ihr erfahren, daß ich von dem Ramschkrämer Miesling habe zwei Puppen anfertigen lassen, die aufs Haar dieser Dame und mir gleichen. Wenn diese Freßwänste jetzt die abführenden Tränklein zu spüren anfangen, die ich ihnen in ihre Trinkbecher geschüttet hatte, und in höchster Not hinauswischen und den präsidialen Sitz aufsuchen wollen, tun wir beide, als ob wir auch hinaus müßten. So werden sie jedesmal den Platz schon besetzt finden, und Ihr werdet Euch an ihrem verzweifelten Krümmen erlustigen können.«

Kaum hatte sie das gesagt, verschwand die Schönlöchlin zusammen mit der Dame, um beide ihr Garn abzuspinnen, wie das so Brauch ist bei den Weibern; warum sie das tun, will ich euch ein andermal erzählen. Nach einem schicklichen Weilchen, eben recht zum gedeihlichen Wasserlassen, kam die Schönlöchlin allein zurück, so daß ein jeder glauben mußte, sie habe ihre Begleiterin draußen bei ihren alchimistischen Küchengeschäften gelassen. Nun winkte der König den Kardinal zu sich heran, so daß der Ärmste vom Tisch aufstehen mußte, und unterhielt sich mit ihm ernsthaft und eingehend über seine Staatsgeschäfte, wobei er ihn an der Troddel seines Pelzmantels gefaßt hielt, damit er ihm nicht entwischen konnte. Zu allem, was der König sagte, antworte La Balue immer nur: »Ja, Majestät«, um aus die-

ser huldvollen Unterhaltung freizukommen und sich davonmachen zu können, denn er spürte, wie in seinem Keller das Wasser knietief stand und daß er in Kürze den Schlüssel zu seiner Hinterpforte verlieren werde. Bei allen geladenen Gästen war's nun so weit gekommen, daß sie nicht mehr wußten, wie sie dem andrängenden Schlammgewoge Einhalt gebieten sollten, dem die Natur, noch mehr als dem Wasser, die Eigenschaft verliehen hat, stetsfort auf einen bestimmten Pegelstand hinzutrachten. Ihre obenerwähnten Verdauungssubstanzen erweichten sich zusehends und mühten sich ab, Insekten gleich, die aus ihren Puppen auskriechen wollen, einen Ausschlupf zu finden, sie wurden immer ungebärdiger, quälten und marterten ihre Kerkermeister und kannten keinerlei Ehrerbietung vor der königlichen Majestät. Denn es gibt nichts, was so dumm und unwissend wäre wie diese gottverdammten Dinger, sie sind frech und dreist und drängen so ungestüm nach draußen, wie alle Gefangenen, denen man die Freiheit vorenthält. Sie versuchten denn auch bei jedem leisesten Anlaß hinauszuglitschen wie Aale aus dem Netz, und ein jeder mußte viel Kraft und Wissen aufwenden, damit er sich nicht vor den Augen des Königs die Hosen vollmachte. Ludwig der Elfte fand großen Spaß daran, seine Gäste auszufragen und auszuholen, und es tat ihm in der Seele wohl, wenn er ihre verzerrten Gesichter sah und die Grimassen, die sie schnitten, ein getreues Spiegelbild ihrer außer Rand und Band geratenen Eingeweide.

Der Gerichtsrat flüsterte dem Olivier ins Ohr: »Ich gäbe gern mein Amt dafür, wenn ich nur für ein paar kurze Minuten draußen auf dem Felde sein könnte!«

»O ja«, gab ihm der Barbier zur Antwort, »es geht doch nichts über einen herzhaften Schiß. Ein Hochgenuß! Und seit heute wundere ich mich auch nicht mehr über die Fliegen, die überall und immer alles vollscheißen!«

Da wollte es den Kardinal bedünken, die Dame habe mittlerweile ihre Geschäfte besorgt und erledigt, und er riß sich mit einem jähen Ruck vom König los, ließ die Troddel seiner

Seidenschnur in dessen Händen zurück und rannte spornstreichs zur Tür, als hätte er vergessen, seine Gebete herzusagen.

»Was habt Ihr denn, Herr Kardinal?« rief ihm der König nach.

»Gotts Trost! Was ich habe?« schrie der dicke La Balue zurück, »es sieht ganz danach aus, als hättet Ihr in allem übermenschliche Ausmaße, Majestät!«

Damit wischte der Kardinal hinaus und ließ die andern mit offenen Mäulern zurück, in höchstem Staunen über seine Schlauheit. Mit weitausholenden Schritten strebte er frohlockend dem Kämmerlein zu, indes er im Laufen ein wenig die Nestel seiner Börse lockerte. Doch als er das hochgelobte Pförtlein aufriß, sah er die Dame immer noch bei ihrer Verrichtung dasitzen wie ein Papst, wenn er gesalbt wird. Da klemmte er seine überreife Frucht wieder zurück und rannte die Wendeltreppe hinab, um sein Heil draußen im Garten zu suchen. Aber als er die untersten Stufen erreicht hatte, schlugen die Hunde an, und er bekam Angst, er könnte in eine von seinen kostbaren Hemisphären gebissen werden. Und da er nicht wußte, wo er sich seiner ungebärdigen Last entledigen konnte, kehrte er in den Saal zurück, fröstelnd wie einer, der sich an der frischen Luft abgekühlt hat. Als die andern den Kardinal wieder hereinkommen sahen, waren sie überzeugt, er habe seine natürlichen Behältnisse entleert und seine kirchenfürstlichen Abzugsrohre ausgeschlackt, und sie priesen ihn deswegen glücklich. Sogleich schnellte denn auch der Barbier von seinem Sessel auf, als wollte er die Wandteppiche von nahem besichtigen und die Balken zählen, war aber, ehe sich's einer versehen konnte, bei der Tür und schlüpfte hastig hinaus. Er lockerte seinen Verschluß schon ein klein wenig im Vorgefühl der kommenden Erleichterung, und während er dem Abtritt zueilte, trällerte er vergnügt den Kehrreim eines Liedchens vor sich hin. Doch als er dort hinkam, mußte er, wie zuvor La Balue, mit einem Stoßseufzer und ein paar in den Bart gebrummten entschuldigenden

Worten vor der nimmermüden Kackerin zurückweichen, und er schlug die Tür ebenso geschwind wieder zu, wie er sie hastig aufgerissen hatte. Hernach kehrte er mit seiner vollen Hinterladung von angehäuften Molekülen zurück, die ihm seine innerlichen Darmgänge drängend anfüllten und beschwerten.

Also taten, wie in einer Prozession, alle Gäste einer nach dem andern, ohne daß sie die Überfülle ihrer Tunken loswerden konnten, und nicht lange, so standen sie wieder vor dem Angesicht des Königs und waren so übel dran wie zuvor. Sie schauten einander verständnisinnig an, ja sie verstanden sich mit ihrem Hintern weit besser als jemals zuvor mit dem Mund. Denn in der unverblümten Ausdrucksweise der natürlichen Leiblichkeit können keinerlei Zweideutigkeiten aufkommen, alles ist sinnvoll und verständlich, ist es doch eine Wissenschaft, die wir schon lernen, wenn wir auf die Welt kommen.

»Mir will scheinen«, raunte der Kardinal dem Barbier zu, »diese Dame kackt weiter bis morgen früh. Was ist nur der Schönlöchlin eingefallen, eine so hemmungslose Dünnscheißerin einzuladen?«

»Jetzt druckst sie schon eine volle Stunde daran herum, wo ich's im Handumdrehen erledigen könnte! Daß sie doch die Darrsucht bekäme!« schnaubte der Barbier zurück.

Alle die Höflinge wanden sich in Krämpfen und traten von einem Fuß auf den andern, um ihre ungebärdigen Insassen zu geduldigem Ausharren zu bewegen, als endlich die heißersehnte Dame wieder im Saal auftauchte. Ihr könnt mir's glauben, daß sie ihnen wunderbar schön und anmutreich vorkam, und sie hätten sie gern dahin geküßt, wo es sie so grimmig juckte. Nie im Leben hatten sie den anbrechenden Tag so freudig begrüßt wie jetzt diese Dame, die ihren armen, unseligen Bäuchen Erlösung aus arger Bedrängnis brachte.

La Balue sprang auf. Die andern standen aus Ehrerbietung, Ehrfurcht und Achtung vor der Kirche bescheiden zurück und ließen ihm den Vortritt. Dann faßten sie sich in Geduld und setzten ihr anmutiges Grimassenspiel fort, über das sich der König mitsamt der Schönlöchlin halb zu Tode lachte, die ja mit schuld war, daß diese Ärmsten, Durchfallgepeinigten nach Luft schnappten. Der wackere Schottenhauptmann, der mehr als alle andern von einem Gericht gegessen hatte, worein der Koch ein stark abführendes Mittel gerührt hatte, machte seine Hosen platschvoll, während er doch bloß ein winziges, hauchleichtes Fürzlein hatte wollen fahrenlassen. Schamübergossen verzog er sich in einen Winkel, in der irrigen Hoffnung, das Zeug werde klug genug sein und in des Königs Gegenwart nicht so arg stinken. Im selben Augenblick kam der Kardinal wieder herein, fürchterlich entstellt und mit verzerrtem Gesicht, weil er draußen auf dem bischöflichen Sitz die Schönlöchlin hatte thronen sehen. Da er nun in seiner Todesqual nicht wußte, ob sie drinnen im Saal war, kam er wieder hereingestürmt, und als er sie neben seinem Herrn und König sitzen sah, stieß er ein wahrhaft teuflisches »Oh!« hervor.

»Was soll das heißen?« fragte der König und maß den Priester mit einem Blick, der ihm das Fieber den Rücken hinauf und hinunter jagte.

»Majestät«, sagte er schließlich, aufs neue gefaßt und schon wieder unverschämt wie eh und je, »alles, was Fegefeuer und Hölle anlangt, ist meines Amtes, und ich muß Euch sagen: in diesem Hause geht es nicht mit rechten Dingen zu!«

»Ha, du Pfäfflein, willst wohl mit mir Schindluder treiben!« fuhr nun der König auf.

Als die Gäste diese Worte vernahmen, konnten sie ihre Hosen nicht länger vom Inhalt unterscheiden und machten sie aus schierer Angst voll, was die Därme hergaben.

»Oho! So weit also treibt ihr euer unehrerbietiges Gebaren!« schrie der König so grimmig, daß sie alle aschfahl im Gesicht wurden. – »Holla! Tristan, mein Gevatter!« Und der König trat ans Fenster, riß es auf und rief hinunter: »Komm doch schnell herauf!«

LAVIEILLE.

Der königliche Großprofos erschien unverweilt im Saal, und da diese Herren samt und sonders lauter Habenichtse waren, die nur des Königs Huld und Gunst so hochgestellt hatte, konnte Ludwig der Elfte, wenn er gerade einmal Bauchgrimmen hatte, sie nach Gutdünken und Willkür auch wieder ins frühere Nichts zurückstoßen. So standen sie alle, außer dem Kardinal, der auf seine Soutane baute, stocksteif und belämmert herum, als der Profos Tristan eintrat.

»Führe diese Herren hinaus aufs Galgenfeld, aufs Feld wollt ich sagen, Gevatter. Sie haben sich vor lauter Fressen die Hosen vollgeschissen!«

»Nun, bin ich nicht ein meisterlicher Spaßvogel?« lachte Nicole Schönlöchlin.

»Der Possen ist gut, aber verteufelt unappetitlich und stinkt schandbar!« gab ihr der König lachend zur Antwort.

Aus diesem königlichen Wort ersahen die Höflinge, daß der König für diesmal nicht hatte mit ihren Köpfen spielen wollen, und sie dankten dem Himmel und allen Heiligen dafür.

Solche Schweinigeleien waren dem König jederzeit hochwillkommen und machten ihm immer viel Spaß. So handelte kein böser Wüterich, wie auch die Tafelgäste zueinander sagten, als sie sich's draußen auf dem Felde bequem machten. Tristan leistete ihnen als guter Franzose bei dieser löblichen Verrichtung Gesellschaft und geleitete sie nachher noch bis nach Hause. Und darum verfehlen seither die guten Bürger von Tours nie, sich dort ein Denkmal zu setzen, wenn sie am Feld bei der Distelfinkvorstadt vorbeikommen, haben doch auch die vornehmen Hofleute an selbigem Orte das Gras gedüngt.

Ich möchte aber doch den großen König nicht verlassen, ohne vorher den lausbübischen Schabernack aufzuschreiben, den er der Godegrant gespielt hat. Die war eine säuerliche, angejahrte alte Jungfer, ein vergrämtes Wesen, und hatte sich nie darüber trösten können, daß sie für ihr Töpfchen keinen Deckel gefunden hatte in den vierzig Jahren ihres kümmerlichen Lebens, und am liebsten wäre sie aus ihrer welken Haut gefahren, weil sie immer noch jungfräulich war wie ein

Maultier. Die alte Schachtel wohnte gerade dem Hause gegenüber, welches der Schönlöchlin gehörte, da, wo die Jerusalemgasse ist, und man brauchte sich bloß auf einem Balkon hart an der Mauer zu verbergen und konnte so mit Leichtigkeit sehen, was sie tat und trieb, und hören, was sie in dem Kämmerlein sprach, wo sie wohnte. Gar oft ergötzte sich der König an dieser alten Jungfer, die keine Ahnung hatte, daß sie von dem Herrscher belauert und belauscht wurde.

Nun geschah es eines Tags, als gerade Freimarkt abgehalten wurde, daß der König einen jungen Bürger von Tours mit des Seilers Tochter Hochzeit halten ließ. Der Bursche hatte einer vornehmen Dame gesetzten Alters Gewalt angetan in der Meinung, sie sei ein junges Mädchen. Daran war weiter nichts Schlimmes, und für die obenerwähnte Dame wäre es sogar recht ehrenvoll gewesen, daß man sie noch für eine Jungfrau halten konnte. Aber als der Lümmel merkte, daß er hinters Licht geführt worden war, hatte er sie mit den unflätigsten Schimpfwörtern überschüttet, und da er sie im Verdacht hatte, sie habe ihn absichtlich irregeführt, hatte er sich's einfallen lassen, einen prachtvollen silbernen und mit Email eingelegten Becher mitlaufen zu lassen, zum Lohn dafür, daß er ihr seinen Zippidilderich geliehen hatte. Der Missetäter war ein strammer, flotter Bursche und so bildschön, daß die ganze Stadt sehen wollte, wie er gehenkt wurde, aus Mitleid sowohl wie auch aus neugieriger Schaulust. Und ihr könnt einen Besen fressen, daß bei seiner Hinrichtung mehr Hauben zu sehen waren als Hüte. Und wirklich baumelte der junge Mann höchst artig und lustig, und wie's dazumal bei den Gehenkten Sitte und Brauch war, starb er wie ein standhafter Ritter mit gereckter Lanze. Die ganze Stadt redete von nichts anderem mehr, und es gab etliche Damen, und ihrer waren nicht wenige, die meinten, es sei doch jammerschade, daß man einen so wohlbeseelten Hosenlatz nicht habe weiterleben lassen.

»Was würdet Ihr sagen, wenn wir den Gehenkten der Godegrant ins Bett legten?« fragte auf einmal die Schönlöchlin den König.

»Wir werden sie zu Tode erschrecken«, meinte der König.

»Wo denkt Ihr hin, Majestät! Ihr könnt Gift darauf nehmen, daß sie einen toten Mann mit offenen Armen aufnehmen wird, so sehr hat es sie ihr Lebtag nach einem lebendigen gelüstet. Gestern habe ich ihr zugeschaut, wie sie mit einer Männermütze geschäkert und den tollsten Unsinn getrieben hat. Sie hatte sie über eine Stuhllehne gehängt, und Ihr hättet Euch krank gelacht über das alberne Zeug, das sie zusammenschwatzte, und über ihr putziges, affiges Getue!«

Während nun also das vierzigjährige Jüngferlein in der Vesper war, ließ der König den Gehenkten, der eben die letzte Szene seiner tragischen Posse zu Ende gespielt hatte, vom Galgen herunterholen, man kleidete ihn in ein weißes Hemd, und zwei Waffenknechte kletterten über die Mauer ins Gärtchen der alten Godegrant und legten ihr den Gehenkten ins Bett, hinten hart an die Wand. Als dies getan war, machten sie sich geschwind aus dem Staub, und der König blieb im Balkonzimmer, spielte mit der Schönlöchlin und wartete, bis es für die alte Jungfer Zeit war, ins Bett zu gehen. Es dauerte auch nicht lange, so kam die Godegrant nach Hause, tipp, tapp, schmuck und fein, wie die Touraner sagen, geradewegs aus der Sankt-Martins-Kirche, von der sie nicht weit entfernt wohnte, stößt doch die Jerusalemgasse an die Mauern des Kreuzgangs. Sie kam in ihr Stübchen herein, legte ihre Tasche ab, den Rosenkranz, das Meßbuch und andern Kram, wie ihn alte Jungfern mit sich herumtragen. Nun deckte sie das Feuer auf, schürte es, blies hinein, wärmte sich die klammen Finger, hockte sich in ihren mächtigen Armstuhl, streichelte ihr Kätzchen in Ermangelung besserer Dinge, hierauf trippelte sie geschäftig hinaus in ihr Speisekämmerchen und holte ihr Abendbrot herein, aß es unter Seufzen und Ächzen auf, seufzte und ächzte beim Essen, schlang es mutterseelenallein hinunter und beschaute derweilen ihre vier Wände. Und dann trank sie einen tüchtigen Schluck und ließ einen gewaltigen knallen, so laut, daß es der König hörte.

»Was meint Ihr, wenn der Gehenkte jetzt ›Wohl bekomm's!‹ zu ihr sagte?«

So sprach lachend die Schönlöchlin. Und dann prusteten sie beide mit einem unterdrückten Gelächter los. Hernach verwandte der Allerchristlichste König kein Auge von der alten Jungfer und schaute mit gespanntester Aufmerksamkeit zu, wie sie sich entkleidete. Sie legte ihre Kleider eins ums andere ab, beschaute sich selbstzufrieden im Spiegel, rupfte da und dort ein vorwitziges Härlein aus oder kratzte einen Pickel ab, der arglistigerweise links oder rechts auf der Nase erblüht war, dann stocherte sie sich die Zähne säuberlich aus und machte tausenderlei Geschäfte ab, wie sie zu ihrem großen Leidwesen alle Frauenzimmer, sie seien nun Jungfrauen oder nicht, leider Gottes auf sich nehmen und abtun müssen. Doch wären sie ohne diese leichten Gebresten, die in ihrer Natur liegen, gar zu hoffärtig und hochnäsig, und man könnte mit ihnen nicht viel Kurzweil haben. Als die alte Jungfer nun mit ihrem musikalischen und wässerigen Selbstgespräch zu Ende gekommen war, kroch sie ins Bett unter die Laken, und da stieß sie einen wunderschönen, gellenden, weithin hallenden und absonderlich schrillen Schrei aus, als sie den Gehenkten daliegen sah und spürte, wie frisch und jung er war, und roch, wie wonnesam seine stramme Jugend ihr in die Nase stieg. Dann aber sprang sie mit einem weiten Satz aus dem Bett, vor lauter Koketterie. Weil sie aber nicht wußte, daß er wirklich und wahrhaftig tot war, kam sie wieder zurück, im Glauben, er treibe seinen Spott mit ihr und stelle sich nur tot.

»Macht, daß Ihr fortkommt!« stotterte sie, »das ist mir ein übler Spaß!«

Ihr könnt mir aber ruhig glauben: sie sagte das in einem ganz demütigen und sanften, ja liebreichen Ton. Als sie dann aber sah, daß er nicht muckste noch sich rührte, besah sie sich die unverhoffte Bescherung näher und staunte höchlich über eine so strotzende Mannesnatur. Nun erkannte sie auch den jungen Bürger, der heute gehenkt worden war, und es kam sie mit einmal die Lust an, zu Nutz und Frommen der ganzen Gehenktengilde ein paar rein wissenschaftliche Versuche anzustellen.

»Was macht sie denn?« fragte leise die Schönlöchlin den König.

»Sie versucht ihn wieder ins Leben zurückzurufen«, versetzte Ludwig. »Das ist ein gutes Werk christlicher Nächstenliebe.«

Die alte Jungfer rieb und streichelte und tätschelte unverdrossen an dem schönen Jüngling herum, betete auch flehentlich zur heiligen Maria aus Ägyptenland, sie möge ihr hilfreich beistehn, diesen Ehemann wieder lebendig zu machen, der ihr da so liebestüchtig vom Himmel in ihr Bett gefallen war. Wie sie nun in christlicher Barmherzigkeit den Toten wärmte und kein Auge von ihm verwandte, da war ihr auf einmal, als zwinkerte er unmerklich mit den Augen. Sie legte ihm die Hand aufs Herz und spürte, wie es schwach schlug. Zu guter Letzt kam es so weit, daß die Bettwärme, der Feuereifer der alten Jungfer und die Gluthitze, die ältlichen Frauenzimmern eignet und wohl die sengendste von allen Gluten ist, welche von den afrikanischen Wüsteneien ausgehn, ihr die unsägliche Freude bescherten, dieses schmucke und stramme Mannsbild wieder zum Leben erwachen zu sehen, denn der Jüngling war durch einen glücklichen Zufall recht liederlich gehenkt worden.

»Da seht Ihr, wie mich meine Nachrichter bedienen!« sprach der elfte Ludwig lachend.

»Ihr werdet ihn doch hoffentlich nicht ein zweitesmal aufknüpfen lassen!« bat die Schönlöchlin. »Er ist gar zu hübsch!«

»Das Urteil lautet nicht, daß er zweimal gehenkt werden soll. Aber er muß die alte Schachtel heiraten...«

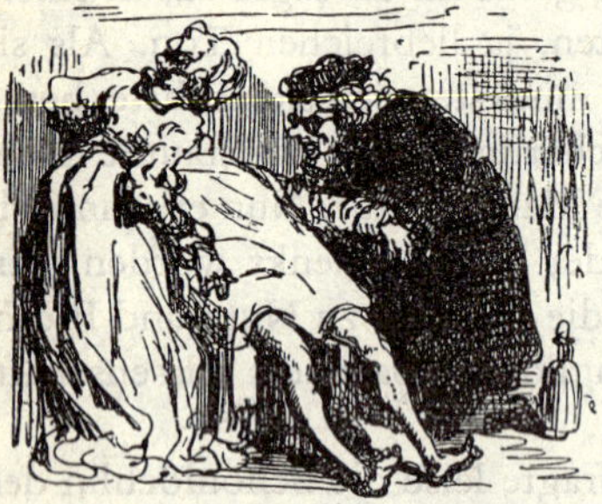

Mittlerweile war das gute Fräulein eilenden Fußes weggegangen und hatte einen Arzt herbeigeholt, einen wackeren Bader, der nebenan in der Abtei wohnte. Den brachte sie nun geschwind mit. Sogleich griff er zu seiner Schröpflanzette und ließ den jungen Mann zur Ader, und da kein Blut kam, meinte er kopfschüttelnd: »Es ist schon zu spät. Das Blut hat sich bereits in die Lungen ergossen.«

Doch plötzlich sickerte ein Tropfen Blut hervor, ein winziges Tröpflein dieses jungen Blutes, dann ein ganzer Schwall, und da war auch schon die vermittels eines hanfenen Strickes bewirkte Apoplexie in ihrem Ablauf unterbrochen, war sie doch nur obenhin und nicht gründlich genug herbeigeführt worden. Der junge Mann regte sich, gab immer unverkennbarere Lebenszeichen von sich, dann aber fiel er, wie's die allwaltende Natur so fügte, in große Ohnmacht und Schwäche, seine fleischlichen Prächte sanken in sich zusammen und wurden schlapp und unansehnlich. Die alte Jungfer war ganz Auge und verfolgte in ängstlicher Spannung die erheblichen und deutlich wahrnehmbaren Veränderungen, die da mit dem liederlich gehenkten Manne vor sich gingen, und auf einmal zupfte sie den Bader am Ärmel, deutete mit einem neugierigen Augenzwinkern auf das jämmerliche Gemächte und fragte ihn leise: »Wird es künftighin immer so bleiben?«

»Das will ich meinen! Jedenfalls recht oft«, erwiderte der wahrheitsliebende Wundarzt.

»Oh! Gehenkt war er aber viel netter!«

Bei diesen Worten brach der König in ein schallendes Gelächter aus. Die Jungfer und der Bader schauten auf und sahen ihn durchs Fenster; sie erschraken gewaltig, denn dies Lachen schien ihnen nichts Gutes zu bedeuten, und sie zitterten um das Leben ihres armen Gehenkten und sahen ihn bereits zum zweitenmal baumeln.

Aber der König hielt Wort und verheiratete sie miteinander. Doch Gerechtigkeit mußte sein, und so verlieh er dem Gatten den Namen eines Herrn von Totheil an Stelle des Namens, den er auf dem Schafott verloren hatte. Und da die ältliche Godegrant einen mächtigen Korb voller Golddukaten besaß, gründeten sie zusammen ein hochangesehenes Geschlecht in der Touraine, das noch heutzutage in hohen Ehren steht, zumal der edle Herr von Totheil dem König Ludwig in unterschiedlichen Anlässen treu und redlich zur Seite stand. Nur eine Eigenheit war ihm geblieben: er begegnete nur ungern alten Weibern und ging den Galgen geflissentlich aus dem Wege, und nie wieder wollte er nächtlicherweile auf Liebespfaden wandeln.

Dies lehrt uns, genau zu prüfen und hinzuschauen, ehe wir uns mit einer Frau einlassen. Denn bei Nacht sind alle Katzen grau, und es fällt schwer, den Unterschied zu merken, der zwischen einer Alten und einer Jungen besteht. Wenn wir auch nicht jedesmal für unsere Mißgriffe in der Liebe gehängt werden, so haben wir doch immer mancherlei Verdrießlichkeiten und große Fährnisse zu gewärtigen.

DAS WEIB DES KONNETABELS

Der Konnetabel von Armignak heiratete aus Ehrgeiz und um ihres Reichtums und hohen Ranges willen die Gräfin Bonne, welche bereits ihr Herz und ihre Liebe dem kleinen Savoisy geschenkt hatte, dem Sohn des Kämmerers unseres gnädigen Herrn, des Königs Karl des Sechsten.

Der Konnetabel war ein rauher Kriegsmann, unansehnlich von Gestalt und Aussehn, mit runzeliger, wetterharter Haut, über und über behaart, ein Mann, der immerfort nur düstere und unheilvolle Worte in den Mund nahm, um einen Pfifferling und Butzenstiel gleich seinen Mann am nächsten Baumast aufknüpfen ließ, in einem fort nach Kampfschweiß roch und an alle andern Scharmützel und Kriegslisten dachte, nur nicht an die der Liebe. So kam es, daß dieser ungehobelte

Landsknecht sich nicht groß darum kümmerte, das tägliche Brot seines Ehelebens zu würzen, vielmehr mit seiner liebreizenden Gattin Umgang pflog wie einer, dem Höheres im Sinne liegt. Und davor haben die edeln Frauen wohlweislich einen unüberwindlichen Abscheu, weil sie gar nicht gern ihre Bettpfosten allein zu Zeugen ihres allerliebsten Schnäbelns, Herzens und Kosens haben wollen.

Drum also gelüstete es die schöne Gräfin, kaum war sie gebührend konnetabliert, um so mehr nach der Liebe zu obengenanntem Savoisy, der ihr ganzes Herz ausfüllte, und das sah der junge Mann gar wohl.

Da ihnen nun beiden der Sinn nach dem gleichen Musizieren stand, brauchten sie nicht lange, bis sie ihre Lauten aufeinander eingestimmt und das Notenbuch entziffert hatten. Für die Königin Isabelle war's gar bald ein offenes Geheimnis, daß Savoisys Rosse öfter im Stall seines Vetters Armignak standen als zu Sankt Paul in seinem eignen Haus, wo der Kämmerer wohnte, seit sein Haus niedergerissen war, was, wie jeder weiß, auf Weisung der Universität geschehen war.

Diese sittenstrenge und kluge Fürstin fürchtete für die Gräfin Bonne Unheil und Ärgernis, wußte sie doch, daß dem Konnetabel die Klinge so locker saß und ihm die Hiebe und Stiche so leicht von der Hand gingen wie einem Pfaffen die Segenssprüche vom Munde. So sprach denn diese Königin, ein so gewitztes Frauenzimmer, daß sie das Gras wachsen hörte, eines Tages nach der Vespermesse zu ihrer Base, als sie mit Savoisy beim Weihwasserbecken stand und sich besprengte: »Liebes Kind, seht Ihr nicht Blut in diesem Wasser?«

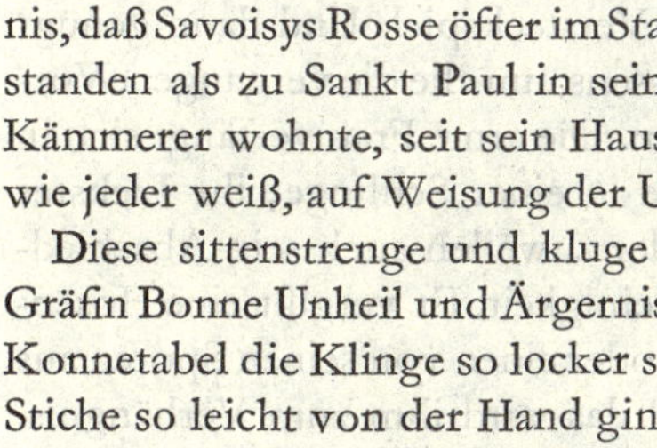

»Ach was!« spottete Savoisy geringschätzig, »die Liebe muß Blut lecken!«

Dies, fand die Königin, war eine treffliche und schöne Antwort, und sie schrieb sie sich auf; späterhin setzte sie's auch in die Tat um, als nämlich ihr königlicher Herr und Gemahl einen von ihren Liebhabern aus der Welt schaffen

ließ, denselben, dessen Gunst in dieser Geschichte anhebt, wie ihr noch sehen werdet.

Ihr wißt aus mancherlei Erfahrungen, daß in der ersten Maienzeit der Liebe die Liebenden, Mann wie Weib, immerzu in großer Angst leben, sie könnten das Geheimnis ihrer Herzen preisgeben. Und einesteils aus übertriebener Vorsicht, andernteils auch wegen des Vergnügens, das all die Heimlichkeiten ihres verstohlenen Umgangs gewähren, treiben sie um die Wette ihr ergötzliches Versteckspiel. Und dann genügt ein einziger Tag des Vergessens, um alle die vergangene Vorsicht zuschanden zu machen. Die arme Frau verfängt sich in ihrer Lust und Freude wie in einer Schlinge; ihr Liebster verrät seine Gegenwart oder zuweilen auch sein Abschiednehmen mit irgendeiner Kleinigkeit. Er vergißt eine Hosennestel, er läßt eine Schärpe oder einen von seinen Sporen aus Vergeßlichkeit liegen, und das wird ihm zum Verhängnis. Ein Dolchstoß zerschneidet den Faden, den sie aus ihren goldgleißenden Wonnen gesponnen haben. Doch wenn des Menschen Tage erfüllt sind, soll er den Tod nicht mit einem bösen Gesicht empfangen. Und von des Gatten Schwert zu fallen ist ein schöner, galanter Tod, wenn überhaupt der Tod etwas Schönes sein kann. So sollte denn auch die Liebe der Frau des Konnetabels enden.

Eines Morgens, als der edle Herr von Armignak reichlich viel Muße besaß, weil der Herzog von Burgund die Flucht ergriffen und Lagny verlassen hatte, fiel ihm ein, er könnte

G. Doré

seiner Frau einen guten Tag wünschen, und er gedachte sie auf eine ausgesucht liebevolle Art aufzuwecken, damit sie ihm deswegen nicht zürnte. Sie aber war noch halb im Schlafe und völlig benommen von ihren morgendlichen Träumen, und als er sie anfaßte, sagte sie, ohne erst die Augen aufzuschlagen: »Laß mich doch, Charles!«

»Oho!« tobte der Konnetabel, als er einen Heiligennamen hörte, der nicht zu seinen Schutzheiligen zählte, »da pflanzt mir also ein Charles eine artige Kopfzier!«

Ohne seiner Frau ein Haar zu krümmen, sprang er aus dem Bett und rannte mit zornrotem Gesicht, das bloße Schwert in der Faust schwingend, hinauf in die Kammer, wo die Kammermagd der Gräfin schlief, denn es schwante ihm, die Zofe habe die Hand mit im Spiel.

»Ha! du Höllenmetze!« schrie er und ließ seinem Zorn freien Lauf. »Sprich ein Vaterunser, denn du mußt augenblicklich sterben! Was hast du mit dem Charles zu schaffen, der hier ins Haus kommt?«

»Ach, gnädigster Herr«, gab ihm die Frau zur Antwort, »wer hat Euch das gesagt?«

»Verlaß dich darauf, daß ich dich erbarmungslos umbringe, wenn du mir nicht haarklein alles gestehst, wie, wo und wann sie einander getroffen und auf welche Art sie ihr Schäferstündchen verabredet haben! Und wenn deine Zunge sich verhaspelt, wenn du auch nur sekundenlang zögerst, so spieße ich dich mit meinem Dolch auf! Sprich jetzt!«

»Spießt mich auf«, erwiderte das Mädchen beherzt. »Von mir erfahrt Ihr nichts!«

Diese Antwort faßte der Konnetabel übel auf und spießte sie kurzerhand auf, so blind raste er in seinem Grimm. Dann lief er zurück in die Schlafkammer seiner Frau, und als er unterwegs auf der Stiege seinem Stallmeister begegnete, der von dem Zetergeschrei des Mädchens aufgewacht war, gebot er ihm: »Schaut doch oben nach, ich habe, glaub ich, die Billette ein bißchen zu heftig angefahren.«

Ehe er aber in die Kammer seines Weibes weiterstürmte, riß er sein Söhnchen, das tief und selig schlafend in seiner Wiege lag, aus dem Bettchen und schleifte es roh mit sich

LAVIEILLE

fort vor das Lager seiner Mutter. Als diese ihr Kind jämmerlich schreien hörte, tat sie die Augen auf, ihr könnt euch denken, wie weit! Und als sie das Knäblein erst in seinen Pratzen zappeln und sich winden sah, erschrak sie fast zu Tode, denn ihres Mannes rechte Hand war blutbesudelt, und seine Augen, mit denen er wütende Blicke auf Mutter und Sohn schoß, waren blutunterlaufen.

»Was habt Ihr nur?« fragte sie entsetzt.

»Weib«, keuchte der Konnetabel, der ein Mann der Tat war und gerne kurzen Prozeß machte, »ist dieses Kind ein Sproß meiner Lenden, oder ist Savoisy, Euer Liebhaber, sein Vater?...«

Bei diesen Worten wurde Bonne totenbleich und warf sich über ihr Söhnchen gleich einem erschreckten Frosch, der ins Wasser springt.

»Ah! Er ist wahrlich unser Kind!« sagte sie.

»Wenn Ihr nicht seinen Kopf zu Euern Füßen kugeln sehen wollt, so legt mir ein volles Geständnis ab und sprecht ohne Umschweife. Ihr habt mir einen Stellvertreter beigesellt?«

»Ja doch!«

»Wer ist's?«

»Jedenfalls nicht Savoisy. Und nimmermehr werde ich den Namen eines Mannes nennen, den ich gar nicht kenne.«

Da sprang der Konnetabel auf, packte sein Weib am Arm, um ihr mit einem Schwerthieb das Wort abzuschneiden, doch sie funkelte ihn mit einem erhabenen Blick an und schrie: »Wohlan denn, tötet mich! Aber rührt mich nicht mehr an!«

»Ihr sollt weiterleben«, versetzte ihr Mann, »ich will Euch eine Strafe zurichten, die Euch härter trifft als der Tod!«

Und da ihm nicht ganz geheuer war und er wohl wußte, was für Schlingen, Schliche, Tücken und Listen den Frauen zu Gebote stehn in solcherlei Zufällen, deren unterschiedliche Möglichkeiten sie Tag und Nacht allein oder untereinander bedenken und bereden, so stürmte er nach diesen bittern, unheilverkündenden Worten aus dem Zimmer. Sogleich unterzog er sein Gesinde einem strengen Verhör und zeigte ihnen ein so fürchterliches Gesicht, daß ihnen war, sie stünden am

Jüngsten Gericht vor Gottes des Vaters Angesicht, wenn ein jeder von uns Rechenschaft über sein Leben ablegen muß.

Nicht einer von ihnen wußte, was für Gründe hinter diesen hochnotpeinlichen Verhören und hinterlistigen Kreuzfragen

steckten. Aber ihren Aussagen entnahm der Konnetabel, daß kein männliches Wesen im Hause seine Finger mit im Spiel gehabt haben konnte außer einem von seinen Hunden, der nicht angeschlagen hatte, obschon er von seinem Herrn zur Bewachung des Gartens eingesetzt war. Er packte den Köter mit beiden Händen und erwürgte ihn in einem jähen Anfall sinnloser Wut. Nach vollbrachter Tat ging er geraume Zeit nachdenklich auf und ab, und schließlich kam er zu der Überzeugung, daß sein Ehgehilfe und Nebenkonnetabel sich in sein Haus durch den Garten einschleiche, der als einzigen Ausgang ein Pförtlein gegen das Flußufer hinaus hatte.

Nun muß für alle, die nicht wissen, wo das Haus des Konnetabels von Armignak gelegen war, gesagt werden, daß es einen ansehnlichen Raum nicht weit von den Königsgebäuden zu Sankt Paul einnahm. Späterhin wurde an diesem Platz das prächtige Haus derer von Longueville erbaut. Der Palast des Armignak, von dem die Rede ist, besaß einen Toreingang aus schönen Hausteinen, der auf die Sankt-Antons-Gasse hinausging. Das Haus war ringsum wie eine Festung ummauert, und die hohen Mauern auf der Flußseite, der Kuhinsel gegenüber, an der Stelle, wo heute der Grêvehafen ist, waren mit Türmchen gekrönt. Eine Zeichnung des ganzen Baus war lange Zeit beim Herrn Kardinal Duprat, dem Kanzler des Königs, zu sehen.

Der Konnetabel kehrte in seinem Hirnkasten das Unterste zuoberst, und ganz unten auf dem Boden grub er unter seinen schönsten Fangeisen das allerbeste und sicherste aus und legte es sich für den gegenwärtigen Fall so schlau zurecht, daß sich der Galan darin fangen mußte wie ein Häslein in der Schlinge.

»Schockschwerenot!« knurrte er, »der Kerl, der mir Hörner aufgesetzt hat, ist bereits gefangen, und ich habe Zeit, mir gründlich zu überlegen, wie ich mit ihm umspringen will!«

Hört nun, was für einen Kriegsplan dieser haarige Feldhauptmann ausheckte, der dem Herzog Johann Ohnefurcht so wilde Schlachten geliefert hatte, vernehmt, wie er dem Störenfried seines ehelichen Friedens zu Leibe zu rücken gedachte. Er wählte unter seinen Bognern und Reisigen eine stattliche Anzahl der ergebensten und zielsichersten aus und postierte sie im Innern der Wachttürme auf der Uferseite, und dann erteilte er ihnen, unter Androhung schwerster Strafen, ausdrücklichen Befehl, ohne Unterschied auf jeden zu schießen, die Frau Konnetabel ausgenommen, der von den Hausbewohnern Miene machen würde, durch die Gärten hinauszuschleichen und zur Tages- oder Nachtzeit den geliebten Edelmann einzulassen. Desgleichen tat er auf der andern Seite, beim Hauptportal an der Sankt-Antons-Gasse.

Die Dienerschaft und sogar der Schloßkaplan hatten Weisung, das Haus bei Todesstrafe nicht zu verlassen. Dann betraute er mit der Überwachung der seitlichen Partien und Zugänge des Schlosses eine Rotte Söldner von seiner Leibwache, welche Befehl hatten, die Seitengäßchen gut im Auge zu behalten, und so mußte notgedrungen der unbekannte Liebhaber, dem der Konnetabel seine stattliche Hörnerzier verdankte, brühwarm ergriffen werden, wenn er sich nichtsahnend zur gewohnten Schäferstunde einfand, um dreist und frech sein Panier im Herzen des recht- und gesetzmäßigen Eigentums des hochedlen Grafen aufzupflanzen.

In ein solches Wolfseisen mußte auch ein mit allen Hunden gehetzter Mann geraten, er wäre denn in Gottes Hut gestanden wie weiland Sankt Peter, als ihn der Heiland davor bewahrte, im Wasser zu ertrinken, da sie beide die Laune ankam zu erproben, ob das Meer gangbar sei wie ein Kuhpfad.

Der Konnetabel hatte allerhand Scherereien mit denen zu Poissy auszutragen und mußte darum gleich nach dem Mittagsmahl losreiten. Das hatte die arme Gräfin Bonne gewußt und deshalb wohlweislich schon tags zuvor ihren jungen Buhlen zu dem artigen Zweikampf geladen, in welchem sie jedesmal die Stärkere blieb.

Während nun der Konnetabel rings um sein Schloß einen Wall aus spähenden Augen und eine Mauer aus todbringenden Armbrüsten, Spießen, Schwertern und Dolchen errichtete und verläßliche Leute beim Pförtchen in einen Hinterhalt legte, welche den Galan schnappen sollten, sobald er hereinzuschlüpfen suchte, weil ja niemand wissen konnte, wo er hereinkommen werde – während all diese Vorkehrungen getroffen wurden, war auch die Gräfin keineswegs müßig und vertat ihre Zeit nicht mit Erbsenaufreihen oder damit, verzweifelt in die Kohlen zu starren, ob nicht Kühe darin zu sehen seien.

Zuerst gelang es der aufgespießten Kammerfrau, sich loszumachen; hierauf schleppte sie sich mit ihren letzten Kräften bis zu ihrer Herrin und konnte ihr noch sagen, ihr hörnertragender Gemahl wisse rein gar nichts. Und ehe sie ihre Seele aushauchte, sprach sie ihrer heißgeliebten Herrin noch Trost und Zuversicht zu und versicherte ihr hoch und heilig, sie könne sich blind auf ihre Schwester verlassen und ihr in allem vertrauen; sie sei Wäscherin im Schloß und werde sich ihrer Herrin zu Gefallen wie Wurstfleisch kleinhacken lassen. Sie sei das geriebenste und schlaueste Weib im ganzen Stadtviertel, weitherum berühmt, gute zehn Meilen im Umkreis, und beim gemeinen Volk gelte sie überall als Ausbund an Gerissenheit, als unerreichte Meisterin im Ersinnen von Schlichen, wenn in dringenden Liebesfällen Not am Mann sei.

Noch während sie bittere Tränen über den Tod ihrer treuen Zofe vergoß, ließ die Gräfin die Wäscherin kommen, befahl ihr, vorderhand ihre Tröge Tröge sein zu lassen, und dann kehrte sie mit ihr zusammen den Quersack voller Kniffe um und um, denn sie wollte ihren Savoisy selbst um den Preis ihres künftigen Glücks vom Tod erretten. Zunächst dünkte es die beiden Frauen das klügste, ihm von dem Argwohn des Konnetabels, ihres Hausherrn, Kunde zu geben und ihm nahezulegen, er möge sich fürs erste stille verhalten.

So belud sich denn also die brave Wäscherin mit einem mächtigen Wäschebündel wie ein Packesel und wollte sich damit aus dem Schlosse wegstehlen. Doch beim Portal stieß sie auf einen Mann, der sich gegen alle ihre wohlausgedachten Gründe und Einreden taub stellte. Daraufhin entschloß sie sich, opferwillig und zu allem erbötig, den Landsknecht bei seiner schwachen Seite zu packen, und sie brachte ihn auch mit ihrem Flattieren und Scharmutzieren so weit in Harnisch, daß er's ihr wacker besorgte, obschon er gestiefelt und gespornt war wie für einen Kriegszug. Doch hernach, als das Spiel ausgespielt war, wollte er sie dennoch nicht hinaus auf die Straße lassen; und obwohl sie sich einen Passierschein noch von etlichen der schönern Kriegsknechte wollte siegeln lassen, weil sie dachte, sie würden sich am Ende freundlicher zeigen, so wollte ihr doch keiner von den Bogenschützen, Hellebardieren und Reisigen auch nur das winzigste Pförtchen im Hause aufschließen.

»Ihr seid alle miteinander schlechte und undankbare Kerle«, schalt sie, »weil ihr mir nicht Gleiches mit Gleichem vergeltet!«

Zum Glück erfuhr sie bei dieser Betätigung, was die Glocke geschlagen hatte, und sie begab sich in größter Eile zu ihrer Herrin und berichtete ihr, was für befremdliche Maßnahmen der Graf getroffen hatte.

Da ratschlagten die beiden Frauen aufs neue; und sie hatten noch nicht einmal so lange, wie man braucht, um zweimal Halleluja zu singen, über diesen ganzen Kriegsapparat gesprochen, über diese Fallen und Hinterhalte, die Verbote, Gebote und Weisungen, über all die zweideutigen, unheimlichen, unsicht- und unhörbaren, teuflischen und arglistigen Anordnungen, so witterten sie auch schon mit dem sechsten Sinn, mit dem jedes Frauenzimmer begabt ist, die tödliche Gefahr, die dem armen Liebhaber drohte.

Die Gräfin erfuhr bald hernach, daß ihr allein verstattet war, das Schloß zu verlassen, und sie machte sich auf der Stelle dieses Vorrecht zunutze. Doch kam sie nur einen Steinwurf weit, da kehrte sie auch schon wieder um, denn der Konnetabel hatte vieren von seinen Pagen befohlen, der Gräfin nicht von der Seite zu weichen, und zwei Scharführer seiner Kompanie mußten sie überallhin begleiten.

Da machte die arme Gräfin kehrt und ging wieder in ihre Kammer zurück und weinte dort so bitterlich wie alle Magdalenen zusammengenommen, die man in Kirchen und Kapellen abgemalt sehen kann.

»Ach!« klagte sie immer und immer wieder, »mein Liebster soll also umgebracht werden, und nie werde ich ihn wiedersehen! . . . So sanft sprach er immer mit mir, so lieb war mir seine Gesellschaft! . . . Dieses schöne Haupt, das so oft auf meinen Knien geruht, soll also blutüberströmt von ruchloser Mörderhand fallen? ... Doch halt! Könnte ich nicht meinem Gatten einen hohlen und unnützen Kopf hinwerfen anstatt dieses Hauptes voll Anmut und Geist? ... Einen widerlichen, schmutzigen Kopf an Stelle eines wohlduftenden? einen verhaßten Kopf für einen heißgeliebten? ...«

»Ich hab's, gnädige Herrin!« rief da mit einmal die Wäscherin, »wie wäre es, wenn wir den Sohn des Kochs in ritterliche Gewänder steckten? Er ist bis über beide Ohren in mich verliebt und hängt mir nachgerade zum Hals heraus! Und wenn wir ihn dann dergestalt herausgeputzt haben, könnten wir ihn durchs Pförtchen hinausschicken!«

Da schauten die beiden Frauen einander verständnisinnig an, und ihre Blicke waren mörderisch wie ein tödliches Gift.

»Wäre dieser Tunkenpfuscher erst umgebracht«, fuhr die Wäscherin fort, »so würden alle diese Kriegsleute auseinanderstieben wie ein Schwarm Kraniche.«

»Freilich. Aber wird der Graf den Küchenjungen nicht erkennen?«

Die Gräfin schlug sich an die Brust, schüttelte den Kopf und rief: »Nein! Nein! liebes Kind, hier muß adliges Blut vergossen werden, da dürfen wir nicht knausern!«

Sie dachte wiederum ein Weilchen nach, dann machte sie auf einmal einen Freudensprung, fiel der Wäscherin um den Hals und sagte: »Dafür, daß ich meinen Freund dank deinem Rat gerettet habe, will ich dir sein Leben bis zu deinem Tode vergelten!«

Darauf trocknete die Gräfin ihre Tränen, machte sich mit Schminke und Rot das Gesicht zurecht wie eine Braut am Hochzeitsmorgen, nahm ihre Almosentasche und das Stundenbuch und begab sich hinab in die Stadt zur Sankt-Pauls-Kirche, wo gerade die Glocken zur letzten Messe läuteten. Diese schöne Andachtsstunde versäumte die Gräfin nie, denn sie war wie alle Hofdamen ein wenig klatschsüchtig und liebte Geselligkeit über die Maßen. So nannte man auch diese Messe die *geputzte Messe*, weil man dort lauter Gecken und Stutzer, schmucke Herrensöhnchen, junge adlige Herrchen und hoffärtige, wohlparfümierte Damen antraf. Kurzum, man sah da keine Gewänder, die nicht mit Wappen verziert, keine Sporen, die nicht über und über vergoldet waren.

Dorthin begab sich also die Gräfin Bonne und ließ die Wäscherin arg verdutzt zu Hause zurück, nachdem sie ihr noch eingeschärft hatte, auf alles ein wachsames Auge zu haben. Mit großem Pomp hielt sie ihren Einzug in die Kirche, begleitet von ihren Edelknaben, den beiden Fähnrichen und den Reisigen.

Es muß noch gesagt werden, daß unter dem Schwarm von hübschen Rittern, welche in der Kirche um die Damen scharwenzelten, die Gräfin mehr denn einen hatte, dessen ganzes Glück sie bedeutete und der ihr von Herzen ergeben war, wie's bei jungen Leuten Brauch ist, welche ja immer gern soundso viele Frauen auf das Register ihrer Eroberungen eintragen, bloß damit sie wenigstens eine aus der stattlichen Anzahl bekommen.

Unter diesen Raubvögeln, die auf hohes Wild aus waren und immerfort den Schnabel aufsperrten und öfter die Bankreihen entlang und über die Rosenkränze hin schauten als auf den Altar und die Priester, befand sich auch einer, dem die Gräfin dann und wann das Almosen eines Blickes gönnte, weil er sich nämlich weniger wichtigtuerisch gebarte als die andern alle und auch tiefer verliebt schien als sie.

Er stand immer still und bescheiden an denselben Pfeiler gelehnt und rührte sich nicht von der Stelle, wahrhaft verzückt vom Anblick der Dame, die er zur Herrin seines Herzens erkoren hatte. Sanfte Schwermut lag auf seinem bleichen Gesicht. Es zeugte von einem wohlgeratenen Herzen, einem derjenigen, die sich von glühenden Leidenschaften nähren und sich wonnevoll an die Verzweiflung einer aussichtslosen Liebe verlieren können. Solche Männer sind selten, weil man gemeinhin viel mehr das liebt, was ihr ja wißt, als alle die unbekannten Seligkeiten, die zutiefst in der Seele ruhen und blühen.

Wenngleich dieser Edelmann schlicht und sauber gekleidet und sein Gewand von gutem Zuschnitt war, wenn auch sogar ein ausgesprochener Geschmack aus dem Schmuck sprach, den er darauf trug, so wollte es der Gräfin doch scheinen, er sei

Doré
RIAULT

ein armer, mittelloser Ritter, der hier sein Glück suchte und von weit hergekommen war, mit seinem Mantel und Schwert als einzigen Habseligkeiten. Und darum, weil sie seine heimliche Armut ahnte, und auch, weil sie spürte, wie redlich und tief er sie liebte, ein wenig auch, weil er so stattlich aussah mit seinen schönen langen schwarzen Haaren, mit seinem kräftigen, schlanken Wuchs, und nicht zuletzt, weil er immer bescheiden und demütig blieb, aus allen diesen Gründen wünschte ihm die Gräfin die Gunst der Frauen und eine erfolgreiche Laufbahn. Außerdem aber schürte sie seine verehrende Liebe immer wieder aufs neue, weil sie sich gerne umworben und geliebt sah, und wohl auch als gute Hausfrau, die nichts verkommen lassen will, was sie, sauer oder nicht, erworben hat. So schenkte sie ihm, nach Lust und Laune und wie's ihr gerade ums Herz war, ab und zu ein paar ermunternde Blicke, zeigte ihm ihr Wohlwollen mit mancherlei ermutigenden Zeichen, einem Augenaufschlag oder Wimpernzucken oder gar einem Zunicken, daß es ihn jäh durchzuckte wie ein unerwarteter Schlag. Doch sie foppte ihn nur und trieb ihr Spiel mit dem Glück dieses jungen Lebens, wie Fürstinnen es gewöhnt sind, die ja mit kostbareren Dingen spielen, als es ein einfältiger, schlichter Rittersmann ist. Und wahrlich, auch ihr Gemahl, der Konnetabel, setzte das Königreich und alles aufs Spiel wie unsereiner einen Kupfergroschen beim Kartenspiel.

Es war noch keine drei Tage her, seit die Gräfin nach der Vesper die Königin mit einem vielsagenden Blick auf diesen beharrlichen Anbeter aufmerksam gemacht und lachend zu ihr gesagt hatte: »Da, seht einen Mann von Wert!«

Dieser Ausdruck hat sich im Sprachgebrauch erhalten. Späterhin bezeichnete man damit die Hofleute und Schranzen, und auf die Gräfin von Armignak und keine andere Quelle geht diese anmutige bildhafte Wendung zurück.

Zum guten Glück hatte die Gräfin mit ihrer Meinung über den Edelmann ins Schwarze getroffen. Er war ein Ritter ohne Bannerschild, ein armer Schlucker, mit Namen Julian von Boys-Bourredon, der von seinem Lehen nicht Holz genug geerbt hatte, um sich einen Zahnstocher zu machen, und keinerlei Habe sein eigen nannte außer seiner männlichen Schönheit, mit welcher ihn seine Mutter selig fürsorglich ausgestattet hatte. So hatte er sich vorgenommen, daraus Vorteil zu schlagen und ein sicheres Einkommen zu ziehen und bei Hofe sein Glück zu machen, da er wohl wußte, wie erpicht die Damen auf derlei nahrhafte Freuden sind und wie hoch sie diese Leckerbissen schätzen und preisen, wenn sie zwischen Abend- und Morgenrot davon kosten dürfen. Seinesgleichen gibt es viele Männer, die durch das enge Pförtlein der Frauen ihren Weg machen wollen. Ihm aber war es nicht im Traum eingefallen, seinen Schatz haushälterisch einzuteilen, nein, er hatte das ganze Kapital mit Zins und Zinseszins auf einmal vergeudet, sobald er die sieghafte Schönheit der Gräfin Bonne in der Hofmesse zu Gesicht bekommen hatte. Da ergriff ihn eine tiefe, echte Liebe, die freilich seinen paar Talern zugute kam, weil ihm dabei Essen und Trinken nicht mehr schmeckte. Solche Liebe ist ein verheerendes Übel, erwacht dabei doch in den Männern die Liebe zum Fasten, während die Liebe fasten muß, und das ist gleichsam eine zwiefache Krankheit, wo doch eine allein ausreicht, einen Mann unter den Boden zu bringen.

So war also der Junker, an den die Gräfin gedacht hatte. Ihn zum Sterben einzuladen, war sie eilends hergekommen.

Schon als sie die Kirche betrat, gewahrte sie den armen Ritter, der, seiner liebgewordenen Gewohnheit treu, ihrer

harrte, mit dem Rücken an den Pfeiler gelehnt. So stand er da, anzusehen wie ein Kranker, der sich nach der Sonne, dem Frühling, dem Morgenrot sehnt. Da wandte sie den Blick ab und schritt an ihm vorbei zur Königin, um von ihr Rat und Beistand in dieser verzweifelten Lage zu erflehen, denn sie fühlte auf einmal Erbarmen mit ihrem Anbeter. Doch einer von den Hauptleuten vertrat ihr den Weg und bedeutete ihr ehrerbietig und unterwürfig: »Frau Gräfin, wir haben Befehl, Euch mit keinem Menschen sprechen zu lassen, sei's Mann oder Frau, und wäre es auch die Königin höchstselbst oder Euer Beichtvater. Und bedenkt, daß es uns alle Kopf und Kragen kosten kann.«

»Ist denn nicht Sterben Euer Beruf?« fragte sie.

»Auch gehorchen!« versetzte der Söldner.

So setzte sich denn die Gräfin zu stillem Gebet an ihren gewohnten Platz, und als sie zu ihrem Verehrer noch einmal hinüberblickte, dünkte sie, sein Gesicht sei blasser und hohlwangiger als je zuvor.

Ach was! sagte sie sich, so wird mir sein Tod weniger Sorgen machen. Er ist ja bereits halbwegs tot!

Als sie ihren Gedanken mit diesen Worten Ausdruck verliehen hatte, warf sie dem Junker einen von jenen Glutblicken zu, die allerhöchstens Prinzessinnen oder Buhlerinnen erlaubt sind; und die falsche Liebe, die so vielverheißend aus ihren Augen sprach, tat dem armen Säulenheiligen zugleich wohl und wehe. Wer liebt nicht des Lebens heißen Ansturm, wenn er von allen Seiten auf das Herz eindringt, daß es anschwillt und vor Glück zerspringen will? Die Gräfin erkannte aus der stummen Antwort des Ritters, wenn er schon kein Wort sprach, die Allmacht ihres beseligenden Blickes, und solche Erkenntnis ist ja für ein Frauenherz eine Wonne, die ihm jedesmal aufs neue ein tiefinneres Vergnügen beschert. Und wahrlich, die Purpurröte, die des Junkers Wangen jäh überzog, sprach beredter als die weisesten Worte der griechischen und lateinischen Redner, und ihre Sprache ward auch wohl verstanden und beherzigt. Als dieser Wirkung die Gräfin mit Freuden innewurde, machte es ihr Spaß, zu erproben, wie weit die Macht ihrer schönen Augen gehe, denn sie wollte ganz

Rouget

sicher sein, daß dies Erröten nicht bloß ein Spiel der Natur war. Und nachdem sie ihren Anbeter mehr denn dreißigmal in Feuer versetzt hatte, festigte sich in ihr immer mehr die Gewißheit, daß er mannhaft für sie in den Tod gehen werde. Diese Vorstellung rührte sie so sehr, daß dreimal zwischen ihren andächtigen Gebeten sie das Verlangen kitzelte, ihm alle Freuden, die ein Mann auskosten kann, auf einmal zu schenken und ihn in einem einzigen überströmenden Augenblick glühender Liebe damit zu begnaden. So konnte man ihr nicht eines Tages zum Vorwurf machen, sie habe nicht nur das Leben dieses jungen Edelmannes freventlich vertan, sondern ihn auch um sein Glück betrogen.

Als sich der Priester umwandte, um dieser goldstrotzenden Gemeinde das *Gehet nun hin in Frieden* zu singen, schritt die Gräfin auf der Seite des Pfeilers hinaus, wo ihr Anbeter stand, ging an ihm vorbei und gab ihm mit einem bedeutsamen Augenaufschlag zu verstehen, er möge hinter ihr drein gehen. Dann, als er zögerte und seinen Augen nicht trauen wollte, als sie sah, daß er fürchtete, er habe ihren Wink mißverstanden, drehte sich das schlaue Weib, kaum war sie an ihm vorbei, ein wenig um und lud ihn erneut ein, mit ihr zu kommen. Sie sah, wie er ein paar Schritte von seinem Platz beim Pfeiler weggetreten war und nicht weiterzugehen wagte, so schüchtern war er. Doch als sie ihm abermals zunickte, war der Junker sicher, daß er sich ihr nicht dreist aufdrängte, und er mengte sich unter die hinausströmenden Leute, mit kurzen leisen Schritten wie ein unverdorbener Jüngling, der zum erstenmal voll Angst an einen verrufenen Ort schleicht. Und ob er nun vorn ging oder hinter ihr, ob rechts oder links, immer wieder warf ihm die Gräfin einen strahlenden Blick zu, um ihn noch besser zu ködern und an sich zu ziehen, wie ein Fischer, der ganz vorsichtig an der Angelleine zieht, um zu spüren, wie schwer der Gründling wiegt, der angebissen hat. Mit einem Wort: die Gräfin trieb so sachkundig das Gewerbe der Freudenmädchen, wenn sie mit allen erdenklichen Künsten versuchen, das Weihwasser auf ihre Mühlen zu leiten, daß man wahrlich hätte sagen können, nichts gleiche so aufs Haar einer Hure wie eine hochgeborene Dame.

Als die Gräfin vor dem Schloßportal angelangt war, blieb sie ein kurzes Weilchen unschlüssig stehen und zögerte hineinzugehen. Dann wandte sie ihr Antlitz abermals dem armen Ritter zu und lud ihn ein, mit ihr zu kommen, und dabei traf ihn ein so teuflisch verführerischer Glutblick, daß er nun wirklich glaubte, die Königin seines Herzens rufe ihn, und er unverweilt zu ihr hineilte. Sogleich bot ihm die Gräfin ihre Hand; nun standen sie beide, glühend und schaudernd zugleich, aber aus zweierlei Ursachen, im Schloßhof. Und jetzt, da die entscheidende, die unselige Stunde herangekommen war, schämte sich die Gräfin von Armignak doch, daß sie all solche Dirnenkünste aufgewendet hatte, um diesen schönen Jüngling in den Tod zu locken, und daß sie Savoisy zu seiner sicheren Rettung hintergehen mußte. Aber diese leise Reue war nur von kurzer Dauer und verflog wie schon die schweren Gewissensbisse, die sie geplagt hatten, und überdies kam sie auch reichlich spät. Als die Gräfin sah, daß die Dinge bereits ihren Lauf nahmen und es kein Zurück mehr gab, stützte sie sich schwer auf den Arm ihres Verehrers und sprach zu ihm: »Kommt geschwind mit in meine Kammer. Ich habe mit Euch zu sprechen . . .«

Ihm, der ja nicht wußte, daß es um sein Leben ging, versagte die Stimme, und er war keiner Antwort fähig, so war ihm die Kehle zugeschnürt durch die Hoffnung auf das nahe Glück. Die Wäscherin aber staunte den stattlichen Edelmann, den ihre Herrin so schnell aufgegabelt hatte, mit großen Augen an.

»Du mein Trost!« sagte sie, »so etwas bringen doch nur die Damen vom Hofe fertig!«

Darauf machte sie vor dem Ritter einen Kratzfuß und eine tiefe Reverenz, aus welcher die höhnische Ehrfurcht vor einem Manne sprach, der so todesmutig für so geringen Lohn sterben wollte.

Die Gräfin zog die Wäscherin am Rock zu sich heran und flüsterte ihr ins Ohr: »Ich bringe den Mut zum Geständnis nicht auf, wie ich ihm seine stumme Liebe und seinen blinden Glauben an die Ehrlichkeit der Frauen demnächst lohnen werde . . .«

»Ach was, Herrin, wozu es ihm überhaupt sagen? Schickt ihn hochbefriedigt zurück zum Pförtchen. Es sterben so viele Männer im Krieg für nichts und wieder nichts! Kann der dann nicht für etwas sterben, was einen Sinn hat? Ich will Euch einen andern beschaffen, wenn Euch das ein Trost sein kann!«

»So sei's denn«, rief die Gräfin, »ich will ihm alles sagen! Das soll die Sühne sein für meine Missetat ...«

Unterdessen stand der unbekannte Anbeter still und bescheiden abseits, im Glauben, seine Herrin berede mit ihrer Zofe noch etliche Anordnungen und habe allerlei heimliche Vorkehrungen zu treffen, auf daß niemand und nichts sie in der verheißenen Zwiesprache stören könne. So hielt er sich voll Rücksicht in einiger Entfernung und schaute den Fliegen zu. Indes dachte er bei sich, die Gräfin sei reichlich verwegen, doch hatte er sogleich – wie's auch ein Buckliger sogar getan hätte – tausenderlei Gründe zu ihrer Rechtfertigung bereit und hielt sich einer solchen tollen Liebe durchaus für würdig. Mit solchen Gedanken trug er sich gerade, als die Konnetablin die Tür zu ihren Gemächern auftat und ihren Ritter einlud, ihr dorthin zu folgen. Kaum aber war er eingetreten, so legte die hohe Dame das ganze hoffärtige Gehabe ihres vornehmen Standes ab und wurde zum einfachen Weib, das dem Edelmann zu Füßen fiel und unter Schluchzen zu ihm sprach: »Ach, lieber Junker, ich habe mich schwer gegen Euch vergangen. Hört mich an. Wenn Ihr dies Haus verlaßt, werdet Ihr den Tod finden ... Die irrsinnige Liebe zu einem andern hat mich verblendet ... Seinen Platz könnt Ihr hier in meinen Armen nicht einnehmen, doch sollt Ihr an seiner Stelle vor die Meuchelmörder hintreten. So sieht die Freude aus, zu der ich Euch geladen habe.«

»Ah!« erwiderte Boys-Bourredon und vergrub zutiefst in seinem Herzen die düstere Verzweiflung, die ihn packte, »ich sage Euch Dank dafür, daß Ihr über mich verfügt habt wie über einen Besitz, der Euch gehört ... Ja, ich liebe Euch so sehr, daß ich alle Tage nur davon träumte, Euch, wie's den Frauen möglich ist, etwas darzubringen, was man nur ein einziges Mal geben kann! So nehmt denn mein Leben hin!«

Und während der arme Ritter dies sagte, schaute er sie mit einem langen tiefen Blick an und nahm ihr Bild mit diesem einzigen Blick so in sein Herz auf, wie er's sonst in vielen Tagen kaum hätte tun können. Als die Gräfin Bonne diese tapfern und liebreichen Worte hörte, stand sie in jäher Aufwallung auf und rief: »Ach, wäre Savoisy nicht, wie wollte ich dich lieben!«

»Ach, so ist mein Los denn erfüllt!« gab Boys-Bourredon zur Antwort. »Mein Horoskop kündet mir, daß ich um der Liebe zu einer hochgestellten Dame willen sterben werde. Ha, beim Gott im Himmel droben!« rief er und packte sein gutes Schwert, »ich will mein Leben teuer verkaufen! Doch werde ich hochbeglückt sterben, weiß ich doch jetzt, daß mein Tod der geliebten Herrin Glück sicherstellt. So werde ich in ihrer Erinnerung weiterleben, besser als in der Wirklichkeit.«

Angesichts dieser Haltung und des strahlenden Antlitzes des beherzten Mannes ward die Gräfin tief ins Herz getroffen. Nicht lange aber, und sie fühlte sich in ihrer weiblichen Eigenliebe verletzt, weil er sie anscheinend verlassen wollte, ohne auch nur den leichtesten Gunstbeweis von ihr zu begehren.

»Kommt her, ich will Euch wappnen!« sagte sie und machte Miene, ihn zu umarmen.

»Ach, Herrin«, gab er zur Antwort, und Tränen verschleierten das Feuer seiner Augen, »wollt Ihr mir das Sterben so schwer machen, indem Ihr meinem Leben allzu großen Wert verleiht?«

»Komm!« jubelte sie da unvermittelt. Die Glut seiner Liebe hatte sie überwältigt. »Komm! Ich weiß nicht, wie all dies noch ausgeht. Aber komm! Nachher wollen wir zusammen draußen an der Gartenpforte sterben!«

Der gleiche Brand lohte in ihren Herzen auf, beide fühlten im selben Augenblick die Flammen ihrer Leidenschaft über sich zusammenschlagen. Sie stürzten eins dem andern in die Arme, hielten sich umfaßt, und in einem köstlichen Anfall jenes Fiebers, das ihr hoffentlich alle aus eigener Erfahrung kennt, versanken sie in tiefes Vergessen jeglicher Gefahr. Sie

vergaßen die Welt rings um sich her, vergaßen Savoisy, sich selbst, den Konnetabel, den Tod und das Leben, alles.

Mittlerweile hatten die Späher an der Pforte den Konnetabel über das Kommen des Galans aufs laufende gesetzt und hatten ihm auch berichtet, wie der liebestolle Ritter einfach nicht hatte auf ihr Äugeln und Zwinkern achtgeben wollen, mit dem sie ihn während der Messe und auf dem Heimweg vor dem Tode zu bewahren gehofft habe. Sie stießen auf ihren Herrn, als er gerade in großer Eile dem Pförtchen zurannte, weil ihm ihrerseits die Wachtposten beim Flußufer hatten Nachricht zukommen lassen, der Herr von Savoisy sei eben angelangt.

Und so war es. Savoisy war zur verabredeten Stunde gekommen und hatte, wie alle Verliebten, nur einzig an seine Geliebte gedacht und darum die Späher des Grafen gar nicht beachtet, sondern war durch das Pförtchen hineingeschlüpft. Dieses gleichzeitige Eintreffen der beiden Liebhaber war schuld daran, daß der Konnetabel denen, die von der Sankt-Antons-Gasse hergelaufen kamen, kurzerhand das Wort abschnitt und ihnen mit einer herrischen Gebärde, die keine Widerrede duldete, zurief: »Ich weiß, der Fuchs sitzt in der Falle!«

Daraufhin stürmten die Soldknechte mit großem Getöse und Waffenklirren durch die obenerwähnte Pforte und schrien alle: »Schlagt ihn tot! Schlagt ihn tot!«

Die Reisigen, Bogenschützen, Armbruster, der Konnetabel und seine Hauptleute, alle fielen sie über Charles Savoisy, des Königs Patenkind, her und machten ihn vor dem Fenster der Gräfin nieder. Und es traf sich, daß das schmerzliche Stöhnen und Todesröcheln des jungen Mannes sich mit dem Gebrüll der Landsknechte vermengte, während drinnen in der Kammer das leidenschaftliche Seufzen und die kleinen Schreie zu hören waren, welche das Liebespaar in Todesangst und hastigem Genießen ausstieß.

»Ach!« flüsterte die Gräfin, aschfahl vor Entsetzen, »Savoisy stirbt für mich!«

»Aber ich werde für Euch leben!« sagte Boys-Bourredon leise zu ihr, »und ich werde mich noch glücklich preisen,

RIAULT
G. DORÉ

wenn ich für mein Geld denselben Preis zahlen muß wie er.«

»Versteckt Euch dort in der Truhe!« schrie die Gräfin auf. »Ich höre den Konnetabel kommen.«

Und sogleich trat der edle Herr Graf von Armignak herein. In der Hand trug er ein blutüberströmtes Haupt, das er auf den Kaminssims stellte.

»Da seht Ihr, Frau Gräfin«, donnerte er, »ein Bild, das Euch lehren wird, was für Pflichten ein Eheweib gegen ihren Gatten hat!«

»Ihr habt einen Unschuldigen getötet!« gab ihm die Gräfin unerschrocken, und ohne zu erblassen, zur Antwort. »Savoisy war nicht mein Geliebter.«

Nach diesen Worten blickte sie den Konnetabel stolz und hochfahrend an; und so gut wußte sie ihr wahres Gesicht hinter einer Maske aus weiblicher Verstellung und Kühnheit zu verbergen, daß der Graf, ihr Gatte, dastand wie ein Trottel und ihm zumute war wie einem Jüngferlein, das in zahlreicher Gesellschaft untenhin etwas Tönendes fahrenläßt. Ihm schwante, er habe da ein Unheil angerichtet.

»An wen habt Ihr denn heute früh im Traum gedacht?« fragte er.

»Mir träumte vom König«, erwiderte sie kurz.

»Und warum hast du mir das nicht gesagt, mein Kind?«

»Hättet Ihr mir denn geglaubt? Ihr wart ja wie ein Tier vor Zorn!«

Da kratzte sich der Konnetabel hinterm Ohr und fragte erneut: »Wie kommt es aber, daß Savoisy einen Schlüssel zu unserer Gartenpforte hatte?«

»Ach, woher soll ich das wissen?« entgegnete sie schnippisch. »Und überhaupt weiß ich gar nicht, ob Ihr mir glauben wollt, was ich Euch darauf zu antworten habe.«

Darauf drehte sich die Gräfin flink auf dem Absatz um, wie eine Wetterfahne, die sich bei einem Windstoß dreht, und machte Miene, an ihre Haushaltsobliegenheiten zu gehen. Ihr könnt euch denken, daß der Konnetabel von Armignak in großer Verlegenheit war, was er mit dem Kopf des armen Savoisy anfangen sollte, und daß Boys-Bourredon seiner-

seits nicht groß Lust hatte zu husten, als er den Grafen allerlei unverständliches Zeug in seinen Bart fluchen hörte. Endlich schlug der Konnetabel zweimal dröhnend auf den Tisch und schrie: »Das sollen mir die von Poissy büßen!« und stürmte davon. Als die Nacht gekommen war, stahl sich Boys-Bourredon in einer Vermummung aus dem Schloß.

Der arme Savoisy wurde von seiner Dame bitterlich beweint, die alles getan hatte, was eine Frau zur Rettung ihres Geliebten tun kann. Und späterhin ward er nicht bloß beweint; er wurde schmerzlich entbehrt, denn als die Gräfin dies Erlebnis der Königin Isabella erzählte, machte diese Boys-Bourredon dem Dienste ihrer Base abspenstig und nahm ihn für sich in Beschlag, so sehr hatten es ihr die Vorzüge und der Mannesmut des Ritters angetan.

Boys-Bourredon, der dem Tod ins Auge geschaut hatte, war der Held des Tages, und die Damen rissen sich um ihn. Es kam so weit, daß ihm sein Glück zu Kopfe stieg und er gegen jedermann anmaßend ward. In seiner Hoffart ob der schwindelnden Laufbahn, welche ihm die verliebte Königin bereitete, wurde er so über die Maßen eingebildet, daß er eines Tages sogar den König Karl grob anfuhr. Und als nun der arme König einmal einen lichten Augenblick hatte, nutzten ein paar neidische Hofschranzen diese günstige Gelegenheit aus und steckten ihm ein Licht auf über seine Hahnreischaft. Im Handumdrehen war Boys-Bourredon in einen Sack genäht und wurde unweit der Fähre von Charenton in die Seine geworfen, wie ein jeder weiß. Ich brauche wohl nicht eigens zu erwähnen, daß seit dem Tage, wo der Konnetabel es sich beifallen ließ, so wild-

wütend um sich zu stechen und zu hauen, seine Gemahlin sich die beiden Toten, die er dabei auf sein Gewissen geladen hatte, weidlich zunutze machte und sie ihm so oft unter die Nase rieb, bis er sanft und weich wurde wie der Pelz einer Katze. So brachte sie ihn allgemach auf den rechten Pfad der Ehe. Er aber erzählte jedem, der es wissen wollte, wie keusch und ehrbar seine Gattin sei, und das war sie ja auch wirklich. Da dieses Buch aber, wie Lehre und Vorbild der alten Autoren sattsam erhärten, noch etliche nützliche Dinge zu den heiteren Begebnissen hinzufügen muß, die ihr darin lesen könnt, und da es, wie üblich, auch eine erhebende Moral enthalten soll, so will ich euch die Quintessenz dieser Geschichte in folgendem geben: Nie und nimmer brauchen die Weiber in schwierigen Fällen den Kopf zu verlieren, weil sie der Liebesgott niemals im Stich läßt, insonderheit wenn sie schön sind, jung und aus vornehmem Hause. Des fernern sollen verliebte Männer, wenn sie sich zum Stelldichein mit ihrer Dame begeben, niemals hingehn wie sorglose und leichtsinnige Starmatzen, vielmehr mit Umsicht und offenen Augen, damit sie rings um das Liebesnest alles aufmerksam wahrnehmen und nicht in Fußangeln oder sonst einen Hinterhalt geraten, sondern ihr Leben erhalten. Denn nächst einer schönen und tugendlichen Frau ist doch das Allerköstlichste ein hübscher Junker.

CARBONNEAU. SC.
Gve Doré

DIE JUNGFRAU VON THILHAUSEN

Der edle Herr von Valesnes, einem anmutigen und lieblichen Ort, dessen Schloß nicht weit von dem Marktflecken Thilhausen entfernt steht, hatte eine kränkliche, unansehnliche Frau geehelicht, welche, sei's aus Neigung oder Abneigung, aus Lust oder Unlust, aus Krankheit oder Gesundheit, ihren guten Gatten fasten ließ und ihm alle die süßen Dinge und Schleckereien vorenthielt, welche doch in jedem Ehevertrag verbrieft und ausbedungen sind. Um gerecht zu sein, muß man freilich sagen, daß der obengenannte Schloßherr ein widerlicher, abstoßender, stinkender Kerl war, der tagaus, tagein der Jagd auf wildes Getier nachging, ein Rauhbein, der nicht unterhaltsamer war als etwa die Rauchschwaden im Zimmer. Obendrein hatte dieser Nimrod auch noch gut und gern seine sechzig Jahre auf dem Buckel; doch hatte er's nicht gern, wenn man ihn daran mahnte, und er selber redete ebenso gern davon wie die Witwe des Gehenkten vom Strick. Doch die Natur, die ja Krumme, Lahme, Blinde, Einarmige und Krüppel korbweise auf Erden hervorbringt, ohne sich mehr um sie zu kümmern als um die Schönen und Wohlgeratenen, sintemal sie ja, wie die Teppichwirker, gar nicht weiß, was sie tut, schenkt allen den gleichen Hunger und das gleiche Gelüst nach ihrem Süppchen. So findet denn auch jedes Tier seinen Stall, oder, wie das Sprichwort sagt: Jedes Töpfchen findet seinen Deckel. Auch der Schloßherr sah sich also allerorten nach hübschen Töpfchen um, deren Deckel er gerne spielen wollte, und des öftern machte er nicht nur Jagd auf Großwild, sondern ging auch auf die Pirsch nach Kleinwild. Doch war die Gegend nicht sonderlich wildreich, und dieses Pelzgetier war rar, die Jungfernschaften standen hoch im Preis, und es war ein kostspieliger Spaß, eine zu probieren. Indessen schnüffelte, spürte und frettierte der Herr von Valesnes so lange und so unverdrossen, bis ihm von ungefähr zu Ohren kam, es wohne da in Thilhausen die Witfrau eines Webers, die einen wahren Schatz an ihrem sechzehnjährigen Mägdlein besitze. Das lasse sie nie von ihrem Schürzenzipfel weggehn und führe es sogar hinters Haus zum Wasserlassen, denn allein dürfe es nicht augenblickslang bleiben, so vorsichtig und mütterlich besorgt sei die Frau. Sie lasse die Dirne in ihrem eigenen Bette schlafen, wache wie eine Gluckhenne über ihr, jage sie in aller Herrgottsfrühe wieder aus den Federn, halte sie von früh bis spät unentwegt zum Arbeiten an, daß sie des Abends todmüde sei, und so brächten sie's fertig, zu zweit tagtäglich ihre acht Batzen Verdienst heimzubringen. An Sonn- und Festtagen nehme sie die Kleine mit in die Kirche und lasse sie nicht von der Seite, sie gönne ihr

mit genauer Not hie und da einen Augenblick Zeit, wo sie mit den jungen Burschen ein bißchen Kurzweil haben dürfe, und auch dann sei es nicht ratsam, gar zu handgreiflich mit ihr zu schäkern.

Doch die Zeiten waren schlecht, und die Witwe und ihr Töchterlein hatten gerade so viel Brot zu beißen, um nicht Hungers zu sterben. Da sie im selben Haus mit einem armen Verwandten wohnten, so gebrach es ihnen oftmals zur Winterszeit an Brennholz, und im Sommer hatten sie nichts anzuziehen. Sie waren seit undenklicher Zeit die Miete schuldig, und jeder Gerichtsvollzieher wäre vor einer Pfän-

dung in ihrer Kate zurückgeschreckt, wennschon dieses Gelichter sonst nicht so leicht vor den Schulden anderer Leute zurückschreckt. Kurzum, das Mägdlein wurde immer anmutiger und schöner und die Witwe immer ärmer und elender; sie häufte Schulden auf Schulden um der Jungfernschaft ihres Töchterleins willen, wie ein Alchimist und Goldmacher, der alles, was er aufbringen kann, in seinen Schmelztiegel wirft, wo es dahinschmilzt.

Als der Schloßherr von Valesnes dies alles gründlich ausgekundschaftet und in Erfahrung gebracht hatte, kam er eines Tages, als es mit Kübeln vom Himmel goß, ganz von ungefähr in die windschiefe Hütte der beiden Spinnerinnen und ließ, um sich zu trocknen, im nahe gelegenen eingefriedeten Hof ein paar Reisigwellen holen. Unterdessen setzte er sich auf einen Schemel zwischen die beiden Frauen. Im Dämmerlicht der halbdunklen Hütte sah er vor sich das süße Frätzchen der Jungfrau von Thilhausen, er sah ihre drallen, runden, rosigen Arme, ihre beiden Vorposten, die fest waren wie zwei Bastionen, die ihr Herz vor dem Frost schützten, ihre Gestalt, schlank und schmiegsam wie eine junge Eiche, und alles an ihr war so frisch und sauber wie ein erster Reif und grün und zart wie ein Aprilschößling, kurzum, sie glich allem, was es auf Erden Schönes gibt. Sie hatte blaue Augen, ganz zaghaft und schüchtern und sittsam, und ihr Blick war noch züchtiger als der Augenaufschlag der Heiligen Jungfrau. Freilich war sie auch noch nicht so weit voran wie die Muttergottes, denn sie hatte ja noch kein Kind geboren.

Hätte einer zu ihr gesagt: »Willst du mit mir Rübchen schaben?« so hätte sie ihm zur Antwort gegeben: »Herzlich

gern. Aber wo?« So einfältig war sie allem Anschein nach und so wenig dem Verständnis der Sache aufgeschlossen. Der Schloßherr krümmte und wand sich denn auch auf seinem Schemel, beschnupperte das holde Mägdlein und renkte sich schier den Hals aus gleich einem Affen, der Nüsse erlangen möchte. Das sah die Mutter recht gut, sagte aber kein Wort dazu, aus Angst vor dem edlen Herrn, welchem das ganze Land ringsum zu eigen war. Als das Reisig im Ofen steckte und die Flammen aufzüngelten und lichterloh brannten, sprach der wackere Jägersmann zu der Alten: »Ja, ja, das wärmt beinah so gut wie die Augen Eurer Tochter.«

»Ach du mein Gott, gnädiger Herr«, versetzte die Alte, »an diesem Feuer können wir nichts kochen . . .«

»Doch!« widersprach er ihr.

»Wie denn?«

»Seht, gute Frau, verdingt Euer Mädchen meiner Frau. Sie braucht gerade eine Kammermagd. Und dann wollen wir Euch jeden Tag zwei Reisigbündel zahlen.«

»Ach, vieledler Herr, und was koche ich hernach auf diesem warmen Herdfeuer?«

»Ei«, entgegnete der alte Sünder, »ein gutes Süppchen oder einen nahrhaften Brei, denn ich gebe Euch alljährlich zur Erntezeit einen Malter Weizen.«

»Und wo soll ich das Korn hintun?« wollte sie nun wissen.

»In Eure Lade«, rief ungeduldig der Anwärter auf die Jungfernschaft.

»Aber ich habe weder Lade noch Truhe, rein gar nichts.«

»Gut, dann gebe ich Euch Laden, Truhen und Pfannen, auch Krüge und Geschirr, und dazu noch ein gutes Bett mitsamt dem Himmelbett, und überhaupt alles, was Ihr braucht und begehrt.«

»Wahrhaftig«, klagte nun die Witfrau, »wenn's regnet, wird alles zuschanden werden; ich habe doch kein Haus.«

»Seht Ihr nicht dort drüben das schöne Haus, die Tourbellière?« fragte der Ritter. »Dort wohnte mein armer Jäger, der Pillegrain, dem jüngst ein Eber den Bauch aufgeschlitzt hat.«

»Freilich seh ich's«, nickte die Alte.

»Gut denn, dort sollt Ihr wohnen bis ans Ende Eurer Tage.«

»Meiner Seel!« staunte da die Witwe und ließ vor Schreck ihr Spinnrädchen fallen, »sprecht Ihr auch im Ernst?«

»Ja.«

»Und was für einen Lohn wollt Ihr meiner Tochter geben?«

»Soviel sie in meinem Dienst verdienen will«, erwiderte der Schloßherr.

»Oh, gnädiger Herr, Ihr treibt Euern Spott mit mir!«

»Nein«, beteuerte er.

»Doch«, versetzte sie drauf.

»Beim Sankt Gatian, beim heiligen Eleutheros und bei den tausend und aber tausend Millionen Heiligen, die dort droben herumwimmeln, schwöre ich . . .«

»Ja, wenn Ihr nicht nur scherzt«, meinte nun die besorgte Mutter, »so wär's mir schon lieber, diese Reisigbündel und der Rest würden ein bißchen beim Notar verbrieft und beurkundet.«

»Bei Christi Blut und beim herzigsten Ding, das Eure Tochter an sich hat, bin ich nicht ein Edelmann? Mein Wort gilt soviel wie ein Vertrag.«

»Je nun, ich sage ja nicht nein, gnädiger Herr. Aber so wahr ich eine arme Spinnerin bin, ich liebe meine Tochter zu sehr, als daß ich sie allein lassen könnte. Sie ist noch gar zu jung und zart und schwach, sie könnte in Euerm Dienst Schaden nehmen. Erst gestern in der Predigt sagte der Pfarrer, wir trügen für unsere Kinder vor Gottes Angesicht die Verantwortung.«

»Larifari!« brummte der Ritter, »geht und holt den Notar.«

So humpelte denn ein alter Holzhacker eilig zum Dorfnotar, welcher sogleich kam und in aller Form einen Vertrag aufsetzte, Punkt für Punkt, und zum Schluß kritzelte der Schloßherr von Valesnes ein Kreuz darunter, weil er des Schreibens unkundig war. Als nun alles schriftlich vereinbart, besiegelt und unterzeichnet war, sprach der Ritter: »Und jetzt, Mütterchen, seid Ihr nun nicht mehr für die Jungfernschaft Eurer Tochter dem lieben Gott verantwortlich?«

»Ach, gnädiger Herr, der Pfarrer hat gesagt: ›Bis sie ins verständige Alter kommen‹, und meine Tochter ist jetzt verständig genug.«

Dann wandte sie sich an ihr Töchterlein und sprach zu ihr; »Marie Ficquet, das Teuerste, was du besitzt, ist deine Ehre. Und dort, wo du jetzt hingehst, ist ein jeder – den gnädigen Herrn nehme ich aus – darauf aus, sie dir zu rauben. Aber du siehst ja nun, was sie wert ist! ... Darum gib sie nur nach reiflicher Überlegung auf und erst, wenn es sich schickt und lohnt. Und damit nun deine Tugend vor Gott und den Menschen keinen Makel erleide – es sei denn aus Gründen, die rechtens sind und ehrenwert –, so sorge von vornherein dafür, daß der Streusand auf dem Ehekontrakt nicht fehlt, sonst könntest du am Ende noch Pech haben.«

»Ja, Mutter«, versprach die Jungfrau.

Daraufhin verließ sie die windschiefe Hütte ihres armen Verwandten und zog aufs Schloß, um dort der Schloßherrin zu dienen, welche Gefallen an ihr fand und das hübsche Ding wohl leiden mochte.

Als die Leute in Valesnes, Sacché, Villaines und andern Ortschaften der Umgegend hörten, welch hoher Preis für die Jungfrau aus Thilhausen bezahlt worden sei, da erkannten die tüchtigen Hausfrauen, daß doch nichts so einträglich und bekömmlich sei wie die Tugend, und sie nahmen sich vor, tunlichst dafür zu sorgen, daß alle ihre Töchter Jungfrauen blieben. Doch war dies Vorhaben so heikel wie die Aufzucht von Seidenwürmern, die ja sehr leicht eingehen, sind doch die Jungfernschaften ähnlich wie Mispeln und werden auf dem Stroh, eh man sich's versieht, überreif und schimmlig. Indessen gab es doch ein paar Mädchen, die dafür in der ganzen Touraine berühmt waren und auch in sämtlichen Mönchklöstern als Jungfrauen galten. Doch möchte ich da-

für nicht die Hand ins Feuer legen, sintemal ich sie nicht nach der Methode eingehend geprüft habe, die Verville lehrt, um die einwandfreie Tugendhaftigkeit der Mädchen festzustellen. Kurz und gut, die Marie Ficquet befolgte den weisen Rat ihrer Mutter und wollte kein einziges Mal dem Betteln und Drängen, dem Schmeicheln und affigen Getue ihres

Herrn und Meisters Gehör schenken, ehe nicht eine Heirat vorgesehen war.

Wenn der alte Edelmann Miene machte, handgreiflich zu werden, fauchte sie ihn bitterbös an wie eine Katze, wenn ihr ein Hund zu nahe kommt, und zeterte: »Ich werde es der gnädigen Frau sagen!«

Kurzum, nach einem halben Jahr hatte der Ärmste noch nicht einmal die Unkosten fürs erste Holzscheit gedeckt. Sosehr er sich auch abquälte und so stürmisch er ihr zusetzte, die Ficquet blieb unerbittlich spröde. Einmal gab sie ihrem Herrn auf sein flehentliches Betteln zur Antwort: »Wenn Ihr mir's erst einmal genommen habt, könnt Ihr mir's dann wiedergeben, he?«

Und ein andermal sagte sie: »Hätte ich so viele Löcher wie ein Sieb, so gönnte ich Euch nicht ein einziges, so eklig kommt Ihr mir vor!«

Der gute Alte aber hielt solche Sprüche, die unter Dorfschönen gang und gäbe sind, für Blüten, die der Jungfrau

Tugend trieb, und ließ nicht locker, sondern zwinkerte und schielte und winkte ihr unentwegt zu, erging sich in endlosen Predigten und beteuerte ihr mit tausend Schwüren seine Liebe. Denn je länger er die festen Vorberge ihres Herzens, ihre runden Schenkel sehen mußte, die sich zuweilen, wenn sie sich bewegte, unter den bauschenden Röcken abzeichneten, je länger er noch andere Dinge bewundern mußte, die sogar einen Heiligen hätten um den Verstand bringen können, um so hitziger hatte sich der gute Möchtegern in sie verliebt, mit einer greisenhaften Leidenschaft, die ja, im Gegensatz zu den Leidenschaften der jungen Männer, in geometrischen Proportionen wächst, weil nämlich die Alten in ihrer Schwachheit lieben, welche in einem fort zunimmt, während es die Jungen mit ihren Kräften tun, welche stets abnehmen.

Um nun diesem verteufelten Racker jedweden Grund zu weiterer Weigerung ein für allemal zu nehmen, steckte der Schloßherr sich hinter einen von seinen Kellermeistern, der die Siebzig schon um beträchtliches überschritten hatte, und gab ihm zu verstehen, er müsse sich eine Frau zulegen, die ihm seine Haut schön warmhalten könne, und die Marie Ficquet sei just die Rechte für ihn. Der alte Kellermeister, der sich bei unterschiedlichen Dienstleistungen im Hause nach und nach dreihundert Franken Jahresrente zusammengespart hatte, gedachte eigentlich ein geruhsames Leben zu führen und die Vordertür künftig verschlossen zu halten. Da ihn aber der Ritter bat, sich doch ihm zu Gefallen ein wenig zu verheiraten, und ihm auch beteuerte, die Sorge um seine Frau werde er ihm gern abnehmen, so biß er eben in den sauren Apfel und willigte aus Gefälligkeit in die Heirat. Am Verlobungstag, als die Marie Ficquet alle ihre triftigen Gründe entkräftet sah und ihrem hartnäckigen Verehrer gar nichts entgegenzuhalten fand, ließ sie sich eine erkleckliche Mitgift aussetzen nebst einem stattlichen Leibgeding als Preis für ihre unver-

sehrte Jungfernschaft, die er nunmehr pflücken durfte. Hernach erlaubte sie dem alten Kerl, er könne zu ihr kommen, sooft ihm der Sinn danach stehe und soviel er's imstande sei, und sie versprach ihm so viele Freuden, wie er ihrer Mutter seinerzeit und seither Weizenkörner geschenkt habe. Doch bei seinem Alter genügte ein Scheffel voll . . .

So wurde Hochzeit gehalten, und gleich nach dem Kirchgang, kaum war die Braut zwischen die Bettlaken geschlüpft, so schlich auch schon der Schloßherr auf leisen Sohlen in die schön mit Glasfenstern, Teppichen und Wandbehängen ausgestattete Kammer, wo er sein Liebchen untergebracht, seine Renten, sein Brennholz, sein Haus, sein Getreide und auch seinen Kellermeister noch obendrein.

Machen wir es kurz: Wisset denn, daß er die Jungfrau von Thilhausen für das schönste Mädchen auf Gottes schöner Welt erfand, bildhübsch und eine himmlisch süße Augenweide im milden Schein des flackernden Feuers, das im Kamin knisterte und prasselte, gar streitbar unter den Laken, keck, munter und zu Spaß und Kurzweil aufgelegt, dazu roch sie so jungfräulich, daß ihn zuerst der hohe Preis, den er für dies Kleinod bezahlt hatte, kein bißchen reute. Und da er es kaum erwarten konnte, daß er die ersten Bissen dieses königlichen Mahles verschlingen durfte, machte er sich als ausgepichter Meister daran, dies jugendfrische Büchelchen aufzublättern. Doch als er so schön im Zug war, da stolperte er vor lauter Gier, rutschte aus und wußte schließlich überhaupt nichts mehr von dem ergötzlichen Liebeshandwerk. Das gute Ding, die Marie Ficquet, merkte gar bald, wo ihn der Schuh drückte, und sagte ganz unschuldsvoll zu ihrem grauhaarigen Kavalier: »Gnädiger Herr, wenn Ihr schon so weit am Werk seid, wie ich annehme, so gebt Eueren Glocken ein bißchen mehr Schwung!«

Durch diesen launigen Ausspruch, der schließlich herumgeboten wurde, wie, weiß ich nicht, wurde die Marie Ficquet weit im Lande bekannt, und noch heutigentags sagt man spottweise: »Das ist eine Jungfrau von Thilhausen«, wenn man sich über eine jungvermählte Frau lustig machen will, oder auch zur Bezeichnung einer putz- und gefallsüchtigen

Frauensperson, was man hierzulande einen *Grasaffen* nennt.

Einen solchen Grasaffen möchte ich euch fürwahr nicht zwischen die Leintücher wünschen in eurer Hochzeitsnacht, ihr wäret denn von Kindesbeinen an in der stoischen Philosophie erzogen worden, welche lehrt, daß man sich über kein Mißgeschick wundern oder ärgern soll. Und nicht wenige Leute sind notgedrungen Stoiker in einer so vertrackten Lage, in die man nur allzuoft geraten kann. Denn die Welt dreht sich zwar, aber sie ändert sich mitnichten, und allezeit wird es Jungfrauen von Thilhausen in der Touraine und auch anderswo geben. Und wenn mich nun einer fragt, worin eigentlich die Moral dieser Geschichte besteht oder wo sie zutage tritt, so wäre es mein gutes Recht, den Damen zu antworten: Die *tolldrastischen Geschichten* sind eher geschrieben worden, auf daß ihr die Moral des Vergnügens lernen könnt, als daß sie euch Vergnügen verschaffen sollen, Moraltanten zu spielen.

Wenn mich aber so ein guter alter lendenlahmer Knasterbart danach fragen sollte, so würde ich ihm – mit aller gebührenden Rücksicht und Schonung, die man solchen gelben oder grauen Schöpfen schuldet – sagen, Gott habe den Herrn von Valesnes strafen wollen, weil er versucht hat, eine Ware zu kaufen, die dazu geschaffen ist, daß man sie herschenkt.

G. Doré
PISAN

DER WAFFENBRUDER

Zu Beginn der Regierungszeit des Königs Heinrich, des zweiten dieses Namens, welcher die schöne Diana so über alles in der Welt liebte, lebte noch ein schöner Brauch, der seither freilich kaum mehr geübt wird, ja recht eigentlich verschwunden ist wie so manch trefflicher Brauch aus der guten alten Zeit. Diese schöne und edle Sitte war die Wahl eines Waffenbruders, welche alle Ritter zu treffen pflegten. Wenn sich nämlich zwei ritterliche Männer als tapfere, untadelige und redliche Ehrenmänner erkannt hatten, so war gleichsam ein jeder von diesem adligen Paar mit dem andern verheiratet, und sie wurden einer des andern Bruder. Eines jeden Pflicht war's, dem andern beizustehn, in der Schlacht gegen die Feinde, die ihn bedrohten, und bei Hofe gegen neidische Freunde, die ihm Übles nachredeten. In seines Gefährten Abwesenheit war der andere gehalten, einem jeden, der seinen Bruder der Untreue, Böswilligkeit oder irgendeines Verrates bezichtigte, ins Gesicht zu sagen: »Das lügst du in deinen Hals hinein! . . .« Und hernach mußte er sogleich mit ihm die Klinge kreuzen, so sicher war einer des andern Ehre. Auch braucht nicht erst gesagt zu werden, daß jeder dem andern allerwege treu zur Seite stand in jeglicher Sache, sie sei gut oder schlecht gewesen, und daß sie alles, Glück und Unglück, Not und Überfluß, allezeit getreulich miteinander teilten. So waren sie inniger verbunden als leibliche Brüder, welche nur dank einer Laune der Natur vereint sind, weil sie sich durch die Bande eines geheiligten, ungewollten und gegenseitigen Gefühls verbrüdert hatten. Deshalb hat die Waffenbrüderschaft auch manch heldenmütige Tat hervorgebracht, ebenso tapfere, beherzte und todesmutige Heldentaten wie zur Zeit der alten Griechen, Römer oder anderer Völker ... Aber solches zu erzählen ist nicht meines Amtes. All dies findet ihr schon längst in den Chroniken unseres Landes aufgezeichnet, und alle Welt kennt diese Geschichten. Zu jener Zeit also schlossen zwei junge Touraner Edelleute, von denen einer der jüngere Maillé, der andere der Junker de Lavallière war, am selben Tage Waffenbrüderschaft, als sie ihre Sporen verdienten. Sie waren beide im Haushalt des Herrn von Montmorency auferzogen worden, wo sie mit den trefflichen Lehren dieses großen Feldherrn aufgewachsen

waren, und hatten gezeigt, wie ansteckend in solcher Gesellschaft die Tapferkeit ist. Denn in der Schlacht bei Ravenna stritten sie so todesmutig, daß ihnen die ältesten Ritter Lob zollten. Im Kampfgetümmel dieses heißen Tages rettete der obengenannte Lavallière dem Junker Maillé das Leben, wennschon er früher mit ihm mehrere Sträuße ausgefochten hatte, und so erkannte er, daß dieser junge Ritter ein edles und großmütiges Herz besaß. Da sie beide unterm Wamse unterschiedliche Schrammen und Wunden aufwiesen, tauften sie ihre Brüderschaft mit ihrem Blut und wurden miteinander im selben Bett unter dem Zeltdach des edeln Herrn von Montmorency, ihres Heerführers, gepflegt.

Nun muß noch gesagt werden, daß im Gegensatz zur herkömmlichen Art seiner Familie, in welcher sonst immer nur bildhübsche Gesichter anzutreffen waren, der jüngere Maillé wenig anziehend aussah. Sein Gesicht hatte gar nichts, was für ihn einnahm, außer einer frischen Jugendanmut. Im übrigen war er flink und behend wie ein Windspiel, breitschultrig, stämmig und kräftig gebaut wie der König Pippin, welcher bekanntlich ein fürchterlicher Raufbold war. Der Junker vom Schlosse Lavallière hingegen war so ein rechter Tausendsasa und bildschöner Märchenprinz, für welchen alle die prachtvollen Spitzen, die feinseidenen Kniehosen und durchbrochenen Schühlein eigens erfunden schienen. Sein wallendes aschblondes Haar wäre einer Dame nicht übel angestanden, so seidenfein und weich floß es um sein Haupt, kurzum, er war ein anmutiges Schoßkind, mit dem alle Frauenzimmer sich gerne die Zeit vertrieben hätten. So sagte auch eines Tages die Dauphine, des Papstes Nichte, lachend zur Königin von Navarra, die derlei trefflichen Späßen gar nicht abhold war, dieser Edelknabe sei wahrlich ein Pflaster, das allen Übeln abhelfe. Darob errötete der hübsche kleine Touraner, weil er noch nicht ganz sechzehn Jahre alt war und dieses gutgemeinte Scherzwort für einen Vorwurf ansah.

Als der Junker von Maillé aus Italien heimkehrte, fand er zu Hause schon eine Heirat eingefädelt. Seine Mutter hatte das bewerkstelligt und ihm ein Edelfräulein von Annebault zugedacht, die eine anmutige Maid war, steinreich und wohlversehen mit allem, was nottat, zudem Eigentümerin eines schönen Stadthauses in der Rue Barbette, wohlausgestattet mit Möbeln und Gemälden italienischer Meister, und die außerdem noch die Anwartschaft auf etliche Ländereien weitherum im Lande besaß. Wenige Tage nach dem Ableben des Königs Franz – welcher edle Herr an den Folgen der Neapolitanerkrankheit verstorben war, so daß allenthalben, bei alt und jung, gewaltiges Entsetzen herrschte; denn fortan gab es keine Sicherheit mehr, nicht einmal mit den höchstgestellten Fürstinnen und Prinzessinnen –, wenige Tage nach diesem folgenschweren Todesfall war der obengenannte Maillé genötigt, sich vom Hofe wegzubegeben und ins Piemont zu reisen, wo er unterschiedliche Angelegenheiten von größter Wichtigkeit in Ordnung zu bringen hatte. Verlaßt euch darauf, daß er höchst ungern sein liebstes Eheweib zu Hause allein ließ, daß er nur notgedrungen seine blutjunge, liebeslüsterne, so vergnügungssüchtige Frau inmitten der Fährnisse, Verlockungen und betörenden Überlistungen dieser galanten Hofgesellschaft zurückließ, in welcher es von schmucken Jünglingen wimmelte, die, kühn wie Adler, stolz in die Welt blickten und auf Frauenliebe aus waren, wie die Leute zur Osterzeit nach Schinken hungern. In solcher argen Eifersucht lastete ihm alles bleischwer auf dem Gemüt. Schließlich aber kam er nach reiflicher Überlegung zu dem Entschluß, seiner Frau gleichsam einen Keuschheitsgürtel anzulegen, und zwar auf nachstehende Art. Er lud seinen treuen Waffenbruder ein, beim Tagesgrauen am Morgen seiner Abreise zu ihm zu kommen. Und kaum hörte er das Pferd seines Freundes Lavallière in den Hof traben, sprang er rasch aus dem Bett und ließ seine süße schneeweiße Ehehälfte weiterschlummern und ihren morgendlichen Dämmerschlaf zu Ende genießen, denn dieses halbwache Dösen am frühen Morgen ist ja für alle genießerischen Faulpelze das Allerschönste, was ihnen der Tag bescheren kann. Lavallière trat auf ihn zu, und die beiden Waffengefährten zogen sich zusammen in eine Fensternische zurück und begrüßten sich mit Handschlag und Bruderkuß. Hierauf sprach Lavallière ohne viel Umschweife zu seinem

Freund: »Ich wäre schon heute nacht auf deine Botschaft hin gekommen; aber ich mußte noch eine Liebesfehde ausfechten, zu der mich meine Dame entboten hatte. So konnte ich ihr diesen Strauß keinesfalls abschlagen. Ich habe sie aber heute in der Morgenfrühe verlassen . . . Willst du, daß ich mit dir reite? Ich habe ihr gesagt, du müssest auf Reisen gehn, und sie hat mir versprochen, sie werde ausharren und nie und nimmer sich mit einem andern Mann einlassen. Wenn sie ihr Wort bricht und mich hintergeht, so gilt mir ein Freund mehr als eine Geliebte!«

»O mein teurer Bruder«, entgegnete Maillé, zutiefst bewegt von diesen Worten, »ich muß dich um einen noch höhern Beweis deiner ritterlichen Gesinnung bitten . . . Willst du dich meiner Frau annehmen, über sie wachen, sie gegen alle und jeden schützen und verteidigen, ihr Führer und Ratgeber sein, sie nicht vom Zügel lassen und mir für die Unversehrtheit meines Hauptes bürgen? . . . Du sollst, solange ich fern weile, hier wohnen, im grünen Saal, und meines Eheweibes Ritter und ihr Gefährte und Spielgenosse bei Tag und bei Nacht sein . . .«

Da runzelte Lavallière die Brauen und sprach: »Nicht du und nicht dein Weib machen mir bange, und auch für mich fürchte ich nichts. Was mich aber ängstigt, das sind die Lästermäuler, die sich dies zunutze machen werden, um uns durcheinanderzuwirren wie Seidenknäuel . . .«

»Du darfst gegen mich Argwohn und Mißtrauen nicht aufkommen lassen«, versetzte Maillé und drückte Lavallière an sein Herz. »Wenn es Gottes Wille ist, daß mir das Unglück der Hahnreischaft widerfahren soll, dann würde es mir weniger nahegehen, wenn du dabei Freude und Vorteil fändest . . . Aber ich gebe dir mein Ritterwort, ich würde daran sterben, und Kummer und Herzeleid brächten mich unter den Boden, denn ich bin heillos vernarrt in meine gute, frische und tugendhafte Frau.«

Bei diesen Worten wandte er sein Haupt zur Seite, damit Lavallière nicht sehen konnte, wie ihm das Wasser in die Augen schoß. Doch hatte der zartbesaitete Höfling diese gleich Samenkörnern perlenden Tränen schon wahrgenommen, und er faßte Maillé bei der Hand und sprach zu ihm: »Bruderherz, ich schwöre dir bei meiner Mannesehre: bevor einer deinem Weib zu nahe tritt, bekommt er meinen Dolch zutiefst in seinen Gedärmen zu spüren . . . Und sofern ich nicht mein Leben lassen muß, sollst du sie unberührt wiederfinden, rein und makellos am Leib, wenn auch nicht in ihrem Herzen, weil ja über Denken und Fühlen kein Edelmann Gewalt hat.«

»So ist denn dort oben beschlossen«, rief Maillé aus, »daß ich für ewige Zeit in deiner Schuld stehen und dir zu Dienstbarkeit verpflichtet sein soll!«

Daraufhin schwang er sich auf sein Roß und sprengte davon, denn ihm bangte, er könnte weich werden vor dem Wehklagen, den Tränen und andern Ergüssen, welche die Frauen beim Abschiednehmen zu verströmen pflegen. Lavallière gab ihm das Geleit bis zum Stadttor und kehrte hernach in den Palast zurück, wartete geduldig, bis Marie von Annebault aus den Federn gekrochen war, eröffnete ihr dann, daß ihr trauter Ehemann das Weite gesucht habe, und machte sich erbötig, ihr in allem zu Diensten zu stehen, und was sonst noch zu sagen war; und das alles brachte er so wohlgesetzt und zierlich hervor, daß auch die tugendsamste Frau einen leisen Kitzel verspürt und in ihrem Herzen gewünscht hätte, den Ritter fürderhin immer um sich zu haben. Solcherlei Paternoster waren freilich gar nicht vonnöten, um der Dame ein Licht aufzustecken, hatte sie doch die Zwiesprache der beiden Freunde belauscht und sich dabei über das Mißtrauen ihres Gatten maßlos empört.

Ach, bedenkt doch, Gott allein ist vollkommen! An allem, was Menschen sinnen und trachten, gibt es immer eine schlechte Seite. Und es ist, meiner Seel, eine wunderschöne Lebenserkenntnis, freilich eine nicht mögliche Lebenskunst, jedes Ding, sogar einen Stecken, am rechten Ende anzupacken. Schuld an dieser großen Schwierigkeit, es den Damen recht zu machen, ist der Umstand, daß sie ein Ding an sich haben, das noch weiblicher ist als sie selbst, und wäre nicht die Ehrfurcht und Achtung, die ihnen gebührt, so wollte ich schon das Kind beim Namen nennen und ein anderes Wort verwenden. Nun dürfen wir eben nie und nimmer die Gelüste und Launen dieses erzbösen Dings wecken. Doch ist die vollkommene Kunst, eine Frau richtig zu behandeln, ein Werk, das einen Mann schon aufreiben kann, und wir müssen notgedrungen in gänzlicher Unterwerfung bei ihnen ausharren. Darin liegt, will mich bedünken, die sinnreichste Möglichkeit, das quälende Rätsel der Ehe zu lösen.

Nun war also Marie von Annebault hochbeglückt über den Anstand und das willkommene Anerbieten des Ritters. Aber in ihrem Lächeln lag eine arglistige Absicht; rundheraus gesagt, sie gedachte, ihren jungen Tugendwächter vor die Wahl zwischen Vergnügen und Ehre zu stellen, ihn so beharrlich zur Liebe zu verlocken, ihm so schönzutun und um den Bart zu streichen, ihm mit glutheißen Blicken so arg zu Leibe zu rücken, bis er seine Freundestreue hintansetzen würde zum Vorteil seines Liebeshandels.

Alles stand somit zum besten für die Durchführung ihrer Absichten, zumal der edle Herr von Lavallière ja gehalten war, bei ihr im selben Hause zu wohnen und demzufolge nahen Umgang mit ihr zu pflegen. Und da es nichts auf der weiten Welt gibt, was eine Frau von dem Vorhaben abbringen kann, das sie sich einmal in den Kopf gesetzt hat, so spitzte sich das durchtriebene Äffchen darauf, ihn in einer Schlinge zu fangen und zu Fall zu bringen.

Bald ließ sie ihn bis um die zwölfte Nachtstunde dicht neben sich am Kaminfeuer sitzen, und dann sang sie ihm verliebte Weisen und allerlei schmachtende Lieder vor, und vor allem bot sie ihm ihre schneeweißen Schultern zur Schau und lockte ihn mit den zwei schimmernden Versuchungen, die ihr vorne das Mieder rundeten. Zu guter Letzt berückte sie ihn erst noch mit tausend feurigen Blicken, und all dies trieb sie, ohne daß man ihr ansah, was für heimliche Gedanken sie in ihrem hübschen Köpfchen hegte.

Bald wieder erging sie sich morgens in seiner Gesellschaft in den Gärten rings um ihr Haus und stützte sich zutraulich auf seinen Arm, drückte ihn eng an sich, seufzte und hieß ihn immer wieder die Schuhbänder zuschnüren, die stets im günstigen Augenblick aufgingen.

Dann waren es wieder tausend zärtliche Worte, mit denen sie ihn umgarnte, und alle die verfänglichen Dinge, auf welche sich die edlen Frauen so trefflich verstehen, als da sind: hausfrauliche Fürsorge und Aufmerksamkeiten für ihren Gast und dergleichen Obliegenheiten. So kam sie oft zu ihm in seine Kammer und sah nach, ob er auch bequem untergebracht, ob das Bett gut und sein Stübchen sauber sei, ob immer gut gelüftet werde, ob er nachts keine Zugluft spüre und tagsüber nicht zuviel Sonne habe. Sie bat ihn, ihr ja nichts von seinen Wünschen und kleinsten Anliegen zu verheimlichen, und sagte: »Seid Ihr vielleicht gewohnt, des Morgens im Bette etwas zu Euch zu nehmen? ... Ein Glas Honigbier, Milch oder Würzwein? Bekommt Ihr auch immer zur gewohnten Stunde zu essen? Ich werde mich ganz nach Euern Wünschen richten ... Sagt es mir nur frei heraus! ... Ihr scheut Euch doch etwa nicht, mich um etwas zu bitten ... Wohlan, sagt es mir nur!«

Und solche Hätschelreden begleitete sie mit hunderterlei zutunlichen Mätzchen, so wenn sie beispielsweise beim Hereinkommen sagte: »Da belästige ich Euch schon wieder. Schickt mich nur beizeiten fort! ... Ja ja, Ihr sollt Euch hier wohl fühlen und ungebunden ... Ich geh gleich wieder.«

Und jedesmal wurde sie aufs freundlichste zum Dableiben eingeladen.

Dabei kam die schlaue Weibsperson jedesmal aufs leichteste bekleidet und trug ein paar Muster ihrer Schönheit zur Schau, angesichts deren sogar ein uralter Patriarch, der so hinfällig und altersschwach gewesen wäre wie Methusalem mit hundertundsechzig Jahren, gewiehert hätte.

Der gute Geselle aber, der fein war wie gesponnene Seide, ließ alle die Künste der Dame hingehen und war zufrieden, daß er sie mit seiner Person so vollauf in Anspruch genommen sah, hatte er damit doch wieder Zeit gewonnen und manchen Vorteil erreicht. Doch als redlicher Freund und Bruder hielt er der Frau stets das Bild ihres abwesenden Gatten vor Augen.

Eines Abends nun, nach einem brütendheißen Tag, als dem treuen Lavallière vor dem Ränkespiel seiner Schutzbefohlenen angst und bange war, fing er an, ihr auszumalen, wie Maillé sie von Herzen liebe, und sagte ihr auch, sie habe an ihm einen Mann von Ehre, einen Edelmann, der sie glühend anbete und höchst kitzlich sei hinsichtlich der Ehre seines Wappenschilds.

»Wenn er doch da so kitzlig ist«, wandte sie ein, »warum hat er Euch dann hierhergesetzt? . . .«

»Ist solches Tun nicht höchst weise Vorsicht?« gab er zur Antwort. »War es denn nicht notwendig, und mußte er Euch nicht einen verläßlichen Beschützer Eurer Tugend beigesellen? Nicht etwa weil sie einen solchen brauchte, aber um Euch zu bewahren vor den üblen . . .«

»So seid Ihr demnach mein Hüter?« fiel sie ihm ins Wort.

»Ich bin stolz darauf!« rief Lavallière.

»Fürwahr«, höhnte sie, »da hat er eine schlechte Wahl getroffen!«

Diese Worte begleitete sie mit einem derart frechen und lüsternen Äugeln, daß der gute Waffenbruder, um ihr eindeutig sein Mißfallen kundzutun, eine frostige Haltung annahm und die schöne Dame allein ließ. Sie aber war bitter verletzt und ärgerlich über diese stillschweigende Zurückweisung ihrer Absicht, das Liebesgeplänkel zu beginnen.

Sie blieb in tiefem Sinnen zurück und nahm sich vor, das eigentliche Hindernis zu erforschen und auszuwittern, auf das sie so wider Erwarten gestoßen war. Denn es will doch keiner schönen Frau in den Kopf, daß ein Edelmann, der das Herz am rechten Fleck hat, nichts als Verachtung für diesen reizvollen Zeitvertreib übrighaben kann, für eine Betätigung, die in ihren Augen doch so köstlich und von so unvergleichbar hohem Wert ist. Nun verwoben und fügten sich diese Gedanken so vollkommen ineinander, einer hakte so schön in den andern ein, daß sie Stück um Stück das ganze Gewebe zu sich heranzog und schließlich in tiefe Leidenschaft verstrickt war. Und das mag die edlen Frauen lehren, daß sie niemals mit des Mannes Waffen spielen sollen, sintemal jedem, der Vogelleim in die Hand nimmt, etwas davon an den Fingern kleben bleibt.

So kam zu guter Letzt Marie von Annebault zu dem Schluß, den sie von allem Anbeginn an hätte ziehen müssen: daß nämlich der Ritter nur darum ihren Fallstricken entrinnen konnte, weil er bereits von einer andern eingefangen worden war. Und sie schaute sich rings in ihrem Bekanntenkreis um, wo ihr junger Gast wohl mochte ein Behältnis nach seinem Geschmack gefunden haben. Da fiel ihr ein, die schöne Limeuil, eine von den Hofdamen der Königin Katharina, und die Damen von Nevers, von Estrées und von Giac seien die erklärten Freundinnen von Lavallière, und von all denen müsse er zumindest eine bis zur Tollheit lieben.

Von nun an kam noch ein weiterer Grund zu allen andern Gründen hinzu, ihren Herrn Argus zu verführen, nämlich die Eifersucht. Sie wollte ihm mitnichten den Kopf abschlagen, sondern vielmehr sein Haupt mit Wohlgerüchen salben, es küssen und herzen und auch dem Rest nichts zuleide tun.

Gewiß war sie schöner, jünger, anmutvoller und mochte einen Mann eher zur Liebe anreizen als ihre Nebenbuhlerinnen; so schmeichelte sie sich zumindest und legte es sich in ihrem hübschen Köpfchen zurecht. Also setzte sie, getrieben von allen Triebfedern ihrer Seele und ihres Herzens, zu einem neuerlichen Angriff auf das Herz des Ritters an, bewogen überdies von den mannigfaltigen physischen Beweggründen, die eh und je die Frauen angestiftet haben. Denn was eine rechte Frau ist, so liebt sie's, wohlbefestigte und gutverschanzte Burgen zu stürmen.

Von nun an umschmeichelte sie ihn wie ein Kätzchen, sie kuschelte sich so dicht an ihn heran, kitzelte und kraulte ihn so anmutig, strich ihm um den Bart und koste ihn so sanft, streichelte ihn mit Sammetpfötchen so liebreich und zutraulich, daß eines Abends, als sie in düstere Schwermut versunken schien, während sie tief in ihres Herzens Grunde jubelte und frohlockte, sie ihren brüderlich besorgten Tugendwächter so weit hatte, daß er sie fragte: »Was fehlt Euch denn? . . .«

Worauf sie ganz versonnen Folgendes zur Antwort gab, indessen er ihren Worten lauschte, als wären sie die berükkendste Musik: Maillé habe sie zum Manne genommen gegen den Zug ihres Herzens, und sie sei darüber tief unglücklich.

Freuden der Liebe habe sie nie gekostet, denn ihr Gatte sei darin ein großer Stümper, und ihr ganzes künftiges Leben werde sie in Tränen verbringen müssen. Mit einem Wort, sie stellte sich als ein in ihrem Herzen jungfräuliches Weib hin, und nicht nur unberührt in ihrem Herzen, sondern überhaupt in allem, zumal sie, wie sie errötend gestand, an der ganzen Sache bisher nichts als Ekel und Mißvergnügen gefunden habe. Weiter sagte sie, sicherlich müsse in dieser Kurzweil viel Süßes und allerlei Leckerei verborgen sein, sonst würden nicht die Frauen samt und sonders ihr nachlaufen, danach verlangen und voll Eifersucht alle Männer hüten, die ihnen solche Wonnen bescherten. Manche von ihnen ließen sich's ja ein schönes Stück Geld kosten, und sie sei darauf so neugierig, daß sie für einen einzigen Tag oder eine Liebesnacht ihr ganzes Leben hingeben würde und für alle Zeit ohne Murren und Widerrede ihres Liebsten unterwürfige und willfährige Dienerin sein möchte. Der Mann, mit dem ihr das Liebesspiel am meisten Spaß machen würde, wolle sie aber einfach nicht verstehen, geschweige denn erhören, und doch wäre es ein leichtes, über ihr Beilager in Ewigkeit ein tiefes Geheimnis zu breiten, da ja ihr Gatte unbegrenztes Vertrauen in ihn setze. Wenn er sie länger verschmähe, fügte sie zum Schluß hinzu, werde sie unweigerlich daran sterben.

Und all diese Paraphrasen des ewig alten Liedes, das ja alle Weiber schon kennen, wenn sie auf die Welt kommen, wurden mit unzähligen Kunstpausen, vermischt mit Seufzern, die aus tiefstem Herzen kamen, vorgebracht und abgesungen, verziert mit Händeringen, Augenaufschlägen, Anrufen des Himmels, jähem Erröten und Haareraufen . . . Kurzum, sämtliche Kräutlein der Johannisnacht wurden dem Ragout beigemischt. Und weil sich hinter ihren Worten ein peinigendes Verlangen verbarg, das auch häßliche Frauen zu verschönen vermag, so fiel der gute Ritter vor der Dame nieder und umfaßte und küßte ihre Füße unter Tränen. Ihr könnt euch denken, daß sich die Dame nicht dagegen sträubte, sondern sie ihm selig zum Küssen überließ. Und sie achtete sogar nicht sonderlich darauf, was er mit ihrem Kleide vorhatte, und ließ ihn an ihrem Gewand herumtasten, ohne es ihm zu wehren, wußte sie doch wohl, daß er's unten am Saum anfassen mußte, wenn er es hochheben wollte. Doch stand geschrieben, daß sie an diesem Abend noch tugendhaft bleiben sollte, denn der schöne Lavallière sprach zu ihr voll Verzweiflung: »Ach, edle Frau, ich bin ein unseliger, ein unwürdiger Mensch . . .«

»Nein, nein, wo denkt Ihr hin! . . .« erwiderte sie.

»Weh mir! Das Glück, Euch anzugehören, ist mir versagt!«

»Wieso denn?«

»Ich wage gar nicht, Euch meine Bedrängnis zu gestehen! . . .«

»Ist es denn so schlimm?«

»Ach, Ihr werdet vor Scham vergehen.«

»Sagt es mir nur, ich will mir die Hände vors Gesicht halten.«

Und die Schlaue barg ihr Gesicht in beiden Händen, doch so, daß sie auf ihren Herzensfreund zwischen den Fingern hervorschauen konnte.

»Weh mir! . . .« hob er an, »als Ihr mir neulich des Abends so liebe Worte gönntet, war ich dermaßen entflammt, daß ich, nicht ahnend, wie nahe mir das Glück winkte, und aus lauter Furcht, Euch mein heißes Begehren zu offenbaren, spornstreichs in ein verrufenes Frauenhaus lief, wo die Edelleute zu verkehren pflegen. Aus Liebe zu Euch, und weil ich meines Waffenbruders Ehre wahren wollte und seinen makellosen Schild zu besudeln mich schämte, hat es mich schändlich erwischt, so daß ich große Gefahr laufe, an der italienischen Krankheit zu verfaulen . . .«

Von Entsetzen gepackt, brach die schöne Frau in einen gellenden Weheschrei aus wie eine Gebärende und stieß ihn sanft von sich, voll Erbarmen und Mitgefühl. Der arme Lavallière aber wankte nach dieser jammervollen Beichte aus dem Saale. Doch war er noch nicht beim Türvorhang, so schaute ihn Marie von Annebault abermals an und sprach zu sich selber: Ach, wie schade um ihn!

Alsdann fiel sie erneut in tiefe Schwermut und beklagte in ihrem Herzen den ärmsten Ritter, und sie verliebte sich um so heftiger in ihn, als er für sie eine dreifach verbotene Frucht war.

»Hielte mich Maillé nicht ab«, sagte sie eines Abends zu ihm, als er ihr schöner denn sonst vorkam, »ich möchte wahrlich gern Euere Krankheit auch bekommen. So würden wir mitsammen die gleichen Nöte und Schrecknisse durchleben...«

»Ich habe Euch viel zu lieb«, versetzte der Ritter, »als daß ich auch nur augenblickslang den Kopf verlieren könnte.«

Und er ließ sie allein und ging zu seiner schönen Limeuil. Nun könnt ihr euch darauf verlassen, daß er tagtäglich den flammendheißen Blicken der schönen Dame preisgegeben war, und so loderte denn auch zu den Stunden der Mahlzeiten und an den langen Abenden ein nie verglimmendes Feuer in ihren Adern, das ihnen äußerst hitzig zusetzte. Doch war ihr verwehrt, den Junker anders als mit ihren Blicken zu umfangen. Bei solchem Tun war Marie von Annebault gegen alle Anfechtungen von seiten der höfischen Herzensbrecher gefeit; denn es gibt keine unübersteigbareren Schranken, keinen bessern Hüter als die Liebe. Sie gleicht dem Teufel: was sie sich zu eigen nimmt, das umgibt sie mit schützenden Feuerflammen. Lavallière hatte eines Abends seines Freundes Gemahlin zu einem Tanzfeste der Königin Katharina geführt und tanzte dort ein ums andere Mal mit der schönen Limeuil, in welche er blind und toll verliebt war. Dazumal, in jenen glücklichen Zeiten, standen die Ritter kühn ihren Mann und hielten sich Liebschaften paarweise oder gar in ganzen Scharen. Nun waren also alle Damen neidisch und eifersüchtig auf die schöne Limeuil, die sich im Augenblick gerade mit dem Gedanken trug, den schmucken Lavallière zu erhören und sich ihm hinzugeben. Ehe sie sich für die Quadrille aufstellten, hatte sie ihm noch geschwind für den folgenden Tag während der Jagd das süßeste Stelldichein verheißen. Unsere große Königin Katharina, die aus hoher Staatskunst solcherlei Liebesverhältnisse mit Fleiß schürte und sie wohlbedacht anfachte, wie die Kuchenbäcker ihre Backöfen schüren und mit der Ofengabel die Kohlenglut darin umwühlen, besagte Königin also ließ ihre Blicke über alle die anmutigen Paare hinschweifen, die in ihrer Damenquadrille eng umschlungen tanzten, und sprach zu ihrem Gemahl: »Wenn sie sich hier austoben, können sie wenigstens keine Verschwörungen gegen Euch anzetteln! Hab ich nicht recht?«

»Freilich. Aber die Anhänger der neuen Lehre?«

»Ach was! Die werden wir gleichfalls damit ködern!« erwiderte sie lachend. »Da, seht Euch bloß einmal Lavallière an, der im Verdacht steht, ein ketzerischer Hugenott zu sein! Wie gründlich hat ihn meine liebe Limeuil bekehrt! Für ein sechzehnjähriges Ding geht sie ja nicht übel ins Zeug, die Kleine ... Er wird sie schon bald genug unter seine Eroberungen zählen können ...«

»Ah, glaubt das ja nicht, gnädigste Frau Königin«, wandte Marie von Annebault ein, »er ist nämlich mit der Napolitanerkrankheit behaftet, dank welcher Ihr Königin geworden seid! ...«

Bei diesen in aller Herzenseinfalt vorgebrachten Worten platzten Katharina, die schöne Diana und der König, welche beisammensaßen, mit schallendem Lachen los, und der Ausspruch machte die Runde und ging von Mund zu Mund. Das trug dem Junker Lavallière große Schande ein, er wurde mit Hohn und Spott übergossen, und der Lästerreden und Sticheleien war kein Ende. Man wies mit Fingern auf den armen Ritter, und er hätte viel darum gegeben, wenn ein anderer in seinen Hosen gesteckt wäre. Denn Lavallières Mitbewerber um die Gunst der schönen Limeuil hatten nichts Eiligeres zu tun, als sie über die Gefahr, die ihr drohte, unter Hohngelächter zu unterrichten, und nun zog sie ihrem Geliebten ein bitterböses Gesicht und begegnete ihm abweisend wie ein Türklopfer. So groß war dazumal das Entsetzen über diese Seuche, so schwer wogen die Ängste, die jedermann vor dieser übeln Krankheit hegte. Daher kam es, daß sich Lavallière überall gemieden und ausgestoßen sah wie ein Aussätziger. Der König fertigte ihn mit höchst ungnädigen Worten ab, und der arme Junker stahl sich vom Feste fort, gefolgt von der verzweifelten Marie, die über ihre unbedachte Äußerung untröstlich war. Sie hatte den Mann, den sie liebte, in jeder Hinsicht zugrunde gerichtet, hatte ihn um seine Mannesehre gebracht und sein Leben zerstört, behaupteten doch die Ärzte und gelehrten Heilkünstler einhellig, es sei unleugbar und könne nicht in Zweifel gezogen werden, daß die Männer, die von dieser Liebesseuche angesteckt seien, dabei ihre beste Manneskraft einbüßten und fürderhin nicht mehr zeugungsfähig seien. Ihre Knochen aber verfaulten und würden schwarz und brandig.

So weit war es gekommen, daß sich keine Frau mit einem Mann, und wäre er auch der schönste, zierlichste Edelmann des Königreichs gewesen, hätte verehelichen wollen, wenn er nur im leisesten Verdacht stand, er könnte einer von denen sein, die Meister Franz Rabelais seine *höchst preislichen Schwärenbolde* benannte.

Da nun der wackere Ritter schweigend und trübsinnig fürbaß schritt, sprach seine Begleiterin auf dem Heimweg vom Herkules-Palast, wo das Fest stattgefunden hatte, zu ihm: »Mein teurer Herr, ich habe Euch schweren Schaden angetan! . . .«

»Ach, edle Frau«, versetzte Lavallière, »mein Schaden läßt sich wiedergutmachen. Doch in welch schlimmes Ungemach habt Ihr Euch selbst gestürzt? . . . Durftet Ihr denn wissen, wie große Gefahr meine Liebe birgt? . . .«

»Ach«, sprach sie, »so bin ich nun sicher, daß ich Euch fortan immer nur für mich allein haben werde, denn als Ausgleich für den schweren Unglimpf und die Unehre, die ich Euch angetan, muß ich nun für alle Zeit Eure Freundin, Eure Wirtin und Eure Dame oder vielmehr Eure ergebene Magd sein. Und ich bin willens, mich Euch ganz zu eigen zu geben, um alle Spuren dieser Schmach auszulöschen und Euch mit tausendfältiger Fürsorge und nimmermüdem Wachen zu umhegen. Und sollten die gelehrten und heilkundigen Ärzte erklären, das Übel sei allzu hartnäckig und so weit vorgeschritten, daß ihr daran sterben müßt wie der selige König, dann bitte ich Euch, wohnt mir bei, auf daß ich an Euerer Krankheit eines ruhmvollen Todes sterben kann. Fürwahr!« klagte sie unter Tränen, »es gibt keine Marterqualen, die ausreichend wären, das Unrecht abzubüßen, das ich Euch zugefügt habe.«

Diese Worte sprach sie bitterlich weinend, und dicke Tränen rollten ihr über die Wangen. Ihr tugendreiches Herz wollte schier versagen, und endlich fiel sie allen Ernstes in Ohnmacht. Zu Tode erschrocken nahm Lavallière sie in seine Arme und legte ihr seine Hand aufs Herz, gerade unterhalb eines Brusthügels, der an Schönheit nicht seinesgleichen hatte. Als die Dame die Wärme dieser geliebten Hand spürte, kam sie wieder zu sich, und so unsagbare Wonnen verzückten sie, daß ihr von neuem die Sinne schwanden.

»Weh mir!« seufzte sie, »diese verfängliche und oberflächliche Liebkosung soll also künftig die einzige Freude sein, die unserer Liebe vergönnt ist. Und doch ist sie immer noch himmelhoch den Wonnen überlegen, die mir der arme Maillé zu spenden wähnte ... Laßt Eure Hand, wo sie ist«, bat sie. »Sie liegt in Wahrheit auf meiner Seele und rührt sie an ...«

Bei diesen Worten gestand der Ritter mit betretener Miene seiner Dame ungescheut, auch er verspüre bei dieser Berührung solch himmlische Seligkeit, daß seine Schmerzen wie auch sein Siechtum immer ärger würden und daß der Tod solchem Martyrium bei weitem vorzuziehen sei.

»So laßt uns denn zusammen sterben!« hauchte sie.

Doch mittlerweile war die Sänfte im Hofe ihres Palastes angelangt, und da sich zum Sterben keinerlei Gelegenheit mehr bot, gingen sie beide zu Bett, jedes für sich, beide aber hart bedrängt von der Liebe; Lavallière, weil er seine schöne Limeuil hatte drangeben müssen, Marie von Annebault aber, weil ihr Wonnen ohnegleichen zuteil geworden waren.

Durch dieses nicht vorhergesehene Ungemach fand sich Lavallière in Acht und Bann getan: Liebe und Ehe waren ihm gleichermaßen verwehrt. Er wagte sich nirgendwo mehr zu zeigen, und es wurde ihm mit einmal klar, wie teuer einen Mann die Obhut über ein Frauending zu stehen kommt. Aber je mehr Ehre und Tugend er sich's kosten ließ, desto größere Freuden erwuchsen ihm aus den schweren Opfern, die er seiner Brüderschaft brachte. Indessen ward ihm seine Pflicht in den letzten Tagen seiner Tugendwacht mehr als hart, sehr dornenvoll und beinah unerträglich.

Das kam so: Das Geständnis ihrer Liebe, die sie erwidert wähnte, die Schmach, die durch ihre Schuld über den Ritter gekommen war, die niegekannten Wonnegefühle, die sie gekostet hatte, verliehen der schönen Marie große Kühnheit; sie fiel in platonische Liebe, welche leicht gelindert ward durch die kleinen Gunstbeweise, bei denen keine Gefahr bestand. Hernach kamen die teuflischen Trugfreuden und verkappten Liebkosungen, wie sie die Damen aufgebracht haben, seit sie nach dem Hinscheiden des Königs Franz allezeit fürchten mußten, ihre Liebhaber könnten sie mit dem tausendmal verwünschten Übel anstecken, und gleichwohl ihnen angehören wollten. Und diesen grausamen Verzückungen des Streichelns und Berührens konnte sich der gute Lavallière, wollte er seine Rolle glücklich zu Ende spielen, keinesfalls entziehen. So heftete nun allabendlich die kummervolle Marie ihren Gast an ihre Röcke, hielt seine Hand in der ihren, küßte ihn mit den Augen und lehnte ihre Wange zärtlich an die seine. In solch tugendlichem Beisammenleben, in dem der Ritter gefangen zappelte gleich einem Teufel im Weihwasserbecken, sprach sie ihm von ihrer großen Liebe, welche kein Maß und keine Grenzen kenne, denn sie durchrase die unermeßlichen Räume der nicht erhörten Sehnsüchte. All das Feuer, das edle Frauen sonst in ihre erdnahe, lebenspendende Liebe legen, wenn nächtlicherweile keine andern Lichter leuchten als ihre Augen, das übertrug sie in die mystischen Eingebungen ihres Geistes, die Verzückungen ihrer Seele und die Ekstasen ihres Herzens. Und nun fügte es sich ganz von selbst und ohne ihr Zutun, daß sie freudig, gleich zwei Engeln, die körperlos und nur im Geiste sich paaren, in köstlichem Gleichklang die süßen Litaneien anstimmten, die zu jener Zeit die Liebesleute zu Lob und Preis der Liebe abzusingen pflegten, die weihevollen Wechselgesänge, welche der Abt von Thelem Strophe für Strophe vor dem Vergessen gerettet hat, als er sie ins Gemäuer seiner Abtei einmeißeln ließ, welches Kloster, wenn wir Meister Alcofribas Glauben schenken dürfen, in unserem Lande unweit Chinon gelegen war, wo ich sie in lateinischer Sprache gesehen und zu Nutz und Frommen aller guten Christenmenschen hier übertragen habe.

»Ach!« sagte Marie von Annebault, »du bist meine Kraft und mein Leben, mein Glück und mein ganzer Reichtum!«

»Und Ihr«, antwortete er, »Ihr seid eine Perle, ein Engel vom Himmel!«

»Du, mein Seraphim!«

»Ihr, meine Seele!«

»Du, mein Gott!«

»Ihr, mein Abend- und mein Morgenstern, meine Ehre, meine Schönheit, mein ein und alles!«

»Du, mein großer, mein göttlicher Meister!«

»Ihr, mein Ruhm, mein Glauben, mein Himmelreich!«

»Du, mein wohlgestalter, mein schöner, mein beherzter, mein edler, mein treuer Ritter, mein Beschützer, mein König, mein Liebster!«

»Ihr, meine Fee, Blüte meiner Tage und Traumbild meiner Nächte!«

»Du, mein Gedanke in jeglichem Augenblick!«

»Ihr, Weide meiner Augen!«

»Du, Stimme meiner Seele!«

»Ihr, mein Licht bei Tage!«

»Du, meiner Nächte heller Schein!«

»Ihr, geliebteste unter den Frauen!«

»Du angebetetster aller Männer!«

»Ihr, mein Herzblut, mein besseres Ich!«

»Du, mein Herz, mein Lichtglanz!«

»Ihr, meine Heilige, meine einzige Freude!«

»Ich überlasse dir die Palme der Liebe, und so groß auch

die meine sein mag, ich glaube doch, du liebst mich noch mehr, denn du bist der Herr!«

»Nein, Euch kommt sie zu, meine Göttin, meine Jungfrau Maria!«

»Nein, ich bin deine Magd, deine Dienerin, ein Nichts, welches du auslöschen kannst!«

»Nein, nein, ich bin Euer Sklave, Euer treuer Page, Ihr mögt mit mir umgehn, als wäre ich ein Lufthauch, tretet auf mich wie auf einen Teppich. Mein Herz ist Euer Thron.«

»Nein, Liebster, denn deine Stimme dringt mir bis ins Innerste.«

»Euer Blick versengt mich.«

»Nur durch dich sehe ich.«

»Nur durch Euch fühle ich.«

»Oh, so leg denn deine Hand auf mein Herz, nur deine Hand, und du sollst sehen, wie ich erblasse, wenn mein Blut die Glutwärme des deinen angenommen hat.«

Und dann entflammten sich in solchem Wettstreit ihre Augen, die ohnedies schon glühten und brannten, noch heißer.

Und der gute Ritter war ein wenig mitschuldig an dem Glück, welches Marie von Annebault genoß, wenn sie diese Hand auf ihrem Herzen spürte. Da nun in diesem Tändeln und sinneverwirrenden Kosen sich alle seine Kräfte bäumten und strafften, alle seine sehnsüchtigen Wünsche sich anspannten, alle seine Gedanken und Vorstellungen von dem, was ihnen beiden geschah, verschwammen, so widerfuhr ihm, daß er volle Wollust empfand. Beider Augen weinten heiße Tränen, sie konnten eines ohne das andere nicht mehr sein und verzehrten sich in unstillbarer Liebessehnsucht, wie das Feuer in einem Hause weiterfrißt. Doch dabei blieb es. In der Tat hatte Lavallière ja auch nur versprochen, er werde seinem Freunde den Leib heil und unversehrt zurückgeben, nicht aber die Seele.

Als Maillé seine Heimkehr ankündete, war es allerhöchste

Zeit; denn keine Tugend konnte solches Geröstetwerden bei lebendigem Leibe unbeschadet überstehn. Und je weniger die beiden Liebenden Gelegenheit und Erlaubnis zum Sündigen hatten, um so höhern Genuß fanden sie in ihren Träumen und verzückten Gesichten.

Nun ließ der treue Waffengefährte Marie von Annebault allein und ritt seinem Freunde bis ins Gebiet von Bondy entgegen, um mit ihm gemeinsam durch die verrufenen Wälder heimwärts zu ziehen und ihm allenfalls in Not und Gefahr beizustehen. Und darauf schliefen die beiden Waffenbrüder, wie es dazumal Sitte und Brauch war, beisammen im gleichen Bette, im Marktflecken Bondy.

Dort erzählten sie einander auf ihrem gemeinsamen Lager alles, was sie inzwischen erlebt hatten, der eine seine Reiseabenteuer, der andere den Hofklatsch, allerlei galante Skandalgeschichten *et cetera*. Doch Maillés erste Frage betraf Marie von Annebault, und Lavallière schwor hoch und heilig, sie sei unberührt und rein an der köstlichsten Stelle, wo die Ehre der Ehemänner ihren Sitz hat. Darüber war der verliebte Maillé gar froh.

Anderntags waren sie alle drei wieder vereint, zum großen Leidwesen Maries, die aus hoher weiblicher Gewitztheit und Diplomatie ihren guten Gemahl festlich empfing; mit dem Finger aber deutete sie Lavallière gegenüber lächelnd und bedeutsam auf ihr Herz, als wollte sie sagen: Dies ist dein eigen!

Beim Nachtmahl kündete Lavallière an, er werde in den Krieg ziehen. Über diesen schwerwiegenden Entschluß war Maillé tief betrübt und wollte mit seinem Waffenbruder gehen. Doch Lavallière schlug es ihm rundweg ab.

»Edle Frau«, sprach er zu Marie von Annebault, »ich liebe Euch mehr als mein Leben, aber nicht mehr als meine Ehre!«

Und als er dies sagte, erblaßte er, und Frau Marie ward bleich, als sie es hörte, weil niemals in ihrem verliebten Gekose und Tändeln so viel echte Liebe zum Ausdruck gekommen war wie jetzt in diesen Worten. Maillé ließ es sich nicht nehmen, seinem Freund bis Meaulx das Geleit zu geben. Als er zurückkam, überlegte er mit seiner Frau die unbekannten

Beweggründe und verborgenen Ursachen dieses Fortgehens, da sagte mit einmal Marie, der über des armen Lavallière Kummer eine Ahnung aufdämmerte: »Ich weiß wohl warum: er schämt sich hier zu Tode, weil er doch die Napolitanerkrankheit hat. Das pfeifen ja die Spatzen von den Dächern!«

»Er?« staunte Maillé verblüfft. »Ich habe ihn doch gesehen, als wir vorgestern in Bondy über Nacht blieben, und gestern wieder in Meaulx. Nichts ist wahr von alledem! Er ist so gesund wie Euer Auge.«

Da brach die edle Frau in Tränen aus, voll Bewunderung für solch große Redlichkeit, für die erhabene Selbstverleugnung in seinen Worten und die übermenschlichen Qualen dieser heimlichen Leidenschaft. Da aber auch sie ihre Liebe zutiefst in ihrem Herzen bewahrte, starb sie, als Lavallière vor Metz fiel, wie anderweitig der edle Herr Bourdeilles von Brantôme in seinen Tratschhistörchen erzählt hat.

G. Doré

DER PFARRER VON AZAY-LE-RIDEAU

Zu jener Zeit nahmen die geistlichen Herren keine Frauen mehr zu legitimen Ehegattinnen, sondern hielten sich vielmehr tüchtige Beischläferinnen, soweit es anging, hübsche und womöglich junge. Dies wurde ihnen seither von den Konzilien untersagt, wie jedes Kind weiß, weil es in der Tat höchst unerfreulich war, wenn die Beichtgeheimnisse und heimlichen Sündenbekenntnisse der Leute so einem liederlichen Weibsbild weitererzählt wurden, die sich darüber krumm lachten, ganz abgesehen von andern verborgenen Glaubenslehren, grundsätzlichen Erwägungen und frommen Wegleitungen, welche in einem solchen Fall hoher römischer Kirchenpolitik in Hülle und Fülle vorlagen. Der Priester, der als letzter in unserem Lande nach alter Theologenart eine Frau in seiner Pfarre bei sich wohnen hatte und sie mit seiner scholastischen Liebe beglückte, war ein gewisser Pfarrer von Azay-le-Ridel, einem sehr anmutigen Flecken, welcher späterhin Azay-le-Buslé, das ist das abgebrannte Azay, genannt ward, heutigentags aber Azay-le-Rideau heißt und dessen Schloß unter die Wunder des Touranerlandes zählt.

Jene Zeit nun, zu welcher die Weiber die Pfaffen samt ihrem heiligen Geruch noch nicht haßten, liegt nicht so weit zurück, wie mancher meinen könnte. Denn immer noch thronte auf dem Bischofssitz von Paris Herr von Orgemont, der Sohn seines Vorgängers auf dem bischöflichen Stuhl, und auch die bösen Händel der Armignaken waren nicht zu Ende.

Die Wahrheit zu sagen, hatte dieser Pfarrer gut daran getan, daß er seine Pfarre in diesem Jahrhundert verwaltete und nicht erst später, denn er war ein Klotz von einem Mann, ein stämmiger, rotbackiger Kerl, ein großer, kräftiger Bursche, der aß und trank wie einer, der langes Fasten und Siechtum nachholen muß. Und es war ja auch so: immerfort genas er von einer höchst erfreulichen und willkommenen Krankheit, die ihn zu bestimmten Stunden regelmäßig befiel. So wäre er später sein eigener Henker geworden, wenn er die kanonische Enthaltsamkeit hätte üben wollen. Rechnet obendrein dazu, daß er ein echter Touraner war, *id est*: ein brauner Teufelskerl, mit Augen, in denen so viel Feuer sprühte, daß er alle Öfen und Feuerstellen in sämtlichen Häusern hätte anzünden können, soweit sie in Brand gesetzt sein wollten, und Wassers genug, sie auszulöschen, wenn sie gelöscht sein mußten. Auch hat man in Azay nie wieder einen solchen Pfarrer erlebt; einen so stattlichen, so vierschrötigen, quicklebendigen Pfarrer, der immerzu seinen Segen spendete und obendrein rüstig seinen Mann stellte, Hochzeiten und Kindstaufen lieber sah als Begräbnisse, ein wackrer Spötter und Spaßvogel, fromm und gläubig in der Kirche: jederzeit ein ganzer Mann. Schon vor ihm gab es freilich Pfarrer, die wacker gezecht und tüchtig geschmaust hatten, andere, die segensreich wirkten, und manche, die wacker ihren Mann gestellt hatten. Doch brachten sie alle miteinander nur mit knapper Not einen kärglichen Bruchteil von dem zuwege, was der obengenannte Pfarrer vollbrachte. Und er allein hat seine Pfarrei würdig versehen und überreich mit Segnungen bedacht, hat sie in Freude und Wonne erhalten und die Betrübten getröstet, und dies alles so wirksam und erfolgreich, daß ihn jeder, wenn er ihn nur vors Haus treten sah, am liebsten gefressen hätte, so beliebt war er allerseits. Er war's, der zum erstenmal in einer Predigt sagte, der Teufel sei gar nicht so schwarz, wie man ihn mache, und er verwandelte auch für Madame de Candé die Rebhühnchen in Fische, indem er erklärte, die indischen Barsche seien Flußrebhühner und hinwiederum seien die Rebhühner fliegende und gefiederte Barsche. Nie beging er unterm Deckmantel der Moral üble Spitzbübereien, und oftmals sagte er im Spott, er wolle lieber in einem weichen Bette liegen als in einem Testament stehen, und Gott der Herr sei mit allem wohl versehen und habe nichts nötig. Hinsichtlich der Armen und anderen Bedürftigen gingen alle, die zu ihm ins Pfarrhaus kamen und um Wolle bettelten, ungeschoren fort, denn er hatte stets die Hand im Beutel und wurde jedesmal weich – so hart er sonst immer war! – beim Anblick all des Elendes, der Gebrechen und der Armut weit und breit und gab sich redlich Mühe, alle Wunden zu stopfen. Deshalb liefen denn auch lange Zeit allerhand schöne Geschichten über diesen König unter den Pfarrern um... So erzählte man sich, er habe auf der Hochzeit des Herrn von Valesnes unweit Saché ein gewaltiges Gelächter erregt. Da hatte die Mutter des besagten Herrn sich um Speis und Trank gekümmert, um all die Braten, das Gesottene und Gebackene und die umfangreichen Zurüstungen und andern Herrlichkeiten, die in Hülle und Fülle bereitstanden, so daß man ein ganzes Städtchen damit hätte mästen können. Aber die Leute kamen auch in hellen Scharen von überallher zu diesem Hochzeitsfest herbeigeströmt, aus Montbazon, Tours, Chinon, aus Langeais, und acht Tage sollte es hoch hergehen.

Nun kehrte der gute Pfarrer in den Saal zurück, wo die Gästeschar schwelgte und juchheite, und da lief ihm ein kleiner Küchenjunge in den Weg; der wollte der Schloßherrin melden, alle die Zutaten, die Fleischbrocken und Speckwürfel, die Sülzen, Tunken und Brühen für eine prunkhafte, würzige Blutwurst stünden bereit, für ein Prachtstück von einer Blutwurst, deren

Zubereitung und Stopfzeremonie sie zu überwachen gedachte, um sie der Verwandtschaft ihrer Tochter aufzutischen. Unser Pfarrer nun versetzte dem Tunkenpantscher eine leichte Maulschelle und fuhr ihn an, er sei wahrhaftig zu schmutzig und unsauber; so könne er sich nicht vor den Gästen blikken lassen, er wolle seinen Auftrag schon ausrichten. Und hast du nicht gesehen, stieß der Spaßvogel die Tür auf, bog die Finger seiner linken Hand ein, so daß sie eine Scheide bildeten, und in dieses Loch steckte er zu mehreren Malen artig den Mittelfinger der rechten Hand und stieß ihn aus- und einwärts; dabei schaute er die edle Frau von Valesnes pfiffig und vielsagend an und sprach zu ihr: »Kommt jetzt, es ist alles bereit!« Und alle, die nicht wußten, worum es sich handelte, brachen in schallendes Gelächter aus, als sie sahen, wie die Schloßherrin sich flugs erhob und schleunig zum Pfarrer hinlief, weil sie doch wußte, daß er draußen nach der Blutwurst geschaut hatte und keineswegs das meinte, was die andern glaubten.

Doch eine wahre Geschichte ist die Art und Weise, wie dieser würdige Seelenhirte seine Ehehälfte verlor, für welche ihm der erzbischöfliche Fiskal keine Nachfolgerin mehr gestatten wollte. Darum litt aber der besagte Pfarrer keinen Mangel an Hausrat. In seinem Kirchspiel machten sich alle Weiber eine Ehre daraus, ihm leihweise ihre Töpfe und Näpfe zu überlassen, und dies taten sie um so lieber, als er ein Mannsbild war, das nichts umkommen ließ oder verdarb und das Geliehene immer gründlich ausgerieben zurückerstattete, der teure Mann. Doch zur Sache.

Eines Abends kam der gute Pfarrer ganz trübselig und mißmutig zum Nachtmahl nach Hause. Er hatte nämlich einen wackeren Pachtbauern zur letzten Ruhe gebettet, der auf eine seltsame Art ums Leben gekommen war, wovon die Leute zu Azay noch heutigentags oft erzählen. Als nun sein gutes Eheweib sah, daß ihm das Essen nicht schmecken wollte und er nur mäkelig darin herumstocherte, ja daß ihn sogar eine Schüssel voll würziger Kutteln anwiderte, als wäre ihnen etwas Bitteres beigemengt, obschon sie unter seinen Augen nach allen Regeln der Kochkunst zubereitet und gargekocht worden waren, da sprach die gute Hausliebste zu ihm: »Seid Ihr eigentlich beim Hause des Wechseljuden vorbeigekommen? Seid Ihr zwei Krähen begegnet, oder hat sich am Ende der Tote im Grabe umgedreht, daß Ihr so völlig aus dem Häuschen seid?«

»Hoho!«

»Hat Euch denn einer übers Ohr gehauen?«

»Ha! . . . Ha . . .«

»So sagt mir's doch.«

»Lieber Schatz, ich bin immer noch ganz starr vor Schrekken über den Tod des armen Gockelklaus. Auf zwanzig Meilen im Umkreis ist im Augenblick nicht eine einzige Weiberzunge, die nicht dies entsetzliche Begebnis durchhechelte, kein tugendhafter Hahnrei, der sich nicht darüber aufhielte.«

»Was ist denn nur geschehen?« wollte sie wissen.

»Hört nur: Der gute Gockelklaus kam vom Markt heim; er hatte sein Korn und zwei Spanferkel günstig losgeschlagen. Nun ritt er auf seiner schmucken Stute heimwärts, welche kurz nach Azay hengstig wurde, ohne daß er freilich Wind davon bekam. So trabte der arme Gockelklaus fürbaß, trottete im Zockeltrab vor sich hin und überschlug im stillen seinen Gewinst. Da, bei der Biegung des alten Wegs, der nach der Heide führt, die Karls des Großen Heideland genannt wird, graste ein Prachthengst, welchen der edle Herr de la Carte hier in einem Gehege aufzog, um mit ihm edle Rosse zu züchten; denn der genannte Hengst war ein vortrefflicher Renner, ein schönes Tier, wohlgenährt wie ein Klosterabt, hochbeinig und kräftig und so weitherum bekannt, daß der Herr Admiral eigens dafür hergefahren kam, um ihn zu besichtigen, und erklärte, er sei ein edles, ein herrliches Tier, ein Zuchthengst ohnegleichen. Dieser Teufel in Pferdegestalt nun wittert die hübsche Stute; voll Heimtücke tut er, als sehe er sie nicht, wiehert auch nicht ein einziges Mal und läßt alle sonst üblichen hengstigen Präambeln kurzerhand weg. Doch sobald die Stute in den Weg einbiegt, prescht er über vierzig Ruten Rebland dahin, galoppiert schnurstracks auf sie los, stampft mit seinen vier eisenbeschlagenen Hufen den Boden, daß die Funken stieben, eröffnet das Feuer heftiger Verliebtheit nach langem Fasten, wiehert, daß auch dem beherztesten Manne darob die Hosen vollgelaufen wären, so laut und durchdringend, daß die Leute in Champy es hörten und dar-

über in Todesangst gerieten. Gockelklaus, dem Unheil schwant, biegt querfeldein über die Heide ab; er gibt seiner brünstigen Stute die Sporen und setzt seine ganze Hoffnung auf ihre Schnelligkeit. Wirklich gehorcht ihm das wackere Tier, es fliegt dahin, pfeilschnell wie ein Vogel, aber auf Steinwurfsweite kommt der rasende Hengst hinter ihm hergestürmt, und seine Hufe donnern über den Heideboden, daß es klingt, wie wenn eine Schar Hufschmiede auf ein Hufeisen loshämmern. Mit fliegender Mähne und gesträubtem Schweif, alle Kräfte angespannt, galoppiert er im Wechseltakt mit dem Hufeklappern der dahinsprengenden verängstigten Stute, und sein fürchterliches Tappatapp, tappatapp, tappatapp antwortet ihrem rasenden Galopp ... Da wird dem guten Bauer mit einmal klar, daß ihm der Tod auf den Fersen sitzt, er weiß, daß er mit ihm auf seiner hengstigen Stute um die Wette läuft, und er preßt dem Pferd die Sporen in die Weichen, daß die Stute rennt, was die Lungen hergeben. Endlich erreicht Gockelklaus, leichenfahl und halb tot, den Hof seines Pachtgutes. Doch er findet das Tor zu den Stallungen geschlossen, verriegelt ist der Eingang. Da schreit er verzweifelt ›Zu Hilfe! Weib! Hilfe! . . .‹ Dann wendet er sein Roß, galoppiert ein paarmal rund um den Teich in der Hoffnung, er könne so dem verfluchten Hengst entkommen, welcher von brünstiger Ungeduld keucht und schnaubt, denn je hitziger er der Stute nachsetzte, um so wilder wurde seine Liebeswut.

Alle Knechte, die Mägde, das ganze Gesinde standen entsetzt herum, in ratlosem Schrecken sahen sie die Gefahr über den Ärmsten hereinbrechen und wagten nicht, das Tor zum Pferdestall zu öffnen, denn sie fürchteten sich vor den Huftritten des rasenden Hengstes und wollten nicht Kopf und Kragen riskieren, wenn sie in die seltsame Umarmung des eisenbeschlagenen Freiers gerieten. Schließlich faßt sich die Gockelklausin ein Herz und geht hin, um das Tor aufzuschließen. Doch just unterm Tor, gerade als die brave Stute hineinwischen wollte, bespringt sie der gottverfluchte Hengst, umklammert sie, beschält sie und bietet ihr seinen wütenden Willkommensgruß, preßt und umfaßt sie mit den Vorderbeinen wie mit eisernen Klammern und wütet in blindem Toben auf ihr herum. Und dabei zerquetscht und zermust er den unseligen Gockelklaus so gottserbärmlich, daß man hernach nichts weiter von ihm fand als einen unförmigen

Fleischklumpen, welcher zu Brei zermalmt dalag wie ein Ölkuchen, wenn aller Saft in der Presse ausgequetscht ist. Es war ein jammervoller Anblick, wenn man ihn so bei lebendigem Leibe zerstampft sah und mit anhören mußte, wie er sein Wehgeschrei mit dem Brunstgestöhne des Hengstes vermischte.«

»Oh! Die Stute! . . .« rief da die wackere Pfaffenkebse.

»Was sagt Ihr?« fragte der gute Pfarrer verwundert.

»Nun ja! Ihr Mannsbilder würdet dabei ja nicht einmal eine Zwetschge zerdrücken!«

»Oho! Läuft's da hinaus?« erwiderte der Pfarrer, »das werft Ihr mir, weiß Gott, zu Unrecht vor!«

Und der Wackere schmeißt sie zornig aufs Bett, und dann stanzte er sie so ungestüm und gewalttätig mit seinem Rammholz, daß sie unversehens auseinanderbarst und platzte. Er hatte sie wahrhaftig gänzlich auseinandergesprengt, die Ärmste, und sie gab den Geist auf, ohne daß je ein Arzt oder Heilkünstler dahintergekommen wäre, wie es geschehen konnte, daß sie so ganz außer Rand und Band war, so gewaltsam waren sämtliche Gelenke aus den Fugen geraten und die inneren Wandungen geborsten. Bedenkt nur: er war ein

Mordskerl, ein Urbild von einem Mann, ein Tausendsasa von einem Pfarrer, wie bereits oben erwähnt wurde.

Alle redlichen und honetten Leute weit herum im Lande, zumal die Frauen, waren einhellig der Meinung, er habe kein Unrecht begangen, sei vielmehr ganz in seinem Recht gewesen. Daher mag wohl auch das Sprichwort stammen, das damals allerorten zu hören war: »Daß ihn der Steinesel stoß!« Selbiges Sprichwort ist noch ein gut Stück unanständiger im Wortlaut, als ich's hier aus Rücksicht auf die Damen anführe.

Aber dieser wahrhaft große und edle Pfarrer war nicht bloß darin stark, und lange vor diesem Unglück leistete er sich einmal einen Streich, so kühn und verwegen, daß seither nie mehr ein Strolch zu fragen wagte, ob er Englein in seiner Tasche mittrage. Und wären ihrer auch zwanzig oder mehr beisammen gewesen, sie hätten sich nicht getraut, mit ihm anzubinden.

Eines Abends nach dem Nachtmahl – seine gute Frau war damals noch am Leben –, nachdem er einer fetten Gans, dem Wein und seiner Eheliebsten alle Ehre angetan und sie gebührend festiert hatte und nun behaglich in seinem Armstuhl saß und laut überlegte, wo er eine neue Scheuer für seine Zehnten bauen sollte, da kam ein Bote vom Herrn von Saché mit der Nachricht, er sei am Verscheiden und wolle sich mit Gott aussöhnen, das Sterbesakrament empfangen und alle die Zeremonien verrichten, die ihr ja kennt.

»Er ist ein guter Mensch und ein gerechter Herr«, sagte der Pfarrer. »Ich gehe gleich zu ihm.«

Daraufhin geht er hinüber in seine Kirche, nimmt die silberne Büchse, worin die geweihten Hostien verwahrt sind, läutet mit eigner Hand das Glöcklein, damit er seinen Küster nicht aufwecken muß, und wandert leichten Fußes, rüstig und wohlgelaunt über Berg und Tal seiner Wege. Und da, bei der Rechten Furt – einem Bach, der quer durch die Wiesen in den Indre fließt –, gewahrt er einen Buschklepper. Und was ist so ein Buschklepper? Ei, ein Strauchritter, ein Schnapphahn. Und was ist denn das? Einer, der in stockfinsterer, pechschwarzer Nacht sieht wie am hellichten Tag, einer, der sich Wissen aneignet, indem er die Geldsäckel ergründet und umkehrt, einer, der auf den Landstraßen sein Fortkommen sucht und es ebenda zu etwas bringt, kurz, einer, der dort seine akademischen Grade erwirbt. Habt ihr's jetzt endlich begriffen? Dieser Schnapphahn also wartete hier auf die Silberbüchse, um deren hohen Wert er wohl wußte.

»Oho!« grinste der Pfarrer und stellte das Ziborium auf den Brückenstein nieder, »du bleibst da stehen und rührst dich nicht!«

Dann geht er auf den Strolch zu, stellt ihm ein Bein, reißt ihm seinen eisenbeschlagenen Stecken aus den Händen, und wie der Schandbube sich aufrappelt, auf ihn losgeht und ihn zu Boden ringen will, zermürbt er ihm die Eingeweide mit einem wohlgezielten Schlag in die Magengrube.

Hernach nahm er sein Viatikum wieder auf und sagte dabei ungescheut zu ihm: »Siehst du wohl, hätte ich mich auf deine Vorsehung verlassen, so wären wir jetzt beide hin ...«

Doch eine solche Gotteslästerung, mitten auf dem Wege nach Sacché geäußert, war gänzlich in den Wind gesprochen; geradesogut hätte er Grillen mit Hufeisen beschlagen können, zumal diese gottlosen Worte gar nicht dem lieben Gott galten, sondern dem Erzbischof von Tours, welcher ihn hart gescholten, mit dem Interdikt bedroht und vor versammeltem Kapitel ernstlich vermahnt hatte, weil er auf der Kanzel seinen faulen Gemeindegliedern gepredigt, die Ernte gedeihe mitnichten durch die Gnade Gottes, sondern dank nimmermüder Arbeit und zufolge großer Mühsal; solche Äußerung roch recht brenzlig, nach dem Scheiterhaufen nämlich, auf dem die Ketzer verbrannt werden. Und fürwahr, recht hatte er wirklich nicht damit, denn die Früchte der Erde brauchen eines so gut wie das andere. Doch starb er in diesem ketzerischen Glauben, denn nie und nimmermehr wollte er einsehen, eine Ernte könne gedeihen, ohne daß man mit Karst und Hacke nachhelfe, wenn es Gott nur so gefalle. Diese Lehre haben die Gelehrten als eine unumstößliche Wahrheit bewiesen, indem sie dartaten, in längst vergangenen Zeiten sei doch das Korn auch gewachsen ohne Zutun der Menschen, die es dazumal noch gar nicht auf der Welt gegeben habe ...

Doch möchte ich dieses schöne Vorbild eines wahren Seelenhirten nicht verlassen, ohne zuvor hier noch einen Zug aus seinem Leben einzufügen, welcher beweist, mit was für inbrünstigem Eifer er den Heiligen nachlebte und gleich ihnen sein Hab und Gut und seinen Mantel an die Bedürftigen und Armen am Wege austeilte.

Eines Tages kehrte er aus Tours zurück, wo er dem Offizial seine Aufwartung gemacht hatte, und ritt auf seinem frommen Maultier Azay zu. Unterwegs, einen Katzensprung von Ballan entfernt, begegnete ihm ein hübsches Kind, das zu Fuß des Weges kam, und es tat ihm in der Seele leid, als er die schöne Dirne dahinwanken sah, nicht besser als irgendein hergelaufener Hund, zumal sie sichtlich müde war und sich kaum mehr weiterzuschleppen vermochte. Da rief er sie freundlich an, und das schöne Kind drehte sich um und blieb stehen. Der gute Pfarrer, der sich wohl darauf verstand, die scheuen Grasmücken nicht zu verscheuchen, vornehmlich die haubentragenden, bot ihr so artig an, sie könne hinter ihm auf seinem Maultier aufsitzen, er lud sie so manierlich zu einem Ritt ein, daß die Dirn schließlich zu ihm hinaufkletterte und aufsaß, freilich nicht ohne sich zuvor noch eine Weile zu zieren und allerlei Affentänze aufzuführen, wie sie's ja alle machen, wenn man sie einlädt, etwas zu essen oder anzunehmen, was sie gar zu gerne haben möchten. Als nun das Schäfchen dicht hinter seinem Hirten saß, zockelte das Maultier mit dem Pärchen in seinem gemächlichen Trott weiter. Und die Dirn rutschte bald auf eine Seite, bald auf die andere und hopste so unruhig hin und her, daß der Pfarrer, kaum hatten sie Ballan hinter sich gelassen, ihr vorhielt, sie täte besser daran, sich an ihm festzuhalten. Und sogleich umschlang ihn das schöne Kind mit seinen runden, molligen Armen und kreuzte sie auf der Brust ihres Kavaliers; freilich immer noch recht schüchtern und zurückhaltend.

»So! Schaukelt Ihr jetzt immer noch hin und her? Sitzt Ihr nun gut?« fragte der Pfarrer.

»Freilich, ja, ich sitze gut. Und Ihr?«

»Ich?« schmunzelte der Pfarrer, »ich sitze viel besser!«

Und ihm war auch in der Tat wohl in seiner Haut. Nicht lange, so spürte er im Rücken eine köstliche Wärme, die ihn durchrieselte und von zwei anmutigen Tangenten ausging, die sich an ihm rieben und am Ende gar in seine Schulterblätter hineinstoßen wollten; es wäre freilich schade darum gewesen, weil das nicht der rechte Ort für diese schneeweiße und bekömmliche Ware sein mochte. Nach und nach brachte die Bewegung des trabenden Maultiers die innerliche Wärme dieser beiden Reiter in Einklang, und ihr Blut rollte ungestümer durch ihre Adern, wozu auch der Schaukeltrab des Maultiers das Seine beitrug. Und so fügte es sich, daß schließlich das gute Mädchen und der Pfarrer wechselseitig ihre heimlichen Gedanken erkannten, nicht aber, was sich das Maultier dabei dachte. Hernach, als sie sich beide aneinander gewöhnt und so recht wohlig angewärmt hatten, er an ihr und sie an ihm, da spürten sie, wie in ihrem Innern gar seltsame Dinge vorgingen, bis sich schließlich der ganze Aufruhr in heimliche Gedanken und Wünsche auflöste.

»Was meinst du?« fragte der Pfarrer und drehte sich zu seiner Gesellin um. »Siehst du den wunderschönen Busch dort im Wald, wie prachtvoll dicht er gewachsen ist? . . .«

»Er ist zu nah an der Straße«, versetzte das Mädchen. »Die bösen Buben werden sich davon Stecken schneiden, oder die Kühe fressen die zarten Schößlinge ab.«

»Und bist du nicht verheiratet?« fragte der Pfarrer weiter und setzte das Maultier aufs neue in Trab.

»Nein«, gab sie zur Antwort.

»Ganz und gar nicht?«

»Meiner Seel, nein!«

»Ei, in deinem Alter ist das aber eine wahre Schande . . .«

»Freilich, ja, lieber Herr. Aber, seht Ihr, so ein armes Mädchen, das ein Kind bekommen hat, ist ein leidiges und nichtsnutziges Stück Vieh.«

Da tat dem guten Pfarrer soviel ahnungslose Unwissenheit leid; und da er wußte, daß die kanonischen Bücher unter anderen Dingen lehren, die Seelsorger hätten die Pflicht, ihre Schäflein zu unterweisen und ihnen vor Augen zu halten, was für Obliegenheiten und schwere Aufgaben sie hienieden auf sich zu nehmen hätten, so glaubte er, es sei seines Amtes, diesem unwissenden Kinde beizubringen, was für eine Bürde es eines Tages werde tragen müssen. Also bat er sie freundlich und sanft, sie möge sich nicht fürchten, und wenn sie Vertrauen zu seiner Redlichkeit und seinem aufrichtigen Gemüt haben wolle, so werde nimmermehr eine Menschenseele etwas davon erfahren, daß er mit ihr das Verheiratetsein ausprobiert habe. Er schlug ihr vor, diesen Versuch auf der Stelle vorzunehmen. Weil aber das Mägdlein schon seit Ballan daran dachte und ihr Gelüste durch das Wiegen und wärmende Schaukeln des Maultiers sorgsam wachgehalten und noch geschürt worden war, gab sie dem Pfarrer rundheraus zur Antwort: »Wenn Ihr so redet, dann steige ich sofort ab.«

Daraufhin hörte der gute Pfarrer erst recht nicht mit seinen liebreichen Anträgen auf, bis sie mitsammen das Gehölz bei Azay erreichten, wo das Mädchen unbedingt absteigen wollte. Und wahrhaftig, der Pfarrer war ihr beim Absteigen behilflich, denn um diesen Streit auszutragen, mußte man anderswie beritten sein. Nun rannte das tugendhafte Kind in den Wald hinein, sie lief vor dem Pfarrer ins dichteste Gebüsch davon und schrie: »Oh, Ihr seid ein Böser! Nun sollt Ihr auch nicht wissen, wo ich bin!«

Doch mitten auf einer Lichtung, wo das Gras schön weich und dicht stand, strauchelte das Mägdlein über ein Hälmchen und errötete über und über. Der Pfarrer ritt auf seinem Maultier herzu, und da er die Messe nun einmal eingeläutet hatte, so las er sie auch gerade. Und alle beide nahmen einen erklecklichen Vorschuß auf die Seligkeiten des himmlischen Paradieses. Der gute Pfarrer ließ es sich angelegen sein, sie gründlich zu unterweisen, und sein Beichtkind erwies sich als höchst gelehrig; ihre Seele war so zart und weich wie ihre Haut. Kurzum, sie war ein wahres Kleinod. Drum tat es ihm auch sehr leid, daß er die Unterweisung so stark abgekürzt und sie so nahe bei Azay verabreicht hatte, war es doch nahezu unmöglich, sie aufs neue und abermals vorzunehmen, wie es alle weisen Lehrer tun, welche oftmals ihren Schülern das gleiche mehr denn nur einmal sagen.

»Ach, mein Schatz«, seufzte der wackere Mann, »warum hast du dich denn nur so lange geziert und gewehrt, daß wir erst unweit Azay einig werden konnten?«

»Herrjeh!« erwiderte sie, »ich bin ja aus Ballan!«

Um es kurz zu machen: mir bleibt noch zu berichten, daß beim Ableben dieses guten Mannes in seinem Kirchspiel eine stattliche Anzahl Leute, Kinder und auch andere, untröstlich waren. In großer Trauer, bitterlich weinend und bekümmert, kamen sie alle herbei, und alle klagten: »Ach, wir haben unsern Vater verloren!«

Und die Mägdlein, die Witwen, die jungverheirateten Frauen, die kleinen Mädchen schauten einander an und beweinten ihn mehr denn einen Freund, und alle sagten: »Er war mehr als ein Priester, er war ein Mann!«

Von solchen Pfarrern ist freilich der Same längst in alle Winde verweht und wird auch nicht wiedererstehn, allen Pflanzschulen und Saatstätten oder Seminarien zum Trotz.

Ja sogar die Armen, denen seine Ersparnisse zufielen, fanden, sie verlören dabei noch. Und ein steinalter stelzfüßiger Krüppel, dessen er sich liebreich angenommen hatte, kam in den Pfarrhof hereingehumpelt und maulte laut: »Ich darf also nicht sterben!« – Und damit wollte er sagen: Warum hat der Tod nicht mich an seiner Statt dahingerafft? Darüber mußten manche, die das hörten, lachen. Aber den Schatten des wackeren Pfarrers mochte das wenig verdrießen.

DER WARNUNGSSCHREI

Die schöne Wäscherin aus Portillon bei Tours, von der schon früher ein spaßiger Ausspruch in diesem Buch aufgezeichnet worden ist, war ein so durchtriebenes Weib und steckte so voller List und Bosheit, daß sie bestimmt die Schlauheit und Arglist von sechs Pfaffen und zumindest drei Weibern gestohlen hatte. So litt sie denn auch keinen Mangel an Liebhabern; sie hatte ihrer so viele, daß sie von ihnen vergleichsweise umschwärmt war wie ein Bienenkorb, wenn des Abends die Honigbienen heimkehren.

Nun kam einmal ein alter Seidenfärber, welcher in der Misthubelstraße wohnte und daselbst ein Haus von wahrhaft anstößigem Reichtum besaß, aus seinem

Weinberg im Garneelentälchen, das im anmutigen Hügelland von Saint-Cyr lag, heim und ritt auf seinem Gaul bei Portillon vorbei gegen die Brücke, die nach Tours hinüberführt. Es war ein schwüler Sommerabend, und als er die schöne Wäscherin unter der Haustür sitzen sah, packte ihn jäh ein aberwitziges Verlangen. Da ihm seit langem schon diese frische, allezeit fröhliche Dirne im Sinne lag, stand sogleich sein Entschluß fest, sie zur Frau zu nehmen. Und es dauerte nicht lange, so wurde aus der Wäscherin eine Färberin, eine wohlhabende Bürgersfrau von Tours, welche schöne Wäsche besaß und prächtige Spitzen, Hausrat in Hülle und Fülle, alles, wonach ihr Herz begehrte, und die trotz ihrem Färber glücklich war, verstand sie sich doch trefflich darauf, ihn an der Nase herumzuführen. Der gute Färber hatte zum Gevatter einen Handwerksmann, der allerlei sinnreiche Seidenwirkstühle verfertigte. Der war ein winziger Knirps, bucklig, solange er lebte, und ein abgefeimter Bösewicht.

Drum sagte er auch am Hochzeitstag zum Färber: »Du hast wohl daran getan, dich zu verehelichen, Gevatter, wir werden eine hübsche Frau haben . . .«

Und obendrein bedachte er ihn mit tausenderlei anzüglichen Witzen und schlüpfrigen Zoten, wie es Brauch ist, sie neuvermählten Eheleuten aufzutischen.

Besagter Buckliger nun hofierte also der Färberin, die naturgemäß mißgestalte Leute nicht leiden konnte und darum die Anträge des Mechanikus hohnlachend zurückwies. Sie machte sich weidlich lustig über seine Federn, Spulen, Triebwerke und den andern kunstvollen Kram, mit dem seine Werkstatt bis obenhin vollsteckte. Aber des Buckligen heiße Leidenschaft ließ sich dadurch nicht im geringsten beirren und wurde der Färberin allgemach so lästig und zuwider, daß sie sich entschloß, ihn mit tausend übeln Streichen gründlich davon zu heilen. Eines Abends, als er ihr wieder einmal mit seinem ewiggleichen Anliegen in den Ohren gelegen hatte, forderte sie ihren Anbeter auf, er könne ihretwegen heute nacht zur kleinen Hauspforte kommen; dann werde sie ihm um die mitternächtliche Stunde alle Pförtchen und Türen auftun. Nun war aber wohlgemerkt eine schöne klare Winternacht. Die Misthubelgasse endet an der Loire, und in dieser Häuserlücke verfangen sich sogar im Hochsommer kalte Winde, die zwicken und stechen wie mit hundert spitzen Nadeln. Der beharrliche Bucklige kam denn auch, in seinen warmen Mantel eingemummelt, pünktlich dorthin und wandelte, um sich warm zu halten, auf und ab, bis sein Schäferstündchen geschlagen hatte. Um Mitternacht war er zum Eiszapfen gefroren und fluchte und wetterte wie zweiunddreißig Teufel, die sich in einer Stola gefangen haben, und schon wollte er auf sein Glück verzichten, da sah er, wie ein schwacher Lichtschein über die Fenster huschte und bis zum Hauspförtchen herabstieg.

Aha! Sie kommt! . . . sagte er zu sich selber.

Dieser Hoffnungsstrahl machte ihm wieder warm. Nun preßte er sich dicht an die Tür und hörte eine leise Stimme.

»Seid Ihr da?« fragte die Färberin.

»Ja!«

»Hustet einmal, damit ich's weiß . . .«

Der Bucklige hustete.

»Ihr seid es ja gar nicht!«

Dagegen verwahrte sich der Bucklige mit lauter Stimme: »Was sagt Ihr? Ich bin's nicht? Erkennt Ihr denn meine Stimme nicht? Macht auf!«

»Wer ist da?« fragte auf einmal der Färber und riß das Fenster auf.

»O weh! Nun habt Ihr meinen Mann aufgeweckt! Er ist ganz unvermutet heut abend aus Amboise heimgekehrt . . .«

Als nun der Färber im hellen Mondenschein einen Mann vor seiner Tür stehen sah, leerte er ihm einen mächtigen Bottich voll eiskaltem Wasser über den Kopf aus und schrie gellend: »Diebe! Diebe!« So mußte der Bucklige, ob er wollte oder nicht, das Feld räumen. In seiner Todesangst sprang er höchst ungeschickt über die Kette, die am Ende der Straße ausgespannt war, stolperte und plumpste in das stinkende Unratloch, welches dazumal die Schöffen noch nicht hatten durch ein Ziehwehr ersetzen lassen, damit die Bürger ihren Kehricht ungefährdet in der Loire abladen konnten. Bei diesem unflätigen Bade wäre der Mechanikus ums Haar elendiglich umgekommen, und er fluchte weidlich über die schöne Tascherette, denn da ihr Mann Taschereau hieß, hatten die Leute in Tours seine hübsche Frau spottweise und aus lauter Freude an ihrem heitern Wesen so getauft.

Carandas – so hieß der Verfertiger all der Werkzeuge zum Weben, Spinnen, Aufspulen und Wickeln der Seidenfäden –

war nicht verliebt genug, um an die Unschuld der Färberin zu glauben, und schwor ihr haßerfüllt grimmige Rache. Ein paar Tage später jedoch, als er sich von seinem ekligen Bade im Ablaufloch der Färber leidlich erholt hatte, erschien er wieder zum Nachtmahl im Hause seines Gevatters. Da strich ihm die schöne Färberin so klug um den Bart, schmeichelte ihm mit so honigsüßen Worten und köderte ihn mit so verlockenden Versprechungen, daß er allen Argwohn vergaß. Er bat sie um ein neues Stelldichein, und die Tascherette machte ein Gesicht, als denke sie stets an nichts anderes, und sagte ihm: »Kommt morgen abend. Mein Mann wird drei Tage in Chenonceaux bleiben. Die Königin möchte alte Stoffe einfärben lassen und wünscht mit ihm die Farben zu besprechen. Das kann lange dauern . . .«

Carandas putzte sich mit seinen schönsten Gewändern fein heraus, war pünktlich zur Stelle und fand auch ein üppiges Nachtmahl bereit: eine Lamprete, köstlichen Wein aus Vouvray und ein schneeweißes Tischtuch, denn was blütenweiße Wäsche war, wußte die Färberin recht gut, da ließ sie sich nichts vormachen. Und alles war so lecker und verheißungsvoll angerichtet, daß es eine wahre Augenweide bot, alle die blitzblanken Zinnteller und -schüsseln anzuschauen, der köstliche Duft der Gerichte stieg verlockend in die Nase, und tausend Genüsse gab's da zu bestaunen. Mitten im Zimmer aber saß die Tascherette, quick und munter, zum Anbeißen schön gleich einem rotbackigen Apfel an einem heißen Sommertag. Schon wollte der Mechanikus, von solchen erhitzenden Aussichten über Gebühr aufgekratzt, sich mir nichts, dir nichts ohne viel Umstände über die Färberin hermachen, da pochte drunten auf der Gasse Meister Tascereau einlaßheischend ans Tor.

»Großer Gott!« schrie die schöne Frau erschrocken. »Was ist denn geschehen? . . . Geschwind, versteckt Euch dort in der Truhe! . . . Ich habe Euretwegen bereits Vorwürfe zu hören bekommen, und wenn Euch mein Mann hier vorfände, so könnte er Euch ohne langes Federlesen den Garaus machen, so heftig ist er in seinem bösartigen Zorn.«

Rasch steckte sie den Buckligen in die Truhe, schloß sie ab, zog den Schlüssel heraus und nahm ihn mit. Dann lief sie schnell ihrem guten Mann entgegen, den sie zum Abendessen aus Chenonceaux zurückerwartete. Und nun ward der Färber ungestüm und heiß auf seine beiden Augen und auf beide Ohren geküßt, und er umarmte gleichfalls sein Weib und küßte sie laut schmatzend. Hierauf setzten sich die beiden Eheleute zu Tisch, scherzten und schnabulierten und gingen schließlich ins Bett. Der Mechanikus hörte das alles mit an und mußte die ganze Zeit aufrecht in seinem Gefängnis stehn, durfte nicht hüsteln noch sich regen und wagte nicht zu mucksen. Wie eine Sardine im Faß war er eingezwängt zwischen dem Weißzeug und bekam gerade so viel Luft, wie die Barben Sonnenschein unten in der Tiefe des Wassers zu sehen kriegen. Dafür konnte er sich aber mit der Musik des Liebesspiels, den Seufzern des Färbers und den anmutigen Späßlein der Tascherette die lange Zeit vertreiben. Endlich, als er den Gevatter eingeschlafen glaubte, machte der Bucklige Miene, die Truhe aufzubrechen.

»Wer ist da?« knurrte der Färber.

»Was hast du denn, Schatz?« fragte die Frau und streckte ihr Näschen unter der Decke hervor.

»Ich höre etwas scharren«, erwiderte der Mann.

»Dann bekommen wir morgen Regen«, gab die Frau zur Antwort. »Es wird die Katze gewesen sein.«

Der gutgläubige Ehemann legte beruhigt sein Haupt wieder aufs Kopfkissen, nicht ohne daß ihn die Färberin zuvor noch ein Weilchen gehänselt und aufgezogen hatte.

»Herrjeh, mein Bübchen, hast du aber einen leichten Schlaf! Ach, man soll sich's ja nicht beifallen lassen, aus Euch einen Musterehemann machen zu wollen. So, so, halt dich schön still! Oho! Papa, mein Schätzchen, deine Nachtmütze sitzt ja ganz verquer! Komm, setz sie wieder auf, wie sich's gehört, mein Herzchen, denn man muß allezeit schön aussehn, auch im Schlafe. So, liegst du jetzt gut?«

»Ja.«

»Schläfst du?« fragte sie und küßte ihn.

»Ja doch.«

Als der Morgen dämmerte, schlich die Färberin leise zur

Truhe und schloß dem Mechanikus auf, welcher bleich war wie ein Leichnam.

»Oh! Luft! Luft!« keuchte er.

Und er machte sich schleunig aus dem Staub. Von seiner Liebe war er jetzt gründlich geheilt, dafür aber trug er soviel Haß mit sich von dannen, wie in einer Tasche Buchweizenkörner Platz haben. Bald hernach schüttelte der Bukkelknirps den Staub der Stadt Tours von seinen Füßen und zog fort nach Brügge, wohin ihn etliche Kaufleute eingeladen hatten, auf daß er ihnen die nötigen Werkstühle zur Anfertigung von Panzerhemden einrichtete.

Während seiner langen Abwesenheit hatte Carandas nur einen einzigen Gedanken – es floß nämlich maurisches Blut in seinen Adern, stammte er doch von altersher von einem Sarazenen ab, welcher in der gewaltigen Schlacht zwischen den Mauren und Franzosen für tot im Gemeindebanne von Ballan (das in der vorhergehenden Geschichte erwähnt ward) liegengeblieben war; an jener Stelle, wo die Heide Karls des Großen liegt, auf welcher nichts gedeiht, weil dort die verfluchten Ungläubigen verscharrt sind, so daß das Gras, das da wächst, sogar den Kühen Unheil und Schaden bringt –, Carandas also, sagte ich, hatte nur einen einzigen Gedanken beim Aufstehen und beim Zubettegehen, wie er nämlich sein Rachegelüste stillen könnte, und immerfort erträumte und wollte er nur ein einzig Ding: den Tod der guten Wäscherin aus Portillon. Oft und oft gelobte er sich: Ich möchte von ihrem Fleisch essen! Oh, eine von ihren Brüsten möcht ich braten und sie verspeisen, sogar ohne Brühe und Zukost!

Ja, fürwahr, sein Haß war ein karminroter Haß, in der Wolle gefärbt, ein Kardinalshaß, ein Haß, wie ihn nur Wespen und alte Jungfern hegen können. Es war aber auch aller Haß, der auf Erden schwelt und glüht, zusammengebraut in einen einzigen Haß, welcher hochauf kochte, quirlte, sprudelte und brodelte und sich schließlich niederschlug in einem Elixier aus Galle, bösen Gefühlen und teuflischen Gedanken, erhitzt überm Feuer der loderndsten Höllenbrände. Kurzum, es war ein Haß auf Leben und Tod, ein Haß, wie er sich nur alle Jahrhunderte einmal findet.

Eines schönen Tages nun kam besagter Carandas wieder heim in die Touraine und brachte einen Haufen Geld mit aus Flandern, wo er mit seinen Wundermaschinen einen schwunghaften Handel betrieben und die Golddukaten scheffelweise angehäuft hatte. Er kaufte ein schönes Haus in der Misthubelgasse, welches heute noch zu sehen ist und bei allen Vorüberkommenden Staunen erregt, weil in seiner Mauer überall recht possierliche Rundbuckel und Figuren in den Stein gehauen sind. Der haßerfüllte Carandas fand im Hause seines Gevatters, des Färbers, allerlei bemerkenswerte Veränderungen vor. Der wackere Mann hatte nämlich zwei Kinder, welche durch ein seltsames Spiel des Zufalls weder der Mutter noch dem Vater im geringsten ähnlich sahen. Da jedoch die Kinder unbedingt irgendwem gleichen müssen, so borgen sich manche klugen Leute zuweilen die Züge ihrer Altvordern und Großeltern aus, wenn sie schön sind, die kleinen Schmeichelkätzchen! So half sich denn auch der gute Färber: er fand, seine beiden Buben hätten eine unverkennbare Ähnlichkeit mit einem Oheim, den er hatte; dieser war seinerzeit Priester an der Liebfrauenkirche von Esgrignolles gewesen. Wollte man aber etlichen Spaßvögeln und Witzbolden Glauben schenken, so waren die beiden Rotzbuben kleine lebende Ebenbilder eines artigen Tonsurenmännchens, das in der Kirche Unserer Lieben Frau amtierte, genannt ›Die Reiche‹, einer weitberühmten Pfarrei zwischen Tours und Le Plessis. Nun könnt ihr mir etwas glauben, prägt es euerem Geiste gut ein; und wenn ihr aus diesem Buch nur dies eine gelernt, erfaßt, begriffen, eingesehen und nutznießend angenommen habt, nur diese einzige grundsätzliche Wahrheit, diese Ur- und Grundwahrheit, dann könnt ihr euch füglich glücklich schätzen. Daß nämlich niemals und unter gar keinen Umständen der Mensch einer Nase entraten kann, *id est*, daß er allezeit und für alle Zukunft ein Rotzbube bleibt, das heißt, daß er ewig ein Mensch bleiben und

also durch alle kommenden Jahrhunderte fortfahren wird, zu lachen und zu zechen, in seinem Hemde zu stecken, ohne darin besser oder ärger zu werden, daß er alleweil den gleichen Beschäftigungen und Steckenpferden nachgehn wird. Doch all diese vorbereitenden Gedankengänge bezwecken nichts anderes, als euch so recht in eure Dickschädel einzuhämmern, daß diese Seele auf zwei Beinen jetzt und immerdar alle die Dinge für bare Münze nehmen wird, die ihren Leidenschaften schmeicheln, ihren Haßgefühlen entgegenkommen und ihre Liebe kitzeln. Da liegt der Hund begraben!

So kam's, daß schon am ersten Tag, als der obengenannte Carandas die Sprößlinge seines Gevatters sah, das bildhübsche Pfäfflein und die schöne Färberin, daneben den ahnungslosen Taschereau, alle schön einhellig rund um den Tisch beisammen, als er zu seinem großen Leidwesen sah, wie das leckerste Stück der Lamprete mit einem vielsagenden Augenaufschlag von der Tascherette ihrem Herzallerliebsten, dem Pfäfflein, auf den Teller geschoben wurde, da sagte sich der Mechanikus: Mein Gevatter ist ein ausgewachsener Hahnrei; sein Eheweib schläft mit dem niedlichen Beichtvater, an den Kindern ist sein Weihwasserwedel höchst wirksam beteiligt! Aber ich will und werde ihnen zeigen, daß die Buckligen nicht zu kurz gekommen sind, vielmehr etwas haben, was den andern Männern abgeht.

Und dies war die reine Wahrheit, so wahr, wie es wahr ist, daß die Stadt Tours immer von der Loire bespült worden ist und auch künftighin ihre Füße darin badet wie ein hübsches Mädchen, das ein Bad nimmt und mit dem Wasser spielt und mit seinen weißen Händen, klitsch klatsch! auf die Wellen schlägt. Denn diese Stadt ist lachlustig, zu Späßen und Schabernack jederzeit aufgelegt, verliebt, frisch und blühend, voller Duft und Wohlgerüche wie keine andere Stadt auf der ganzen weiten Welt. Alle andern Städte sind nicht einmal würdig, ihr die Haare zu kämmen oder den Gürtel umzubinden. Und noch etwas: ihr könnt euch darauf verlassen, mitten in der Stadt – wenn ihr einmal hingeht – werdet ihr ein hübsches Gäßlein finden, eine wonnereiche, köstliche

Straße, in der ein jeder lustwandeln kann, wo es immerfort luftig, schattig und sonnig ist, wo Regen und Liebe zu finden sind. Ja, ja, lacht nur! Geht doch einmal hin! Das ist eine immer neue, eine immer königliche, eine allezeit kaiserliche, eine heimatliche Straße, eine Straße mit zwei Randsteigen, eine Straße, die an beiden Enden offen ist, schön eingeschnitten und so breit, daß noch nie einer darin »Obacht! Platz da!« gerufen hat, eine Straße, die sich nicht abnützt, eine Straße, die geradewegs zur Abtei von Hohenberg führt und zu einem Graben, welcher schnurgerade auf die Brücke einmündet und an dessen Ende ein schöner Rummelplatz liegt; eine wohlgepflasterte Straße, schön bebaut, immer blitzsauber gefegt und gewaschen, blank wie ein Spiegel, vielbegangen, menschenleer, alles zu seiner Zeit, kokett, nächtlicherweile zierlich behaubt von ihren schmucken blauen Dächern, kurzum: es ist eine Straße, wo ich geboren wurde, sie ist die Königin aller Straßen, immerzu zwischen Himmel und Erde, eine Straße mit einem Springbrünnlein, eine Straße, der nichts fehlt, damit sie vor allen Straßen der Welt gepriesen würde! Und wahrlich, sie ist die eigentliche Straße, die einzige Straße in Tours. Freilich gibt es noch andere, doch die sind düster und schwarz, winklig, krumm, eng und feucht und kriechen alle unterwürfig herbei, diese vornehme Straße zu grüßen, der sie alle untertan sind. Was wollte ich nur sagen? Wenn nämlich einer einmal in dieser Straße ist, dann will er nie mehr heraus, so gut gefällt es ihm drin, so wohl fühlt er sich da. Diese kindliche Sohneshuldigung, diese hymnische Schilderung, die von Herzen kommt, war ich meiner Geburtsstadt schuldig, an deren Ecken nur noch die wackern Steinbilder meines guten Lehrmeisters Rabelais und des edlen Herrn Descartes fehlen; doch sind sie, scheint's, den Leuten hierzulande nicht bekannt.

Der oft erwähnte Carandas wurde also nach seiner Heimkehr aus Flandern von seinem Gevatter nach Verdienst und Gebühr gefeiert und von all denen, die ihn um seiner Späße, drolligen Einfälle und schnurrigen Sprüche willen gut leiden konnten. Der gute Buckelträger war anscheinend von seiner frühern Liebe geheilt, er tat der Tascherette schön und war

SOTAIN SC

freundlich mit dem Pfäfflein, küßte die Kinder, und als er einmal mit der Färberin allein war, erinnerte er sie an die Nacht in der Truhe und an die Nacht im Mistloch und sprach zu ihr: »Herrjeh! Wie habt Ihr mich damals an der Nase herumgeführt!«

»Das ist Euch nur recht geschehen«, gab sie ihm lachend zur Antwort. »Hättet Ihr Euch noch ein kurzes Weilchen aus großer Liebe nasführen, gängeln, zum Narren halten und foppen lassen, wer weiß, vielleicht hättet Ihr mich so gut wie die andern herumgekriegt! . . .«

Da lachte Carandas laut heraus, in seinem Herzen aber barst er schier vor Wut. Als er dann gar noch die Truhe stehen sah, worin er um ein Haar elendiglich ums Leben gekommen wäre, da entbrannte sein Zorn um so heftiger, als die schöne Färberin unterdessen noch schöner geworden war, wie alle Frauen, die im Jungbrunnen baden und sich darin verjüngen, welcher Jungbrunnen nichts anderes ist als der Urquell der Liebe. Nun lauerte und forschte der Mechanikus mit immerwachen Augen aus, wie es die Gevatterin anstellte, ihren Mann zu hörnen. Immer noch brütete er Rache und wollte Vergeltung üben. Denn so viele Häuser es gibt, so viele Arten und Abarten gibt es in diesem lustigen Spiel des Hörnerpflanzens. Und wennschon die Liebschaften, wie auch alle Menschen, einander ähneln, so gilt dennoch für wahrheitsbeflissene Ergründer aller Dinge als erwiesen, daß zum Glück der Weiber jede Liebe eine ganz besondere Art und ein einmaliges Gesicht hat und daß zwar nichts einem Mann so ähnlich sieht wie ein Mann, daß aber auch nichts so verschieden ist von einem Mann wie ein anderer Mann. Das macht alles so verworren und schwer verständlich, oder es erklärt die tausenderlei Nücken und Launen der Weiber, welche unter tausend Leiden und tausend Freuden immerfort nach dem allerbesten Manne suchen, wobei ihnen vom einen stets mehr zuteil wird als vom andern.

Doch wie könnte man sie um ihrer Versuche und Probestücke willen, für ihren Wankelmut und ihr widerspruchsvolles Verhalten tadeln? Was wollt ihr schon? Die Natur ist wetterwendisch und wankelmütig, sie wandelt und verändert sich in ewiger Unrast und Bewegung, und da soll ausgerechnet eine Frau getreulich am selben Fleck ausharren? Wißt ihr denn überhaupt, ob das Eis wirklich kalt ist? Nein, ihr wißt es nicht. Wohlan, dann könnt ihr auch nicht wissen, ob die Hahnreischaft nicht vielleicht eine glückliche Schicksalsfügung ist, ob sie nicht am Ende dann und wann Gehirne hervorbringt, welche begabter und trefflicher ausgerüstet sind als die andern: Sucht doch unterm Himmel etwas Besseres als immer nur Wolken und Wind! Dies wird der philosophischen Reputation meines vorliegenden planvoll angelegten Buches mächtigen Widerhall erwecken. Ja, ja, wenn einer in einem fort schreit: »Hier habt ihr das einzig wirksame Rattengift!«, dann ist er auf einem bessern Weg als alle andern, die der Natur die Röcke aufheben, denn sie ist eine stolze Hure, ein launisches Frauenzimmer und läßt sich nur besehen, wenn es ihr gerade gelegen kommt. Versteht ihr mich wohl? Nicht umsonst ist sie in allen Sprachen weiblichen Geschlechts, als ein Ding, welches seinem Wesen nach wandelbar, wankelmütig und fruchtbar an Lumpenstücklein und Spitzbübereien ist.

Carandas erkannte denn auch bald, daß unter den Hahnreischaften die ekklesiastische bei weitem die ausgeklügeltste und heimlichste ist. Folgendermaßen hatte aber die Färberin ihr lustiges Spiel eingefädelt: Sie begab sich jeden Samstagabend auf ihr Weingut ins Garneelentälchen bei Saint-Cyr und ließ ihren guten Gatten zu Hause, damit er noch seine Geschäfte erledigen, seine Einkünfte nachrechnen und zählen und seine Arbeitslöhne auszahlen konnte. Am andern Morgen fuhr dann Taschereau gleichfalls hinaus aufs Land zu ihr und fand stets ein üppiges Frühstück vor, traf seine Frau in heiterster Laune, und jedesmal fuhr auch das Pfäfflein mit ihm hinaus. Nun war aber der verdammte Pfaffe tags zuvor schon in einem Kahn über die Loire gefahren, um die Färberin schön warm zuzudecken und ihre kitzligen Gelüste zu stillen, damit sie in der Nacht ruhig und ungestört schlafen konnte. Auf dergleichen beruhigende Verrichtungen verstehen sich ja die meisten jungen Männer meisterlich. Am frühen Morgen kehrte dann der wackere Ruhespender um die

Stunde nach Hause zurück, da Taschereau ihn abholen und mit aufs Land nehmen sollte, damit er sich im Garneelentälchen die Zeit nach Lust und Laune vertreiben mochte, und jedesmal traf der Färber das Pfäfflein noch im Bett an. Da der Fährmann reichlich entlohnt wurde, so wußte kein Mensch um dies heimliche Treiben, zumal der Bettschatz der Färberin am Samstag stets nur in stockdunkler Nacht, sonntags aber in der Morgenfrühe überfuhr.

Als Carandas dies Einvernehmen und die fortwährenden Praktiken ihrer verliebten Abmachungen genau ausgespürt hatte, wartete er einen Tag ab, da die beiden Liebesleute durch ein längeres unfreiwilliges Fasten sonderlich ausgehungert und darum recht gierig aufeinander waren. Das traf sich bald einmal so, und der neugierige Buckelmann sah mit eigenen Augen das seltsame Gebaren des Fährmannes, der unten am Ufer der Loire, unweit des Sankt-Annen-Kanals, auf das Priesterlein wartete. Der war ein junges goldblondes Bürschlein, ein schmächtiger schlanker Jüngling voll Anmut und zierlich an Gestalt gleich dem artigen und zaghaften Liebeshelden, den Meister Ariosto so hoch verherrlicht hat. Nun lief der Mechanikus spornstreichs zum alten Färber, welcher sein Weib noch immer liebte und überzeugt war, er sei der einzige, der seinen Finger in ihr hübsches Weihwasserkesselchen tunken dürfe.

»Ei, schönen guten Abend, Gevatter«, begrüßte Carandas den Färber.

Taschereau lüpfte zum Gruß sein Käpplein.

Und alsbald kramte der Mechanikus sein Wissen um die heimlichen Liebesfeste aus, schwatzte ihm den Kopf voll, setzte ihm so lange mit Sticheln und Hecheln von allen Seiten zu, bis er sah, daß der Färber bereit und willens war, seinem Weib mitsamt dem Pfaffen den Garaus zu machen.

Da sprach er zu ihm: »Mein lieber Nachbar, ich habe aus Flandern einen vergifteten Degen mitgebracht, der augenblicks einen jeden tötet, wofern er ihn nur leicht ritzt. Sobald Ihr also damit Eure verbuhlte Ehefrau samt ihrem Galan nur anrührt, werden sie alle beide im Hui den Geist aufgeben.«

»Kommt mit, wir holen ihn sogleich!« schrie der Färber eifrig.

Die beiden Spießgesellen rannten geradewegs nach der Wohnung des Buckligen, holten den todbringenden Degen und machten sich, hast du, was kannst du, auf den Weg zum Landhaus des Färbers.

»Werden wir sie aber auch im Bett ertappen?« meinte zweifelnd Taschereau.

»Wenn nicht, müßt Ihr eben so lange warten«, höhnte der Bucklige seinen Gevatter.

Und wirklich blieb dem Hahnrei die schwere Qual des Wartenmüssens erspart. Die hübsche Färberin und ihr vielgeliebter Schatz waren gerade dabei, in dem hübschen Fanggarn, das ihr ja alle wohl kennt, das liebreizende Vögelchen zu fangen, das immer wieder daraus entschlüpft. Und jedesmal lachten sie hellauf, und dann versuchten sie's aufs neue und lachten wiederum.

»Ach, mein Schatz, mein ein und alles!« seufzte die Färberin und drückte ihn an sich, als wollte sie ihn für immer auf ihrem Magengrübchen festhalten, »ich habe dich so lieb, daß ich dich fressen möchte! Nein, lieber noch möchte ich, du stecktest immer, immer in meiner Haut, damit du gar nie mehr heraus kannst.«

»Das wäre mir schon recht«, gab ihr das Pfäfflein zur Antwort. »Aber ganz kann ich leider nicht in dir stecken. Du mußt dich schon mit einem kleinen Zipfel von mir zufriedengeben!«

Just in diesem wonnigen Augenblick stürmte der Ehegatte ins Zimmer; in der Hand schwang er den bloßen Degen. Die schöne Färberin, die im Gesicht ihes Mannes gar wohl Bescheid wußte, sah auf den ersten Blick, daß es um ihren geliebten Schatz, das Pfäfflein, geschehen war. Doch auf einmal sprang sie mit einem Satz aus dem Bett und lief halb nackt, mit aufgelösten Haaren, schön in ihrer Scham und noch schöner in ihrer Liebe, zu ihrem Mann hin und fiel ihm in den Arm.

»Halt ein!« schrie sie, »halt ein! Unseliger, willst du den Vater deiner Kinder umbringen?«

Da ward der gute Färber von der väterlichen Majestät der Hahnreischaft und vielleicht auch von den flammenden Blikken seiner Frau derart geblendet, daß er den Degen fallen ließ – und der fiel gerade dem Buckligen, der hinter ihm stand, auf den Fuß und tötete ihn auf der Stelle.

Das mag uns lehren, daß wir niemals rachsüchtig sein dürfen.

EPILOG

Hier nimmt das erste Zehnt dieser Geschichten sein Ende; eine bescheidene Kostprobe einstweilen von den Werken der tolldrastischen Muse, die vorzeiten in unserem schönen Touranerland geboren ward. Sie ist ein umgängliches Kind und weiß den schönen Kernspruch auswendig, den ihr Freund Beroald von Verville in seinem beherzigenswerten Buch »Wie man's zu etwas bringt« aufgeschrieben hat: *Man muß nur dreist auftreten, wenn man Gunst ernten will.* Komm nun, mein närrischer Schatz, leg dich schlafen, mach ein Nickerchen, du bist müde und außer Atem vom vielen Laufen. Vielleicht hast du dir zuviel zugemutet und bist zu weit gegangen. Wisch dir also deine hübschen nackten Füßchen ab, verstopf dir die Ohren und wende dich wieder der Liebe zu. Wenn du von andern Geschichten träumst, die aus lauter Lachen gewoben sind, wenn du deine krausen, lustigen Einfälle nach Herzenslust ausspinnen willst, dann darfst du nicht auf das einfältige Gezeter und das törichte Geschrei all derer hören, die jedesmal, wenn sie einen fröhlichen gallischen Buchfinken pfeifen und zwitschern hören, schmähen: »Ach Gott! Was für ein garstiger Vogel!«

SECOND
LAVIEILLE

DAS ZWEITE ZEHNT

PROLOG

Manch einer hat dem Verfasser zum Vorwurf gemacht, er verstehe von der Sprache der alten Zeit nicht viel mehr als die Häslein vom Reisigbinden. Früher hätte man solcherlei Leute füglich und zu Recht Kannibalen gescholten, Agelasten, das heißt: mürrische Neidhammel, Sykophanten, ja sogar entfernte Abkömmlinge der guten Stadt Gomorrha. Aber dem Autor ist es recht, wenn ihnen diese anmutigen Stilblüten altertümlicher Kritik erspart bleiben; er bescheidet sich mit dem Schwur, daß er nicht in ihrer Haut stecken möchte, weil er sich sonst vor sich selber schämen und sich in Grund und Boden verachten müßte. Und er würde sich für den allererbärmlichsten Schmierlappen und Sudelschreiber ansehn, wollte er ein armes Buch heruntermachen, bloß weil es so einem Tintenkleckser unserer Zeit nicht so recht in den Kram paßt. Ei, ihr Lumpengesindel und Schurkenpack! Ihr werft eure kostbare Galle zum Fenster hinaus und könntet sie doch nutzbringend unter euresgleichen verwenden! Der Verfasser hat sich längst darüber getröstet, daß er's nicht allen Leuten recht machen kann, und er hat auch nicht vergessen, daß ein alter Touraner unvergeßlichen Angedenkens dergleichen Schmähschriften von bübischen Gäuchen desselben Schlags empfing, bis ihm endlich die Geduld riß und er in einem seiner Prologe erklärte, *er sei entschlossen, künftig kein Iota mehr zu schreiben.* Andere Zeiten, gleiche Sitten! Nichts wandelt sich, weder Gott im Himmel droben noch die Menschen hienieden.

So greift denn der Autor mit Lachen nur um so kräftiger zu seinem Spaten und baut auf die Zukunft, die ihm seine schwere Mühsal schon noch lohnen wird. Und gewiß ist es eine mühselige Arbeit, sich hundert tolldrastische Geschichten auszudenken; denn nach den eifernden Lumpen und Neidhammeln, die über ihn hergefallen sind, hat es ihm auch an Vorwürfen seiner Freunde nicht gefehlt, welche alle, recht zur Unzeit, ihm heimgeigen wollten und krittelten: »Bist du übergeschnappt? Hast du dir's auch wohl bedacht? Hat je ein einziger Mensch in seinem erfindungsreichen Kopf ein volles Hundert solcher Geschichten beisammen gehabt? Reiß das großmäulige Etikett von deinen Packen, guter Mann! Damit würdest du ja nie zu Rande kommen!« Die sind wahrlich keine Menschenhasser, auch keine Kannibalen; ob sie Lumpen sind, weiß ich freilich nicht. Soviel aber ist sicher: es sind verläßliche, gute Freunde, Freunde, die den Mut haben, einem das ganze Leben lang unzählige harte Wahrheiten ins Gesicht zu sagen, sie sind rauh und widerborstig wie Striegel, und sie nehmen zum Vorwand, sie seien euch ergeben mit Leib und Leben und stünden jederzeit zu euch in jeder Notlage eures Erdenwallens, doch ihr wahrer Wert werde sich erst in eurer Sterbestunde offenbaren. Wenn sich diese Leute wenigstens noch mit ihren traurigen Freundschaftsbeweisen zufriedengäben! Aber weit gefehlt! Wenn dann ihre lächerlichen Ängste sich nicht bewahrheiten, rufen sie triumphierend aus: »Aha! Wußt ich's doch! Hatte ich's nicht vorausgesagt?«

Um nun keinesfalls solch wohlgesinnte Gefühle zu enttäuschen, mögen sie noch so unausstehlich sein, vermacht der Autor diesen Freunden seine alten löcherigen Pantoffeln und damit zugleich zu ihrer Beruhigung die tröstliche Versicherung, daß er als einzige bewegliche Habe, die noch nicht von Gerichts wegen gepfändet ist, im naturverliehenen Behältnisse, den Windungen und Falten seines Hirns, siebenzig anmutige Geschichten besitzt. Bei Gott! lauter liebliche Kinder seiner Erfindungsgabe, wohl eingekleidet in trefflich gefügte Sätze und sorglich versehen mit Wendungen, reichlich ausstaffiert mit nagelneuen komischen Zügen, herausgeschnipselt aus dem Tages- und Nachtgespinst, welches das Menschengeschlecht wirkt und webt, ohne Fehler an Zettel und Einschlag, in jeder Minute, jeder Stunde, jeder Woche, jedem Monat und jedem Jahr der ekklesiastischen Festordnung, die ihren Anfang hatte, als die Sonne noch stockblind war und der Mond wartete, bis man ihm seine Bahn zeigte. Selbige siebzig Geschichten, die ihr seinethalben siebzig lausbübische Bälge schelten möget, voller Spitzbübereien, dreiste, nichtsnutzige, unflätige, rauf- und raublustige, spottsüchtige, spielwütige, ausschweifende und toll gewordene Ausgeburten seiner Dichterlaune, sind, zu den zweimal zehn Geschichten hinzugezählt, die bereits ausgebrütet sind, ein schwacher Vorschuß auf die obengenannten hundert. Und wären für Bibliopolen, Bibliophilen, Bibliomanen, Bibliographen und Bibliotheken – will heißen: für Bücherverkäufer, Bücherliebhaber, Büchernarren, Bücherschreiber und Büchereien – nicht so schlechte Zeiten angebrochen, welche dem Bücherverschlingen, der Bibliophagie, Einhalt gebieten, so hätte sie der Autor alle hundert in einem Platsch dargeboten und nicht tropfenweise, als litte er an Dysurie des Hirns. Dieses Gebrest ist, *per Bragettam*, bei ihm nicht zu befürchten, zumal er oft obendrein zuwiegt und mehr als eine Geschichte unter einem Titel zusammenfaßt, wie unterschiedliche Geschichten im vorliegenden Zehnt klar beweisen. Ihr könnt euch auch drauf verlassen, daß er die besten und saftigsten unter seinen Schnaken und Schnurren bis zuletzt aufspart, damit ihn beileibe niemand greisenhafter Verblödung zeihen kann. Mengt somit ein bißchen mehr Freundschaft in eure Gehässigkeiten und etwas weniger Haß in eure Freundschaftsbeweise. Nun haben aber etliche andere, gute Freunde selbstverständlich, völlig vergessen, wie sparsam, ja geizig die Natur gute Erzähler erzeugt, sind ihrer doch nicht mehr denn sieben vollkommene auf dem Weltmeer des menschlichen Schrifttums zu finden. Und sie haben sich dahin geäußert, in einer Zeit, da jeder schwarzgewandet einhergeht, als trage er Trauer um weiß Gott was, sei es unerläßlich, lauter langweilig ernste oder ernsthaft langweilige Schriftwerke zusammenzubrauen. Auch könne ein Schreiberling heutzutage und künftighin nur noch sein Leben fristen, wenn sein Geist in mächtigen Bauten hause, und alle, die nicht verstünden, Kathedralen und Schlösser wiedererstehn zu lassen, an welchen nicht Stein noch Mörtel bröckelt, stürben unbekannt wie der Päpste Maulesel. Diese Freunde wurden ersucht, sich darüber auszusprechen, was ihnen lieber sei, eine Pinte guten Weines oder ein Fuder Würzbier, ein Diamant von zweiundzwanzig Karat oder ein hundertpfündiger Kieselstein, der Ring des Hans Carvel, von dem Rabelais erzählt, oder ein klägliches Geschmier, wie es heutigentags die Schulbuben zutage fördern? Und da sie daraufhin verdutzt und kleinlaut schwiegen, ward ihnen ohne jeden Groll bedeutet: »Habt ihr's gehört, gute Leute? So geht denn wieder heim zu euern Weinstöcken!«

Für alle andern muß aber noch eins gesagt werden: Der treffliche Mann, dem wir ewiggültige Fabeln und Geschichten zu danken haben, hat dazu bloß sein Werkzeug beigesteuert, den Stoff aber hat er andern gestohlen; die große Arbeit aber, die er auf diese Figürchen verwendete, hat ihnen erst Wert und Ansehn eingebracht. Und wenn man ihm, wie Messer Lodovico Ariosto, vorgeworfen hat, er habe lauter kindischen Kram und eitel albernen Firlefanz im Kopf, so ist ein winziges Käferlein, das er mit Fleiß graviert hat, unterdessen zu einem dauerhafteren Denkmal geworden als die stärkstgemauerten Werke. In der besondern Rechtsweisheit der Fröhlichen Wissenschaft ist es Brauch, ein einziges Blatt, dem Schoß der Natur und der Wahrheit abgerungen, höher zu schätzen als sämtliche flauen Schmöker, denen ihr, sie mögen noch so schön sein, nicht ein einzig Lachen noch eine Träne entlocken könnt. Der Autor kann dies mit Fug und Recht sagen, ohne sich etwas zu vergeben, da er nicht die Absicht hegt, sich auf die Zehenspitzen zu recken, um übermenschliche Größe zu erlangen. Es geht hier um die erhabene Majestät der Kunst, nicht um ihn selbst, ist er doch bloß ein armer Schreibergeselle, dessen ganzes Verdienst darin liegt, daß er

Tinte in seinem Tintenfaß hat, daß er aushorcht, was die Herren bei Hofe munkeln, und daß er alles, was ein jeder berichtet, in seiner schönsten Schrift zu Protokoll bringt. Von ihm ist das Handwerkliche, die Natur liefert den Rest. Denn seit der Venus des edeln Atheners Phidias ist bis zum guten Männchen Godenot, dem Gaukelmännchen, das einer der berühmtesten Künstler unserer Zeit gar zierlich und sehenswert geschnitzt hat, alles und jedes stets dem ewigen Model der menschlichen Nachahmung abgeschaut, welche aller Menschen Gemeingut ist. Glücklich die Diebe in solch ehrbarem Handwerk: sie werden mitnichten gehängt, vielmehr hoch geehrt und gepriesen. Es ist einer aber ein dreifältiger Narr, ja ein zehnfach gehörnter Schelm, wenn er sich spreizt, aufbläht und brüstet um eines Vorteils willen, den er seiner zufälligen Veranlagung zu danken hat; Ruhm verdient nämlich einzig und allein, wer mit seinen anvertrauten Pfunden wuchert und seine Fähigkeiten nutzt, auch wer mit Lammsgeduld und voll Zuversicht seine Pflicht tut.

Was nun die feinen Flötenstimmchen und artigen Schnäbelchen der Weiber anlangt, welche dem Verfasser gar zutunlich und minnig in den Ohren lagen und darüber klagten, er habe ihnen an manchen Stellen die Haare verwuschelt und die Röcke besudelt, so kann er ihnen nur erwidern: »Wozu habt ihr euer Näschen hineingesteckt?« Zu alledem sieht er sich durch die niederträchtigen Bosheiten mancher Leute bewogen, für alle wohlgesinnten Leser eine Erklärung und Wegleitung beizufügen, auf daß sie davon Gebrauch machen, um die Anwürfe und Verdrehungen der obgenannten Schmierfinken und Kakographen zum Verstummen zu bringen.

Diese tolldrastischen Geschichten sind – darin sind sich alle Kenner und Gewährsleute einig – geschrieben worden zu Lebzeiten der Königin Katharina von Medici, welche eine erkleckliche Spanne Zeit lebte und das Regiment führte; das war eine gute Zeit für unser Land, weil zu jeder Stunde sie zum Vorteil unserer heiligen Religion die Staatsgeschäfte lenkte. Diese Zeit ist oftmals nicht glimpflich mit den Leuten umgesprungen und hat manchen an der Gurgel gepackt, von unserm verewigten Herrn und Meister Franz, dem ersten dieses Namens, bis zu den Landständen in Blois, wo der Herr von Guise dran glauben mußte. Nun wissen sogar die Schulbuben, die noch mit ihren Marmeln spielen, daß in dieser zügellosen Zeit mit ihren Kriegsläuften, blutigen Fehden und Friedensschlüssen die Sprache Frankreichs gleichfalls im argen lag, wie man aus den Ergüssen und Inventionen der Dichter ersehen kann, die sich dazumal, wie auch heute noch, ein jeder seine eigene Sprache zurechtmachten, ganz abgesehen von den absonderlichen griechischen, lateinischen, italienischen, deutschen und Schweizer Wortbrocken, den Redensarten von jenseits des Meeres und dem spanischen Kauderwelsch, was alles von den Fremden ins Land eingeschleppt wurde, so daß ein armer Skriptophile die Ellbogen völlig frei hatte in diesem wahrhaft babylonischen Sprachgewirr. Dem hatten seither die edeln Herren von Balzac, Blaise Pascal, Furetière, Mesnage, Saint-Evremont, Malherbe und andere abgeholfen. Sie haben als erste das Französische rein ausgekehrt, die Fremdwörter in Acht und Bann getan und den angestammten und urtümlichen Worten, die allbekannt und gebräuchlich waren, Bürgerrecht verliehen, so daß sogar der Herr Ronsard kleinlaut verstummte.

Nun, da er sich alles vom Herzen geredet hat, kehrt der Autor zur Dame seines Herzens zurück und wünscht allen, die ihn lieben, tausend Freuden; allen andern aber ein gerüttelt Maß tauber Nüsse. Wenn die Schwalben fortziehen, wird er wiederkommen, nicht ohne das dritte und vierte Zehnt. Das verspricht er hiermit den wackern Pantagruelisten, den trefflichen Hosenlatzhelden und Weibertröstern jeder Gattung, hoch und niedrig, denen bei den Leichenbittermienen, dem Klugschwätzen und Trübsalblasen der galligen Miesmacher übel wird.

DIE DREI SAUFKUMPANE

Der Gasthof zu den *Drei Karpfen* war ehedem in Tours der Ort, wo man in der ganzen Stadt am allerbesten aufgehoben war und das wohlschmeckendste Essen aufgetischt bekam. Der Wirt, weitherum berühmt als König aller Bratköche, wurde zuweilen bis nach Chastelleraut, Loches, Vendôme und Blois gerufen und mit der Zubereitung der Hochzeitsschmäuse betraut. Dieser obgemeldete Mann, ein kampferprobter Veteran in seinem Gewerbe, zündete niemals Licht an, solange es noch Tag war, er verstand es, sogar auf blanken Eiern noch Wolle zu scheren, verkaufte Haut, Haar und Federn, hatte ein Auge auf alles, ließ sich nicht so ohne weiteres prellen, und hätte ihm ein Heller an der Zeche gefehlt, so hätte er's mit jedem aufgenommen, selbst mit einem Prinzen von Geblüt. Sonst aber war er ein loser Späßemacher und Spottvogel, zechte und lachte mit allen, die einen guten Schluck vertrugen, zog allezeit tief das Käppchen vor Leuten, die wohlversehen waren mit vollgültigen Generalablässen im Namen des *Sit nomen Domini benedictum*, munterte sie zum Geldausgeben auf und bewies ihnen notfalls mit wohlgesetzten und launigen Worten, daß der Wein eben ins Geld laufe, und meinte, in der Touraine bekomme man, wie man sich drehe und wende, nichts geschenkt und müsse demzufolge alles kaufen und bar bezahlen. Kurzum, hätte er's ungescheut tun können, er hätte soundsoviel für die gute Luft und ebensoviel für die schöne Aussicht auf die Rechnung gesetzt. So lebte er denn auch üppig und in Freuden mit anderer Leute Geld, wurde fett und rund wie ein Tönnchen, war gut im Speck und ließ sich mit »Herr« anreden.

Gelegentlich des letzten Jahrmarkts trieben sich drei kecke Gesellen im Städtchen herum, angehende Rechtsverdreher, die viel eher das Zeug zu drei Schelmen und Spitzbuben hatten als zu Heiligen, auch bereits recht wohl wußten, wie weit sie gehen durften, ohne sich in der Hanfschlinge des Nachrichters zu verfangen. Die faßten den Plan, sich ein flottes Wohlleben zu gönnen, und die Kosten sollten etliche Meßkrämer oder auch andere Geprellte zahlen. So rissen denn diese Teufelsgesellen ihren Advokaten aus, bei denen sie in der Stadt Angers das Abc der Rechtskunde ergründeten, und stiegen, ohne lange zu fackeln, im Gasthof zu den *Drei Karpfen* ab, wo sie sich die Gemächer des Kardinallegaten anweisen ließen, das Unterste zuoberst kehrten, die Verschleckten spielten, die Lampreten stets frisch vom Fischmarkt holen ließen und sich als Großhändler ausgaben, die keine Waren mit sich führten und ohne Troß und Gepäck reisten.

Und schon rannte der Wirt treppauf und treppab, drehte munter den Bratspieß, zapfte vom Allerbesten und rüstete den drei Tagedieben einen wahren Advokatenschmaus. Die hatten bisher für gut hundert Taler Lärm vollführt, und hätte man sie ausgequetscht, so wären kaum mehr als zwölf Groschen herausgesprungen, mit denen einer von ihnen in seiner Tasche klimperte. Hatten sie aber auch kein bares Geld im Beutel, so gebrach es ihnen doch nicht an Mutterwitz, und sie steckten alle drei unter einer Decke wie die Taschendiebe auf dem Jahrmarkt und hatten ihre Rolle fein abgekartet. Das war für sie ein Heidenspaß, bei dem es zu essen und zu trinken gab, was das Herz nur begehrte, denn fünf Tage lang hausten sie unter den Vorräten aller Art, daß eine Rotte Landsknechte nicht so viel verwüstet hätte, wie sie da ergaunerten und beiseite brachten. Die drei Duckmäuser trollten sich gleich nach dem Mittagsmahl hinab auf den Jahrmarkt, überreichlich getränkt und wohlgenährt, mit prallen Bäuchen, und dort angekommen, balbierten sie die Gelbschnäbel und andere Opfer über den Löffel, stahlen wie die Raben, mausten, filzten, machten auch hier und da ein Spielchen und gewannen oder verloren, je nachdem. Auch hängten sie Schilder und Hauszeichen ab und vertauschten sie: das Schild des Spielzeugmachers hängten sie vor die Bude des Goldschmieds, das des Goldschmieds vor das Haus des Schusters. Sie schmissen Unflat in die Verkaufsbuden, daß die Hunde dafür Prügel kriegten, schnitten den angehalfterten Rossen die Zügel durch, hetzten Katzen auf die dichtgedrängte Menschenmenge, schrien unversehens: »Haltet den Dieb!« oder fragten jeden, dem sie begegneten: »Seid Ihr nicht der Herr von Arschloch aus Angers?«

Dann wieder riefen sie ein Gedränge hervor, schröpften derweil die Kornsäcke, suchten ihre Schneuztücher in den Geldtäschchen der Damen und hoben ihnen die Röcke auf, taten, als ob sie ein Kleinod suchten, das zu Boden gefallen war, jammerten und sagten: »Es muß irgendwo in ein Loch gerutscht sein, schöne Dame!«

Sie führten die Kinder auf Abwege, gaben denen, die Maulaffen feilhielten, eins auf den Wanst, strolchten umher, schlugen alles kurz und klein und piesackten, was sie nur antrafen. Mit einem Wort: der Teufel hätte sich wohlerzogen ausgenommen im Vergleich zu diesen gottverdammten Scholaren, die sich lieber aufgehängt als eine redliche und ehrbare Tat vollbracht hätten. Ebensogut aber hätte man zwei prozeßwütigen Streithähnen christliche Nächstenliebe predigen können. Machten sie sich schließlich aus dem Staub und verließen den Jahrmarktsplatz, so waren sie ihres Treibens nicht etwa müde, sondern nur ihrer Bosheiten überdrüssig. Dann gingen sie zu Tisch, tafelten, bis die Nacht hereinbrach, und machten sich, mit Fackeln bewehrt, aufs neue an ihre Teufeleien. Nach den Messehändlern vergriffen sie sich an den Freudenmädchen, denen sie mit tausend Listen nur das gaben, was sie von ihnen empfingen, gemäß dem Rechtssatz des Justinian, der da lautet: *Cuicum ius tribuere*, das heißt: Jedem seinen Jux. Hinterdrein machten sie sich über die armen Mädchen noch lustig und höhnten: »Uns das Recht, und euch das Nachsehn!«

Saßen sie endlich beim Nachtmahl und hatten keinen, dem sie eins auswischen konnten, so gerieten sie sich gegenseitig in die Haare, hänselten und foppten sich oder beklagten sich spaßeshalber beim Wirt über die vielen Fliegen und hielten ihm vor, andernorts ließen die Wirte die Fliegen anbinden, damit ihre vornehmen Gäste nicht belästigt würden.

Unterdessen ging's auf den fünften Tag, der bei hitzenden Fiebern der kritische Tag ist, und da der Wirt, obschon er beide Augen sperrweit aufriß, noch nie das königliche Antlitz eines Goldguldens bei seinen Gästen zu Gesicht bekommen hatte, da er zudem wußte, daß nicht alles, was glänzt, Gold ist, weil das Gold sonst wohlfeiler wäre, so fing er an, ein saures Gesicht zu schneiden und nur schleppenden Ganges herbeizuschaffen, was die Herren Kaufleute von ihm wünschten. Da er aber fürchtete, er könnte mit ihnen am Ende ein schlechtes Geschäft machen, ging er dran, die Geschwulst ihrer Geldbeutel zu ergründen. Als das die drei Gesellen gewahrten, befahlen sie ihm mit der Gemütsruhe eines Profosen, der einen Galgenvogel aufknüpft, er möge ihnen geschwind ein gutes Nachtmahl auftragen lassen, da sie nämlich unverweilt abreisen müßten. Ihr fröhliches Gebaren enthob den Wirt all seiner Sorgen. Er war der Meinung, Leute, die kein Geld hatten, müßten sich ernst und grämlich betragen, und so bereitete er für sie ein Mahl, würdig eines Domherrn, ja er wünschte insgeheim sogar, sie möchten sich so recht besaufen, damit er sie nötigenfalls ohne viel Federlesens in den Kerker schaffen könnte. Die drei Gesellen wußten nicht, wie sie ungeschoren aus dem Saal entrinnen sollten, wo ihnen so wohl war wie einem Fisch auf der Strohschütte. So schlemmten und zechten sie, was nur hinein mochte, und schielten dabei nach den Fenstern, wie hoch sie seien, lauerten auf einen günstigen Augenblick, daß sie hinauswischen konnten, fanden aber weder Spalt noch Fuge zum Entkommen. Da wünschten sie den Wirt mitsamt seiner Kneipe ins Pfefferland, und einer wollte draußen an der frischen Luft seine Hosen kehren, weil er arges Bauchgrimmen habe; der andere

wollte einen Arzt holen für den dritten, der, so gut es ging, in Ohnmacht fallen sollte. Der verdammte Wirt aber scharwenzelte unermüdlich von der Küche in den Eßsaal und vom Eßsaal in die Küche, äugte mißtrauisch nach den Kumpanen, trat einen Schritt vor, um sein Guthaben zu retten, und zwei zurück, um nicht von den Herren verbleut zu werden, falls sie wirklich hohe Herren sein sollten, kurzum, er benahm sich wie ein um- und vorsichtiger Wirt, der die Goldstücke liebt und die Prügel haßt. Aber unter dem Vorwand, diensteifrig aufzuwarten, hatte er immer ein Ohr im Saal und einen Fuß im Hof, bald stellte er sich, als hätten sie ihn gerufen, kam, sowie er einen lachen hörte, zeigte ihnen sein Gesicht, als wäre es die Rechnung, und sagte in einem fort zu ihnen: »Was beliebt, vieledle Herren?«

Auf diese Frage hätten sie ihm am liebsten statt jeder Antwort seinen Bratspieß zehn Zoll tief in die Gurgel gerannt, denn er sah ganz danach aus, als wüßte er recht wohl, was ihnen in dieser mißlichen Lage gefiel. Für lumpige zwanzig Taler in barer Münze hätte jeder von ihnen den dritten Teil seiner ewigen Seligkeit verschachert. Verlaßt euch drauf, sie saßen auf ihren Bänken wie auf einem Glutrost, die Füße kribbelten ihnen rechtschaffen, und am Hintern spürten sie ein gelindes Brennen. Allbereits hatte ihnen auch der Wirt die Birnen, den Käse und die Süßspeisen vor die Nase gestellt; sie aber tranken in winzigen Schlückchen, kauten überquer und schauten einander betreten an, ob nicht vielleicht einer einen guten Einfall in seinem Ränzel habe, und nun hoben alle zusammen ein recht gequältes Lustigsein an. Der pfiffigste unter den drei Gesellen, ein Burgunder, lächelte und sprach, als er das Viertelstündchen des Rabelais herangekommen sah: »Ich beantrage Vertagung um eine Woche«, als säße er im Gerichtshaus.

Und die beiden andern stimmten trotz der Gefahr schleunig ein schallendes Gelächter an.

»Was sind wir schuldig?« fragte der Geselle, der in seiner Gürteltasche die obenerwähnten zwölf Kupfergroschen hatte. Dabei klimperte er damit, als hoffe er, daß sie bei diesem wilden Schütteln Junge kriegen könnten.

Er war ein Pikarde, ein verteufelt jähzorniger Bursche, der für nichts und wieder nichts aufbrausen konnte, um hernach den Wirt in aller Seelenruhe zum Fenster hinauszuschmeißen. So fragte er denn nach der Zeche in barschem Ton, als hätte er zehntausend Dublonen Rente an der Sonne.

»Sechs Taler, vieledle Herren«, erwiderte der Wirt und streckte die Hand hin.

»Ich kann nicht dulden, Graf, daß Ihr mich allein freihaltet . . .« widersprach ihm der dritte Student, ein Angeviner, schlau wie ein verliebtes Weib.

»Ich auch nicht!« rief der Burgunder.

»Meine Herren! Meine Herren!« versetzte darauf der Pikarde, »ihr wollt euern Scherz mit mir treiben! Ich bin euer ergebener Diener . . .«

»Himmelherrgott!« schrie der Angeviner, »Ihr werdet uns doch nicht dreimal bezahlen lassen . . . Unser Wirt würde das nicht dulden.«

»Gut denn«, schlug der Burgunder vor, »wer von uns die ärgste Geschichte erzählt, der muß die Zeche bezahlen.«

»Wer soll Richter sein?« fragte der Pikarde und steckte seine zwölf Groschen wieder ein.

»Natürlich unser Wirt!« rief der Angeviner. »Er muß sich darauf verstehen, ist er doch ein Mann mit feinem Geschmack. Vorwärts! Meister Koch, setzt Euch her zu uns, trinkt mit und leiht uns Eure beiden Ohren. Die Sitzung ist eröffnet.«

Darauf setzte sich der Wirt zu ihnen, schenkte sich aber vorsorglich einen Becher randvoll mit Wein ein.

»Die Reihe ist an mir!« rief der Angeviner. »Ich fange an.

In unserem Herzogtum Anjou sind die Leute auf dem Lande treugläubige Diener unseres heiligen katholischen Glaubens, und keiner würde auf sein Plätzchen im himmlischen Paradies verzichten, weil er etwa versäumt hätte, Buße zu tun oder einem gottverfluchten Ketzer den Garaus zu machen. Verlaßt euch drauf, wenn je ein Prediger dieser Maulhelden dort vorbeikäme, er müßte sogleich ins Gras beißen und wüßte nicht einmal, wie er zu diesem gewaltsamen Tod gekommen ist. Nun wankte eines Abends ein

Biedermann aus Jarzé heimwärts. Er hatte sein Abendgebetchen gesprochen, und zwar hatte er im *Tannzapfen* wacker gezecht und dabei sein bißchen Verstand und auch sein Gedächtnis eingebüßt; so plumpste er in eine Ablaufrinne seines eigenen Mistlochs, in der Meinung, er liege in seinem Bett. Einer seiner Nachbarn, Gutenot mit Namen, fand ihn dort. Er war bereits stocksteif gefroren, denn es war mitten im Winter, und so fragte er ihn zum Spott: ›Ei, worauf wartest du hier eigentlich?‹

›Auf Tauwetter!‹ erwiderte der wackere Trunkenbold, da er sich vom Eise festgehalten fühlte.

Da befreite ihn der Nachbar als guter Christenmensch aus seinem Eisloch und schloß ihm die Tür zu seiner Wohnung auf, und das tat er aus großer Ehrfurcht vor dem Wein, der dortzulande Herr und Gebieter über alles ist. Drinnen aber torkelte der Biedermann just ins Bett seiner Magd, die ein junges, frisches Ding war. Da pflügte der wackere Ackersmann, vom Wein mit Saft und Kraft erfüllt, die warme Furche im Glauben, er liege bei seiner Frau, und hernach bedankte er sich für das bißchen Jungfernschaft, das er an ihr noch vorgefunden hatte. Als nun aber die Frau ihren Mann hörte, schrie sie Zeter und Mordio, und bei ihrem gräßlichen Gekreische merkte der Bauer, daß er vom Weg des Heils abgekommen war. Das tat dem armen Ackersmann unsagbar leid.

›Ach‹, jammerte er, ›Gott hat mich dafür gestraft, daß ich zur Vesper nicht in der Kirche war ...‹

Dann redete er sich, so gut es ging, auf den Wein heraus, der seinem Hosenlatz das Gedächtnis verwirrt habe, kroch zu seiner Frau unter die Decke und brummelte ihr ins Ohr, seine beste Kuh gäbe er darum, wenn er diese Sünde nicht auf dem Gewissen hätte.

›Das ist nur halb so schlimm! ...‹ begütigte die Frau ihren Mann; denn die Magd hatte ihr angegeben, sie habe von ihrem Schatz geträumt. Sie bleute sie weidlich durch, um sie zu lehren, inskünftig nicht mehr so bleischwer zu schlafen. Doch dem armen Sünder wollte auf seiner Lagerstatt über seiner ungeheuerlichen Missetat schier das Herz brechen, und er weinte sich fast die Augen aus, einesteils weil er das trunkene Elend hatte, aber auch aus gottesfürchtiger Zerknirschung.

›Schatz‹, tröstete ihn die Frau, ›gleich morgen gehst du zur Beichte, und dann reden wir nicht mehr drüber.‹

So hoppelte denn der Biedermann andern Tags zum Beichtstuhl und bekannte in aller Demut seinen Fall dem Pfarrer, einem guten alten Priester aus dem Stoff, aus dem im Himmel des Herrgotts Pantoffeln geschnitten werden.

›Irrtum zählt nicht als Sünde‹, beschied er seinen Beichtling, ›morgen fastet Ihr, und dann spreche ich Euch frei von aller Sünde.‹

›Fasten! Wenn's nur das ist!‹ meinte der Bauer. ›Mit dem größten Vergnügen! Das hält mich nicht vom Trinken ab.‹

›Oho!‹ rief da der Pfarrer, ›Wasser sollt Ihr trinken, und zu essen kriegt Ihr nichts als ein Viertelpfund Brot und einen Apfel.‹

Da machte sich der Biedermann auf den Heimweg; da er aber kein rechtes Zutrauen zu seinem Gedächtnis hatte, brummelte er in einem fort die verordnete Buße vor sich hin. Aber wiewohl er zuerst ganz redlich aufgesagt hatte: ›Ein Viertelpfund Brot und einen Apfel‹, war doch, als er daheim anlangte, daraus unversehens ›Ein Viertelpfund Äpfel und ein Laib Brot‹ geworden.

Also machte er sich, um seine Seele schneeweiß zu läutern, ans Werk und begann sein Fasten, und als ihm seine treffliche Hausfrau ein Brot aus dem Trog und die Äpfel aus der Bodenkammer geholt hatte, fing er gar trübselig an, mit dem Kainsschwert zu fechten. Als er aber einen schweren Seufzer ausstieß, weil er beim letzten Brotränftchen angelangt war und beim besten Willen nicht wußte, wo er's noch unterbringen sollte, denn es stand ihm bis zum Halszäpfchen, da hielt ihm seine Frau vor, Gott wünsche nicht des Sünders Tod, und wenn er eine Kante Brot weniger in seinen Wanst stopfe, werde es ihm nicht angerechnet werden, daß er sein Rößlein ein wenig auf fremder Weide habe grasen lassen.

›Halt's Maul, Weib!‹ fuhr er sie da an. ›Und wenn ich dabei platzen sollte, ich muß doch fasten . . .‹

. . . Ich habe meine Zeche beglichen. Jetzt bist du an der Reihe, Graf! . . .« schloß der Angeviner und warf dem Pikarden einen verschmitzten Blick zu.

»Die Krüge sind leer«, warf der Wirt ein. »Holla! Wein her!«

»Saufen wir eins!« grölte der Pikarde. »Genäßte Worte gehn leichter vom Munde als trockene!«

Daraufhin stürzte er sein volles Glas auf einen Zug hinunter und ließ auch nicht einmal die Nagelprobe darin zurück, hüstelte dann wie ein Kanzelprediger und sprach, wie folgt: »Ihr wißt ja, daß bei uns in der Pikardie die Mägdlein, bevor sie einen eignen Hausstand gründen, wie es Sitte und Brauch ist, Tischgeschirr und Hausgerät, Truhen und Kästen, kurz, ihren ganzen Hausrat für den Ehestand klüglich selbst verdienen. Und zu diesem Behufe verdingen sie sich nach Péronne, Abbeville, Amiens und in andere Städte, wo sie als Stubenmägde in Dienst gehen, die Gläser spülen, die Schüsseln scheuern, die Wäsche falten, das Essen auftragen und auch sonst alles tragen, was sie nur tragen können. Und sie werden auch vom Fleck weg geheiratet, sobald sie ausgelernt haben, ganz abgesehen davon, daß sie ihren Ehemännern obendrein mancherlei in die Ehe einbringen. Auch sind sie die besten Hausfrauen von der Welt, haben sie doch am eigenen Leib erfahren, was dienen heißt, wissen auch sonst alles aufs gründlichste.

Da hatte denn auch eine Dirn aus Azonville, wo ich mein Erbgut besitze, von Paris erzählen hören, wo sich die Leute nicht einmal bückten, um sechs Weißgroschen aufzulesen, wo man für einen ganzen Tag satt werde, wenn man bloß bei einer Garküche vorbeikomme und die gute Luft einatme, so nahrhaft sei sie; und das gute Kind setzte sich flugs ins Köpfchen, da müsse sie hingehn, denn sie erhoffte, den Reichtum eines ganzen Kirchenschatzes mit nach Hause zu bringen. Sie schritt rüstig fürbaß und kam auch wohlbehalten an, ausgestattet mit einem Henkelkorb voll Heimatluft. Da geriet sie beim Stadttor zum heiligen Dionys mitten in eine Rotte grobschlächtiger Landsknechte, die für einige Zeit als Wache dort hinverlegt worden waren. Es waren nämlich neuerdings wieder Unruhen ausgebrochen, weil die Ketzer Miene machten, zu ihren Predigten auszuschwärmen. Der Rottmeister sah diese lockende lockige Zukost zum täglichen Brot, schob seinen Schlapphut schief in die Stirn, schüttelte den Federbusch, zwirbelte seinen Schnauzbart, rollte wild die Augen, stemmte die Hand in die Hüfte und gebot mit Donnerstimme der Pikardin Halt, als müsse er sich überzeugen, ob sie auch gebührend angezapft sei, sintemal es den Mädchen bekanntlich untersagt ist, anders als so Pariser Boden zu betreten. Darauf fragte er sie zum Scherz, jedoch mit todernster Miene, was sie im Schilde führe, denn es wolle ihn bedünken, sie habe im Sinn, die Schlüssel von Paris im Sturm zu nehmen. Antwortete ihm das arglos einfältige Ding, sie sei auf der Suche nach einer guten Stellung, wo sie dienen könne, und es sei ihr vor keiner Arbeit bange, sofern sich nur etwas dabei verdienen lasse.

›Da seid Ihr grade am rechten Ort, Gevatterin‹, versetzte der Spaßvogel. ›Ich bin ein Landsmann von Euch und will Euch hier einen Dienst verschaffen. Ihr sollt bei uns traktiert werden, wie manche Königin es oft gerne wäre, und verdienen werdet Ihr dabei auch allerhand Gutes.‹

Sprach's und führte sie hinein in die Wachtstube, wo er sie die Böden fegen, die Töpfe spülen, das Feuer schüren und auf alles gut achthaben hieß. Dafür, setzte er hinzu, solle sie als Lohn dreißig Pariser Groschen von einem jeden seiner Leute bekommen, wenn ihr der Dienst bei ihnen zusage. So könne sie, da dies sein Fähnlein für einen Monat zumindest hier im Quartier liege, gut und gern ihre zehn Taler verdienen. Wenn sie dann abzögen, kämen frische Männer, die schon mit ihr einig werden würden, und bei diesem ehrlichen Gewerbe werde sie einen Haufen Geld und dazu noch manches schöne Geschenk aus Paris mit nach Hause tragen. Sogleich ging das Mädchen daran, das Zimmer blitzsauber zu kehren, alles zu fegen und zu putzen, das Essen und was es sonst noch zu tun gab, trefflich zuzubereiten, und dazu sang und trillerte sie in einem fort wie eine Nachtigall, so daß an diesem Tage die wackern Landsknechte fanden, ihr Quartier, das vordem der reinste Saustall gewesen war, sehe aus wie das Refektorium einer Benediktinerabtei. Sie waren auch alle sonderlich mit ihrer neuen Stubenmagd zufrieden und gaben ihr ein jeglicher einen Groschen Lohn.

Als sie das gute Kind dann noch ordentlich herausgefüttert hatten, brachten sie's zu Bett auf der Lagerstatt ihres Kommandanten, der über Nacht in der Stadt bei seiner Liebsten war, und lullten es mit tausenderlei zutäppischen Zärtlichkeiten gehörig ein wie philosophische Söldner, *id est*, Männer, denen alles lieb ist, was schön brav stillehält. Nun lag sie also zum Anbeißen hübsch in ihren Laken, und um Händel und Zwist zu vermeiden, zogen die lüsternen Kerle, die sich eine vergnügliche Nacht versprachen, das Los, wer reihum dran kam, dann stellten sie sich der Reihe nach auf und gingen, wie echte Pikarden, ans Werk, fein säuberlich einer nach dem andern, ohne ein Wort zu verlieren, wie sich's für stramme Lanzknechte ziemt, und jeder tat sich für mindestens hundertzwanzig Tourainer Groschen gütlich. Wenn das auch ein anstrengender und ungewohnter Dienst für das arme Kind war, so ließ sie sich doch nicht lumpen, tat vielmehr ihr Bestes, blieb ihnen nach Kräften nichts schuldig, und tat kein Auge noch sonst etwas zu die ganze Nacht. Früh am Morgen, als sie die Söldner alle in tiefem Schlaf daliegen sah, stand sie auf, heilfroh, daß ihr der Bauch nicht wundgerieben war, nachdem sie die ganze Nacht so schwer hatte tragen müssen, und machte sich, zwar leicht ermüdet, querfeldein mit ihren dreißig Groschen aus dem Staube. Da begegnete ihr auf der Landstraße, die in die Pikardie führt, eine ihrer Freundinnen; die wollte es ihr nachtun und gleichfalls in Paris einen Dienst suchen und kam nun, durch ihr Beispiel angelockt, des Wegs. Die hielt ihre Freundin auf und erkundigte sich nach ihrem Dienst.

›Ach, Perrine, geh nicht hin! Da müßte man einen Hintern aus Eisen haben . . . und auch der wäre bald abgenützt!‹ sagte sie zu ihr.

. . . Du bist dran, Dickwanst aus Burgund«, schloß der Pikarde und gab seinem Nachbar einen gewaltigen Klaps auf seinen Schmerbauch. »Heraus mit deiner Geschichte, oder zahle! . . .«

PREDHOMME

»Bei der Königin aller Speckwürste!« gab der Burgunder zur Antwort. »Meiner Seel! Potz Sackerment! Bei Gott und beim Gottseibeiuns! Ich weiß bloß Geschichten vom burgundischen Hof, und die haben nur Kurs in unserer Münze . . .«

»Hei! Potz Donner! Leben wir hier nicht wie im Schlaraffenland?« schrie der andere und deutete auf die leeren Krüge.

»So will ich euch denn eine Begebenheit erzählen, die in Dijon jedes Kind kennt. Sie hat sich zu der Zeit zugetragen, als ich dort noch ein Kommando führte. Bestimmt hat sie auch einer aufgeschrieben. Es gab da einen Gerichtsbüttel namens Memmerich, einen alten Unflat, der bis zum Hals voll Bosheit steckte, ein brummiger, prügelwütiger Geselle, der immerzu ein Gesicht machte wie sieben Tage Regenwetter und die armen Sünder, die er zum Galgen führte, nie mit einem Scherzwort aufheiterte und stärkte, kurz und gut, ein Nörgler, der noch auf einem Glatzkopf Läuse und sogar am lieben Gott Fehler gefunden hätte. Der erwähnte Memmerich, den niemand leiden konnte, ging unter die Freier und nahm sich eine Frau; und der Zufall wollte es, daß ihm eine in den Schoß fiel, lind und sanft wie eine Zwiebelschale. Da sie sah, wie hinfällig und eklig ihr Mann war, gab sie sich größere Mühe, ihm zu Hause eitel Freude zu bescheren, als eine andere sich bemüht hätte, ihm Hörner aufzusetzen. Doch obschon sie ihr ganzes redliches Bemühen dareinsetzte, ihm in allen Dingen gehorsam zu sein, und um des lieben Friedens willen sogar versucht hätte, ihm – mit Verlaub – Gold zu scheißen, wenn Gott es gefügt hätte, so mäkelte der arge Griesgram doch in einem fort an ihr herum und kargte mit Prügeln für sein Eheweib so wenig wie ein Schuldner mit Versprechungen für die Gerichtsvollzieher. Weil nun diese unzuträgliche Behandlung trotz all der Mühe, die sich die arme Frau gab, und ungeachtet ihrer Engelsgeduld nicht aufhörte und sie sich auch nicht daran gewöhnen konnte, so war sie gezwungen, sich an ihre Verwandtschaft zu wenden, und diese sahen denn auch im Hause nach dem Rechten. Als sie gekommen waren, erklärte ihnen der Ehemann, seine Hausfrau sei nicht recht bei Trost, er habe nichts als Ärger und Verdruß mit ihr, und sie mache ihm das Leben weidlich sauer. Einmal wecke sie ihn aus dem besten Schlaf, dann wieder mache sie ihm die Haustür nicht auf und lasse ihn in Nebel und bitterer Kälte draußen stehen. Nie sei etwas ordentlich instand, wie sich's gehöre; seine Kleider hätten keine Knöpfe, und an seinen Nesteln fehlten die Stifte. Die Wäsche werde schimmlig und der Wein sauer, das Holz sei feucht, das Bett knarre ständig zum Gotterbarmen. Mit einem Wort: alles stehe übel, es sei ein Jammer und ein Elend.

Auf diese Flut von Verdrehungen und Lügen antwortete die Frau damit, daß sie die Kleider und alles andere in bestem Zustand und sorgsam ausgebessert vorwies. Nun brachte der Büttel vor, er werde schlecht behandelt. Nie finde er sein Essen beizeiten angerichtet, und wenn es rechtzeitig auf dem Tisch stehe, dann habe die Fleischbrühe keine Augen oder die Suppe sei kalt. Entweder sei kein Wein da, oder es fehlten die Gläser. Das Fleisch komme ohne Zukost auf den Tisch, ohne Tunke und Petersilie. Der Senf sei sauer, auf dem Braten finde er Haare, oder die Tischtücher röchen so muffig, daß es ihm den Appetit verschlage. Kurzum, sie tische ihm nie etwas auf, was nach seinem Geschmack sei. Die Frau war wie vor den Kopf geschlagen, begnügte sich aber damit, daß sie, so züchtig sie's vermochte, die sonderbaren Vorwürfe zurückwies, die sie da zu hören bekam.

›Ha!‹ tobte er, ›du leugnest alles, du Drecksau? Gut denn, so kommt heute abend alle hierher zum Essen, so könnt ihr mit eigenen Augen sehen, wie schamlos sie's treibt. Und wenn sie mich ein einzig Mal zufriedenstellen kann, dann will ich alles zurücknehmen, was ich gesagt habe, und mein Unrecht zugeben. Ich werde nie wieder die Hand gegen sie erheben, sondern sie mag in Zukunft die Hellebarde tragen, die Hosen anziehn und hier im Hause die Herrschaft führen.‹

›O wie schön!‹ erwiderte die Frau fröhlich, ›so werde ich denn fortan hier die Herrin sein und nicht länger nur die Dienstmagd!‹

Nun gebot der Mann, der auf die weibliche Natur und Unvollkommenheit baute, das Essen solle draußen im Hof unter der Weinlaube angerichtet werden. Er gedachte nämlich ein gewaltiges Zetergeschrei zu erheben, wenn sie sich beim Hin- und Herlaufen zwischen der Tafel und der Küche verspätete. Die gute Hausfrau lief sich die Seele aus dem Leib, um alles bis aufs i-Tüpfelchen ins Lot zu bringen. Sie putzte die Schüsseln und Platten so funkelsauber, daß man sich darin spiegeln konnte, der Senf war frisch und vom allerbesten, das Essen sorgfältig gekocht und heiß, daß man sich daran das Maul verbrennen konnte und einem der Mund wässerte wie vor einer gestohlenen Frucht, die Gläser waren blitzblank gespült, der Wein gut gekühlt, und alles war so schön, so blendendweiß und blitzsauber, daß ihr Mahl der Köchin eines Bischofs alle Ehre gemacht hätte. Doch just im Augenblick, als sie vor ihrer Festtafel stand und sich an ihrer Pracht weidete, auch noch hurtig einen letzten überflüssigen Blick darauf warf, wie es gute Hausfrauen zu guter Letzt gerne tun, da pochte draußen ihr Mann an die Tür. Nun war aber so ein vertracktes Malefizhuhn auf den Gedanken gekommen, es könne in die Weinlaube hinaufflattern und sich dort oben mit Trauben vollfressen, und dieses Federvieh ließ, klitschklatsch, ein ansehnliches Häuflein Dreck auf die schönste Stelle der Tischtuchs fallen. Die arme Frau wollte schier in Ohnmacht sinken, so groß war ihre Verzweiflung, und sie wußte der Schweinerei, die das Unglückshuhn da angerichtet hatte, nicht besser abzuhelfen, als daß sie den Unrat mit einem Teller zudeckte, auf den sie alle Früchte häufte, die sie noch in ihrer Tasche trug, ohne sich groß um die Symmetrie ihrer Tafel zu kümmern. Und damit niemand die leidige Überraschung wahrnehme, trug sie geschwind die Suppe auf, wies jedem seinen Platz auf der Bank an und lud ihre Gäste freundlich ein, wacker zuzulangen.

Da waren sie alle des Lobes voll über die prächtige Tischordnung und die leckeren Gerichte, nur nicht der Ehemann, das Ekel. Der saß mit finsterm Gesicht da, machte eine mürrische Miene, rümpfte die Brauen, brummte vor sich hin, äugte verdrossen rundum und suchte geflissentlich, ob er nicht irgendwo ein Strohhälmchen entdecke, mit dem er seine Frau totschlagen könnte. Sie aber war selig, daß sie ihn endlich einmal in der schützenden Gegenwart ihrer Verwandten ein bißchen aufziehen durfte, und sprach zu ihm: ›Siehst du, nun ist das Essen schön warm, der Tisch blitzsauber zugerüstet, die Wäsche schneeweiß, die Salzfässer sind gefüllt, die Krüge reinlich gespült, der Wein ist frisch und kühl, das Brot goldbraun und knusprig. Was fehlt nun noch? Was suchst du? Was willst du mehr? Was kannst du noch wünschen?‹

›Einen Scheißdreck!‹ schrie er, puterrot vor Zorn.

Da deckte die Hausfrau geschwind den Teller auf und erwiderte: ›Bitte sehr, da!‹

Als der Büttel dies sah, schwieg er kleinlaut und war nun überzeugt, daß der Teufel mit seiner Frau im Bunde stehe. Die Angehörigen der Frau aber machten ihm heftige Vorwürfe, gaben ihm alle Schuld, wuschen ihm gründlich den Kopf und lästerten in dieser ellenlangen Zeitspanne mehr zusammen, als ein Kanzleischreiber in einem vollen Monat niederkritzeln kann.

Von Stund an lebte der Büttel in Frieden und Eintracht mit seinem Weib, welches beim geringsten bösen Wort, beim leisesten Brauenrunzeln zu ihm sagte: ›Willst du etwa wieder einen Scheißdreck?‹ –

Wer hat nun die ärgste Geschichte zum besten gegeben?« rief der Angeviner und klopfte dem Wirt auf die Schulter, als hätte er ihn ins Jenseits befördern wollen.

»Er! Er!« brüllten die beiden andern.

Und nun hoben sie an zu streiten wie die Kirchenväter auf einem Konzil, gerieten sich in die Haare und wurden handgemein, schmissen einander die Krüge an die Köpfe, sprangen auf und gedachten im Verlaufe des Handgemenges davonzulaufen und das Weite zu suchen.

»Ich will euern Handel schlichten«, rief der Wirt, als er sah, daß von seinen drei zahlungswilligen Schuldnern jetzt keiner mehr ans Zahlen, vielmehr ein jeder nur noch ans Erzählen dachte.

Zu Tode erschrocken hielten sie inne.

»Ich will euch eine bessere erzählen«, schlug der Wirt vor.

Somit zahlt ihr mir dann zehn Groschen für jeden von euern Wänsten.«

»Hören wir den Wirt an!« meinte der Angeviner.

»Es lebte in unserer Vorstadt zur Heiligen Muttergottes der Reichen, zu welcher auch dieser Gasthof gehört, ein bildschönes Kind, das außer seinen leiblichen Reizen einen schönen Haufen Talerstücke sein eigen nannte. So hatte sie denn auch, kaum war sie alt und kräftig genug, die Bürde des Ehestandes auf sich zu nehmen, so viele Anbeter, wie am Ostertag Groschenstücke im Opferstock zu Sankt Gatian zu finden sind. Die Dirn wählte sich einen aus, der, mit Verlaub zu melden, bei Tag und bei Nacht so viel zu leisten imstande war wie zwei stramme Mönche. Sie waren denn auch bald einig, und die Hochzeit war eine abgemachte Sache. Aber die Braut sah mit leiser Besorgnis dem Glück der Hochzeitsnacht entgegen, denn sie war einem ärgerlichen Leiden unterworfen und mußte infolge einer Schwäche ihrer unterirdischen Gänge allerlei Dämpfe ansammeln, die sich dann und wann mit einem Bombenknall entluden.

Da sie nun fürchtete, sie könnte in dieser ersten Brautnacht an andere Dinge denken und darum ihren vertrackten Winden die Zügel schießen lassen, wandte sie sich schließlich vertrauensvoll an ihre Mutter und bat sie um Rat und Hilfe. Da gestand ihr die würdige Dame, diese Eigentümlichkeit, Winde abzusondern, sei ein Erbteil ihrer Familie, und auch sie habe seinerzeit arg darunter gelitten. Aber im vorgerückten Alter habe ihr Gott die Gnade erwiesen, ihr Hinterpförtchen zu verengern, und seit sieben Jahren habe sie nie mehr einen lauten streichen lassen, außer ein letztes Mal, als sie ihrem verstorbenen Mann zum Abschied buchstäblich den Trauermarsch geblasen habe.

›Aber‹, so sagte sie zu ihrer Tochter, ›ich habe ein todsicheres Rezept, das mir meine Mutter vermachte, womit ich solch vorlaute Tönchen ersticken und sie lautlos entweichen lassen kann. Und weil diese unhörbaren Dinger keinerlei üble Düfte verbreiten, ist jedes Ärgernis vermieden. Zu diesem Behuf muß man die Gase verbrodeln lassen und sie vor dem Schlupfloch zurückhalten, dann aber auf einmal und mit aller Kraft ausstoßen. Dann hat sich die Luft verdünnt und verflüchtigt sich wie ein Argwohn. In unserer Familie nennen wir das: ein Fürzlein verdrücken.‹

Da war das Mädchen von Herzen froh, weil sie nun wußte, wie man die Fürzlein verdrücken konnte, und sie dankte ihrer Mutter, tanzte vor Mutwillen und Freude und speicherte ihre Blähwinde zuhinterst in ihrem Gedärm auf, wie ein Blasebalgtreter an der Kirchenorgel für den machtvollen Einsatz beim Messebeginn die Pfeifen mit Luft lädt. Als sie dann das Hochzeitsgemach betrat, nahm sie sich vor, die ganze Ladung loszulassen, während sie ins Brautbett steige; doch das launische Element war so gut ausgereift, daß es nicht entweichen wollte. Der Gatte kam herein – ihr mögt euch selber ausdenken, wie sie mitsammen die lustige Schlacht ausfochten, in der man mit zwei Dingen tausend Dinge macht, so man kann. Mitten in der Nacht stand die junge Frau unter irgendeinem fadenscheinigen Vorwand auf und kam gleich wieder zurück. Als sie aber über ihren Mann hinweg wieder an ihren Platz im Bett steigen wollte, kam ihr Hinterpförtchen die Laune an zu niesen, und da setzte es einen so gewaltigen Kanonendonner ab, daß ihr gleich mir gemeint hättet, die Vorhänge seien entzweigerissen.

›Au weh!‹ sagte sie, ›diesmal habe ich danebengeschossen!‹

›Potz Donner!‹ sagte ich zu ihr, ›lieber Schatz, dann geh sparsam damit um. Mit solcher Artillerie kannst du einmal beim Heer deinen Lebensunterhalt verdienen.‹ – Die Braut war nämlich meine Frau . . .«

»Hohoho!« johlten die Scholaren.

Und dann brachen sie in ein schallendes Gelächter aus, hielten sich die Seiten und fanden des Lobens kein Ende.

»Hast du je eine bessere Geschichte gehört, Graf?«

»Donnerwetter, war das eine Geschichte!«

»Ja, das heiße ich mir eine Geschichte!«

»Eine meisterliche Schnurre!«

»Die Königin aller Geschichten!«

»Hahaha! Die stellt alle andern Geschichten in den Schatten, und inskünftig wird man nur noch Schenkenschnurren hören wollen.«

»Bei meinem Christenglauben! Das war die beste Geschichte, die ich zeitlebens gehört habe.«

»Ich höre immer noch das Fürzlein!«

»Und ich möchte am liebsten die Blasmusik küssen!«

»Fürwahr, Herr Wirt«, sagte der Angeviner todernst, »wir können hier nicht weggehen, ohne daß wir zuvor die Frau Wirtin gesehen haben, und wenn wir nicht auch noch ihr Blashorn zu küssen verlangen, so nur aus großem Respekt vor einem so trefflichen Erzähler.«

Und nun hoben sie den Wirt, seine Geschichte und das Ding seiner Eheliebsten so begeistert in alle Himmel, daß der alte Garkoch schließlich an ihr ehrliches Lachen und ihre übertriebenen Lobhudeleien glaubte und seine Frau herunterrief. Als sie aber nicht kommen wollte, sprachen die Gesellen voll Arglist: »Dann gehen wir zu ihr hinauf!«

Und sie verließen die Wirtsstube. Der Wirt nahm den Kerzenstock und stieg ihnen voraus die Treppe hinan, um ihnen den Weg zu weisen und zu leuchten. Doch da die Spitzbuben die Tür auf die Straße unverschlossen sahen, wischten sie leise wie Schatten hinaus und stellten es dem Wirt anheim, ob er sich mit einem neuen Fürzlein seiner Frau bezahlt machen wollte.

DAS FASTEN DES KÖNIGS FRANZ DES ERSTEN

Ein jeder weiß, wie es zuging, daß der König Franz, der erste seines Namens, wie ein unflügger Nestling gefangen und nach Spanien in die Stadt Madrid überführt wurde. Dort hielt ihn Kaiser Karl der Fünfte, als ein Pfand von hohem Wert, in strengem Gewahrsam auf einem seiner Schlösser, und das brachte unserm verstorbenen Herrn und König ewig lebendigen Angedenkens viel Ungemach, Not und Pein, denn er liebte die freie Luft, seine Bequemlichkeit und jedwedes Wohlleben über alles und verstand sich nicht besser auf das Eingesperrtsein als eine Katze aufs Spitzenwickeln. Drum fiel er auch bald in sonderliche Betrübnis, so

daß nach der Verlesung seiner Briefe im versammelten Staatsrat Madame von Angoulême, seine Mutter, Madame Katharina, die Gemahlin des Thronfolgers, der Kardinal Duprat, Herr von Montmorency und alle, die mit Frankreichs Staatsgeschäften betraut waren und des Königs übermäßige sinnliche Veranlagung nur allzugut kannten, nach reiflicher Überlegung zur Ansicht neigten, die Königin Margrit zu ihm zu entsenden, die ihm gewißlich Erleichterung in seiner Pein verschaffen konnte, da die gute Dame sich seiner herzlichen Liebe erfreute, auch allezeit fröhlich und in jeglicher Weisheit wohlbeschlagen war. Sie aber wandte hiergegen ein, es gehe um ihr ewiges Seelenheil, weil sie nicht allein mit dem König in seinem Kerker sein könne, ohne an Leib und Seele Gefahr zu laufen, und so ward an den päpstlichen Hof zu Rom ein gewiegter Geheimschreiber entsandt, in der Person des Herrn von Fizes, mit dem Auftrag, vom Heiligen Vater ein Breve zu erwirken mit Sonderablässen, umfassend gültige Absolution für die leichten Sünden, welche die genannte Königin in Anbetracht ihrer Blutsverwandtschaft bei ihrem löblichen Unterfangen, des Königs Trübsinn zu verscheuchen, begehen könnte.

Zu jener Zeit trug der Niederländer Hadrian VII. noch die Tiara – im übrigen ein leutseliger Herr, mit dem gut Kirschen essen war; der vergaß ungeachtet der scholastischen Bande, die ihn mit dem Kaiser verknüpften, mitnichten, daß es sich hier um den ältesten Sohn der katholischen Kirche handelte, und er sandte voll Mitgefühl eigens einen Legaten nach Spanien, der mit Vollmachten versehen war, alles Tunliche vorzukehren, damit unbeschadet Gottes heiligen Geboten die Seele der Königin und des Königs Leib keinen Schaden nähmen. Diese dringliche und schwerwiegende Angelegenheit ging allen Höflingen im Kopf herum, und den Damen erregte sie ein prickelndes Kitzeln zwischen den Füßen; sie hätten sich am liebsten alle samt und sonders, aus Treue zur Krone, anerboten, nach Madrid zu gehn, hätten sie nicht um Karls des Fünften finsteres Mißtrauen gewußt, gewährte er doch dem armen König nicht einmal die Erlaubnis, einen seiner Untertanen, geschweige denn ein Mitglied seiner Familie zu sehen. So mußten auch, ehe die Königin von Navarra abreisen konnte, langwierige Verhandlungen geführt werden. In Bälde war von nichts anderm mehr die Rede als von dem jammervollen Fasten und der unfreiwilligen Enthaltsamkeit, die doch einem Fürsten höchst abträglich sein mußte, der bis zu seiner Haftzeit allezeit den Freuden der Liebe so zugetan gewesen war. Kurz, des Klagens und Erbarmens war kein Ende, und schließlich dachten die gutherzigen Damen vor lauter Mitgefühl viel häufiger an des Königs Hosenlatz als an ihn selber. Die Königin erklärte allen voran, sie wollte, ihr wären Flügel gewachsen. Darauf gab ihr Herr Odet von Chastillon zur Antwort, die habe sie gar nicht nötig, sie sei auch so schon ein Engel. Ja, eine Dame, es war die Frau Admiralin, haderte mit Gott, weil sie dem armen Faster nicht durch einen reitenden Boten das zukommen lassen konnte, was ihm so bitter mangelte, während ihm jede von den Hofdamen reihum das ihre von Herzen gern ausgeliehen hätte.

»Gott hat wohl daran getan, daß er's uns hat fest anwachsen lassen!« rief da scherzweise die Dauphine, »denn unsere Ehemänner würden es sonst jedesmal mitnehmen, wenn sie auf Reisen gehn, und was würden wir dann anfangen?«

So wurde hin und her geredet und überlegt, und als die schönste aller Perlen, die königliche Margrit, ihre Reise antrat, trugen ihr diese eifrigen Christendamen auf, den armen Gefangenen im Namen aller Damen des Königreichs herzhaft abzuküssen; wäre es ihnen möglich gewesen, Freuden auf Vorrat in Töpfe abzufüllen wie Mostrich, so hätte die Königin so viel mitbekommen, daß sie beide Kastilien noch hätte reichlich damit versorgen können.

Während nun Frau Margrit, trotz Eis und Schnee, mit einer ganzen Maultierherde übers Gebirge zog und ihrer tröstlichen Aufgabe entgegeneilte, als gelte es, eine Feuersbrunst zu löschen, war der König übel dran. Er litt, wie noch niemals in seinem Leben, unter argen Beschwerden, die ihm seine Lenden verursachten. In dieser höchsten Not eröffnete er sich Kaiser Karl dem Fünften und flehte ihn um Erbarmen und rasche Linderung seiner Qual an, gab ihm auch zu bedenken, es wäre doch eine ewige Schande für einen König, wenn er einen andern König aus Mangel an weiblichem Umgang in den Tod treiben wollte. Da bewies der Kastilianer, daß er trotz allem ein fühlendes Herz hatte. Auch überlegte er bei sich selbst, er könne sich ja für seine Spanierinnen am Lösegeld seines hochmögenden Gastes schadlos halten, und so erteilte er den Leuten, die seinen Gefangenen zu bewachen hatten, andeutungsweise und insgeheim entsprechende Befehle und gab ihnen die Erlaubnis, ein Auge zuzudrücken

und ihm darin gefällig zu sein. Ein gewisser Don Hijos de Lara-y-Lopez Barra di Ponto, ein Habenichts und Rittmeister, bettelarm ungeachtet seines hochklingenden Stammbaums, hatte sich schon seit geraumer Zeit mit dem Gedanken getragen, am Hofe von Frankreich sein Glück zu suchen. Nun glaubte er, wenn er dem königlichen Häftling ein lindes Pflaster aus beseeltem Fleisch verschaffe, könne er sich ein einträgliches Pförtlein erschließen; und wahrlich, wer den Hof und auch den König kennt, weiß wohl, ob er sich darin verrechnet hatte.

Als nun der genannte Rittmeister an der Reihe war, in der Kammer des Königs von Frankreich Dienst zu tun, fragte er ihn untertänig, ob er ihm huldvoll eine Frage verstatten wolle, auf deren Beantwortung er ebenso erpicht sei wie auf einen päpstlichen Ablaß. Bei diesen Worten hellte sich des Königs schwermutvolles Antlitz auf, er rückte in dem Sessel, auf dem er saß, zur Seite und nickte zustimmend Gewährung. Da bat ihn der Rittmeister, er möge ihm seine freie und ungeschminkte Sprache nicht verübeln; hernach gestand er ihm, er, der König, stehe im Rufe, er sei einer der tüchtigsten Frauenbetörer in ganz Frankreich, und er möchte nun gar zu gerne von ihm selbst erfahren, ob die Damen an seinem Hof in Wahrheit so erfahrene Liebeskünstlerinnen seien, wie man ihnen nachrühme. Der arme König dachte wehmütig zurück an seine Heldentaten, seufzte aus tiefster Brust und beteuerte, keine Frau in keinem Lande, die auf dem Mond inbegriffen, kenne sich besser in den Geheimnissen dieser Alchimie aus, und wenn er an die ergötzlichen Zärtlichkeiten und die leidenschaftlich-ungestümen Liebkosungen einer solchen Geliebten zurückdenke, fühle er sich Manns genug, wofern sie ihm jetzt nur zu Gebote stünde, sie auf einem morschen Brett

G. Doré
DEGHOUY

hundert Fuß über einem Abgrund nach Strich und Faden zu schurigeln.

Während er dies sagte, sprühte der gute König, der ein Buhlhengst sondergleichen war, Feuer und Flamme aus seinen Augen, so heiß, daß der Rittmeister, der doch ein tapferer Haudegen war, bis hinab ins Gedärm erbebte, so loderte die allerheiligste Majestät der königlichen Liebe ihm entgegen. Doch fand er bald seinen Mut wieder, faßte sich ein Herz und trat mit edlem Eifer für die spanischen Damen ein, sang ihr Lob und rühmte sich, nur in Kastilien wüßten Mann und Weib wahrhaft zu lieben, weil nämlich dortzulande die Frauen gottesfürchtiger seien als sonstwo auf der Welt in christlichen Landen, und je mehr die Frauen Angst hätten, der ewigen Verdammnis zu verfallen, wenn sie sich einem Manne hingäben, desto inbrünstiger gingen sie ins Zeug, denn sie wüßten sehr wohl, daß sie für die ganze lange Ewigkeit im voraus Lust kosten müßten. Dann sagte er weiter, wenn der gnädige Herr König eine von den besten und einträglichsten Krondomänen seines Königreichs dagegen wetten wolle, mache er sich anheischig, ihm zu einer echt spanischen Liebesnacht zu verhelfen, in welcher eine Frau, die er ihm für diese Nacht als Königin zuführen wolle, ihm die Seele durch den Hosenlatz ausbeuteln werde, wenn er sich nicht wohl in acht nehme.

»Mir soll's recht sein«, versetzte der König und sprang von seinem Stuhl auf. »Nur sputet Euch und schafft mir die Frau bald zur Stelle! Bei Gott! Ich will dir meinen Grundbesitz bei Frauenstädt in meiner Provinz Touraine zu eigen schenken mitsamt allen Nießbräuchen, Jagdrechten und Privilegien der hohen und niedern Gerichtsbarkeit.«

Daraufhin suchte der Rittmeister, der die Beischläferin des Kardinalerzbischofs von Toledo gut kannte, selbige auf und bat sie, den König von Frankreich mit ihrer Liebe bis zum Überdruß zu sättigen und ihm die turmhohe Überlegenheit kastilianischen Erfindungsreichtums im Vergleich zum phantasiearmen Gezappel der Französinnen vor Augen zu führen. Die Marquesa von Amaesguy ging bereitwillig auf seinen Wunsch ein, einesteils um für Spanien Ehre einzulegen, andernteils auch um des Vergnügens willen, zu erfahren, aus welch einem Teig Gott die Könige geschaffen hat, sintemal sie's ja nicht wissen konnte, hatte sie sich doch bis zur Stunde immer nur mit Kirchenfürsten eingelassen. So kam sie denn heißblütig gleich einer Löwin angestürmt, die ihren Gitterkäfig aufgebrochen hat, traktierte den König, daß ihm alle Knochen im Leibe knackten und sein Mark dampfte, und spielte ihm so feurig zum Tanz auf, daß jedem andern dabei der Atem ausgegangen wäre. Doch war der König so wohlgerüstet, dermaßen ausgehungert und biß und balgte sich so wacker mit ihr herum, daß er gar nicht spürte, wie auch er gebissen ward, und die Marquesa aus diesem schauerlichen Zweikampf kleinlaut und geschlagen hervorging; und war ihr zumute, als hätte sie dem leibhaftigen Gottseibeiuns die Beichte gehört.

Im vollen Vertrauen auf die Prunkscheide für des Königs Stoßdegen erschien der Rittmeister anderntags beim König, fest überzeugt, er könne ihm gleich für das versprochene Lehen huldigen. Da sagte der König spöttisch, die Spanierinnen hätten freilich hitziges Blut und gingen scharf ins Zeug, doch legten sie in ihre Liebe allzu große Raserei, wo doch gerade lindes Streicheln am Platze wäre; bei jeder Umarmung habe ihn bedünken wollen, die Frau habe ein krampfhaftes Niesen befallen oder er tue ihr Gewalt an. Rundheraus gesagt, bei einer Französin bekomme ein Mann, je mehr er trinke, um so heftigeren Durst, auch widerstehe ihm der labende Trank nie, und mit den Damen seines Hofes sei die Liebe Süßigkeit ohnegleichen und mitnichten eine Schwerarbeit wie die eines Bäckers, der im Backtrog den Teig knetet.

Von diesen Worten war der Rittmeister nicht wenig betroffen. Ungeachtet seines Ehrenworts als Edelmann, das ihm der König verpfändet hatte, wollte dem Kastilianer scheinen, der Herrscher wolle ihn um seinen Lohn prellen, wie etwa ein schäbiger Scholar zu Paris sich in einem Hurenhaus gütlich tut und sich dann um die Bezahlung drückt. Gleichwohl, da er nicht wußte, ob die Marquesa am

Ende dem König nicht gar zu spanisch aufgewartet hatte, erbat er sich von dem Gefangenen Revanche und gab ihm sein Wort darauf, daß er diesmal für gewiß eine wahre Fee in den Armen halten solle, und er, der Rittmeister, werde unfehlbar sein Lehen gewinnen. Der König war viel zu höflich und ritterlich, um diese Bitte abzuschlagen, ja, er fügte mit echt königlicher Liebenswürdigkeit hinzu, es solle ihm lieb sein, wenn er die Wette verliere. Nach der Vespermette führte nun die Wache eine Dame in die Kammer zum König, ein liebeglühendes Weib, schneeweiß, anmutig und zugleich zu allem Mutwillen bereit, eine liebreizende Frau mit langen Haaren, samtweichen Händen, wunderschön in ihrem wallenden Kleid, das sich bei der leisesten Bewegung bauschte, ein Geschöpf, dessen Mund lachte, während die Augen erwartungsvoll schimmerten, ein Weib, dem zuliebe sogar der Teufel fromm geworden wäre; und schon das erste Wort, das sie sprach, hatte solch herzbezwingende Gewalt, daß darob des Königs Hosenlatz knisterte . . .

Am andern Morgen, als die Schöne nach dem Frühstück sich aus des Königs Kammer fortgestohlen hatte, trat der wackere Rittmeister glückstrahlend und siegesbewußt herein.

Kaum sah ihn der König kommen, rief er auch schon: »Baron von Frauenstädt, Gott beschere Euch einmal gleich köstliche Wonnen! Nun ist mir mein Kerker lieb geworden! Bei Unserer Lieben Frau, ich will nicht mehr richten zwischen der Liebe in Eurem und meinem Lande, sondern meine Wette verlorengeben und bezahlen.«

»Ich wußte es wohl!« erwiderte der Rittmeister.

»Wieso?« fragte der König verwundert.

»Majestät, sie ist meine Frau.«

So ward das Geschlecht derer von Larray zu Frauenstädt begründet, und so kamen sie in unser Land. Denn der Name Lara-y-Lopez wurde im Laufe der Zeiten immer mehr entstellt und zuletzt Larray gesprochen. Die Larray waren eine gute Familie, treuergeben dem Dienste der Könige von Frankreich und hatten zahlreiche Nachkommen.

Bald hernach langte auch die Königin von Navarra an, just zur rechten Zeit für den König, der allgemach die spanische Liebe satt hatte und sich danach sehnte, wieder auf französische Art das Leben zu genießen. Doch was nun geschah, gehört nicht mehr zu dieser Geschichte. Ich behalte mir freilich vor, an anderer Stelle zu berichten, wie es der Legat anstellte, die unterschiedlichen Sünden, die da begangen wurden, ungeschehen zu machen, desgleichen den artigen Ausspruch, den unsere Königin Margrit bei dieser Gelegenheit zum besten gab. Sie verdient wahrlich, gleich einer Heiligen, eine Nische in diesen Geschichten, hat sie selbst doch als erste so vergnügliche Geschichten erzählt.

Die Moral dieser vorstehenden Geschichte ist leicht verständlich und eingänglich.

Zum ersten lehrt sie uns, daß die Könige sich im Kriege nicht sollen gefangennehmen lassen, so wenig wie ihr Urbild im Spiel des Herrn Palamedes. Denn so viel steht fest, daß es ein verhängnisvolles Unheil und eine greuliche Plage für ein Volk ist, wenn sein König in Gefangenschaft gerät. Und wäre es eine Königin gewesen oder eine Prinzessin, um wieviel ärger wäre ihr Los ausgefallen! Aber ich glaube auch, daß dies nicht einmal bei den Kannibalen vorkäme. Denn besteht jemals ein vernünftiger Grund, die Blüte eines Königreichs im Kerker verwelken zu lassen? Ich denke viel zu gut von den Teufeleien Astaroths, Luzifers und anderer höllischer Gesellen, als daß ich mir vorstellen könnte, sie wollten, solange sie herrschen, die Freude aller Menschenwesen, das wohltuende Licht, das allen Mühseligen und Beladenen Trost und Wärme spendet, in ein finsteres Kerkerverlies sperren. Und es mußte schon der schlimmste aller Teufel, nämlich ein altes, bösartiges, ketzerisches Weib, auf einen Königsthron gelangen, um die wunderschöne Maria von Schottland zur ewigen Schande aller Ritter der Christenheit gefangenzusetzen, die allesamt unaufgefordert sich hätten vor den Mauern von Fotheringhay zusammenscharen müssen, daß auch nicht ein Stein von der Feste auf dem andern geblieben wäre.

DIE WUNDERLICHEN REDEN DER NONNEN VON POISSY

Die Abtei zu Poissy wird von den alten Chronisten als ein Ort gepriesen, wo es hoch und lustig herging und wo zum erstenmal die Nönnchen über die Stränge schlugen und üppig ins Kraut schossen. Auch stammen von dort eine Unmenge köstlicher Geschichten, die den Weltkindern auf Kosten unserer heiligen Religion viel zu lachen gaben. So ist denn die obenerwähnte Abtei auch sprichwörtlich geworden, welche Sprichwörter manche Gelehrte heutigentags nicht mehr verstehen, soviel sie sie auch nach besten Kräften seihen, auseinanderlesen und zerkleinern, ohne sie doch jemals verdauen zu können.

Fragt ihr einen von ihnen, was denn eigentlich die *Oliven von Poissy* für Dinger seien, so wird er euch allen Ernstes zur Antwort geben: das sei eine Umschreibung für Trüffeln; und *die Art, sie zuzubereiten*, über die sich seinerzeit die halbe Welt lustig machte und mit der man diese tugendhaften Jungfrauen in einem fort aufzog, müsse wohl eine ganz besondere Sülze oder Brühe bedeuten. Da habt ihr's; unter hundert Malen treffen auch die Bücherwürmer einmal ins Schwarze. Um auf die guten Klausnerinnen zurückzukommen, so wurde, nur im Scherz natürlich, behauptet, sie fänden in ihren Hemden lieber ein ausgewachsenes Luder als eine ehrsame Frau. Andere Spaßvögel warfen ihnen vor, sie ahmten das Leben der heiligen Büßerinnen auf ihre eigne Weise nach, und von der heiligen Maria aus Ägyptenlande, so höhnten sie, behage ihnen bloß die vergnügliche Art, wie sie die Fährleute bezahlt habe. Daher rührt das Spottwort: *Die Heiligen nach der Weise von Poissy verehren.* Auch gibt es noch das *Kruzifix von Poissy*, das den Magen schön warm hält, des fernern die *Frühmette von Poissy*, bei der zum guten Ende Chorknaben in Erscheinung treten. Und schließlich hieß es von einer verbuhlten, leichtlebigen Frauensperson, die sich in den Leckereien der Liebe auskannte: *Sie ist eine Nonne von Poissy.* Und das gewisse Dingsda – ihr wißt schon, was ich meine –, was ein Mann immer nur herleihen kann, das hieß *der Schlüssel zur Abtei von Poissy.* Was nun das *Portal* der besagten Abtei anlangt, so kennt es jeder schon seit seiner Geburtsstunde. Dieses Portal, Tor und Pförtchen, dies Klafftürchen, denn immerzu klafft es offen, ist leichter zu öffnen als zu schließen, auch kostet es ein Sündengeld an Flickarbeit. – Kurz, in jener Zeit wurde auch nicht eine einzige artige Liebeswonne ersonnen, die man nicht gleich dem guten Nonnenkloster zu Poissy zuschrieb. Verlaßt euch drauf, daß es mancherlei Lügen und hyperbolische Übertreibungen in diesen Sprichwörtern, Späßen, Spottreden und Hänseleien gab. Die Nonnen von Poissy waren gewitzte Fräulein, welche nur hie und da dem lieben Gott zum Nutzen des Teufels ein Schnippchen schlugen, wie so manch andere, da ja unser aller Natur sehr gebrechlich ist; und wenn sie schon fromme Klosterfrauen waren, so hatten sie doch auch ihre Fehler und Unvollkommenheiten. Und bei ihnen gab es eine Stelle, wo der Stoff einen Schlitz aufwies, und daher kam alles Unheil. Wahr ist freilich, daß all diese boshaften Nachreden auf eine Äbtissin zutrafen, welche vierzehn Kinder hatte, die sämtlich lebten, waren sie doch in Muße und Andacht zum Leben erweckt worden. Die eigenwilligen Liebesabenteuer und übermütigen Streiche dieser Äbtissin, die aus königlichem Geblüt war, brachten das Kloster zu Poissy erst richtig in aller Leute Mund, und fortan konnte sich keine lustige Begebenheit irgendwo in einer Abtei Frank reichs zutragen, ohne daß sie nicht sogleich den Anfechtungen der bedauernswerten Mädchen in die Schuhe geschoben wurde; und sie wären doch mit dem zehnten Teil mehr als zufrieden gewesen. Später ward dann in der Abtei die alte Zucht wiederhergestellt, und dabei nahm man den heiligen Frauen das bißchen Glück und Freiheit, dessen sie sich noch erfreuten. In einer alten Urkundensammlung der Abtei von Turpenay unweit Chinon, welche in den jüngsten schlimmen Zeitläuften in der Bibliothek von Azay Zuflucht fand, wo sie der heutige Schloßherr gut verwahrte, bin ich unter der Rubrik *Stundenbuch von Poissy* auf ein Bruchstück gestoßen, das offenkundig von einem fröhlichen Abt von Turpenay zusammengestellt wurde zum Zeitvertreib für seine Nachbarinnen in Ussé, Azay, Mongauger, Sacché und andern Orten der Umgegend. Ich bringe es hier unter der Verantwortung des kuttentragenden Verfassers, aber auf meine eigene Art zurechtgemacht, zumal ich genötigt war, es aus dem Lateinischen zu übertragen. Somit fange ich an.

In Poissy hatten die Nonnen die Gewohnheit, wenn das gnädigste Fräulein, die Tochter des Königs, ihre Äbtissin, zu Bette gegangen war . . . Sie war's nämlich, die den Namen *Gänschenspiel* aufbrachte für das Sichbescheiden verliebter Leute, die sich zufriedengeben mit den Präliminarien, Prolegomena, Vorreden, Vorworten, Protokollen, Einleitungen, Hinweisen, Anmerkungen, Prodromen, Übersichten, Voranzeigen, Inhaltsangaben, Prologen, Fußnoten, Überschriften, Titeln, Untertiteln, Lauftiteln, Scholien, Randglossen, Titelbildern, dem Goldschnitt, den hübschen Buchzeichen, Schließen, Rosetten und Vignetten, Kanteln, Zierleisten, Kopf- und Schlußverzierungen, Kupferstichen und Holzschnitten, ohne je das lustige Buch aufzuschlagen, um darin zu lesen, abermals zu lesen und zu studieren, den Inhalt zu erfassen und zu begreifen. Und deshalb faßte sie in einem Lehrwerk alle die zusätzlichen kleinen Ergötzlichkeiten dieser wunderschönen Sprache zusammen, welche zwar von den Lippen hervorgebracht, aber doch lautlos gesprochen wird, und setzte sie so klug und weise in die Tat um, daß sie als Jungfrau starb, zumindest soweit es ihre Leiblichkeit betraf, welche gänzlich unversehrt geblieben war. Diese fröhliche Wissenschaft ward seither bedeutend vertieft und erweitert von den Damen am Hofe, welche sich Liebhaber fürs Gänschenspiel zulegten, andere um ihrer Ehre willen nahmen und zuzeiten auch manche, denen sie alle Rechte, die der hohen sowohl wie der niedern Gerichtsbarkeit, über sich einräumten, so daß sie uneingeschränkt als ihre Herren über alles geboten; welcher Zustand den meisten Mannsbildern ja am ehesten behagt.

Doch zurück zu unserer Geschichte.

Wenn nun diese tugendreiche Prinzessin mutternackt, und ohne sich im mindesten zu schämen, in ihren Bettlaken ruhte, kamen die muntern Nönnchen, alle die, welche noch keine Runzeln am Kinn und ein fröhliches Herz hatten, sachte und auf leisen Sohlen aus ihren Zellen gehuscht und schlichen ins Kämmerlein einer ihrer Schwestern, welche von allen sonderlich geliebt ward. Dort ging dann ein herzhaftes Schwätzen und Kichern los, gewürzt mit allerlei Geknabber von eingemachten Früchten und Zuckerzeug, mit geistlichen Tränklein, die sie heimlich schlürften, mit übermütigen Zänkereien und Hänseleien, wie's junge Mägdlein gerne treiben, sie stichelten die Alten, äfften sie nach, trieben ihren unschuldigen Mutwillen mit ihnen, erzählten einander so ungeheuerliche Geschichten, daß sie Tränen lachten, und spielten zusammen tausenderlei Schabernack. Bald maßen sie gegenseitig ihre Füße und schauten, wer die zierlichsten hatte, sie verglichen die schneeweißen Rundungen ihrer Arme, ergründeten, welche Nase die leidige Eigenschaft hatte, nach dem Nachtmahl rot anzulaufen, zählten ihre Sommersprossen, zeigten einander ihre Muttermale und Leberfleckchen, prüften, wer von ihnen die makelloseste Haut, die hübschesten Farben und den schönsten Wuchs besaß. Wie ihr euch wohl denken könnt, fanden sich unter diesen gottgeweihten Himmelsbräuten zarte und feine, rundliche, flachbrüstige, hohlhüftige, pralle, geschmeidige und schmächtig-hagere, kurz: von jeglicher Art welche. Dann wieder stritten sie sich, wer am wenigsten Stoff für seinen Gürtel benötigte, und diejenige, die den geringsten Umfang aufwies, war selig darüber, ohne daß sie eigentlich wußte, warum. Zuweilen erzählten sie einander ihre Träume, und was ihnen darin vorgekommen war. Oftmals hatten eine oder zwei, mitunter sogar alle, geträumt, sie hätten den Schlüssel der Abtei ganz fest in Verwahrung gehabt. Hie und da holten sie auch beieinander Rat wegen ihrer kleinen Übel und Wehwehchen. Eine hatte sich den Finger aufgeschunden, eine andere hatte einen Umlauf am Nagel, eine dritte war des Morgens mit einem Blutäderchen im Weiß des Auges aufgewacht, und eine vierte hatte sich beim Rosenkranzbeten den Zeigefinger ausgerenkt. Allesamt hatten sie etwas, was ihnen aufs Herz drückte oder auf dem Magen lag.

»Ah! Ihr habt unsere geistliche Mutter belogen! Eure Nägel haben weiße Flecken gekriegt«, sagte eine zu ihrer Nachbarin.

»Ihr seid aber lange im Beichtstuhl gesessen heute früh, liebe Schwester«, stichelte eine andere. »Ihr hattet wohl viele kleine Sünden zu beichten?«

Da es aber nichts gibt, was einer Katze so ähnlich sieht wie eine Katze, schlossen sie innige Freundschaft, zankten und stritten sich, schmollten miteinander, vertrugen sich wieder, waren neidisch und eifersüchtig aufeinander, zwickten und kniffen sich, lachten sich darüber halb krank, und dann lachten und kicherten sie wieder, um sich zu kneifen, und trieben allerlei Mutwillen und Schindluder mit den Novizen.

Sagte da einmal eine: »Wenn nun bei Regenwetter ein strammer Junker hereingeschneit käme, wo würden wir ihn denn hinstecken? . . .«

»Zur Schwester Ovidia, sie hat die geräumigste Zelle. Da hätte er Platz genug mitsamt seinem mächtigen Helmbusch.«

»Was wollt Ihr damit sagen?« begehrte Schwester Ovidia auf. »Sind unsere Zellen nicht alle gleich groß?«

Darauf erhoben die Mädchen ein Gelächter und platzten schier wie überreife Feigen.

Eines Abends zogen sie eine bildhübsche kleine Novize zu ihrem kleinen Konzil hinzu. Sie war erst siebzehn Jahre alt, schien unschuldig wie ein neugeborenes Kind, und man hätte ihr das Abendmahl ohne Beichte gereicht. Der Kleinen lief das Wasser im Mund zusammen bei all dem heimlichen Geraune und Getuschel, dem Picheln und Bechern, dem Katzbalgen und Herumdrücken, womit die blutjungen Nönnlein sich gegenseitig die sakrosankte Gefangenschaft ihres Leibes versüßten, und oft hatte sie bittere Tränen vergossen, weil sie nicht mit dabeisein durfte.

»So, nun sag einmal«, sagte Schwester Ovidia zu ihr, »hast du auch gut geschlafen heute nacht, mein Rehkitz?«

»O nein«, gab sie zur Antwort, »die ganze Nacht haben mich die Flöhe geplagt.«

»Ah, du hast Flöhe in deiner Zelle? Da müssen wir auf der Stelle Abhilfe schaffen. Weißt du auch, wie man sie nach der Regel unseres heiligen Ordens verjagen soll, auf daß nimmer eine Schwester auch nur ein Flohschwänzchen zu Gesicht kriegt die ganze Zeit über, solange sie im Kloster lebt?«

»Nein«, versetzte die Novize.

»So will ich dir's sagen. Siehst du hier in meiner Zelle einen Floh, auch nur die Spur von einem Floh, riechst du den Geruch eines Flohs, gewahrst du auch nur den Schimmer von einem Floh hier drinnen? Sieh dich einmal um und suche.«

»Nein, ich kann nichts finden«, erwiderte die Novize, ein Fräulein von Piennes, »und ich rieche auch nichts außer unserem eignen Geruch.«

»Dann tu, was ich dich heiße, und du wirst nie wieder gebissen werden. Sobald dich einer sticht, mein Kind, dann mußt du dich fasernackt ausziehn, mußt dein Hemd aufheben, darfst aber beileibe nicht sündigen, wenn du dich allüberall beschaust. Du darfst dabei nur an den verfluchten Floh denken und nichts anderes tun, als ihn mit Fleiß suchen. Auch ist es strenge verboten, auf andere Dinge achtzuhaben, vielmehr sollst du nur an den Floh denken und danach trachten, ihn zu erwischen, denn das allein ist schon keine einfache Sache, weil du dich nämlich leicht durch kleine schwarze Fleckchen auf deiner Haut täuschen läßt, die dort von Geburt auf zu sehen sind. Hast du solche Muttermale, mein Schatz?«

»Ja«, sagte die Kleine. »Ich habe zwei linsengroße violette Male, eines auf der Achsel und das andere am Rücken, ziemlich weit unten. Aber man kann es kaum sehen, es sitzt ganz versteckt im Gräblein . . .«

»Wie hast du's denn überhaupt sehen können?« fragte die Schwester Perpetua.

»Ich wußte gar nichts davon. Herr von Meinschatz hat es entdeckt.«

»Hahaha!« lachten die Schwestern. »Und hat er sonst nichts gesehen?«

»Doch, er hat alles gesehen«, versetzte sie, »ich war damals noch ganz klein. Er war ein bißchen älter als neun Jahre, und wir vertrieben uns die Zeit mit Spielen . . .«

Da merkten die Nonnen, daß sie zu früh gelacht hatten, und die Schwester Ovidia fuhr fort: »Besagter Floh kann also lange hüpfen und springen, von deinen Beinen bis hinauf zu den Augen, sich in alle Ritzlein verkriechen, in Wäldchen und in allen Gräben sich verstecken wollen, abwärts und aufwärts fliehen und dir beharrlich und nimmermüde zu entwischen trachten, die Regel des Ordenshauses gebietet, ihm beherzt nachzusetzen und dazu ein Ave ums andere zu beten. Für gewöhnlich ist das Biest beim dritten Ave schon gefangen . . .«

»Der Floh?« fragte die Novize.

»Natürlich der Floh! Wer denn sonst?« erwiderte Schwester Ovidia. »Aber um die Gefahren einer solchen Flohhatz zu vermeiden, mußt du, an welchem Ort du auch den Finger auf das Tierchen legst, gut achtgeben, daß du außerdem nichts anderes greifst . . . Dann aber darfst du dich nicht um sein Wehgeschrei kümmern, nicht auf sein Gejammer und Klagen achten, auch nicht auf sein Gezappel und Gestrampel, wenn er sich von ungefähr zur Wehr setzt, was recht häufig der Fall ist, du mußt ihn unterm Daumen oder einem andern Finger der Hand, mit der du ihn festhältst, arg an dich drükken, und dann suchst du mit der andern Hand ein Stück Band, womit du dem Floh die Augen verbinden kannst, auf daß er nicht mehr hüpfen kann, sintemal das Tierchen, wenn es nichts mehr sieht, nicht weiß, wohin es sich wenden soll. Da es dich aber noch beißen und am Ende vor Wut toll werden könnte, mußt du ihm das Maul ein Stückchen weit aufreißen und ganz behutsam ein Zweiglein von dem geweihten Buchsbaumholz hineinstopfen, von dem, das in dem kleinen Weihwasserkessel überm Kopfpfühl deines Bettes steckt.

Dann kann der Floh nicht mehr anders: er muß artig und brav bleiben. Bedenkt jedoch wohl, daß unsere Ordensregel uns keinerlei Eigentum auf Erden gestattet und daß sohin auch dies Tierlein nicht dir gehört. Du mußt aber auch daran denken, daß es ein Geschöpf Gottes ist, und so mußt du danach trachten, den argen Floh zu einem Gott wohlgefälligeren Lebenswandel zu bekehren. Vor allem mußt du darum drei wichtige Dinge feststellen, nämlich: ob der Floh ein Männchen ist oder ein Weibchen oder ob er noch jungfräulich ist. Nehmen wir an, er sei noch jungfräulich, was nur äußerst selten vorkommt; denn diese Biester führen einen ausgesprochen lockern Lebenswandel, sind samt und sonders recht liederliche, verbuhlte Geschöpfe und werfen sich dem ersten besten an den Hals. Handelt es sich also um eine Jungfrau, so packst du sie an den Hinterbeinen, ziehst ihr diese unter ihrem gepanzerten Bäuchlein hervor, dann bindest du sie ihr mit einem von deinen Haaren fein säuberlich zusammen und bringst sie so vor die Frau Oberin, welche dann über ihr Los beschließt, nachdem sie auch das Kapitel noch zu Rate gezogen hat. Ist es aber ein Männchen . . .«

»Woran kann man aber sehen, ob ein Floh noch jungfräulich ist?« fragte die wißbegierige Novize.

»Zunächst einmal«, erwiderte die Schwester Ovidia, »zunächst einmal ist er traurig und schwermütig, er lacht nicht wie die andern, beißt auch nicht so heftig zu, sperrt das Maul nicht so weit auf und wird rot, wenn man ihn anrührt, du weißt schon, wo . . .«

»In diesem Falle«, erwiderte die Novize, »bin ich von lauter Männchen gebissen worden.«

Da mußten die Nönnlein alle so furchtbar lachen, daß eine von ihnen ein Fürzlein in b-moll ließ, welches ihr so patzig und dreist entwischte, daß sie erschrak und ein Pfützlein Wasser hinterherschickte. Die Schwester Ovidia deutete, ohne eine Miene zu verziehen, auf die Nässe am Fußboden und sagte: »Da seht ihr's: kein Wind ohne Regen!«

Da mußte die Novize selber lachen und meinte, die Lachsalven rührten von dem Zwischenruf her, welcher der frommen Schwester entfahren war.

»Wenn es also ein männlicher Floh ist«, hob nun die Schwester Ovidia von neuem an, »dann nimmst du deine Schere oder auch den Dolch deines Herzallerliebsten, wenn er ihn dir zufällig vor deinem Eintritt ins Kloster zum Andenken geschenkt hat. Kurz und gut, mit einem scharf schneidenden Instrumente machst du ihm behutsam einen Einschnitt in die Lenden. Mach dich drauf gefaßt, daß er jappst, hustet, speit und schäumt und dich um Verzeihung anfleht. Du wirst sehen, wie er sich windet und bäumt, wie er vor Angst schwitzt, wie er dich verliebt anhimmelt und alles tut, was ihm nur in den Sinn kommt, um sich dieser Operation zu entziehen. Wundere dich aber gar nicht darüber, und laß dich ja nicht erweichen. Verhärte vielmehr dein Herz und vergiß nicht, daß du all dies bloß darum tust, damit ein sündiges Geschöpf wieder auf den Weg des Heils zurückgeführt werde. Nun holst du mit viel Geschick seine Eingeweide heraus, die Leber, die Lungen, das Herz, den Magen, die edeln Teile, dann tauchst du alles zu wiederholten Malen ins Weihwasser und wäschst es sorgsam ab, reinigst und läuterst es, nicht ohne den Heiligen Geist im Gebet anzurufen, er möge das Innere dieses Tierleins heiligen. Am Ende steckst du hurtig und geschwind alle diese Innereien wieder dem Floh in den Bauch, denn er kann es kaum erwarten, bis er sie wieder zurückbekommt. Ist dann die Seele dieses Geschöpfs dank solchem Verfahren getauft, so hast du einen wahrhaft christlichen und gut katholischen Floh vor dir. Sogleich holst du Nadel und Faden und nähst dem Tier den Bauch wieder zu, und zwar mit größter Schonung, mit aller erdenklichen Rücksichtnahme, mit aller möglichen Vorsicht, denn das bist du deinem Bruder in Christo schuldig. Du mußt sogar für ihn beten, und du wirst sehen, wie dankbar er für diese Fürbitte ist, wie er seine Knie beugt und dir aufmerksame Blicke zuwirft. Kurzum, er wird nie mehr schreien, auch nie mehr dich beißen wollen, und nicht selten kommt es vor, daß einer vor Freude stirbt, weil er auf diese Weise zu unserer heiligen Religion bekehrt wurde. Genau gleich verhältst du dich im Hinblick auf alle andern, die du fangen kannst. Wenn das nun die andern sehen, so machen sie sich aus dem Staub, nachdem sie sich über ihren neubekehrten Bruder baß verwundert haben, so hartgesottene Sünder sind sie, und so schreckliche Angst haben sie, man könnte sie am Ende auch noch auf diese Weise zu Christen bekehren . . .«

»Daran tun sie wahrlich unrecht« pflichtete die Novize bei. »Kann es ein größeres Glück geben, als im Kloster ein gottgefälliges Leben zu führen?«

»Freilich«, warf Schwester Ursula ein, »hier sind wir wohlbehütet vor allen Fährnissen der Welt, vor allen Gefahren der Liebe, und deren sind ja so viele . . .«

»Gibt es denn noch andere Gefahren, als daß man unversehens ein Kind kriegt?« fragte eine junge Nonne.

»Seit wir einen neuen König haben«, erwiderte Schwester Ursula und schüttelte schaudernd den Kopf, »hat die Liebe den Aussatz bekommen, das Sankt-Antons-Feuer hat sie befallen, das heilige Feuer, die Blatterrose, hat sie gepackt, der rote Weichsel- oder Wichtelzopf, und nun hat sie alle Fieber, Ängste, Gifttränklein, Leiden und Qualen in ihrem niedlichen Mörser zerstoßen, und herausgekommen ist ein gräßliches Übel, dessen Rezept der Teufel höchstselbst zusammengebraut hat, zum Heil und Segen der Klöster, weil seither eine Unmenge edle Frauen aus Furcht und Entsetzen ins Kloster gehn, die allesamt aus schierer Angst vor dieser verpesteten Liebe tugendsam werden.«

Da drängten sie sich dicht aneinander, so ängsteten sie sich bei diesen Worten, und doch wollten sie alle gar zu gerne noch mehr vernehmen.

»Und man braucht also nur zu lieben, und schon muß man leiden?« fragte eine Nonne.

»Oh, ja, mein süßer Jesus!« rief Schwester Ovidia.

»Da hättet ihr ein einziges winziges Mal einen schmucken Junker lieb«, fuhr Schwester Ursula fort, »und schon könnt ihr damit rechnen, daß euch die Zähne einer nach dem andern ausfallen, eure Haare ausgehen, eure rosigen Wangen blau werden, die Wimpern sich lichten und kahl werden, und das alles unter grauenvollen Schmerzen, die nicht ihresgleichen haben, und der Abschied von euern Reizen und eurer schönsten Zier wird euch schwer ankommen und bittere Tränen kosten. Es gibt arme Frauen, denen ein widerlicher Krebs die Nase zerfrißt, andere haben ein tausendfüßiges Tier im Leib, welches immerfort juckt wie ein Ameisenhaufen und ihnen wegfrißt, was wir Frauen Zartestes an uns haben. Endlich hat sich der Papst bemüßigt gesehen, solche Liebe mit dem Kirchenbann zu belegen.«

»Ach, wie bin ich glücklich, daß ich all dies nicht erwischt habe!« frohlockte, vor Dankbarkeit strahlend, die Novize.

Als die frommen Schwestern diese Anspielung auf vergangene Liebesfreuden vernahmen, schwante ihnen, daß die Kleine sich bereits ganz ordentlich an der Wärme eines Kruzifixes von Poissy gelabt und die Schwester Ovidia an der Nase herumgeführt und weidlich über den Löffel balbiert hatte. Sie freuten sich alle von Herzen, daß sie an ihr eine so lustige und vergnügliche Haut gefunden hatten, und fragten sie, welches Abenteuer sie hierher hinter Schloß und Riegel geführt habe.

»Ach«, versetzte sie, »ich habe mich von einem ausgewachsenen Riesenfloh stechen lassen, der schon getauft war!«

Bei diesen Worten konnte die Nonne mit dem b-moll-Tönchen einen zweiten solchen Seufzer nicht verdrücken.

»Aha!« schalt die Schwester Ovidia, »nun mußt du uns aber den dritten auch noch zum besten geben! Würdest du im Chor eine solch dreiste Sprache führen, könnte dich die Frau Äbtissin leicht auf die Diät der Schwester Petronilla setzen. Drum setz inskünftig deiner Musik lieber eine Sordine auf.«

»Ist es denn wahr, daß du Schwester Petronilla noch zu ihren Lebzeiten gekannt hast?« fragte Schwester Ursula. »Und hatte ihr Gott wirklich die Gabe verliehen, nur zweimal jährlich im stillen Kämmerlein zu Stuhle zu gehen?«

»Freilich wohl«, entgegnete die Schwester Ovidia. »Und eines Abends widerfuhr es ihr, daß sie bis zur Frühmette dort hingekauert hockte. Sie sprach aber nur: ›Hier sitz ich, weil es Gottes Wille ist . . .‹ Doch beim ersten Vers der Heiligen Schrift ward sie erlöst, auf daß sie den Gottesdienst nicht versäumte. Nichtsdestoweniger wollte die verstorbene Äbtissin nicht zugeben, daß solches aus einer besonderen Gnade des Himmels geschehen sei, und sagte, Gottes allsehendes Auge reiche mitnichten so tief hinab. Hört denn, wie das zuging: Unsere dahingeschiedene Schwester, deren Heiligsprechung unser Orden zur Zeit am päpstlichen Hof mit Fleiß und Eifer betreibt – und er hätte sie auch längst schon durchgesetzt, wenn er die gesetzlichen Gebühren für das Breve bezahlen könnte –, Petronilla also hatte nur einen Gedanken: sie wollte, daß ihr Name im Kalender aufgeführt stehe, was ja dem Orden keinesfalls abträglich war. So verlegte sie sich denn aufs Beten, blieb in Verzückung versunken vor dem Altar der Heiligen Jungfrau, der drüben bei den Wiesen steht, und behauptete, sie könne deutlich das Flügelrauschen der Engel im Paradies hören, so deutlich, daß sie es sogar in Musik setzen konnte. Jeder weiß, daß ihr die überirdisch herrliche Weise des *Adoremus* solchermaßen eingegeben wurde. Kein irdischer Mensch hätte auch nur einen einzigen Seufzer dieses Liedes zu ersinnen vermocht. Ganze Tage lang verharrte sie starren Auges wie ein Stern, fastete und gönnte ihrem Leib kaum soviel Nahrung, wie in meinem Auge Platz hat. Sie hatte ein Gelübde abgelegt, niemals wolle sie Fleisch genießen, weder gekocht noch roh, und aß nichts außer einem Ränftlein Brot jeden Tag. Doch an den Hauptfeiertagen des Jahres gönnte sie sich obendrein noch ein Häppchen gepökelten Fisch, freilich ohne das geringste bißchen Soße. Bei solcher Fastenkost magerte sie sichtlich ab, ward gelb wie Safran und dürr gleich einem Knochen im Beinhaus, zumal sie hitziger Natur war, und hätte sie einer von ungefähr gestoßen, so hätte er Funken aus ihr geschlagen wie aus einem Kiesel. Sowenig sie aber auch aß, sie hatte sich doch nicht einer Schwäche entschlagen können, welcher wir alle mehr oder minder zu unserm Glück oder Unglück unterworfen sind, denn wäre sie nicht unser Teil, so möchten wir in arge Verlegenheit geraten. Ich meine damit die Notwendigkeit, garstigerweise jeweils nach dem Essen wie alle lebenden Wesen ein Häufchen Kot auszustoßen, das je nach der Person mehr oder weniger lieblich duftet. Doch unterschied sich darin Schwester Petronilla von andern Menschen, daß sie zundertrocken und steinhart kackte, so daß ihr's für die Losung brünftiger Hirschkühe gehalten hättet, was wohl die allerhärtesten Zementbrocken sind, die jemals ein Gedärm hervorbringt, falls ihr von ungefähr einmal auf einem Waldpfad auf solche kieselharten Dinger gestoßen seid. Werden sie doch ihrer Härte wegen in der Weidmannssprache Knoten geheißen. Dies war denn auch bei der Schwester Petronilla gar nichts Übernatürliches, weil das immerwährende Fasten ihr Blut in dauernder Siedehitze erhielt. Den Aussagen der betagten Schwestern zu glauben, war ihre Natur dermaßen glühendheiß, daß sie, ins Wasser gelegt, darin pffft! machte und zischte gleich einer glühenden Kohle. Ja, es gab Schwestern, die sagten ihr nach, sie koche nachts heimlich Eier zwischen ihren beiden großen Zehen, um ihre Kasteiungen besser aushalten zu können. Doch waren das lauter üble Verleumdungen, die ausgeheckt wurden, diese große Heiligkeit um ihren strahlenden Glanz zu bringen, hatte sie doch längst den Neid aller andern Klöster erregt. Unsere Schwester ward auf dem Wege zum Heil und auf dem Pfad zu himmlischer Vollkommenheit geleitet vom Abte von Saint-Germain-des-Prés zu Paris, einem heiligen Gottesmann, der jedesmal seine Ermahnungen mit einem letzten Fingerzeig beschloß, welcher lautete, wir sollten allezeit unsere Bürde Gott darbringen und uns in seinen Ratschluß fügen, denn nichts geschehe ohne seinen ausdrücklichen Willen. Diese Lehre, welche dem Anschein nach so weise und fromm war, hat späterhin Anlaß zu heftigen Kontroversen gegeben und ist schließlich auf den Vorschlag des Kardinals von Chastillon verdammt worden, der einwandte, dann gäbe es ja keine Sünden mehr, und das könnte die Einkünfte der Kirche schmälern.

Schwester Petronilla aber lebte in dieser Lehre befangen, ohne ihre Gefährlichkeit zu kennen. Nach der Fastenwoche und den großen Fasten des Jubeljahres verspürte sie zum erstenmal seit acht Monaten den Drang, das stille Kämmerlein aufzusuchen, und so verfügte sie sich demütig dorthin. An Ort und Stelle angelangt, hob sie in Züchten ihre Röcke, setzte sich in Positur und schickte sich das zu vollbringen an, was wir armen Sünderinnen ein bißchen häufiger abzutun pflegen. Aber die Schwester Petronilla brachte nur so viel Kraft auf, einen winzigkleinen Anbeginn der Sache ans Licht zu befördern, und dieser Anfang hielt sie in Atem, ohne daß der dazugehörige Rest aus dem Behältnis schlüpfen wollte. Und wie sie sich wand und krümmte, um ihren Packen loszuwerden, sosehr sie auch die Brauen runzelte und das Gesicht verzerrte, alle Hebel des verzwickten Mühlwerkes spielen ließ, ihr Gast wollte lieber in diesem gebenedeiten Leib ausharren; er streckte nur zuweilen den Kopf aus dem natürlichen Fenster wie ein Frosch, der Luft schnappt, und spürte keinerlei Berufung, zu den andern in das tiefe Jammertal hinabzustürzen, angeblich weil er dort unten nicht im Geruch der Heiligkeit stünde. Und für einen Haufen Dreck, der er ja war, bewies er damit nicht wenig Verstand. Nachdem die gute heilige Jungfrau alle erdenklichen Zwangsmittel angewendet hatte, bis ihr die Backenmuskeln dick anschwollen und die Adern an ihrem magern Gesicht hervortraten, als wollten sie bersten, da kam sie zur Erkenntnis, daß kein Schmerz auf Erden dem ihren gleichkam; und weil ihre Qual kaum mehr zu ertragen war und das äußerste Übermaß sphinkterialer Not erreicht hatte, drückte sie noch ein allerletztes Mal und sprach dazu: ›Dir bring ich ihn dar, o mein Gott!‹ und siehe, kaum hatte sie dies Stoßgebet gesprochen, so zerbrach die steinharte Masse dicht am Rande des Spundlochs und polterte gleich einem Kieselbrocken gegen die Wände des Abtrittkämmerleins; man hörte, wie es bumbum bombom peng! machte. Ihr könnt euch schon denken, liebe Schwestern, daß sie kein Papier nötig hatte, und den Rest verschob sie auf die nächste Woche.«

»Also hörte sie die Engel im Himmel singen?« fragte eine von den Nonnen.

»Haben sie auch einen Hintern?« wollte eine andere wissen.

»Aber nein!« erwiderte Ursula. »Wißt ihr denn nicht, daß, als einmal Gott der Herr seinen versammelten himmlischen Heerscharen gebot, sich niederzusetzen, sie ihm zur Antwort gaben, sie hätten ja nichts, worauf sie sich setzen könnten?«

Daraufhin gingen die Nonnen zu Bett, die einen allein, die andern fast allein. Sie waren herzensgute Kinder und taten keinem Menschen, außer sich selbst, etwas zuleide.

Ich möchte mich nicht von ihnen trennen, ohne zuvor noch eine Begebenheit zu erzählen, die sich in ihrem Kloster zugetragen hat, als die Reform mit ihrem Schwamm darüberfuhr und sie samt und sonders zu Heiligen machte, wie bereits oben erwähnt wurde.

Zu jener Zeit also saß auf dem bischöflichen Stuhl zu Paris ein wahrhaft heiliger Mann, der seine guten Werke nicht an die große Glocke hängte und sich um nichts Sorgen machte außer um die Armen und Notleidenden. Die schloß er in sein Herz, der gute alte Bischof, vergaß sich selbst völlig über den bekümmerten Menschenkindern und war immerfort auf der Suche nach allem Unglück und Elend, um Trost zu spenden mit Wort und Tat, mit Fürsorge, Geld und hilfreichem Mitgefühl, je nachdem. Er stellte sich ein bei arm und reich, wenn ihr letztes Stündlein geschlagen hatte, richtete ihre Seelen auf, hielt ihnen Gott vor Augen und redete ihnen ins Gewissen; er riß sich ein Bein aus, um über seiner Herde zu wachen, der gute Hirte! Dieser heilige Mann scherte sich nie groß darum, wie seine Soutanen, Mäntel und Hosen im Stande waren, wenn nur die Blößen seiner Armen im Sprengel bedeckt waren. So barmherzig war er, daß er sich selber zum Pfand gegeben hätte, um sogar einen Ketzer vor Ungemach zu bewahren. Seine Dienerschaft mußte notgedrungen um sein irdisches Wohl besorgt sein. Zu often Malen wurde er ungehalten und schalt sie aus, wenn sie ihm ungeheißen seine zerschlissenen Gewänder gegen neue austausch ten, und er ließ sie flicken und ausbessern bis *in extremis*.

Nun erfuhr dieser gute hochbetagte Erzbischof, daß der Herr von Poissy das Zeitliche gesegnet hatte und eine Tochter ohne Heller und Pfennig hinterließ, nachdem er ihr gesetzmäßiges Erbteil mit Prassen, Saufen und Würfelspiel durchgebracht hatte. Dieses arme Fräulein hauste in einem elenden Loch, hatte im Winter kein Feuer, kein Kirschlein im Frühjahr, lebte von ihrer Hände Arbeit, da sie weder eine Mißheirat eingehen noch ihre Tugend für Geld verkaufen wollte. Bis er einmal einen passenden jungen Gatten für sie finden mochte, den er ihr zuhalten konnte, kam der Prälat nun auf den Gedanken, ihr vorderhand den Model eines Mannes in Gestalt seiner alten ausbesserungsbedürftigen Hosen zu schicken, und das arme Fräulein war hochbeglückt, daß sie in ihrer großen Not und Armut solche Flickarbeit zu verrichten bekam.

Eines Tages nun, als der Erzbischof bei sich selber überlegte, ob er nicht dem Kloster von Poissy einen Besuch abstatten sollte, um einmal die reformierten Nonnen zu mustern, wollte er just sein alleraltestes Paar Hosen einem seiner Diener übergeben, denn das hochwürdige Beinkleid hatte es bitter nötig, ausgebessert zu werden. »Da, Saintot, bring das den frommen Fräulein in Poissy . . .« sagte er. Ihr könnt euch denken, daß er sagen wollte: Zu Fräulein von Poissy. Aber da ihm die Sorgen um das Kloster im Kopfe herumgingen, vergaß er auch seinem Diener zu sagen, wo das Fräulein wohnte, dessen verzweifelte Lage er bisher taktvoll für sich behalten hatte.

Saintot nahm also die Hosen mit dem erzbischöflichen Hosenlatz und machte sich nach Poissy auf, munter und fröh-

lich wie eine Bachstelze, blieb dann und wann stehen, wenn ihm ein Freund in den Weg lief, kehrte in allen Kneipen ein, denen er begegnete, und so bekam der Hosenlatz des guten Erzbischofs mancherlei zu sehen und zu hören und konnte auf dieser Reise noch allerhand zulernen. Kurzum, er langte zuletzt wohlbehalten im Kloster zu Poissy an und vermeldete der Äbtissin, sein Herr habe ihn zu ihr gesandt, damit er ihr dies überbringe. Dann machte der Diener wieder kehrt und ließ in den Händen der hochwürdigen Mutter Oberin das Bekleidungsstück zurück, das aus alter Gewohnheit die erzbischöflichen Proportionen von des alten Herrn enthaltsamer Natur reliefartig zeigte, wie es dazumal Mode und Brauch war, ungerechnet das Abbild jener Dinge, die der Ewige Vater den Engeln versagt hat und die bei dem gottesfürchtigen Prälaten nicht gerade durch übermäßige Fülle sündigten. Die Frau Äbtissin ließ ihren Nonnen ankündigen, es sei eine kostbare Sendung von dem hochehrwürdigen Herrn Erzbischof eingetroffen, und sie kamen eilends alle herbei, voll Neugier und geschäftig wie ein Ameisenvolk, in dessen friedlichen Haufen eine Kastanie gefallen ist. Als sie dann aber den Hosenlatz auspackten, welcher gar schauerlich auseinanderklaffte, erhoben sie ein Zetergeschrei, verhüllten die Augen, freilich nur mit einer Hand, und standen Todesängste aus, der leibhaftige Teufel werde sogleich da herausspringen; denn die Äbtissin hatte ihnen tüchtig die Hölle heiß gemacht und ihnen zugeredet: »Schaut nicht hin, meine lieben Töchter! Dies ist die Wohnung der Todsünde!«

Die Oberin der Novizen schaute zwischen den Fingern hindurch, und dann sprach sie der heiligen Schar Mut zu, beteuerte auch hoch und heilig durch ein Ave, daß in diesem Hosenlatz nichts Lebendiges mehr hause. Da erröteten sie alle, soviel ihnen ums Herz war, beschauten eingehend dies *Habitavit* und erwogen miteinander, ob nicht vielleicht der Wille des Prälaten dahin gehe, daß sie darin eine weise Ermahnung oder ein frommes Gleichnis erblicken sollten. Obgleich nun dieser Anblick in den Herzen der keuschen und tugendsamen Mädchen mancherlei Unheil anrichtete, achteten sie doch nicht weiter auf das Zittern und Prickeln ihrer

Eingeweide, besprengten vielmehr den todsündigen Abgrund mit ein paar Tropfen Weihwasser, und eine rührte ihn behutsam an, eine andere steckte gar den Finger in ein Loch, alle aber schauten ihn kühnlich an. Die Äbtissin soll sogar, so wurde behauptet, nachdem sie sich von ihrem ersten Schreck erholt hatte, mit leidlich fester Stimme gesagt haben: »Was mag wohl hinter alledem für eine Absicht stekken? Zu welch höherem Zweck schickt unser geistlicher Vater uns das, was der Frauen Verhängnis ist?«

»Nun sind es fünfzehn Jahre her, Frau Mutter, seit ich zum letztenmal des Bösen Unterschlupf zu sehen bekam!«

»Halt den Mund, mein Kind! Du hältst mich ab, klug zu erwägen, was hier zu tun ist.«

Nun ward der oftgenannte erzbischöfliche Hosenlatz so oft und so lange gekehrt und gewendet, beschnuppert, in der Hand gewogen, bewundert und bestaunt, hin und her gezerrt, umgestülpt und um und um gedreht, so lange wurde darüber nachgedacht, geredet und überlegt, so oft bei Tag und Nacht davon geträumt, daß anderntags nach der Frühmette, bei der sie einen Vers und zwei Responsorien ausgelassen hatten, ein blutjunges Nönnlein seine Meinung folgendermaßen kundtat: »Liebe Schwestern im Herrn, ich habe das Gleichnis des hochwürdigen Herrn Erzbischofs herausgefunden. Er hat uns, zur Buße, seine Beinkleider zum Ausbessern geschickt als heilige Ermahnung, den Müßiggang, welcher aller Laster Anfang und Mutter Äbtissin ist, immerdar zu fliehen.«

Daraufhin wollten sie alle um die Wette die Hand an des Erzbischofs Hosen legen; doch die Äbtissin machte ihre hohe Autorität geltend, um sich jedwede Entscheidung hinsichtlich der Instandsetzung der hochwürdigen erzbischöflichen Beinbekleidung vorzubehalten. Und sie mühte sich im Verein mit der Subpriorin während mehr denn zehn Tagen emsig ab, den mehrfach genannten Hosenlatz frisch zu nähen, ihn mit Seide prächtig zu füttern und einen doppelten Saum ringsum zu sticken; sie tat es in aller Demut und Zerknirschung. Als hernach das Kapitel versammelt war, wurde beschlossen, das ganze Kloster solle durch ein artiges Angebinde dem Erzbischof seine Freude kundtun, weil er an seine Töchter in Gott gedacht habe. So bekamen alle, sogar die jüngste Novize, ein Stück Arbeit an diesen hochmögenden und durch-

geistigten Hosen auszuführen, auf daß die hohe Tugend des guten Erzbischofs nach Gebühr geehrt werde.

Mittlerweile hatte der Prälat so viel dringliche Arbeit zu erledigen, daß er darob seine Hosen völlig vergaß. Das war so gekommen: Er lernte einen Edelmann vom Hofe kennen, der seine Ehefrau verloren hatte, ein verteufelt böses und überdies unfruchtbares Weib. Der hatte dem Erzbischof anvertraut, er wünsche von Herzen eine liebe, gute und fromme Frau zu finden, mit der er keine Gefahr laufe, Hörner tragen zu müssen, und die ihm auch schöne und wohlgeratene Kinder schenke. Diese Frau möchte er aus seiner Hand entgegennehmen, weil er zu ihm allein noch Vertrauen habe. Da hatte ihm der heilige Mann das edle Fräulein von Poissy so über den grünen Klee gelobt, daß dieses schöne Kind nicht lange hernach Frau von Kniehack ward. Die Hochzeit wurde im erzbischöflichen Palast zu Paris gefeiert, wo ein prächtiges Fest abgehalten wurde. Rings um die Tafel saßen lauter vornehme Damen, und die beste Hofgesellschaft war versammelt. Aber die allerschönste war die jungvermählte Frau, stand doch sicher, daß sie noch jungfräulich war, denn der Erzbischof verbürgte sich dafür.

Als die Früchte, Eingemachtes und mancherlei Leckerbissen aufgetischt waren, alles aufs prächtigste zugerichtet, da sprach Saintot zum Erzbischof: »Hochwürdigster Herr

Erzbischof, Eure vielgeliebten Töchter von Poissy schicken Euch da einen prachtvollen Tafelaufsatz.«

»Stellt ihn auf den Tisch!« gebot der gute Herr und blickte voll Bewunderung auf ein hochgetürmtes Gebäude aus Samt und Seide, bestickt mit Gold und Silber gleich einer antiken Vase, der die köstlichsten Wohlgerüche entströmten.

Alsbald hob die Braut den Deckel ab und fand darin mancherlei Zuckerwerk, Konfekt, Marzipan, Zuckererbsen und tausend köstliche Leckereien, an denen sich die Damen gütlich taten. Darauf gewahrte eine von ihnen, eine neugierige und fromme Frau, einen seidenen Henkel und zog so lange daran, bis sie das Gehäuse des männlichen Kompasses zutage förderte, zur großen Verlegenheit des Prälaten, sintemal rundum alles in Lachen ausbrach, daß es klang, als knalle eine ganze Reihe Schützen rings auf den Bänken los.

»Mit Recht hat man dem den Ehrenplatz auf der Tafel eingeräumt«, sprach da der Neuvermählte. »Diese Fräulein sind klug und verständig. Da drin liegen die süßen Zuckerdinge des Ehestandes verborgen.«

Kann man sich eine bessere und treffendere Moral dieser Geschichte denken, als sie die Worte des Herrn von Kniehack enthalten? So brauche ich denn keine andere mehr beizufügen.

WIE DAS SCHLOSS VON AZAY ERBAUT WURDE

Johann, der Sohn des Simon Fourniez, genannt Simonnin, Bürger von Tours und gebürtig aus dem Dorfe Moulinot bei Beaune, dessen Namen er, nach dem Vorbild etlicher Steuerpächter, angenommen hatte, als er seinerzeit das Amt eines Schatz- und Zahlmeisters vom verstorbenen König Ludwig dem Elften verliehen erhielt, entfloh eines Tages mit seiner Frau ins Languedoc, da er beim König in schwere Ungnade gefallen war, und ließ seinen Sohn Jakob nackt und bloß in der Touraine zurück. Außer seiner Person nannte der nichts auf der Welt sein eigen als seinen Mantel und seinen Degen; aber die Alten, in deren Hosenlatz längst alles Leben ausgestorben war, hätten ihn für reich und mit Glücksgütern gesegnet angesehen. Er hatte sich in den Kopf gesetzt, seinen Vater zu retten und bei Hofe, welcher damals gerade in Tours seinen Sitz genommen hatte, sein Glück zu machen.

Tag für Tag verließ dieser beherzte Jüngling sein Haus und streifte, in seinen Mantel eingemummt, so daß man von ihm nichts sah außer der Nase, die er Wind und Wetter preisgab, durch die Straßen, mit hohlem Magen und ohne von seiner Verdauung allzusehr beschwert zu sein. Dann betrat er die Kirchen, bestaunte ihre Schönheit, besichtigte die Kapellen, verscheuchte die Fliegen von den Gemälden, zählte die Längs- und Seitenschiffe, mit einem Wort, er benahm sich wie ein wißbegieriger Fremder, der nicht weiß, was er mit seinem Geld und seiner Zeit anfangen soll. Ein andermal

wieder tat er, als spreche er ein Vaterunser ums andere, richtete aber seine stummen Gebete an die andächtigen Damen, bot ihnen beim Hinausgehen das Weihwasser, folgte ihnen von weitem und suchte mit solchen kleinen Gefälligkeiten einmal ein Abenteuer zu erleben, wobei er, auch wenn sein Leben dabei in Gefahr geriete, einen einflußreichen Gönner und Beschützer oder auch eine huldvolle Geliebte gewinnen könnte. In seinem Gürtel trug er zwei Golddublonen bei sich, ging aber schonender damit um als mit seiner Haut, weil diese von selbst nachwuchs, die Dublonen aber nicht. Täglich entnahm er seinem kleinen Geldvorrat nur so viel, wie ein Laib Brot und ein paar schrumplige Äpfel kosteten, womit er sein Leben fristete, und dazu trank er Wasser aus der Loire, soviel ihn gelüstete und er vertilgen konnte. Diese vernünftige und vorausblickende Lebensweise bekam nicht nur seinen Dublonen ausnehmend gut, sondern erhielt ihn auch selber munter

G. Doré

und frisch wie ein Windspiel, verlieh ihm einen klaren Kopf und ein heißes Herz, erhitzt doch das Loirewasser von allen stärkenden und zuckersüßen Tränklein am allermeisten, weil es von weit herkommt und sich auf seinem langen Weg über Kiesel und Steingeröll bis zur Stadt Tours gehörig erwärmen kann. Auch könnt ihr euch drauf verlassen, daß der arme Schlucker in seinen Träumen sich tausendundein glückhaftes Abenteuer und ebenso viele unverhoffte Begegnungen ausmalte, und es fehlte nicht viel, kaum Daumenbreite, und sie wären in Erfüllung gegangen. Ja, das war noch eine schöne Zeit!

Eines Abends ging Jakob von Beaune – denn diesen Namen hatte er beibehalten, wennschon er nicht Grundherr und Eigentümer von Beaune war – den Wall entlang vor sich hin und fluchte seinem Unstern und verwünschte sein bitteres Los, sintemal seine letzte Dublone Miene machte, ihm ohne jeden Respekt Valet zu sagen, da wäre er beinah, gerade als er in ein Gäßlein einbog, gegen eine dichtverschleierte Dame gerannt, welche um sich ganze Schwaden so köstlichen Frauenduftes verbreitete, daß ihm der Wohlgeruch verheißungsvoll in die Nase stieg.

Die Spaziergängerin trug an den Füßen zierliche Stöckelschuhe, war angetan mit einem prächtigen Kleid aus italienischem Samt mit Puffärmeln, die mit Seide ausgeschlagen waren, und überdies gleißte und blitzte, gleichsam als Wahrzeichen ihres Reichtums, durch den Schleier hindurch ein weißer Diamant von erheblicher Größe auf ihrer Stirn in den Strahlen der niedergehenden Sonne, und zu beiden Seiten dieses glitzernden Schmuckstücks war ihr Haar so zierlich gelockt, aufgesteckt und geflochten und so glatt gekämmt, daß ihre Zofen gewißlich gut und gern geschlagene drei Stunden über dieser Arbeit zugebracht hatten. Auch trippelte sie so unsichern Ganges ihres Wegs, daß man sogleich sah, sie war gewöhnt, stets in einer Sänfte getragen zu werden. Ein wohlbewaffneter Edelknabe folgte ihr auf dem Fuße. Vermutlich war sie eine Buhldirne, die irgendeinem vornehmen Herrn angehörte, oder eine Dame vom Hofe, denn sie hob ein wenig ihre Röcke und wiegte sich verlockend in den Hüften, wie es solche heißblütigen Weibsbilder an sich haben. Doch ob Dame oder Dirne, jedenfalls gefiel sie unserm Jakob von Beaune, der nicht lange die Nase rümpfte, sondern vielmehr den verzweifelten Entschluß faßte, sich auf Gedeih und Verderb an sie zu ketten und nicht mehr von ihr zu lassen, bis der Tod sie scheide. In dieser Absicht beschloß er denn, ihr nicht von den Fersen zu weichen; er wollte wissen, wo sie ihn hinführen würde, ins himmlische Paradies oder in die Vorhölle, an den Galgen oder in ein Liebesnest; in seinem trostlosen Elend war ihm alles recht und jeder Hoffnungsschimmer willkommen.

Die Dame ging flußabwärts, immer dicht am Loire-Ufer entlang, dem Schloß Plessis zu, und genoß wie die Karpfen die Kühle des Wassers. Sie trippelte und tändelte gemächlich dahin, leichtfüßig und behend wie ein Mäuslein, das flink da- und dorthin huscht, alles beäugen und alles beschnuppern will. Als der Edelknabe inneward, daß Jakob von Beaune nicht lockerließ und der Dame überallhin folgte, daß er jedesmal stehenblieb, wenn sie verweilte, und ihr bei ihrem Zeitvertreib ungescheut zusah, als wäre es sein gutes Recht, da wandte er sich plötzlich um und schnauzte ihn mit barscher und hoffärtiger Miene, grimmig wie ein Kettenhund, an: »Schert Euch ins Pfefferland, Herr!« Doch der wackere Jüngling aus der Touraine hatte seine guten Gründe, dieser Einladung keine Folge zu leisten. Er hielt dafür, wenn ein Hund, ohne daß man's ihm verwehrt, den Papst vorbeiziehen sehen darf, so dürfe er, ein Christenmensch, wohl auch ein hübsches Frauenzimmer beschauen, und so ließ er sich denn nicht beirren, tat, als lächle er dem Pagen freundlich zu, und stolzierte bald vor, bald hinter der Dame her wie

ein Pfau. Die Dame aber sprach kein Wort, beschaute den Himmel, der sich allgemach mit nächtlicher Schwärze überzog, blickte zu den Sternen empor und hatte ihre Lust an der ganzen Pracht. Soweit stand alles gut. Als sie gegenüber von Portillon angelangt war, blieb sie stehen; dann warf sie, um besser sehen zu können, ihren Schleier über die Schultern zurück, und während sie das tat, warf sie dem Jüngling einen Blick zu, wie ihn nur ein ganz durchtriebenes Weib fertigbringt, einen blitzschnellen Blick, der erkundete, ob sie auch keine Gefahr laufe, zu kurz zu kommen. Nun müßt ihr aber bedenken, daß Jakob von Beaune so viel zu leisten imstande war wie drei Ehemänner, daß er sich getrost neben einer Prinzessin zeigen konnte, ohne ihr Schande zu machen, und überhaupt kühn und entschlossen dreinsah, wie es die Damen gerne haben. Und obzwar er von der Sonne ein wenig braun gebrannt war, weil er sich notgedrungen die meiste Zeit im Freien herumgetrieben hatte, so würde sicherlich seine Haut zwischen den weißen Laken eines Himmelbettes wieder ihre frühere Weiße zurückerhalten. Der aalglatte Blick, mit dem ihn diese Dame anblitzte, wollte ihm beseelter erscheinen, als sie ihn etwa in ein Meßbuch geworfen hätte. Also gründete er die Hoffnung auf ein Liebesglück, welches ihm unversehens in den Schoß fiel, auf diesen verheißungsvollen Blick, und alsbald stand für ihn fest, daß er das Abenteuer bis zum Saum ihres Rockes weitertreiben müsse, ja, daß er, um noch weiterzugehen, nicht sein Leben, denn daran lag ihm nicht viel, aber seine beiden Ohren und womöglich noch etwas anderes aufs Spiel setzen würde.

Also hielt sich der Jüngling immer dicht hinter der Dame und wanderte in ihren Fußstapfen bis hinein in die Stadt. Sie bog in die Dreijungferngasse ein und führte ihren An-

beter durch ein Gewirr von engen Gäßchen bis auf den Platz, wo heute das prächtige Stadthaus derer von Crouzille steht. Dort blieb sie vor der Einfahrt eines stattlichen Wohnhauses stehen, und der Page klopfte ans Tor. Unverzüglich tat ihr ein Diener auf, und als die Dame hineingegangen war, schloß sich die Tür hinter ihr, und der Junker von Beaune stand draußen mit offenem Mund, kleinlaut und blöde wie der hochheilige Herr Sankt Dionysius, ehe er auf den Gedanken gekommen war, er könnte eigentlich seinen Kopf auflesen. Er reckte die Nase in die Luft, um zu sehen, ob ihm nicht vielleicht ein Tröpfchen Gunst darauf niederfalle. Doch er sah nichts anderes als ein Licht, welches die Treppe hinaufstieg und durch die Gemäuer huschte, dann vor einem schönen Fenster stillestand, wo allem Anschein nach die Dame sich aufhielt. Ihr könnt mir glauben, daß der arme verliebte Junker gänzlich verstört, niedergeschlagen und trübsinnig dastand und nicht mehr wußte, was er davon halten sollte.

Mit einmal knarrte das Fenster, und er schrak aus seiner Trübsal auf. Im festen Glauben, seine angebetete Dame werde ihn nun zu sich heraufrufen, hob er abermals die Nase in die Höhe, und wäre nicht das breite Sims des obengenannten Fensters gewesen, das ihn schützte wie ein Schirmdach, so hätte er einen ordentlichen Guß kalten Wassers nebst dem dazugehörigen Topf auf den Kopf gekriegt, weil der Henkel in der Hand der Person blieb, die dem Verliebten dieserart ein kühlendes Bad anzurichten gedachte.

Jakob von Beaune war darüber recht froh, er gab sich nicht geschlagen und blieb die Antwort keineswegs schuldig. Mit dem erstickten Aufschrei: »Ich sterbe!« ließ er sich zu Boden fallen, hart neben der Hausmauer. Dann blieb er starr und steif zwischen den Scherben liegen, stellte sich tot und harrte der Dinge, die da kommen würden. Drinnen im Hause erhob sich nun ein lautes Getöse, die Dienerschaft lief aufgeregt hin und her, sie gestanden schließlich in ihrer Todesangst der Dame, ihrer Herrin, was sie da angerichtet hatten, öffneten die Tür und schafften den vermeintlich Todwunden ins Haus. Der Scheintote aber konnte nur mit Mühe das

Lachen verbeißen, während er so behutsam und feierlich die Treppen hinangetragen wurde.

»Er ist schon kalt«, flüsterte der Page.

»Ganz blutüberströmt ist er«, raunte der Haushofmeister, der ihn betastet und dabei mit den Händen ins Wasser gegriffen hatte.

»Wenn er davonkommt, stifte ich eine Messe zu Sankt Gatian!« rief unter Tränen der Schuldige.

»Die gnädige Frau schlägt ganz ihrem Vater selig nach«, erwiderte ein anderer, »und wenn sie dich nicht aufhängen läßt, so wird die geringste Strafe, die dich treffen wird, darin bestehn, daß sie dich aus Haus und Dienst jagt. Ja, sicher ist er tot. Er wiegt gar zu schwer.«

Aha, dachte Jakob, ich bin also bei einer sehr vornehmen Dame!

»Ach, weh mir! Riecht der Leichnam schon?« jammerte der Edelmann, der das ganze Unheil angerichtet hatte.

Während sie nun, vor Anstrengung keuchend, den Tourainer die Wendeltreppe hinaufschleppten, verfing sich dessen Wams in einer Drachenfigur am schmiedeeisernen Geländer, und der Tote rief: »Heda, mein Wams!«

»Er hat gestöhnt!« stammelte der Missetäter und tat vor Freude einen tiefen Seufzer.

Die Diener der Frau Regentin, denn in der Tat gehörte der Palast der Tochter des verstorbenen Königs Ludwig des Elften tugendlichen Angedenkens, die Diener trugen also Jakob in die große Halle und legten ihn dort für tot auf einen Tisch, hielten es auch nicht für möglich, daß er davonkommen könnte.

»Holt geschwind einen Arzt herbei«, gebot die edle Frau von Beaujeu, »geht doch schon! Lauft, was ihr könnt...«

Und im Handumdrehen, ehe noch ein Vaterunser hätte heruntergebetet werden können, war das Gesinde schon unten an der Treppe. Nun schickte die gutherzige Regentin alle ihre Zofen dahin und dorthin. Eine sollte Salben zur Stelle schaf-

G. Doré

fen, eine andere Linnenstoff zum Verbinden der Wunde, eine dritte Herztropfen, kurzum, so viele Dinge mußten herangeschafft werden, daß sie zuletzt mit dem Scheintoten allein blieb. Da betrachtete sie den leblosen Mann, voll Bewunderung für seinen stattlichen Wuchs und sein noch im Tode männlich schönes Antlitz, und brach in laute Klagen aus: »Ach, Gott will mich hart züchtigen! Ein einziges kleines Mal in meinem ganzen Leben hat sich zutiefst in meiner Natur ein sündhaftes Gelüste geregt und hat mich mit lüsternen Gedanken behext, und schon zürnt mir meine heilige Schutzpatronin und schnappt mir den schmucksten Junker vor der Nase weg, den ich zeit meines Lebens zu Gesicht bekommen habe! Himmelsackerment! Bei meines Vaters Seelenheil! Ich will alle an den Galgen bringen, die ihre Hand bei seinem Tod im Spiele hatten!«

»Edle Frau!« rief mit einemmal Jakob von Beaune und sprang von dem Tischbrett herunter, wo er zu Füßen der Regentin gelegen hatte, »ich lebe, um Euch zu dienen, und bin so wenig von Mörderhand getötet, daß ich Euch für die kommende Nacht so viele Freuden verspreche, wie das Jahr Monate zählt, in Nachahmung des edeln Recken Herkules, des heidnischen Barons. Seit bald drei Wochen«, fuhr der gute Geselle fort, denn er hatte das dumpfe Gefühl, er müsse da ein wenig mit Lügen nachhelfen, wenn er an sein ersehntes Ziel gelangen wollte, »seit bald drei Wochen bin ich Euch, ich weiß nicht wie oft, begegnet, und ich weiß nicht mehr, wo

mir der Kopf steht, doch wagte ich aus allzu großer Ehrerbietung nicht, in Eure Nähe zu kommen. Doch könnt Ihr Euch wohl darauf verlassen, daß ich von Eurer königlichen Schönheit trunken war, sonst hätte ich den Streich nicht ausgedacht, welchem ich das Glück, jetzt zu Euern Füßen zu liegen, verdanke.«

Und dann küßte er ihr ganz verliebt beide Füße und schaute zu der edlen Dame mit einem Blick auf, daß es ihr durch Mark und Bein ging. Die Regentin hatte wie alle Menschen dem Alter, das auch Königinnen nicht verschont, ihren Tribut entrichtet und war nun, wie jeder weiß, in der zweiten Jugend der Frauen. Nun begehren aber in dieser kritischen und stürmischen Jahreszeit auch Frauen, die bislang keusch gelebt und sich nie einen Liebhaber gegönnt haben, bald hier, bald dort eine Liebesnacht zu ergattern, ohne daß – Gott ausgenommen – jemand darum weiß; denn ihrer keine möchte mit leeren Händen, mit leerem Herzen und überhaupt ungestillt und liebeleer aus dieser Welt ins Jenseits eingehen, nur weil sie gewisse besondere Dinge nie richtig kennengelernt hat. Ihr wißt schon, was ich meine. So tat denn die erwähnte edle Frau von Beaujeu gar nicht erstaunt, als sie des Jünglings prahlerisches Versprechen vernahm, zumal königliche Herrschaften ohnedies gewöhnt sind, alles dutzendweise zu haben, und bewahrte diese vielversprechenden Worte tief in ihrem Sinn oder vielmehr in ihren Sinnen oder da, wo sie ihre Liebe vormerkte und wo es schon im voraus mächtig knisterte. Dann gebot sie dem Jüngling, sich zu erheben, und er fand in all seinem Elend den Mut, seiner Herrin zuzulächeln. Sie aber war hoheitsvoll wie eine prächtige Rose, die bereits am Verblühen ist, ihre Ohren sahen

aus wie ein Paar zierliche Schuhe, ihre Haut wie die einer räudigen Katze. Doch war sie so verlockend aufgeputzt, so zierlich von Gestalt, ihre Füßchen so wahrhaft königlich, so schmiegsam und beweglich ihre Hüften, daß ihm möglicherweise in diesem unseligen Liebesglück heimliche Kräfte zu Hilfe kommen mochten, das Versprechen zu erfüllen, das ihm so unbedacht entschlüpft war.

»Wer seid Ihr?« fragte die Regentin und machte dazu ein bärbeißiges Gesicht, wie es auch der verstorbene König gern aufsetzte.

»Ich bin Euer vielgetreuer Untertan Jakob von Beaune, der Sohn Eures Schatzmeisters, der in Ungnade gefallen ist, ungeachtet seiner treuen Dienste.«

»Gut denn«, versetzte die hohe Frau, »nun legt Euch wieder hin auf Euer Brett. Ich höre Leute kommen, und es ist nicht schicklich, daß hier im Hause jemand glaubt, ich sei bei dieser Posse und Mummerei Eure Helfershelferin.«

Am sanften Klang ihrer Stimme hörte der kecke Jüngling, daß die edle Frau ihm huldvollst die Ungeheuerlichkeit seiner Liebe verzieh. So streckte er sich denn wieder auf dem Tisch aus und überlegte derweilen, daß manch große Herren am Hofe emporgekommen waren, nur weil sie einen alten Steigbügel dazu benützt hatten. Und dieser Gedanke versöhnte ihn wieder gänzlich mit seinem Glück.

»'s ist gut!« bedeutete die Regentin ihren Kammerfrauen, »ich brauche nichts. Der totgeglaubte Junker ist bald wieder wohlauf. Gott und der Heiligen Jungfrau sei's gedankt, in meinem Haus ist kein Mord begangen worden!«

Während sie dies sagte, fuhr sie mit der Hand durch das Haar des Geliebten, der ihr so willkommen vom Himmel gefallen war, und dann nahm sie ein stärkendes Wässerlein und rieb ihm damit die Schläfen, knöpfte ihm das Wams auf, und unter dem Vorwand, sie müsse sich um das Wohlergehen des Verwundeten kümmern, stellte sie, besser als ein Gerichtssachverständiger, der ein Gutachten verfassen muß, fest, wie weich und jugendfrisch die Haut des wackern Männleins war, der ihr so handfeste und ergiebige Wonnen verheißen hatte. Und jedermann, Diener wie Kammerfrauen, war höchlich verwundert, daß die Regentin sich so weit herabließ. Doch steht Menschlichkeit königlichen Herrschaften ja nie schlecht an. Jakob richtete sich auf, spielte den Verwirrten, der sich nicht zurechtfand, dankte untertänig der Regentin und schickte den Wundarzt, den Aderlasser und was sonst noch an schwarzgewandeten Teufeln um sein Lager herumstand, fort und erklärte, er habe sich nun von dem Schlag erholt. Hierauf nannte er seinen Namen und wollte sich mit

einer tiefen Verbeugung vor der edlen Frau von Beaujeu drücken, als fürchte er sich vor ihr, weil sein Vater in Ungnade stand, doch tat er's sicherlich wegen des grauenvollen Gelübdes, das er ihr abgelegt hatte.

»Das kann ich nicht zulassen«, sagte die hohe Frau. »Die Leute, die in mein Haus kommen, dürfen hier nicht so empfangen werden, wie Ihr empfangen worden seid. – Der Herr von Beaune wird heute abend mit uns speisen«, beschied sie den Haushofmeister. »Der ihm so ungebührlich und roh mitgespielt hat, sei auf Gnade und Ungande in seine Hand gegeben, vorausgesetzt, er gibt sich unverweilt zu erkennen. Wo nicht, lasse ich ihn ausfindig machen und durch den Profosen am nächsten Ast aufknüpfen.«

Als dies der Page hörte, welcher die Dame auf ihrem Spaziergang begleitet hatte, trat er vor.

»Hohe Frau«, sprach Jakob, »es sei ihm auf meine Fürbitte Verzeihung und Gnade gewährt, denn ihm verdanke ich das Glück, Euch zu sehen, die Gunst, in Eurer Gesellschaft heute abend zu speisen, und wer weiß, vielleicht gar die Freude, meinen Vater wieder in sein Amt eingesetzt zu sehen, das Euer ruhmreicher Herr Vater ihm huldvollst verliehen hatte.«

»Wohl gesprochen«, erwiderte die Regentin. »Dir, d'Estouteville«, sprach sie dann, zum Edelknaben gewendet, »dir gebe ich ein Fähnlein Bogenschützen. Aber künftig wirf nichts mehr aus dem Fenster!«

Hierauf reichte die Regentin, welcher der Mund nach dem

schmucken Beaune wässerte, diesem huldreich ihre Hand, und er führte sie wohlerzogen und mit feinem Anstand in ihr Gemach, wo sie bis zum Nachtmahl, das noch eine Weile auf sich warten ließ, miteinander Zwiesprache hielten. Da ließ es sich der Junker Jakob nicht entgehen, sein Wissen auszukramen, seinen Vater weißzuwaschen und zu rechtfertigen und sich überhaupt bei der Dame ins beste Licht zu setzen, die, wie jeder weiß, gar trefflich in ihres Vaters Fußstapfen trat und bei allem, was sie tat und unternahm, kurzen Prozeß machte. Bei sich selbst aber dachte Jakob von Beaune, es werde kein Kinderspiel sein, mit der Regentin zu schlafen. Solche Händel konnten nicht abgetan werden wie eine Katzenhochzeit, denn die finden jederzeit irgendwo auf einem Dach eine Traufe, wo sie raunzen können, soviel ihr Herz begehrt. So freute er sich denn, daß er bei der Regentin in Gnaden war aufgenommen worden, ohne daß er ihr das verteufelte Dutzend bar auszuzahlen brauchte, denn zu diesem Behufe hätten Diener so gut wie Zofen hinausgewiesen werden müssen, sollte, unbeschadet ihrer Ehre, die hohe Frau auf der Erfüllung seines Versprechens bestehen. Und doch ward ihm dann wieder vor der Verschlagenheit der Regentin bange, und er ging mit sich zu Rate, prüfte sich auf Herz und Nieren und fragte sich voll Unbehagen: Werde ich auch bestehen können? Während aber die Regentin redete und plauderte, dachte auch sie an nichts anderes, hatte sie doch schon weit krummere Dinge geradegebogen. Und weiter ging das Gespräch, in Züchten und Ehren und wohlgesetzten höflichen Wendungen.

Indessen ließ sie einen ihrer Geheimschreiber kommen, einen Mann, der in allen Ränken und Umtrieben der hohen Staatskunst wohl beschlagen war, und gab ihm strenge Weisung, ihr im Verlaufe des Nachtmahls heimlich eine erfundene Botschaft zu überbringen. Dann wurde das Essen aufgetragen, doch die Dame nippte kaum daran, weil ihr das Herz vor Liebe aufgequollen war wie ein Schwamm und dem Magen allen Platz wegnahm; denn immerzu lag ihr nur dieser schöne und stattliche Mann im Sinn, und außer nach ihm verlangte sie nach nichts. Jakob aber hieb wacker ein und ließ sich nicht nötigen, und er hatte dafür die unterschiedlichsten Gründe.

Und richtig kam der Bote, die Frau Regentin hob an zu schelten und zu wettern, runzelte die Brauen wie weiland ihr königlicher Vater und sagte: »Hat man denn nie seine Ruhe in diesem Staat? Himmelsackerment! Darf unsereins nie einen gemütlichen Abend genießen?« Damit sprang die Regentin auf und wanderte mit großen Schritten im Zimmer auf und ab. »Holla! Meinen Zelter! Wo steckt Herr von Altenstadt, mein Stallmeister? Nicht zur Stelle! Er ist in der Pikardie. D'Estouteville, Ihr kommt mir mitsamt meinem Hofstaat ins Schloß Amboise nach . . .« Dann fiel ihr Blick auf den Junker Jakob. »Ihr sollt mein Stallmeister sein, Herr von Beaune. Ihr wollt des Königs Dienstmann werden? Die Gelegenheit ist günstig! Himmelsackerment! Kommt! Es gilt, eine Rotte Unzufriedener aufs Haupt zu schlagen; da sind uns treue Diener vonnöten!«

Und in weniger Zeit, als ein alter Bettelmann gebraucht hätte, um hundert *Ave* herunterzubeten, waren die Rosse

gezäumt, angeschirrt und gesattelt, die hohe Frau saß auf ihrem Zelter, der Junker ihr zur Seite, hoch zu Roß, und sie ritten im gestreckten Galopp nach dem Schloß Amboise, gefolgt von einer Rotte reisiger Knechte. Um es kurz zu machen und ohne viel Umschweife zur Hauptsache zu kommen, so ward der Junker von Beaune ein rundes Dutzend Klafter von der gnädigen Frau von Beaujeu entfernt einquartiert, abseits von allen Späheraugen. Die Höflinge und alles Volk fragten sich höchst verwundert, woher denn eigentlich der Feind komme. Der Dutzend-Prahlhans aber, der sah, daß er beim Wort genommen wurde, wußte recht wohl, wo der Feind stand. Die Tugend der Regentin, die weit herum im ganzen Reich bekannt war, feite sie gegen jeglichen Argwohn, galt sie doch ebenso uneinnehmbar wie das Schloß zu Péronne.

Zur Stunde, da alle Feuer gelöscht wurden und alles im Schlosse schlief, Ohren und Augen feierten und die ganze Feste still und stumm dalag, schickte Frau von Beaujeu ihre Kammerzofe zu Bett und ließ ihren Stallmeister zu sich befehlen. Der Stallmeister kam unverweilt. Alsbald saßen die hohe Frau und der Glücksritter beisammen unter dem Mantel eines hohen Kamins, Seite an Seite, auf einer Bank, die weich mit Samt gepolstert war. Und es dauerte nicht lange, so fragte die neugierige Regentin den Junker mit honigsüßer Stimme: »Seid Ihr nicht an allen Gliedern zerschlagen? Es ist gar nicht schön von mir, daß ich einem so wohlgeratenen und liebens-

werten Diener, der gerade zuvor von einem meiner Gefolgsleute übel zugerichtet worden ist, einen Ritt über zwölf Meilen zugemutet habe. Das hat mich so arg geplagt, daß ich mich nicht niederlegen wollte, ohne Euch zuvor noch gesehen zu haben. Spürt Ihr auch wirklich keinen Schmerz?«

»Ich verzehre mich vor Ungeduld«, erwiderte der dutzendpflichtige Junker. Ihm wollte scheinen, er dürfe sich unter solchen Umständen nicht weiter widerspenstig zeigen. »Ich sehe wohl«, fuhr er drum fort, »meine edle und schöne Herrin, Euer Diener hat Gnade vor Euern Augen gefunden.«

»Nur nicht so stürmisch!« wehrte sie ihm. »Habt Ihr nicht ein bißchen gelogen, als Ihr mir sagtet ...«

»Was denn?« drängte er.

»Ei, daß Ihr mir ein dutzendmal . . . in die Kirchen und an andere Orte nachgegangen seid!«

»Freilich, ja«, beteuerte er.

»Dann nimmt mich schon wunder«, gab die Regentin zur Antwort, »daß ich erst heute einen so tapfern jungen Mann bemerkt habe, dem Mut und Tapferkeit so ausgeprägt ins Gesicht geschrieben stehn! Ich nehme nichts von all dem zurück, was ich gesagt habe, als ich Euch verwundet wähnte. Ihr gefallt mir, und ich will Euch wohl.«

Da nun die Stunde des verteufelten Opfers geschlagen hatte, fiel Jakob vor der Regentin auf die Knie, küßte ihr die Füße, die Hände und alles, wie man so sagt. Und während er sie küßte und seine Vorbereitungen traf, bewies er mit mannigfachen und stichhaltigen Argumenten der angejahrten Tugend seiner Herrin, daß einer Frau, auf welcher die ganze große Bürde ihres Staates lastete, wohl das Recht zustehe, sich ein kleines Vergnügen zu gönnen. Doch solche Freiheit wollte die Regentin nicht gelten lassen, denn es war ihr daran gelegen, daß ihr Gewalt angetan werde, damit sie hernach ihrem Liebsten die ganze Sünde ankreiden konnte. Dessenungeachtet hatte sie sich, das könnt ihr euch ja denken, wohlweislich mit duftenden Wässerchen besprengt und ein verführerisches Nachtgewand übergeworfen, ihre Wangen leuchteten vor Verlangen purpurrot, so daß sie wahrlich keine Schminke nötig hatte, um ihrer Hautfarbe nachzuhelfen. Und trotz

ihrem schwachen Sträuben wurde sie gleich einem Backfischlein stürmisch auf ihr königliches Bett getragen, wo die gute Dame und der Dutzendspender ihre Hochzeit aufs gewissenhafteste vollzogen. Und aus dem muntern Spiel wurde allgemach ein heißer Kampf, aus dem Kampf ein lustig Handgemenge, aus dem Spaß ein Getobe, und so gab eins das andere, bis die Regentin erklärte, sie glaube eher an die Jungfräulichkeit der Königin Maria als an das versprochene Dutzend. Nun fand aber Jakob von Beaune mit einemmal die hochmögende Dame gar nicht mehr so alt, seit er mit ihr unter den linnenen Bettüchern lag, denn beim Schein der Nachtampeln sieht ja alles ganz verwandelt aus. Wie manche Frau, die bei Tage fünfzigjährig aussieht, ist um Mitternacht keine zwanzig, wie andere, die um die Mittagszeit zwanzig sind, hundertjährig wirken, sobald die Nacht anbricht. So hielt Jakob, der über diese Fügung glücklicher war als einer, der am Tag des Hochgerichts dem König begegnet, aufs neue seine Wette. Die hohe Frau aber wunderte sich im stillen und versprach ihrerseits Beistand und tätige Mithilfe, ganz abgesehen von der Herrschaft Azay-le-Buslé einschließlich sämtlicher Lehnbarkeiten, womit ihren Kavalier oder Reiter zu begaben sie sich erbot, nebst der Begnadigung seines Vaters obendrein, wenn sie aus dem Zweikampf als Besiegte hervorgehe.

Da sagte sich der pflichtbewußte Sohn: Das ist für die Rettung meines Vaters aus den Händen der Justiz! Dies für die Verkaufsgebühren an meinen Lehensherrn! Das für den Wald von Azay! *Item* für das Fischrecht! Noch einmal für die Inseln im Fluß! Für den da winken uns die Weiden und Wiesen! Lösen wir aus den Krallen der Gerichte unsern Grundbesitz La Carte, den mein Vater so teuer erkauft hat! Und ein weiteres Mal für ein Amt bei Hofe!

Als er ohne namhafte Schwierigkeit in seiner Abschlagszahlung so weit gekommen war, fand er, nun gehe es um die Ehre seines Hosenlatzes, auch bedachte er, daß er sozusagen Frankreich beiwohne und daß darum die Ehre der Krone auf dem Spiele stehe. Kurzum, mit der wirksamen Hilfe eines Gelübdes, das er seinem Schutzpatron Sankt Jakob ablegte, ihm nämlich eine Kapelle in dem erwähnten Azay zu errichten, leistete er seinen Diensteid als Lehnsmann der Regentin in elf klaren, deutlichen, unmißverständlichen und wohlklingenden Periphrasen. Was das Schlußwort und den Abgesang dieser Rede aus tiefern Bereichen anlangte, so hatte der Junker die Vermessenheit, die Regentin mit einem sonderlich festlichen Schlußpunkt zu bedenken, indem er ihr beim Erwachen einen Morgengruß zudachte, wie er einem Ehrenmann wohl anstand und auch als Dank für seine Lehensherrin unumgänglich nötig war.

Das war klug ausgedacht, und die Absicht war lobenswert. Doch wenn der Natur allzuviel zugemutet wird, dann gebärdet sie sich so recht wie ein störrischer Gaul, der sich hinlegt und eher unter der Peitsche sterben würde, als daß er aufstünde, und der darniederliegt, bis es ihm gefällt, sich neugekräftigt und mit frischem Mut zu erheben. So geschah es denn, als frühmorgens das Geschütz des Schlosses Azay sich anschickte, die Tochter des Königs Ludwig des Elften mit einem Salutschuß zu begrüßen, daß es gezwungen war, trotz seinem Scharwenzeln sie zu grüßen, wie einander gekrönte Häupter zu grüßen pflegen, mit blinden Salven nämlich. Während nun die Regentin, die sich mittlerweile von ihrem Bett erhoben hatte, mit Jakob frühstückte, welcher sich beiläufig als Herr von Azay bezeichnete, stellte sie drum auch ausdrücklich dies Ungenügen fest. Damit gedachte sie ihren Stallmeister ein wenig aufzuziehen, und so behauptete sie denn auch, er habe seine Wette nicht gewonnen, und demzufolge gehöre ihm auch die Herrschaft nicht zu.

»Beim Bauch Sankt Paterns! Viel hat nicht daran gefehlt!« rief Jakob von Beaune. »Doch, meine vielliebe Herrin und edle Frau, es schickt sich nicht, daß wir selbst, Ihr oder ich, in unserem Streitfall Richter seien. Dieser Fall, da es sich um einen Allodialfall handelt, muß Euerem Rate vorgetragen werden, weil das Lehen von Azay unmittelbar der Krone untersteht.«

»Himmelsackerment!« erwiderte die Regentin lachend, was bei ihr nur selten vorkam, »ich gebe Euch das Amt des Herrn von Altenstadt in meinem Hause, ich lasse Euern Vater in Zukunft unbehelligt, gebe Euch Azay und bringe Euch obendrein noch am Königshof in Amt und Würden unter, falls Ihr, unbeschadet meiner Ehre, den Streitpunkt vor versammeltem Rat darlegen könnt. Doch wenn Euch auch nur ein einziges Wort unterläuft, welches meinen makellosen Ruf als keusche Frau beflecken könnte, dann will ich . . .«

»Ich will gehenkt werden!« rief da der Dutzendprahler und wollte die Sache ins Lächerliche drehen, weil Frau von Beaujeus Antlitz sich unwillig umwölkte.

In der Tat war der Tochter Ludwigs des Elften weit mehr an ihrem Königtum gelegen als an diesem Dutzend spaßiger Schäkereien, aus denen sie sich gar nichts machte. Sie war nämlich des Glaubens, nun habe sie sich eine ganze Nacht daran gütlich getan, ohne daß sie ihren Geldsäckel aufzuschnüren brauchte, und jetzt dünkte sie die kitzlige und nahezu unlösbare Darstellung der vergangenen Nacht viel spannender und verlockender als ein weiteres Dutzend, wozu sich der Junker allen Ernstes anerbot.

»Somit, hohe Frau«, erwiderte der wackere Geselle, »werde ich künftighin bestimmt Euer Stallmeister sein . . .«

Jeder von den Hauptleuten, Geheimschreibern und anderen Männern, die am Hof der Regentin in Amt und Würden standen, hatten mit Verwunderung von der überstürzten Abreise ihrer Herrin erfahren, auch gehört, wie erregt sie dabei gewesen war, und nun kamen sie eilends ins Schloß Amboise nachgereist, wißbegierig, zu vernehmen, was diesen jähen Aufbruch veranlaßt hatte. Und als die Regentin erwachte und sich erhob, waren sie bereits versammelt und harrten ihres Befehls zur Ratssitzung. Sie rief sie auch ohne Verzug zusammen, damit kein Argwohn aufkommen konnte, sie habe die hochweisen Herren am Narrenseil herumgeführt, und gab ihnen etliche spitzfindige Knifflichkeiten auszuklügeln, und die brachten sie auch getreulich heraus. Gegen Ende dieser Ratssitzung erschien der neugebackene Stallmeister, um die hohe Frau hinauszugeleiten. Als der Junker aus der Touraine die Ratsherren schon von ihren Sesseln aufgestanden fand, bat er sie kühn, einen strittigen Fall zu entscheiden, der sowohl für ihn als auch für das Krongut des Königs von Belang sei.

»Hört ihn an«, gebot die Regentin. »Was er sagt, ist wahr.«

Daraufhin trat Jakob von Beaune vor, ohne sich weiter um den ganzen Klimbim des hohen Gerichtshofes zu kümmern oder sich gar dadurch ins Bockshorn jagen zu lassen, und hob an zu sprechen wie folgt – oder doch so ähnlich: »Edle Herren, ich bitte euch inständig, wenn ich auch im folgenden nur von Nußschalen sprechen werde, gleichwohl dieser Streitfrage eure volle Aufmerksamkeit zu widmen und mir die Haarspalterei meiner Darstellungsweise nachzusehen und nicht zu verübeln. – Ein Edelmann erging sich einstmals mit einem andern Herrn in seinem Baumgarten, und da gewahrten sie einen stattlichen Nußbaum, einen Nußbaum Gottes, schön gewachsen, eine Augenweide, herrlich anzusehn und eine Lust zu hegen und zu haben, obzwar er ein wenig hohl war, einen Nußbaum, der immer noch frisch und saftig, immer noch wohlduftend war, einen Nußbaum, an dem ihr euch nimmer sattsehen würdet, hättet ihr ihn einmal erblickt; einen liebespendenden Nußbaum, der fürwahr dem Baum der Erkenntnis gleichsah, von dessen Früchten Gott der Herr zu essen verboten hatte und um dessentwillen unsere Urmutter Eva und Herr Adam, ihr Gemahl, aus dem Paradiese verbannt wurden. Nun ward, liebe Herren, dieser Nußbaum der Anlaß zu einem unerheblichen Streit zwischen den beiden Edelleuten, zu einer jener übermütigen Wetten, wie sie unter Freunden dann und wann abgeschlossen werden. Der Jüngere machte sich anheischig, zwölfmal einen Stecken, den er in der Hand hatte, wie jeder von uns zeitweilig einen mitträgt, wenn er in seinem Obstgarten lustwandelt, in die dichtbelaubte Krone des Nußbaums hinaufzuwerfen und bei jedem Wurf eine Nuß herunterzuschlagen . . . So lautet doch die Kernfrage des Prozesses? . . .« fragte Jakob und wandte sich halbwegs zur Regentin um.

»Gewiß, ihr Herren«, gab sie zur Antwort, ganz erstaunt über das schlau erdachte Gleichnis ihres Stallmeisters.

»Der andere hielt dagegen«, fuhr der Junker in seiner Rede

fort, »und nun warf der erste, der die Wette angeboten hatte. Er warf den Stecken so geschickt und mit solcher Zuversicht, so artig, wohlgezielt und treffsicher, daß sie beide ihre helle Freude dran hatten. Und mit dem Beistand aller Heiligen, denen beim Zusehen sicherlich vor Freude das Herz im Leibe hüpfte, fiel auch bei jedem Wurf eine Nuß herab. Zu guter Letzt war ihrer ein rundes, volles Dutzend. Doch durch einen leidigen Zufall war die allerletzte von den heruntergeschlagenen Nüssen taub und hatte keinen nahrhaften Kern, woraus ein neuer Nußbaum hätte keimen können, wenn sie ein Gärtner ins Erdreich gesteckt hätte. Hat nun der Mann mit dem Stecken die Wette gewonnen? Ich habe gesprochen. Richtet!«

»Da gibt es weiter gar nichts zu sagen«, sprach Meister Adam Rauch aus Tours, der dazumal des Königs Siegelbewahrer war. »Dem andern bleibt nur eines übrig . . .«

»Was denn?« fragte die Regentin begierig.

»Zu zahlen, hohe Frau.«

»Er ist mir gar zu schlau«, erwiderte sie und gab ihrem Stallmeister einen Klaps auf die Wange. »Er wird eines Tages noch gehenkt!«

Damit hatte sie nur spaßen wollen. Doch dieser Ausspruch war das Horoskop des nachmaligen Schatzmeisters, das sich bewahrheitete. Denn am Ende seiner Laufbahn, die besonnt war von des Königs Gunst und Huld, harrte seiner die Leiter des Galgens von Montfaucon, und zwar dank der Rachsucht einer andern älteren Frau und infolge eines niederträchtigen Verrats eines Mannes aus Ballan, seines Geheimschreibers, dessen Glück er allezeit gefördert hatte, eines Burschen namens Prévost – nicht René Gentil, wie ihn manche zu Unrecht genannt haben. Dieser verräterische Judas und ungetreue Diener hatte, so heißt es, Madame von Angoulesme die Quittung für das Geld ausgehändigt, das ihr der genannte Jakob von Beaune ausgezahlt hatte, der zu jener Zeit Baron von Semblançay, Herr von La Carte und Azay und einer der hochmögendsten Würdenträger des Reichs geworden war.

Von seinen beiden Söhnen war der eine Erzbischof von Tours, der andere oberster Steuerpächter und Statthalter in der Touraine. Doch das hat mit unserer Geschichte nichts mehr zu tun.

Was nun dieses Abenteuer aus der Jugendzeit des Junkers anlangt, so war die edle Frau von Beaujeu, zu deutsch: Schönspiel, welcher dieses schöne Spiel ein wenig spät in den Schoß gefallen war, höchst zufrieden, daß sie bei ihrem Geliebten, der ihr so unverhofft zuteil geworden, ein gerüttelt Maß Weisheit und Umsicht in Staatsgeschäften vorfand. Sie verlieh ihm die Aufsicht über den königlichen Schatz, in welchem Amt er sich so trefflich bewährte und dermaßen augenfällig die königlichen Golddukaten vermehrte, daß sein guter Ruf ihm eines Tages die Verwaltung der Staatsgelder eintrug. Er wurde zum Superintendanten ernannt und überwachte mit großem Weitblick die Verwendung der Finanzen, wobei er auch auf seinen eignen Vorteil sah, was nur recht und billig war. Die gute Regentin zahlte die Wette und ließ ihrem Stallmeister die Herrschaft Azay-le-Buslé überschreiben, deren Schloß unlängst von den ersten Bombardierern, die in die Touraine kamen, zusammengeschossen worden war, wie jeder weiß. Und für dieses Schießpulverwunder wären die erwähnten Kanoniere, ohne des Königs Dazwischentreten, als abtrünnige Ketzer und Anhänger des Teufels vom geistlichen Gericht des Kapitels ums Haar verurteilt worden.

Damals wurde auch, auf Betreiben des Herrn Bohier, eines Obersteuerpächters, das Schloß Chenonceau erbaut, dessen Grundmauern anmutig und sehenswert rittlings über dem Fluß angelegt wurden.

Da nun der Baron von Semblançay den genannten Bohier noch in den Schatten stellen wollte, vermaß er sich, sein Schloß mitten in den Indre-Fluß hineinzubauen, wo es heute noch als das schönste Kleinod dieses schönen grünen Tales steht, so fest und wohlgefügt ruht es auf seinen Pfählen. Jakob von Beaune gab für diesen Bau auch gut und gern dreißigtausend harte Taler aus, ganz abgesehen von der Fronarbeit seiner Dienstleute. Ihr könnt euch aber auch drauf verlassen, dieses Schloß ist eines der herrlichsten, zierlichsten, lieblichsten und bestgeratenen Schlösser der lieblichen Touraine und badet sich immerdar gleich einer fürstlichen Buhle im Indre, prächtig aufgeputzt mit seinen Erkern und zierlichen gemetzten Fenstern, mit den hübschen Kriegsleuten oben auf den Türmchen statt der Wetterfahnen, die sich nach dem Winde drehen wie alle Soldknechte. Doch wurde der gute Semblançay gehenkt, noch ehe es vollendet war, so daß seither keiner mehr über genügend Geldmittel verfügte, um es vollends auszubauen.

Immerhin war sein Herr, der gute König Franz, der erste seines Namens, dort bei ihm zu Gaste gewesen, und man zeigt heute noch das Zimmer, wo der König gewohnt hat. Als der König zu Bette ging, hörte Semblançay – welcher von seinem Herrn und König stets »Vater« genannt wurde, weil seine Haare so ehrwürdig weiß waren –, Semblançay also hörte den König, seinen Herrn, dem er von Herzen zugetan war, sagen: »Nun hat's an Eurer Turmuhr zwölfe geschlagen, mein teurer Vater!«

»Ei, Herr König«, versetzte der Superindendant der Finanzen, »zwölf Schlägen mit einem Hammer, der freilich heute recht alt geworden ist, zwölf gutgezielten Hammerschlägen verdanke ich meine Herrschaft, das Geld, das ich darauf verwendet habe, und das Glück, Euch dienen zu dürfen . . .«

Da wollte der König wissen, was sein Diener mit diesen seltsam rätselvollen Worten meinte. Während also der Herrscher in sein Bett kroch, erzählte ihm Jakob von Beaune die Geschichte, die ihr jetzt vernommen habt. Franz der Erste, der von solchen Späßen nie genug hören konnte, fand die Begebenheit über die Maßen vergnüglich und ergötzte sich um so königlicher daran, als dazumal gerade seine Mutter, die Herzogin von Angoulesme, ins gefährliche Alter gekommen war und dem Konnetabel von Bourbon gelinde zusetzte, weil sie von ihm gar zu gerne ein paar von den obenerwähnten Dutzenden gehabt hätte. Das war eine böse Liebe einer bösen Frau, denn ihretwegen kam das Königreich in Gefahr, der König in Gefangenschaft und der arme Semblançay an den Galgen, wie schon gesagt.

Ich habe sorgsam und mit Bedacht hier verzeichnet, wie das Schloß Azay erbaut wurde, weil feststeht, daß auf diese Weise Semblançays großer Reichtum entstanden ist. Er hat für seine Geburtsstadt viel getan, trug nach Kräften bei zu ihrer Verschönerung und verwandte namhafte Summen darauf, die Türme ihrer Kathedrale auszubauen. Diese lehrreiche Begebenheit wurde zu Azay-le-Ridel vom Vater dem Sohn überliefert, von einem Schloßherrn dem andern, und heute noch gespenstert und geistert sie unterm königlichen Betthimmel, welcher bis auf den heutigen Tag unangetastet geblieben ist. Somit ist es erstunken und erlogen, wenn dies Tourainer Dutzend einem deutschen Ritter zugeschrieben wird, der durch dieses Heldenstück die österreichischen Krongüter an das Haus Habsburg gebracht haben soll. Der Autor unserer Zeit, der diese Geschichte ans Licht gefördert hat, obwohl er ein grundgelehrter Mann sein mag, hat sich da von etlichen Chronisten einen gewaltigen Bären aufbinden lassen, sintemal die Kanzlei des Römischen Reiches dieser Art von Erwerbung keinerlei Erwähnung tut. Worum ich ihm aber sonderlich gram bin, ist der Umstand, daß er wirklich hat glauben können, ein biergewohnter Hosenlatz habe das Zeug zu dieser alchimistischen Operation aufbringen können, die sogar einem chinonnesischen Hosenschlitz alle Ehre machte, und letztere hat Rabelais zu Recht über alles gepriesen. So habe ich zum Vorteil des Landes, zum Ruhme von Azay, zur Hebung des Selbstbewußtseins der Schloßbesitzer und zur höhern Ehre des Geschlechtes derer von Beaune, von welchen die Sauves und die Noirmoustiers abstammen, den Tatbestand in seiner historischen, wahrhaften und wunderbaren Gestalt wiederhergestellt.

Sollten daraufhin die Damen das Schloß besichtigen wollen, so werden sie auch heute noch dortzulande ein paar solcher Dutzend finden, freilich nur Stück um Stück.

DIE VERMEINTLICHE BUHLDIRNE

Was manche nicht wissen, ist die Wahrheit hinsichtlich der Ermordung des Herzogs von Orleans, des Bruders Karls des Sechsten. Dieser Mord hatte mancherlei Hintergründe und Ursachen; eine davon soll in der nachstehenden Geschichte erzählt werden.

Dieser Fürst war ohne Zweifel der größte und unverbesserlichste Weiberheld der ganzen königlichen Sippe des gnädigen Herrn Ludwig, zubenannt der Heilige, welcher zu seinen Lebzeiten König von Frankreich war, ohne freilich irgendeinen von denen aus dem Felde zu schlagen, welche die ärgsten und ausschweifendsten Wüstlinge dieser edeln Familie waren. Dieses Königsgeschlecht paßte so trefflich zu den lasterhaften und eigenartigen Vorzügen unserer wackern und lachlustigen Nation, daß ihr euch eher die Hölle ohne ihren Herrn Satan vorstellen könntet als Frankreich ohne seine tapfern, ruhmreichen und ungeschlachten Weiberhelden von Königen. Drum lacht euch eins, aber glaubt den armseligen Kümmelspaltern und Moraltanten kein Wort, die in einem fort zetern: »Ja, unsere Väter waren doch bessere Menschen!«

LAVIEILLE.

Und ebensowenig verlaßt euch auf die ausgelatschten philanthropischen Schlarpen, die steif und fest behaupten, die Menschheit sei auf dem besten Wege zur Vollkommenheit! Das sind alles lauter blinde Maulwürfe und achten nicht darauf, was für Gefieder die Austern und welche Muschelschale

die Vögel haben, denn die wandeln sich ebensowenig wie unser eignes Tun und Treiben. Schmaust bis in die Nacht hinein, solange ihr jung seid, trinkt vom Frischen und laßt das Trauern und Klagen, denn ein voller Zentner Trübsal kann nicht eine einzige Unze Wanstfutter aufwiegen.

Der ausschweifende Wandel dieses Fürsten, des Buhlen der Königin Isabell, die sich trefflich aufs Liebesspiel verstand, führte zu unterschiedlichen ergötzlichen Abenteuern, denn er war allezeit für jeglichen Unfug und Schabernack zu haben, ein Kerl wie weiland Alkibiades in Athen, ein urechter Franzose von altem Schrot und Korn. Er war's auch, der als erster auf den Gedanken kam, sich an jeder Poststelle, wo die Pferde gewechselt wurden, ein strammes Weib bereitzuhalten, so daß er, unterwegs von Paris nach Bordeaux, sooft sein Reitroß abgesattelt wurde, auch ein gutes Mahl und ein weiches Bett vorfand, wohlversehen mit einem gleichermaßen weichen Inhalt, das Hemd mitsamt allem, was darin stak. Glücklicher Prinz! Er starb im Reiten, und rittlings hat er sein ganzes Leben gelebt, sogar zwischen seinen zwei Betttüchern. Von seinen ergötzlichen Possen hat unser aller Ehren werter König Ludwig der Elfte eine gar wunderhübsche verzeichnet in seinem Buch der *Hundert neuen Geschichten*, die alle während seiner Verbannung am Hofe von Burgund unter seinen Augen niedergeschrieben wurden. Dort erzählten sie, er und sein Vetter Charolais, einander zur Kurzweil an den langen Abenden die lustigen Streiche und Geschichten, die sich zu jener Zeit zutrugen. Wenn ihnen dann die wahren ausgingen, dachte sich jeder von den Höflingen eben eine aus, eine ausgelassener als die andere. Aber aus schuldiger Ehrerbietung vor dem königlichen Geblüt hat der edle Herr Dauphin die Sache, die der Frau von Vany widerfahren ist, einem biedern Bürgersmann in die Schuhe geschoben, und zwar unter dem Titel »Die Kehrseite der Medaille«, wie jeder in der genannten Sammlung denkwürdiger Geschichten nachlesen kann. Sie ist darin eines von den schönziselierten Kleinoden und eröffnet den Reigen der hundert kostbaren Edelsteine.

Nun hört die meine:

Der Herzog von Orleans hatte einen Vasallen, einen Herrn aus der Pikardie namens Raoul von Hocquetonville, der, was späterhin dem Fürsten zum Unheil ausschlagen sollte, ein reichbegütertes Fräulein zur Ehe nahm, die mit dem Hause Burgund versippt und verschwägert war. Aber zum Unterschied von den herkömmlichen Erbtöchtern war sie von einer dermaßen blendenden und unvergeßlichen Schönheit, daß in ihrer Gegenwart alle Damen bei Hofe, ja sogar die Königin und Frau Valentine im Schatten zu stehen schienen. Doch verblaßte all dies, ihre burgundische Verwandtschaft, ihre Erbansprüche, ihre Schönheit und ihre liebliche Anmut, bei der schönen Frau von Hocquetonville, weil diese seltenen Vorzüge durch ihre engelgleiche Unschuld, ihre vorbildliche Bescheidenheit und ihre züchtige Erziehung eine beinah überirdische Weihe empfingen. So dauerte es auch nicht lange, bis der Fürst den Wohlgeruch dieser vom Himmel gefallenen Blume witterte und auch sogleich vor Liebe fieberheiß glühte. Er verfiel in Trübsinn, mochte kein Hurenhaus mehr sehen und tat sich nur von Zeit zu Zeit, ohne sonderliches Vergnügen, an dem leckeren Happen, seiner deutschen Isabell, gütlich. Hernach geriet er in schäumende Wut und schwor, er werde mit Hilfe von Zaubermitteln, mit Gewalt oder List oder auch aus freien Stücken diese liebreizende Frau besitzen, deren entzückender Leib ihm Tag und Nacht im Sinne liege und ihn noch so weit bringe, daß ihm vor sich selber nicht mehr geheuer sei in den langen öden Nächten, die er allein vertrauere. Zuerst setzte er ihr mit zuckersüßen und übergoldeten Schmeichelworten heftig zu, doch bald erkannte er aus ihrer heiteren und fröhlichen Miene, daß sie in ihrem Herzen fest entschlossen war, ehrbar und keusch zu bleiben. Sie gab ihm nämlich, ohne sich über seine Anträge groß zu wundern oder sich gar, wie sonst leichtlebige Weiber gerne tun, darüber zu entrüsten, lächelnd zur Antwort: »Edler Herr, ich muß Euch sagen, daß ich mich nicht mit der Liebe eines andern Mannes belasten möchte, nicht etwa aus Mißachtung für die Freuden, die man dabei finden mag, denn die müssen wohl über die Maßen köstlich sein, da so viele Frauen alles ihretwegen aufgeben, ihr auch alles aufopfern, sich selbst, ihr Haus und Heim, ihren Ruf und ihre Zukunft; nein, ich verzichte aus Liebe zu meinen Kindern, die meiner Obhut und Fürsorge anheimgegeben sind. Mitnichten will ich, daß mir die Schamröte in die Stirn steigt, wenn ich meinen Töchtern dereinst die heilsame Lebensregel einbleue, daß für uns Frauen Glück und Seligkeit einzig und wahrhaft in der Tugend beschlossen liegen. Sagt nun selbst, Herr: Wir haben ja mehr alte Tage in unserm Leben als junge, müssen wir da nicht viel mehr jene bedenken? Von denen, die mich auferzogen haben, habe ich gelernt, das Leben nach seinem wahren Wert zu schätzen, und ich weiß, alles ist vergänglich, nur nicht die Gewißheit der naturgewollten Zuneigungen. Drum liegt mir auch an der Achtung aller, und vor allem an meines Gatten Liebe und Wertschätzung, denn er bedeutet mir die ganze Welt. Ebendarum habe ich mir fest vorgenommen, in seinen Augen allezeit und immerdar in Züchten zu leben und ehrbar zu bleiben. Nun wißt Ihr's. Und ich bitte Euch flehentlich, laßt mich in Frieden meinen Haushalt besorgen, sonst müßte ich alles meinem Herrn und Meister gestehen – und ich würde es ohne zu erröten tun! –, und, verlaßt Euch drauf, er würde sich erzürnt von Euch wenden.«

Diese beherzte Antwort machte den Bruder des Königs

nur noch verliebter. Er beschloß, der edeln Frau eine Falle zu stellen, auf daß er sie tot oder lebendig besitzen könne, und er war seiner Sache völlig sicher und zweifelte nicht im geringsten, daß er sie werde zur Strecke bringen können; er verließ sich auch ganz auf seine Erfahrung in dieser Art Jagd, der vergnüglichsten, die es gibt, wobei man alle Listen und Schliche der andern Jagdarten anwenden muß, sintemal das hübsche Wild auf die mannigfaltigste Weise erlegt werden kann: man kann es hetzen, mit Spiegeln und Fackeln jagen, bei Tag und bei Nacht, in der Stadt und auf dem Lande, man kann's im dichten Busch und am Flußufer in die Enge treiben, kann es mit Fangnetzen, mit losgelassenen Falken, auf dem Anstand, mit Hörnerklang, mit dem Schießgewehr, mit Ködern, Garnen, Netzen, Leimruten einbringen, kann es im Nest, in seinem Bau, im Flug erjagen, mit Leimtüten, Fangruten, Lockspeisen, Fußangeln und Fangeisen zur Strecke bringen, kurzum, mit allen Fangstricken und Fallen, die seit Adams Vertreibung ersonnen worden sind. Und zu guter Letzt gibt man ihm den Fangstoß. Auch dies kann man auf die mannigfachste Art tun, zumeist aber ist der Jäger dabei beritten.

Der schlaue Heuchler ließ also kein Sterbenswörtlein mehr von seinem Verlangen verlauten, aber er verstand es so einzurichten, daß die schöne Frau von Hocquetonville ein Amt im Hofstaat der Königin übertragen erhielt. Als nun eines Tags die Königin Isabell zu einem Besuch beim König, der krank darniederlag, nach Vincennes fuhr und ihn als Gebieter im Palast von Sankt Paul zurückließ, gab er dem Koch Weisung, das allerleckerste Königsmahl anzurichten und es in den Gemächern der Königin aufzutischen. Hierauf ließ er seine spröde und widerstrebende Dame durch einen Pagen des Palastes, der einen ausdrücklichen Befehl überbrachte, ins Schloß bitten. Die Gräfin von Hocquetonville glaubte, die Königin wünsche sie wegen irgendeiner Angelegenheit, die ihr Amt betreffe, zu sehen, oder sie werde unerwartet zu einer Belustigung geladen, und so folgte sie schleunig dem Ruf. Nun konnte aber dank den Vorkehrungen, die der unredliche Anbeter getroffen hatte, niemand die edle Dame über die Abreise ihrer Herrin unterrichten. Sie eilte also, ohne einzuhalten, bis sie in den prächtigen Saal kam, der im Schlosse zu Sankt Paul vor dem Schlafgemach der Königin liegt. Dort sah sie den Herzog von Orleans ganz allein. Nun schwante ihr, es werde hier ein tückischer Anschlag gegen sie ins Werk gesetzt. Sie stürzte rasch in das Schlafgemach, fand jedoch auch hier die Königin nicht, hörte aber hinter sich den Fürsten schallend und frech lachen.

»Ich bin verloren!« flüsterte sie.

Dann wollte sie fliehen.

Doch der durchtriebene Frauenjäger hatte allerorten treuergebene Diener aufgestellt, welche, ohne zu wissen, was da vor sich ging, den Palast verriegelten und die Türen verbarrikadierten; und in diesem Schloß, das so groß und weitläufig war, daß es ein ganzes Viertel von Paris ausmachte, war nun die Gräfin von Hocquetonville verloren wie mitten in einer wüsten Einöde, ohne anderen Beistand als den ihrer Schutzpatronin und Gottes. Da ging der armen Dame eine Ahnung auf, was ihr bevorstand, und sie sank, am ganzen Leibe schrecklich zitternd, auf einen Stuhl, als ihr Anbeter unter unaufhörlichem Gelächter ihr den ganzen schlau eingefädelten Plan darlegte. Als aber der Fürst Miene machte, sich ihr zu nähern, fuhr die Frau mit blitzenden Augen auf; tausend Verwünschungen flammten aus ihren Augen, und ihre Stimme klang schneidender als jegliche Waffe, als sie zu ihm sprach: »Ihr sollt meiner genießen, doch nicht, solange ich lebe! Ha, hoher Herr! Zwingt mich nicht zu einem Kampf, der nicht verborgen bleiben kann, dessen könnt Ihr gewiß sein. Noch kann ich fortgehn, und Hocquetonville, mein Gemahl, wird nie erfahren, was für eine schlimme Stunde Ihr mir bereitet habt, woran ich mein Lebtag werde schwer zu tragen haben. Herzog, Ihr schaut gar zu oft den Damen in die Augen, als daß Ihr Zeit fändet, den Männern ins Gesicht zu blicken, und so wißt Ihr nicht, wer von Euern Dienern Euch treu und ergeben ist. Der Graf von Hocquetonville ließe sich für Euch in Stücke hauen, so treu hält er zu Euch aus Erkenntlichkeit für Eure Wohltaten und auch, weil Ihr ihm gefallt. Doch so treu er liebt, so unnachgiebig vermag er zu hassen. Und ich weiß für gewiß, er ist Manns genug, Euch furchtlos einen Hieb mit seiner Streitkeule auf den Schädel zu versetzen, wenn es gilt, Rache zu nehmen für einen einzigen Schrei, den ich Euretwegen habe ausstoßen müssen. Wünscht Ihr meinen Tod und den Euern, Ruchloser? Seid versichert, ich kann weder mein Glück noch mein Leid geheimhalten und verhehlen. Man würde es mir an meinen Augen ablesen können, meiner reinen Stirn ansehen. Und jetzt, wohlan, wollt Ihr mich nicht hinausgehen lassen? ...«

Da stieß der Wüstling einen gellenden Pfiff aus. Als die schöne Frau dies Pfeifen hörte, trat sie geschwind in das Schlafgemach der Königin und ergriff dort, an einem ihr vertrauten Ort, ein spitziges Eisen. Und als der Herzog ihr nachlief, um zu erkunden, was diese Flucht zu bedeuten habe, da schrie sie ihm entgegen: »Wenn Ihr über diesen Strich hinausgeht« – und sie wies auf den Fußboden –, »dann bringe ich mich um!«

Der Fürst ließ sich aber nicht ins Bockshorn jagen. Er nahm einen Stuhl, rückte ihn dicht an den bezeichneten Balken heran und fing an, auf sie einzureden und zu verhandeln in der Hoffnung, er könne dergestalt die Sinne und den Geist dieser rasenden Frau entflammen, sie so weit bringen, daß ihr Hören und Sehen verging, und ihr Hirn, Herz und den Rest mit unzüchtigen Bildern aufwühlen. Also sagte er ihr in wohlgesetzten Worten, wie sie Fürstlichkeiten so leicht und obenhin vom Munde gehen, daß die tugendhaften Frauen ihre Tugend recht teuer erkauften, weil sie, um höchst ungewissen Lohn in der Zukunft zu verdienen, die herrlichsten Genüsse der Gegenwart versäumten. Denn die Ehemänner nähmen sich doch notgedrungen und aus hoher ehelicher Politik wohl in acht, ihren Frauen die Schatulle mit den schönsten Kleinoden der Liebe aufzuschließen, denn diese Kleinode verbreiteten im Herzen einen so strahlenden Glanz, sie spendeten so köstliche Wonnen und erweckten so erregende Freuden, daß es eine Frau einfach nicht mehr in den kühlen Bezirken ihres Hausstandes aushalten könne. Es sei aber solche Niedertracht von seiten der Ehemänner etwas ganz und gar Schandbares, und zwar darum, weil ein Mann zumindest aus Dankbarkeit für das sittsame Leben einer ehrbaren Frau und ihre unbezahlbaren Verdienste sich abrackern, schinden und plakken, ja sich halb zu Tode mühen müßte, um ihr auf alle Arten zu dienen und ihr aufzuwarten mit Schnäbeln und Kosen, mit den erquickenden Tränklein wie auch den erlesenen Leckereien und süßen Zuckerschleckereien der Liebe. Und wenn sie auch nur ein einziges Mal von der himmlischen Süße dieser wonnevollen Liebesspiele kosten wollte, die ihr bisher unbekannt seien, so würde sie fortan alles andere in ihrem Leben für einen Dreck achten. Und wenn ihr der Sinn danach stehe und sie danach verlange, werde er stumm bleiben wie ein Toter; und so könne und werde kein Makel, kein Ärgernis ihre Tugend beflecken. Als dann der verschlagene Wüstling sah, daß sich die Dame mitnichten die Ohren verstopfte, ging er daran, ihr in der Art der Arabeskenmalereien, die dazumal hoch in Gunst standen, die unzüchtigen Erfindungen der lasterhaften Lotterbuben zu schildern und auszumalen. Er schoß Feuerflammen aus seinen Augen, legte eine Glut, heißer als tausend Kohlenbecken, in seine Worte, ließ seine Stimme wie Musik singen und fand allmählich selber Gefallen daran, sich wieder vorzustellen, wie's seine unterschiedlichen Liebchen jede so ganz anders gemacht und getrieben hatten. Er führte sie Frau von Hocquetonville namentlich auf, ja, er erzählte ihr sogar von den lesbischen Praktiken, den sammetpfötchenweichen Liebkosungen und wonnesamen Umarmungen der Königin Isabell. Er wandte dafür seine ganze Beredsamkeit auf, sprach so einschmeichelnd, so glühend und unwiderstehlich, daß ihm schien, die schöne Frau halte ihr fürchterliches spitzes Eisen ein bißchen lockerer, und er machte alsbald Miene, näher zu treten. Doch voll Scham, daß dieser teuflische Leviathan sie bei ihren heimlichen Gedanken ertappt hatte, blickte sie den Versucher stolz und verächtlich an und sprach: »Viellieber Herr, ich sage Euch Dank. Ihr seid schuld, daß ich meinen edlen Gemahl noch inniger lieben muß. Denn durch all dies habe ich eingesehen, daß er mich hochschätzt und mir von Herzen zugetan ist; so große Ehrerbietung bringt er mir entgegen, daß er sein eheliches Bett nie und nimmermehr mit den Buhlereien und Schamlosigkeiten der Gassenhuren und der feilen Weiber verunehren würde. Ich käme mir für alle Zeiten geschändet vor, ich würde mich für die ganze Ewigkeit beschmutzt fühlen, wollte ich meinen Fuß in den Morast setzen, wohinein die leichtfertigen Weiber geraten. Die Ehefrau eines Mannes und seine Buhle – das ist zweierlei!«

»Ich will wetten«, versetzte lächelnd der Herzog, »in Zukunft werdet Ihr gleichwohl dem Grafen von Hocquetonville bei solcher Kurzweil ein bißchen hitziger zusetzen!«

Bei diesen Worten erschauerte die schöne Frau, und am ganzen Leibe bebend, schrie sie auf: »Ihr seid ein Unhold! Jetzt erst verachte und verabscheue ich Euch! Da Ihr mir meine Ehre nicht nehmen konntet, wollt Ihr nunmehr meine Seele besudeln! Ha! hoher Herr, diesen Augenblick werdet Ihr bitter büßen müssen.

> Wenn ich's Euch auch verzeihe, wißt,
> Daß Gott begangnes Unrecht nie vergißt.

Habt nicht Ihr dieses Verslein verfaßt?«

»Frau Gräfin«, stammelte der Herzog, bleich vor Zorn, »ich kann Euch knebeln lassen . . .«

»Oh, nein! Ich habe mich frei gemacht!« gab sie zur Antwort und schwang ihr spitzes Eisen.

Da brach der Wüstling in schallendes Lachen aus. »Seid ganz unbesorgt«, sagte er, »ich werde Euch wohl in den Morast zu tauchen wissen, worein die leichtfertigen Weiber geraten, auch wenn Ihr noch so sehr die Nase darob rümpft!«

»Nie und nimmer, solange ich lebe!«

»Mitten hinein sollt Ihr«, versetzte er, »mit beiden Füßen, mit beiden Händen, mit Euern beiden elfenbeinweißen Brüsten, mit Euern beiden andern schneeweißen Dingen, mit Euern Zähnen, Euern Haaren und allem! . . . Aus freien Stücken werdet Ihr hineingehn, schamlos und lüstern, daß Euerm Reiter die Knochen knacken, gleich einer rasend gewordenen Stute, welche ihr Zaumzeug zerreißt, ausschlägt, sich bäumt und farzt! Das schwöre ich beim heiligen Castud«!

Sogleich ließ er einen schrillen Pfiff erschallen. Dem Pagen, der daraufhin herbeigelaufen kam, befahl er insgeheim, den

Grafen von Hocquetonville zu holen, dazu Savoisy, Tanneguy, Cypierre und andere Wüstlinge und mit allen Hunden gehetzte Hurenknechte seiner Bande. Er lade sie, ließ er ihnen bestellen, hierher zum Nachtmahl ein; sobald er seinen Auftrag ausgerichtet, solle er außerdem auch noch ein paar hübsche Hemdchen voll Weiberfleisch zur Stelle schaffen.

Dann setzte er sich wieder in seinen Armstuhl, zehn Schritt von der Dame entfernt; er hatte sie unablässig im Auge behalten, während er dem Pagen mit leiser Stimme seine Befehle zuflüsterte.

»Raoul ist eifersüchtig«, sagte er. »Drum möchte ich Euch einen guten Rat geben . . . In diesem Kämmerlein«, fuhr er fort und deutete auf eine geheime Tür, »verwahrt die Königin ihre duftenden Öle, Salben und köstlichen Riechwasser. In jenem andern kleinen Gemach nimmt sie ihre Bäder und erledigt ihre fraulichen Obliegenheiten. Ich weiß aus langer Erfahrung, daß jedes eurer niedlichen Schnäbelchen seinen ganz besondern Geruch hat, an dem man es erwittert und erkennt. Wenn nun also Raoul, wie Ihr sagt, eifersüchtig ist, so eifersüchtig, daß er für nichts und wieder nichts einen jeden glattweg umbringen würde – und das ist die schlimmste Eifersucht! –, so werdet Ihr denn diese Wässerlein, wie die liederlichen Weiber, gebrauchen, da nun einmal ein Morast, wie Ihr zu sagen beliebt, vorhanden ist.«

»Herr, was habt Ihr vor?«

»Das sollt Ihr erfahren, sobald es an der Zeit ist, Euch einzuweihen. Ich will Euch kein Härlein krümmen, und ich geb Euch mein ritterliches Ehrenwort, daß ich Euch mit aller gebührenden Ehrerbietung behandeln und auch allezeit über meine Niederlage unverbrüchliches Schweigen bewahren werde. Kurzum, Ihr werdet erkennen, daß der Herzog von Orleans ein gutes Herz hat und sich großzügig und edel für die Mißachtung edler Frauen zu rächen weiß, indem er ihnen dafür den Schlüssel zum Paradies in die Hand gibt. Nur leiht Euer Ohr den heitern Reden, welche im Zimmer nebenan laut werden, und vor allem: hustet nicht und haltet Euch mucksstill, wenn Euch Eure Kinder lieb sind.«

Weil die Kammer der Königin keinen andern Ausgang

hatte und das schmiedeeiserne Fenstergitter kaum Raum bot, den Kopf hindurchzuzwängen, verriegelte der Lüstling die Tür in der Gewißheit, daß die schöne Frau darinnen gefangen war. Auch schärfte er ihr, ehe er wegging, abermals ein, sie dürfe keinen Mucks tun. Und schon stellten sich in großer Eile die Saufbrüder und Spaßvögel ein. Sie fanden ein herrliches, üppiges Mahl vor, das ihnen in vergoldeten Schüsseln auf der Tafel entgegenlachte, und der Tisch war prächtig gedeckt, mit Leuchtern besetzt, gleißend und blitzend mit all den silbernen Bechern und Kannen, und in den Krügen funkelte der königliche Wein. Dann sprach ihr Herr und Gebieter zu ihnen: »Kommt zu Tisch, meine wackern Freunde, setzt euch! Beinah hätte ich mich nämlich vorhin gelangweilt. Da seid Ihr mir in den Sinn gekommen, und es hat mich gelüstet, in Eurer Gesellschaft zu tafeln und zu pokulieren nach Art der Alten, dieweil die Griechen und Römer des Altertums ihre Paternoster an den edlen Herrn Priapos richteten und an den gehörnten Gott, der den Namen Bacchus trägt in allen Landen. Es soll wahrlich ein denkwürdiges Fest werden, denn zum Nachtisch gibt es Schnepfen, hübsche Schnepfen mit drei Schnäbeln; ich weiß bis heute nicht, welcher von den dreien am besten zum Schnäbeln ist, trotz langem und häufigem Umgang mit ihnen.«

Sie sahen daraus, daß er in allen Dingen ihr Herr und Meister war, und brachen bei dieser heitern Rede in Lachen und lauten Beifall aus. Nur Raoul von Hocquetonville trat zum Fürsten und sprach: »Hoher Herr, ich will Euch jederzeit beistehn in jeglichem Kampf, nur nicht in der Schlacht gegen Weiberröcke. Im offnen Feld und in den Schranken ritterlichen Turnierens zählt auf mich, doch nicht beim Humpenheben und Lumpenleben. Meine fröhlichen Kumpane hier sind unbeweibt, sie erwartet keine Frau zu Hause. Ich aber habe eine liebe, edle Frau, ihr gebührt meine Gesellschaft, ihr bin ich Rechenschaft schuldig über mein Tun und Lassen.«

»So habe ich mich oft und oft schwer vergangen? Bin ich nicht auch ein verheirateter Mann?« murrte der Herzog.

»Oho, edler Herr und Gebieter, Ihr seid ein Fürst und tut, was Euch behagt ...«

Diese hochgemuten Worte fuhren, wie ihr euch leicht denken könnt, der gefangenen Dame heiß und kalt durchs Herz.

»Ach, mein Raoul, mein Liebster«, hauchte sie, »du bist ein edler Mann!«

»Du bist ein Mann, den ich wohl leiden mag und von Herzen liebhabe«, erwiderte der Herzog. »Ich weiß, du bist der treueste und ehrenwerteste von meinen Dienern. Wir andern«, setzte er mit einem hurtigen Blick auf die drei Edelleute hinzu, »wir andern sind rechte Lumpen. Doch setz dich hin, Raoul«, fuhr er fort. »Sobald die Schnepfen kommen – und es sind Prachtschnepfen, Schnepfen edelster Rasse –, dann magst du dich nach Hause zu deiner Ehefrau trollen. Bei Gottes Tod! Ich hatte dich für einen tugendhaften Mann gehalten, dem alle außerehelichen Freuden ein Buch mit sieben Siegeln sind, und drum habe ich dir vorsorglich dort in der Kammer nebenan die Königin aller Lesbierinnen bereitgehalten, einen Teufel in Weibsgestalt, in der alle Frauentücke Fleisch geworden ist. Einmal in deinem Leben solltest du, der du zeitlebens nie großen Geschmack an der würzigen Beikost der Liebe gefunden hast und stets nur von Kriegstaten und Schlachten träumst, die geheimen, abgründigen Wunder des meisterlichen Lustspiels kennenlernen, denn wahrlich, es ist eine Schmach und Schande für einen Mann, der meinem Hause angehört, wenn er einer schönen, liebeswilligen Frau unzulänglich aufwartet!«

Auf diese Worte hin setzte sich der Graf von Hocquetonville wieder an die Tafel. Er war bereit, dem Herzog in allem willfährig zu sein, was ihm zu tun beliebt. So hoben sie denn alle an zu lachen und zu toben und muntere, lose Reden zu führen, sie legten sich keinen Zwang mehr auf und sprangen schon im Gespräch mit den Weibern um, wie sie's hernach handgreiflich zu tun gedachten. Hierauf beichteten sie einander, wie's bei ihnen Brauch war, ihre Abenteuer und Liebschaften, schonten keine Frau außer ihrer Herzallerliebsten und gaben einander die besondern Liebeskünste einer jeden preis. Daraus ergab sich eine Flut von kleinen, ausnehmend abscheulichen Geständnissen, welche immer wüster und anzüglicher wurden, je tiefer sich die Kannen leerten.

Der Herzog war aufgeräumt und vergnügt wie ein Universalerbe; er trieb seine Kumpane zu immer gewagteren Reden an, kramte erfundene Geschichten aus, damit sie ihm dafür wahre auf die Nase banden, und die wackern Zechgenossen ließen sich nicht zweimal bitten, sondern gingen im Trab die Schüsseln an und im Galopp die Krüge und Kannen und gaben reihum ihre ausgelassenen Reden zum besten. Während nun der Herr von Hocquetonville mit einem Gesicht, das allgemach purpurrot anlief, ihnen zuhörte, schmolzen

sein Widerstreben, sein Unwille und seine Empörung über das Vernommene nach und nach dahin, und all seiner Tugendhaftigkeit zum Trotz gönnte er sich nachsichtig etliche zaghafte Gelüste nach solchen unerlaubten Näschereien, und zu guter Letzt versank er in all dem Unrat wie ein Heiliger, der sich in seine Gebete versenkt.

Als der Herzog, der nur darauf bedacht war, seinen Groll und seine Rachsucht zu befriedigen, dies sah, wandte er sich zu ihm und scherzte: »Ei, bei Sankt Castud! Raoul, wir sind allesamt die gleichen Köpfe unter einer Mütze, lauter verschwiegene Leute, solange wir nicht tafeln. Komm, wir werden den Mund halten und deiner Frau nichts ausplaudern. So komm doch, Himmelsackerment! Du sollst endlich die Freuden des himmlischen Paradieses kennenlernen. – Da drinnen«, grölte er und polterte an die Tür der Kammer, wo die schöne Frau von Hocquetonville gefangensaß, »da drinnen harrt eine vornehme Dame vom Hofe, eine Freundin der

Königin, aber die ausgekochteste Venuspriesterin, die seit Menschengedenken gelebt hat. Keine Kurtisane, Buhlerin, Dirne und Hure reicht an sie heran ... Keine könnte ihr das Wasser reichen! Sie ward gezeugt in einem Augenblick, da das Paradies vor Wonne trunken war und die ganze Natur verbuhlt, wo die Pflanzen ihre Hochzeit hielten, die Tiere Brautnacht hatten und röhrten und balzten, wo alles vor Liebesglut lohte und loderte. Zwar wäre sie imstande, einen Altar zum Lotterbett zu nehmen, aber dem zum Trotz ist sie eine allzu vornehme Dame, um sich sehen zu lassen, und sie ist auch zu bekannt, als daß sie etwas anderes laut werden ließe als Lustschreie. Doch braucht es gar kein Licht, denn ihre Augen sprühen Flammen. Und es bedarf auch keiner Worte, sie spricht nämlich wortlos eine gar beredte Sprache, windet und bäumt sich behender als das wilde Getier, das man im dichten Buschwerk aufscheucht. Nur eins, mein lieber Raoul, bedenke wohl: spürst du erst dieses wilde und ungestüme Roß unter dir, dann halte dich fest an der Mähne des Tiers, zeige dich als guter Reiter und laß dich nicht aus dem Sattel werfen, denn sie würde dich mit einem einzigen Ruck an die Zimmerdecke kleben, falls du am Rücken einen Klumpen Pech hättest. Sie lebt nur auf, wenn sie ein Federbett unter sich hat, brennt immerzu lichterloh und ist ewig mannstoll. Unser armer Freund, der Junker von Giac, Gott habe ihn selig, hat sich bei ihr den Tod geholt. Sie hat ihm in einem einzigen Frühling das Mark aus den Knochen gesogen. Wahrhaftigen Gotts! Um einmal ein solches Fest zu erleben wie das, zu dem sie die Glocken läutet und die Freudenfeuer anzündet – welcher Mann würde nicht den dritten Teil seines künftigen Glücks darum geben? Und wer's einmal erlebt hat, der gäbe für eine zweite Nacht ohne Bedenken und Reue die ganze lange Ewigkeit hin.«

»Aber«, wandte Raoul ein, »wie kann es sein, daß es in solchen Dingen, die von der Natur allen Menschen gleichmäßig zugeteilt worden sind, so große Unterschiede geben soll?«

»Hahaha!« brachen alle die trefflichen Saufkumpane in Gelächter aus. Dann fingen sie alle an, vom Wein erhitzt

und angeregt durch ein Augenzwinkern ihres Herrn, tausenderlei ausgefallene Feinheiten und raffinierte Liebesarten auszukramen, sie schrien, grölten, tobten und lärmten und berauschten sich an ihren eigenen Worten. Und da sie nicht wußten, daß nebenan eine unverdorbene, unschuldige Schülerin verborgen war, so nannten die verlotterten Strolche das Kind beim rechten Namen und redeten eine so ungeschminkte Sprache, daß die Figuren an den Kaminen, dem Getäfel und dem geschnitzten Holzwerk darüber erröten mußten. Den Vogel schoß aber der Herzog ab, er übertrumpfte alle bei weitem. Die Dame, sagte er, die drinnen in der Kammer liege und ungeduldig ihres Galans harre, sei fraglos die Kaiserin solcher erlesener Liebesspiele; denn sie erfinde in jeder Nacht immer neue und verteufelt hitzige.

Unterdessen waren die Becher geleert, und der Herzog stieß Raoul, welcher sich nur allzu gerne stoßen ließ, so weit war er bereits verhext, in die Kammer hinein, wo er somit die schöne Frau zwang, sich zu entscheiden, durch welchen Dolch sie leben oder sterben wollte.

Gegen Mitternacht kam der Graf von Hocquetonville kreuzvergnügt und hochbefriedigt wieder heraus, wenn ihm auch leise das Gewissen schlug, weil er seine treue Frau hintergangen hatte. Darauf ließ der Herzog von Orleans die Gräfin von Hocquetonville durch ein Gartenpförtchen entweichen, damit sie noch rechtzeitig, ehe ihr Gatte heimkam, ihren Palast erreichte.

»Dies wird uns alle teuer zu stehen kommen!« sagte sie ihm leise ins Ohr, als sie durch die Pforte hinausschlüpfte.

Ein Jahr war vergangen, da führte in der Alten Tempelgasse Raoul von Hocquetonville, welcher aus des Herzogs Diensten in die Johanns von Burgund übergetreten war, als erster einen Axthieb ins Haupt des genannten Fürsten, des Herzogs und Königsbruders, und verwundete ihn tödlich, wie jeder weiß. Im Laufe des Jahres war die Gräfin von Hocquetonville gestorben; sie war hingewelkt wie eine Blume, der Luft und Licht mangeln oder an deren Wurzeln ein Engerling nagt. Ihr Gemahl ließ ihr auf ihrem Grabstein im Kloster zu Péronne die nachstehende Inschrift anbringen:

Hier ruht
BERTHA VON BURGUND
die edle und anmutige Frau
des
GRAFEN RAOUL VON HOCQUETONVILLE
Ach, betet nicht für ihre Seele
SIE
ist im Himmel neu erblüht
am elften Januar
im Jahre des Heils MCCCCVIII
Im Alter von XXII Jahren
Sie hinterließ zwei Söhne und ihren Gatten
in tiefer Trauer

Diese Grabinschrift war in schönem Latein abgefaßt. Doch zur Bequemlichkeit des Lesers war es nötig, sie zu übersetzen, wenngleich das Wort *anmutig* nur ein schwacher Ersatz für das lateinische *formosa* ist, welches bedeutet: *lieblich an Formen und Gestalt.* Der edle Herr Herzog von Burgund, zubenannt *Ohnefurcht*, dem der Herr von Hocquetonville vor seinem Ableben seine Herzensqual offenbarte, die mit Mörtel und Kalk in sein Herz einzementiert war, pflegte zu sagen, obwohl er sonst ein rauher, harter Kriegsmann war und solche Dinge ihm nicht nahegingen, diese Grabschrift mache ihn für einen ganzen Monat trübsinnig, und unter all den verwerflichen Bubenstücken und Schandtaten seines Vetters von Orleans gebe es eine, um deretwillen er ihn ermorden könnte, wenn er nicht schon totgeschlagen wäre, weil dieser Unhold nämlich auf die niederträchtigste Art die himmlischste Tugend hienieden mit Lasterhaftigkeit vergiftet und verseucht und zwei edle Herzen, eins durch das andere, geschändet habe. Und als er das sagte, dachte er an die Gräfin von Hocquetonville und auch an seine eigene Gemahlin, deren Bildnis ungebührlicherweise in dem Kabinett aufgehängt worden war, wo sein Vetter die Bilder seiner Buhldirnen aufzuhängen pflegte.

Diese Geschichte war so über alle Maßen verrucht und entsetzlich, daß der Dauphin und nachmalige König Ludwig der Elfte, dem sie der Graf von Charolais erzählte, um keinen Preis zuließ, daß seine Schreiber sie in seiner Geschichtensammlung veröffentlichten, aus Rücksichtnahme auf seinen Oheim, den Herzog von Orleans, und auf Dunois, seinen alten Freund und Gespan, welcher dessen Sohn war. Doch ist die Gestalt der schönen Frau von Hocquetonville so strahlend im Licht ihrer Tugenden, so schön in ihrer schwermütigen Lieblichkeit, daß man es ihr zuliebe wohl verzeihen wird, wenn diese Geschichte hier steht, ungeachtet der teuflischen Ränke und der abscheulichen Rache des Herzogs von Orleans. Das gerechte Ende dieses Wüstlings hat immerhin mehrere schwere Kriege zur Folge gehabt, die Ludwig der Elfte schließlich, als ihm die Geduld riß, mit Axthieben beilegte.

Dies lehrt uns einmal mehr, daß hinter allen Dingen eine Frau steckt, in Frankreich so gut wie anderswo; und überdies beweist es uns, daß man früher oder später seine Tollheiten büßen muß.

GEFÄHRLICHE UNSCHULD

Der Herr von Montcontour, eine wackere Kriegsgurgel aus der Touraine, ließ zu ehrendem Gedenken an die Schlacht, die der Herzog von Anjou, gegenwärtig unser glorreicher Herr und König, siegreich geschlagen hatte, unweit Vouvray das Schloß gleichen Namens erbauen; und da er sich in diesem Handel als tapfer und herzhaft erwiesen und auch den Haupt- und Erzketzer erschlagen hatte, ward er ermächtigt, den Namen dieses Schlosses zu führen. Dieser tapfere Feldhauptmann nun hatte zwei Söhne, beide gut katholisch gesinnt, von denen der ältere bei Hof in hoher Gunst stand.

Anläßlich der Waffenruhe, die dem Handstreich der Bartholomäusnacht vorausging, kehrte der wackere Haudegen in sein Schlößchen zurück, das dazumal noch nicht so prächtig ausgebaut war wie heutzutage. Dort aber erhielt er die Trauerbotschaft vom Tode seines Sohnes, der im Zweikampf vom Junker von Villequier erschlagen worden war. Der arme Vater war darob um so betrübter, als er für den genannten Sohn eine höchst vorteilhafte Heirat mit einem

Edelfräulein aus dem männlichen Zweige des Hauses Amboise eingefädelt hatte. Dieser jähe und doppelt beklagenswerte Todesfall machte das ganze Glück und sämtliche Vorteile zunichte, die seiner Sippe winkten; und er hatte doch allezeit nur Macht, Größe und Ansehen seines Hauses im Auge gehabt. Aus denselben ehrgeizigen Absichten hatte er seinen andern Sohn in ein Kloster gesteckt und ihn der Obhut und Erziehung eines Mannes anvertraut, der weit herum für seinen heiligen Wandel berühmt war. Der Gottesmann zog ihn, nach dem Wunsche des Vaters, in wahrhaft christlichem Geist auf, wollte sein Erzeuger doch späterhin, in seinem ehrgeizigen Streben nach Macht und Geltung, aus ihm einen verdienstvollen Kardinal machen. Deswegen hielt der gute Abt den Jüngling in strenger Abgeschiedenheit und harter Zucht, ließ ihn an seiner Seite in seiner Zelle schlafen, duldete nicht, daß in seinem Herzen auch nur das winzigste Unkräutlein gedieh, und erzog ihn in schlohweißer Unschuld und Seelenreinheit und echter Zerknirschung, wie ja eigentlich die Priester samt und sonders sein müßten. So kannte dieses Mönchlein mit seinen geschlagenen neunzehn Jahren keine andere Liebe als die Liebe zu Gott, keinerlei Umgang als den mit den Engeln, die ja nicht unsere fleischliche Natur besitzen und somit in höchster Reinheit verharren können; denn wären sie damit ausgestattet, so würden sie davon nach Kräften Gebrauch machen. Darin hat denn auch der himmlische König in seiner Weisheit vorgesorgt, denn er wollte seine himmlischen Heerscharen ewig rein und vollkommen wissen. Und daran hat er wohl getan, denn weil seine frommen kleinen dienstbaren Geister nicht in den Kneipen pokulieren und sich in übeln Hurenhäusern herumtreiben können wie die unsern, ist er jederzeit gottmäßig bedient. Doch müßt ihr auch bedenken, daß er der Herr über alles ist! –

Also entschloß sich nach seinem argen Mißgeschick der Herr von Montcontour, seinen zweiten Sohn aus dem Kloster fortzunehmen und ihm das Purpurgewand eines Soldaten und Höflings anzuziehn anstatt des geistlichen Purpurrockes. Überdies nahm er sich vor, ihn mit der angelobten Braut des Getöteten zu verheiraten, und das war weise gedacht und trefflich erwogen; denn so, wie das Mönchlein war, von oben bis unten auswattiert vor Enthaltsamkeit und in jeglicher Hinsicht wohlgemästet und voll im Saft, würde das Bräutchen weit besser fahren, reicher bedient und somit glücklicher werden als mit dem Erstgeborenen, der schon arg mitgenommen und verbraucht und von den Damen am Hofe weidlich ausgelaugt war. Das entkuttete Kuttenmännchen, welches dank der heilsam strengen Zucht, in der es sein Ziehvater, der Abt, gehalten hatte, lammfromm und geduldig wie ein Schaf war, fügte sich seines Vaters geheiligten Wünschen und willigte in die Heirat ein, ohne freilich auch nur zu ahnen, was eine Frau oder, noch rätselvoller und schwieriger, ein Jungfräulein war. Von ungefähr war seine Reise durch die Kriegswirren und die Streifzüge der Parteien hinausgezögert worden, und so wollte es der Zufall, daß dieser Gimpel, der unschuldiger und ahnungsloser war, als es ein Mannsbild füglich sein darf, erst am Vorabend seiner Hochzeit auf dem Schloß Montcontour anlangte, wo die Vermählung mit ausdrücklichem Dispens, für teures Geld vom Erzbischof von Tours erkauft, gefeiert werden sollte.

Hier sind nun ein paar Worte über die Braut am rechten Platz. Ihre Mutter, seit langem schon verwitwet, wohnte im Hause des Herrn von Braguelongne, Zivilrichters am Châtelet zu Paris, dessen Ehefrau zum großen Ärgernis der damaligen Zeit mit dem Junker von Lignières zusammenlebte. Doch hatte damals jeder eine solche Menge Balken im eigenen Auge, daß keiner auf die Splitter in dem seines Nächsten achten durfte. So wandelten denn die Leute allzumal auf der breiten Heerstraße, die ins Verderben führt, jede Familie trug ihr redlich Teil dazu bei, ohne sich über den Nachbarn aufzuhalten; die einen im Paßgang, die andern im gemächlichen Trab, viele im Galopp, die allerwenigsten im Schritt, sintemal dieser Weg arg abschüssig ist. So blühte denn auch in diesen Zeitläuften des Teufels Weizen recht üppig, gehörte es doch beinah zum guten Ton, über die Stränge zu schlagen, und Laster und liederlicher Lebenswandel waren gang und gäbe. Die arme angejahrte Dame Tugend hatte sich schlotternd Gott weiß wohin verkrochen, wo sie fortan, bald da und bald dort, in Gesellschaft frommer, ehrbarer Frauen ein kümmerliches Dasein fristete.

In dem hochedlen Hause von Amboise wohnte, immer noch rüstig und wohlauf, die uralte Ahnfrau und Stammesmutter von Chaumont, eine hochbetagte, vielgeprüfte Tugend, in welcher sich alle Frömmigkeit und adelige Standesehre dieses erlauchten Geschlechts erhalten hatten. Die genannte Dame hatte das kleine Jungfräulein, von welchem diese Geschichte handelt, als zehnjähriges Kind zu sich genommen und an ihrem mütterlichen Busen geborgen. Das nahm sich die gnädige Frau von Amboise, des Kindes leibliche Mutter, nicht sonderlich zu Herzen, konnte sie doch nunmehr ein viel ungebundeneres Leben führen. Seither besuchte sie ihr Kind alljährlich einmal, wenn der Hof dort gerade vorbeikam. Ungeachtet dieses stiefmütterlichen Verhaltens ward Frau von Amboise gleichwohl zum Hochzeitsfest ihrer Tochter geladen, desgleichen der Herr von Braguelongne, den der alte Haudegen einlud, denn der wackere Mann wußte wohl, was sich ziemt.

Wer aber nicht nach Montcontour kam, das war die alte Ahnfrau und Stammesmutter, weil ihr das leidige Zipperlein, ihr lästiger Husten und Stockschnupfen und auch ihre geschwollenen Beine, die nicht mehr so recht ihren Dienst tun wollten, diese Reise nicht erlaubten. Darüber vergoß die gute Frau bittere Tränen. Sie machte sich große Sorgen, weil sie diese liebliche Jungfrau, die hübsch war, wie nur ein bildschönes Mädchen hübsch sein kann, in alle die Fährnisse des Hoflebens und in die Gefahren der Welt mußte hinausziehen lassen. Allein es mußte sein, da sie flügge geworden war. Doch versprach sie ihr zuvor noch haufenweis Messen und unzählige Gebete, die sie jeden Abend für ihr Glück sprechen wollte. Und es war der guten Dame ein gelinder Trost, wenn sie bedachte, daß ihres Alters Stütze und Stab in die Hände eines nahezu heiligen Mannes kommen werde, der von dem obenerwähnten Abte zu tugendhaftem Erdenwandel und hoher Sittsamkeit erzogen worden war. Auch kannte sie den frommen Abt, und dies trug viel dazu bei, daß sie beide ihre Schutzbefohlenen, die blutjungen Eheleute, überhaupt hergaben. Endlich küßte die tugendreiche Ahnfrau ihr Ziehkind unter Tränen und gab ihr die letzten Ermahnungen mit auf den Weg, wie es edle Frauen bei angehenden Ehefrauen so gerne tun; unter anderm band sie ihr auf die Seele, sie müsse ihrer Frau Mutter mit Ehrfurcht begegnen und ihrem Gemahl und Ehemann in allem gehorsam sein.

Hernach langte die Jungfrau mit großem Gepränge an, begleitet von dienstbaren Frauen, Kammerzofen, Knappen, Edelleuten und Knechten vom Hause Chaumont; es war ein so prächtiger Zug, daß man hätte meinen können, ein Kardinallegat komme des Wegs gefahren. Also kamen die beiden Brautleute dorthin am Tage vor ihrer Vermählung.

Als dann die Trauungsfeierlichkeiten vorbei waren, wurden sie am Fronleichnamsfest mit großem Prachtaufwand zusammengegeben, mit einem Hochamt, wobei der Bischof von Blois, der ein naher Freund des Herrn von Montcontour war, im Schloß eine Messe las. Kurzum, die Festlichkeiten, Tänze und Lustbarkeiten aller Art währten bis zum grauenden Morgen. Doch ehe noch die Glocke Mitternacht schlug, brachten die Brautjungfern die jungvermählte Frau nach Touraner Sitte und Brauch zu Bett. Und mittlerweile trieb man mit dem armen, ahnungslosen Grünschnabel von Ehemann mancherlei Schabernack, um ihn nicht zu seinem ebenso ahnungslosen Gemahl gehn zu lassen. Er ließ sich das langmütig gefallen, so über die Maßen unwissend war er.

Indessen gebot der gute Herr von Montcontour den Spaßvögeln und Witzbolden Einhalt, denn es war nachgerade an der Zeit, daß sein Sohn daran dachte, im Hochzeitsgemach sich als Mann zu erweisen. Also ging der Keuschling in die Kammer zu seiner jungfräulichen Frau, welche ihn schöner dünkte als alle die gemalten Madonnen auf den italienischen, flämischen und andern Tafelbildern, zu deren Füßen er seine Vaterunser gebetet hatte. Laßt euch aber gesagt sein, daß er in großer Verlegenheit war, weil er so bald schon den Ehemann spielen sollte. Denn er wußte nicht aus noch ein in dessen Obliegenheiten, außer daß es da ein gewisses Werk zu vollbringen galt, über welches er sich jedoch aus Scham und allzu großer Befangenheit nicht zu erkundigen getraut hatte. Nicht einmal seinen Vater hatte er zu fragen gewagt; der hatte ihm kurz angebunden und nur obenhin gesagt: »Du weißt ja, was du zu tun hast. Nun geh ans Werk – und mach's gut!«

Da sah er nun die anmutige Maid, die ihm zur Frau gegeben worden war, im Bett zwischen den Leintüchern liegen, ganz zapplig vor teufelsmäßiger Wißbegier, mit abgewandtem Kopf, aber doch dann und wann mit einem verstohlenen Blick zu ihm herüberäugend, der nadelscharf war wie eine Hellebardenspitze.

Ich muß ihm folgsam und willfährig sein, sagte sich die junge Braut; und da auch sie nicht wußte, was ihr bevorstand, wartete sie gefaßt, was wohl dieser Edelmann, der eher aussah wie ein Pfäfflein, von ihr begehren werde; denn nun war sie sein angetrautes Weib und gehörte ihm mit Leib und Seele. Als der Ritter von Montcontour sie so erwartungsvoll herüberlugen sah, trat er zu ihr ans Bett, kratzte sich hinterm Ohr und kniete herauf nieder, wie er es seit jeher gewohnt war.

»Habt Ihr Eure Gebete schon gesprochen?« fragte er scheinheilig und salbungsvoll.

»Nein«, hauchte sie, »die habe ich ganz vergessen. Wollt Ihr mir vorbeten?«

So fingen denn die beiden Hochzeiter ihren Ehestand mit einem frommen Gebet zu Gott an, und daran taten sie gut. Aber zufällig hörte der Teufel diese Bitten und gab ihnen allein darauf Antwort, weil Gott der Herr dazumal alle Hände voll mit dem neuaufgekommenen verdammenswürdigen Ketzerglauben der Reformierten zu tun hatte.

»Was hat man Euch denn anbefohlen?« fragte nun der Ehemann.

»Euch zu lieben«, erwiderte sie ihm in aller Einfalt.

»Das hat man mich nicht geheißen; aber ich liebe Euch herzinniger, als ich Gott geliebt habe, und dessen schäme ich mich!«

Diese Worte nahm ihm die junge Frau nicht sonderlich übel.

»Ich möchte gerne zu Euch ins Bett schlüpfen«, fuhr der junge Ehemann fort, »wenn's Euch nicht allzu lästig ist.«

»Ich will Euch gern ein Plätzchen frei machen, weil ich Euch doch nun untertan sein soll.«

»Wohlan«, sprach er, »schaut mir nicht zu. Ich will mich geschwind auskleiden und komme dann gleich.«

Auf diese züchtige Vermahnung hin drehte sich die Braut in großer Erwartung der Wand zu, war es doch das erste Mal, daß sie von einem Mann nur durch eines Hemdes Linnen getrennt sein sollte. Dann kam der keusche Ehemann, kroch zu ihr ins Bett, und so waren sie denn zwar beisammen und vereint, aber noch weit von dem Geschäft entfernt, das ihr ja kennt. Habt ihr jemals einen Affen gesehen, der aus seiner Heimat jenseits des Meeres hierher zu uns gekommen ist und dem man zum erstenmal eine Walnuß gegeben hat? Dieser Affe, dem eine innere Stimme, sein angeborner Affeninstinkt, sagt, wie köstlich und zuckersüß der Kern unter der bittern Schale sein müsse, beschnüffelt und beschnuppert sie, dreht und wendet sie hin und her und quält sich in tausenderlei äffischen Verrenkungen ab, sie aufzuknacken, und dazu knurrt er unverständliche Verwünschungen zwischen seinen dicken Lefzen hervor. Hei! mit welch liebevoller Aufmerksamkeit er sie beäugt und untersucht, wie sorgsam er mit ihr umgeht, sie betastet und anfühlt, dann allgemach zornig wird, sie in die Höhe schmeißt, auf den Boden wirft, wütend darauf herumtrampelt und sie hin und her rollt. Endlich, wenn er nämlich ein nichtsnutziger und dummer Affe ist, läßt er die Nuß einfach liegen und kümmert sich nicht länger darum. Geradeso machte es der arme Keuschling, der, als der Tag zu grauen anfing, sich genötigt sah, seiner geliebten Frau zu gestehen, er wisse nicht, wie er seines Amtes walten müsse, noch sei ihm überhaupt klar, was seines Amtes sei, auch nicht, wo und warum dies sein Amt vollzogen werde. Deshalb werde er sich wohl oder übel vorerst erkundigen müssen, was daran sei; er gedenke also, Rat und Hilfe zu suchen.

»Ja, das tut!« sagte das Bräutchen, »denn zu meinem Leidwesen kann ich's Euch auch nicht zeigen.«

So kam es, daß trotz ihren eifrigen und erfindungsreichen

Bemühungen und emsigen Versuchen mannigfachster Art, den tausendfältigen Probstücklein zum Trotz, worauf wissensdurstige Neulinge in ihrer Not verfallen und von denen erfahrene Liebeskundige sich nicht träumen lassen – daß trotz alledem die beiden Eheleute ungetröstet und untröstlich einschliefen, weil sie die bewußte Walnuß nicht hatten knacken können. Doch kamen sie klugerweise überein, allen Hochzeitsgästen zu sagen, sie hätten eins wie das andere vollauf und übergenug gekriegt.

Als dann die Braut aufgestanden war, immer noch als Jungfräulein, da sie ja nicht zur Frau gefreit worden war, da fand sie des Rühmens kein Ende, prahlte, sie habe den König aller Gatten zum Ehemann, und fand so artige Antworten und Widerreden auf alle Fragen, sie redete so munter und unbedenklich ins Blaue hinein, wie es nur jemand kann, der keine Ahnung von alledem hat, was er zum besten gibt. Drum fanden auch alle Festgäste, das Jungfräulein sei ein bißchen gar zu aufgeweckt, zumal als eine Frau von Rochecorbon sich den doppelten Spaß leistete, ein junges Gänschen, ein Fräulein von La Bourdaisière, die gleichfalls noch rein gar nichts von der Sache wußte, anzustiften, daß sie die Braut fragte: »Wieviel Brote hat Euch Euer Gemahl heut nacht in den Ofen geschoben?« Worauf das ahnungslose Ding zur Antwort gab: »Vierundzwanzig.«

Als dazu noch der junge Ehemann trübselig herumschlich, was seiner Frau argen Kummer bereitete und weswegen sie ihm unentwegt nachschaute, in der Hoffnung, seine leidige Unwissenheit werde bald ein Ende haben, da glaubten die Damen erst recht, die Freuden der vergangenen Nacht lägen ihm noch in allen Gliedern, und die junge Frau blicke nur deswegen so betrübt und ängstlich, weil es ihr leid tue, daß sie ihm zuviel zugemutet und ihn halbtot geherzt habe.

Hernach beim Mittagsmahl ging das Sticheln und Foppen erst recht los. Denn damals fand man solche Witze und Spottreden höchst geistreich und gar nicht fehl am Platze. Einer meinte, das Bräutlein habe so etwas Offenes an sich, ein anderer hänselte, es habe diese Nacht im Schloß wackere Stöße abgesetzt, der feixte, der Ofen habe lichterloh gebrannt, und jener sagte mit bedeutsamem Augenzwinkern, heute nacht hätten die beiden Familien etwas verloren, was sie nimmer wiederfinden könnten. Und es hagelte tausend Späße, es regnete dreiste Anspielungen, Kalauer, Anzüglichkeiten und vielsagende Witzeleien, nur daß leider Gottes der junge Ehemann kein Wort davon verstand. Doch angesichts des großen Zustroms von Verwandten, Nachbarn und andern Hochzeitsgästen war niemand zu Bett gegangen, alle hatten die Nacht durchgetanzt, hatten getollt, gezecht und geschmaust, gelacht und gelärmt und allerhand Unfug getrieben, wie das an hochherrschaftlichen Hochzeiten Sitte und Brauch ist.

Darüber war der Herr von Braguelongne hocherbaut; denn die gute Frau von Amboise, der alle die guten Sachen im Kopf herumgingen, mit welchen ihre Tochter beglückt wurde, war darob vom Scheitel bis zur Sohle in Feuer geraten und warf dem Statthalter ihres verwitterten Schlößchens in einem fort glühende und verheißungsvoll einladende Blicke zu. Der gute Polizeimeister, der zwar mit Bütteln und Schergen Bescheid wußte, schnappte er doch die Spitzbuben und Diebsgesellen von Paris, tat, als sehe er das Glück gar nicht, das ihm winkte, so handgreiflich und nimmermüde ihn die ältliche Dame auch lockte. Doch müßt ihr in Betracht ziehen, daß ihm die Liebe dieser großen Dame schwer im Magen lag. Auch hielt er ihr die Treue nur aus Gerechtigkeitssinn, weil es nicht ziemlich war, daß ein Kriminalleutnant sich nach Lust und Laune neue Geliebte zulegte wie ein Höfling, zumal er über die Sitten, die öffentliche Sicherheit und die Religion des Landes zu wachen hatte und darum notgedrungen mit gutem Beispiel vorangehen mußte. Nichtsdestoweniger konnte er aber nicht ewig für ihr Werben taube Ohren haben. Anderntags, als die Hochzeit vorbei war, nahmen die meisten Gäste Abschied und reisten ab; und nun, da die zur Hochzeit Geladenen größtenteils das Weite gesucht hatten, konnten Frau von Amboise, Herr von Braguelongne und die engern Verwandten wieder ungestört und wie üblich in ihren Betten schlafen. Als das Nachtmahl herankam, wurden denn auch dem Herrn Kriminalleutnant andeutungsweise Aufforderungen in Fülle zuteil, auf welche er gezie-

menderweise nicht gut mit ausweichenden und aufschiebenden Gegengründen aufwarten konnte wie in einem Prozeßverfahren.

Schon vor dem Essen hatte Frau von Amboise mehr denn hundertmal dem guten Braguelongne zugezwinkert, um ihn aus dem Saal herauszulocken, wo er mit dem Bräutchen Zwiesprache hielt. Doch statt des Polizeihauptmanns kam der jungvermählte Ehemann heraus und wollte sich mit der Mutter seiner liebreizenden Gemahlin ein Weilchen draußen im Garten ergehen. Es war nämlich im Gehirn des Keuschlings urplötzlich wie ein Pilz ein rettender Gedanke aufgekeimt: er gedachte diese gute Dame, die er für vorbildlich sittsam und ehrbar hielt, ein bißchen auszuholen und zu befragen. Es war ihm wieder in den Sinn gekommen, wie ihm sein Ziehvater, der gute Abt, stets eingeschärft hatte, er müsse allezeit bei den alten und lebenserfahrenen Leuten Rat holen; und nun trug er sich mit dem Gedanken, seinen vertrackten Fall der genannten Frau von Amboise anzuvertrauen. Doch anfangs war er so befangen und kleinlaut, daß er ein paarmal schweigend auf und ab ging und keine Worte fand, sein Anliegen vorzubringen und auseinanderzuklauben. Auch die Dame schwieg beharrlich; denn sie war höchst erbost und kochte vor Wut über die gespielte Blindheit, Taubheit und vorgebliche Lahmheit des Herrn von Braguelongne. Während sie an der Seite dieses zum Anbeißen schönen Mannes einherging, dieses immer noch keuschen Ehemanns, an den sie mit keinem Gedanken dachte, weil sie sich ja nicht vorstellen konnte, daß dieser so wohl mit frischem Speck versehene Kater nach ranzigem Speck lüstern sein könnte, grollte und brummte sie vor sich hin: Der eklige alte Knasterbart! Dieser elende Krakelbart! So ein Weichbart, so ein alter, grauer, schütterer, schlapper, abgenutzter Bocksbart! Der garstige Bart ohne Verständnis, ohne Schamgefühl, ohne jede Achtung vor Frauen! So ein Bart, der tut, als fühle, sehe und höre er nichts! Dieser unbärtige, widerhaarige, grindige, räudige, lahme, gerupfte Zausebart! Daß mich doch die Italienerseuche erlöse von diesem boshaften Lotterkerl mit seiner Runzel- und Schrumpelnase, seiner Scheißnase, seiner eiskalten Rotznase, seiner gottlosen, dürren und trockenen Holznase, mit seiner bleichen, seelenlosen, schattenlosen Nase, mit der Nase, die halbblind nichts mehr sieht, der Nase, die

welk ist wie ein dürres Weinblatt, der verhaßten Tropfnase, der abgelebten Nase, der Windbeutelnase! ... der abgestorbenen Hängenase! Wo habe ich nur meine Augen gehabt, daß ich mich an diese Trüffelknollennase hängen konnte, an diesen rostigen, alten Riegel, der sein Loch nicht mehr finden kann?! Meinetwegen mag sie der Teufel holen, diese alte ehrlose Nase, diesen alten Bart ohne Saft und Kraft, diesen alten Graukopf, dieses Nußknackergesicht, diesen alten Haderlumpen, diesen alten Lumpenkerl, diesen ... ich weiß nicht was! ... Ich will mir einen jungen Mann zulegen, der mit mir tüchtig und gebührend Hochzeit hält, und oft und viel, alle Tage ... Und mich ...

So weit war sie in ihren weisen Überlegungen gekommen, als sich endlich der unflügge Nestling an ihrer Seite ermannte und anhob, vor der so fürchterlich aufgebrachten Frau sein Klagelied abzuleiern. Und schon bei der ersten Strophe fing sie Feuer gleich trocknem Zunder auf der Pfanne einer Flinte. Hierauf fand sie, ohne lange zu fackeln, es sei gar nicht so dumm, wenn sie's einmal mit ihrem Schwiegersohn versuche, und in ihrem Herzen sprach sie: Ah! Jugendfrisches Bärtlein, wie riechst du gut! ... Ah! So eine wunderhübsche, nagelneue Nase! ... Du keusches, unschuldiges Bärtchen, du jungfräuliches Bärtchen! Du freudevolles Näschen, du lenzfrisches, strotzendes Näschen! Du tröstlicher, wackerer Liebespflock!

Ihre Lobsprüche versiegten nicht während des ganzen Lustwandels durch den Garten, und es war ein langer Weg. Dann kam sie mit dem lernbegierigen Milchbart überein, er möge es so einrichten, daß er sich, sobald es finster sei, aus seinem Schlafgemach wegstehlen könne. Hierauf solle er in ihre Schlafkammer schleichen; und dort, das verspreche sie ihm, werde sie ihn so unterweisen, daß er nachher besser Bescheid wisse als sein Vater. Da war der unerfahrene Ehemann heilfroh und dankte seiner bereitwilligen Lehrmeisterin von Herzen, bat sie jedoch, kein Sterbenswörtchen von diesem Handel verlauten zu lassen.

Unterweilen hatte auch der gute alte Braguelongne gewettert und getobt und bei sich selbst gesagt: Du alte Vettel! Du abgetakelte Schaluppe! Daß dich doch der Keuchhusten ersticke! Daß dich der Krebs fresse! Du alte zahnlose Striegelbürste! Du alter latschiger Pantoffel, in dem kein Fuß mehr Halt findet! Du ausgedientes Schießeisen! Verfaulter Stockfisch! Du alte Spinne, die höchstens noch zappelt, wenn sie sich abends in ihr Nest verkriecht! Du alter stinkender Leichnam mit offenen Augen! Du alte Wiegamme des Teufels! Du altes Nachtlicht eines Latwergenausrufers! Du garstige Hexe mit dem bösen Blick! . . . Du alter Knebelbart eines alten Quacksalbers! So alt bist du, daß Gevatter Tod Tränen weint, wenn er dich sieht! Du altes Orgelpedal! Du alte Messerscheide für hundert Klingen! Alte Kirchentüre, von zahllosen Beterknien abgerutscht! Du alter Opferstock, in den alle Welt schon Almosen hineingesteckt hat! Ich gäbe mein ganzes künftiges Glück dafür, wenn ich dich los wäre!

Gerade als er mit diesem zärtlichen Gedenken zu Ende kam, trat die hübsche junge Frau zu ihm. Der ging immerzu im Kopf herum, wie bekümmert ihr Gatte sein müsse, weil er über die wesentlichen Dinge des Ehestandes nicht Bescheid wisse; und da sie keine Ahnung hatte, worum es sich dabei handelte, dachte sie, womöglich könne sie ihm großes Ungemach, schwere Schande und arge Qualen ersparen, wenn sie sich Unterweisung hole. Überdies hoffte sie ihn zu verblüffen und freudig zu überraschen, wenn sie ihm in der kommenden Nacht die Sache zeigen und dazu sagen könnte: Siehst du, mein lieber Mann, so muß man es machen! Von Kindesbeinen auf war sie von ihrer teuern Ahnfrau zur Ehrerbietung alten Leuten gegenüber erzogen worden, und so entschloß sie sich, dem alten Biedermann ein wenig um den Bart zu streichen, ihm so lange schönzutun, bis sie aus ihm das süße Geheimnis des heiligen Ehestandes herausgelockt hätte. Nun schämte sich der alte Herr von Braguelongne ein bißchen, weil er sich so in die bitterbösen Gedanken an die ihm bevorstehende nächtliche Fronarbeit versponnen hatte, daß er seiner bildschönen, jugendfrischen Gesellschafterin noch gar nichts Artiges hatte sagen können. Er fragte drum die hübsche neuvermählte Frau, ohne sich etwas Bestimmtes dabei zu denken, ob sie nun auch glücklich sei mit einem so jungen und keuschen Ehemann.

»O ja, keusch ist er schon!« seufzte sie.

»Zu keusch . . . vielleicht?« fragte lächelnd der Kriminalleutnant.

Machen wir's kurz: die Sache fädelte sich zwischen ihnen beiden so gut ein, daß der Herr von Braguelongne ein ganz anderes Liedlein anstimmte, eines, das vor Lebenslust und Freude jauchzte und jubelte. Auf ihr Ersuchen hin erbot er sich auch, nichts zu verabsäumen, um den Verstand der Schwiegertochter der alten Frau von Amboise zu erleuchten und zu entwirren. Sie versprach ihm gerne, die Unterweisung bei ihm in seiner Kammer entgegenzunehmen.

Ihr könnt euch wohl denken, was für eine greuliche Musik in den höchsten Tönen die gute Frau von Amboise nach dem Nachtmahl anstimmte und wie sie dem armen Herrn von Braguelongne die Hölle heiß machte. Er sei ein abscheulich undankbarer Wicht, zeterte sie, und zeige sich nicht im geringsten erkenntlich für all das, was sie ihm Gutes getan und zugebracht habe, sein Amt, sein Vermögen, ihre unentwegte Treue *et cetera*. Eine volle halbe Stunde schrie und tobte sie und hatte noch nicht den vierten Teil ihrer Wut ausgelassen. Nun gingen sie mit tausend gezückten Messern aufeinander los, doch die Scheiden behielten sie wohlweislich für sich.

Mittlerweile waren die beiden Neuvermählten zusammen zu Bett gegangen und überlegten jedes für sich, wie sie sich wohl wegstehlen könnten, um dem andern nachher mit einer freudigen Überraschung aufzuwarten. Da sagte der Milchbart, es sei ihm so zappelig zumute, er wisse gar nicht, warum; er müsse wohl ein wenig an die frische Luft. Die ungefreite Frau redete ihm liebreich zu, er möge nur gehen und den schönen Mondenschein genießen. Wie leid tat es nun dem zärtlich besorgten Ehemann, daß er sein trautes Herzlieb ein Weilchen allein lassen mußte! Doch kurzum, eines nach dem andern krochen die beiden Eheleute aus ihrem Brautbett und hatten es furchtbar eilig, sich ihr neues Wissen zu holen; und geschwind kamen sie zu ihren Lehrmeistern, die beide schon recht ungeduldig ihrer harrten, wie ihr mir unbesehen glauben dürft. Fürwahr, die Unterweisung, die ihnen zuteil wurde, war gründlich und umfassend. Wie ging das zu? Das kann ich mit dem besten Willen nicht sagen, weil nämlich ein jeder seine besondere Methode und Praktik hat und von sämtlichen Wissenschaften sich diese am öftesten in ihren Grundsätzen wandelt und überhaupt eine überaus regsame Kunst ist. Doch könnt ihr euch drauf verlassen, daß noch nie zwei Schüler so lernbegierig waren, so munter und schnell die Regeln und Lehrsätze einer Sprache, ihre Grammatik oder sonstwelche Belehrungen in sich aufnahmen. Hernach kamen die beiden gewitzten Gatten wieder in ihr Nest zurück, glückstrahlend beide, weil sie einander nunmehr die Erfahrungen ihrer wissenschaftlichen Entdeckungsfahrten offenbaren konnten.

»Ei, Liebster«, staunte die junge Frau, »du kannst es ja schon besser als mein Lehrmeister!«

Diese vergnüglichen, wenn auch etwas sonderbaren Probestücklein hatten zur Folge, daß sie in ihrem Ehestand allezeit in Freude und Seligkeit und vollkommener Treue beisammen lebten, weil sie nämlich schon zu Beginn ihrer Ehe erprobt hatten, daß jeder von ihnen besseres Rüstzeug für die Liebe besaß als alle andern, ihre Lehrmeister inbegriffen. Darum hielten sie sich für den Rest ihrer Jahre an das, was ihnen von Rechts wegen zustand, an den ihnen angetrauten Ehegemahl. Und darum pflegte auch der Herr von Montcontour auf seine alten Tage zu seinen Freunden zu sagen: »Macht's wie ich. Laßt euch lieber vorher hörnen als nachher!«

Und dies, dünkt mich, ist die wahre Nutzanwendung für eheliche Hosenlätze.

DIE TEURE LIEBESNACHT

In dem Winter, als zum erstenmal die Reformierten zu den Waffen griffen, welche Unruhen man den Aufruhr von Amboise nannte, lieh ein Advokat namens Avenelles sein Haus in der Götzengasse den Hugenotten für ihre Zusammenkünfte und Versammlungen, da er insgeheim einer ihrer Mitläufer war. Er ahnte freilich nicht, daß der Prinz von Condé, La Regnaudie und andere seit langem schon vorhatten, den König zu entführen.

Besagter Avenelles war ein widerwärtiger rotbärtiger Schuft, glatt und höflich wie ein Süßholzstengel und bleich wie ein Teufel, wie es ja zumeist die Stänkerer sind, die in den finstern Bereichen des Gerichtshauses vergraben hausen, kurzum, er war der bösartigste, arglistigste Advokat, der jemals gelebt hat, solange die Welt besteht. Nichts erheiterte ihn so, wie wenn ein armer Sünder am Galgen aufgeknüpft wurde, aus allem wußte er Geld herauszuschlagen, alles verschacherte er, mit einem Wort, er war ein wahrer Judas. Will man etlichen Geschichtsschreibern glauben, so war dieser durch und durch gerissene Rechtsverdreher, schlau wie er war, halb Fisch, halb Fleisch bei diesem Handstreich und trug auf beiden Schultern Wasser, wie auch klar und deutlich aus der nachstehenden Geschichte hervorgeht.

Unser Advokat hatte eine ausnehmend hübsche Bürgerstochter aus Paris zur Frau genommen und war so maßlos eifersüchtig, daß er sie wegen eines Fältchens im Leintuch, über das sie nicht genauestens Rechenschaft hätte ablegen können, glattweg umgebracht hätte – was ein schreiendes Unrecht gewesen wäre, weil nämlich des öftern auch ehrbare Falten in den Bettlaken zu finden sind. Sie aber schlug ihre Leintücher jedesmal sorgsam um, und damit basta. Verlaßt euch drauf, sie kannte die mordlustige und bösartige Veranlagung ihres Mannes, und so blieb sie treu und wich nicht um Fingerbreite von ihren ehelichen Pflichten ab, die brave Frau, war allezeit bereit wie ein Kirchenlicht, erfüllte ordentlich und gewissenhaft ihre Obliegenheiten als Hausfrau und Gattin, wie eine Truhe, die nie von ihrem Platz weicht und sich auf Wunsch und Gebot auftut. Trotz alledem hatte sie der Advokat unter die Vormundschaft und scharfäugige Aufsicht einer Magd gegeben, eines alten Drachens, häßlich wie ein Topf, dem die Schnauze abgebrochen ist. Die Alte hatte den Avenelles aufgezogen und großgepäppelt und war ihm mit Leib und Seele ergeben.

Die bedauernswerte Advokatin kannte nur einen Lichtblick, eine einzige Abwechslung in ihrer eintönigen und nüchternen Ehe. Sie pflegte täglich ihre Andacht in der Sankt-Johannis-Kirche auf dem Grève-Platz zu verrichten, wo sich, wie jeder weiß, die vornehme Welt ihr Stelldichein gab. Da betete sie ihre Vaterunser und weidete ihre Augen an allen den feinen Herren, die da schön gekräuselt, geschniegelt und gebügelt, mit prächtig gestärkten Halskrausen hin und her stolzierten, farbenprunkend wie bunte Falter. Schließlich stach ihr unter den reichgeputzten Männern einer sonderlich in die Augen, ein Edelmann und Freund der Königinmutter, ein Italiener, ein bildschöner Mann, in den sie sich Hals über Kopf mit Haut und Haar verliebte. Er war ein Mann im blühenden Lenz seiner Jahre, prächtig gekleidet, voll edlen

Anstandes in seinem Gehaben, männlich und kühn von Angesicht, kurzum, er hatte alles, was ein Mann haben muß, um einer Frau den Kopf zu verdrehen, noch dazu einer ehrsamen Frau, die gar zu eng in ihre ehelichen Bande eingezwängt ist; denn gerade dieser Zwang wird ihr allmählich lästig und treibt sie unwiderstehlich dazu, ihre Fesseln abzustreifen und Zaum und Zügel des Ehejochs von sich zu werfen. – Laßt euch sagen, daß auch der junge Edelmann sich, hast du nicht gesehen? in die hübsche Bürgersfrau verliebte, deren stumme Liebe äußerst beredt zu seinem Herzen sprach, freilich so heimlich und unbemerkt, daß selbst der Teufel nicht, geschweige denn die beiden Liebesleute jemals gewußt hätten, wie das zuging. Also hob zwischen ihnen eine verliebte Zwiesprache mit Äugeln und Blickewerfen an, schweigend und lautlos, dafür aber um so unmißverständlicher und beseligender. Zuerst putzte sich die Advokatin nur noch im Gedanken an ihren Kirchgang, und jedesmal kam sie kostbarer gekleidet hin. Dann vergaß sie, zu Gottes großem Ärgernis, völlig, ihre Gedanken Gott zuzuwenden, dachte vielmehr nur noch an ihren schönen Edelmann, ließ ihre Gebete ungebetet und gab sich dem Feuerbrand hin, der ihr das Herz versengte und ihre Augen feuchtete, die Lippen und alles, weil solches Feuer sich ja allezeit in Feuchtigkeit niederschlägt. Und oft und immer wieder sprach sie bei sich selber: Ach, mein ganzes Leben gäbe ich hin, wenn ich nur ein einzig Mal mit diesem hübschen Mann, der mich liebt, Leib an Leib zusammensein könnte! Oftmals auch, wenn sie ihre Litaneien zur jungfräulichen Mutter Maria betete, dachte sie in ihres Herzens Grunde: Dürfte ich nur einmal die blühende Jugendkraft dieses artigen Liebhabers spüren und alle Liebesfreuden mit ihm auskosten, sei es auch nur in einem einzigen Augenblick, dann ängstete mich der Scheiterhaufen nicht mehr, auf den man die Ketzer wirft! Als nun der Edelmann sah, wie sich die gute Frau herausputzte, wie sie sich ihm zuliebe schönmachte und jedesmal tief errötete, wenn er sie anschaute, da strich er immer wieder um ihren Betstuhl, blieb dicht in ihrer Nähe und warf ihr stumm-bittende Blicke zu, die ja die Frauen ausnehmend gut verstehen. Dabei sprach er zu sich selber: Beim doppelten Gehörn meines Vaters! Die Frau muß ich haben, und müßte ich dabei mein Leben lassen! Das schwöre ich!

Und kaum wandte die alte Magd den Kopf weg, so drückten sich die beiden Verliebten verstohlen aneinander, rückten eng zusammen, berochen sich, atmeten tief und beklommen, schauten einander mit verzehrenden, hungrigen Augen an, mit Blicken, so glühend, daß eines Arkebusiers Lunte hätte Feuer fangen müssen, wenn ein Arkebusier in der Nähe gewesen wäre. So mußte es kommen, daß eine bereits so tief im Herzen eingewurzelte Liebe zu guter Letzt ihren Lohn fand. Der Edelmann verkleidete sich als Scholar des Montaigu-Kollegiums, fing an, die Schreiber des genannten Avenelles gastlich zu bewirten und in ihrer Gesellschaft zu zechen und zu tafeln; machte sich auch, wann er's konnte, mit ihnen gemein, denn so hoffte er Lebensweise und Gewohnheiten ihres Herrn auszukundschaften, zu welchen Tagesstunden er aus dem Hause war, wann er eine Reise unternahm und was er sonst tat und trieb, immer auf der Lauer nach einer günstigen

Gelegenheit, ihm Hörner aufzusetzen. Und bald fand sich auch, zu seinem Unheil und Schaden, diese Gelegenheit.

Der Advokat, der wohl oder übel bei der Verschwörung mitmachen mußte, obschon er in seinem Herzen entschlossen war, seine Mitverschworenen gegebenenfalls an die Guisen zu verraten, trug sich mit der Absicht, nach Blois zu fahren, wo damals der Hof weilte und große Gefahr lief, überrumpelt zu werden. Das erfuhr der Edelmann und ritt ihm voraus nach Blois, wo er eine meisterliche Falle ausheckte, in welche der Advokat Avenelles trotz all seiner Schlauheit geraten sollte und aus der er nicht anders hervorgehn konnte als mit einer karminroten Hahnreischaft beschenkt. Der liebestrunkene Italiener rief alle seine Knappen und Diener zusammen und legte sie so auf die Lauer, daß bei der Ankunft des Advokaten, seiner Gattin und der alten Dienerin ihnen in sämtlichen Herbergen und Gasthäusern, in welchen sie einkehren und übernachten wollten, bedeutet würde, alle Betten seien längst von Leuten besetzt, die zum Hofstaat gehörten, und sie müßten anderweitig Unterkunft suchen. Darauf vereinbarte der Edelmann mit dem Wirt *Zur Königlichen Sonne*, daß das ganze Haus ihm allein zur Verfügung stehe und er und sonst niemand darin Wohnung nehmen dürfe; auch die Dienerschaft und das Ingesinde sollten anderswo Obdach finden. Zur größeren Sicherheit schickte der Italiener obendrein noch den besagten Bratkoch mitsamt seinen dienstbaren Geistern aufs Land und setzte seine eignen Leute an ihre Stelle, auf daß der Advokat ihm nicht auf die Schliche kommen und die ganze Machenschaft durchschauen sollte. Dann lud der Edelmann alle seine Freunde, die zu Hof gekommen waren, in den Gasthof ein, für sich selber aber behielt er eine Kammer gerade über den Zimmern, wo er seine schöne Geliebte und ihren Advokaten nebst der alten Magd unterzubringen gedachte. Zuvor aber hatte er eine Falltür im Fußboden anbringen lassen.

Sein Küchenmeister mußte den Gastwirt spielen, seine Pagen hatte er angewiesen, als Bediener und Hausknechte aufzuwarten, seine Mägde als Wirtshausmägde und Zimmermädchen verkleidet, und nun wartete er, bis seine Späher ihm die handelnden Personen dieser Posse zuführten, das heißt die Frau, ihren Mann, die alte Magd und was noch dazugehörte. Es dauerte auch nicht lange, so kamen sie. Angesichts des großen Zustroms von vornehmen Herrschaften, Krämern, Handelsleuten, Reisigen und Söldnern, Dienstleuten und Gefolgsmannen und anderes, wie es der Aufenthalt des jungen Königs, der beiden Königinnen, der Guisen und des gesamten Hofes mit sich brachte, hatte niemand weder Zeit noch Lust, sich über die Falle zu wundern, die dem Federfuchser zugerichtet worden war, oder sich über das ganze Drunter und Drüber, das in der *Königlichen Sonne* herrschte, aufzuhalten. So ward denn Avenelles bei seiner Ankunft allerorten fortgewiesen, er so gut wie sein Eheweib und auch die alte Kammerfrau, und von einem Gasthof zum andern verwiesen, bis er schließlich noch gottfroh war, als er in der *Königlichen Sonne* unterkommen konnte, wo der verliebte Italiener behaglich in der Wärme saß und seine Liebe pflegte. Als der Advokat in seiner Kammer untergebracht war, schlenderte der Edelmann drunten im Hof auf und ab und lauerte, ob er nicht einen Blick seiner Angebeteten erhaschen könnte. Er mußte auch gar nicht lange warten, denn die Advokatin warf nach Weiberart schon bald einen Blick in den Hof und erkannte sogleich klopfenden Herzens ihren Galan, den Auserwählten ihrer Seele. Wie glücklich war sie da! Wären sie beide zufällig allein und ungestört gewesen, und sei es nur ein kurzes Weilchen lang, der gute Edelmann hätte nicht länger auf sein Glück zu warten brauchen, so stand sie vom Kopf bis zu den Füßen in Flammen.

»Oh! Das macht einem rechtschaffen warm hier, wenn man so von den Strahlen dieses schönen Junkers beschienen wird!« meinte sie. Sie hatte aber sagen wollen: dieser schönen Sonne, weil nämlich gerade die Sonne schön warm herniederschien.

Kaum hörte das der Advokat, so kam er eilends ans Fenster gerannt und sah auch schon den Edelmann drunten im Hof.

»Ha! Du schaust also nach Junkern aus, mein Schatz!« knirschte der Rechtsverdreher, packte sie am Arm und schmiß sie wie eines von seinen Aktenbündeln aufs Bett hin. »Bedenke wohl: wenn ich auch eine Federbüchse statt eines Degens an meiner Seite trage, so habe ich doch in dieser Büchse ein spitzes Messer verwahrt. Und dies spitze Messer könnte dir zu guter Letzt ins Herz fahren beim leisesten Argwohn, ja beim Schatten eines Argwohns, du könntest dich gegen deine ehelichen Pflichten vergangen haben! Mich will bedünken, ich habe diesen Junker irgendwo schon gesehen!«

So tückisch und niederträchtig stierte der Advokat die zitternde Frau an, daß sie aufsprang und zu ihm sprach: »So bringt mich doch ums Leben! Tut es nur! Ich mag Euch nicht betrügen, ich würde mich dessen schämen! Nie wieder sollt Ihr mich anrühren, nachdem Ihr mich so roh bedroht habt! Und von heut an will ich nur noch an eines denken: wie ich nämlich mit einem Liebsten schlafen kann, der manierlicher und höflicher ist, als Ihr es seid!«

»Nun sei wieder gut, mein Schätzchen«, beschwichtigte sie der Advokat ganz bestürzt, »ich bin ein bißchen scharf ins Zeug gegangen, das geb ich zu. Komm, küß mich, mein Herz, und alles soll vergeben und vergessen sein.«

»Ich will Euch nicht küssen und Euch auch nicht verzeihen«, fauchte sie, »Ihr seid ein gemeiner Kerl!«

Da geriet Avenelles in rasende Wut und wollte sich mit Gewalt holen, was ihm die Advokatin verweigerte. Es kam zu einem Handgemenge, aus dem der Gatte weidlich zerkratzt hervorging. Das schlimmste aber war, daß der übel zerkratzte und zerschundene Advokat von den Verschwörern erwartet wurde, welche Rat hielten, und somit notgedrungen seine Frau in der Obhut der Alten allein lassen mußte.

Kaum war der Paragraphenreiter aus dem Hause, so stellte auch schon der italienische Edelmann einen von seinen Dienern an der Straßenecke auf die Lauer, stieg hinauf zu seiner glückverheißenden Falltür, hob sie leise und unhörbar auf und rief seine Herzallerliebste mit einem hauchleisen Pst! Pst!, das sie mit ihrem Herzen vernahm, denn es gibt ja kein so hellhöriges Organ wie ein liebend Frauenherz. Die schöne Frau blickte empor und gewahrte ihren Liebsten zu ihren Häupten, knappe vier Flohhupfe über ihrem Kopf. Auf einen Wink des

Edelmanns ergriff sie zwei dicke Seidenstricke, an denen zwei Ringe festgemacht waren. Dahinein steckte sie ihre Arme, und im Handumdrehn war sie mittels zweier Winden aus ihrem Bett hinaufgehoben ins obere Gemach, mitten durch die Zimmerdecke, die sich so rasch wieder schloß, wie sie sich aufgetan hatte, so daß die alte Magd, der grimmige Tugenddrache, allein und in großer Not zurückblieb. Denn als sie von ungefähr den Kopf wandte, sah sie weder Kleid noch Frau im Zimmer mehr. Da war ihr mit einmal klar, daß die Frau entführt worden war. Wie aber? Von wem? Auf welchem Wege? Wohin? . . . Ja, Schneckentänze und Firlefanz, hol's der dreimal krummgebohrte Teufel! So weit waren auch die alten Alchimisten schon in ihrem Wissen gediehen, wenn sie vor ihren Schmelzöfen hockten und *Her Trippa* lasen. Nur wußte die Alte sehr wohl, was das hier für ein Schmelztiegel war und worin der Stein der Weisen bestand. Das eine war die hohe Kunst des Hörnens und das andere das herzige Ding der Advokatin.

So erwartete sie denn mit Zittern und Zagen die Rückkunft ihres Herrn, und geradesogut könnte man sagen, sie erwartete den sichern Tod, denn in seiner schäumenden Wut würde er bestimmt alles kurz und klein schlagen, was ihm in die Quere kam. Und sich aus dem Staube machen konnte sie auch nicht, die Ärmste, denn der gewitzte Advokat hatte in seiner Eifersucht hinter sich die Tür abgeschlossen und den Schlüssel mitgenommen.

Zuallererst fand Frau Avenelles oben bei ihrem Liebsten ein Abendessen vor, ein herrlich warmes Feuer im Kamin, ein noch heißeres Feuer aber im Herzen ihres Geliebten, der sie in seine Arme schloß und unter Freudentränen küßte, zuerst auf beide Augen, um ihnen für ihre wohltuenden Blicke zu danken, die ihm jedesmal während der Andacht in der Kirche zu Sankt Johann waren zuteil geworden. Darauf versagte ihm die liebesdurstige Advokatin nicht länger ihr süßes Schnäbelchen zum Liebhaben, ließ sich vielmehr nach Herzenslust lieben, drücken, streicheln, kosen und karessieren, glücklich und selig, daß sie ebenso ausgiebig geliebt, gedrückt, gestreichelt, gekost und karessiert wurde, wie's ausgehungerte

Liebesleute eben an sich haben. Dann kamen sie miteinander überein, sie wollten die ganze Nacht hindurch beisammenbleiben und sich nicht darum kümmern, was daraus entstehen könnte. Sie war so toll auf ihren Liebsten versessen, daß sie sich keinen Deut um die Zukunft scherte und für die Wonne dieser Nacht alles drangab, während er sich auf sein gutes Schwert verließ und auf sein Glück, das ihm wohl noch etliche andere Liebesnächte vergönnen mochte. Kurzum, beiden lag nicht viel an ihrem Leben, wenn sie nur für diesmal tausendfaches Leben genießen, tausend und aber tausend Freuden kosten konnten, wobei sie jedes dem andern doppelt vergalten, was sie einander schenkten. Es war ihnen, als sänken sie engvereint in einen tiefen Abgrund, und sie wollten engumschlungen da hinabstürzen und die ganze Liebe, die ihre Seele erfüllte, mit einmal und zugleich verströmen. Hei, war das ein Lieben und Umarmen! Drum haben ja auch die armen biedern Pfahlbürger gar keinen Begriff davon, was Liebe ist, wenn sie friedlich und behaglich neben ihren hausbackenen Ehefrauen im Bette liegen, wissen sie doch nichts von den verzehrenden Sehnsüchten des Herzens, von den glutheißen Ausbrüchen, dem kraftvollen und stürmischen Überschwang, nichts von all der verzweifelten Inbrunst, die zwei Liebende beseelt, wenn sie nackt und bloß und vor Verlangen glühend sich im Angesicht sicherer Todesgefahr paaren.

So rührten die schöne Frau und der Edelmann das Essen kaum an und gingen früh zu Bett. Und da müssen wir sie wohl oder übel sich selbst überlassen, zumal keine irdischen Worte, höchstens die Sprache der Engel, die unsereinem unbekannt ist, uns ihre verzückten Todesängste und angstvollen Verzückungen zu schildern vermöchten.

Inzwischen war der Gatte der schönen Frau, der so gründlich mit Hörnern verziert wurde, daß jegliche Erinnerung an die Ehe fein säuberlich ausgelöscht und ausgekehrt war – inzwischen war besagter Avenelles in arger Verlegenheit. Denn zur Beratung der Hugenotten erschien auch der Prinz von Condé, in Begleitung aller Häupter und Führer der Verschwörung, und da wurde beschlossen, die Königinmutter, die Guisen, den jungen König und die junge Königin zu entführen und einen Staatsstreich ins Werk zu setzen. Nun wurde es ernst, und die Sache kam dem Advokaten brenzlig vor; er sah, daß auch sein Kopf auf dem Spiel stand, und spürte darum gar nicht, was ihm für artiges Gehörn darauf gepflanzt wurde. Er rannte spornstreichs zum Kardinal von Lothringen und verriet ihm die geplante Verschwörung, und der Kardinal nahm den Advokaten auf der Stelle mit zu seinem Bruder, dem Herzog. Nun ratschlagten sie selbdritt und machten dem Verräter, dem Avenelles, die schönsten Versprechungen, ließen ihn auch höchst ungern und erst um die mitternächtliche Stunde wieder ziehen, zu welcher Zeit er sich heimlich aus dem Schlosse fortstahl.

Zur selben Stunde hielten die Pagen des Edelmanns und sein ganzes Gesinde ein Festgelage ab zu Ehren der unvermuteten Hochzeit ihres Herrn, und es ging hoch her im Gasthof. Als nun mitten in die ausgelassene Stimmung, den wüsten Lärm und das Gejohle der schwer bezechten Saufbrüder besagter Avenelles hereinplatzte, nahmen sie ihn sofort aufs Korn und setzten ihm schwer zu mit Hohnreden, Sticheleien und Gelächter, mit anzüglichen Spottverschen und unverschämten Anspielungen, so daß er kalkweiß im Gesicht ward und weiterstürmte in seine Kammer, wo er aber außer der alten Magd keine Menschenseele vorfand. Das Vöglein war ausgeflogen! Die beklagenswerte Alte wollte etwas sagen, wollte sich herausreden, doch der Advokat hielt ihr die geballte Faust unter die Nase und gebot ihr Schweigen. Dann wühlte er in seinem Koffer und holte einen scharfgeschliffenen spitzen Dolch hervor. Indes er ihn aus der Scheide zog und die Schneide prüfte, drang durch die Falltür ein helles, fröhliches, sorgloses, verliebtes, himmlisch heiteres Lachen herab, dem ein paar Worte folgten, die unschwer zu verstehen waren. Da blies der Pfiffikus von einem Advokaten sein Kerzenlicht aus und sah durch die Spalten und Ritzen der Zimmerdecke und durch eine Lücke in der Falltür einen Lichtschein schimmern, der ihm das waltende Mysterium recht zum Greifen deutlich enthüllte, zumal er die Stimme seiner Ehefrau und ihres Buhlers erkannte. Da packte der gehörnte Gatte die Magd mit eisernem Griff am Arm und stieg unhörbaren Schrittes die Treppe hinauf, suchte die Tür zu dem Zimmer, wo die beiden Liebenden beisammen waren, und nicht lange, so hatte er sie gefunden. Laßt euch erzählen, daß er mit einem grauenhaften Fußtritt die Tür einrannte und mit einem ge-

waltigen Satz aufs Bett sprang, wo er sein Weib halb nackt in den Armen ihres adligen Liebhabers ertappte.

»Ach!« stieß sie hervor, sonst nichts.

Der Liebhaber hatte dem Stoß ausweichen können und versuchte nun, dem Federfuchser den Dolch aus den Händen zu reißen. Da nun in diesem Kampf auf Leben und Tod der Gatte spürte, wie ihn sein Stellvertreter mit eisenharten Fingern umklammert hielt, wie überdies seine Frau sich regelrecht in ihn verbissen hatte und ihn mit den Zähnen bearbeitete, an ihm herumnagte wie ein Hund an einem Knochen, da fiel ihm ein, wie er seinen Zorn noch besser an ihnen auslassen konnte. Dieser neugehörnte Teufel befahl hinterlistig in seinem Kauderwelsch der Magd, sie solle unverzüglich das verliebte Pärchen mit den seidenen Schnüren der Falltür fesseln, warf seinen Dolch weg und half ihr, sie zu binden. Als dies im Handumdrehen vollbracht war, stopfte er ihnen einen Zipfel des Leintuchs in den Mund, um sie am Schreien zu hindern, und griff hierauf geschwind aufs neue nach seinem Dolchmesser, ohne noch ein Wort zu verlieren.

In diesem Augenblick drangen mehrere Reisige des Herzogs von Guise ins Zimmer. Während des wilden Kampfes und Ringens hatte niemand hören können, wie sie im ganzen Gasthaus das Unterste zuoberst kehrten und allerorten nach dem Avenelles suchten. Diese Söldner waren durch das Geschrei der Pagen des gefesselten, geknebelten und halbtoten Edelmanns stutzig geworden, und nun stellten sie sich schützend vor das Liebespaar und warfen sich dem dolchbewehrten rasenden Advokaten entgegen, entwaffneten ihn und vollzogen ihren Auftrag, indem sie ihn festnahmen und mitsamt seinem Weib und der alten Magd ins Verlies des Schlosses abführten. Jetzt erst erkannten die Diener der Guisen in dem Italiener einen Freund ihrer Herrschaft, dessen Rat die Königin in diesem Augenblick dringend brauchte. Auch waren sie beauftragt worden, ihn unverweilt zur Ratsversammlung zu befehlen, und so ersuchten sie ihn, augenblicklich mit ihnen zu kommen. Während nun der Edelmann rasch losgebunden wurde und sich ankleidete, nahm er den Anführer der reisigen Horde auf die Seite und sagte ihm leise ins Ohr, er möge, wenn ihm sein Leben lieb sei, ihm zu Gefallen Sorge tragen, daß der Gatte von seiner Frau ferngehalten werde; und er versprach ihm seine Gunst, rasches Vorankommen und eine ansehnliche Geldsumme, wenn er sich's angelegen sein lasse, ihm in diesem Punkte Gehorsam zu leisten. Dann zog er den Mann noch weiter ins Vertrauen und eröffnete ihm alle Umstände und Zusammenhänge des Vorfalls und setzte hinzu, wenn der rasende Gatte in die Nähe dieser anmutvollen Frau kommen könne, so werde er ihr unfehlbar einen so furchtbaren Fußtritt in den Bauch versetzen, daß sie sich nie wieder davon erholen könne. Zu guter Letzt befahl er ihm, der schönen Sünderin im Schloßgefängnis einen gefälligen Gewahrsam zu verschaffen, irgendwo in einem Gelaß, das ebenerdig auf den Garten hinausschaue, den Advokaten hingegen in ein sicheres Verlies zu verbringen und ihn ja gut und sicher anzuketten. Das versprach der Offizier, und er führte die Weisungen und Wünsche des Edelmanns getreulich aus. Der Edelmann gab der Dame noch das Geleit bis in den Schloßhof; er versicherte ihr wiederholt, diesmal könne es nicht fehlen: sie werde ihren Mann verlieren, und er werde sie dann vielleicht zu seiner rechtmäßigen Gattin machen.

In der Tat wurde der Advokat Avenelles in ein feuchtes Burgverlies ohne Licht und Luft geworfen, seine reizende Frau aber in einem kleinen Kämmerchen über seinem Kerker untergebracht, und dies alles geschah auf Veranlassung ihres hochmögenden Liebhabers, der kein Geringerer war als der edle Herr Scipioni Sardini, ein vornehmer adliger Herr aus Lucca, ein unermeßlich reicher Mann und – wie schon oben erwähnt – ein Freund der Königin Katharina von Medici, die damals im Einvernehmen mit den Guisen das ganze Land nach ihrer Pfeife tanzen ließ.

Dann begab sich der Italiener spornstreichs hinauf zur Königin, wo gerade insgeheim Rat gehalten wurde, und dort erfuhr er, was vorging und geplant war, und auch, in welch großer Gefahr der Hof schwebte. Der Signor Sardini fand die geheimen Räte der Königin über dies Unheil sehr bedrückt und gänzlich ratlos; aber er brachte sie allesamt unter einen Hut, als er ihnen sagte, sie sollten das ganze Unheil zu ihren Gunsten wenden, und seinem klugen Rat war's zu verdanken, daß der König wohlweislich ins Schloß zu Amboise zog, damit man dort die ganze Ketzerbrut wie Füchse in einem Sack fangen und sie samt und sonders niedermetzeln konnte. So geschah es denn auch; und jedermann weiß, wie die Königinmutter und auch die Guisen sich listig zu verstellen wußten und sich abseits hielten und was für ein schlimmes Ende der ganze Aufruhr von Amboise nahm. Doch das gehört nicht hierher.

Als dann am frühen Morgen alle das Zimmer der Königin verließen, wo alles abgekartet und angezettelt worden war, da vergaß Signor Sardini nicht seine Liebe zu der schönen Bürgersfrau, obwohl er damals in die hübsche Limeuil, eine Hofdame der Königinmutter und mit ihm über das Haus La Tour de Turenne verwandt, bis über beide Ohren verliebt war, und er fragte, weshalb eigentlich der wackere Judas gefangengesetzt worden sei. Da antwortete ihm der Kardinal von Lothringen, er habe keineswegs die Absicht, dem Rechtsverdreher ein Leid zu tun, doch wolle er ihn, aus Furcht, es könnte ihn gereuen, oder vielmehr um ganz sicherzugehen, daß er auch bestimmt reinen Mund halten werde, bis zum Schluß des Anschlags verschwinden lassen und werde ihn schon wieder freigeben, sobald er die Zeit für gekommen halte.

»Ihn freigeben?« rief unwillig der Luccese. »Wo denkt Ihr hin?! Stopft ihn lieber in einen Sack und schmeißt den Schwarzrock in die Loire! Erstens einmal kenne ich ihn. Er wird Euch nie verzeihen, daß Ihr ihn habt in den Kerker werfen lassen, und wird wieder zu seinen Reformierten übergehen. Es ist also ein gottgefälliges Werk, denn Ihr säubert die Welt von einem Ketzer. Zweitens aber wird kein Mensch Eure heimlichen Pläne erfahren, und keinem von seinen Anhängern wird es einfallen, Euch zu fragen, was aus ihm geworden sei, weil er nämlich ein Verräter an ihrer guten Sache ist. Laßt mich dafür sorgen, daß seine Frau heil davonkommt, das übrige will ich schon ins reine bringen. Ich will ihn Euch säuberlich vom Halse schaffen.«

»Hahaha!« lachte der Kardinal, »Ihr seid ein trefflicher Ratgeber. Ehe ich mir aber Euern Rat eingehend überlege, will ich sie alle beide in noch sicherern Gewahrsam setzen lassen. Holla!« Auf seinen Ruf trat ein Kerkerwärter herein; er bekam strengen Befehl, niemanden, es sei, wer wolle, mit den beiden Gefangenen in Verbindung treten zu lassen. Dann bat der Kardinal den Signor Sardini, im Gasthof auszurichten, der Advokat sei aus Blois abgereist und wegen verschiedener Prozesse nach Paris zurückgekehrt.

LAVIEILLE.

Die Leute, die Auftrag hatten, den Advokaten festzunehman, hatten den ausdrücklichen Befehl erhalten, ihn als einen Gefangenen von Bedeutung und Wichtigkeit zu behandeln. Darum hatten sie ihn weder lange durchsucht noch ihm Kleider und Geld abgenommen. So kam es, daß der Advokat noch dreißig Goldtaler in seiner Geldbörse besaß, und er beschloß, alles daranzusetzen, um seine Rache zu stillen. Er bewies also mit stichhaltigen und triftigen Argumenten, daß es ihm von Rechts wegen erlaubt sein müsse, seine Frau zu sehen, nach der ihn sehnsüchtig verlange, und seine ehelichen Rechte auszuüben. Signor Sardini, der für seine Geliebte die Nähe dieses rothaarigen Paragraphenreiters fürchtete und in großer Angst lebte, er könne ihr ein Leid antun, beschloß, sie nächtlicherweile zu entführen und an einen sichern Ort zu bringen. So dingte er etliche Schiffer mitsamt ihrem Kahn, hieß sie sich unweit der Brücke verstecken und gab dreien seiner behendesten Diener Befehl, die Gitter des Kämmerchens durchzufeilen, sich dann der Frau zu bemächtigen und sie zur Gartenmauer zu führen, wo er sie erwarten werde.

Als diese Vorkehrungen getroffen und gute Feilen gekauft worden waren, erwirkte er schon am frühen Morgen eine Audienz bei der Königinmutter, deren Gemächer gerade über den Verliesen lagen, worin der Advokat und sein Weib schmachteten. Er hoffte zuversichtlich, die Königin werde ihm bei dieser Entführung behilflich sein.

Er wurde auch wirklich von ihr empfangen und bat sie, ihm nicht zu verübeln, wenn er ohne Wissen des Kardinals und des Herrn von Guise diese Dame aus dem Kerker befreie. Dann beschwor er auch sie aufs eindringlichste, sie müsse dem Kardinal von Lothringen befehlen, den Mann ins Wasser zu werfen. Dazu sagte die Königin ja und amen. Daraufhin sandte der Italiener schleunig seiner Geliebten ein Briefchen, das in einer Schüssel Gurken versteckt war, und kündigte ihr ihre bevorstehende Witwenschaft und die Stunde der Flucht an, worüber sie höchst befriedigt war, die schöne Frau Advokatin. So wurden denn die Wachsoldaten durch einen Befehl der Königin – sie hieß sie einen Mondstrahl bewachen, weil er ihr angst mache – abseits beordert, und in der morgendlichen Dämmerung hoben die Diener, wie ihnen befohlen war, in größter Eile die Gitter heraus und riefen die Advokatin ans Fenster. Sie kam eilends herbei und ward dem Signor Sardini zugeführt, der draußen bei der Gartenmauer wartete.

Doch kaum hatte sich das Pförtchen hinter dem Italiener und seiner Buhle geschlossen, kaum stand er mit ihr draußen im Freien, da warf die Frau ihren Umhang ab, und siehe: die schöne Frau verwandelte sich unvermittelt in einen garstigen Advokaten. Dieser Advokat packte mit einemmal den Räuber seiner Ehre an der Gurgel, krallte sich fest und würgte ihn und zerrte ihn zum Wasser hinab, um ihn in die Loire zu stoßen und darin zu ersäufen. Sardini setzte sich zur Wehr, schrie um Hilfe, rang mit dem Rasenden, konnte sich jedoch trotz seinem Stilett nicht von diesem talartragenden Höllenteufel frei machen. Dann wurde er plötzlich still. Er war zu Füßen des Advokaten in ein tiefes Morastloch gestürzt. Er gewahrte noch während dieses verzweifelten Ringens das Angesicht seines Mörders, und im Mondschein sah er, daß es über und über mit dem Blute seiner gemordeten Frau verschmiert war. Der wutschäumende Advokat ließ nun den Italiener fahren, da er ihn tot wähnte und weil auch eine Schar Diener mit Fackeln zu Hilfe gelaufen kam. Doch hatte er noch Zeit genug, in den Kahn zu springen und eilends von dannen zu rudern.

So kam es, daß allein die arme Advokatin Avenelles das Leben lassen mußte; denn der Signor Sardini war nicht zu Tode gewürgt worden. Er wurde noch lebend gefunden und erholte sich wieder von dem Mordanschlag. Später heiratete er, wie alle Welt weiß, die schöne Limeuil, nachdem das hübsche Hoffräulein in den Gemächern der Königin einem Kind das Leben geschenkt hatte. Diese arge Missetat wollte die Königinmutter aus Freundschaft geheimhalten, und Sardini bemäntelte die Sünde aus großer Liebe durch seine Heirat. Katharina schenkte ihm zum Dank dafür die schönen Ländereien zu Chaumont an der Loire und dazu noch das Schloß. Doch war er immerhin vom Gatten seiner Geliebten so arg gewürgt, so rasend mißhandelt, so übel mit Fußtritten und Faustschlägen traktiert worden, daß er nicht mehr lange lebte und die schöne Limeuil im Lenz ihres Lebens Witwe wurde.

Der Advokat wurde trotz seiner jähzornigen Rachetat nicht verfolgt. Ganz im Gegenteil, er war gerissen genug, fertigzubringen, daß er im letzten Befriedungsedikt unter diejenigen gezählt wurde, die nicht länger belästigt werden durften. Auch war er wiederum zu den Hugenotten übergelaufen, denen er später in Deutschland namhafte Dienste erwies.

Arme schöne Advokatin! Betet für ihr Seelenheil. Ihr Leib wurde irgendwo verscharrt, kein Mensch weiß wo. Kein Kirchengebet, kein christliches Begräbnis wurde ihr vergönnt. Ach, gedenkt ihrer, all ihr edeln Frauen, wenn ihr Glück in der Liebe habt!

JAHYER.

DIE PREDIGT DES FRÖHLICHEN PFARRHERRN VON MEUDON

Als Meister Franz Rabelais zum letztenmal an den Hof König Heinrichs des Zweiten kam, geschah dies in dem Winter, als er, dem Gebote der Natur gehorchend, sein Wams aus Fleisch und Blut ausziehen sollte, um für alle Ewigkeit in seinen Schriften weiterzuleben, welche von der leuchtenden, tiefen Weisheit verklärt sind, die wir immer neu beherzigen und uns zur Richtschnur unseres Tuns nehmen sollten. Der mutige Spötter hatte in jenem Winter nahezu siebenzigmal die Brutzeit der Schwalben erlebt. Sein homerisch würdevolles Haupt war freilich längst gänzlich kahl geworden, doch umrahmte es immer noch ein wallender Bart, der an Erhabenheit und majestätischer Würde nicht seinesgleichen hatte, und immer noch blühte der Frühling in seinem stillen Lächeln, wie auch auf seiner mächtigen Stirn die ganze Weisheit der Welt thronte. Er war ein schöner alter Mann, wie alle einhellig bezeugen, denen das Glück zuteil wurde, sein Antlitz zu sehen, auf dem Sokrates und Aristophanes, obwohl sie sonst einander im Leben spinnefeind gewesen, hier als Freunde ihre Züge vermischten. Da er in seinen Ohren schon sein letztes Stündlein schlagen hörte, entschloß

er sich, dem König von Frankreich seinen Willkommgruß zu entbieten, dieweil dieser Herrscher in sein Schloß Tournelles gekommen war und der alte Herr, welcher in einem Haus in den Sankt-Pauls-Gärten wohnte, nur auf Steinwurfsweite vom Hof entfernt lebte.

Zur Zeit hielten sich aber in den Gemächern der Königin Katharina auf: Frau Diana, die sie aus Gründen der hohen Politik empfing, und der König, ferner der Herr Konnetabel, die Kardinäle von Lothringen und Du Bellay, die Herren von Guise, der edle Herr von Birague und noch ein paar Italiener, welche sich bereits unter dem Schutz und Schirm der Königin am Hofe breitmachten und nach Macht und Einfluß strebten, außerdem der Admiral, Montgomery, die diensttuenden Herren und etliche Dichter und Poeten wie Mellin de Saint-Gelais, Philibert de l'Orme und der edle Herr Brantôme.

Als der König den guten Meister erblickte, den er für einen Possenreißer und Spaßvogel hielt, da sagte er nach ein paar huldreichen Worten lächelnd zu ihm: »Hast du jemals deinen Pfarrkindern zu Meudon eine Predigt gehalten?«

Meister Rabelais meinte, der König wolle ihn zum besten haben, denn seine Pfarre hatte ihm nie mehr zu tun gegeben, als daß er pünktlich die Einkünfte seiner Pfründe bezogen hatte, und er gab ihm also zur Antwort: »Majestät, meine Pfarrkinder wohnen allerorten in der Welt, und meine Predigten kommen der ganzen Christenheit zu Ohren.«

Dann warf er einen raschen Blick auf alle die Höflinge, die, mit Ausnahme der edlen Herren Du Bellay und von Chastillon, in ihm nicht mehr als eine Art gelehrten Hanswurst und Schnurrennarr sahen, während er doch der König aller erlauchten Geister war und ein König, echter, als der einer war, an dem die Höflinge doch nur die gnadenspendende Krone verehrten. Und da überkam den guten Rabelais, ehe er diesem unserm Jammertal für immer Valet sagen mußte, ein boshaftes Gelüste, ihnen allen philosophisch auf die Köpfe zu brunzen, wie vormals der mutwillige Gargantua die Pariser von den Türmen der Liebfrauenkirche zu Paris mit einem lauen Sturzbade gesegnet hatte. Dann hob er an: »Wenn Ihr gerade guter Stimmung und bei Laune seid, Majestät, so kann ich Euch mit einer hübschen kleinen Predigt aufwarten, die immer wieder vergnüglich und lehrreich anzuhören ist. Ich habe sie mir hinterm Trommelfell des linken Ohrs aufbewahrt, um sie gelegentlich an passender Stelle einmal anzubringen und als höfisch-höfliches Gleichnis bei Hofe vorzutragen.«

»Ihr Herren«, sprach darauf der König, »Meister Franz Rabelais hat das Wort, und es geht um unser ewiges Seelenheil. Schweigt also fein still und spitzt die Ohren. Er ist ein unversieglicher Born evangelischer Schnurren und ergötzlicher Heilslehren.«

»Majestät«, sprach nun der greise Dichter, »so fang ich denn an.«

Da verstummten rings alle die Höflinge und scharten sich im Kreise rund um den Vater des Pantagruel, der ihnen in Worten voll erhabener Beredsamkeit und mit unvergleichlichem Schwung die folgende Geschichte zum besten gab. Da aber diese Erzählung nur in mündlicher Überlieferung auf uns gekommen ist, sei dem Verfasser verziehen, wenn er sie auf seine Weise niederschreibt.

»Auf seine alten Tage war Gargantua schrullig und verschroben geworden, worüber sich die Leute, die in seinem Hause lebten, baß verwunderten, doch wurden ihm seine Nücken gerne verziehen, da er schon hoch in Jahren und gute siebenhundertundvier Winter zählte, der Ansicht des heiligen Clemens von Alexandrien zum Trotz, welcher in seinen *Stromata* annimmt, zu jener Zeit sei er um einen Viertelstag jünger gewesen, was uns aber wenig kümmert. Der gute Hausvater also, der sah, daß in seinem Hause alles bachab ging und daß jeder tunlichst viel Wasser auf seine eigene Mühle leitete, will sagen: für sich selber sorgte und seine Taschen füllte, bekam es mit der Angst, er könne am Ende auf seine alten Tage Mangel am Nötigsten leiden, und beschloß, auf eine vollkommenere Verwaltung seiner Güter bedacht zu sein. Und daran tat er gut.

So vergrub er denn ein einem geheimen Verschlag des gargantuesken Schlosses einen erklecklichen Haufen roten Käse nebst zwanzig Töpfen voll Mostrich und mehrere leckere Happen, als da waren: Pflaumen und Touraner Zwetschgen, Fladen, Schweins- und Gänsegrieben, gehacktes Schweinefleisch, Zieger und Quark aus Olivet, Ziegenkäse und andere Arten, wohlbekannt zwischen Langeais und Loches, ganze

Töpfe voll Butter und Schmalz, Hasenpasteten, Enten in Sülze eingelegt, Schweinsfüße von zarten Spanferkeln, Rübchen, und Erbsmus in Töpfen eingemacht, niedliche Büchschen angefüllt mit Orleaneser Quittenmus, Tönnchen voller Lampreten, ganze Fässer grüner Tunke, dazu mancherlei Sumpfgeflügel und Fische aus dem Bach: wie Frankolinhühner, Schnepfen, Krammetsvögel, Rebhühner und Wildenten, in Meersalzlake eingepökelt, eingekochte Weinbeeren, geräucherte Zungen, zubereitet nach der Art, welche Fliegenschnapper einstmals erfunden hatte, sein berühmter Ahnherr. Des fernern Zuckerzeug für Gargamelle, wenn sie ihren guten Tag hatte, endlich tausenderlei andere leckere und nahrhafte Sachen, über die Näheres in den ripuarischen Gesetzen und auf etlichen vergessenen Seiten der Kapitularien, Pragmatiken und königlichen Verfügungen, der Ordonnanzen und Erlasse jener Zeit zu lesen steht.

Drauf so klemmte der Biedermann seine Brille auf die Nase oder seine Nase in die Brille und ging auf die Suche nach einem schönen fliegenden Drachen oder einem Einhorn, dem die Hut über diesen kostbaren Schatz anvertraut werden konnte. In solch schwerwiegenden und ernsten Gedanken erging er sich in seinen Gärten. Einen Gockelhaubenkranich wollte er nicht, weil schon die alten Ägypter damit übel gefahren waren, wie aus den Hieroglyphen klar hervorgeht. Auch verwarf er die Kohorten der Nachtmahre und Schreckgespenster, weil schon den alten Kaisern, auch den römischen, davor gegraut hatte, wie wenigstens der alte Duckmäuser namens Tacitus berichtet. Hernach wies er auch die Pikrocholier von sich, desgleichen die Unmasse der Magier, die zahllosen Scharen der Druiden, die Legionen der Papimanen und Masoreten, die wie Quecken wucherten und das Land weit und breit überzogen, wie ihm, als er von seiner Reise heimkehrte, sein Sohn Pantagruel erzählt hatte. So blätterte und forschte der gute Gargantua unermüdlich und wißbegierig in den alten Geschichtsschmökern, doch konnte er zu diesem ganzen Gezücht kein rechtes Vertrauen fassen, und wäre es ihm erlaubt gewesen, so hätte er am liebsten eine neue Gattung vom Schöpfer aller Dinge, unserm Herrgott im Himmel, erfleht. Da er's aber nicht wagte, ihn mit seinem irdischen Kram zu behelligen, so wußte der arme Gargantua nicht, wen er nehmen sollte, und es ward ihm angst und bange, er könne mit all seinen Schätzen und Reichtümern in Ungelegenheiten geraten. Wie er nun solchermaßen grübelnd fürbaß stapfte, begegnete er von ungefähr einem niedlichen kleinen Spitzmäuserich auf seinem Wege, aus dem edlen Geschlechte der Spitzmäuser, die in ihrem Wappen auf azurblauem Grund einen roten Balken führen. Heiliger Bimbam! War das ein schmucker Hauptkerl! Er prunkte mit dem allerschönsten Schwanz in der ganzen Sippschaft und spreizte und blähte sich in der Sonne wie ein echter Prachtspitzmäuserich von Gottes Gnaden, voll Stolz, daß sein Geschlecht bis auf die Sintflut zurückreichte und seine Ahnenreihe unbestrittenermaßen im Adelsregister des Universums und in seinem Parlament aufgeführt und dort verbrieft und besiegelt einzusehen war, sintemal feststeht und durch das ökumenische Protokollbuch unleugbar erwiesen ist, daß bereits in der Arche Noah ein Spitzmäuserich mitschiffte . . .«

An dieser Stelle angelangt, lüpfte Meister Alcofribas ein wenig sein Käpplein und sprach in frommer Ergriffenheit: »Noah, ihr edlen Herren, welcher die Rebe pflanzte und als erster das Glück kannte, sich mit Wein vollzutrinken. Denn«, fuhr er fort, »soviel ist sicher: ein Spitzmäuserich war mit in dem Kahn, aus dem wir allesamt hervorgegangen sind. Die Menschen freilich sind Mißehen eingegangen und haben ihr Geschlecht und ihre Rasse geschändet. Nicht so die Spitzmäuser, weil sie nämlich eifersüchtig über die Reinheit ihres Wappens wachen, weit heikler als alle andern Lebewesen; nimmermehr würden sie eine schäbige Feldmaus in ihre Familie aufnehmen, besäße sie auch die Zaubergabe, Sandkörnchen in leckere, frische, saftige Haselnüsse zu verwandeln. Weil nun diese echt adelsmäßige Tugend dem guten Gargantua ausnehmend gefiel, kam er auf den Gedanken, diesem Spitzmäuserich die Statthalterschaft über seine Speicher zu verleihen mitsamt den umfassendsten Vollmachten, als da sind: Gerichtsbarkeit, *Committimus*, *Missi Dominici*, geistliche Oberhoheit, Waffenrecht, kurz mit allen Vorrechten und Machtbefugnissen. Der Spitzmäuser gelobte feierlich, er werde sein Amt getreulich verwalten und seine Pflicht tun wie ein ehrlicher und redlicher Spitzmäuser, unter der Bedingung freilich, daß er auf dem Kornhaufen leben dürfe, was der gute Gargantua nur recht und billig fand.

Wie hüpfte und tanzte da der glückliche Spitzmäuser selig und höchst zufrieden in seinem Machtbereich umher! Er konnte sich nicht fassen vor Seligkeit und kam sich vor wie ein Fürst, der sein Glück gefunden hat. Er besichtigte seine unermeßlichen Mostrichländereien, seine Schleckzeugregionen, Schinkenprovinzen, Weinbeerenherzogtümer, Leberwurstgrafschaften, Baronien aller Art, er kletterte auf die Kornhaufen und fegte alles mit seinem Schwanz. Allenthalben ward er mit Ehren empfangen von den Töpfen, die in ehrfürchtigem Schweigen verharrten, außer einem oder zwei güldenen Humpen, welche miteinander anstießen und ertönten wie zwei Kirchenglocken, so daß ein gar feierliches Geläute erklang, worüber der Spitzmäuserich sich hoch zufrieden zeigte und nach links und rechts mit einem gnädigen Kopfnicken grüßte, während er sich in einem Sonnenstrahl erging, der sein Reich erleuchtete. Da erstrahlte sein glänzendes, braunes Fell so licht und seidenweich, daß man hätte glauben können, ein König aus dem hohen Norden sitze da in seinem Zobelpelz. Und als er ausgehüpft und sich satt getanzt hatte, auch genug hin und her getrippelt war, ließ er sich zwei Weizenkörnlein munden, die er, wie ein König vor versammeltem Hof auf dem Getreidehaufen hingehockt, knabberte, und sonnte sich im Bewußtsein, er sei der schönste und stattlichste aller Spitzmäuser.

Im selben Augenblick kamen aus ihren gewohnten Schlupflöchern die Herren vom Hofstaat derer, die nächtlicherweile ihr Unwesen treiben und auf leisen Sammetsohlen über die Fußböden huschen. Ratten waren's und Mäuse sowie das ganze übrige nagende und räubernde, nichtsnutzige und schädliche Ungeziefer, das den wackern Bürgern und Hausfrauen ein so arger Dorn im Auge ist. Da packte alle beim Anblick des Spitzmäusers die schiere Angst, und sie blieben mucksstill vor ihren Löchern stehn. Unter all den wimmelnden Köpfchen getraute sich schließlich, aller Gefahr zum Trotz, ein steinalter, eisgrauer und mit allen Katzen gehetzter Veteran aus dem gefräßigen und flinken Geschlecht der Mäuse vor. Der streckte sein Schnäuzchen zum Fenster hinaus und war beherzt genug, dem gefürchteten Spitzmäuser mutig ins Auge zu blicken, welcher da stolz und hoffärtig auf seinem Hinterteil thronte und den Schwanz steif in die Höhe reckte, und er kam schließlich zur Einsicht, daß sie's da mit einem höllischen Teufel zu tun hatten, bei dem nichts anderes zu holen war als Krallenkratzer am ganzen Leibe. Das kam folgendermaßen: Der gute Gargantua wollte nämlich, daß seines Statthalters hohe Würde und Autorität allerorten von sämtlichen Spitzmäusern, Katzen, Wieseln, Mardern, Feldmäusen, Hausmäusen, Ratten und andern schlimmen Übeltätern gleichen Schlags anerkannt werde, und darum hatte er ihm sein Schnäuzchen, das spitz war wie eine Spicknadel, leicht mit Muskatöl eingeschmiert. Dieser Geruch hat sich seither auf alle Spitzmäuser vererbt, weil sich der fragliche Spitzmäuserich, der Statthalter und Sachwalter Gargantuas, trotz dessen ausdrücklichen weisen Warnungen, mit den andern Nagern seiner Gattung einließ und vermischte. Daher kamen die Bürgerkriege im Spitzmäuserreich, worüber ich euch gerne in einem Geschichtswerk Bericht gäbe, wenn mir dafür nicht Zeit und Muße fehlten.

An diesem Geruch nun erkannte der alte Mäuserich – oder war es ein Ratz? die Rabbiner und Schriftgelehrten des Talmud sind sich nämlich immer noch nicht einig, welcher Gattung er angehörte –, daß dieser Spitzmäuser Auftrag hatte, über Gargantuas Korn zu wachen, und daß er ein Ausbund sämtlicher männlichen Tugenden und mit Rechten und Vollmachten zureichend ausgestattet und in jeglicher Hinsicht gewappnet und gerüstet war. Da packte ihn die Angst, er werde hinfort nicht mehr, wie's mausige Gewohnheit war, von Brosamen, Krumen, Speckschwarten, Brotränftchen, Resten, Abfällen, Rinden und Häppchen sowie tausend andern Herrlichkeiten des gelobten Landes unseres Mäuse- und Rattenvolkes leben können. In solcher Not und Gefahr entschloß sich der wackere Mäuserich – schlau und durchtrieben wie ein alter Höfling, der zwei Regentschaften und drei Könige erlebt hat –, dem Spitzmäuser ein bißchen auf den Zahn zu fühlen und sich für das Heil und Wohl aller ratamorphen Kinnladen aufzuopfern. Solch selbstverleugnende Handlungsweise wäre schon für einen Menschen rühmlich und schön gewesen, wie erst für einen Mäuserich, wenn man bedenkt, wie eigennützig und selbstsüchtig sonst die Mäuse sind, wie sie nur für sich selber leben, ohne Scham und Scheu. Wenn es gilt, rasch ans ersehnte Ziel zu gelangen, würden sie sogar auf eine Hostie scheißen, eine priesterliche Stola zernagen und aus dem Abendmahlskelch saufen, ob dies Gott nun recht wäre oder nicht! Der Mäuserich schritt also unter zierlichen Bücklingen und Kratzfüßen näher, und der Spitzmäuser ließ ihn ein wenig herankommen, denn leider Gottes – das muß hier gesagt werden – sind alle Spitzmäuser von Kindesbeinen auf schwach- und kurzsichtige Geschöpfe. Alsdann begann dieser Curtius unter den Nagern seine Ansprache, nicht in seinem Mäusedialekt, nein, vielmehr in gewähltem Hochdeutsch, wie es unter Spitzmäusern gang und gäbe ist: ›Hoher Herr, ich habe schon viel Rühmliches von Eurer glorreichen Sippe vernommen, bin ich doch einer ihrer ergebensten Diener und Anhänger und in den Sagen und Legenden Eurer Altvordern wohlbeschlagen und -belesen. Voreinst wurden sie in hohen Ehren gehalten von den alten Ägyptern, die ihnen große Ehrfurcht entgegenbrachten, ja sie anbeteten wie andere heilige Vögel. Und doch strömt Euer Pelzwerk einen so königlichen Wohlgeruch aus, und seine Färbung ist derart zauberhaft und wunderbar, so glänzend und seidig, daß es mir schwerfällt, Euch als einen diesem Geschlechte Zugehörigen zu erkennen, weil ich noch nie einen so prachtvoll und herrlich gewandeten Spitzmäuser zu Gesicht bekommen habe. Indessen habt Ihr nach althergebrachter Sitte das Korn enthülst, Euere Schnauze ist eine altweise Spitzmäuserschnauze, Ihr kratzt und beißt und schlagt Euch wie ein urechter, alteingesessener Spitzmäuser, doch wenn Ihr ein wirklich echter und wahrhaft angestammter Spitzmäuserich seid, so müßt Ihr gleichwohl ich weiß nicht in welchem Eckchen Eures Ohres ich weiß nicht was für einen überscharfen Gehörgang haben, den ich weiß nicht was für eine wundersam betätigte Klappe ich weiß nicht wie zu ich weiß nicht welchen Augenblicken schließt, jedenfalls auf Euern heimlichen Befehl, so daß Ihr, ich weiß nicht warum, gewisse Dinge, ich weiß nicht welche, überhören könnt, Dinge, die Euch mißfällig sind, sintemal Euer sakrosankter Gehörsinn so überfein ist, daß er alles wahrnimmt, welche Überfeinheit Eures Gehörs Euch doch oftmals beschwerlich fallen und Euere Gemütsruhe stören muß.‹

›Fürwahr, so ist es‹, erwiderte der Spitzmäuserich. ›Seht, nun ist die Klappe zugeschnappt. Ich werde nichts mehr hören!‹

›Wir werden's ja sehen‹, versetzte der alte schlaue Mäuserich.

Er kletterte zuoberst auf den Kornhaufen, machte sich über das Getreide her und schickte sich an, Herz was begehrst du, soviel er für seinen ganzen Wintervorrat brauchte und noch mehr dazu wegzuschleppen.

›Hört Ihr's?‹ fragte er dabei.

›Ich höre nur mein Herz klopfen.‹

›Quiek! Quiek!‹ piepsten alle Mäuslein, ›den können wir getrost hinters Licht führen und über den Löffel balbieren!‹

Da öffnete der Spitzmäuserich, der geglaubt hatte, er habe einen redlichen und treuen Diener gefunden, mit einmal die Klappe seines hochempfindlichen Gehörganges, und was hörte er? Das Rieseln des Korns, das in die Mäuselöcher rollte. Drauf erboste er sich so, daß er das ganze hergebrachte Justizverfahren in den Wind schlug, sich mit einem gewaltigen Satz auf den Mauser warf und ihn kurzerhand erwürgte. Der Mäuserich starb eines ruhmvollen Todes! Starb er doch wie ein Held sozusagen auf dem Felde der Ähren und ward auch späterhin als ein Märtyrer und Blutzeuge heiliggesprochen.

Der Spitzmäuserich aber packte ihn mit seinen scharfen Zähnen bei den Ohren und nagelte ihn überm Speichertor an, wie's Sitte und Brauch ist bei der Hohen Pforte, wo der wackere Panurg um ein Haar aufgespießt worden wäre. Beim gellenden Todesschrei des Sterbenden nahmen alle Mäuse und Ratten, die ganze Sippschaft, in höchster Todesangst Reißaus aus ihren Löchern. Als die Nacht hereingebrochen war, kamen sie allesamt im Keller zusammen, um miteinander über die öffentlichen Angelegenheiten zu ratschlagen, zu welcher Ratssitzung, kraft der *Lex Papiria* und anderer Satzungen, auch die legitimen Eheweiber zugelassen wurden. Die Ratten wollten nun vor den Mäusen den Vortritt haben, und es fehlte nicht viel, so hätte der erregte Streit um den Vorrang alles wieder zunichte gemacht. Doch da faßte ein dicker Ratz eine niedliche Maus unterm Arm, und als alle Gevattern, die Ratzen, und alle Gevatterinnen, die Mäuse, dergestalt paarweis vereint waren, setzten sie sich insgesamt auf ihr Hinterwerk, streckten die Schwänze in die Höhe, reckten die Schnäuzchen, schnupperten mit gesträubten und zitternden Schnurrbärtchen und guckten erwartungsvoll mit ihren Äuglein, die glitzerten wie die Augen der Turmfalken. Und nun hob ein gewaltiges Reden und Schwatzen an, das aber sofort in wüstes Schimpfen ausartete und schließlich in einem wirren Durcheinanderbrüllen endete, wie es wahrlich einem Konzil ökumenischer Kirchenväter wohl angestanden hätte. Die einen sagten ja, die andern nein, und eine Katze, die von ungefähr des Wegs vorbeikam, erschrak darob so sehr, daß sie Fersengeld gab, sobald sie dieses seltsame Gelärm hörte. Da tönte es: Buh buh! Fruh-uh-uh! Huik! Huik! Briff, briffnak-nak-nak! Fuix-fuix! Trr-trrr-trr-trr! Razza za za, zaaa! Brr, brrr! Raaa, ra ra ra ra! Fuix! Und all das verschwamm zu einem solch greulichen Stimmengetöse, daß auch die Ratsherren in einem Rathaus es nicht schöner zuwege gebracht hätten.

Mitten in diesem stürmischen Wortstreit streckte ein winziges Mäuslein, das noch nicht alt genug war, um Zutritt zur Ratsversammlung zu haben, neugierig sein Schnütchen durch einen Spalt. Es war ein herziges Mäuschen, fein und zierlich, mit einem Fell so seidenweich und zart, wie's nur eine Maus haben konnte, die noch nie in eine Falle geraten war. Und je lauter der tobende Lärm drinnen ward, um so wißbegieriger drängte es mit dem Körper dem Schnäuzchen nach, und schließlich plumpste das vorwitzige Ding durch den Spalt, gerade auf einen Faßreifen, an dem es sich aber so geschickt festzuklammern vermochte, daß man es wahrlich für ein zierliches Meisterwerk aus einem alten Relief hätte ansehn können.

In diesem Augenblick hob ein uralter Ratz die Augen zum Himmel, um von ihm Hilfe und Rettung für die Not des Gemeinwesens zu erflehen. Da gewahrte er dieses niedliche

G. Doré

und bildhübsche Mäuslein, und er erklärte feierlich, von ihm müsse der Staat gerettet werden. Alle Schnauzen wandten sich nach diesem hilfreichen Rettungsengel um und verstummten. Dann beschlossen sie einhellig, das Mäusejüngferchen zu dem Spitzmäuserich zu entsenden, und trotz dem Verdruß etlicher neidischer Mäuseweiber wurde sie im Triumphzug rund um den Keller geführt. Als die alten Rattenherren sahen, wie sie keck und zierlich einhertrippelte, wie sie ihr Hinterteil beim Gehen hin und her schwenkte, ihr pfiffigschlaues Köpfchen bald auf die eine, bald auf die andere Seite neigte, ihre durchsichtig-zarten Öhrchen spitzte, sich mit dem rosigen Zünglein das Schnäuzchen leckte, auf dem ein zarter Bartflaum sproßte, da verliebten sie sich samt und sonders bis über beide Ohren in das liebliche Ding. Sie brummten mit ihren runzligen Mäulern und knurrten etwas in ihre schlohweißen Barthaare wie ehemals die alten Trojaner, wenn sie die schöne Helena anstaunten, die vom Bade heimkehrte.

Das Jungfräulein wurde also in den Speicher abgesandt mit dem Auftrag, das Herz des Spitzmäusers zu betören und das kornhungrige Volk der Nager zu retten, wie es einstmals vorzeiten die schöne Hebräerin Esther für das Volk Gottes getan hatte, als sie den Sultan Ahasver erschlug, wie geschrieben steht in dem Buch der Bücher, sintemal das Wort Bibel von dem griechischen *Biblos* kommt und sozusagen das einzige Buch heißt.

Die Mäusejungfrau versprach, die Speicher von dem Spitzmäuser zu befreien. Zufälligerweise war sie gewissermaßen die Königin der Mäuse, mollig, blondfellig, rundlich und anmutvoll, das liebreizendste Mäuslein, das jemals heitern Sinnes auf Balken spazierngetrippelt und flink und behende über die Simse hingehuscht ist, das jemals die lieblichsten Wonnepiepser ausgestoßen hat, wenn es eine Nuß, ein Bröschen oder ein Brotränftlein auf seinem Wege fand. Eine wahre Fee, bildhübsch, übermütig und zu allen tollen Streichen aufgelegt, mit Äuglein, die klar blitzten wie weiße Diamanten, mit einem zierlichen Köpflein, einem glänzenden Fell, einem liebestüchtigen Herzen im Leibe, rosaroten Pfötchen und einem

Samtschwänzchen, ein wohlgebornes Mäuslein, redegewandt und mundfertig, das sich aus angeborner Trägheit mit Vorliebe auf weichen Kissen räkelte, am allerliebsten untätig herumlag, ein immer heiteres Mäuslein, listiger und pfiffiger als ein alter gelehrter Doktor an der Sorbonne, der die Dekretalien gründlich kennt, ein quecksilbriges, lebhaftes Ding mit einem schneeweißen Bäuchlein und gestreiftem Rücken, mit zierlichen kleinen Zitzchen, die kaum zu sehen waren, so allerliebst und winzig waren sie, mit schimmernden Perlenzähnchen. Mit einem Wort: ein königlicher Bissen!«

Diese Schilderung war so kühn, so treffend ähnlich war in dem allerliebsten Mäuslein Frau Diana, die auch zugegen war, abkonterfeit, daß die Höflinge alle betreten zu Boden blickten. Die Königin Katharina lächelte beifällig, doch dem König war gar nicht ums Lachen. Der gute Meister Rabelais erzählte weiter, ohne auf die warnenden Blicke und das verstohlene Zwinkern der Kardinäle Du Bellay und Chastillon zu achten, die um das Leben ihres Schützlings zitterten.

»Das allerliebste Mäuslein«, fuhr er unbeirrt fort, »fackelte nicht lange und machte nicht viel Umschweife. Schon am ersten Abend, als die Unterhändlerin mit zierlichen Trippelschrittchen vor dem Spitzmäuserich erschien, verdrehte sie ihm völlig den Kopf und verstand ihn für alle Zukunft einzuwickeln mit ihrem Liebäugeln und Sich-Zieren, ihrem Schwänzeln, Tänzeln und Scharwenzeln, mit ihren Schmeichelkünsten, mit Locken und Lüsternmachen und dann doch wieder Schämigtun, mit schmachtenden Blicken, mit all dem ganzen Getue, wie's Jungfräulein treiben, wenn sie gar zu gerne möchten und sich doch nicht getrauen, mit aufreizendem Gehabe, mit halben Liebkosungen, vorbereitendem Geplänkel, mit dem hoffärtigen Gebaren einer Maus, die wohl weiß, was sie wert ist, mit Schmollen und Bösesein zum Spaß und mit Lachen und Scherzen, dem Schmollen und Bösesein auf dem Fuße folgten, mit mancherlei hinhaltenden und köstlich verheißungsvollen Drehungen, mit weiblichlistigen Kniffen und artigen Schmeichelreden, mit welchen sie ihn auf den Leim lockte, kurzum, mit sämtlichen Künsten wußte sie ihn kleinzukriegen, deren sich die Weiber in allen

Landen auf Schritt und Tritt bedienen, wenn sie ein Mannsbild um den Finger wickeln wollen.

Dann endlich, nach langem, langem Sträuben und Wehren, Zappeln und Zappelnlassen, nach sammetweichem Streicheln und ruppigem Kratzen, nach Schnäuzchenreiben, mäusischen Tändeleien, empörtem Stirn- und Brauenrunzeln, nach zahllosen schmachtenden Seufzern, nach nächtlichen Ständchen, Gastereien, Schmäusen auf dem Kornhaufen bei Tag und bei Nacht und nach hundert- und tausenderlei anderem Getändel und Geschäker konnte der Superintendant der königlichen Speicher seiner schönen Angebeteten ihre Bedenken, Gewissensnöte und Skrupel ausreden. Sie fanden auch beide bald viel Geschmack an dieser widernatürlichen und verbotenen Liebe, und das lose Mäuslein, welches den Spitzmäuserich am Gängelband oder vielmehr am Hosenlatz herumführte, ward zur Königin über alles eingesetzt und wollte fortan voll Hoffart die Weizenkörner nur noch mit Senf bestrichen essen und verlangte lauter Zuckerzeug und Schleckereien zum Schmaus. Und der Spitzmäuserich durfte es ihr nicht wehren. Er gab wohl oder übel der Gebieterin seines Herzens in allem nach, wenngleich ihm angst und bange wurde bei solchem Verrat an seinen Amtspflichten und den Schwüren, die er dem König Gargantua geleistet hatte.

Das Mäuslein fuhr in seinem biblischen Unterfangen mit echt weiblicher Beharrlichkeit fort. Eines Nachts, als sie eifrig ihren Speck aneinander rieben, da mußte sie mit einmal wieder an ihren Vater, den hochbetagten Ehrenmann, denken. Sie hätte ihm von Herzen gern gegönnt, daß er von Zeit zu Zeit, wenn's ihn danach gelüstete, von dem Korn hätte mitessen dürfen, und so drohte sie dem Spitzmäuser, sie werde ihn verlassen, und er könne sich in einem Schlaraffenland zu Tode langweilen und sich das Herz nach ihr aussehnen, wenn er ihrer töchterlichen Liebe nicht völlige Freiheit gebe, sich auszuleben. Da verlieh ihr der Spitzmäuserich im Hui, sozusagen im Pfotenumdrehen, einen Freibrief, versehen mit dem großen grünen Amtssiegel und mit karminroten Seidenschnüren, zu Händen ihres Vaters, kraft dessen ihm zu jeder Stunde Tag und Nacht der Palast Gargantuas offenstand und er seine liebe tugendsame Tochter besuchen, sie auf die Stirn küssen und sich nach Herzenslust satt essen konnte, freilich nur abseits in einem Eckchen.

Daraufhin erschien vor ihm ein weißschwänziger Greis, ein höchst verehrungswürdiger Ratz, der fünfundzwanzig

Unzen wog, einherging wie ein Oberlandesgerichtspräsident, dazu gravitätisch mit dem Kopfe wackelte und obendrein fünfzehn oder zwanzig Enkelsöhne mitbrachte, alle mit Zähnen scharf wie Sägemesser bewehrt. Und alle diese Ratten beteuerten dem Spitzmäuserich in wohlgesetzten Worten und trefflichen Reden aller Art, sie allesamt, seine Verwandten, würden künftig treulich zu ihm halten und sich das Herz aus dem Leibe rackern, um für ihn alle die Vorräte abzuzählen, über die er zu wachen habe, sie übersichtlich zu ordnen, schön und richtig zu etikettieren, auf daß Gargantua, wenn er einmal alles zu besichtigen herkomme, Finanzen, Buchhaltung und Erträgnisse seiner Lebensmittellager aufs beste geordnet und verwaltet vorfinde. Das klang überzeugend und einleuchtend.

Indessen war dem armen Spitzmäuser, diesem Zureden und Predigen zum Trotz, nicht so recht wohl bei der Sache; auch hatte er von oben herab etliche warnende Winke erhalten, und sein spitzmäuseriges Gewissen plagte ihn schwer. Da nun die Mäusin sah, daß er an allem etwas auszusetzen fand und nur noch bedrückt und mißmutig umherschlich, da machte sie sich doch Sorgen um ihren Herrn und Liebsten, der ihr mit Leib und Seele zu eigen geworden war; und eines Morgens, als sie sich miteinander ergötzten, kam ihr, die mittlerweile von ihm schwanger geworden war, ein Gedanke, wie sie seine Zweifel beschwichtigen und seine Bedenken zerstreuen könnte. Sie beschloß, seinen Geist durch eine sorbonnische Konsultation zu beruhigen, und ließ die hochgelahrten Doktoren und Schriftgelehrten ihres Volkes zu sich entbieten. Am selben Tag noch führte sie ihm einen gewissen Herrn Evegault zu, der ihm zuliebe aus seinem Käse hervorgekommen war, wo er in strenger Enthaltsamkeit lebte, einen alten ausgepichten

Beichtvater von hohen Graden, wohlbeleibt und gut im Speck. Ein Prachtpfaffe war das, mit einem leutseligen runden Gesicht, in schmuckem rabenschwarzem Talar, vierschrötig und mächtig wie ein Turm und mit einer leichten Tonsur auf dem geistlichen Haupt, die ihm eine Katze mit ihren Krallen geschoren hatte. Er war ein ehrwürdiger Ratz mit einem mönchsmäßig dicken Wanst, hatte auch die Autoritäten der Wissenschaft studiert und sich einverleibt, indem er die alten Pergamente, die Dekretalien und den Clementinischen Papierwust sowie andere Bücher aller Gattungen so gierig in sich hineingefressen hatte, daß einzelne Bruchstücke und Fetzen auf seinen grauen Bart abgefärbt hatten. Drum war er auch hochgeehrt, und aus Ehrfurcht vor seiner überragenden Tugend und Frömmigkeit, seiner Weisheit und seinem enthaltsamen Leben in dem Käselaib hatte er jederzeit ein Gefolge von einer ganzen Schar schwarzer Ratten um sich, dazu eine Rotte hübscher und zutraulicher Mäusinnen, da zu jener Zeit die kanonischen Gesetze des Konzils zu Chezil noch nicht in Kraft getreten waren und es den Pfaffen erlaubt war, sich ehrbare Frauen als Beischläferinnen zu halten. Diese Ratzen, die Pfründen- und Präbendenverweser, und die Mäusinnen, ihre frommen Kebsen, stellten sich schön hintereinander in zwei langen Reihen auf, so daß es aussah wie eine feierliche Prozession der Universität, welche zur Messe ins Münster zu Sankt Denis wallte. Und alle schnupperten gierig nach all den eßbaren Herrlichkeiten rundum.

Als dann jeder seinen Platz eingenommen hatte und die Feierlichkeit beginnen konnte, ergriff der alte Kardinal der Ratten und Mäuse das Wort und hielt eine Ansprache auf mäuselateinisch, in welcher er dem Spitzmäuserich bewies, außer Gott stehe niemand über ihm, und Gott allein schulde er Gehorsam und Rechenschaft. Dann folgte ein wirrer Wust und ganzer Rattenschwanz von geschwollenen und hochtrabenden Phrasen, aufgeputzt mit zahllosen Bibelzitaten, mit denen er die eigentliche Frage vernebeln und bemänteln, die Zuhörer aber so verwirren und blenden wollte, daß sie nicht mehr wußten, wo ihnen der Kopf stand. Schließlich tischte er eine Unmenge bombastischer Sprüche auf, welche hier und da mit ein paar Quentchen gesunden Menschenverstandes gewürzt waren. Diese wahrhaft meisterliche Ansprache schloß er mit einer Lobrede, gespickt mit dick aufgetragenen Schmeicheleien zu Ehren der Spitzmäuser, unter denen der hier anwesende weitaus der ruhmreichste sei, der größte und trefflichste seit Menschengedenken, ja solange die Sonne unsre Erde bescheine.

Und von all diesem gleisnerischen Geschwafel wurde dem Speicherverwalter der Blick gänzlich getrübt.

Dem Spitzmäuserich hatte diese Ansprache so gründlich den Kopf verdreht, daß er die glattzüngigen Ratzen sich in seinem Bereich häuslich einnisten ließ. Von nun an widerhallte der Palast bei Tag und Nacht von lobhudelnden Schmeichelreden und mancherlei Preis- und Lobgesängen zu seinen Ehren, und auch seine Buhle, die Mäusin, ging nicht leer aus, denn jeder wollte ihr um die Wette das Pfötchen küssen und ihr fröhliches Steißchen beschnuppern. Zu guter Letzt wollte nun die Mäusin, die wußte, daß noch mancher junge Tatterich Hunger litt und notgedrungen fasten mußte, ihrem löblichen Werke die Krone aufsetzen. Deshalb ließ sie ihr gewetztes Mundwerk spielen, erging sich in liebreichen Klagen und setzte dem alten Spitzmäuser wohl tausendmal mit zärtlichem Zureden und Schöntun zu, mit all den auserlesenen Liebkosungen, von denen eine einzige ausreichte, Mensch und Tier um die ewige Seligkeit zu bringen. Sie hielt dem Spitzmäuser vor, er versäume die schöne und kostbare Zeit, während deren sie sich ihrer Liebe erfreuen könnten, immerfort sei er in Ausübung seines hohen Amtes unterwegs, und so bekomme sie niemals genug von dem, was sie gerne möchte und was ihr auch zustünde. Jedesmal, wenn sie Sehnsucht nach ihm habe, stecke er irgendwo hoch oben in einer Dachrinne und treibe die Katzen zu Paaren. Und sie hätte es so gerne, daß er jederzeit für sie da wäre, immer bereit wie eine Lanze und munter und lieb wie ein Vöglein. Dann raufte sie sich vor Herzeleid ein graues Härlein aus, nur ein einziges, jammerte, sie sei die allerunglücklichste Maus auf Gottes Erde, und fing bitterlich an zu weinen und zu schluchzen. Der Spitzmäuser bewies ihr, sie sei ja doch Herrin über alles, und wollte schon aufmucken, doch da vergoß die Holde eine Sturzflut von Tränen, und er flehte sie um Gnade und Langmut an, erkundigte sich auch nach ihren Wünschen und ihrem Begehren. Sogleich versiegten ihre Tränen, sie rieb sich die Äuglein trocken und reichte ihm das Pfötchen zum Kuß. Dar-

auf riet ihm die Mäusin, Söldner zu bewaffnen, wackere, kampferprobte Ratzen, ehemalige Kondottieri, zuverlässige und sichere Leute, die würden an seiner Statt die Runde machen und Wacht halten. So ward denn alles weislich geordnet und nach ihrem Wunsch verfügt. Der Spitzmäuserich hatte nunmehr tagaus, tagein Zeit genug zum Tanzen, er konnte ungestört, sooft und soviel er Lust hatte, Bälle veranstalten, Kurzweil treiben, die Reigenlieder und Madrigale anhören, die ihm seine Leib- und Hofpoeten verfaßten, auf der Laute klimpern, die Mandoline zupfen, Akrostichen ausdenken und in Reime setzen, bechern und schmausen.

Eines Tages, als seine Buhle aus dem Wochenbett wieder

aufstand, nachdem sie das allerliebste mausige Spitzmäuserlein zur Welt gebracht, oder wenn ihr lieber wollt: dem niedlichsten spitzmausigen Mäuslein das Leben geschenkt hatte – ich weiß nicht, welchen Namen man diesem Erzeugnis verliebter Alchimie gab, das, wie ihr euch wohl denken könnt, die Advokaten in ihren pelzverbrämten Talaren unverweilt legitimierten . . .«

An dieser Stelle bekam der Konnetabel von Montmorency, der seinen Sohn mit einer legitimierten Bankertstochter des allergnädigsten Herrn Königs verheiratet hatte, einen puterroten Kopf, packte den Griff seines Schwertes und drückte dessen Knauf mit eiserner Faust, daß einen das Fürchten ankommen konnte.

». . . da ging ein Festen und Feiern in den Vorratsspeichern an«, fuhr Meister Franz Rabelais in seiner Geschichte fort, »daß sich keine einzige von euern Festlichkeiten noch irgendein Prunkmahl bei Hofe damit vergleichen läßt, nicht einmal das Ordensfest des Goldenen Vlieses. Überall, in allen Ecken und Winkeln, vergnügten sich die Mäuse und trieben ihren Mutwillen. Allenthalben drehten sich Männlein und Weiblein im Tanz, und da wurde musiziert und jubiliert, gezecht und schlampampt, da gab es immer neue Schmäuse und Tanzereien, Festmusiken, ein tolles, überschäumendes Feiern, Juchheien und Singen, mit Heißa und Hopsassa, mit Liedern und Hochzeitsgesängen. Die Ratzen hatten die Töpfe erbrochen, die großen irdenen Krüge abgedeckt, die mächtigen Flaschen zerschlagen, alle Fässer aufgerissen und angenagt, und nun sah man den Mostrich in Strömen fließen, die Schinken angebissen und zerfetzt und die Haufen von Korn und Mehl in alle Winde verstreut. Alles floß, rieselte, rann, sickerte, rollte und kugelte, stäubte und kleckerte, und jauchzend plantschten die kleinen Mäusekinder in den Bächen von grüner Tunke umher. Die Mäusinnen suhlten sich in ganzen Gebirgen von Zuckerzeug und Süßigkeiten, die alten Ratzen machten den leckeren Pasteten den Garaus. Da sah man Marder, die saßen rittlings auf gesalzenen und geräucherten Ochsenzungen. Manche Feldmäuse schwammen in den vollen Töpfen, und die allerschlauesten karrten die Körner kurzerhand in ihre eigenen Löcher und machten sich das lärmige Durcheinander des Festes zunutze, um sich reichlich mit Vorräten einzudecken. Keiner ging an dem Orleaneser Quittenmus vorbei, ohne zum Gruß hineinzubeißen, manche sogar zweimal. Kurzum, es ging zu wie beim römischen Karneval.

Hätte einer scharfe Ohren gehabt, er hätte das Brutzeln der Bratpfannen, das Schreien und Rufen aus der Küche gehört, das Knistern der Öfen, das Pangpang der Mörser, das Gluckgluck der Töpfe, das kreischende Drehen der Bratspieße, das Knarren der Kiepen und Körbe, das Knuspern der Küchlein, das Klirren der Kellen und Löffel und das Getrippel und Gehusche der Füßchen, die über die Fliesen hinliefen, daß es klang, als fielen Hagelschloßen zu Boden. Es war ein wahrhaft hochzeitliches Treiben, ein nimmermüdes, emsiges Hin und Her von geladenen und ungeladenen Gästen, von allen, die im Hause eines Amtes walteten, von Mundschenken, Stallknechten und Troßburschen, ungerechnet die Musikanten und Spielleute. Die Tänzer und Spaßmacher zeigten ihre Künste, Komplimente wurden ausgetauscht, Kratzfüße gewechselt, die Söldner trommelten und paukten, bliesen Tusch und vollführten einen Höllenlärm. Mit einem Wort: so hoch wogte die Festfreude, daß alle einander bei den Händen faßten und in einem allgemeinen Rundtanz rings durch den Saal tobten, um diese herrliche Festnacht nach Gebühr zu feiern.

Dabei aber vernahmen sie die schrecklichen Schritte des großen Gargantua, der die Stiege seines Schlosses heraufkam und seine Speicher besichtigen wollte. Seine Tritte waren so schwer und wuchtig, daß die Balken zitterten und der Fußboden bebte. Etliche alte, erfahrene Ratzen erkundigten sich angstvoll, was dieses Tappen zu bedeuten habe; und da niemand Auskunft geben konnte, was das für ein herrischer Schritt sei, gaben manche ganz verängstigt Fersengeld. Daran taten sie gut, denn schon trat unvermutet der Schloßherr in den Saal. Als er nun das tolle Treiben dieser Herren Ratzen gewahrte, als er seine Vorräte, seine kostbaren Töpfe durcheinandergeworfen sah, seine Mostrichfässer ausgeleert, alles vergeudet und versaut, da zertrat er mit einem gewaltigen Fuß dies ganze ausgelassene Gelichter und ließ ihm nicht einmal mehr Zeit, einen Schrei auszustoßen. So war's um ihre schönen Atlasgewänder geschehen, um ihre Perlenketten und Samtkleider, um den ganzen prunkvollen Plunder, und ihr rauschendes Fest nahm ein jähes Ende.«

»Und was wurde aus dem Spitzmäuserich?« fragte der König, und seine nachdenkliche Miene heiterte sich auf.

»Ach, Herr König«, antwortete Meister Rabelais, »darin zeigte sich, wie ungerecht die gargantueske Sippe war. Er

wurde hingerichtet. Und mit Rücksicht auf seinen adligen Stammbaum schlug man ihm den Kopf ab. Aber das war nicht recht, denn er war ja hintergangen und betrogen worden.«

»Du gehst weit, mein Lieber«, zürnte der König.

»Nein, Majestät«, versetzte Rabelais, »ich ziele nur ein bißchen hoch. Habt Ihr nicht die Kanzel über die Krone gesetzt? Ihr habt von mir eine Predigt gewünscht, und die habe ich Euch gut evangelisch gehalten.«

»Mein lieber Herr Hofprediger«, raunte ihm Frau Diana ins Ohr, »wenn ich nun böswillig wäre?«

»Gnädigste Frau«, erwiderte Rabelais, »muß man nicht endlich den König, Euern Herrn und Gebieter, vor den Italienern warnen, die die Königin eingeführt hat, wimmeln sie doch hier herum gleich Maikäferschwärmen?«

»Predigerlein, Predigerlein«, tuschelte ihm der Kardinal Odet ins Ohr, »geht außer Landes in die Fremde.«

»Ach, hochwürdigster und gestrenger Herr«, entgegnete der greise Dichter, »nicht mehr lange, und ich weile in einem gar fernen, fremden Lande!«

»Potz Hagel und Donnerstrahl! Herr Bücherschreiber«, schnaubte der Konnetabel, dessen Sohn, wie man weiß, treulos seine anverlobte Braut, Fräulein von Piennes, verlassen hatte, um sich mit Diana von Frankreich, der Tochter einer italienischen Dame und des Königs, zu verehelichen, »was hat dich so kühn gemacht, daß du es wagst, dich an so hochgestellten Persönlichkeiten zu vergreifen? Ha, du übelberatener Schmierfink und schlechter Reimschmied, du willst hoch hinaus? Wohlan denn, ich verpfände dir mein Ritterwort, du sollst hoch hinaus, ich werde dafür sorgen!«

»Wir alle werden dereinst an einen höhern Ort kommen, edler Herr Konnetabel«, gab ihm der Dichter ernst zur Antwort. »Doch wofern Ihr ein wahrer Freund des Landes und des Königs seid, werdet Ihr mir's danken, daß ich ihn vor den Umtrieben der Lothringer gewarnt habe, welche so rechte Ratzen sind und unser liebes Land ratzekahl fressen.«

»Wackerer Mann«, flüsterte ihm nun der Kardinal Karl von Lothringen ins Ohr, »solltet Ihr eine Handvoll Goldgulden benötigen, um Euer fünftes Buch des *Pantagruel* ans Licht zu bringen, so sollen sie Euch auf meinem Schatzamt ausbezahlt werden. Ihr habt mir aus dem Herzen gesprochen und dieser alten Hure, die den König verhext hat, und auch ihrem Anhang ordentlich die Wahrheit gesagt!«

»Und was meint Ihr dazu, Ihr Herren?« wandte sich der König an die umstehenden Höflinge. »Was sagt Ihr zu dieser Predigt?«

»Majestät«, sprach da Melin de Sainct-Gelais, der gesehen hatte, daß alle Anwesenden wohl zufrieden waren, »nie bis heute vernahm ich eine trefflichere pantagruelinische Weissagung! Auch war ja nichts anderes zu erwarten von dem Manne, der die schönen leoninischen Carmina auf die Abtei von Thelema verfaßt hat, wo zu lesen steht:

Hie kommet her, die ihr des Herren Wort
dem Feind zum Tort mit flinkem Geist verkündet.
Hie sollt ihr haben feste Burg und Hort,
wenn Geistermord mit Glossen fort und fort
die Gnadenpfort uns zuschließt und verspündet.
Kommt! gründet hie den Glauben, weckt und zündet!
Alsbald verschwindet, wann ihr schreibt und sprecht,
was sich verschworen wider Gottes Recht.«

Da nun alle Höflinge einhellig Beifall zollten, pries ein jeder den Meister Rabelais, der sich empfahl und auf den Heimweg machte, geleitet von den Pagen des Königs, die auf ausdrücklichen Befehl ihm mit brennenden Fackeln heimleuchteten.

Viele haben dem Rabelais, unseres Landes höchster Zier, allerlei boshafte Possen und äffische Bubenstücke vorgeworfen, unwürdig dieses hochweisen Homerus, dieses Fürsten aller Weisheit, dieses Nährvaters und Urzeugers, von dem seit dem Aufgang seines überirdischen Leuchtens so zahlreiche wundersame Werke ausgegangen sind. Hol sie der Teufel alle, die sich erfrecht haben, ihm auf sein göttliches Haupt zu scheißen! Ihr Leben lang sollen sie nur Kieselsteine zu kauen kriegen, alle, die solche bekömmliche und gesunde Nahrung mißachten und verkennen!

Du edler Trinker klaren Wassers, du treuer Bewahrer klösterlicher Enthaltsamkeit, du Inbegriff aller Gelehrsamkeit, welch ein nicht zu stillendes Niesen und Gelächter müßte dich befallen, wenn du für ein Weilchen nur im Ländchen Chinon wieder zum Leben auferstehen könntest und dir erlaubt und verstattet wäre, das ungereimte und läppische Gefasel zu lesen, das widerwärtig öde Zeug, das die ohnmächtigen Hohlköpfe in Dur und Moll zusammenschmieren, die dein unvergleichlich herrliches Werk erklärt, kommentiert, ausgelegt, zerrissen, geschändet, mißverstanden, verraten, gebrandmarkt, beschnüffelt und berochen und den größten Unsinn hineingedeutet haben. Es geht dir wie deinem Panurg, der die Hunde rudelweise seiner angebeteten Dame auf die Röcke hetzte, damals in der Kirche ... So viele Hunde sich an ihr zu schaffen machten, so viele zweibeinige akademische Kapaune sind hinter dir her, unmännliche Männchen ohne Grips im Kopf, ohne Gefühl im Zwerchfell, und alle wissen sie nichts Gescheiteres zu tun, als deine himmelhohe Marmorpyramide zu bebrunzen, auf der für alle Ewigkeit jeder Urkeim phantastischer Laune und komischer Erfindungsgabe eingegraben ist, ganz abgesehen von den tiefsinnigen Lehren jeder Art. Wenngleich die Pilger dünn gesät sind, die, ohne daß ihnen der Atem dabei ausginge, deinem Schiff auf seinen hochfliegenden Fahrten zu folgen vermöchten, auf seinen Fahrten über das Weltenmeer der Gedanken, Methoden,

Dunstgebilde, Religionen und Glaubensbekenntnisse, der menschlichen Weisheiten und törichten Narreteien, so ist wenigstens der Weihrauch, den sie dir spenden, echt und kommt von Herzen; er ist unvermischt und rein; deine Allmacht, Allwissenheit und Allsprachgewalt werden von ihnen tapfer anerkannt. So hat es sich denn nun ein armer Sohn der lustigen Touraine angelegen sein lassen, dir gerecht zu werden, wenn auch nur in bescheidenem Maße, indem er dein Bild verherrlichte und deine unsterblichen Werke lobpries, welche all denen ans Herz gewachsen sind, die solcherlei zielgerechte und zur Mitte strebende Werke lieben; Werke, in denen das sittliche All beschlossen liegt und worin, eingepreßt wie frische Sardinen in ihre Büchse, die philosophischen Ideen allesamt enthalten sind, alle Wissenschaften, Künste und alle Beredsamkeit: das ganze Affentheater des irdischen Daseins.

LE SUCCUBE
JAHYER SC

DER SUKKUBUS

Prolog

Unterschiedliche Bewohner unseres edlen Touraner Landes waren so sonderlich erbaut von den eifrigen Nachforschungen, die der Autor in den Altertümern, Geschehnissen, trefflichen Streichen und artigen Begebenheiten dieser gesegneten Gegend betreibt, daß sie es für gewiß erachten, er müsse überhaupt alles wissen. Und so erkundigten sie sich bei ihm – nach einem tüchtigen Zechgelage, versteht sich –, ob ihm bekannt sei, auf Grund welcher Etymologie eine Straße in

Tours die Fürlingasse heiße, worüber sich die Damen in der Stadt seit jeher den Kopf zerbrochen hätten. Darauf antwortete er ihnen, er sei sehr erstaunt, sehen zu müssen, daß die alteingesessenen Bewohner völlig die große Zahl der Klöster vergessen hätten, die vorzeiten in dieser Gasse gelegen waren. Die strenge Enthaltsamkeit der Mönche und Nonnen nun habe die Mauern und Wände dermaßen erhitzt und feurig gemacht, daß etliche ehrsame Frauen von ungefähr gesegneten Leibes geworden seien, nur weil sie in der Abenddämmerung ein bißchen zu gemächlich dort spazierengegangen waren. Ein Krautjunker, der gerne den gelehrten Mann herauskehrte, behauptete, seinerzeit hätten alle Hurenhäuser der Stadt in dieser verrufenen Gasse beisammengestanden. Ein anderer verhaspelte sich in allerlei spitzfindige wissenschaftliche Beweisführungen und redete goldene Worte, ohne daß ihn jemand verstand, schob den Wörtern die ausgefallensten Bedeutungen unter, leitete aus vagen Anklängen und Ähnlichkeiten mit neuen Wörtern irgendwelche alten ab, erhärtete mit dürftigen Belegen ihren Sprachgebrauch, fuhrwerkte in den Worten herum, zerlegte und zergliederte sie, sprang mit den Sprachen um wie ein Alchimist mit seinen Elementen, er fing bei der Sintflut an, kam auf die Hebräer zu sprechen, ging von ihnen auf die Chaldäer, Ägypter, Griechen und Lateiner über, tat auch des Turnus Erwähnung, welcher Tours, die schöne Stadt, gegründet habe, und zu guter Letzt verstieg sich der gute Mann gar zu der Behauptung, *Fürlin* sei nichts anderes als eine Verballhornung von *Hürlin*, das heißt also: Hürlein; wer damit gemeint sei und offenkundig in dieser Gasse sein Unwesen getrieben habe, das brauche er nicht des langen und breiten zu erhärten. Von all dem Unsinn verstanden die Damen nichts außer dem einleuchtenden Schluß.

Ein uralter Mann meinte, an dem Ort sei einstmals eine heiße Quelle entsprungen; sein Ururahn habe noch von dem Wasser getrunken. Kurzum, in weniger Zeit, als ein Fliegerich braucht, um seine Frau Nachbarin zu behüpfen, waren beiläufig ein paar Dutzend Ableitungen und Etymologien aufgetischt worden, eine verstiegener und kühner als die andere;

und es wäre einem wahrlich leichter gefallen, im schmierigen Bart eines Kapuziners eine Laus zu finden als die Wahrheit in diesem Wust von Unsinn.

Nun war da aber ein grundgelehrter Mann, weit herum bekannt, weil er schon in unterschiedlichen Klöstern gastlich aufgenommen worden war, in seinen arbeitsamen Nachtwachen viel Lampenöl verbrannt und mehr denn nur einen Schmöker verschlungen hatte, auch mehr Schriftstücke, Akten, Diptychen, Schubkästen, Archive oder Register über die Geschichte der Touraine zusammengetragen hatte, als ein Mähder im Monat August Heuhalme in seine Scheuer einbringt. Der saß verhutzelt vor Alter, gichtbrüchig und hinfällig, einsam und allein in einer Ecke, trank sein Schöpplein und sprach kein Wort, sondern lächelte nur wissend vor sich hin, verzog dann und wann schmunzelnd die runzligen Lippen, und dies Lächeln machte sich schließlich laut und vernehmlich Luft in einem wütenden: »Ach, Quatsch!« Das hörte der Autor und begriff, daß er mit irgendeiner guten geschichtlichen Begebenheit trächtig ging, die er in diese seine anmutige Sammlung mit Nutzen aufnehmen könnte.

Kurzum, tags darauf sagte zu ihm dieser alte Mann mit dem Zipperlein: »Mit Eurer Geschichte, betitelt *Die läßliche Sünde*, habt Ihr für alle Zukunft meine Wertschätzung und Hochachtung erworben, weil darin alles wahr ist vom Anfang bis zum Ende, was ich bei einem solchen Stoff für eine kostbare Dreingabe erachte. Doch wißt Ihr zweifellos nicht, was sich mit jener Mohrendirne zugetragen hat, welche der besagte Herr Bruyn de la Roche-Corbon ins Kloster gesteckt hat. Ich aber weiß es wohl. Wenn Ihr Euch also über die Etymologie dieser Gasse und auch das Schicksal Eurer ägyptischen Nonne den Kopf zerbrecht, so kann ich Euch einen alten merkwürdigen Schmöker leihen, den ich einmal unter dem Archivkram des erzbischöflichen Palastes aufgestöbert habe, wurde doch damals, als keiner von uns am Abend wußte, ob ihm anderntags der Kopf noch fest auf den Schultern saß, die Bücherei dort ein bißchen unsanft durcheinandergerüttelt. Was sagt Ihr nun dazu? Muß Euch das nicht Spaß machen?«

J. GAUCHARD. SC.

»Mir soll's recht sein!« versetzte der Autor.

Also übergab dieser ehrenwerte Sammler von wahrhaften Berichten und Tatsachen dem Autor etliche hübsche verstaubte Pergamente, die er, nicht ohne große Mühsal, in unsre heutige Sprache übertragen hat, und diese Pergamente waren uralte Aktenstücke eines geistlichen Gerichtsverfahrens. Da wollte ihm scheinen, es könne kaum etwas Vergnüglicheres geben als die Wiedererweckung dieser längst vergangenen und vergessenen Begebenheit, in welcher die Unwissenheit und kindliche Einfalt der guten alten Zeit so handgreiflich zutage tritt. So hört denn zu; der Autor will euch diese alten vergilbten Schriften in der ursprünglichen Reihenfolge darbieten, bloß daß er sie nach seinem Ermessen zurechtgemacht und bearbeitet hat, zumal die Sprache, in welcher sie geschrieben sind, ganz verteufelt schwierig und kaum lesbar ist.

I

Was für eine Bewandtnis es mit dem Sukkubus hatte

† In nomine Patris, et Filii,
et Spiritus Sancti, Amen

Im Jahre unseres Herrn und Heilands eintausendzweihundertundeinundsiebzig sind vor Uns, Hieronymus Cornille, Groß-Pönitentiar und geistlichem Richter, hierzu ernannt von den Herren des Domkapitels zu Sankt Mauritius, dem Bischofsmünster in Tours, nachdem zuvor im Beisein unseres gnädigen und hochwürdigen Herrn Erzbischofs, des edeln Herrn Johann von Monsoreau, Rats gepflogen worden war, auf die Beschwerden und Klageführung der Einwohner genannter Stadt, deren Klageschrift weiter unten angefügt ist, erschienen unterschiedliche adlige Herren, Bürger und Bauern des Sprengels, welche nachstehende Begebnisse über das Tun und Treiben eines teuflischen Geschöpfs ausgesagt haben, welches, wie man vermutet, Aussehn und Gestalt eines Weibes angenommen hat; und selbiger teuflische Geist hat die Seelen im Sprengel arg heimgesucht und wird gegenwärtig im

Kerker des Kapitels in Gewahrsam gehalten. Zur Erhärtung und Feststellung der Wahrheit dieser Anschuldigungen und Klagen haben wir am heutigen Montag, dem 11. des Christmonats, nach der Messe vorliegendes Protokoll eröffnet, auf daß die Aussage eines jeden dem Teufelsgeschöpf zur Kenntnis gebracht werden solle und es über die obgenannten Vorfälle verhört werden kann, die ihm zur Last gelegt werden. Hernach soll das Urteil gemäß den Gesetzen *contra daemonios* gefällt werden.

Bei diesem Verhör stand mir als Schreiber Wilhelm Tournebousche zur Seite, der Rubrikator des Kapitels, ein hochgelehrter Mann.

Als erster ist vor Uns Johann, genannt der Krummarm, Bürger von Tours, erschienen, der mit obrigkeitlicher Ermächtigung den Gasthof *Zum Storchen* am Brückenplatz führt; er hat bei seinem ewigen Seelenheil, die Hand auf den heiligen Evangelien, beschworen, nichts anderes vorzubringen und auszusagen, als was er mit eigenen Augen gesehen und selbst gehört habe. Hierauf hat er ausgesagt, wie folgt: »Ich erkläre, daß vor beiläufig zwei Jahren, am Tage vor Sankt Johannis, da man die Freudenfeuer anzündet, ein Edelmann, der mir zunächst nicht bekannt war, aber gewiß zum Hofe unseres Herrn und Königs gehörte und damals aus dem Heiligen

Lande heimgekehrt war, zu mir gekommen ist und an mich das Ansinnen gestellt hat, ihm ein Landhaus zu vermieten, welches ich im Lehensbezirk des Domkapitels erbaut hatte, unweit dem Ort namens Sankt Stephan. Ich habe es ihm auch um drei Gulden lötigen Feingolds auf neun Jahre überlassen.

G. Doré
PREDHOMME

In besagtem Hause hat der obgenannte Edelmann eine bildschöne Frauensperson, seine Geliebte, untergebracht, dem Aussehen nach ein Weib, doch gekleidet in die fremdländische Tracht der Sarazeninnen und Mohammedanerfrauen, und er duldete nicht, daß sie jemand zu Gesicht bekam oder ihr etwa auf weniger als Bogenschußweite nahte, doch habe ich mit eignen Augen gesehen, daß sie auf dem Haupt einen eigenartigen Kopfputz aus Federn trug, eine ungewöhnliche Hautfarbe aufwies und brennende Augen hatte, die mehr glühten, als ich's zu schildern vermöchte. Ein höllisches Feuer lohte darin.

Weil nun der verstorbene Ritter einen jeden, der Miene machte, seine Nase in besagtes Haus zu stecken, mit dem Tode bedrohte, habe ich aus übergroßer Furcht das Haus nie mehr betreten; und bis auf diesen Tage habe ich heimlich in meinem Herzen mancherlei argwöhnische Vermutungen und Zweifel über die unheilvolle Erscheinung jener fremden Frau bewahrt, die so liebreizend und jugendfrisch war, daß mir noch nie eine so wundersam schöne Frau zu Gesicht gekommen war.

Unterschiedliche Leute jeden Standes und Herkommens haben damals gemunkelt, der genannte Ritter sei längst tot, und behauptet, er wandle auf seinen Füßen nur durch die Kraft etlicher Zaubertränke, Giftsäfte, Hexenkünste und teuflischen Blendwerke, was er diesem Trugbild in Weibsgestalt, das sich in unserem Lande einnisten wolle, verdanke; und so erkläre ich, daß ich den edeln Ritter jederzeit so schauerlich bleich habe herumschleichen sehen, daß ich sein Gesicht mit dem Wachs einer Osterkerze zu vergleichen pflegte. Und wie das ganze Ingesinde und alle Leute im Gasthof *Zum Storchen* wissen, ist besagter Ritter neun Tage nach seiner Ankunft beerdigt worden. Nach der Aussage eines Knappen und Stallmeisters hatte der Verstorbene volle sieben Tage lang mit der genannten Maurin fleischlichen Umgang gehabt und war in meinem Hause mit ihr zusammengewesen, ohne daß er jemals von ihr fortgegangen wäre. Dies schauerliche Geständnis habe ich ihn auf seinem Sterbebette mit eigenen Ohren ablegen hören.

Manche Leute haben damals gesagt, diese Teufelin habe den genannten Edelmann mit ihren langen Haarflechten auf sich festgebunden, die angeblich mit aufreizenden Kräften ausgestattet waren, durch die den Christenmenschen das höllische Feuer in Gestalt der Liebe eingegeben werde, so daß

sie in Liebesraserei verfallen und immerfort nur bei einem Weibe liegen wollen, bis ihre Seele ihrem Leib entfliehe und sie dem Satan anheimfielen. Doch erkläre ich, davon nichts wahrgenommen zu haben, außer daß der verstorbene Ritter ausgemergelt, von Kräften gekommen und kaum mehr fähig war, sich zu rühren, und daß er, seinem Beichtiger zum Trotz, immer wieder zu seiner Buhle zu gehen begehrte. Er ward erkannt als der edle Ritter Herr von Bueil, der als Kreuzfahrer im Heiligen Land geweilt hatte und, wie manche Leute in der Stadt wissen wollten, im Banne eines teuflischen Geschöpfes stand, welchem er in den asiatischen Landen bei Damaskus oder anderswo begegnet war.

So habe ich denn mein Haus der unbekannten Dame auch weiter überlassen, entsprechend den Klauseln, die im Mietsvertrag aufgeführt waren. Als nun der obgenannte Herr von Bueil das Zeitliche gesegnet hatte, habe ich gleichwohl wieder mein Haus betreten, denn ich wollte von der Fremden wissen, ob sie in meinem Hause weiter zu wohnen wünsche. Und erst nach langem Bemühen wurde ich von einem fremd-

DECHOUY

artig aussehenden Mann, der halb nackt, schwarzhäutig und weißäugig war, zu ihr geführt. Da erblickte ich die obenerwähnte Maurin in einem von Gold und Edelsteinen funkelnden Gemach, das von zahllosen Lichtern erleuchtet war. Sie saß auf einem asiatischen Teppich, nur leicht bekleidet, zusammen mit einem andern Edelmann, welcher bereits seine Seele an sie verspielt hatte. Ich brachte den Mut nicht auf, sie anzuschauen, denn ihre Augen hätten mich unfehlbar behext, so daß ich ihr mit Leib und Seele verfallen wäre, zumal schon beim Klang ihrer Stimme sich mir das Herz im Leibe umdrehte, meine Sinne schwanden und meine Seele in Todsünde zu fallen bereit war. Als ich diese aufwühlende Stimme vernahm, lief ich, aus Gottesfurcht und auch aus Furcht vor der höllischen Pein, Hals über Kopf davon und überließ ihr mein Haus, solange es ihr beliebte, darin zu wohnen, so gefährlich dünkte mich der Anblick dieser braunhäutigen Maurin, von der eine teuflische Hitze ausging, ungerechnet ein zierliches Füßchen, das viel zu klein war, als daß es einer echten Frau hätte gehören können, und so verheerend schien es mir, dem Klang ihrer Stimme zuzuhören, welcher mein Innerstes aufwühlte. Seit diesem Tage habe ich mich nicht mehr getraut, mein Haus zu betreten, so gewaltig war meine Angst, ich könnte der Hölle verfallen. Ich habe gesprochen.«

Dem genannten Krummarm haben Wir sodann einen Abessinier, Äthiopier oder Nubier gegenübergestellt, der rabenschwarz war vom Scheitel bis zur Sohle und sich außerdem als des männlichen Gemächts beraubt erwies, womit sonst alle Christenmänner wohlversehen sind. Dieser Mann ward zu verschiedenen Malen der Folter unterzogen und peinlich verhört, verharrte jedoch, nicht ohne Jammern, Stöhnen und Schreien, in hartnäckigem Schweigen. Zu guter Letzt ward er überführt, die Sprache unseres Landes nicht sprechen zu können. Der obengenannte Krummarm hat den heidnischen Abessinier wiedererkannt als den Mann, der in seinem Hause mit dem teuflischen Geistergeschöpf zusammen lebte, und so liegt der Verdacht nahe, er habe jener Frau bei ihren Hexenkünsten Beihilfe geleistet.

Daraufhin hat besagter Krummarm sein Glaubensbekenntnis abgelegt und erklärt, etwas anderes wisse er nicht auszusagen, es seien denn allerlei Gerüchte und müßiges Gerede, das aller Welt bekannt sei; er könne es aber nicht bezeugen, denn er sei nicht dabeigewesen, wisse es vielmehr nur vom Hörensagen.

Danach ist auf Unsere Vorladung hin ein gewisser Matthieu vor Uns erschienen, zubenannt der Maulaffenkrämer, Tagelöhner auf dem Kirchengut Sankt Stephan. Dieser Mann hat auf die heiligen Evangelien geschworen, nichts als die lautere Wahrheit zu sagen, und hat daraufhin gestanden, er habe allezeit in der Wohnung der fremdländischen Frau helles Licht leuchten sehen und des öfteren anstößiges Lachen und teuflisches Gelächter vernommen, und dies bei Tag und bei Nacht, an den hohen Feiertagen und in der Fastenzeit, namentlich aber in der Karwoche und um die Weihnachtszeit. Es habe geklungen, als seien Menschen in großer Zahl im Hause versammelt. Des ferneren hat er ausgesagt, er habe an den Fenstern des Hauses grüne Gewächse und frische Blumen aller Art mitten im Winter gesehen, die da durch Zaubermacht gediehen, vornehmlich Rosen, die in Frost und Kälte blühten, und auch andere Pflanzen und Dinge, die zu ihrem Gedeihen große Wärme benötigen. Doch wundere er sich darüber nicht, weil die fremde Frau in solcher Hitze glühte, daß er jedesmal, wenn sie sich abends entlang seiner Gartenmauer erging, anderntags seine Salatköpfe aufgeschossen gefunden

habe. Zu mehreren Malen habe sie auch mit ihren Röcken die Bäume gestreift, und dann sei ihnen der Saft hochgequollen, und die Knospen seien jählings aufgebrochen. Zum Schluß hat uns der genannte Maulaffenkrämer erklärt, mehr wisse er nicht zu sagen in Anbetracht dessen, daß er schon in aller Herrgottsfrühe auf dem Feld arbeite und mit den Hühnern zu Bette gehe.

Hernach ward die Frau des besagten Maulaffenkrämers von Uns ersucht, unter Eid auszusagen, was ihr hinsichtlich dieses Prozesses zur Kenntnis gekommen sei. Sie hat sich darauf versteift, nur lauter Gutes über die Fremde auszusagen, weil nämlich, seit sie hierhergekommen, ihr Mann sie besser und liebreicher behandle, und daran sei die Nachbarschaft dieser herzensguten Dame schuld, welche rings um sich die Luft mit Liebe erfülle, wie die Sonne ihre Strahlen aussende – und anderes ungereimtes Geschwätz, das Wir hier nicht verzeichnet haben.

Dem obengenannten Maulaffenkrämer und seinem Weib haben Wir gleichfalls den unbekannten Afrikaner gegenübergestellt, der von ihnen im Garten des Hauses gesehen und mit Bestimmtheit als zum genannten Dämon gehörig erkannt worden ist.

Als dritter in der Reihe ist der hochedle Herr Harduin V., Grundherr von Maillé, vorgetreten, der, von Uns untertänigst gebeten, seinen gut katholischen kirchentreuen Glauben zu bekennen, geantwortet hat, das wolle er gerne tun. Obendrein hat er sein ritterliches Ehrenwort verpfändet, nichts anderes aussagen zu wollen, als was er gesehen habe.

Sodann hat er ausgesagt, er habe im Heere der Kreuzfahrer das Teufelsweib gekannt, von dem hier die Rede sei. Außerdem habe er mit angesehen, wie in der Stadt Damaskus der verstorbene Herr von Bueil zum Zweikampf in die Schranken trat, um der alleinige Besitzer dieser Frau zu werden. Die obenerwähnte Dirne, der Weibsteufel, gehörte in jener Zeit dem edeln Herrn Gottfried IV., dem Schloßherrn von La Roche-Pozay, der gewöhnlich behauptete, er habe sie aus der Touraine mit hierhergebracht, obschon sie eine Sarazenin war. Darob verwunderten sich die fränkischen Ritter ebensosehr wie über ihre Schönheit, die allenthalben großes Aufsehen erregte und manch großes Ärgernis im Feldlager hervorrief. Während der Überfahrt gab diese Dirne Anlaß

zu mehreren Mordtaten, sintemal der Herr von La Roche-Pozay schon damals etliche Kreuzritter erschlagen hatte, die sie für sich allein zu behalten wünschten. Wie nämlich verschiedene Herren, denen sie heimlich ihre Gunst geschenkt hatte, herumerzählten, spendete sie Lüste, die kein anderes Weib hienieden gewähren konnte. Doch zuletzt machte sich der Herr von Bueil, da er Gottfried von La Roche-Pozay erschlagen hatte, zum Herrn und Meister dieser todbringenden Beischläferin und vergrub sie in einem Kloster oder Harem, wie es bei den Sarazenen Sitte ist. Zuvor aber konnte man sie oft und oft an seinen Festgelagen sehen und hören, wie sie in tausenderlei Mundarten, die jenseits des Meeres gesprochen werden, schwätzte und plapperte, auf arabisch, griechisch, so wie es im Römerreich gesprochen wird, maurisch und obendrein auf französisch, das sie beherrschte wie kaum einer von all denen, die am besten die Sprachen unseres schönen Frankreichs im Heer der Christen kannten. Und daher rührte wohl auch der Glaube, sie habe den Teufel im Leib.

Der genannte Herr Harduin hat Uns gestanden, er habe nicht um sie gekämpft im Heiligen Lande, nicht etwa aus Furcht, Gleichgültigkeit oder anderen Gründen, vielmehr glaube er, dies Glück sei ihm zuteil geworden, weil er stets einen Splitter vom wahren Heiligen Kreuz bei sich trug. Zudem habe er eine edle Frau aus Griechenland zur Geliebten gehabt, die ihn vor dieser Gefahr rettete, indem sie ihn früh und spät seiner Liebeskraft beraubte, ihm das Mark aus den Knochen sog und nichts mehr in seinem Herzen und auch anderswo übrigließ, womit er andern Weibern hätte schöntun können.

Ferner hat Uns der besagte Schloßherr versichert, die Frau, die draußen im Landhause des Krummarm wohnte, sei in Wahrheit die obengenannte Sarazenin, die dazumal ins Syrerland gekommen war. Er selbst sei einmal zu einem nächtlichen Schmausgelage zu ihr von dem jungen Herrn von Croixmare eingeladen worden, der am siebenten Tage darauf verschieden war; nach Aussage der edeln Frau von Croixmare, seiner Mutter, gänzlich zugrunde gerichtet in jeglicher Hinsicht von dieser Buhle, deren Umarmungen und Liebkosungen alle seine Lebensgeister aufgezehrt und deren Launen und absonderliche Gelüste seine Talerstücke hatten dahinschmelzen lassen.

Hierauf ward er als Mann von Redlichkeit, Weisheit und hohem Ansehen in diesem Land neuerlich befragt, was er von dieser Frau halte und denke, und ward auch von Uns aufgefordert, sein Gewissen zu entlasten, weil es sich um einen höchst verabscheuungswürdigen Fall handle und der christ-

liche Glaube und die göttliche Gerechtigkeit auf dem Spiele stünden. Der edle Herr antwortete darauf wie folgt: Von manchen Rittern im Heerhaufen der Kreuzfahrer sei ihm versichert worden, diese Teufelin sei stets jungfräulich geblieben, soviel Männer sie auch gehabt habe, und für gewiß sei sie vom Mammon besessen, der ihr für jeden ihrer Beischläfer eine neue Jungfrauenschaft angezaubert habe. Auch sonst sei ihm noch allerhand Altweiberklatsch und anderes närrisches Gerede betrunkener Leute zu Ohren gekommen, das mitnichten geeignet gewesen wäre, ein fünftes Evangelium zu zieren. Soviel aber stehe fest: sogar er, ein steinalter Ritter, am Ende seines Lebens und der Liebesfreuden längst entwöhnt, habe sich auf dem letzten Gastmahl, das ihm zu Ehren der Herr von Croixmare veranstaltet habe, wie ein lebenslustiger Jüngling gefühlt, so jung und verliebt, und die Stimme des bewußten Weibsteufels sei ihm geradewegs ins Herz gegangen, ehe sie ihm noch ins Ohr gedrungen sei. Sie habe ihm so brennende Liebesglut in den Leib gezaubert, daß sein ganzes Leben an den Ort zusammenströmte, wo es gezeugt wird; und hätte er nicht so unmäßig von dem Zyperwein getrunken, bis ihm die Augen zufielen und er unter den Tisch sank, auf daß er nicht mehr die flammenden Augen der teuflischen Gastgeberin sehen mußte und sie ihm kein Leid antun konnte, so hätte er ohne jeden Zweifel den jungen Croixmare erschlagen, um nur ein einziges Mal diese zauberische Frau zu besitzen. Seither habe er sich's angelegen sein lassen, diese sündhaften Gedanken und Regungen zu beichten. Hernach habe er, auf einen Fingerzeig des Himmels, seinen geweihten Splitter vom Heiligen Kreuz von seiner Gemahlin zurückverlangt und sich fürderhin in seinem Schloß still verhalten, wo ungeachtet dieser christlichen Vorkehrungen die genannte Stimme ihm zuweilen noch im Kopfe spuke, so daß er nach ihr lüstern sei und auch des Morgens noch oftmals an diese Teufelin denken müsse, welche in seinem Busen brenne und glühe gleich verlohendem Zunder. Weil aber der Anblick dieser Dirne ihn mit solcher Glut erfüllte, daß er in Brand geriet gleich einem jungen Mann, obwohl er schon mit einem Fuß im Grabe stehe, und weil es ihm jedesmal ans Lebensmark gehe, wenn ihn die Erinnerung packe, hat Uns gesagter Herr gebeten, ihn nicht dieser Kaiserin der Liebe gegenüberzustellen, welcher der Teufel oder Gott der Herr eine absonderliche und unerklärliche Macht über die Männer verliehen habe. Hierauf, nach Verlesung dieser Aussage, hat er sich zurückgezogen, nachdem er zuvor noch den obenerwähnten Afrikaner als Diener und Leibpagen der Dame wiedererkannt hatte.

Als vierter Zeuge ist sodann ein Jude vor Uns erschienen mit Namen Salomon al Rastschild, nachdem Wir ihm im Namen des Kapitels und des hochwürdigsten Herrn Erzbischofs Unser Wort verpfändet, daß er in keiner Weise gefoltert, belästigt oder gequält werde, noch – mit Rücksicht auf seine Reisen und Handelsgeschäfte – auf Grund seiner Aussagen ein weiteres Mal vorgeladen werden solle, daß er sich vielmehr in völliger Freiheit und unbehelligt werde zurückziehen können. Dieser Jude ist, ungeachtet seines ehrlosen Standes und seines Judentums, von Uns angehört worden, zu dem einzigen Zweck, alles in Erfahrung zu bringen, was die Ausschreitungen dieses Weibsteufels betrifft. Doch wurde besagter Salomon nicht aufgefordert, einen Eid abzulegen, steht er doch außerhalb der Kirche und ist von uns durch das Blut unseres Herrn und Heilands geschieden *(trucidatus Salvator inter nos)*.

Von Uns befragt, weshalb er ohne die grüne Mütze auf dem Kopf und ohne das gelbe Rädchen überm Herzen erschienen sei, das er nach den kirchlichen und königlichen Verordnungen gut sichtbar auf dem Gewande zu tragen habe, hat Uns der genannte Al Rastschild verschiedene Freibriefe und Dispense vorgewiesen, ausgestellt und verbrieft von unserem gnädigsten Herrn, dem König, und bestätigt vom Seneschall von Touraine und Poitou.

Hernach hat Uns der genannte Jude erklärt, er habe im Auftrage der Dame, die im Hause des Gastwirtes Krummarm wohnte, große Geschäfte getätigt, habe ihr auch goldene Armleuchter mit mehreren zierlich ziselierten Armen verkauft, ferner silberne, im Feuer vergoldete Schlüssel und Platten, mit Edelsteinen besetzte Becher, Pokale, mit Smaragden und Rubinen verziert, außerdem habe er für sie aus dem Morgenland zu mehrern Malen kostbare Stoffe, persische Teppiche, Seidentücher und feine Linnen kommen lassen, kurzum, so prunkhafte und prachtvolle Dinge, daß keine Königin der Christenheit sich rühmen könnte, sie sei mit Kleinodien und Hausgerät so wohlversehen. Er für sein Teil habe dabei dreimalhunderttausend Pfund Tuneser Währung von ihr empfangen als Gegenwert für all die seltenen Kostbarkeiten, deren Ankauf er mit Fleiß besorgt hatte, als da waren: Blumen aus Indien, Papageien, seltene Vögel, Federschmuck, Gewürze und Spezereien, griechische Weine und Diamanten.

Von Uns, dem Richter, befragt und zur Aussage aufgefordert, ob er ihr auch irgendwelche Ingredienzien für ihre Zauberbeschwörungen verschafft habe wie zum Beispiel Blut von neugeborenen Kindlein, Zauberbücher und alle die ähnlichen Dinge, welche gemeinhin von den Hexen verwendet werden, wobei Wir ihm zusicherten, er dürfe seine Schuld bekennen, ohne daß er deswegen jemals belangt, verfolgt oder behelligt werden sollte, hat besagter Al Rastschild bei seinem jüdischen Glauben beschworen, solcherlei Handel habe er nie getrieben. Er hat beteuert, es stünden für ihn allzu große Interessen auf dem Spiel, als daß er sich mit solchen Lappalien befassen könnte. Er sei nämlich der Schatzmeister und Bankmann etlicher sehr mächtiger und einflußreicher Herren, so des Marquis von Montferrat, des Königs von England, des Königs von Zypern und Jerusalem, des Grafen von Provence, der edlen Herren Nobili zu Venedig und anderer gewichtiger Leute in Deutschland. Auch besitze er Kauffahrteischiffe aller Art, welche unter dem Schutz und Schirm des Sultans nach Ägypten segelten, und sei außerdem an einem Handel mit wertvollen Gold- und Silberwaren beteiligt, der ihn oftmals in die Münze von Tours führe. Des ferneren hat er ausgesagt, er halte die genannte Dame für sehr redlich, für eine Frau von Fleisch und Blut, für die lieblichste von Gestalt, die anmutigste und zierlichste, die er seiner Lebtage zu Gesicht bekommen habe. Und er hat auch gestanden, daß er, angelockt von ihrem Ruf als Zauberhexe und Teufelsdienerin, von einem flatterhaften Gelüste nach Abwechslung bewogen und freilich auch, weil er in sie verliebt gewesen, ihr eines Tages, als sie gerade ledig und ohne Liebhaber war, vorgeschlagen habe, er wolle ihr Galan sein, was ihr recht und willkommen gewesen sei.

Obschon er nach dieser Liebesnacht noch geraume Zeit seine Knochen gespürt, als wären sie aus allen Gelenken gesprungen, und seine Lenden ihn geschmerzt hätten, als wären sie zu Mus zerquetscht, habe er gleichwohl nicht die Erfahrung gemacht, daß – wie manche behaupteten – ein jeder, der sich einmal mit ihr eingelassen, nie wieder von ihr loskomme, vielmehr dahinschmelzen müsse wie Blei im Schmelztiegel eines Alchimisten.

Hierauf hat Uns besagter Salomon, den Wir unbehelligt gelassen, wie es sein Freibrief verhieß, ungeachtet dieser Aussage, welche zur Genüge seinen Umgang mit dem Teufel beweist, weil er dort heil davongekommen, wo alle Christenmenschen sich den Tod geholt hatten – hierauf also hat Uns besagter Salomon eine Vereinbarung unterbreitet hinsichtlich des genannten Weibsteufels, dahin lautend, daß er dem Kapitel der Kathedrale das Anerbieten mache, für dieses Trugbild in Weibsgestalt ein Lösegeld zu zahlen, sofern sie dazu verurteilt werde, lebendig verbrannt zu werden, und zwar in solcher Höhe, daß daraus der höchste Turm der Sankt-Mauritius-Kirche, der gegenwärtig im Bau begriffen ist, vollendet werden könne.

Dies haben Wir zu den Akten genommen und werden zu gegebener Zeit im versammelten Kapitel darüber beraten. Alsdann hat sich selbiger Salomon still verzogen, ohne jedoch seine Wohnung angeben zu wollen. Über die Beratungen des Kapitels und dessen Beschlüsse könne man ihn, so sagte er, durch einen Juden der Touraner Judenschaft, einen Mann namens Tobias Nathaneus, in Kenntnis setzen. Dem Juden Salomon ist vor seinem Weggang der Afrikaner gegenübergestellt worden, welchen er als den Leibdiener des Weibsteufels erkannt hat. Er hat uns auch erklärt, bei den Sarazenen sei es üblich, die Leibeigenen auf diese Weise zu entmannen, um sie mit der Bewachung der Weiber zu betrauen; das sei ein uralter Brauch, wie die weltlichen Geschichtsschrei-

G. Doré

ber bezeugen und wie beispielsweise aus der Geschichte des Narses, eines konstantinopolitanischen Feldherrn und auch anderer Verschnittener hervorgehe.

Andern Tages nach der Messe ist vor Unserem Richterstuhl als fünfte die vieledle und hochgeborene Frau von Croixmare erschienen. Sie hat auf die heiligen Evangelien geschworen und Uns mit Tränen in den Augen ausgesagt, sie habe ihren ältesten Sohn ins Grab gelegt, der an der aberwitzigen Liebe zu einer Teufelin gestorben sei. Der adlige Jüngling war erst dreiundzwanzig Jahre alt, ein bildhübscher, strammer junger Mann mit sehr männlichem Aussehen und einem starken Bartwuchs gleich seinem Vater selig. Ungeachtet seiner kerngesunden Natur sei er im Laufe eines Vierteljahres allmählich dahingesiecht, entkräftet und ausgezehrt durch die Umarmungen mit dem Sukkubus aus der Fürlingasse, wie das gemeine Volk sagte. Ihr mütterlicher Einfluß auf ihn sei gänzlich geschwunden. Als es mit ihm zu Ende ging, sah er

beinahe aus wie ein armer vertrockneter Wurm, wie ihn die Hausfrauen in einem Winkel finden, wenn sie Stuben und Kammern auskehren. Und immer wieder, solange er noch Kraft genug zum Gehen hatte, suchte er diese verfluchte Hexe auf, verbrauchte bei ihr vollends sein verlöschendes Leben und vergeudete obendrein noch sein erspartes Scherflein. Als er dann bettlägerig wurde und sein letztes Stündlein heran-

LAVIELLE.

kommen sah, fluchte, tobte, raste er, stieß wilde Drohungen aus und schrie allen, die sein Lager umstanden, seiner Schwester, dem Bruder und auch ihr, der Mutter, ungezählte Schimpfwörter ins Gesicht, lästerte Gott im Beisein des Kaplans, leugnete alles, was heilig ist, und wollte in Verdammnis von hinnen gehen. Darob entsetzte sich das ganze Gesinde der Familie und war zutiefst erschüttert, welche Leute auch zur Rettung seiner Seele zwei Messen in der Kathedrale gestiftet haben, um ihn vor der Höllenpein zu bewahren. Ferner hat sich die Familie derer von Croixmare verpflichtet, dem Kapitel hundert Jahre lang die Wachslichter für die Kapellen und die Kirche zum Palmsonntag zu stiften, damit der Verstorbene ein Begräbnis in geweihter Erde bekäme. Zum Schluß hat die genannte Edelfrau aufs bestimmteste versichert: Abgesehen von den lästerlichen Reden, die der hochwürdige Dom Loys Pot, ein Mönch von Marmoustiers, zu hören bekam – er leistete dem genannten Baron von Croixmare in seiner Sterbestunde Beistand –, habe sie den Verstorbenen niemals irgendwelche Worte über den Teufel in Weibsgestalt äußern hören, der ihn peinigte und quälte.

Hierauf hat sich die vieledle und hochgeborene Dame in tiefer Trauer zurückgezogen.

Sechstens ist vor Uns, nach ergangener Vorladung Jacquette, genannt Ranzöl, erschienen, ein Küchenmädchen, das als Aufwäscherin und Geschirrspülmagd in die Häuser geht, gegenwärtig wohnhaft am Fischmarkt. Sie hat auf Ehre und Gewissen geschworen, nichts auszusagen, was sie nicht für wahr halte, und sodann nachstehende Erklärung abgegeben: Als sie eines Tages in die Küche des vielbeschrienen Teufels in Weibsgestalt gekommen sei, vor dem sie jedoch keinerlei Furcht verspürte, weil er sich nämlich nur an Männern gütlich zu tun pflegte, habe sie in aller Muße draußen im Garten den Weibsteufel aufs prächtigste gekleidet beobachten können, wie er in Gesellschaft eines Ritters lustwandelte und mit ihm lachte wie eine Frau aus Fleisch und Blut. Da habe sie in diesem Teufelsgeschöpf das wahre Ebenbild der Maurin erkannt, welche einstmals durch den verstorbenen Seneschall

von Touraine und Poitou, den edeln Herrn Bruyn, Grafen von La Roche-Corbon, im Kloster Unserer Lieben Frau von Esgrignolles in geistlichen Gewahrsam gegeben worden war.

Selbige Mohrendirne war an Stelle des Steinbildes Unserer Lieben Frau, der Heiligen Jungfrau, der Mutter unseres Herrn und Heilands, zurückgelassen worden, als vor beiläufig achtzehn Jahren Zigeuner dies Standbild gestohlen hatten. Zu jener Zeit, deren sich wegen der Wirren, die damals in der Touraine herrschten, niemand mehr entsinnen kann, ward die Dirne im Alter von ungefähr zwölf Jahren vor dem Scheiterhaufen, auf dem sie lebendigen Leibes verbrannt werden sollte, gerettet und erhielt die Taufe; und die obengenannten Herrschaften, der Seneschall und seine Gemahlin, die Seneschallin, waren damals Pate und Patin dieser Tochter der Hölle gewesen. Dazumal war die Zeugin Wäscherin im Kloster, und sie erinnert sich noch gut an die Flucht, welche die bewußte Zigeunerin zwanzig Monate nach ihrem zwangsweisen Eintritt ins Kloster so schlau und wohldurchdacht ins Werk setzte, daß bis auf den heutigen Tag nie ans Licht gekommen ist, wie und auf welchem Wege sie entwichen war. Seinerzeit aber hatte alle Welt angenommen, sie sei mit Hilfe des Teufels durch die Lüfte geflogen, da allen Nachforschun-

gen zum Trotz im ganzen Kloster keine Spur ihres rätselhaften Entweichens gefunden wurde, wo alles unverrückt an seinem gewohnten Platz geblieben war.

Als der afrikanische Diener der besagten Spülmagd gegenübergestellt ward, erklärte sie, ihn noch nie zu Gesicht bekommen zu haben, wenngleich ihr sehr viel daran gelegen hätte; war er doch zum Hüter über den Ort bestellt, wo sich die Moriskin mit den Männern ergötzte, denen sie mit ihren Liebeskünsten das Mark aussaugte.

Als siebenter Zeuge ist Uns Hugo du Fou, Sohn des Herrn von Bridoré, vorgeführt worden, welcher erst zwanzig Jahre alt und deswegen in die Obhut seines Vaters entlassen worden war. Dieser hatte für ihn gebürgt und die volle Verantwortung für seinen Sohn übernommen. Von ihm wurde er auch zur Gerichtsverhandlung und zum Verhör gebracht, von welchem es abhing, ob er rechtens überführt und beweiskräftig abgeurteilt werden konnte. Er ward nämlich beschuldigt, mit Hilfe von mehreren schlimmen Mittätern, die unerkannt geblieben waren, den Kerker des Erzbischofs und des Kapitels belagert und sich erkühnt zu haben, in die Gewalt und den Machtbereich der kirchlichen Gerechtsame überzugreifen, indem er den fraglichen Weibsteufel befreite. Ungeachtet seiner argen Absichten haben Wir dem Hugo du Fou nahegelegt, der Wahrheit gemäß über alles auszusagen, was er über den Weibsteufel wissen muß, mit dem er, dem allgemeinen unwilligen Gerede im Volk zufolge, vertrauten Umgang gepflogen hat, und Wir haben ihm vor Augen gehalten, daß es dabei um sein Seelenheil gehe und daß auch das Leben der vielbeschrienen Teufelin auf dem Spiele stehe. Hierauf hat er unter Eid wie folgt ausgesagt: »Ich schwöre bei

meinem ewigen Seelenheil und auf die heiligen Evangelien, auf welche ich hier feierlich die Hand lege, daß ich die Frau, die im Verdacht steht, ein Teufel zu sein, für einen Engel halte; für eine Frau, vollkommen an Leib und mehr noch an Seele, züchtigen und ehrbaren Lebenswandels, voll bestrikkenden Liebreizes und in allen Verführungskünsten der Liebe wohlerfahren, ganz und gar nicht schlecht, zu keinem bösen Hintergedanken fähig, vielmehr edel und gutherzig und gegen die Armen und Notdürftigen allezeit hilfsbereit und erbarmungsreich. Ich erkläre, daß ich mit eigenen Augen gesehen habe, wie sie aufrichtige Tränen vergoß beim Hinscheiden meines Freundes, des Junkers von Croixmare. Und weil sie an jenem Tage Unserer Lieben Frau, der jungfräulichen Gottesmutter, das Gelübde abgelegt hat, sie werde nimmermehr junge Männer, die für ihren Dienst zu schwächlich seien, mit ihrer Gunst beschenken noch ihnen ihren Leib gewähren, hat sie mir standhaft und ungerührt, mit großer Selbstüberwindung, den Genuß ihres Leibes verweigert und mir nichts anderes mehr gewährt als die Liebe und den Besitz ihres Herzens, über das ich uneingeschränkt herrschen durfte. Seit diesem huldvollen Gewähren ist sie, meiner wachsenden Leidenschaft zum Trotz, allezeit allein in ihrer Wohnung geblieben, und ich verbrachte den größten Teil meiner Tage in ihrer Gesellschaft, selig und glücklich, daß ich sie überhaupt sehen und hören durfte. Denn so konnte ich wenigstens in ihrer Nähe weilen, mit ihr an einem Tisch essen, die gleiche Luft atmen, die auch sie atmete, das Licht schauen, das auch in ihren Augen leuchtete, und in diesem Dasein fand ich größere Freude, als sie die Engel im himmlischen Paradies genießen. Ich habe sie auserkoren, auf daß sie fortan für alle Zeit und Ewigkeit meine Herrin bleibe, ich habe sie erwählt, daß sie eines glücklichen Tages vielleicht meine Taube, mein Eheweib und meine einzige Freundin sei, und ich armer Tor habe von ihr keine, auch nicht die kleinste Abschlagszahlung auf die künftigen Wonnen erhalten, vielmehr im Gegenteil tausend und aber tausend tugendsame Ratschläge: wie ich Ruhm und Preis als wackerer Ritter erwerben solle, ein tapferer Mann werden müsse, niemanden außer Gott den

Herrn fürchten dürfe, daß ich allezeit den Damen Ehre und Gehorsam erweisen solle, immer aber nur einer allein dienen dürfe, daß ich sie alle lieben müsse zur Erinnerung an sie, meine einziggeliebte Herrin. Wenn ich dann dereinst vom Kriegshandwerk gestählt heimkehre und mein Herz ihr immer noch zugetan sei, dann, aber erst dann wolle sie mir angehören. Sie könne auf mich warten, denn ihre Liebe sei stark und unbeirrbar . . .«

Und als er dies sagte, weinte der junge Herr Hugo, und weinend fuhr er fort: Beim Gedanken an diese anmutige und zarte Frau, deren Arme ihn damals, vor nicht sehr langer Zeit, allzu schwach dünkten, das leichte Gewicht der goldenen Ketten zu tragen, mit denen sie sich zu schmücken liebte, die nun aber in schweren Eisenketten schmachtete und unter ihrer Last darniederlag; wenn er daran denken mußte, daß ihre zierlichen Gliedmaßen wundgerieben würden und welche bittere Not über sie hereingebrochen war, da habe sich sein innerstes Wesen empört, er habe diesen Gedanken nicht länger ertragen können und sich gegen solche Willkür aufgelehnt. Er scheue sich auch nicht, seine Verzweiflung und seinen Schmerz dem Gericht entgegenzuschreien, denn sein Leben sei so eng mit dem Leben seiner vielgeliebten Herrin und trauten Freundin verbunden, daß er an dem Tag, wo ihr Unheil zustieße, sicherlich gleichfalls sterben würde.

Und mit laut schallender Stimme hat der junge adlige Mann noch unzählige Lobeserhebungen auf den genannten Teufel vorgebracht, welche beweisen, wie heftig und heillos der Zauber gewirkt hat, den das Weib auf ihn geworfen. Sie beweisen aber auch augenfällig, was für ein verabscheuenswürdiges, gottloses und unreines Leben er nunmehr führt, über das unser hochwürdigster Herr Erzbischof urteilen wird, auf daß durch Exorzismen und Bußübungen diese junge Seele den Fallstricken der Hölle entrissen werde, sofern der Teufel nicht schon allzu tief von ihr Besitz ergriffen hat.

Hierauf haben Wir den Jüngling wiederum der Obhut seines edlen Herrn Vaters überantwortet, nachdem Junker Hugo noch den Afrikaner als den Leibdiener der Angeklagten erkannt hatte.

Achtens führten die Diener unseres hochwürdigsten Herrn Erzbischofs in großer Ehrerbietung die *hochwohlgeborene und hochehrwürdige Edelfrau Jacqueline von Champchevrier, Äbtissin des Klosters Unserer Lieben Frau* von der Observanz des Karmeliterordens, herein, in deren Fürsorge und Obhut seinerzeit durch den verstorbenen Seneschall der Touraine, den Vater des gnädigen Herrn Grafen von La Roche-Corbon, gegenwärtig Sachwalter des genannten Klosters, die Ägypterin, in der Taufe auf den Namen Blanca Bruyn getauft, überantwortet worden war.

Der genannten Frau Äbtissin haben Wir in groben Zügen den zur Verhandlung stehenden Fall dargelegt, bei dem es um die heilige Kirche und den Ruhm Gottes geht, um die ewige Seligkeit der Menschen dieses Bistums, denen ein Teufel in Weibsgestalt arg zusetzt, und auch um das Leben eines Gottesgeschöpfs, das möglicherweise gänzlich unschuldig ist. Nach solcher näheren Erläuterung dieses Falles haben Wir die genannte Frau Äbtissin ersucht, Zeugnis abzulegen über das, was ihr von dem unerklärlichen und durch Zauberei bewirkten Verschwinden ihrer geistlichen Tochter, Blanca Bruyn, bekannt geworden sei, die unter dem Namen Schwester Clara als Braut unseres Herrn und Heilands den Schleier genommen hatte.

Daraufhin hat die vieledle, hochwohlgeborne und hochmögende Frau Äbtissin wie folgt ausgesagt: Die Schwester Clara, von unbekannter Herkunft, jedoch mutmaßlich von ketzerischen, ja heidnischen Eltern abstammend, also von Leuten, die man als Gottesfeinde ansehen müsse, sei in Wahrheit in dem Kloster, dessen Leitung ihr trotz ihrer Unwürdigkeit nach kanonischem Recht zustehe, als Novize eingekleidet worden. Besagte Ordensschwester habe auch ihr Noviziat standhaft erfüllt und ihr Gelübde auf die heilige Ordensregel abgelegt. Kaum aber habe sie das Gelübde getan, sei sie in tiefe Traurigkeit verfallen und bleich und trübsinnig dahingewelkt. Sie, die Äbtissin, habe sie nach Grund und Anlaß dieser Schwermut gefragt, und da habe ihr besagte Schwester unter Tränen zur Antwort gegeben, sie kenne den Grund für ihre Schwermut nicht, doch könne sie sich bitterer Tränen nicht erwehren, wenn sie ihr reiches Haar nicht mehr auf dem Haupte spüre, und überdies dürste sie nach Licht und Luft und spüre ein unwiderstehliches Verlangen, auf den Bäumen herumzuklettern, zu springen und herumzutollen, wie sie es einstmals getan, als sie noch Gottes freien

Himmel über sich gesehen habe. Nächtelang liege sie schlaflos, weine sich die Augen aus und träume von den grünen Wäldern, unter deren Laubkronen sie früher genächtigt habe. Und wenn sie an all dies zurückdenke, dann packe sie Grauen und Abscheu vor der stickigen Klosterluft, in der sie nicht atmen könne. In ihrem Busen regten sich arge Geister, böse Stimmen sprächen zu ihr, und zuweilen hätten sie sogar in der Kirche sündhafte Gedanken heimgesucht und so sehr von ihrer Andacht abgelenkt, daß sie nicht mehr gewußt habe, was sie tue. »Ich habe daraufhin der Ärmsten aufs neue die heiligen Lehren der Kirche vorgehalten, habe ihr die ewige Seligkeit ins Gedächtnis gerufen, deren sich die sündelosen, gottgeweihten Frauen im himmlischen Paradies erfreuen, habe sie daran erinnert, wie vergänglich unser irdisches Leben sei und wie gewiß Gottes allerbarmende Güte, der uns für etliche bittere Freuden, die uns entgangen sind, eine unerschöpfliche Liebe ohne Ende bereit hält. Diesen wohlbedachten mütterlichen Mahnungen zum Trotz ist die

Unselige in ihrem bösen Geiste verstockt geblieben. Immerfort schaute sie während der gottesdienstlichen Handlungen, in der Messe und beim Gebet, hinaus auf das Laub der Bäume, blickte durch die Kirchenfenster ins Gras der grünenden Wiesen und Felder. Dann hat sie sich aus purer Bosheit in den Kopf gesetzt, immer bleicher und blasser zu werden, gleich einem Laken, damit sie in ihrem Bett liegenbleiben durfte. Dann wieder tollte sie durchs Kloster wie ein Zicklein, das nicht angepflöckt ist. Zuletzt magerte sie ab, büßte ihre unvergleichliche Schönheit ein und ward zu einem kümmerlichen, vergrämten Wesen, zu einem Schatten ihrer selbst. In solcher Not habe ich, die Äbtissin, ihre geistliche Mutter, sie aus Furcht, sie könnte sonst vor unsern Augen sterben, ins Krankenzimmer schaffen lassen. Eines Wintermorgens nun ist die genannte Schwester entflohen, ohne irgendwelche Spuren zu hinterlassen, weder Fußstapfen noch sonst etwas, was

auf ihre Flucht hätte schließen lassen; keine Tür war erbrochen, kein Riegel weggerissen oder abgeschraubt, kein Fenster stand offen. Es war ein schauriges und entsetzliches Vorkommnis, und jeder war überzeugt, ihre Flucht sei mit Hilfe des Teufels vollbracht worden, welcher sie plagte und quälte. Im übrigen kamen die Autoritäten der Kirche zu dem Schluß,

diese Tochter der Hölle habe Auftrag gehabt, die frommen Nonnen von ihrem heiligen Lebenswandel abzubringen, und sie sei dann, gänzlich geblendet von ihrem vorbildlichen Leben in Reinheit und Frömmigkeit, durch die Lüfte wieder zum Sabbat der Hexer und Zauberer zurückgeflogen, die sie, unsere heilige Religion zu verhöhnen, an Stelle der jungfräulichen Gottesmutter Maria zurückgelassen hatten.«

Nachdem die edle Frau Äbtissin also gesprochen hatte, ward sie mit großen Ehren und gemäß der Weisung unseres hochwürdigsten gnädigen Herrn Erzbischofs bis zu ihrem Kloster auf dem Karmelberg zurückgeleitet.

Zum neunten ist auf an ihn ergangene Vorladung hin vor Uns Joseph, genannt der Muschler, erschienen, ein Wechsler seines Berufs, wohnhaft oberhalb der Brücke im Hause *Zum Gold-Besam*, der bei seinem wahren christlichen Glauben geschworen hat, er werde nichts als die lautere Wahrheit sagen, soviel er über den Prozeß wisse, der vor dem geistlichen Gericht geführt werde. Hierauf hat er bezeugt, was folgt: »Ich bin ein armer Vater, den Gottes heiliger Ratschluß schwer heimgesucht hat. Vordem, ehe der Sukkubus aus der Fürlingasse hierhergekommen war, besaß ich einen Sohn; er war mein ein und alles, mein einzig Gut. Bildschön war er, sah aus wie ein Edelmann und war klug und wissenskundig wie ein Schriftgelehrter. Auch hatte er mehr denn zwölfmal fremde Länder bereist und war im übrigen ein guter,

gläubiger Katholik, der sich von den Lockungen der Liebe und dem Stachel der Fleischeslust fernhielt, ja sogar vor der Ehe Widerwillen empfand, denn er sah, daß er die Stütze meiner alten Tage, der Trost meiner Augen und meines Herzens Freude war. Er war ein Sohn, auf den auch der König von Frankreich hätte stolz sein dürfen, ein gutwilliger und beherzter Jüngling, die Seele meines Geschäftes, die Freude meines ganzen Hauses und nicht zuletzt auch ein unschätzbarer Reichtum; denn ich stehe allein in dieser Welt, da mir das Unglück widerfahren ist, mein Eheweib zu verlieren, und ich zu alt bin, um einen neuen Sohn, ein Ebenbild meiner selbst, zu zeugen. Nun, gestrenger und wohledler Herr, ist mir dieser Schatz ohnegleichen von dem Teufel genommen worden und schmachtet in der Hölle. Ja, Herr Richter, kaum hatte er diese Scheide für tausend Messer erblickt, dieses Teufelsweib, an der jede Faser eine Werkstatt des Verderbens ist, diesen Pfuhl der Wollüste, den nichts sättigen kann, da fing sich mein armes Kind auch schon in den Fallstricken der sündigen Liebe, und seither lebte er nur noch im Tempel der Venus. Lange hatte er nicht mehr zu leben, dieweil an diesem Ort eine solche Gluthitze schwelt, daß nichts den Durst dieses Schlundes zu stillen vermag, ergössen sich selbst alle Samenkeime der ganzen Welt hinein. Ach! So ist denn mein armer Sohn, sein Hab und Gut, seine Hoffnung auf Nachkommenschaft, sein ewiges Seelenheil, alles, was er war, und mehr noch, von diesem Schlund, diesem Loch ohne Boden verschlungen worden wie ein Hirsekörnlein vom Maul eines Stiers. Nun bin ich also auf meine alten Tage verwaist und werde nie mehr froh sein können, solange ich nicht mit eigenen Augen gesehen habe, wie dieser Teufel, der sich mit Blut und Gold gemästet hat, verbrannt wird und im Feuer schmort, diese blutsaugende Spinne, die mehr Ehen und Brautschaften umgarnt, mehr angehende Familien zerstört, mehr Herzen gebrochen und Christenmenschen ins Verderben gestürzt hat, als in allen Siechenhäusern der Christenheit Aussätzige hausen. Verbrennt, martert diese Hexe! Diesen blutdürstigen Vampir, der Seelen frißt, diesen blutrünstigen Tiger, der Blut säuft! Diese liebestolle Funzel, in der das Gift sämtlicher

PREDHOMME

Vipern brodelt. Verstopft diesen Abgrund, in dem kein Mann auf Boden stößt! Ich mache mich erbötig, dem Kapitel von meinem eigenen Geld das Holz für den Scheiterhaufen zu bezahlen, und mit eigener Hand will ich ihn in Brand stecken. Wacht über die Gefangene, Herr Richter, haltet diesen Teufel in sicherem Gewahrsam, denn sie hat ein Feuer, das heißer brennt als alle irdischen Feuer: in ihrem Schoß lodert alles Feuer der Hölle, in ihren Haaren wohnt Simsons Riesenkraft, und himmlische Musik klingt in ihrer Stimme. Leib und Seele tötet sie mit ihrem Zauber. Sie lächelt, doch nur, um zu beißen. Sie küßt, um ihre Opfer zu verschlingen. Kurzum: sie brächte es fertig, einen Heiligen zu betören und zum Gottesleugner zu machen. Mein Sohn! Mein Sohn! Wo weilt zu dieser Stunde die Blüte meines Lebens? Weh! sie ist geknickt, abgeschnitten von diesem weiblichen Buhlteufel wie mit einer scharfen Schere! Ach, Herr, weshalb habt Ihr mich hierhergerufen? Wer kann mir meinen Sohn wiedergeben, dessen Seele von einem Schoß verschlungen worden ist, welcher allen den Tod bringt und keinem das Leben schenkt? Der Teufel allein buhlt, und zeugt doch nicht. Dies ist mein Zeugnis, und ich bitte den Meister Tournebousche, es niederzuschreiben und kein Jota davon wegzulassen. Auch mag er mir eine Abschrift geben. Ich will es allabendlich Gott in meinen Gebeten hersagen, damit immerfort das unschuldige Blut in seine Ohren schreit und ich von seiner grenzenlosen Barmherzigkeit Vergebung erhalte für meinen Sohn.«

Es folgen siebenundzwanzig weitere Aussagen, deren wörtliche Wiedergabe in vollem Umfang gar zu ermüdend und langweilig wäre, die den Bericht über die Ereignisse ungebührlich in die Länge ziehen und den Faden dieses seltsamen Rechtshandels verwirren würden. Denn nach den Vorschriften, Regeln und Gesetzen der Alten muß eine Geschichte ohne viel Umschweife auf ihr Ziel losgehen wie ein Stier beim Bespringen. So mögen denn im folgenden die Zeugenaussagen mit wenig Worten in ihren Kernpunkten verzeichnet stehen.

Von einer stattlichen Zahl guter Christen, Bürger und Bürgersfrauen, Einwohnern der edlen Stadt Tours, wurde ausgesagt: Dieser Weibsteufel habe tagtäglich Hochzeitsfeste und königliche Gelage abgehalten. Niemals aber habe man sie in einer Kirche gesehen. Auch habe sie Gott gelästert und verflucht und der Priester gespottet, sich auch nie und an keinem Orte bekreuzigt. Sie spreche alle Sprachen der Welt, welche Gabe von Gott nur den Aposteln verliehen worden ist. Auch sei sie zu unterschiedlichen Malen draußen im freien Land erkannt worden, auf einem niegesehenen Tier rittlings sitzend, das vor den Wolken einherlief. Sie altere nicht, und ihr Antlitz bleibe immer gleich jung. Ferner habe das Teufelsweib ihren Gürtel am selben Tag für den Vater und den Sohn gelöst und dazu gesagt, ihr Pförtlein sündige nicht. Sichtlich besitze sie böse Zauberkräfte, die von ihr ausgingen, denn einem Bäcker, der eines Abends vor seiner Tür auf der Bank saß und sie erblickte, schlug von ihr ein solcher Brodem heißer Liebe entgegen, daß er ins Haus lief, sein eheliches Weib aufs Bett warf und sich so wild auf sie stürzte, daß er am andern Morgen, immer noch zuckend, tot aufgefunden wurde. Die Männer in der Stadt, sogar die alten und hinfälligen, verplemperten den Rest ihrer Tage und auch ihrer Taler in ihrem Bett, um noch einmal die Freuden ihrer Jugendsünden auszukosten, und dann stürben sie hin gleich Fliegen. Allesamt führen sie stracks zur Hölle, manche aber würden im Tode schwarz wie Mohren. Die Dämonin lasse sich niemals zu einer Mahlzeit blicken, weder beim Mittagsmahl noch beim Frühstück oder Abendessen, sie speise vielmehr ganz allein und abgesondert, weil sie sich nämlich ausschließlich von menschlichem Gehirn nähre. Mehrere Augenzeugen hätten die Teufelin auch nächtlicherweile auf den Kirchhof schleichen sehen, wo sie die Leichen junger Männer geschändet habe, weil sie anders nicht den Teufel sättigen könnte, der in ihren Eingeweiden tobe und einem Ungewitter gleich darin wüte. Daher kämen die zermürbenden, markauszehrenden, aufpeitschenden, ausmergelnden und aufreibenden Umarmungen, Bewegungen und Liebeskünste, wonach die Männer mit blauen Malen, gänzlich erschöpft,

krumm und schlaff, zerbissen und zerkratzt nur mühsam einherwankten. Und seit unseres Heilands Erdenwallen, da er

den Obersten der Teufel habe in eine Sauherde fahren lassen, sei auf der ganzen Welt nirgendwo ein so bösartiges, giftgeschwelltes und gieriges Tier gesehen worden; ein so liebesbrünstiges Ungeheuer, daß, könnte man die ganze Stadt Tours in diesen nimmersatten Venusacker schütten, sie sich in Städtesamen verwandeln und dieser liebestolle Teufel ihn einschlürfen würde wie eine Erdbeere.

Fernerhin waren da noch unzählige weitere Aussagen, Gerüchte, Gerede und Zeugnisse verzeichnet, aus denen mit aller erdenklichen Klarheit die höllische Abstammung dieses Weibes hervorging, die des Teufels Tochter, Schwester, Großmutter, Gattin, Buhle oder auch sein Bruder sein mußte, ganz abgesehen von den mehr als ausreichenden Beweisen für ihr arges Treiben und all das Unheil, das sie über so manche Familie gebracht hatte. Und wenn es möglich wäre, sie hier so aufzuführen, wie sie in der von dem Biedermann aufbewahrten Schrift verzeichnet stehen, dem ihre Entdeckung zu verdanken ist, so könnte man sie wahrlich für einen Widerhall des Wehgeschreis halten, das die Ägypter am Tage der siebenten Landplage ausstießen. So hat denn auch dies Protokoll dem Meister Wilhelm Tournebousche, von dem alle dazugehörigen Hefte geordnet und rubriziert worden sind, viel wohlverdiente Ehre eingebracht.

In der zehnten Sitzung ward diese Untersuchung abgeschlossen, denn sie war so weit gediehen, daß sämtliche Beweise vorlagen, wohlversehen mit glaubhaften und unbestreitbaren Zeugenaussagen, zur Genüge vermehrt um Ein-

LAVIEILLE

zelheiten, Klagen, Einsprüche, Einreden, Anklagepunkte, Vorladungen, abermaliges Verlesen der Zeugenaussagen, öffentliche und heimliche Geständnisse, Eidesleistungen, Vertagungen, Termine, Kontroversen und Kreuzverhöre, Vergleiche und Verhöre, auf welche alle der Teufel Rede und Antwort stehen mußte. So spachen denn auch insgemein die Bürger von Tours: Wäre sie in Wahrheit eine Teufelin und mit inwendigen, in ihrer Natur verborgenen Hörnern versehen, mit denen sie die Männer ausgesogen und zerbrochen hätte, so müßte diese Frau erst lange in diesem Meer von Schriftstücken und Akten umherschwimmen, ehe sie heil und wohlbehalten in der Hölle anlange.

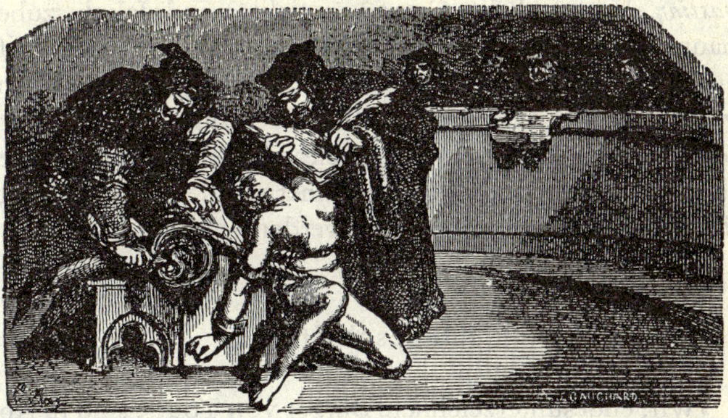

II

Wie diesem Teufel in Weibsgestalt der Prozeß gemacht wurde

† In nomine Patris, et Filii,
et Spiritus Sancti, Amen

Im Jahre unseres Herrn und Heilands eintausendzweihundertundeinundsiebzig sind vor Uns, Hieronymus Cornille, Großpönitentiar und geistlichem Richter, hierzu bestellt nach kanonischem Recht, erschienen: Der hochmögende Herr Philipp von Ydré, Amtmann der Stadt und Gemeinde Tours und der Provinz Touraine, wohnhaft in seinem Hause an der Garküchengasse zu Chateauneuf; Meister Johann Ribou, Zunftmeister der Bruderschaft und Gilde der Tuchmacher, wohnhaft am Brettendamm in Haus *Zum Sankt Peter in Banden*; Herr Anton Jahan, Schöffe, Vorstand der Wechslerzunft, wohnhaft auf dem Brückenplatz im Haus *Zum Sankt Markus die Gulden zählend*; Meister Martin Maupertuis, Hauptmann der städtischen Bogner, wohnhaft im Schloß; Johannes Rabelais, Kalfaterer und Schiffsbauer, wohnhaft am Hafen der Sankt-Jakobs-Insel, Schatzmeister der Bruderschaft der Loire-Schiffer; Markus Hieronymus, genannt der

Eisenfresser, Schuster, wohnhaft im Hause *Zum Sankt Sebastian*, Vorstand des Gewerbegerichts; und Jakob, zubenannt aus Villedomer, Kneipwirt und Winzer, wohnhaft an der Hauptstraße, *Zum Kienapfel.* Und Wir haben Herrn von Ydré, dem Amtmann, und auch den Bürgern von Tours nachstehende Klageschrift vorgelesen, die von ihnen aufgesetzt, geschrieben und unterzeichnet wurde, um dem geistlichen Gericht unterbreitet zu werden.

Klageschrift

»Wir, endesunterzeichnete Bürger von Tours, sind in Abwesenheit unsres Bürgermeisters im Amtshause unseres gnädigen Herrn von Ydré, Amtmannes der Touraine, erschienen und haben ihn ersucht, unsere Klagen und Beschwerden anzuhören über folgende Tatsachen, für die wir uns vor dem Gericht des Erzbischofs verbürgen, des Richters über geistliche Vergehen, welchem die Ahndung der von uns unterbreiteten Strafsache obliegt.

Vor langer Zeit ist in unsere Stadt ein böser Teufel in Weibsgestalt gekommen, welche Teufelin seither auf dem Gut Sankt Stephan im Hause des Gastwirts Krummarm wohnt, das im Lehensbezirk des Domkapitels gelegen ist und der weltlichen Gerichtsbarkeit der erzbischöflichen Herrschaft untersteht. Diese aus fremden Landen hergelaufene Frau betreibt das Gewerbe eines Freudenmädchens auf eine hinterlistige und mißbräuchliche Weise, auch treibt sie ihr Unwesen immer schlimmer und verheerender, so daß ihr gottloses Tun den katholischen Glauben dieser Stadt in Gefahr bringt, sintemal alle die Männer, die sie aufsuchen, an Leib und Seele vergiftet und verdorben zurückkommen und den Beistand der Kirche mit tausend anstößigen und ärgerniserregenden Reden von sich weisen.

In Anbetracht dessen nun, daß eine ansehnliche Zahl derer, die sich mit ihr eingelassen haben, gestorben ist und daß diese Dirne, die nackt und bloß, ohne irgendwelche Habe außer ihrer leiblichen Schönheit, in unsere Stadt gekommen ist, nach alledem, was man im Volke munkelt, unermeßliche Reichtümer besitzt, wahrhaft königliche Schätze, die sie, wie man argwöhnt, durch Zauberei und Hexenkünste, wenn nicht durch Diebstahl erworben hat, mit Hilfe magischer Kräfte ihrer übernatürlich liebeskundigen Person;

In Anbetracht auch dessen, daß Ehre und Sicherheit unserer Familien auf dem Spiele stehn, daß niemals bis auf den heutigen Tag hierzulande eine Buhlerin oder Lustdirne gelebt hat, welche in solchem Ausmaß zum Schaden der Stadt ihr Hurengewerbe ausgeübt und so offenkundig und schändlich Leben, Ersparnisse, Sitten, Keuschheit, Religion und alles, was den Bewohnern dieser Stadt heilig und teuer sein muß, bedroht hat;

In Anbetracht dessen, daß eine Untersuchung über ihre Person, ihren Besitz und ihr ruchloses, sündhaftes Treiben dringend geboten ist, um festzustellen, ob solche Auswirkungen der Liebe mit rechten Dingen zugehen und nicht, wie ihr ganzes Gebaren beweist, einem Blendwerk des Teufels und höllischem Hexenzauber zuzuschreiben sind – denn Satan sucht oftmals in Weibsgestalt die Christenheit heim, wie aus den Heiligen Büchern hervorgeht, wo geschrieben steht, unser gebenedeiter Heiland sei auf einen Berg entrückt worden, von wo ihm Luzifer oder Astaroth die fruchtbaren Ländereien in Judäa zeigte, und wie auch an unterschiedlichen Orten Sukkuben oder Teufel mit Frauenantlitzen gesehen worden sind, welche nicht wieder zur Hölle hinabfahren wollten und ihr unstillbares innerliches Feuer dadurch zu kühlen versuchten, daß sie zu ihrer Atzung und Sättigung Christenseelen verschlangen –;

In Anbetracht dessen, daß im Falle besagter Frau zahllose Beweise ihres teuflischen Wesens vorliegen, wie denn auch nicht wenige Einwohner unserer Stadt ganz offen darüber reden, ferner dessen, daß es für die Ruhe der genannten Frau ratsam und nützlich wäre, wenn die Angelegenheit gründlich untersucht und ein für allemal beigelegt würde, auf daß nicht eines Tages die Leute unversehens über sie herfallen, die sie mit ihren Missetaten und argen Ränken ins Unglück gestürzt hat:

Aus allen diesen Gründen bitten wir untertänigst, es möge Euch belieben, unserem geistlichen Herrn und Vater dieses Sprengels, dem vieledlen und hochwürdigen gestrengen Herrn Erzbischof Johann von Monsoreau die Beschwerden seiner geplagten geistlichen Kinder vorzutragen, damit er zum Rechten sehe.

Wenn Ihr das tut, erfüllt Ihr nur Eure Amtspflichten, wie auch wir als Wahrer der Sicherheit dieser unserer Stadt handeln, ein jeder gemäß seinen Befugnissen und Obliegenheiten in seinem Stadtteil.

Gegenwärtiges haben wir unterzeichnet im Jahre des Herrn eintausendzweihundertundeinundsiebzig, am Allerheiligentag, nach der Messe.«

Nachdem Meister Tournebousche die Verlesung dieser Beschwerde beendet hatte, ward von Uns, Hieronymus Cornille, zu den Klagestellern wie folgt gesprochen: »Ihr Herren, besteht ihr auch heute noch auf euren Aussagen, habt ihr noch andere Beweise außer denen, die zu unserer Kenntnis gelangt sind, und verpflichtet ihr euch, die Wahrheit all dieser Anklagen vor Gott, vor den Menschen und vor der Angeklagten zu vertreten?«

Alle, außer Meister Johannes Rabelais, haben auf ihren Anschuldigungen beharrt; der genannte Rabelais ist von der Anklage zurückgetreten und hat erklärt, er halte die bewußte Moriskin für ein Weib aus Fleisch und Blut, für eine gutherzige Dirne, die keinen andern Fehler habe, als daß sie allzu heißblütig und mannstoll sei.

So haben Wir, der hierzu bestallte Richter, denn nach reiflicher Erwägung befunden, es sei der Anklage der genannten Bürger Folge zu leisten, und Wir verfügen hiermit, es sei der Frau, die im Gefängnis des Kapitels in Gewahrsam gehalten wird, mit allen gesetzlichen Mitteln, welche in den kanonischen Büchern und den Verfügungen *Contra daemonios* verzeichnet stehen, der Prozeß zu machen.

Besagte Verfügung soll in Form einer Vorladung durch den Ausrufer der Stadt unter Hornstößen auf allen Plätzen und Straßen öffentlich kundgetan werden, auf daß sie aller Welt zur Kenntnis gelange und ein jeglicher nach bestem

Gewissen Zeugnis ablegen, auch besagtem Teufel gegenübergestellt werden kann, damit schließlich der genannten Angeschuldigten nach Brauch und Herkommen ein Verteidiger beigegeben werde und hernach die Verhöre und der Prozeß in gehöriger Form vonstatten gehen möge.

Gezeichnet: Hieronymus Cornille

Und weiter unten:

Tournebousche

† In nomine Patris, et Filii,
et Spiritus Sancti, Amen

Im Jahre unseres Herrn und Heilands eintausendzweihundertundeinundsiebzig, am zehnten Februar, nach der Messe, ist auf Verfügung von Uns, Hieronymus Cornille, geistlichem Richter, aus dem Gefängnis des Kapitels die Frau geholt und Uns vorgeführt worden, die im Hause des Gastwirts Krummarm, im Kapitelgut der Kathedrale von Sankt Mauritius gelegen, festgenommen worden und demzufolge der zeitlichen und herrschaftlichen Gerichtsbarkeit des Erzbischofs von Tours unterstellt war, wohingegen sie gemäß der Natur der ihr zur Last gelegten Vergehen vor ein geistliches Gericht gehört, was Wir ihr auch zur Kenntnis gebracht haben, auf daß sie darüber Bescheid wisse.

Hierauf, nach gewissenhafter, vollständiger und von ihr wohlverstandener Verlesung erstlich der Anklageschrift der Stadt, ferner der Aussagen, Klagen, Beschwerden, Anschuldigungen und des Verfahrens sowie der Verhöre, die sich alle in zweiundzwanzig von Meister Tournebousche eigenhändig geschriebenen Heften finden und weiter oben bereits angeführt worden sind, haben Wir unter Anrufung Gottes und mit Seinem und der Kirche Beistand mit Bedacht die Wahrheit zu ergründen gesucht, zuvörderst durch die Einvernahme der besagten Angeschuldigten.

Zum ersten haben wir die Angeklagte gefragt, in welchem Land oder in welcher Stadt sie geboren sei. Sie hat zur Antwort gegeben: »In Mauretanien.«

Hernach haben Wir sie gefragt, ob sie noch Vater und Mutter oder sonst Verwandte und Angehörige besitze. Darauf wurde von ihr, der Angeklagten, erklärt, sie habe sie nie gekannt.

Dann haben Wir sie ersucht, Uns zu sagen, wie ihr Name laute. Es wurde Uns von der Angeklagten geantwortet: »Zulma, in arabischer Sprache.«

Wir haben sie weitergefragt, wie es komme, daß sie unsere Sprache spreche. Die Angeklagte hat darauf erwidert: Weil sie in unser Land gekommen sei.

Da haben Wir sie gefragt: »Zu welcher Zeit?« und erhielten von der Angeklagten die Antwort: »Vor ungefähr zwölf Jahren.«

Ferner haben Wir sie gefragt, wie alt sie damals gewesen sei. Die Angeklagte hat Uns geantwortet: »Etwa fünfzehn Jahre, oder doch nahezu.«

Darauf haben Wir gefragt: »So gebt Ihr denn zu, siebenundzwanzig Jahre alt zu sein?«

Die Angeklagte nickte: »Ja.«

Wir hielten ihr darauf vor, sie sei demnach die Moriskin, welche in der Nische der Heiligen Jungfrau gefunden worden, hierauf vom Erzbischof getauft und vom verstorbenen gnädigen Herrn von La Roche-Corbon und seiner Gemahlin, dem Fräulein von Azay, über das Taufbecken gehalten, hernach aber von ihnen ins Kloster des Karmelberges gesteckt worden sei, wo sie die Gelübde der Keuschheit, der Armut, des Schweigens und der Gottesliebe unter dem göttlichen Beistand der heiligen Klara abgelegt habe. Darauf hat die Angeklagte erwidert: »Ja, das ist wahr.«

Sie wurde dann von Uns gefragt, ob sie die Erklärungen der vieledlen und erlauchten Frau Äbtissin vom Berge Karmel wie auch die Aussagen der Jacquette, genannt Ranzöl, Spülmagd und Geschirrwäscherin, als erwiesen anerkenne. Die Angeklagte hat darauf entgegnet, ihre Worte seien zum größten Teil wahr.

Wurde von Uns weitergefragt: »So seid Ihr also eine Christin?« Die Angeklagte gab zur Antwort: »Ja, hochwürdiger Vater.«

Bei dieser Gelegenheit wurde sie von Uns aufgefordert, das Zeichen des Kreuzes zu machen und aus einem Weihwasserbecken, das ihr von Meister Wilhelm Tournebousche dargereicht wurde, Weihwasser zu nehmen. Solches tat sie, und da wir es mit eigenen Augen gesehen, ward als erwiesen angenommen, daß Zulma die Maurin – hierzulande auf den Namen Blanca Bruyn getauft, Nonne im Kloster der Karmeliterinnen zum Berge Karmel, dort als Schwester Clara eingekleidet, verdächtigt, sie sei ein Trugbild in Weibsgestalt, unter welchem ein Teufel verborgen sei – in unserer Gegenwart den wahren Christenglauben bekannt und somit die Zuständigkeit des geistlichen Gerichts anerkannt und sich ihr unterworfen hat.

Hierauf haben Wir folgende Frage an sie gerichtet: »Meine Tochter, Ihr steht im Verdacht, mit dem Teufel im Bunde zu sein. Eure rätselhafte und unerklärliche Flucht aus dem Kloster, bei der es keinesfalls mit rechten Dingen hat zugehen können, hat diesen schweren Verdacht auf Euch geladen.«

Darauf hat die Angeklagte entgegnet, sie habe damals auf ganz natürliche Art das Weite gesucht, und zwar durch die Pforte, die auf die Gasse hinausführt. Nach der Vesper sei sie unter der Kutte des Dom Johann von Marsilis, des Klostervisitators, geflüchtet. Dieser habe sie, die Angeklagte, in einer ärmlichen und unsauberen Hütte untergebracht, die er im Cupidogäßlein, unweit dem Stadttor, besessen. Dort habe sie nun der genannte Priester lange, gründlich und mit Erfolg in die Wonnen der Liebe eingeweiht, in welchen sie, die Angeklagte, damals noch gänzlich unerfahren gewesen sei. Doch habe sie an diesen Freuden bald großen Geschmack gefunden, und sie hätten ihr unsagbar wohlgetan. Später habe sie dann der edle Herr von Amboise am Fenster ihres Verstecks erblickt und sei von großer Liebe zu ihr erfaßt worden. Da habe sie, die Angeklagte, ihn von Herzen lieb gewonnen, lieber als den Mönch, und sei aus dem übeln Haus, wo Dom Marsilis sie zu seinem Vergnügen gefangengehalten habe, geflohen und eilends nach Amboise, ins Schloß des genannten Edelmanns, geflüchtet, wo ihr tausenderlei Zeitvertreib, Jagd-

Doré
PRÉDHOMME

partien, Tänze und herrlich schöne Kleider, wie für eine Königin, zur Verfügung gestanden hätten. Als eines Tages der Schloßherr von La Roche-Pozay vom Herrn von Amboise zu Gaste geladen worden sei und sie wacker gebechert und gezecht und sich gütlich getan hätten, da habe der Baron von Amboise sie, ohne daß sie es ahnte, seinem Gaste gezeigt, als sie nackt aus dem Bade gestiegen sei. Bei diesem Anblick sei der genannte Herr von La Roche-Pozay von einer übermächtigen und plötzlichen Liebe zu ihr erfaßt worden und habe

tags darauf im Zweikampf den Herrn von Amboise erschlagen. Hernach habe er sie gewaltsam und ihren bitteren Tränen zum Trotz mit sich ins Heilige Land fortgeschleppt, wo sie, die Angeklagte, das Leben jener Frauen geführt habe, welche um ihrer Schönheit willen sich großer Liebe und Wertschätzung erfreuten. Nach mancherlei Abenteuern sei sie dann in unser Land zurückgekehrt, ungeachtet ihrer Ahnungen kommenden Unheils, weil es ihr damaliger Herr und Gebieter, der Baron von Bueil, so gewünscht habe, welcher sich vor Heimweh in den asiatischen Ländern beinah verzehrte und sein väterliches Schloß wiederzusehen begehrte. Doch habe er ihr, der Angeklagten, versprochen, er werde sie vor allem Ungemach bewahren, und sie habe zu ihm Vertrauen gehabt, habe es ihm geglaubt, um so mehr, als sie ihn von Herzen liebte. Aber kaum in seiner Heimat angelangt, sei der Herr von Bueil erkrankt und eines schmerzvollen Todes verblichen, habe auch, trotz ihren flehentlichen Bitten, keinerlei heilsame Mittel angewendet, vielmehr sei alles nutzlos und umsonst gewesen, weil er die Ärzte, Heilkünstler und Apotheker insgesamt haßte und nichts von ihnen wissen wollte. All dies sei die lautere, volle Wahrheit.

Danach haben Wir die Angeklagte befragt, ob sie demzufolge die Aussagen des wackeren Herrn Harduin und des Gastwirts Krummarm für wahr halte, und sie, die Angeklagte, hat geantwortet, sie gebe zu, sie seien offensichtlich wahr, wenigstens zum größten Teil, doch seien sie auch in einzelnen Punkten böswillig, verleumderisch und dumm.

Danach haben wir die Angeklagte ersucht zu erklären, ob sie Liebe und fleischlichen Umgang mit allen den adligen Herren, Bürgern und andern Männern gepflogen habe, welche in den Zeugenaussagen und Klagen der Einwohner namentlich aufgeführt seien. Darauf hat die Angeklagte dreist und frech geantwortet: »Liebe freilich, doch fleischlichen Umgang – davon weiß ich nichts.«

Hernach haben Wir ihr vorgehalten, sie seien alle durch ihre Schuld ums Leben gekommen. Doch die Angeklagte hat dem entgegengehalten, an ihrem Tode könne sie keine Schuld treffen, weil sie sich ihnen stets verweigert habe. Doch je mehr sie ihre Liebhaber gemieden habe, um so zudringlicher seien sie geworden, um so weniger hätten sie sich abweisen lassen, und sie hätten ihr mit rasender Liebeswut beigewohnt. Wenn sie, die Angeklagte, dann in ihren Armen gelegen und von ihnen geliebkost worden sei, habe sie sich in Gottes Namen nach besten Kräften hingegeben, weil sie dabei Wonnen ohnegleichen verspürt habe. Diese ihre heimlichsten Gedanken aber gestehe sie nur darum, hat die Angeklagte hinzugesetzt, weil Wir ihr eingeschärft hätten, in allem die volle Wahrheit zu sagen und nichts zu verschweigen, und auch weil sie sich vor den Martern der Folterung, die man ihr angedroht habe, entsetzlich fürchte.

Darauf haben Wir von der Angeklagten unter Androhung der Folter Antwort auf die Frage geheischt, was sie sich denn dabei gedacht habe, wenn ein junger Edelmann an den Folgen des fleischlichen Umgangs mit ihr gestorben sei. Die Angeklagte hat geantwortet, sie sei darüber jedesmal ganz schwermütig geworden und habe Hand an sich legen wollen. Auch habe sie zu Gott, der Heiligen Jungfrau und zu allen Heiligen gebetet, sie zu sich ins himmlische Paradies zu nehmen, weil sie stets nur edle und gute Herzen angetroffen habe, in welchen kein Arg und keine Sünde gewohnt. Deswegen sei sie in große Trübsal verfallen, wenn sie die geliebten Jünglinge tot vor sich habe liegen sehen, sei sich auch vorgekommen wie ein unheilbringendes Geschöpf oder wie von einem bösen Schicksal verfolgt, das sie gleich einer ansteckenden Pest auf andere übertrug.

Hernach haben Wir sie aufgefordert, Uns zu sagen, wo sie denn ihre Gebete verrichte.

Darauf hat Uns die Angeklagte geantwortet, das tue sie in ihrem Betgemach, wo sie kniefällig zu Gott bete, der – wie im Evangelium zu lesen sei – alles sehe, alles höre und allgegenwärtig sei.

Daraufhin haben Wir sie gefragt, weshalb sie nicht zur Kirche gehe, auch den Gottesdienst nicht besuche noch die Festtage feiere. Auf diese Frage hat Uns die Angeklagte zur Antwort gegeben, die Männer, die zu ihr gekommen seien, um sich ihrer Liebe zu erfreuen, hätten sie zumeist an Fest- und Feiertagen aufgesucht, um sich an ihr zu ergötzen, und sie, die Angeklagte, sei ihnen stets in allem zu Willen gewesen.

Wir haben ihr christlich vorgehalten, daß sie so den Menschen gehorsamer sei als Gottes Geboten.

Hierauf hat die Angeklagte erwidert, für die Männer, welche sie wirklich liebten, hätte sie sich in einen lichterloh flammenden Scheiterhaufen gestürzt. Sie sei in ihrer Liebe stets nur dem Zug ihres Herzens gefolgt und hätte nicht für alles Gold der Welt weder ihren Leib noch ihre Liebe einem König gewährt, wenn sie ihn nicht von Herzen geliebt und sich mit Füßen, Kopf, Haaren, Stirn und jeder Faser ihres Leibes nach ihm gesehnt hätte. Kurz und gut: Sie habe nie und nimmermehr Hurerei getrieben und auch nicht das kleinste bißchen Liebe einem Mann um Geld gewährt, es sei denn, sie habe ihn zu ihrem Liebsten erwählt. Wer sie jedoch nur eine Stunde lang in seinen Armen gehalten oder ein einziges Mal auf den Mund geküßt, dem habe sie für sein ganzes Leben angehört.

Sodann haben Wir sie aufgefordert, Uns zu sagen, woher sie alle die kostbaren Dinge im Werte von zweihunderttausend Dublonen habe, wie die Schätzung ergeben, die goldenen und silbernen Schüsseln und Geräte, die Edelsteine, prachtvollen Möbelstücke, Teppiche *et cetera*, welche man in ihrer Wohnung gefunden und dem Schatzmeister des Kapitels in Verwahrung gegeben habe. Darauf hat Uns die Angeklagte geantwortet, sie setze alle ihre Hoffnung auf Uns wie auf Gott höchstselbst, jedoch auf diese Frage Rede und Antwort zu stehen, bringe sie nicht übers Herz, weil es sich dabei um die teuersten Andenken an süße Liebesstunden handle, die ihr mehr wert seien als ihr Leben.

Darauf haben Wir sie ein zweitesmal darüber befragt. Da hat Uns die Angeklagte geantwortet, wenn Wir, ihr Richter, wüßten, mit welcher Glut sie den Mann liebte, dem sie einmal ihre Liebe geschenkt, wie gehorsam und blindgläubig sie ihm auf guten und bösen Wegen folgte, mit welcher bedingungslosen Hingabe sie alles tat, was er wollte, mit wie namenloser Seligkeit sie ihm seine leisesten Wünsche von den Augen ablas und seinen heiligen Worten lauschte, mit welchen sein Mund sie begnadete, mit welch verehrender Anbetung sie seine Person umgab, dann würden auch Wir, ihr Richter, unbeschadet Unseres gesetzten Alters gleich ihren vielgeliebten Männern zu der Einsicht kommen, daß kein Gold solch schrankenlose Hingabe und Liebe aufwiegen könnte, welcher alle Menschen zeit ihres Lebens sehnsuchtsvoll nachjagen.

Sodann hat die Angeklagte beteuert, sie habe niemals und unter keinen Umständen von einem Mann, den sie liebte, Geschenke oder Liebeslohn angenommen oder gar gefordert, sie habe vielmehr volles Genügen darin gefunden, in seinem Herzen zu leben. Das sei ihr Lohn genug gewesen; sie habe darin so seliges Vergessen und so unsagbar tiefe Wonnen gefunden, sei auch so überreich belohnt gewesen, solange sie des Geliebten Herz besessen, daß sie nach keinem andern Reichtum begehrt und nichts anderes mehr im Sinne gehabt habe, als ihnen tausendfältig zu vergelten, was sie ihr an Freude und Seligkeit schenkten, ja es ihnen in rückhaltlosem Schenken noch zuvorzutun. Doch all ihren wiederholten Verboten zum Trotz hätten sich ihre Geliebten niemals davon abbringen lassen, ihrer Dankbarkeit durch freigebige Geschenke Ausdruck zu verleihen. Einmal sei einer mit einer Perlenkette gekommen und habe gesagt: »Hier, mein Lieb, ich will dir beweisen, daß mir nicht zu Unrecht der seidige Glanz deiner Haut hat weißer scheinen wollen als schimmernde Perlen!« Und dann habe er ihr das Geschmeide umgehängt und sie dabei herzinnig und leidenschaftlich geküßt. Sie habe sich zwar jedesmal über solche unvernünftige Verschwendung erzürnt, doch habe sie's nicht übers Herz bringen können, daß sie ein solches Kleinod zurückwies und ihnen die Freude, es ihr umhängen oder anlegen und dann auf ihrem Leib bewundern zu dürfen, mit ihrer Weigerung vergällte. So hatte jeder andere Einfälle. Den einen kam die Laune an, die kostbaren Gewänder und den Putz, womit sie sich ihm zuliebe geschmückt hatte, zu zerreißen, ein anderer wollte sie mit Saphiren am ganzen Leib, an Armen und Beinen, am Hals und im Haar, schmücken. Einer habe sie am liebsten auf schwellende Teppiche gebettet, auf weiche, seidene Tücher oder schwarze Samtstoffe, und dann verweilte er ganze Tage lang wie verzückt vor ihren vollkommen schönen und ebenmäßigen Gliedmaßen, und ihr, der Angeklagten, bereiteten die Dinge, die ihre Geliebten sich wünschten, eitel Lust und unsägliches Vergnügen, weil sie doch sah, wie sie sich darüber freuten und wie beglückt, wie dankerfüllt sie nachher waren.

Danach hat die Angeklagte weiter gesagt: Da wir ja nichts so heiß begehren wie unser Vergnügen und nur einen Wunsch haben – daß nämlich alles in Schönheit und Einklang erstrahlen solle, unsere Umgebung so gut wie unser Herz –, so wünschten sie alle, das Haus, das sie, die Angeklagte, bewohnte, mit den erlesensten und schönsten Dingen geschmückt zu sehen. Und in solchem Bestreben überboten sich alle ihre Liebhaber darin, ihr um die Wette mit Gold, Seidenstoffen und seltenen Blumen, mit Schmuck und Wohlgerüchen aufzuwarten, und freuten sich mit ihr daran. Da ja nun alle diese Herrlichkeiten niemandem schaden konnten, habe sie nicht die Kraft aufgebracht noch auch über den nötigen Einfluß verfügt, einen Ritter oder einen reichen Bürger, von dem sie geliebt wurde, abzuhalten, daß er tat, was ihm beliebte. So mußte sie, ob sie wollte oder nicht, von ihnen kostbare Spezereien und andere Angebinde entgegennehmen, welche ihr freilich eine närrische Freude bereiteten, und auf diese Weise sei sie zu den goldenen Schüsseln, den Teppichen und all den Kleinoden gekommen, welche die Gerichtsschergen bei ihr gefunden und sichergestellt hatten.

Hier endet das erste Verhör, dem die genannte Schwester Clara, angeklagt des Umgangs mit dem Teufel, unterzogen wurde, weil Wir, der amtende Richter, und auch Meister Wilhelm Tournebousche von großer Müdigkeit übermannt wurden. Auch konnten wir die leise Stimme der Angeschuldigten nicht länger in unsern Ohren hören, und unsere Gedanken verwirrten sich, so todmüde und ermattet waren wir beide.

Von Uns, dem Richter, ist das zweite Verhör auf den dritten Tag, von heute an gerechnet, angesetzt worden, um die Beweise für die Besessenheit der besagten Frau und die Gegenwart des Teufels in ihrem Leibe aufzubringen.

Die Angeklagte ist auf Weisung des Richters unter dem Geleite des Meisters Wilhelm Tournebousche wieder in den Kerker abgeführt worden.

† In nomine Patris, et Filii,
et Spiritus Sancti, Amen

Am dreizehnten Tag des Monats Hornung ist Uns, Hieronymus Cornille, *et cetera*, die obengenannte Schwester Clara vorgeführt worden, um über die ihr zur Last gelegten Vergehen und Missetaten verhört und womöglich dieser Vergehen überführt zu werden.

Von Uns, dem Richter, ist der Angeklagten erklärt worden, auf Grund der verschiedenen Aussagen, die sie in den vorhergegangenen Verhören gemacht habe, sei einleuchtend erwiesen, daß es noch niemals in der Macht eines sterblichen Weibes gestanden habe, so zahlreiche Todesfälle zu bewirken und derart vollkommene Verzauberungen und Hexereien zustande zu bringen, es sei denn, sie stehe mit einem Teufel im Bunde, der in ihrem Leibe hause, und habe ihm ihre Seele verkauft und einen besondern Pakt mit ihm geschlossen. Und auch wenn ein Weib aus Fleisch und Blut ermächtigt sei – sofern eine solche Erlaubnis überhaupt erteilt würde –, das Leben einer Frau zu führen, die ihren Leib verschachert und jedem zu Willen ist, auch dann könne alles dies nicht mit rechten Dingen zugehen. So stehe also fest, daß in ihrem Leib ein Teufel wohne und sein Wesen treibe, der an all dem angerichteten Unheil schuld sei. Sie werde hiermit aufgefordert zu offenbaren, in welchem Alter sie diesem Teufel in ihrem Leibe Wohnstatt gewährt habe, und auch zu gestehen, was für Bedingungen sie mit ihm eingegangen sei. Ferner solle sie auch die Wahrheit über ihre gemeinsam verübten Hexenwerke und Schandtaten bekennen.

Darauf hat die Angeklagte erwidert, sie wolle Uns, obwohl wir nur ein Mensch seien, Rede und Antwort stehen, als stünde sie vor Gott, welcher dereinst unser aller Richter sein wird. Sodann hat sie behauptet, sie habe den Teufel nie gesehen, auch nie mit ihm gesprochen, noch habe sie je gewünscht, ihn zu sehen. Auch habe sie nie das Gewerbe einer Buhldirne betrieben, denn sie habe alle die mannigfaltigen Wonnen, die das Liebesspiel so abwechslungsreich machen, stets nur um der Lust willen genossen, die der allmächtige

Schöpfer in diese Sache gelegt hat; und sie sei jeweils weit mehr durch das Verlangen, gut und liebreich zu dem von ihr geliebten Mann zu sein, dazu getrieben worden als durch ein unablässig stachelndes Gelüste. Hätte sie aber auch einem so beschaffenen Gelüste nachgegeben, so bitte sie doch zu bedenken, daß sie nur ein armes Kind Afrikas sei, dem Gott der Herr ein über alle Maßen heißes Blut verliehen habe und ein so leicht erregbares Wesen, daß jedesmal, wenn sie ein Mann nur anschaute, ihr Herz und alle ihre Sinne lichterloh in Brand gerieten. Und wenn ein verliebter Mann, der ihr beiwohnen wollte, sie, die Angeklagte, irgendwo an ihrem Leib nur angefaßt oder mit der Hand berührt habe, so sei sie, wie sehr sie sich auch dagegen gesträubt habe, schwach geworden und ihm willenlos verfallen, weil Sinne und Widerstandskraft ihr sogleich geschwunden seien. Diese Berührung allein habe schon genügt, um die Erinnerung an unsagbar herrliche Liebeswonnen übermächtig in ihr wachzurufen, wo sie eine unstillbare, wilde Glut entfachte, die ihren Leib gänzlich durchloderte und ihre Adern mit Feuerflammen erfüllte, bis sie vom Kopf bis zu den Füßen nichts mehr war als lauter Liebe. Seit dem Tage, da Dom Marsilis als erster sie zum Verständnis dieser Dinge erweckte, habe in ihr kein anderes Gefühl, kein anderer Gedanke mehr gelebt, und damals habe sie erkannt, wie gemäß, notwendig und unentbehrlich die Liebe ihrem ganzen Wesen sei, so daß ihr seither eines als erwiesen galt: Hätte sie damals keinen Mann gefunden, der ihr dürstendes Gärtlein berieselte, sie wäre im Kloster verschmachtet und elend dahingewelkt. Zum Beweise dessen beteuerte sie hoch und heilig, nach ihrer Flucht aus dem Kloster sei sie nicht einen einzigen Tag, ja keinen kleinsten Augenblick länger schwermütig oder traurig gewesen, vielmehr allezeit froh und glücklich, und so habe sie Gottes heiligen Willen erfüllt, dem sie während der ganzen Zeit, die sie im Kloster vertrauert, entfremdet gewesen sei.

Hiergegen wandten Wir, Hieronymus Cornille, dem bewußten Teufel in Weibsgestalt ein, mit dieser Antwort habe sie offenkundig Gott gelästert, weil wir Menschen alle zum Ruhme Gottes erschaffen seien, auf diese Welt gesetzt, um ihm zu dienen und ihn zu ehren und zu lobpreisen. Auch müßten wir stets seine heiligen Gebote vor Augen haben und ein gottgefälliges Leben führen, auf daß wir die ewige Seligkeit erlangen, nicht aber in einem fort herumliegen und das treiben, was sogar die Tiere nur zu bestimmten Zeiten tun. Darauf hat besagte Klosterschwester zur Antwort gegeben, sie habe Gott stets alle gebührende Ehre erwiesen, habe in allen Landen sich der Armen und Notleidenden angenommen, ihnen immer wieder Geld und Kleidung gespendet und geweint, wenn sie ihre Not gesehen oder von ihrem Leid erfahren habe. Und am Tage des Jüngsten Gerichtes hoffe sie, die Angeklagte, von einer ansehnlichen Schar guter Werke umgeben zu sein, welche Gott wohlgefällig seien und für sie zeugen und um Gnade bitten würden. Des fernern sagte sie, wären nicht ihre Demut und ihre Furcht gewesen, man könnte ihr Vorwürfe machen, und die Angst, sie möchte der Kapitelherren Mißfallen erregen, so hätte sie mit Freuden all ihre Reichtümer hergegeben zur Vollendung der Sankt-Mauritius-Kathedrale. Dort hätte sie zum Heil ihrer Seele fromme Stiftungen gegründet und weder mit ihrer Freude noch mit ihrer Person gekargt. Im Gedanken an diese Aufgabe hätte sie in ihren Liebesnächten doppelte Lust genossen, weil sie, sooft sie geliebt worden sei, einen weiteren Stein zum Bau der Kathedrale beigesteuert habe. Auch wären obendrein zu diesem Zweck und auch um ihres, der Angeklagten, Seelenheils willen alle die Männer, die sie liebten, von Herzen gerne bereit gewesen, ihr ganzes Vermögen darzubringen.

Darauf ward von Uns dieser Hexe geantwortet, sie werde keinerlei Rechtfertigung dafür vorbringen können, daß sie unfruchtbaren Leibes sei, weil sie trotz so ungezählten Paarungen kein Kind zur Welt gebracht habe. Dies beweise, daß in ihrem Leib ein Teufel hause. Außerdem könne einzig Astaroth oder ein Apostel alle Sprachen der Erde reden, sie hingegen spreche in allen Zungen der Welt, woraus ebenfalls klar hervorgehe, daß sie von einem Teufel besessen sei.

Hierauf hat die Angeklagte eingewendet: Was ihre Beherrschung mehrerer Sprachen anlange, so könne sie auf griechisch außer *Kyrie eleison!*, welches sie oftmals im Gebet gebrauche, kein Wort sprechen, auch lateinisch nichts außer *Amen*, das sie an Gott richte, um von ihm Vergebung ihrer Sünden und die Freiheit nach so langer Kerkerhaft zu erflehen. Was nun die übrigen Anklagepunkte und Vorwürfe betreffe, so sei es ihr immer eine schmerzliche Enttäuschung gewesen, daß sie keine Kinder bekommen habe. Wenn die hausbackenen Ehefrauen welche zur Welt brächten, so wohl darum, weil sie nur geringe Lust und wenig Ergötzen bei der Sache verspürten, sie hingegen, die Angeklagte, jedesmal ein Übermaß davon. Doch sei das zweifellos Gottes heiliger Wille; denn der Allwissende habe wohl bedacht, daß allzu großes Glück die Welt an den Rand des Untergangs brächte.

Da Wir dies und noch tausend andere Ausflüchte angehört, welche allesamt zur Genüge beweisen, daß die Schwester Clara von einem Teufel besessen ist, da es ja den Teufel kennzeichnet, daß er stets solche ketzerische Ausflüchte findet, die der Wahrheit aufs Haar gleichsehen, haben Wir angeordnet und verfügt, daß besagte Angeklagte in Unserem Beisein der Folter unterzogen und erbarmungslos gepeinigt werden soll, um den Teufel durch die Qualen der hochnotpeinlichen Befragung auszutreiben oder gefügig zu machen und unter die Autorität der Kirche zu zwingen. Also haben Wir zu Unserem Beistand Frantz von Hangest beigezogen, den heilkundigen Arzt des Kapitels, und haben ihn durch eine weiter unten angeführte Verfügung beauftragt, die Beschaffenheit der weiblichen Natur *(virtutes vulvae)* besagten Weibes zu untersuchen und unsere heilige Religion über die Kniffe und Fallstricke aufzuklären, deren sich dieser Teufel bediente, um die Seelen auf diesem Wege zu verschlingen, sowie auch zu prüfen, ob keinerlei Zauberei und Hexenkünste vorliegen.

Da hat die Moriskin im voraus erbärmlich geweint und bitterlich gestöhnt, hat sich, ungeachtet ihrer Ketten, auf die Knie geworfen und unter verzweifeltem Schreien und Jammern Uns angefleht, diese Verfügung zu widerrufen, hat auch vorgegeben, ihre Gliedmaßen seien so schwach und zart, ihre

Knochen so spröde und fein, daß sie dabei zersplittern würden wie Glas. Zuletzt hat sie dann das Anerbieten vorgebracht, sie wolle sich durch eine Schenkung ihres ganzen Besitzes ans Kapitel freikaufen und unverzüglich außer Landes gehen.

Auf das hin ward sie von Uns aufgefordert, aus freien Stücken zu erklären, sie sei – und sei es von jeher gewesen – ein Teufel von der Art der *succubi*, als da weibliche Teufel sind, denen aufgetragen ist, die Christenmänner durch ihre Buhlkünste und mancherlei trügerische Liebeslüste zu umgarnen und zu verderben. Darauf hat die Angeklagte erwidert, dieses Geständnis wäre eine abscheuliche Lüge, weil sie sich allezeit als ein natürliches Weib von Fleisch und Blut gefühlt habe.

Nun hat der Folterknecht der Angeklagten die Fesseln abgenommen. Sie hat ihre Kleider abgestreift und Uns boshafterweise und mit Vorbedacht die Sinne durch den Anblick ihres Leibes umnebelt, berückt und verwirrt. Selbiger Leib übt in der Tat auf einen Mann übernatürliche Macht und Gewalt aus.

Meister Wilhelm Tournebousche hat, von einer natürlichen Regung übermannt, an dieser Stelle seinen Federkiel niedergelegt und ist hinausgegangen. Zu seiner Entschuldigung machte er geltend, er könne nicht ohne unsagbare Versuchungen, die ihm den Kopf zermarterten, Zeuge dieser Folterung sein, da er spüre, wie der Teufel mit unwiderstehlicher Heftigkeit über ihn Gewalt bekomme.

Hier endete das zweite Verhör. Und weil durch den Gerichtsdiener und Türhüter des Kapitels vermeldet worden war, daß Meister Frantz von Hangest über Land geritten sei, wurden die hochnotpeinliche Befragung und das Verhör auf den folgenden Morgen vertagt, um die Mittagsstunde nach der Messe.

Dies wurde von mir, Hieronymus Cornille, in Abwesenheit Meister Wilhelm Tournebousches aufgeschrieben und zur Beglaubigung von Uns unterzeichnet.

Hieronymus Cornille,
Groß-Pönitentiar

Begehren

Heute, am vierzehnten Tage des Monats Hornung, sind vor Uns, Hieronymus Cornille, erschienen die obgenannten Meister Johann Ribou, Anton Jahan, Martin Malepart, Hieronymus Maschefer, Jakob von Villedomer und der edle Herr von Ydré in Stellvertretung des Bürgermeisters der Stadt Tours. Alle Kläger sind bereits in der im Stadthaus aufgesetzten Klageschrift namentlich aufgeführt. Wir haben ihnen auf Ersuchen der Blanca Bruyn, die nunmehr zugibt, mit der Nonne, genannt Schwester Clara, im Kloster auf dem Karmelberg identisch zu sein, kund und zu wissen getan, daß die genannte Angeklagte, welche beschuldigt wird, vom Teufel besessen zu sein, das Gottesurteil angerufen und sich bereit erklärt hat, die Wasser- und Feuerprobe in Anwesenheit des Kapitels und der ganzen Stadt Tours zu bestehen, um damit den Beweis zu erbringen, daß sie in Wirklichkeit ein Weib und folglich unschuldig sei.

Diesem Ersuchen haben sich die Ankläger angeschlossen, welche unter der Voraussetzung, daß die Stadt dafür bürge, sich erboten haben, den Platz und einen Holzstoß herzurichten, der von den Paten der Angeschuldigten für ziemlich erachtet wird und ihre Zustimmung findet.

Hernach ist von Uns, dem zuständigen Richter, als Zeitpunkt des Gottesurteils der erste Tag des neuen Jahrs, will sagen der nächste Ostertag festgesetzt worden, und zwar haben Wir die Mittagsstunde nach der Messe vorgesehen, nachdem beide Parteien diese Frist als voll ausreichend anerkannt hatten.

Dieser gegenwärtige Beschluß soll auf Betreiben eines jeglichen in allen Städten, Marktflecken und Schlössern der Touraine und des ganzen Landes Frankreich auf ihren Wunsch, ihre Kosten und ihr Betreiben ausgerufen und kundgemacht werden.

Hieronymus Cornille

III

Was der Sukkubus unternahm, um die Seele des alten Richters in seine Gewalt zu bringen, und was für Folgen diese teuflische Sinneslust zeitigte

Dies ist die Niederschrift der letzten Beichte, abgelegt am ersten Tage des Monats März im Jahre des Heils eintausendzweihunderteinundsiebenzig durch Hieronymus Cornille, Priester, Domherr des Kapitels der Kathedrale zu Sankt Mauritius, Großpönitentiar, wiewohl er sich all dieser Ämter und Ehren für unwürdig erachtet. Selbiger, da sein letztes Stündlein herangekommen, hat in frommer Zerknirschung über seine Sünden, Missetaten, Vergehen, Bosheiten und Verfehlungen den Wunsch geäußert, seine Geständnisse möchten zur Verbreitung der Wahrheit, zum Ruhm und Preis Gottes und zur Rechtfertigung des

G. Doré

Gerichtshofes ans Licht der Öffentlichkeit gebracht werden, und ihm möchten sie Linderung seiner Qualen im Jenseits verschaffen. Besagter Hieronymus Cornille hat auf seinem Sterbebett, damit sie seine Erklärungen anhörten und entgegennahmen, zu sich rufen lassen: Johann van dem Hag (de Haga), Vikar an der Kirche zu Sankt Mauritius; Peter Guyard, Schatzmeister des Domkapitels, eingesetzt von unserm gnädigen und hochwürdigsten Herrn Erzbischof Johannes von Monsoreau, die Worte des Sterbenden aufzuschreiben; ferner Dom Louis Pot, einen Mönch aus dem maius monasterium (Marmoustiers), der von ihm zu seinem geistlichen Vater und Beichtiger erwählt worden war. Allen dreien stand der berühmte und hochgelehrte Doktor Wilhelm von Censoris zur Seite, päpstlicher Erzdiakon, gegenwärtig von unserem Heiligen Vater, dem Papst, als Gesandter (legatus) in unsere Diözese entsandt. Endlich waren zahlreiche fromme Christen zugegen, die alle gekommen waren, um Zeugen des Hinscheidens des genannten Hieronymus Cornille zu sein, sobald sein Wunsch bekanntgeworden, er wolle öffentliche Buße tun, weil die Fastenzeit ihrem Ende zugehe und seine Beichte allen Christen, die auf dem Wege zur Hölle schreiten, die Augen werde öffnen können.

In seiner, des Hieronymus, Gegenwart, welcher aus großer Schwäche nicht sprechen konnte, hat Dom Louis Pot unter großer Bewegung aller Umstehenden die folgende Beichte verlesen: »Meine Brüder! Bis in mein neunundsiebzigstes Lebensjahr, in dem ich jetzt stehe, glaube ich, abgesehen von einigen geringen und verzeihlichen Sünden, deren sich jeder Christ, er sei noch so fromm, gegen Gott schuldig macht, die wir aber durch aufrichtige Reue und tätige Buße wiedergutmachen können, ein christliches Leben geführt und das Lob und die Achtung verdient zu haben, die mir in diesem Bistum zuteil wurden, wo ich zum hohen Amt eines Großpönitentiars erhoben ward, dessen ich freilich unwert bin. Nun aber, ergriffen von banger Furcht vor der Glorie Gottes wie auch in Todesangst vor den Qualen, die der Bösen und Sünder in der Hölle harren, habe ich gedacht, das ungeheuerliche Übermaß meiner Schandtaten durch den höchsten Bußakt herabzumindern, welchen ich in meiner Todesstunde, die nunmehr herangekommen, zu tun imstande bin. So habe ich von der Kirche, deren Rechte, Ruhm und Ehre ich mißachtet, verraten und verschachert habe, das Glück erwirkt, mich vor aller Welt, nach Art der alten Christen, meiner Sünden anzukla-

gen. Ach, ich wollte, um noch größere Reue zu bezeigen, ich hätte so viel Lebenskraft in mir, daß ich vor dem Kirchenportal einen ganzen Tag lang auf den Knien liegen könnte, dem Schimpf und Hohn aller meiner Brüder preisgegeben, eine Kerze in der Hand, den Strick um den Hals und mit bloßen Füßen, um Buße dafür zu tun, daß ich den ungeheuerlichen Versuchungen der Hölle nachgegeben und wider die heiligen Gebote Gottes verstoßen habe. Aber bei diesem großen Schiffbruch meiner zerbrechlichen Tugend – möget ihr daraus die Lehre ziehen, das Laster zu fliehen, den Fallgruben des Teufels auszuweichen und euch in den schützenden Schoß der Kirche zu flüchten, wo allein Hilfe und Rettung wohnt – bin ich so gänzlich vom Teufel verblendet gewesen, daß unser Herr und Heiland Jesus Christus um euer aller Fürbitte willen, deren Beistand und Gebete ich erflehe, Erbarmen mit mir armem irregeführten Christen haben wird, dessen Augen in Reuetränen zerfließen. So wünschte ich denn, ich könnte ein neues Leben beginnen, um es in Bußübungen hinzubringen. Hört nun also und zittert in Grauen und Angst:

Auserwählt vom versammelten Domkapitel, den Prozeß gegen den Weibsteufel einzuleiten, durchzuführen und abzuschließen, der in Gestalt einer ketzerischen, gottlosen und gottesleugnerischen Nonne aufgetreten ist und im Heidenland, woher er zu uns gekommen ist, Zulma genannt wurde, im hiesigen Bistum aber unter dem Namen Clara aus dem Kloster des Karmelberges bekannt ist und viel Leid in der Stadt angerichtet hat, indem er mit einer großen Zahl von Männern buhlte und Unzucht trieb, um ihre Seelen dadurch Mammon, Astaroth und Satan, den Fürsten der Hölle, zuzutreiben, daß er sie aus dieser irdischen Welt im Stand der Todsünde dahingehen ließ und ihnen den Tod da gab, wo sonst nur Leben gezeugt wird – auserwählt zu solchem Richteramt, bin ich auf meine alten Tage selbst in dessen Fallstricke gegangen und habe so völlig den Verstand verloren, daß ich meine Amtsobliegenheiten verriet und meine Richterpflicht, die mir, meines hohen Alters wegen, vertrauensvoll vom Kapitel übertragen worden war, gröblich hintansetzte. Vernehmt nun, wie listig der Teufel zu Werke geht, und wappnet euch gegen seine Fallstricke!

Als ich den obengenannten Sukkubus zum erstenmal zum Verhör vorführen ließ, gewahrte ich mit Schrecken, daß die schweren Ketten, mit denen man ihn an Händen und Füßen gefesselt hatte, keinerlei sichtbare Spuren hinterließen. So ließ ich mich durch seine heimliche Kraft wie auch von seiner offensichtlichen Schwäche verblenden, und mein Geist verwirrte sich beim Anblick solcher scheinbar natürlichen Vollkommenheiten, mit welchen sich der Teufel angetan hatte. Ich lauschte dem Wohlklang seiner Stimme, die eine niegekannte Glut in mir entfachte, so daß ich vom Kopf bis hinab zu den Füßen in Feuer stand, und ich hätte jung sein mögen, um mich diesem Teufel, dieser berückenden Frau, mit Haut und Haar zu verschreiben. Es wollte mir scheinen, für ein einziges Stündlein, das ich mit ihr zusammen verbringen könnte, und für die unvorstellbaren Seligkeiten, die ich in diesen liebreizenden Armen genießen würde, wäre mein ewiges Seelenheil nur ein schwaches Entgelt. Da legte ich die Festigkeit und unbestechliche Strenge ab, die ein Richter unentwegt zeigen

muß. Als nun dieser Weibsteufel von mir verhört wurde, setzte er mir mit solchen Worten zu, daß ich schon beim zweiten Verhör fest überzeugt war, ich würde mich eines Verbrechens schuldig machen, wollte ich ein armes schwaches Geschöpf, das wie ein unschuldiges Kind weinte und schrie, mit Folterung und Martern quälen. Doch warnte mich eine Stimme von oben, ich müsse meine Pflicht tun, und diese übergoldeten Worte, diese dem Schein nach himmlische Musik seien nichts als teuflischer Mummenschanz. Dieser so anmutsvolle, zarte Leib werde sich in ein greuliches, haariges Tier mit scharfen Krallen verwandeln, diese sanften Augen in höllische Glutbrände, ihr schöner runder Rücken werde in einen schuppigen Schwanz auslaufen und ihr lieblicher rosiger Mund mit dem liebreizenden Lippenpaar zu einem ekelhaften Krokodilsrachen werden.

So faßte ich neuerlich den Entschluß, den besagten Sukkubus foltern zu lassen, bis er gestehe, weshalb er unsere friedliche Stadt heimgesucht habe, wie von alters her in der ganzen Christenheit verfahren worden ist. Als dann aber dieser Teufel in seiner Weibsgestalt nackt vor mich hintrat und auf die Folterbank gestreckt werden sollte, erlag ich mit einmal der Gewalt seines Zaubers zufolge seiner magischen Beschwörungen. Ich spürte, wie meine alten Knochen knackten, sengendes Licht durchströmte mein Hirn, mein Herz floß über von jungem siedendem Blut, ein heißes Glücksgefühl durchströmte mein ganzes Wesen, und unter dem Einfluß des Zaubers, der durch meine Augen in Herz und Sinne drang, schmolz der Schnee auf meinem Haupte. Ich schlug mein vergangenes christlich gottesfürchtiges Leben in den Wind, vergaß alles, was mir bisher teuer und heilig war, und kam mir vor wie ein ungezogener Schulbube, der sich strolchend in Wald und Feld herumtreibt, die Schule schwänzt und Äpfel stiehlt. Ich hatte nicht mehr die Kraft, auch nur ein einzigmal das Kreuzeszeichen zu schlagen, und aus meinem Gedächtnis war alles ausgelöscht, Gottvater so gut wie unser Herr und Heiland, der Erlöser der Menschheit. Besessen von diesem inneren Gesicht, irrte ich ziellos durch die Gassen, in einem fort klang mir diese wonnesüße Stimme im Ohr, ich wurde das Bild dieses berückenden Frauenleibs nicht los, unablässig raunte mir eine innere Stimme tausenderlei sündhafte Gedanken zu. Endlich traf mich ein heftiger Stoß, den der Teufel mit seiner dreigezinkten Gabel nach mir führte, daß ich gleich einem Eichbaum, den des Holzhauers Axt tief getroffen hat, erzitterte, und so ließ ich mich willenlos von den spitzen Gabelzinken des Teufels dem Kerkerverlies, wo das Weib verwahrt wurde, zutreiben, wiewohl mich mein Schutzengel dann und wann am Ärmel zupfte und gegen diese Versuchung feien wollte. Doch all seinen heiligen Warnungen zum Trotz und ungeachtet seines Beistandes ward ich von Millionen Fängen vorwärtsgezerrt, die sich in mein Herz eingekrallt hatten; und nicht lange, so stand ich im Kerker. Als mir aber die Tür geöffnet wurde, gewahrte ich keine Spur mehr von einem Kerkerverlies, denn der Sukkubus hatte mit Hilfe der höllischen Geister oder Feen ein Zelt aus purpurnen Stoffen und Seidentüchern errichtet, erfüllt mit Wohlgerüchen und Blumengewinden, wo sie sich allerlei Kurzweil hingab. Auch war sie in prachtvolle Gewänder gehüllt, trug kein Halseisen und keine Ketten an Händen und Füßen. Ich ließ mir meine geistlichen Gewänder ausziehen und ward in ein köstlich duftendes Bad geleitet. Hernach hüllte mich die Verführerin in weite sarazenische Gewänder, ließ mir ein Festmahl in kostbaren Schüsseln und Schalen auftragen und in goldenen Bechern Weine aus Asien kredenzen, labte mich mit wunderbaren Gesängen und betörender Musik und obendrein mit tausendfältigen Lobpreisungen, die mir in der Seele wohltaten und meine Ohren aufs angenehmste kitzelten. Immerfort blieb der genannte Sukkubus an meiner Seite, und von seiner verabscheuungswürdigen und doch so süßen Nähe floß mir neue Glut durch die Adern. Mein Schutzengel gab den Kampf auf und verließ mich. Fortan kam mir nur mehr Leben von dem schauerlichen Leuchten, das in den Augen der Moriskin glomm, ich dürstete nach der heißen Umarmung ihres liebreizenden Leibes, immer wollte ich ihre blutroten Lippen fühlen, die ich für natürliche Lippen hielt, und hatte keine Angst vor dem Zubiß ihrer Zähne, die uns in den höllischen Abgrund hinabreißen. Wollüstig streichelte ich ihre zarten Hände, die nicht ihresgleichen hatten, ohne zu bedenken, daß es in Wahrheit scheußliche Krallen waren. Kurzum, ich zappelte vor Ungeduld wie ein Neuvermählter, der's nicht erwarten kann, bis er seine Braut umfangen darf, ohne daran zu denken, daß diese Braut der ewige Tod war. Ich kümmerte mich nicht mehr um die Dinge dieser Welt und vergaß Gottes Gebote, ich hatte nichts mehr im Sinn als meine Liebe zu diesem Weib, immerfort mußte ich an ihre festen Brüste denken, die mich in lodernde Glut versetzten, und an ihr höllisches Pförtlein, worein ich mich mit inbrünstigem Verlangen stürzen wollte. Ach, wehe, meine Brüder! Drei Tage und drei Nächte war ich gezwungen, ihr ununterbrochen beizuwohnen, ohne daß ich die Quelle, die sich aus meinen Lenden ergoß, zum Versiegen bringen konnte. Der Sukkubus hatte sich wie mit zwei scharfen, spitzen Stacheln in mich verkrallt, und von seinen Händen teilte sich meinem armen greisen Leib, meinen ausgedörrten Knochen eine unstillbare Liebeswut mit. Zuerst lockte mich dieser Weibsteufel an sich, indem er eine gelinde Wollust, süß und mild wie Milch, durch meine Adern goß, hernach wurde sie zu verzehrenden, schneidenden Seligkeiten, die mich wie mit hundert Nadeln in meine Knochen, bis ins Mark hinein, ins Hirn und in alle Nerven und Fasern stachen. Dann entbrannte das Innerste meines Kopfes, mein Blut flammte, meine Nerven, mein Fleisch und meine Knochen glühten. Dann loderte ich in höllischem Feuerbrand auf, es zwickte und zwackte mich in allen Gelenken, eine unbeschreibliche, unerträgliche, verheerende Wollust durchschauerte mich, die mir Übelkeit erregte, so daß mir war, mein ganzes Leben verströme sich in dieser Umarmung. Ihr langes üppiges Haar umhüllte meinen abgezehrten Körper, und wie einen Feuerregen spürte ich es auf meiner Haut brennen, jede einzelne Strähne versengte mich gleich den Stäben eines rotglühenden Rostes. In solch tödlich lähmender Verzückung sah ich ganz nahe vor meinem Gesicht das Antlitz des Teufels. Es war flammendrot, lachte und flüsterte mir tausend aufreizende Dinge zu. Ich sei ihr Ritter, ihr Herr und Gebieter, ihr Speer, ihr Tag, ihre Freude, ihr Blitzstrahl, ihr Leben, ihr guter, ihr bester Reitersmann.

Weiter sagte sie, sie möchte immer noch tiefer mit mir vereint sein, sie wünsche sehnsüchtig, ich könnte für alle Zeiten in ihre Haut einschlüpfen und sie könnte dafür in der meinen stekken. Als ich das hörte, tauchte ich unter dem Stachel dieser Worte, welche mir die Seele aus dem Leibe saugten, immer tiefer, immer gieriger in den Schlund der Hölle, in der ich weder Grund noch Boden fand. Und als ich dann keinen Tropfen Blut mehr in meinen Adern fühlte, als meine Seele sich kaum mehr in meinem Leib regte, als fast kein Leben mehr in mir war, da war sie immer noch frisch, blütenweiß, rosig leuchtend, strahlend vor jugendlicher Schönheit, und lachend sprach sie zu mir: ›Armer Narr! Mich für einen Teufel zu halten! Sag mir: Wenn ich dich bäte, mir deine Seele für einen einzigen Kuß zu verkaufen, würdest du sie nicht mit Freuden hergeben?‹

›Mit tausend Freuden!‹ stöhnte ich.

›Und wenn du, um immerfort so wie jetzt mir beiwohnen zu können, dich vom Blute neugeborner Kinder nähren müßtest, auf daß du immer wieder aufs neue in meinem Bette dein Leben verströmen könntest, sag: Würdest du es nicht gerne trinken?‹

›Ja‹, ächzte ich.

›Wenn du Tag und Nacht als mein Reiter reiten könntest, frisch und unbekümmert wie ein Mann in der Blüte seiner Jahre, der das Leben in vollen Zügen genießt, den Kelch der Lust bis zur Neige leert und in Wonnen untertaucht wie ein Schwimmer in der Loire, sag mir: Würdest du um diesen Preis nicht Gott verleugnen, würdest du nicht deinem Heiland ins Antlitz speien?‹

›Ja‹, schluchzte ich.

›Und wenn dir noch zwanzig Jahre mönchischen Lebens vergönnt wären, würdest du sie nicht gegen zwei Jahre dieser Liebe tauschen, deren Glut dich verbrennt? Würdest du nicht alles hingeben, wenn du dich dafür immerzu so anmutig tummeln dürftest?‹

›Ja‹, jubelte ich.

Da spürte ich, wie hundert scharfe Krallen mir das Zwerchfell zerfleischten, ich hatte ein Gefühl, als ob tausend spitze

Adlerschnäbel laut kreischend in meinen Eingeweiden ihre Atzung suchten. Dann ward ich mit einmal, mit diesem Sukkubus unter mir, hoch in die Lüfte emporgetragen. Er hatte seine Schwingen ausgebreitet und sprach zu mir: ›Reite, reite mein Reitersmann! Halte dich fest an der Kruppe deiner Stute, klammere dich an ihre Haare, an ihren Hals, und reite, reite, mein Reiter! Alles, alles reitet, Mensch und Tier, Weib und Mann, Himmel, Erde und Hölle!‹

Ich sah wie einen Nebel die Städte der Erde. Und durch eine besondere Gabe sah ich alle die Männer mit einem weiblichen Teufel sich paaren, sah ich sie huren und bocken, wild zeugend in großer Lust. Alle schrien tausend Liebesworte, stießen Lustschreie aus, stöhnten und keuchten, und alle waren in enger Umschlingung vereint, in unaufhörlichen Zuckungen ineinander verhaftet. Dann zeigte mir mein Weibspferd mit dem Kopfe der Maurin, indes wir ohne Rast im Galopp durch die Wolkenbänke dahinflogen, die Erde, welche sich mit der Sonne paarte. Aus ihrer Paarung entsproß eine Saat von Sternen, und dort paarte sich jede männliche Welt in Wollust mit einer weiblichen. Doch statt der Liebesworte, wie sie irdische Geschöpfe stammeln, schwitzten diese Welten in schwerer Mühsal Gewitterstürme aus, die über uns niedergingen; sie schleuderten Blitze, und ihr Stöhnen klang wie Donnerrollen. Immer höher stiegen wir, und ich gewahrte hoch über allen Welten die weibliche Natur aller Dinge, die sich mit dem Fürsten der Bewegung paarte. Da setzte mich der Sukkubus zum Spott mitten hinein ins Herz dieser schauerlichen Paarung, die kein Ende nahm und worin ich unterging, verloren gleich einem Samenkörnchen im weiten Meer. Und in einem fort schrie mir meine weiße Stute ins Ohr: ›Reite! Reite, mein wackerer Reitersmann, reite! Alles, alles reitet!‹ Da ich nun sah, wie winzig, wie nichtig ein Priester in dieser Springflut von Weltensaaten war, wo alles sich begattete und wütend besprang, die Metalle, Gesteine, Wasser, Lüfte, Donner, Fische, Pflanzen, Tiere und Menschen, die Geister, die Welten, die Sterne – da verleugnete ich meinen Glauben. Der Sukkubus wies mir den großen Sternenfleck, der am Himmel zu sehen ist, und sprach zu mir, diese Milchstraße sei ein Tropfen himmlischen Samens, der weggespritzt sei von einem gewaltigen Erguß der zeugenden Welt. Und immer weiter, immer weiter ritt ich auf dem rasend gewordenen Sukkubus, im Lichtschein der Millionen und aber Millionen von Sternen, und im Reiten hätte ich die Natur dieser tausend Millionen von Geschöpfen spüren mögen.

Nach dieser übermenschlichen Anstrengung, nach dieser gewaltsamen Liebeslust ward ich an allen meinen Gliedmaßen gelähmt und konnte mich nicht mehr rühren. Ich tat einen tiefen Fall und vernahm ein gellendes höllisches Hohnlachen. Und als ich aufwachte, lag ich in meinem Bett, und um mich herum standen meine Diener, die mutig mit dem Teufel gerungen und auf das Bett, worin ich lag, einen vollen Kübel Weihwasser gegossen und heiße inbrünstige Gebete zu Gott emporgesandt hatten. Doch ungeachtet ihres Beistandes hatte ich noch einen fürchterlichen Kampf mit dem Sukkubus zu bestehen, dessen Fänge mein Herz umkrallt hielten, so daß ich unnennbare Qualen erdulden mußte. Wiewohl ich mich, durch die Stimmen meiner Diener, Anverwandten und Freunde wieder ins Leben gerufen, nach Kräften anstrengte, das Zeichen des Kreuzes zu schlagen, hockte der Sukkubus auf meinem Bett, bald oben am Kopfende, bald unten zu meinen Füßen, überall, und versuchte mir die Glieder zu verrenken. Dazu lachte er und schnitt gräßliche Fratzen, spiegelte mir tausende unzüchtige Bilder vor die Augen und gab mir tausend böse Gelüste und Begierden ein. Dessenungeachtet erbarmte sich unser hochwürdiger Herr Erzbischof meiner und ließ die heiligen Gebeine Sankt Gatians herbeiholen, und kaum hatte der heilige Schrein zu meinen Häupten das Bett berührt, so war der besagte Sukkubus gezwungen, die Flucht zu ergreifen. Er hinterließ einen heillosen Gestank von Schwefel und höllischem Brodem, weswegen meine Diener, Freunde und andere Leute, die zugegen waren, sich einen ganzen Tag lang räuspern, husten und niesen mußten.

Da erleuchtete Gottes Himmelslicht meine Seele, und ich erkannte, daß ich infolge meiner Sünden und meines Kampfes mit dem bösen Geist in höchster Todesgefahr schwebte. Drum erflehte ich vom Allerhöchsten die besondere Gnade, noch eine Spanne Zeit am Leben bleiben zu dürfen, damit ich Gottes und seiner heiligen Kirche Ruhm und Preis verkünden konnte, machte dafür auch des Heilands Opfertod am Kreuze geltend, und daß Jesus zum Heil aller Christen gestorben sei. Dies Gebet ward erhört, und ich erstarkte so weit, daß ich mich meiner Sünden bezichtigen und alle Glieder der Kirche zu Sankt Mauritius dazu bewegen konnte, mir Hilfe und Beistand zu leihen, damit ich aus dem Fegefeuer erlöst werde, wo ich meine Sünden und Missetaten mit endlosen Qualen büßen muß.

Zum Schluß meiner Beichte erkläre ich, daß meine Verfügung, wonach für den genannten Weibsteufel ein Gottesurteil angerufen und die Feuer- und Wasserprobe angestellt werden soll, ein feiger Vorwand ist, der meinem bösen Willen entsprang und mir von dem Sukkubus voll Arglist eingegeben ward. Denn auf diese Weise hätte er Mittel und Wege gefunden, der Gerechtigkeit des Erzbischofs und des Kapitels zu entrinnen, zumal er mir heimlich gestanden hat, er habe die Macht, an seiner Statt einen Teufel erscheinen zu lassen, der solche Prüfungen gewohnt sei. Zum Schluß vermache ich letztwillig dem Kapitel der Kirche zu Sankt Mauritius alle meine Habe und mein Eigentum jeglicher Art mit der Bestimmung, daß daraus eine Kapelle in der genannten Kirche gestiftet, erbaut und ausgeschmückt werde. Diese Kapelle soll Sankt Hieronymus und Sankt Gatian geweiht sein, von welchen der eine mein Schutzpatron, der andere aber der Retter meiner Seele ist.«

Dies wurde von allen, die zugegen waren, vernommen und hernach dem geistlichen Gericht unterbreitet von

Johann van dem Hag (Johannes de Haga).

Wir, endesunterzeichneter Johann van dem Hag (Johannes de Haga), von der Gesamtheit des versammelten Kapitels nach Brauch und Herkommen zum Großpönitentiar von Sankt Mauritius erwählt und mit der Wiederaufnahme und

Durchführung des Prozesses gegen den höllischen Sukkubus, der gegenwärtig im Kerker des Kapitels in Gewahrsam gehalten wird, betraut, haben eine neuerliche Untersuchung angeordnet, wobei alle diejenigen in der Diözese wohnhaften Leute vernommen werden sollen, die von den darauf bezüglichen Vorfällen Kenntnis haben. Wir erklären alle anderen Verfügungen, Einvernahmen, Verhöre und Beschlüsse für null und nichtig und heben sie im Namen der im Generalkapitel versammelten Geistlichkeit, die höchste Machtvollkommenheit besitzt, auf; Wir verfügen auch zugleich, daß der arglistig erschlichenen Anrufung eines Gottesurteils nicht stattgegeben werden soll in Anbetracht der maßlosen Hinterlist des Teufels, die dabei zu gewärtigen wäre. Und soll dies Urteil beim Klang der Trompeten an allen Orten und Plätzen des Sprengels verkündet werden, wo im vergangenen Monat die fälschlich erlassenen Edikte kundgemacht wurden, die allesamt erwiesenermaßen auf Anstiften des Teufels erlassen wurden, wie der verstorbene Hieronymus Cornille selbst eingestanden hat.

Mögen alle frommen Christen unserer heiligen Kirche und ihren Geboten Beistand leihen.

Johann van dem Hag

IV

Wie die Moriskin aus der Fürlingasse so ungebärdig und wild sich ihrer Haut wehrte, daß sie nur mit großer Mühe lebendigen Leibes verbrannt werden konnte, der Hölle zum Trotz

Das Folgende ward im Monat Mai des Jahres 1360 als Testament und letztwillige Verfügung niedergeschrieben.

Mein teurer und vielgeliebter Sohn!

Wenn es dir dereinst verstattet sein wird, dies zu lesen, so werde ich, dein Vater, im Grabe ruhen und deine Fürbitte auf mich herabflehn und dich von ganzem Herzen bitten, dein Leben so einzurichten, wie es dir in diesem Vermächtnis anempfohlen wird, das ich dir zum weisen Haushalten in deiner Familie, zu deinem Glück und deiner Sicherheit hinterlasse. Denn ich habe dies Schreiben zu einer Zeit verfaßt, da mein Sinn und Verstand noch unter dem frischen und ungeschwächten Eindruck des ungeheuerlichsten, himmelschreiendsten Unrechts stand, das Menschen begangen hatten.

Als ich zum Mann herangereift war, hegte ich den Ehrgeiz, in der geistlichen Laufbahn hochzukommen und zu den höchsten Würden zu gelangen, denn ein schöneres Leben konnte ich mir nicht denken. In solch ernster Absicht lernte ich lesen und schreiben und brachte es mit großer Mühe so weit, daß ich in den geistlichen Stand Aufnahme fand. Da ich jedoch keinen mächtigen Beschützer und Gönner hatte, auch sonst keinen guten Rat wußte, wie ich vorankommen und meinen Weg machen konnte, verfiel ich auf den Gedanken, mich als Sekretarius, Schreiber und Rubrikator dem Domkapitel zu Sankt Mauritius anzutragen, in dem die angesehensten und begütertsten Persönlichkeiten der Christenheit beisammensaßen, zumal sogar der König von Frankreich dort nur ein einfacher Domherr ist. So war zu hoffen, daß ich hier eher als überall sonst Gelegenheit finden würde, einem von diesen Herren einen namhaften Dienst zu erweisen und so einen Herrn und Gönner zu gewinnen, mit dessen Hilfe ich dann die geistliche Laufbahn emporsteigen und schließlich, wie so manch anderer vor mir, mit der Mitra gekrönt und irgendwohin auf einen Erzbischofssitz berufen werden könnte.

Doch waren diese hochfliegenden Pläne gar zu vermessen und ehrgeizig, wie Gott der Allmächtige mir auch durch den Lauf der Ereignisse zu erkennen gegeben hat. Denn statt meiner wurde Herr Johann von Villedomer, der seither Kardinal geworden ist, in die ersehnte Würde eingesetzt, und ich wurde verworfen und übergangen. In dieser schweren Stunde wurden meine Sorgen und Kümmernisse durch den Rat des guten alten Herrn Hieronymus Cornille, des Pönitentiars der Kathedrale, etwas gelindert – ich habe seiner ja des öftern Erwähnung getan. Der teure Mann nötigte mich mit mildem Zuspruch, das Amt eines Schreibers und Protokollführers beim Domkapitel zu Sankt Mauritius und beim erzbischöflichen Gericht in Tours zu übernehmen. Dieses Amtes entledigte ich mich recht ehrenvoll, denn ich genoß den Ruf eines trefflichen und gewandten Schreibers.

Im selben Jahr, als ich ein Priesteramt anzutreten hoffen konnte, ward der vielberufene Prozeß gegen den Teufel aus der Fürlingasse anberaumt und eingeleitet, von dem noch heute die alten Leute erzählen und dessen Geschichte sie Kindern und Kindeskindern in der traulichen Dämmerstunde berichten. Seinerzeit war in ganz Frankreich von nichts anderem die Rede. Da nun mein Vorgesetzter, der es gut mit mir meinte, hoffte, das werde meinen ehrgeizigen Plänen förderlich sein und das Kapitel werde mir um dieser Hilfeleistung willen irgendeine höhere Würde oder Pfründe verleihen, ließ er mir das Amt zukommen, alles protokollarisch aufzuzeichnen, was in diesem hochnotpeinlichen Verfahren urkundlich festgehalten werden sollte.

Von allem Anfang an war der edle Herr Hieronymus Cornille, ein Mann hoch in den Siebzigern, ein kluger, verständiger, rechtlicher und besonnener Greis, voll Argwohn und Bedenken, es würden in diesem Prozeß mancherlei böswillige Anschläge zu gewärtigen sein. Wenngleich ihm leichtfertige Weiber, die mit ihrem Leibe Hurerei treiben, in tiefster Seele zuwider waren und er auch zeit seines Lebens mit keinem Weibe Umgang gehabt, vielmehr allezeit ein heiliges, gottgefälliges und verehrungswürdiges Leben geführt hatte, so daß sein makelloser, tugendlicher Lebenswandel bei seiner Wahl zum Richter den Ausschlag gab, so stand für ihn nichtsdestoweniger schon nach den ersten Zeugenaussagen und dem ersten Einvernahmen der beklagenswerten Dirne fest, daß dies lebensfrohe Weib freilich ihr klösterliches Gelübde gebrochen hatte, daß sie aber hinsichtlich der Teufelskünste und Hexenzauber gänzlich unschuldig war. Vielmehr hatte ihr großer Reichtum ihren Widersachern in die Augen gestochen und ihre Begehrlichkeit geweckt, und auch noch andere Leute, deren Namen ich dir hier vorsichtshalber nicht nennen will, trugen danach Verlangen. Zu jener Zeit war jedermann überzeugt, sie sei so unermeßlich reich und nenne solche Berge von Gold und Silber ihr eigen, daß manche sogar behaupteten, sie könnte die ganze Grafschaft Touraine damit kaufen, wenn es ihr Spaß machte. So liefen denn tausend und aber tausend Lügen und Verleumdungen über diese Dirne, ausgesprengt von den neidisch gewordenen ehrbaren Frauen, in der Stadt und weit darüber hinaus um; und man glaubte daran wie ans heilige Evangelium.

Unter diesen Umständen überredete der hochwürdige Herr Hieronymus Cornille, der wohl erkannte, daß dieses Mägdlein von keinem andern Teufel besessen war als vom mannstollen Liebesteufel, die Ärmste dazu, einzuwilligen, daß sie bis an ihr Lebensende in einem Kloster eingesperrt bleibe. Als ihm hernach mehrere tapfere Ritter, kampferprobte, beherzte Männer und mit Gütern reich gesegnet, hoch und heilig beteuerten, sie würden alles dran wagen, sie zu retten, da legte er ihr insgeheim nahe, bei ihren Anklägern ein Gottesurteil zu erwirken, zuvor jedoch ihren ganzen Besitz und all ihr Eigentum dem Domkapitel zum Geschenk zu machen, um so den bösen Zungen das Handwerk zu legen. Damit gedachte er die lieblichste Menschenblume, die jemals vom Himmel in unser irdisches Jammertal herabgekommen ist, vor dem Scheiterhaufen zu bewahren, welche Frauenblüte in nichts sündigte, es sei denn durch übermäßige Liebeswilligkeit und gar zu großes Mitgefühl mit der Liebespein, die ihre Augen den Herzen ihrer Verehrer zugefügt hatten.

Aber da griff der leibhaftige Teufel in Gestalt eines Mönches in diese Angelegenheit ein. Das kam so: Ein grimmiger Feind des guten Herrn Hieronymus Cornille, der ihm sein tugendliches Leben, seinen lautern Charakter und seinen gottgefälligen Wandel bitter neidete, ein Mann namens Johann van dem Hag, hatte in Erfahrung gebracht, daß das arme Mädchen in seinem Kerker angeblich wie eine Königin gehalten werde. Er ging also hin, klagte den Großpönitentiar des heimlichen Einvernehmens mit ihr an und warf ihm in seiner maßlosen Bosheit vor, er sei ihr verfallen und hörig, weil sie ihn – so behauptete der niederträchtige Verleumder – jung, verliebt und glücklich mache. Um dieser verleumderischen Anklage willen starb der arme alte Herr vor Kummer an einem einzigen Tage dahin, denn er hatte daraus erkannt, daß ihm Johann van dem Hag den Untergang geschworen hatte und nach seinen Ämtern und Würden trachtete.

Wirklich nahm unser hochwürdigster Herr Erzbischof den Kerker in Augenschein und betraf die Moriskin in einem freundlichen Stübchen, auf einer bequemen, weichen Lagerstatt und ihrer Ketten ledig. Sie hatte nämlich einen kostbaren Diamanten an einem Örtchen versteckt, wo ihn niemand vermutet und auch keiner geglaubt hätte, daß er darin

Platz finden würde, und mit diesem wertvollen Edelstein hatte sie den Kerkermeister bestochen, damit er Milde walten ließ. Damals munkelten freilich manche Leute, dieser Kerkermeister sei gleichfalls in sie verliebt gewesen und habe aus Liebe, oder wohl eher aus Furcht vor den jungen adligen Herren, den Liebhabern dieser Frau, insgeheim ihre Flucht in die Wege geleitet.

Da nun der gute, edle Herr Cornille im Sterben lag und das Kapitel auf Betreiben des Johann van dem Hag es für nötig erachtete, die richterlichen Verfügungen und Maßnahmen des Pönitentiars für null und nichtig zu erklären, auch seine Erlasse aufzuheben, da bewies der genannte Johann van dem Hag, derzeit noch einfacher Hilfsgeistlicher an der Kathedrale, daß hierzu ein öffentliches Beichtbekenntnis genüge, das der Sterbende auf seinem Totenbett ablegen müsse. Daraufhin ward der alte Mann, der in den letzten Zügen lag, von den Domherren des Kapitels, den Geistlichen von Sankt Martin und denen von Marmoustiers, vom Erzbischof und auch von dem päpstlichen Legaten gequält und gepeinigt, damit er zu Nutz und Frommen der Kirche widerrufe. Aber der aufrechte, fromme Mann wollte nicht nachgeben. Nach tausend Leiden und Qualen jedoch rüstete man zu seiner öffentlichen Beichte, der die angesehensten Leute der Stadt beiwohnten. Sie verbreitete unbeschreibliches Grauen und gewaltige Bestürzung. In allen Kirchen des Bistums wurden öffentliche Bittgottesdienste und Bußandachten abgehalten, diese unselige und schwärende Wunde auszutilgen, und jeder lebte in ständiger Furcht, den Teufel durch den Schornstein in sein Haus niederfahren zu sehen.

Die Wahrheit aber ist, daß mein seelenguter Meister Hieronymus Cornille in wilden Fieberträumen lag und Kühe in seiner Kammer zu sehen wähnte, während man diesen Widerruf von ihm erpreßte. Als dann der Fieberanfall vorüber war, weinte der arme gottesfürchtige Mann bitterlich, da ich ihm den üblen Schacher erzählte. Er starb in meinen Armen, im Beisein seines Arztes, in bitterer Verzweiflung über diesen unwürdigen Mummenschanz; und ehe er den Geist aufgab, sagte er uns, er trete nun vor Gottes Angesicht und werde sich ihm zu Füßen werfen und ihn anflehen, er möge nicht zulassen, daß ein so beklagenswertes Unrecht begangen werde. Die arme Mohrendirne hatte ihn mit ihren Tränen und auch durch ihre aufrichtige Reue tief gerührt, denn bevor er ihr anriet, das Gottesurteil anzurufen, hatte er ihr die Beichte abgenommen, und da war die himmlisch reine Seele, welche in diesem Leibe wohnte, aus ihren Banden erlöst worden. Er schwärmte von ihr als von einem lauteren Diamanten, würdig, Gottes heilig-hehre Krone zu zieren, wenn sie dereinst hienieden ihre Sünden gebüßt und den irdischen Leib verlassen habe.

Da ich nun, mein lieber Sohn, durch das Gerede der Leute und auch durch die arglosen und unverblümten Aussagen dieser bedauernswerten Unglücklichen dem ganzen Lügengespinst auf die Spur kam, entschloß ich mich auf den Rat des Meisters Frantz von Hangest, des Arztes an unserem Domkapitel, eine Krankheit vorzuschützen und den Dienst an der Kirche zu Sankt Mauritius aufzugeben, da ich meine Hände nicht in unschuldiges Blut tauchen wollte, das zum Himmel schreit und ewiglich bis zum Jüngsten Gericht anklagend zum Himmel schreien wird.

Nun ward der Kerkermeister mit dem Bann belegt und an seiner Statt der jüngere Sohn des Folterknechts eingesetzt, der die Moriskin in ein finsteres Verlies warf, ihr unmenschlicherweise an Händen und Füßen Ketten, jede fünfzig Pfund schwer, anlegte und sie außerdem in einen hölzernen Gürtel zwängte. Dann wurde der Kerker von den Armbrustschützen der Stadt und von den reisigen Knechten des Erzbischofs bewacht. Die Dirne ward gefoltert und gemartert, und man brach ihr alle Knochen im Leibe. Da sagte sie, vom Schmerz überwältigt, alles aus, was Johann van dem Hag hatte wissen wollen, und wurde auch sogleich zum Feuertod auf dem Sankt-Stephans-Feld verurteilt. Zuvor jedoch sollte sie, nur mit einem Schwefelhemd bekleidet, vor dem Kirchenportal zur Schau gestellt werden. Ihr Besitz und Eigentum aber sollte dem Kapitel verfallen, *et cetera*.

Dies Urteil brachte große Unruhen und bewaffnete Aufstände über die Stadt, weil nämlich drei junge Ritter aus der

Touraine geschworen hatten, sie wollten im Dienste der Ärmsten sterben und sie mit allen erdenklichen Mitteln befreien. Sie brachen in die Stadt ein, und in ihrem Gefolge kamen Tausende von Bettlern und Hungerleidern, Tagelöhner, ausgediente Söldner, Kriegsleute, Handwerker und andere, die die genannte Moriskin mildtätig unterstützt, aus Not und Armut errettet, vor Hunger bewahrt und dem Elend entrissen hatte. Und aus allen Löchern und Winkeln der Stadt kam ihnen Zuzug von Leuten, denen sie Gutes erwiesen hatte. Als sich die nun alle erhoben und unter dem Schutz der Reisigen und Kriegsknechte der genannten adligen Herren am Fuße des Ludwigsberges zusammengerottet hatten, strömte ihnen aus zwanzig Meilen im Umkreis alles Lumpengesindel zu, und eines Morgens rückten sie vor das erzbischöfliche Gefängnis, umlagerten es und verlangten mit aufrührerischem Geschrei, man müsse ihnen die Mohrin herausgeben. Es klang, als ob sie sie hätten totschlagen wollen, in Wahrheit aber wollten sie sie befreien und insgeheim auf einen bereitgehaltenen Renner setzen, um ihr zur Flucht zu verhelfen, denn sie saß zu Pferde, als wäre sie mit ihm verwachsen, und konnte reiten wie ein Stallmeister.

Bei diesem gewaltigen Aufruhr haben wir es erlebt, wie sich zwischen den Gebäuden des erzbischöflichen Palastes und den Flußbrücken mehr denn zehntausend Menschen heranwälzten, ein wimmelndes, tosendes Menschenmeer; ungerechnet alle die zahllosen Gaffer, die auf die Dächer der Häuser geklettert waren oder erhöhte Punkte erklommen hatten, um von dort aus die empörten Volksmassen besser zu übersehen. Kurzum, man konnte deutlich auf dem andern Loire-Ufer, jenseits von Sankt Symphorion, das wildwütende Gebrüll und tobsüchtige Geschrei der frommen Christen hören, welche

DEGHOUY.

gutgläubig bei diesem Sturm auf den Kerker mitmachten, wie auch derer, die das Gefängnis in der Absicht umdrängten, der armen Mohrendirne zur Flucht zu verhelfen. So erdrückend und rücksichtslos, so wild war das Hinundherwogen dieser Menschenmasse, die nach dem Blut der Ärmsten dürstete – welcher die Rasenden allesamt zu Füßen gefallen wären, hätten sie sie bloß gesehen! –, daß sieben Kinder, elf Frauen und acht Bürger von ihnen zu Tode gedrückt und zerstampft wurden. Sie waren bis zur Unkenntlichkeit verstümmelt und richtig zu Brei zertreten. Ja, so weit aufgerissen klaffte das Riesenmaul dieses Leviathans, Volk genannt, dieses greulichen Ungeheuers, daß man das Gebrüll meilenweit bis hinaus in die umliegenden Dörfer vernahm. Alle schrien wild durcheinander. »Schlagt ihn tot, den Sukkubus!« – »Gebt uns den Teufel heraus!« – »Reißt sie in Stücke! Ich will ein Viertel von ihr!« – »Ich will ein Büschel Haare!« – »Mir den Fuß!« – »Du kriegst den Schopf!« – »Gebt mir den Kopf!« – »Mir ihr Ding!« – »Ist er rot, der Teufel?« – »Bekommt man ihn zu sehen?« – »Wird man ihn sieden? Schlagt ihn tot! Haut ihn nieder! Bringt ihn um!« Jeder gab seinen Senf dazu. Doch der Schrei: »Heraus mit Gottes Widerpart! Gebt ihn uns preis! Schlagt ihn tot, den Sukkubus!« ertönte so einstimmig, so erbittert und gellend aus der tobenden Menge, daß einem dabei Herz und Ohren zugleich bluteten. Vereinzelte zaghafte Rufe, die Gnade und Erbarmen heischten, verhallten ungehört und drangen kaum bis zu den Häusern herüber. Um dieses Ungewitter, das alles zu überfluten und niederzutrampeln drohte, zu besänftigen, verfiel der Erzbischof auf den Gedanken, unter großem Gepränge mit dem Allerheiligsten in feierlicher Prozession durch die Straßen zu ziehen; und so rettete er das Kapitel vor der Zerstörung, weil nämlich das Bubenpack und auch die adligen Ritter geschworen hatten, sie würden das Kloster niederbrennen und die Domherren erschlagen. Mit dieser geistlichen Kriegslist erreichte er's, daß die Menge gezwungen war, sich zu zerstreuen, und der Hunger die Aufrührer nach Hause trieb.

Da befiel die Klöster der Touraine, die Bürger und auch die adligen Herren große Furcht, es könnte andern Tages zu

LAVIEILLE

Plünderungen und weiterem Aufruhr kommen, und sie traten heimlich noch in derselben Nacht zusammen und schlossen sich dem Entscheid des Kapitels an. Sie sorgten auch dafür, daß die Reisigen, Bogner, Ritter und bewaffneten Bürger scharenweise in der Stadt Wacht hielten, und so geriet mehr denn ein Trupp Hirten, Landstreicher, Strolche und fahrendes Volk, die erfahren hatten, wie in Tours alles drunter und drüber ging, und sich zu der Masse der Unzufriedenen schlagen wollten, in einen Hinterhalt und ward zusammengehauen.

Der edle Herr Harduin von Maillé, ein hochbetagter Ritter aus vornehmem Geschlecht, nahm die jungen Hitzköpfe ins Gebet, die sich auf die Seite der Mohrin geschlagen hatten, und redete verständig und ruhig mit ihnen, fragte sie auch, ob sie denn um eines hübschen Weibes willen die ganze Touraine mit Feuer und Schwert verheeren wollten? Und wenn sie dabei siegreich blieben, ob sie dann das Gesindel, das sie herbeigerufen hatten, wieder meistern könnten? Diese plündernden Raubgesellen würden zuerst die Schlösser und Burgen ihrer Feinde niederbrennen und hernach die ihrer Rädelsführer stürmen und zerstören. Da aber der Aufruhr zunächst mißlungen, für den Augenblick jedenfalls die Stadt gesäubert und ruhig sei, könnten sie doch nicht im Ernst glauben, sie vermöchten die Oberhand über die Kirche von Tours zu gewinnen, denn sicherlich werde die Geistlichkeit den König zu Hilfe rufen. Solche und noch tausend andere Ermahnungen gab er ihnen zu bedenken. Dem hielten die jungen Ritter entgegen, es werde dem Kapitel ein leichtes sein, nächtlicherweile die Dirne entweichen zu lassen, und damit sei dann dem Aufruhr jeder Nährboden entzogen. Auf dieses verständige und menschenfreundliche Ansinnen gab der hochwürdige Herr von Censoris, der päpstliche Legat, zur Antwort, jetzt gelte es, daß die Religion und die Kirche stark und mächtig bleibe. Und also mußte die arme Dirne für alles büßen, denn es ward ein Abkommen getroffen, wonach über diesen Aufstand keinerlei Untersuchung durchgeführt werden sollte.

Nun hatte das Kapitel völlig freie Hand, die Hinrichtung der Ärmsten in die Wege zu leiten. Auf zwölf Meilen im Umkreis litt es groß und klein nicht mehr zu Hause, alle

Welt strömte zu diesem Weiheakt und feierlichen Begängnis in Scharen herbei. Und an dem Tage, da der himmlischen Gerechtigkeit Genüge getan und der Sukkubus der weltlichen Gerichtsbarkeit überantwortet werden sollte, um öffentlich vor dem ganzen Volk auf einem Holzstoß den Feuertod zu erleiden, hätte auch um ein Pfund Gold kein Bauer, ja nicht einmal ein Abt in der ganzen Stadt Tours eine Unterkunft gefunden. In der Nacht vor dem grausigen Schauspiel nächtigten viele draußen vor der Stadt auf freiem Feld in Zelten oder auf Strohschütten. Für Speise und Trank hatte niemand vorgesorgt, es fehlte an allem Eßbaren, und mancher, der mit vollem Bauch hergekommen war, ging mit leerem Magen heim und hatte doch nichts gesehen außer dem Feuerschein aus weiter Entfernung. Und die Wegelagerer und Straßenräuber lachten sich ins Fäustchen, denn es lief ihnen manch fetter Fang in die Hände.

Die arme Dirne war mehr tot als lebendig. Ihr Haar war schlohweiß geworden. Sie war nur noch Haut und Knochen, und ihre Ketten wogen schwerer als sie selbst. Wenn sie in ihrem Leben zuviel Freuden genossen hatte, so büßte sie es schwer in diesem Augenblick. Wer sie damals hatte vorbeiwanken sehen, erzählte später, sie habe herzzerreißend geweint und geschrien, so jammervoll und kläglich, daß allen Umstehenden, auch den hartherzigsten und rachewütigsten, vor Mitleid die Tränen in die Augen traten. Darum mußte man ihr in der Kirche einen Knebel in den Mund stopfen, auf welchen sie biß, wie eine Eidechse in einen Stecken beißt. Hierauf band sie der Henker an einem Pfahl fest, damit sie aufrecht stehen konnte, denn sie sank alle Augenblicke zusammen und fiel aus übergroßer Schwäche zu Boden. Doch mit einmal fand sie fast übermenschliche Kräfte, denn trotz allem – so hat man später erzählt – konnte sie die Stricke abschütteln und mitten durch die Kirche davonlaufen wie ein gehetztes Tier. Nun entsann sie sich wieder ihres einstigen Berufes und kletterte mit unglaublicher Behendigkeit empor zu den obern Galerien, wo sie einem Vöglein gleich an den Säulen, Pfeilern und zierlich gemeißelten Steinfriesen entlanghuschte. Schon wollte sie auf die Dächer hinausflüchten,

PISAN.

da zielte ein Soldknecht mit seiner Armbrust auf sie und traf sie mit einem Pfeil in den Fußknöchel. Doch das arme Weib achtete nicht auf ihren zerschmetterten und halb abgeschossenen Fuß, sondern rannte weiter durch die Kirche, so geschwind sie auf ihren gebrochenen Knochen hinken konnte, kümmerte sich auch nicht um die wahnsinnigen Qualen noch um das ringsumher spritzende Blut, so fürchterlich war ihre Angst vor den Flammen des Scheiterhaufens. Endlich wurde sie ergriffen und gefesselt, auf einen Karren geworfen und zum Holzstoß geführt, und von diesem Augenblick an hat sie kein Mensch mehr schreien oder wehklagen hören.

Die Sage von ihrer ans Wunderbare grenzenden Flucht durch die Kirche lief im Volke um und trug noch zu dem Aberglauben bei, sie sei der Leibhaftige, und manche behaupteten sogar, sie sei durch die Lüfte geflogen.

Als sie der Nachrichter der Stadt ins Feuer warf, machte sie noch zwei oder drei grauenvolle Sprünge, bäumte sich verzweifelt auf und fiel dann mitten hinein in die lodernden Flammen des Scheiterhaufens, welcher noch den folgenden Tag und auch in der Nacht weiterbrannte. Am nächsten Abend ging ich hin und schaute, ob noch etwas übriggeblieben war von dem Mädchen, das so sanft, so anmutig und so voll Liebe gewesen war. Aber ich fand nichts mehr außer einem armseligen Splitter ihres Beckenknochens, in dem trotz dem gewaltigen Feuer noch ein wenig Feuchtigkeit zu spüren war, ja manche sagten, er habe noch gezuckt wie ein Weib, wenn ein Mann es beschläft. Ich kann dir nicht sagen, mein lieber Sohn, welch eine bittere, unsagbare Trübsal zehn Jahre lang auf mir lastete. Ohne Unterlaß mußte ich an diesen Engel denken, den verruchte, böswillige Menschen zu Tode gequält hatten, und immerzu schauten mich ihre liebevollen Augen an. Kurzum, die überirdische Schönheit, alle die reichen Gaben dieses arglosen, unverdorbenen Kindes strahlten Tag und Nacht vor meinen Augen, und ich betete in der Kirche, wo sie zu Tode gemartert worden war, für ihr ewiges Seelenheil. Endlich brachte ich nicht den Mut und auch nicht die Kraft auf, ohne Schaudern dem Großpönitentiar Johann van dem Hag ins Antlitz zu blicken, welcher, von den Läusen bei lebendigem Leibe aufgefressen, eines langsamen und schmerzvollen Todes starb. Der Aussatz richtete den Richter. Ein verheerendes Feuer äscherte sein Haus ein, und Johanns Eheweib und alle, die Hand an diesen rächenden Feuerbrand legten, kamen in den Flammen ums Leben.

Dies, mein vielgeliebter Sohn, hat mir viel und lange zu denken gegeben, und meine Gedanken habe ich hier niedergeschrieben, auf daß sie für alle Zeiten in unserer Familie als Richtschnur und Verhaltungsregel beherzigt werden mögen.

Ich gab den Kirchendienst auf und verehelichte mich mit deiner Mutter, die mich unsagbar glücklich machte. Mit ihr teilte ich mein Leben, mein Hab und Gut, meine Seele und alles. So war sie auch in den nachstehenden Lebensregeln mit mir einig.

Diese lauten: Zum ersten muß jeder, der im Leben glücklich sein will, sich von den Pfaffen und geistlichen Eiferern fernhalten. Er mag ihnen alle Ehre erweisen, jedoch nie darf er sie sein Haus betreten lassen, sowenig wie alle die, welche von Gesetzes wegen, es sei nun zu Recht oder Unrecht, als über uns gesetzt gelten. Zum zweiten soll er einen bescheidenen Stand wählen und dabei bleiben, vor allem aber niemals reich scheinen wollen. Er muß sorgsam darauf achthaben, daß er nie den Neid seiner Mitmenschen erweckt. Auch soll er sich hüten, irgendwen zu verletzen oder ihm zu nahe zu treten, denn man muß stark sein wie ein Eichbaum, der alle Pflanzen zu seinen Füßen erstickt, um die Häupter der Neider und mißgünstigen Widersacher zu zerschmettern. Und auch dann noch müßte man den kürzeren ziehen, denn die menschlichen Eichen sind äußerst selten anzutreffen, und kein Tournebousche darf sich jemals schmeicheln, darunter zu zählen, weil er eben sein Leben lang ein Tournebousche bleiben wird.

Zum dritten: Nie soll einer mehr als den vierten Teil seiner Einkünfte verausgaben. Er muß über seinen Besitz reinen Mund halten, darf seinen Reichtum beileibe nicht an die große Glocke hängen und keinerlei öffentliches Amt noch hohe Würden annehmen. Er muß wie alle Welt in die Kirche gehen und allezeit, was er denkt, für sich behalten, weil seine

Gedanken dann ihm gehören und nicht andern, welche sie sich zu eigen machen, sich daraus ihr Mäntelchen schneidern und sie deuteln und verdrehen.

Zum vierten: Bleibe immerdar beim Gewerbe der Tournebousche, welche Tuchmacher sind und auch künftig immer Tuchmacher sein werden. Gib deine Töchter redlichen Tuchmachern zur Ehe und schicke deine Söhne in andere Städte Frankreichs, auf daß sie dort als Tuchmacher wirken. Gib ihnen diese weisen Lebensregeln mit auf den Weg und erziehe sie in den Ehrbegriffen der Tuchmacherei, dulde auch nicht, daß sie in ihren Herzen ehrgeizige Pläne und Hirngespinste nähren. *Tuchmacher wie ein echter Tournebousche:* das soll ihr Ruhmestitel sein, ihr Wappen, ihr Wahlspruch, ihre Ehre, ihr guter Name und ihr Leben. Da nun die Tournebousche Tuchmacher bleiben und nichts anderes sein wollen, werden sie auch stets im stillen und unbekannt weiterleben, ein friedliches Dasein führen gleich dem der emsigen winzigen Käfer, welche, einmal in einem Balken heimisch geworden, ihre Gänge und Löcher bohren und so in völliger Sicherheit ihren Lebensfaden abspulen.

Zum fünften: Niemals sollt ihr eine andere Sprache sprechen noch je andere Reden führen als nur solche, die Tuchmachern ziemlich sind. Laßt euch nie auf Gespräche über Religion und Regierungsgeschäfte ein. Mögen die Landesregierung, die ganze Provinz, die Religion und sogar Gottvater im Himmel sich rundum im Kreise drehen oder, wenn sie die Laune ankommt, nach rechts oder nach links schwenken, bleibt stets eurer Eigenart als echte Tournebousche treu, und verhaltet euch still und ruhig hinter eueren Tuchballen. Solchermaßen werden die Tournebousche nirgendwo in der Stadt auffallen und können unbemerkt und ungestört mit ihren kleinen Tournebouschlein ein geruhsames und friedliches Leben führen, die Zehnten pünktlich und gewissenhaft zahlen, ebenso ihre Steuern und all das, was abzuführen sie mit Gewalt gezwungen werden, sei es an Gott oder den König, an die Stadt oder an ihre Kirchengemeinde, denn mit solchen Mächten soll man nie in Unfrieden leben. Darum ist es auch notwendig, das väterliche Vermögen unangetastet beisammen zu behalten, um Frieden zu haben oder notfalls den Frieden zu erkaufen; ihr dürft nie etwas schuldig bleiben, müßt stets Korn, Speise und Trank im Hause haben und euch bei geschlossenen Türen und Fenstern eures Lebens freuen.

Alsdann wird niemand den Tournebousches etwas anhaben können, weder Staat noch Kirche noch die hochmögenden adligen Herren, welchen ihr vorkommendenfalls, und wenn es unbedingt sein muß, ein paar Taler vorstrecken mögt, ohne freilich hoffen zu dürfen, daß ihr sie jemals wiedersehen werdet, die Taler meine ich, nicht etwa die adligen Herren! Solchermaßen werdet ihr Tournebousche jederzeit bei allen, groß und klein, beliebt und angesehen sein; sie werden euer spotten, werden euch als die ärmlichen Tournebousche, als kleinliche Krämerseelen und Habenichtse, als einfältige Dummköpfe und kleinmütige, beschränkte Leute verlachen. Laßt doch die Narren schwätzen! Die Tournebousche werden nicht verbrannt und nicht gehenkt werden, weder zu Nutz und Frommen des Königs noch der Kirche oder aller übrigen Bedrücker. Und so werden die klugen Tournebousche insgeheim Geld in ihren Truhen und Kästen haben und werden sich in ihren vier Wänden, ungesehen und unbemerkt von der Umwelt, ihres Lebens erfreuen.

So befolge denn, mein teurer Sohn, diese Ratschläge, und laß dich zu einer unauffälligen und bescheidenen Lebensweise anhalten. Halte dies in deiner Familie hoch gleich einem Landesgesetz. Und wenn du dereinst das Zeitliche segnest, soll dein Nachfolger diese Grundsätze hochhalten als das Evangelium der Tournebousche, bis Gott der Herr in seiner Allweisheit die Tournebousche nicht länger auf Erden dulden will.

Dieser Brief ward aufgefunden anläßlich der Erbschaftsaufnahme im Hause des Frantz Tournebousche, Grundherrn von Veretz, Kanzlers des gnädigsten Herrn Dauphin, welcher infolge der Empörung des genannten Herrn wider den König durch einen Beschluß des Pariser Parlaments verurteilt ward, enthauptet zu werden und seine Güter zu verlieren. Besagter Brief wurde dem Statthalter der Touraine als eine historische Kuriosität ausgehändigt und von mir, Peter Gautier, Schöffe, Vorsitzendem der Gildenmeister, zu den Prozeßakten gelegt, welche im erzbischöflichen Archiv zu Tours aufbewahrt werden.

Nachdem nun der Verfasser diese Pergamente entziffert und aus ihrer fremdartigen Zunge in seine Muttersprache übertragen hatte, wurde ihm von dem ursprünglichen Eigentümer, der sie ihm überlassen hatte, gesagt, die Fürlingasse werde nach der Ansicht etlicher Gewährsleute so genannt, weil sie mehr als andere Gassen der Sonne und ihrer Glut ausgesetzt sei. Doch werden, dieser Version zum Trotz, alle einsichtigen Leute der Ansicht den Vorzug geben, wonach der eigentliche Anlaß zu dieser Benennung in der heißen Lebensbahn des obgenannten Sukkubus zu suchen ist. Auch der Autor neigt zu dieser Ansicht.

Dies mag uns lehren, daß wir mit unserem Leibe keinen Mißbrauch treiben dürfen, ihn vielmehr weise verwenden sollen im Hinblick auf unser ewiges Heil.

VERZWEIFELTE LIEBE

Zur Zeit, da König Karl der Achte auf den Gedanken verfiel, sein Schloß Amboise auszubauen, kamen mit ihm etliche italienische Werkleute, Bildhauer und Steinmetzen, treffliche Maler und Maurer oder Baumeister, die in den Galerien wunderbare Bildwerke ausführten. Seither aber sind sie arg vernachlässigt worden und demzufolge verwittert und verwahrlost.

Doch lassen wir das. Der Hof weilte also damals an diesem vergnüglichen Orte, und wie jeder weiß, kannte der gute junge Herrscher keinen angenehmeren und willkommeneren Zeitvertreib, als wenn er seinen Künstlern bei der Arbeit an ihren Entwürfen und Werken zuschauen konnte. Nun war zu dieser Zeit unter diesen fremdländischen Gesellen ein Jüngling, ein Florentiner namens Messer Angelo Cappara, ein hochbegabter junger Mann, der sich wie sonst keiner darauf verstand, Bildwerke auszuhauen oder in Kupfer oder anderes Metall zu gravieren, und all dies trotz seinem jugendlichen Alter, so daß sich alle Welt wunderte, wie er in seiner Jugend Maienblüte schon so geschickt und gelehrt sein konnte. Und wirklich, auf seinem Kinn sproß kaum der erste zarte Flaum; und der Bart, der ja erst einem Manne seine männliche Würde verleiht, lag noch sehr im argen.

In diesen Angelo waren die Damen samt und sonders vernarrt. Er war nämlich schön wie ein Traum, schwerblütig und immerzu melancholisch wie eine Turteltaube, wenn sie einsam in ihrem Nest sitzt und um ihren Gefährten trauert. Und dafür hatte er seine guten Gründe. Der Ärmste krankte an einem Übel, gegen das kein Kraut gewachsen ist, an einer Krankheit, die einen Menschen in seiner Bewegungsfreiheit aufs ärgerlichste hemmt und behindert; er war arm, arm wie eine Kirchenmaus. Drum lebte er kärglich und gönnte sich nichts, aß nur wenig und schämte sich seiner Armut, und mit wilder Verzweiflung machte er sich über seine Arbeit her, denn er wollte, koste es, was es wolle, so viel Geld verdienen, daß er sich ein Müßiggängerdasein leisten konnte. Müßiggang ist ja das Allerschönste für Männer, deren Geist und Seele bedrückt und deren Herz übervoll ist. Aus lauter Prahlerei kam der Florentiner stets prächtig gekleidet zu Hofe, und aus übergroßer Schüchternheit, an der seine Jugend und auch seine unselige Armut die Schuld trugen, wagte er nicht, den König um sein wohlverdientes Geld zu bitten. Der König, der ihn stets so schmuck gewandet einherstolzieren sah, glaubte, er sei mit allem, was er brauchte, wohlversehen, und dachte nicht daran, er könnte an etwas Mangel leiden. Alle, Höflinge und Hofdamen, staunten voll Bewunderung seine schönen Werke und auch den Meister an, der sie vollbracht hatte; aber Bewunderung allein, ohne klingenden Lohn, macht nicht reich. Alle, und zuvörderst die Damen, fanden, er sei schon von Natur reich, und dachten bei sich, mit seiner holden Jugend, seinem langen, wallenden, rabenschwarzen Haar und seinen blitzenden Augen sei er hinlänglich mit Glücksgütern ausgestattet, und während sie an all diese Dinge dachten und an manch andere obendrein, kam ihnen gar nicht in den Sinn, er könnte recht gut eine Handvoll Gold- oder Silberstücke brauchen. Und wenn man's richtig überlegt, so hatten sie gar nicht so weit daneben getroffen, brachten doch solche Vorzüge gar manchem stattlichen und hübschen Mannsbild bei Hofe ansehn-

liche Besitztümer ein, Gold in Hülle und Fülle, und was sein Herz noch begehrte.

Seinem jugendlichen Aussehen zum Trotz war Messer Angelo zwanzig Jahre alt und keineswegs dumm. Er war ehrgeizig, wollte hoch hinaus, hatte lauter wunderschöne Gedichte und himmelstürmende Gedanken im Kopf und war außerdem begnadet mit einer lebhaften Einbildungskraft. In seinem Herzen aber fühlte er sich gedemütigt, und wie alle armen Pechvögel und Hungerleider konnte er es nicht fassen, daß vor seinen Augen Hohlköpfe und bare Narren es zu Macht und Reichtum bringen konnten. Dann bekam er es mit der Angst, er sei am Ende mißgestaltet an Leib und Seele, doch behielt er seine trübsinnigen Gedanken für sich und teilte sie keinem Menschen mit. Dafür aber schüttete er in seinen einsamen Nächten sein Herz der stummen Natur aus, haderte mit Gott und dem Teufel und vertraute seine Herzensnot allem an, was da kreucht und fleugt. Dann erging er sich in bitteren Klagen und jammerte, er habe ein so glühend heißes Herz in der Brust, daß die Frauen – woran kein Zweifel möglich sei – sich davor in acht nähmen wie vor einem rotglühenden Eisen. Dann wieder hielt er leidenschaftliche Selbstgespräche, in denen er sich ausmalte, wie heiß, wie glühend er seine Geliebte umsorgen würde, wie er sie in Ehren halten und sein Leben lang über alles in der Welt lieben werde, mit welch unverbrüchlicher Treue er an ihr hängen und mit wie schrankenloser Hingebung er ihr dienen wolle, mit wie großer Beflissenheit er ihre Befehle ausführen und wie er sie mit mancherlei artigem Zeitvertreib aufheitern würde, wenn etwa ein Wölklein der Trübsal den ewig heitern Himmel ihres Glückes verdunkeln sollte. Kurzum, er stellte sich in seiner sprühenden Phantasie so lebhaft eine Geliebte vor, daß er sie leibhaftig vor sich stehen sah. Und nun warf er sich vor ihr nieder, küßte ihre zierlichen Füßchen, streichelte und liebkoste sie und verschlang sie mit den Augen; und all dies kam ihm so wirklich vor, wie ein Gefangener, der durch ein Guckloch in seinem Kerker auf die grünen Wiesen hinausschaut, sich wirklich in Freiheit wähnt und glaubt, er laufe querfeldein durch Gottes freie Natur. Hierauf hielt er ihr flammende Reden, um sie weich und huldvoll zu stimmen, schloß sie stürmisch in seine Arme und erstickte sie beinah mit seiner feurigen Zärtlichkeit, tat ihr wohl auch ein wenig Gewalt an, seiner Scheu und Verehrung zum Trotz, und biß dann in ohnmächtiger Raserei in seine Kissen, so bitter sehnte er sich nach dieser geliebten Frau, die ihn nie beglücken wollte. War er mit sich allein, dann war er beherzt und kühn, aber tags darauf, wenn er eine schöne Dame vorübergehen sah, verkroch er sich schüchtern und kleinlaut vor ihr.

Und doch konnte er sich seine Träume nicht aus dem Sinn schlagen. Dann hämmerte und meißelte er mit verdoppeltem

Eifer an seinen Marmorbildern und schuf so wunderliebliche Frauenbrüste, daß einem das Wasser im Munde zusammenlaufen konnte vor diesen herrlichen Liebesfrüchten, ungerechnet alle die andern liebreizenden Dinge, die er mit seinem Meißel rundete, zierlich bosselte und zärtlich liebkoste, dann mit der Feile glättete und auspolierte, bis sie schließlich so echt und naturgetreu gestaltet waren, daß sogar einem erzkeuschen Rührmichnichtan jäh die Augen gründlich aufgegangen wären und er mit einmal gewußt hätte, wozu Gott der Herr die Weiber geschaffen hat. Die schönen Hofdamen erkannten sich gern in diesen marmornen Schönheiten und verliebten sich, eine wie die andere, in den schmukken Messer Cappara. Und der bildhübsche Messer Cappara schielte verstohlen nach ihnen und schwor sich, an dem Tag, da eine ihm den kleinen Finger zum Kusse reiche, wolle er sie mit Haut und Haar zu eigen haben.

Unter diesen hochadligen Damen war nun eine, die sich eines Tages geradenwegs an den artigen Florentiner selbst wandte und ihn fragte, weshalb er denn so den Unnahbaren spiele und ob ihn keine Frau bei Hofe zu zähmen vermöge. Darauf lud sie ihn huldvoll auf den Abend zu sich ein.

Messer Angelo besprengte sich mit Wohlgerüchen, kaufte sich einen Samtumhang mit seidenem Futter und Fransen, borgte bei einem Freund einen langen Mantel mit weiten Ärmeln, ein geschlitztes Wams und seidene Hosen. Dann begab er sich spornstreichs dorthin, lief in hitziger Ungeduld die Treppen empor, die Brust von Hoffnung geschwellt, und wußte nicht, wohin er mit seinem Herzen sollte, denn es hüpfte und sprang so übermütig und vergnügt wie ein Zicklein. Mit einem Wort: Er war im voraus von Kopf bis Fuß so verliebt und selig, daß es ihm siedendheiß den Rükken hinablief.

Nun laßt euch sagen, daß die Dame ganz ausbündig schön war. Das wußte Messer Cappara um so besser, als er sich ja darauf verstehen mußte, war er doch als Bildhauer von Be-

PISAN

rufs wegen vertraut mit den besondern Schönheiten der Arme und des übrigen Leibes und wußte um die heimlichen Formen und Linien des Körpers, um verborgene kallipygische Reize und andere geheimnisvolle Holdseligkeiten. Nun erfüllte aber diese Dame nicht nur alle Forderungen der Kunst, sie war darüber hinaus auch noch lilienweiß und gertenschlank, hatte eine Stimme, die einen Mann zutiefst aufwühlte, da wo das Leben seinen Sitz hat, eine Stimme, die einem Herz, Hirn und den Rest in Brand setzte. Kurzum, sie gaukelte jedem, der sie sah, die verlockendsten Bilder vor die Sinne, so daß er immerfort nur an die eine, ewig gleiche Sache denken mußte. Und dabei sah sie aus, als könnte sie kein Wässerlein trüben, geschweige denn an dergleichen Dinge denken. Das verstehen ja die gottverflixten Weiber meisterhaft . . .

Unser Bildhauer traf sie beim Kaminfeuer in einem hohen Armstuhl sitzend, und sogleich fing die Dame munter und vergnügt an zu plaudern, während der arme Messer Angelo außer ja und nein kein Wort herausbrachte und weder in seiner Kehle Worte fand noch in seinem Hirn auch nur die Spur von einem Gedanken entdeckte. Am liebsten hätte er sich den Schädel am Kamin eingerannt, wäre er nicht vor Wonne und Seligkeit, daß er seine schöne Herzallerliebste sehen und ihrem Geplauder lauschen durfte, beinah vergangen. Sie aber sonnte sich in seiner Liebe wie ein Mücklein in einem Sonnenstrahl.

Doch blieben die beiden, trotz seiner nur stummen Bewunderung, bis um die Nachtmitte beisammen, lockten einander unmerklich immer weiter auf die blütenbestandenen Pfade der Liebe, und darum war der Bildhauer hochbeglückt, als er von ihr Abschied nahm. Unterwegs kam er zu dem Schluß, wenn ihn eine so vornehme Dame schon geschlagene vier Stunden nächtlicherweile in ihrer Nähe, ja recht eigentlich in ihren Rockfalten duldete, dann fehlte nicht viel, kaum eines Strohhalms Breite, und sie behielt ihn das nächste Mal bis zum Morgen da. Aus solchen Prämissen leitete er unterschiedliche höchst reizvolle Folgerungen ab und entschloß sich am Ende, sie um das Bewußte zu bitten, als wäre sie eine

Frau wie jede andere. Also nahm er sich vor, alles umzubringen, den Ehemann, die Frau und auch sich selber, wenn er nicht ein Stündlein Freude mit Hilfe seiner Kunkel spinnen konnte. Fürwahr, er hatte sich schon so unentwirrbar in seine Liebe verstrickt, daß ihn dünkte, das Leben wäre nur ein schwacher Einsatz im Spiel der Liebe, weil hier ein einziger Tag tausend Leben aufwiege.

So dachte denn der Florentiner, während er auf seinen Steinblock einhämmerte, unablässig an den verheißenen Abend, und einmal ums andere traf er daneben, und manche Nase mißriet ihm, so sehr lenkten ihn seine verliebten Gedanken von der Arbeit ab. Als er nun sah, daß ihm alles fehlging und daß nichts Ersprießliches bei seiner Betätigung herausschaute, hörte er auf, legte Hammer und Meißel weg und putzte sich fein heraus, besprengte sich auch mit duftenden Wässerlein, begab sich hernach spornstreichs zu seiner angebeteten Dame und gedachte sich an ihren artigen Reden zu erlaben. Er hatte sich jedoch fest vorgenommen, es diesmal nicht bei bloßen Worten bewenden zu lassen, sondern zur Tat zu schreiten. Als er aber seiner Herrin gegenüberstand, machte ihre strahlende Schönheit so tiefen Eindruck auf ihn, daß der arme Cappara, der unterwegs eben erst noch so rauflustig gewesen war, nun mit einemmal lammfromm und lenksam wurde, kaum hatte er sein Opfer vor sich.

Nichtsdestoweniger war er um die Stunde, wo verliebte Leute zumeist lichterloh in Flammen stehen, seiner Herzallerliebsten dicht auf den Leib gerückt und bedrängte sie hart. Schon hatte er nach längerem Feilschen einen Kuß eingehandelt und ihn auch halb mit Gewalt geraubt. Das war sein Glück; denn wenn schöne Frauen aus freien Stücken einen Kuß geben, so behalten sie immer noch das Recht, ihn das nächste Mal zu verweigern; lassen sie ihn sich jedoch rauben, so kann der Geliebte, wenn er nur will, ihrer Tausende stehlen. Das ist der Grund, weshalb alle Frauen sich seit alters lieber mit sanfter Gewalt Küsse rauben lassen. – Und bereits hatte der Florentiner eine erkleckliche Anzahl Küsse erlistet, und schon wollte ihn bedünken, die Angelegenheit sei aufs trefflichste eingefädelt, da rief unversehens die Dame, die längst reichlich auf ihre Kosten gekommen war: »Da kommt mein Mann!« Wahrhaftig kehrte ihr Herr Gemahl vom Ballspiel nach Hause. Der arme Bildhauer räumte ihm das Feld, nicht ohne zuvor noch einen schmachtenden Glutblick mit auf den Weg zu bekommen, wie ihn nur ein liebendes Weib, das mitten aus seligem Genießen herausgerissen worden ist, spenden kann.

Dies war einen ganzen Monat lang all sein Glück, war Speise und Trank, alles, was ihm zuteil wurde; denn jedesmal, wenn er meinte, jetzt sei es soweit und er könne eingehen zu seiner Seligkeit und Wonne, so tauchte unweigerlich der hohe Herr Gemahl auf, und jedesmal erschien er klugerweise zwischen einer glatten Weigerung und den nachfolgenden Begütigungen und Tröstungen, mit denen die Frauenzimmer ihre abschlägigen Bescheide zu versüßen pflegen. Solche unverbindlichen Liebesbeweise geben der Liebe neuen Auftrieb und frische Kraft.

Wenn dann der Bildhauer, dem allgemach die Geduld riß, geschwind, kaum war er bei ihr, sich mit ihren Röcken herumschlug, damit er noch vor der Ankunft des Gemahls siegreich einziehen konnte – denn er schöpfte nachher zweifellos jedesmal den Rahm ab, den sein Wegbereiter geschlagen hatte –, da las die schöne Dame dem armen Schlucker von einem Bildhauer sein Verlangen immer schon von den Augen ab und brach einen Streit vom Zaun, zankte sich die längste Zeit mit ihm herum und konnte kein Ende finden, immer wieder aufs neue zu schmälen und zu streiten.

Einmal tat sie, als sei sie eifersüchtig, nur damit er aufbrauste und in Wut geriet und aus lauter Liebe ihr die heftigsten Vorwürfe machte, und dann kühlte sie den jähzornigen Feuerkopf mit einem tröstlichen Kuß ab.

Ein andermal fing sie eine nicht enden wollende Litanei an, hörte einfach nicht mehr auf zu predigen und erklärte ihm, ihr Liebster, wenn sie schon einen zu erhören geruhe, müsse jederzeit fügsam sein, artig und demütig sich bescheiden und stets ihren Willen tun, sonst könne sie ihm mitnichten ihre Seele und ihr Leben anvertrauen. Es sei wahrlich nicht der Rede wert, wenn ein Mann seiner Geliebten sein Verlangen darbringe; sie lege da viel größern Mut an den Tag, sei doch ihre Liebe weit tiefer, und das Opfer, das sie bringe, koste sie größere Überwindung und verlange völlige Aufgabe ihrer selbst. Dann warf sie gelegentlich, just im rechten Augenblick ein herrisches »Laßt das sein!« hin und machte dabei ein Gesicht wie eine Königin. Und hielt ihr Cappara dann und wann zaghaft ihr Benehmen vor, so setzte sie eine erzürnte Miene auf und fuhr ihn ungnädig an: »Wenn Ihr Euch nicht aufführt, wie ich Euch gerne haben will, so ist es aus zwischen uns beiden, und ich werde Euch nicht mehr liebhaben.«

Kurz, der arme Italiener sah ein – wenn auch reichlich spät –, daß ihre Liebe nicht von der edlen, hohen Art war, keine selbstverleugnende Liebe, vielmehr eine, die geizt und Schacher treibt mit den Freuden, die sie schenkt, wie ein Geizhals und Wucherer seine zusammengerafften Talerstücke zählt und abmißt. Und es ward ihm nur allzu klar, daß es der Dame Spaß machte, ihn nach ihrer Pfeife tanzen zu lassen, daß sie ihm zwar zum Schein alle Rechte auf ihr Herz und ihren Leib einräumte, aber nicht im Traum daran dachte, ihn die süßen Früchte der Liebe pflücken zu lassen.

Über diesem hinhaltenden Foppen und Narren geriet der gute Cappara in eine so unmäßige Wut, daß er am liebsten alles ringsum kurz und klein geschlagen hätte. Und so zog er ein paar gute Freunde ins Vertrauen und trug ihnen auf, dem Ehemann auf dem Heimweg, wenn er vom allabendlichen Ballspiel beim König nach Hause ging, aufzulauern und ihn zu überfallen.

Er selber aber begab sich um die gewohnte Stunde zu seiner Herzensdame. Als das süße Liebesspiel im besten Gange war, nämlich beiderseits in vollen Zügen Küsse getauscht, der Geliebten Haarlocken eingerollt und wieder entrollt, verliebte, tolle Bisse auf Wangen und Hände und auch in die Ohren ausgeteilt worden waren, kurzum, das ganze verliebte Getändel, nur nicht das ganz besondere Tun, welches die sittsamen und tugendlichen Autoren zu Recht für abscheulich ansehen, vollbracht war, da flüsterte der Florentiner zwischen zwei Küssen, die kein Ende nehmen wollten: »Mein geliebter Schatz, hast du mich auch über alles lieb?«

»Ja doch«, gab sie ihm zur Antwort. Denn Worte sind wohlfeil, und darum knausern die Weiber nie damit.

»Wohlan«, versetzte drauf der verliebte Cappara, »so sei ganz und gar mein!«

»Aber mein Mann muß gleich nach Hause kommen!« wandte sie ein.

»Ist's nur das, sonst nichts?«

»Nein, sonst nichts!«

»Ein paar von meinen Freunden haben sich auf die Lauer gelegt, die werden ihn aufhalten und erst wieder laufen lassen, wenn ich einen Leuchter hier unters Fenster stelle. Und beschwert er sich dann beim König, so werden meine Freunde einhellig aussagen, sie hätten ihn für einen der Unsern gehalten, welchem sie einen Schabernack hätten spielen wollen.«

»Ach, Liebster, du«, sagte sie drauf, »laß mich erst nachsehen, ob alles im Haus still und das Gesinde zu Bett gegangen ist.«

Sie erhob sich und stellte das Licht ins Fenster. Als Messer Cappara dies sah, sprang er auf, blies geschwind die Kerze aus, griff nach seinem Degen und trat vor die Frau hin, deren Mißachtung und Hinterlist ihm nun völlig klar waren.

»Ich werde Euch nicht töten, schöne Frau«, sprach er; »aber ich will Euch das Gesicht so entstellen, daß Ihr nie wieder mit armen jungen verliebten Männern Euer Spiel treiben sollt! Denn Ihr spielt mit ihrem Leben, schöne Frau! Ihr habt mich schändlich hintergangen, Ihr seid keine Frau von Ehre! Ihr habt kein Herz im Leib, keine Seele und kein Gefühl! Nun sollt Ihr erfahren, daß ein Kuß nie aus dem Leben eines wahrhaft liebenden Mannes getilgt werden kann, daß ein geküßter Mund soviel wert ist wie alles übrige. Ihr habt mir das Leben zur drückenden Last gemacht, Ihr habt es mir für alle Zukunft vergällt. Nun will ich, daß Ihr ewig an meinen Tod denken sollt, denn Euch trifft die Schuld daran. Und wahrlich, nie wieder sollt Ihr Euch im Spiegel betrachten, ohne daß Ihr darin nicht auch mein Gesicht erblickt.«

Damit hob er den Arm, schwang seinen Degen und wollte aus ihren schönen, frischen Wangen, auf die er eben noch seine glühenden Küsse gedrückt hatte, ein gutes Stück herausschneiden. Da schrie die schöne Frau in wildem Entsetzen, er sei ein ehrvergessener und treuloser Mensch.

»Schweigt!« herrschte er sie an, »Ihr habt mir gesagt, Ihr liebtet mich mehr als alles in der Welt. Jetzt aber sagt Ihr mir etwas ganz anderes. Abend für Abend habt Ihr mich ein wenig höher ins Himmelreich hinaufgelockt, nun stürzt Ihr mich jählings hinab in die tiefste Hölle. Und da glaubt Ihr noch, Eure Röcke könnten Euch vor dem Zorn eines gefoppten Liebhabers erretten? ... Nein!«

»Ach, mein Angelo!« stammelte sie, erstaunt und hingerissen von dem wutflammenden Blick des Jünglings.

Er aber wich drei Schritte zurück und rief: »Aha! Du höfisch feiles Schandweib! Dein glattes Gesicht ist dir also lieber als dein Liebster! Da, nimm!«

Da ward sie aschfahl im Antlitz und streckte ihm demütig ihr Gesicht hin, denn es war ihr klargeworden, daß zu dieser Stunde ihre bisherige Falschheit ihrer frisch erwachten Liebe im Wege stand. Und da schlitzte ihr Angelo mit einem einzigen Hieb die Wange auf, wandte sich dann zum Gehen und verließ das Haus und das Land.

Ihr Gatte, der von den Florentinern nicht behelligt worden war, weil sie nämlich das Licht im Fenster gesehen hatten, fand sein Weib mit abgeschnittener linker Wange vor. Doch war, trotz allen Schmerzen, die sie ausstand, kein Wort aus ihr herauszubringen. Denn seit Cappara sie so gräßlich verunstaltet hatte, liebte sie ihn mehr als ihr Leben, mehr als alles in der Welt. Desungeachtet wollte ihr Gatte wissen, wie sie zu dieser schaurigen Wunde gekommen war. Da aber außer dem Florentiner kein Mensch sein Haus betreten hatte, beschwerte er sich beim König, und dieser befahl, seinem Bildhauer nachzusetzen und ihn aufzuknüpfen. In Blois wurden die Verfolger seiner habhaft. An dem Tag jedoch, da er gehenkt werden sollte, kam eine vornehme Dame die Lust an, diesen beherzten Mann vom Tode zu erretten, denn sie war der Meinung, er habe ganz das Zeug zu einem Liebhaber nach ihrem Sinn. Sie bat also den König, ihn zu begnadigen und huldvoll ihr zu überlassen, und er tat ihr auch gerne den

Gefallen. Doch Cappara erklärte, er stehe immer noch völlig im Banne seiner ehemaligen Herrin und könne die Erinnerung an sie nicht loswerden. Er ging als Mönch ins Kloster, wurde später Kardinal und ein großer gelehrter Mann. Auf seine alten Tage pflegte er zu sagen, er habe sein Leben lang nur von der Erinnerung an die Freuden gelebt, welche er damals in jenen armseligen Liebesstunden genossen, als ihn seine Geliebte so unglücklich und doch so glücklich machte.

Manche Gewährsleute behaupten, er sei später, als ihre Wange geheilt war, seiner Dame näher als nur an die Röcke gekommen. Doch kann ich das nicht glauben, denn Cappara war ein Mann, der das Herz auf dem rechten Fleck trug und sehr hoch von den Entzückungen wahrer Liebe dachte.

Daraus könnt ihr keine sonderlich guten Lehren ziehen

es sei denn, daß einem im Leben dann und wann arge Dinge zustoßen können. Diese Geschichte nämlich ist Wort für Wort wahr. Und ist der Autor an andern Orten vielleicht zuweilen ein bißchen von der Wahrheit abgewichen, so wird ihm diese Geschichte die Nachsicht und Verzeihung aller verliebten Leute einbringen.

EPILOG

Wenngleich dies zweite Zehnt auf seiner Titelseite die Aufschrift trägt, die darin enthaltenen Geschichten seien mitten im Winter, in Eis und Schnee, niedergeschrieben worden, so kommt es nun doch im Monat Juni ans Licht des Tages, wo alles grünt und blüht. Denn die arme Muse, welcher der Dichter untertänig dient, hat ihre Grillen weit unbarmherziger an ihm ausgelassen, als es jemals die allerlaunischste Königin an ihrem Liebsten getan hat. So hat es ihr nun beliebt, ihre reife Frucht geheimnisvoll mitten unter Blüten abzuwerfen.

Keiner kann sich rühmen, dieser Zauberin und wunderlichen Fee den Meister gezeigt zu haben. Auf einmal, wenn gerade ein ernster, gewichtiger Gedanke unsern Geist beschäftigt und uns das Hirn zerquält, kommt das lachlustige Ding und raunt uns kichernd allerlei unartige und übermütige Worte ins Ohr, kitzelt den Autor mit der Feder an

Lippen und Nase, führt ihre mutwilligen Sprünge und Tänze vor ihm auf, stellt das ganze Haus auf den Kopf und kehrt das Oberste zuunterst. Und wenn dann von ungefähr der arme, geplagte Schriftsteller seine herbe Wissenschaft sein läßt und mit ihr herumtollen und spielen will und sagt: »Warte, mein Schätzchen, ich komme!« und dann schleunig und in großer Hast aufspringt, um mit der Närrin übermütig durchs Haus zu rennen, da ist sie schon weg, die lose Dirne! Weg ist sie und verschwunden, in ihr Schlupfloch geschlüpft, und da hält sie sich versteckt, rollt sich zusammen und greint. Nimm dann einen Schürhaken oder einen Krummstab, einen Bauernknüttel oder einen zierlichen Damenstecken, zieh damit auf, prügle das freche Ding weidlich durch und sag ihr alle Schande. Was tut sie? Sie flennt und greint. Streichle sie, tu ihr schön, sie flennt und greint! Heb ihr die Röcke hoch oder kleide sie aus, bis sie splitterfasernackt vor dir steht: sie flennt und greint. Küsse und herze sie: sie flennt und greint. Einmal friert sie, dann ist ihr ums Sterben. Dann gute Nacht, Liebe! Verstummt ist das frohe Lachen, zum Kuckuck die Freude, aus und vorbei ist's mit den guten Schwänken und Mären! Trauert um ihren Tod, weint über sie, stellt euch, als haltet ihr sie für tot, weint, flennt und greint! Und sieh nur, schon hebt sie das Köpfchen, lacht laut und schallend heraus, entfaltet ihre schneeweißen Fittiche, fliegt auf und davon, niemand weiß wohin, zieht ihre Kreise hoch in den Lüften, überschlägt sich, purzelt auf und nieder, zeigt ihren Teufelsschwanz, ihre Brüste, ihre üppigen Hüften, ihr Engelsantlitz, schüttelt ihr duftendes Haar, aalt sich in den warmen Strahlen der Sonne, strahlt und leuchtet in herrlicher Schönheit, schillert in allen Farben gleich dem Gefieder einer Taube, lacht, bis ihr die Tränen kommen, und die Tränen tropfen aus ihren Augen hinab ins Meer, wo die Fischer sie in schimmernde Perlen verwandelt auffinden, welche die Stirnen der Königinnen zieren werden. Dann tänzelt, hüpft und springt sie wie ein junges Fohlen, das dem Pferch entronnen ist, läßt ihren jungfräulichen Rücken, Hüften, Lenden, Schenkel und noch andere so köstliche Dinge sehen, daß bei ihrem Anblick sogar ein Papst sich in Verdammnis stürzen würde.

Und mitten in diesem ganzen wirbelnden Tanz, in diesem tollen Treiben des ungebändigten und unzähmbaren Geschöpfs, ausgerechnet da kommen so ein paar schöpsendumme Hohlköpfe und Spießer und fragen den bedauernswerten Poeten: »Wo ist denn Euer Pegasus? Und wo bleibt Euer neues Zehnt? Ihr seid ein Lügenprophet und heidnischer Wahrsager. Ja ja, man kennt Euch schon! Ihr praßt und schlemmt, und wenn Ihr nicht gerade zecht und schmaust, liegt Ihr auf der faulen Haut. Wo ist nun Euer Werk?«

Wennschon ich von Natur eher zur Sanfmut neige und kein Freund von Gewalttätigkeiten bin, so möchte ich doch einen von diesen Rüpeln einmal an einem türkischen Pfahl aufgespießt sehen und ihn dann höflichst einladen, in diesem Aufzug auf die Karnickeljagd zu gehen.

Hier schließt das zweite Zehnt. Möge ihm der leibhaftige Teufel mit seinem Gehörn voranhelfen, und die lachlustige Christenheit wird es schon gut aufnehmen.

DAS DRITTE ZEHNT

PROLOG

Manch einer hat den Autor darüber ausgeholt, warum er eigentlich so auf diese zehntweise dargebotenen Narreteien versessen sei, daß er kein Jahr verstreichen lasse, ohne sein gerüttelt Maß frisch von der Leber weg zum besten zu geben. Man hat ihn oft und immer wieder zur Rede gestellt, was daran schuld sei und zu welchem Behuf und Zweck er letzlich Komma, Punkt und Semikolon, untermischt mit allerhand nichtsnutzigen Silben, seitenlang hinschmiere, wo doch die Damen öffentlich darüber ihre empfindlichen Näschen rümpfen, und was sonst noch dergleichen leeres Stroh ist ...

Der Autor erklärt hiermit, daß ihn solche gleisnerischen Heuchelreden, die ihm wie Steine auf seinen Weg gesät wurden, im tiefsten Herzen gekränkt haben. Er weiß zur Genüge, was er zu tun hat, und wird nicht ermangeln, seinen Lesern und Zuhörern in diesem Vorspruch ein paar andere Vernunftgründe anzuführen, die von den vorhergegangenen verschieden sind, ist es doch so ersprießlich wie unumgänglich nötig, daß man den Kindern gut zuredet und ihnen mit Gründen aufwartet, bis sie einmal hinlänglich erwachsen sind, die Dinge begreifen und den Mund halten. Er sieht auch, daß unter der Unzahl dieser Schreihälse viele böswillige Nörgler und Neidhammel sind, die nach Herzenslust mäkeln und meckern und absichtlich so tun, als wüßten sie nicht, was es mit diesen Geschichten für eine Bewandtnis hat.

Zuvörderst müßt ihr wissen: Wenn etliche tugendhafte Damen – ich sage ausdrücklich: tugendhafte, weil nämlich leichtlebige und fallsüchtige Weiber solche Bücher gar nicht erst lesen, sondern weit lieber eigene Geschichten ins Werk setzen, während im Gegenteil die tugendhaften Damen und Bürgersfrauen mit den doppelt gefütterten Ärmeln, alle die frommen, ehrbaren Frauen, die sich ehrlich davor ekeln und herzlich darüber entrüsten, so arg widert sie der Inhalt an, sie frommgläubig und gewissenhaft lesen, um den bösen Versucher zufriedenzustellen, und sich so allezeit tugendlich ehrbar und keusch erhalten. Hört ihr das, ihr hörnergeweihten Ehemänner? Es ist immer noch besser, man wird durch die Geschichten eines Buches gehörnt als durch die eines Edelmanns. Ihr habt den Schaden davon, ihr armen Mannsbilder, ganz abgesehen davon, daß eure liebessüchtige Dame für die gelüstigen Gefühle bei euch Abhilfe und Stillung sucht, wenn das hier vorliegende Buch sie gar zu sehr aufgekratzt und in Glut gesetzt hat. Und so tragen diese Zehnt um Zehnt dargebotenen Geschichten das Ihre, nämlich treffliche Saat und Sämung, zum Kindbettsegen des Landes bei und erhalten es immerfort in Freuden, Ehre und Gesundheit. In Freude darum, weil ihr an diesen Geschichten viel Freude haben könnt. Ehre sage ich, weil ihr damit euer eheliches Nest vor den Krallen jenes ewigjungen Teufels bewahrt und rettet, welcher auf keltisch Kockuasch, auf deutsch aber Hahnreischaft heißt. Gesundheit sag ich, weil dieses Buch zu der gedeihlichen Betätigung anreizt, welche die hohe Schule von Salerno Mann und Weib verschreibt, wenn sie nicht an allzugroßem Blutandrang zum Hirn elendiglich umkommen wollen. Findet mir einmal ähnliche oder gar gleichwertige nutzbringende Vorteile in den andern mit Druckerschwärze bekleckten Schmökern! Haha! Wo sind die Bücher, die Kinder hecken? Sucht nur, ihr sucht umsonst. Nicht ein einziges werdet ihr finden. Hingegen werdet ihr schockweise Kinder finden, welche Bücher zur Welt bringen, zum großen Mißbehagen aller Einsichtigen, denn sie sind zum Sterben langweilig.

Ich nehme meinen Faden wieder auf.

Wisset also, wenn etliche von Natur tugendhafte Damen, welche verbuhlten und luderhaften Sinnes sind, in aller Öffentlichkeit dem Autor wegen seiner Geschichten Scherereien machen, so gibt es auch eine erfreuliche Anzahl ehrbarer Frauen, die nicht im Traum daran denken, den Autor zu begeifern und anzuprangern, vielmehr offen zugeben, daß sie ihm von Herzen, ja in Liebe zugetan sind, daß sie ihn für einen tüchtigen Mann ansehn und für würdig erachten, ein Mönch in der Abtei Thelem zu werden. Auch halten sie dafür, daß er aus so vielen Gründen, wie am Himmel Sterne stehen, die Schnabelflöte nicht aus der Hand legen, sondern weiter darauf seine munteren Geschichten blasen soll, den Mäklern und Tadlern zum Trotz. Er möge unbeirrt gerade auf sein Ziel losgehen, weil das herrliche Frankreich ein zimperliches Weib ist, das sich – ihr wißt schon wogegen – sträubt und wehrt, sich windet und ziert, sich dumm anstellt und Zeter und Mordio schreit, wenn man ihm ein bißchen Gewalt antun will: »Nein! Nein! Nie und nimmermehr! Wo denkt Ihr hin, bester Herr!? Was habt Ihr mit mir vor? Nein, das kann ich nicht! Ihr könntet mir ja die Figur verderben!« Ist aber dann das Zehnt vollzählig beisammen und recht manierlich und zierlich vollbracht, so heißt es gleich: »O Meister, habt Ihr nicht bald wieder andere und neue?«

Verlaßt euch aber drauf: Der Autor ist ein gutmütiger Geselle und erschrickt nicht vor dem Geschrei, dem Geflenne und Gestrampel der Dame, welche ihr Ruhm, Beliebheit oder öffentliche Gunst heißt, denn er weiß, sie ist eine große Hure und hat es gar nicht ungern, wenn man sie nach Strich und Faden notzüchtigt. Er kennt auch ihr Feldgeschrei: »Drauf und dran!« heißt es. Ein schönes Feld- und Kampfgeschrei, glaubt mir's nur, wenn auch ein paar Schmierfinken es arg entstellt und mißdeutet haben. Es bedeutet nämlich: Lust und Freude sind nicht ausgestorben, nein, sie sind da: macht also rasch und nicht viel Federlesens! Sonst habt ihr das Nachsehen, und aus ist's und vorbei mit dem Spaß! Diese Deutung hat der Autor von Meister Rabelais gehört; er hat sie ihm mitgeteilt. Seht euch doch nur einmal in der Geschichte um, schnüffelt und stöbert darin und sagt mir dann: Hat Frankreich, dieses Prachtweib, je auch nur gemuckst oder gar aufbegehrt, wenn sie einer fröhlich unterzwang, wacker ritt, wildwütend im Handumdrehn besprang? Alles, was sie tut, betreibt sie mit wütender Leidenschaft, und ein scharfer Ritt geht ihr noch über Essen und Trinken. Und jetzt? Seht ihr nicht, daß diese Geschichten echt französisch sind, urfranzösisch, stockfranzösisch? Französisch in ihrer Lebenslust, im derbsinnlichen Lieben und zartsinnigen Minnen, französisch vorne und französisch hinten, allerorten und überall französisch und noch einmal französisch? Hebt euch also hinweg, ihr Spießer, weg mit euch, Gleisnerpack und scheeles Gesindel! Spielt auf, ihr Musikanten! Still da, frömmelnde Augenverdreher und Heuchler! Und ihr, tretet näher herbei, ihr hochgemuten unehrbaren Allerweltsfreier! Kommt heran, meine anmutigen Edelknaben, faßt mit euern linden Händen die Damen bei der Hand und kitzelt sie inmitten – der Hand, meine ich natürlich!

Ja, ja, das sind vollwichtige und wahrhaft peripatetische Gründe, oder der Autor versteht sich nicht aufs volle Gewicht und hat seinen Aristoteles nicht intus. Ihm zur Seite steht Frankreichs Wappenschild, des Königs Banner und der hochheilige Sankt Dionys, der mit seinem abgeschlagenen Kopf immer noch rief: »Drauf und dran! Steh auf, meine Freude!« Wollt ihr jetzt immer noch behaupten, ihr Hornochsen, dieser Ausspruch sei eine Fälschung? Nein, nein. Mehrere Ohrenzeugen haben ihn seinerzeit mit angehört. Aber in diesen trübseligen Zeitläuften glaubt ja doch keiner mehr, was uns die frommen und heiligen Männer predigen.

Immer noch hat der Autor nicht alles gesagt. So wisset denn, ihr alle, die ihr diese Geschichten mit Augen und Händen lest, die ihr sie mit eurem Verstand begreift und sie um der Freude willen liebt, die sie euch spenden, die euch ins Herz steigt und euch Leib und Seele durchströmt, wisset, daß der Autor in einer unheilschwangeren Stunde seine Axt, *id est*: sein Erbteil verloren hat: und da es nicht wiedergefunden werden konnte, geriet er in bittere Not und Bedrängnis. Er tat also, was auch der Holzhacker im Vorspruch zum Buche seines verehrten Meisters Rabelais getan hatte: er erhob ein Wehgeschrei, auf daß ihn der Herrgott im Himmel droben, der Herr aller Dinge, hören und ihm eine neue Axt herabwerfen sollte. Doch hatte anscheinend der Allerhöchste damals mit den vielen Kongressen und Konzilien jener Zeit alle Hände voll zu tun; er ließ ihm von Merkur ein Schreibzeug mit doppeltem Tintenfaß auf die Erde hinabwerfen, auf welchem als Wahlspruch die drei Buchstaben AVE eingeritzt waren. Als nun der Ärmste keine andere Hilfe sah, wußte er nicht aus noch ein, drehte ratlos das rätselhafte Himmelsgeschenk in seinen Händen um und um, schüttelte und rüttelte es und zerbrach sich den Kopf, was wohl dieses Schreibzeug zu bedeuten habe. Er grübelte lange über den verborgenen Sinn dieser Gabe nach und versuchte, die geheimnisvollen Worte zu deuten und ihnen Leben und Seele zu verleihen. Zuvörderst ersah er daraus, daß Gott der Herr ein höflicher Gott ist, wie es sich für einen großen und allmächtigen Herrn geziemt. Und das ist er ja auch, weil er über die ganze Welt herrscht und niemandem Rechenschaft schuldet. Als er nun aber seine jugendlichen Jahre an seinem Geiste vorüberziehen ließ und bedachte, was er dazumal getrieben hatte, wollte ihm gar nichts einfallen, was er Gott sonderlich Gefälliges zuliebe getan haben könnte, und so war der Autor abermals in große Zweifel verstrickt und konnte sich nicht denken, wozu ihm diese Gabe des Himmels eigentlich nütze sein mochte. Und so lange drehte und wendete er dies Schreibzeug in seinen Händen hin und her, so lange betrachtete er es prüfend, betastete und befingerte, füllte und leerte er es, beklopfte und schüttelte, säuberte und rieb er's, legte es dahin, setzte es dorthin, stellte es antwortheischend auf den Kopf, bis er schließlich die Inschrift umgekehrt las: EVA.

Was ist nun aber Eva anderes als eben alle Frauen, vereint in einer einzigen? So wollte ihm also die göttliche Stimme sagen: Denk an das Weib! Das Weib wird deine Wunde heilen, es wird die Leere deiner Taschen füllen. Das Weib ist dein Eigentum. Du sollst nur ein einzig Weib haben, dies Weib kleide an und kleide aus, hätschle und hege sie und laß auch andere daran teilhaben. Das Weib ist alles, das Weib hat ihr Pennal, ihr Kalamar, ihr geheimnisvolles Ding, das keinen Boden hat. Schöpfe getrost aus diesem rätselvollen, unergründlichen, nie versiegenden Kalamar. Das Weib liebt die Liebe, also liebe sie. Spende ihr Liebe aus deinem Tintenfaß, nur kitzle und hege pflegsam ihre Gelüste und Sehnsüchte, schmeichle ihren launischen Wünschen und male ihr in tausend Bildern aufs fröhlichste die Liebe in ihren tausend und aber tausend Arten und Abarten aus. Das Weib ist großzügig und gebefreudig, und alle für eine, eine für alle werden sie es dem Maler lohnen und ihm für seinen Pinsel das nötige Gefieder, will sagen: Haarwerk beschaffen. Endlich spiele mit dem doppelsinnigen Wortspiel, welches da auf dem Schreibzeug geschrieben steht: *Ave* – sei gegrüßt, *Eva* – Weib. Oder auch: *Eva* – das Weib, *ave* – bring Heil oder Rettung. Ei jawohl, das Weib erschafft und zerstört! Komm also her, mein Kalamar, mein Labsal! Was hat das Weib am liebsten? Was will das Weib? Alle die Dinge, die sonderlich mit der Liebe zu tun haben, und recht hat sie! Kinder erzeugen und zur Welt bringen ist ganz eigentlich der Natur nachgetan, welche immerfort gebärt und im Kindbett liegt! So kommt denn her zu mir, ihr Frauen allesamt! Komm, *Eva!* Komm!

Daraufhin schöpfte der Autor tief aus diesem unerschöpflichen Tintenfaß, in dem eine zerebrale Substanz enthalten war, ein Brei, von den Engeln Gottes zusammengebraut, wirksam gleich einem Talisman. Aus dem einen Näpfchen quollen lauter ernste Dinge, die er mit brauner Tinte niederschrieb, und aus dem andern zappelige Narreteien, die fröhlich die Blätter seines Heftes mit ihren kecken roten Schriftzeichen belebten. Zuweilen aber hat der arme Autor aus Achtlosigkeit bald hier, bald dort die Tinten durcheinandergemengt. Doch sobald die ungefügen Satzungetüme eines gewichtigen anderen Werkes im Geschmack der Zeit nach langem schwierigem Glätten, Feilen und Drechseln, bis sie glänzten wie ein Spiegel, endlich zu Papier gebracht waren, gelüstete es den Autor, nach einem vergnüglicheren Zeitvertreib, und ungeachtet des spärlichen Restchens lachender Tinte im linken Näpfchen tunkte er begierig seine Feder ein und stibitzte mit tausend Freuden ein paar Tröpfchen. Und daraus, aus diesen paar abgestohlenen Tröpfchen, entstanden diese tolldrastischen Geschichten, und wahrlich, ihre Autorität kann niemand anzweifeln, sind sie doch aus göttlicher Quelle geflossen, wie aus diesem unbefangenen Geständnis des Autors unumstößlich hervorgeht.

Eine Rotte böswilliger Leute wird auch hierüber Zeter schreien. Aber findet mir auch nur einen halbwegs zufriedenen Menschen, der an diesem Kotspritzer, unserem Erdball, nichts auszusetzen und zu bemängeln fände! Ist das nicht eine Schande? Hierin hat sich der Autor den Weltenschöpfer zum Vorbild genommen und sich so weise verhalten wie Er. Und er beweist es durch *at qui*. Hört nur: Ist nicht für kluge Leute in aller Klarheit erwiesen, daß der allmächtige Herr der Welten eine unermeßliche Zahl schwerer, gewichtiger, mächtiger, gewaltiger, wuchtiger Werke geschaffen hat, mit ungeheurem Räderwerk, starkem Gestänge und mit einem äußerst verwickelten Gewirr von Schrauben und Gewichten wie bei einem selbsttätigen Bratspieß, daß er sich aber auch, wenn ihn die Laune ankam, damit ergötzt hat, allerlei kleine zierliche Nichtigkeiten anzufertigen und auch mancherlei possierliche und groteske Gebilde, die leicht wiegen wie der Wind? Weiß nicht alle Welt, daß er obendrein zahllose verspielte und naive Sachen erschaffen hat, allerlei lustige und ergötzliche Spielereien, welche euch zum Lachen bringen, wenn ihr sie zu Gesicht bekommt? Ist es etwa nicht so? Habe ich nicht recht?

Folglich ist es unerläßlich, in jedem großangelegten, nach einem Plan aufgebauten Werk, wie es das weitläufige Gebäude ist, das der Autor zu errichten gesonnen ist und das er schon in Angriff genommen hat, gemäß dem Vorbild des Allerhöchsten und nach seinen Gesetzen hier und da allerhand liebliche Blumen anzubringen, ergötzliche Käfer, Drachen und Ungetüme mit schön geringelten Schwänzen, buntscheckiges Gewürm, vielfarbiges Geziefer, ja sogar über und über vergoldete Ungeheuer, wenngleich der Autor zumeist nicht gerade mit Gold gesegnet ist. Die alle läßt er dann zu Füßen seiner Schneegebirge, seiner himmelhoch ragenden Felsen und anderer stirnrunzelnder Philosophien und Weltweisheiten herumkrabbeln und in seinen langatmigen und dickleibigen Schwarten und Schmökern, diesen marmorprangenden Kolonnaden und in Porphyr ausgehauenen Gedankenpalästen, ihr Unwesen treiben. Heißa! Holla! Schmutziges Viehzeug! Immerfort begeifert und schimpfiert ihr die Seitensprünge, mutwilligen Launen, die losen Streiche, die Läufe und Triller, kecken Weisen und lockeren Tänze der allerliebsten tolldrastischen Muse! Wollt ihr nicht endlich eure Klauen und Krallen stutzen, damit ihr nicht länger ihre schneeweiße Haut zerkratzt und zerfleischt, ihre blaugeäderte Haut, ihre verliebten Lenden, ihre zierlichen, schlanken Hüften, ihre Füßlein, die klüger immer im Bette bleiben, ihr seidig zartes Antlitz, ihre schimmernden Formen, ihr lauteres Herz ohne Galle? Ha, ihr ärgerlichen Querköpfe, was werdet ihr dazu sagen, wenn ihr hier seht, daß dieses gute, herzige Geschöpf aus Frankreichs Herzen hervorgegangen ist, daß es alle natürlichen Eigenschaften und Gaben eines Weibes besitzt und von den Engeln in der Person des geschenkebringenden Merkurius mit einem artigen *Ave* begrüßt worden ist, und zu guter Letzt, daß es die Quintessenz aller Kunst verkörpert? In diesem Werk ist alles vereint: Drangsal, Not, Tugend, Phantasie und Einfallsreichtum, alles, was sich eine Frau ersehnt und wonach auch das Herz eines Urerzpantagruelisten steht. Alles findet ihr darin. Schweigt also still, lobpreist den Autor und laßt sein doppelnäpfiges Tintenfaß die Fröhliche Wissenschaft mit den glorreichen hundert tolldrastischen Geschichten beschenken.

Hinweg mit euch denn, ihr kläffenden Köter! Spielt auf, ihr Musikanten! Still da, ihr Mucker! Hinaus mit euch, ihr Dummköpfe und Banausen! Tretet näher, ihr meine geliebten Unzüchtlinge und lustigen Draufgänger! Meine herzallerliebsten Pagen, reicht den Damen eure linden Hände und krault sie inmitten, wie sie's am allerliebsten haben, und sprecht zu ihnen: »Lest, dann könnt ihr lachen!« Hernach sagt ihr ihnen andere Worte, die sie noch lieber hören, bis sie laut herauslachen. Denn wenn Frauen lachen, sind Lippen und Mund schon halb erschlossen, und die Liebe findet leicht Eingang.

Geschrieben zu Genf im Gasthof zum Bogen, Februar 1834

BEHARRLICHE LIEBE

Um die ersten Jahre des dreizehnten Jahrhunderts nach der Geburt unseres himmlischen Heilands trug sich in der Stadt Paris eine Liebesgeschichte zu, deren Held ein Mann aus Tours war. Die ganze Stadt und auch der königliche Hof gerieten darüber in höchstes Staunen. Dem weiter unten Erzählten werdet ihr entnehmen können, welchen Anteil die Geistlichkeit an dieser Geschichte hatte, wurde sie doch von Kirchenleuten aufgezeichnet und uns überliefert.

Dieser Mann, vom gemeinen Volk nur der *Touraner* genannt, weil er in unserer immerfröhlichen Touraine zur Welt gekommen war, hieß mit seinem eigentlichen Namen Anselm. Auf seine alten Tage kehrte dieser Biedermann in seine Heimat zurück und wurde Bürgermeister zu Sankt Martin, wie in der Chronik der Abtei und der Stadt zu lesen ist. In Paris aber war er ein angesehener Goldschmied. Nun war er aber schon in seiner frühesten Jugend dank seiner Rechtschaffenheit, dank seinem nimmermüden Fleiß und auch aus andern Gründen Bürger von Paris und Untertan des Königs geworden, dessen Gunst und Schutz er, wie es dazumal Sitte war, sich mit ansehnlichen Geschenken erkaufte. Er besaß ein eigenes Haus, das er selbst hatte bauen lassen und das frei von jeder Zinsbarkeit war, unweit der Sankt-Leodegar-Kirche in der Sankt-Dionys-Gasse gelegen, wo seine Werkstatt all denen wohlbekannt war, die schönes Geschmeide erstehen wollten. Obschon er ein Touraner war und von Leben und Gesundheit strotzte, so daß er andern noch hätte davon abgeben können, war er gleichwohl keusch und tugendsam geblieben wie ein Heiliger, allen Verlockungen dieser Stadt zum Trotz, und hatte seiner Jugend Maienblüte verlebt, ohne auch nur ein einzig Mal ein Hurenhaus aufgesucht zu haben. Manch einer wird nun einwenden, das übersteige die Glaubenskraft, die Gott uns verliehen habe, auf daß wir mit ihrer Hilfe an die Mysterien seiner heiligen Religion glauben können. Darum wird es vonnöten sein, daß wir den heimlichen Grund dieser Keuschheit des langen und breiten aufzeigen. Da müßt ihr zunächst bedenken, daß er auf Schusters Rappen in die Stadt gekommen war, arm, ja ärmer als Hiob, wie die alten Leute noch heute erzählen, daß er aber, im Gegensatz zu unseren Landsleuten, die rasch wie ein Strohfeuer lichterloh brennen, bald aber verlodern und abkühlen, einen wahrhaft stählernen Charakter besaß und sich von allem, was er sich einmal in den Kopf gesetzt hatte, auch nicht mehr abbringen ließ, zäh und hartnäckig wie ein Mönch, der auf Rache sinnt. Als er Geselle war, arbeitete und schuftete er Tag und Nacht. Dann wurde er Meister und arbeitete und schuftete ebenso unermüdlich wie zuvor. Jederzeit war er lernbegierig und auf der Suche nach neuen Handwerksgeheimnissen, nach neuartigen Arbeitsweisen, und weil er immerfort suchte und forschte, gerieten ihm auch mancherlei Erfindungen aller Art.

Leute, die zu nachtschlafender Stunde nach Hause gingen, die Scharwache oder auch dann und wann ein paar Spitzbuben, sahen zu jeder Zeit ein Licht im Fenster des Goldschmieds brennen, und beim Schein dieser Ampel saß der wackere Goldschmied, hämmerte, bosselte, feilte, ziselierte, stanzte und klopfte, und bei ihm war ein Lehrbube, der hielt die Türen verschlossen und die Ohren weit offen. Not und Armut hatten ihn das Arbeiten gelehrt, die Arbeit hatte ihm seine weitherum beschriene Weisheit eingetragen, und seine Weisheit brachte ihm wiederum Vermögen und Reichtum. Hört euch das an, ihr Kinder Kains, die ihr Dublonen freßt und lauteres Wasser laßt!

Wenn der wackere Goldschmied in seinem Herzen jemals gewisse störrische Gelüste verspürte, wie sie eben einen alleinstehenden Mann hie und da plagen, wenn der Teufel Miene macht, trotz allem Bekreuzen und Beschwören obzusiegen, dann hämmerte der Touraner wild auf sein Metall ein, lockte die aufrührerischen Geister in sein Gehirn hinauf und zwang sich mit eisernem Willen dazu, allerlei köstliche Zierate, liebliche, mit meisterlichem Stichel gravierte Bildwerke, goldene Figürchen und wundersam schöne Silberarbeiten zu verfertigen, womit er den Zorn seiner heiß entbrannten Venus abkühlte. Zu all dem rechnet hinzu, daß der Touraner ein einfältiger, unverbildeter Mensch war, ein Mann mit arglosem Gemüt, der vor allem Gott fürchtete, hernach die Diebe, dann die großen Herren, am allermeisten aber Unbotmäßigkeit und Aufruhr.

Obschon er zwei Hände hatte, betrieb er doch stets nur eine Sache. Sagte er etwas, so klang seine Stimme sanft und leise wie die einer Braut vor der Hochzeit. Und wollten ihn auch die Geistlichkeit, die Kriegsleute und andere nicht für einen gelehrten Mann gelten lassen, so war er doch im Latein seiner Mutter wohlbeschlagen und sprach es fehlerfrei, ohne daß man ihn erst lange zu nötigen brauchte. Eins ums andere hatten ihn die Pariser gelehrt: immer geradeaus zu gehen, nie für andere auf den Busch zu klopfen, seine Liebhabereien mit der Elle seiner Einkünfte zu messen, keinem Menschen zu erlauben, daß er sich Schuhriemen aus seinem Leder

schneide, auf sein Korn ein wachsames Auge zu haben, nie eine Katze im Sack zu kaufen, nicht auszuplaudern, was er zu tun vorhatte, aber stets zu tun, was er sagte, nichts abzuschlagen außer seinem Wasser, ein besseres Gedächtnis zu haben als gemeinhin die Fliegen, seinen Kummer für sich zu behalten so gut wie seine Geldkatze, auf der Straße nicht in die Wolken gaffen und seine Geschmeide teurer zu verkaufen, als sie ihn zu stehen kamen: lauter Dinge, deren klügliche Beachtung ihm just so viel Weisheit einbrachte, wie er brauchte, um in Wohlstand und Zufriedenheit dahinleben zu können.

Also tat er und fiel niemandem dabei zur Last. Und manch einer, der diesen stillen Mann in seiner Häuslichkeit sah, sagte sich voll Neid: Wahrhaftig, ich möchte gern dieser Goldschmied sein, und müßte ich dafür hundert Jahre lang bis zu den Knien im Kot von Paris waten! Ebensogut aber hätte er sich wünschen können, König von Frankreich zu werden, denn der Goldschmied hatte ein Paar Arme, sag ich euch, nervige, feste, haarige Arme, die waren so erstaunlich stark, daß auch der kräftigste seiner Gesellen, wenn er die Fäuste ballte, sie ihm mit der gröbsten Zange nicht hätte aufbrechen können. Ihr könnt euch drauf verlassen, daß er nicht wieder fahrenließ, was er einmal festhielt. Überdies hatte er zwei Reihen Zähne, mit welchen er Eisen beißen, einen Magen, womit er es verdauen, Gedärme, die es verdünnen, und einen After, der es, ohne dabei zu zerreißen, ausstoßen konnte. Außerdem besaß er zwei Schultern, auf welchen er die Weltkugel hätte tragen können gleich jenem heidnischen Riesen, dem vormals dies Amt übertragen war und den Jesu Christi Erdenkunft gerade zur rechten Zeit davon erlöste. Er war, der Wahrheit die Ehre, ein Mann so recht aus einem Guß, ein Klotz von einem Mann, und solche Männer sind ja die besten, denn alle, an denen immerzu angestückelt werden muß, taugen nichts, aus so vielen Stücken zusammengeflickt und zusammengebastelt, wie sie sind. Mit einem Wort, Meister Anselm war durch und durch ein Mann, von echtem Schrot und Korn, mit einem Löwenantlitz, das unter seinen Brauen hervor so feurige Glutblicke schoß, daß er damit sein Gold hätte schmelzen können, wenn ihm einmal im Ofen das Feuer ausgegangen wäre. Doch ein kristallklares Wasser, das der Schöpfer aller Dinge in seine Augen gelegt, linderte dieses heiße Feuer, sonst hätte er alles ringsum versengt. Ist so einer nicht ein Prachtkerl von einem Mann?

Nach dieser Aufzählung seiner Kardinaltugenden werden manche nun beharrlich weiterfragen, weshalb denn der gute Goldschmied unverheiratet geblieben war und ungesellig lebte wie eine Auster, wo doch solche reichen Naturgaben allerorten so gut zu brauchen sind. Wissen aber diese hartnäckigen, krittelsüchtigen Frager überhaupt, was lieben heißt? Oho! Nichts wissen sie! Was hat ein Verliebter nicht alles zu tun! Er muß kommen und gehen, horchen und aufpassen, schweigen, reden, sich ducken, sich groß und dann wieder klein machen und zu einem Nichts zusammenschrumpfen. Er muß sich angenehm machen, musizieren, leiden und dulden, den Teufel da suchen, wo er ist, Stockerbsen auf seinem Fensterladen abzählen, Blumen unterm Schnee finden, dem Mond ein Vaterunser ums andere herbeten, die Katze und den Hund daheim streicheln, den Freunden schöntun, das Zipperlein oder den Schnupfen der Muhme hätscheln und ihr im rechten Augenblick sagen: »Ihr seid noch ganz rüstig und wohlauf und werdet noch das ganze Menschengeschlecht überleben!« Ferner muß er herauswittern, was alle Anverwandten gerne hören, darf keinem auf die Hühneraugen treten, keine Gläser in Scherben schlagen, er muß Grillen mit Hufeisen beschlagen, Ziegel weiß scheuern, lauter Nichtigkeiten sagen, Eis in der hohlen Hand halten, ohne daß es schmilzt, über Flitter und Tand in Entzücken geraten, begeistert ausrufen: »Schön ist das!« oder: »Fürwahr, Frau Base, wie gut Euch das zu Gesicht steht!« und das in hunderttausend Arten und Abarten wiederholen. Dann muß er sich schniegeln und putzen, sich prächtig aufdonnern wie ein Edelmann, eine hurtige und kluge Zunge führen, mit Lachen alles über sich ergehen lassen, was der Teufel ausheckt, seinen Zorn jederzeit hinabschlucken, sich im Zaum halten, Gott am Finger und den Teufel beim Schwanz greifen, der Mutter ein Geschenk verehren, der Base ein Angebinde bringen, die Magd mit einer Gabe bedenken, kurzum, allezeit ein freundliches Gesicht ziehen, ansonsten ihm die Braut in die Binsen geht und ihn sitzenläßt, ohne ihm einen einzigen christlichen Grund dafür anzugeben.

Hätte aber zu guter Letzt der Liebste des allersanftmütigsten Mädchens, das Gott der Herr in einer Anwandlung guter Laune erschaffen hat, auch gesprochen wie ein Buch, wäre er gehüpft wie ein Floh, hätte er sich gedreht wie ein Würfel, musiziert wie weiland König David, der Psalmist, an die hunderttausend höllische Verdrehungen ausgeführt und für das genannte Weib die korinthische Ordnung der Teufelssäulen aufgebaut: wenn er in der besondern Sache versagt, die vor allem seiner Dame wohltut, in der stets geheimgehaltenen Sache, die sie oft selbst nicht kennt und weiß und doch wissen und kennen muß, dann läßt ihn die Trulle einfach stehn, als wäre er die rote Pest. Und das ist ihr gutes Recht; niemand kann ihr deswegen etwas am Zeuge flicken. In einer solchen Lage werden manche Männer griesgrämig, sauertöpfisch und mürrisch, ja sie kommen sogar um den Verstand; es ist ärger, als ihr's euch vorstellen könnt. Nicht wenige haben sich wegen eines solchen wetterwendischen Rockes selbst entleibt. Darin unterscheidet sich ja der Mensch vom Tier, denn noch nie hat ein Tier aus verzweifelter Liebe den Verstand verloren, und das beweist zur Genüge, daß die Tiere keine Seele haben.

Amt und Aufgabe eines Verliebten ist also das Geschäft eines Jahrmarktgauklers, Reisläufers, Quacksalbers und Marktschreiers, eines Hanswursts, eines Prinzen und Tölpels, eines Königs, Tagediebs und Nichtsnutzes, eines Mönchs, eines Gimpels, Bummlers und Lügners, eines Prahlhanses, Ohrenbläsers und Angebers, Hohlkopfs, Windbeutels, Wichtigtuers, Strohdreschers, Schaumschlägers und kauzigen Narren. Es ist ein Tun und Treiben, von dem sich unser Herr und Heiland ferngehalten hat und das, nach seinem Vorbild, alle verständigen Leute verschmähen; ein Amt, bei dem ein Mann von Wert vor allem seine Zeit, sein Leben, sein Blut, seine heimlichsten Gedanken und innigsten Worte hergeben muß, ganz abgesehen von Herz, Seele und Hirn. Auf solche Näschereien sind ja alle Frauenzimmer ganz besonders erpicht, denn sobald ihr Zünglein sich regt und sprechen kann, sagen sie eine zur andern, wenn sie von einem Mann nicht alles hätten, Haut, Haar und den Rest, so hätten sie so gut wie gar nichts von ihm. Verlaßt euch drauf, es gibt unter ihnen äffische Ziegen, die noch unwillig die Brauen runzeln, die Nase rümpfen und das Maul aufreißen, wenn ein Mann um ihretwillen hundert Narreteien angestellt hat, bloß um herauszubringen, ob nicht noch eine hundertundeinte möglich wäre. Denn in all und jedem wollen die Weiber immer noch mehr, aus purer Herrschsucht und lauter Eroberungslust. Und diese hohe Rechtsweisheit ist seit jeher vornehmlich in Sitten und Brauchtum von Paris im Schwange gewesen, wo die Frauen bei der Taufe mehr Salz abbekommen als sonstwo in der Welt und darum von Geburt an klug sind wie die Schlangen.

So konnte also der Goldschmied, der nimmermüde in seiner Werkstatt über der Arbeit saß, sein Gold spiegelblank polierte und brünierte und sein Silber im Schmelztiegel erhitzte, keinen Augenblick Zeit finden, seine Liebe zu schüren und zum Glühen zu bringen, noch konnte er seine Gedanken und Träume blitzblank putzen und zum Glänzen bringen, durfte auch nicht seine Zeit mit allerlei Flittertand, mit gekkenhaftem Großtun und Maulaffenfeilbieten noch mit andern Affereien verplempern oder sich nach einem hübschen Lärvchen umsehen. Sintemal nun aber in Paris die Jungfrauen ebensowenig den Junggesellen ins Bett geschneit kommen, wie es auf den Straßen gebratene Pfauen regnet, auch wenn diese Junggesellen königliche Goldschmiede sind, so genoß der Touraner den Vorzug, in seinem Hemd einen ausbündig ungewitzten und ahnungslosen Keuschling zu beherbergen. Indessen konnte der tugendliche Bürger unmöglich die Augen vor den natürlichen Reizen verschließen, welche die adeligen Damen und auch die Bürgersfrauen, mit denen er um den Preis seiner Kleinode feilschte, zur Schau trugen und womit sie verschwenderisch ausgestattet waren. So geschah es des öftern, daß der Touraner nach einer Zwiesprache mit solch einer bildschönen Frau, die ihm hatte den Kopf verdrehen wollen und ihm um den Bart gestrichen war, um damit einen günstigeren Preis herauszuschlagen, beim Nachhausegehen vor sich hinträumte wie ein Dichter und verzweifelt war wie ein Kuckuck, der kein Nest findet. Ich müßte mir eine Frau zulegen, sagte er sich dann nachdenklich. Sie würde mir die Wohnung rein kehren, die Schüsseln warm halten, Laken und Wäsche säuberlich falten und in Truhen und Kästen verwahren, meine Kleider ausbessern, sie würde das ganze Haus mit ihrem heiteren Gesang erfreuen, mich so lange plagen, bis ich alles täte, was sie will und wie sie's haben möchte, sie würde, wie alle Weiber, wenn sie von ihrem Mann ein Schmuckstück haben wollte, mir in den Ohren liegen: Schau, liebster Schatz, sieh nur, ist das nicht wunderwunderschön? Und jeder im ganzen Stadtviertel würde von meiner Frau träumen und dabei denken: Der Mann kann von Glück reden! Dann hielt er in Gedanken Hochzeit, hätschelte und verwöhnte die Frau Goldschmiedin, kleidete sie in prächtige Gewänder, hängte ihr eine goldene Kette um den Hals, liebte sie vom Kopf bis zu den Füßen, ließ sie im Hause schalten und walten, wie's ihr behagte, nur die Verwaltung der Ersparnisse behielt er sich vor, richtete ihr die Kammer im Oberstock ein, schmückte das Gemach mit schönen Butzenscheiben, prächtigen Teppichen, bunten Wandbehängen, mit einer kostbaren, reichgeschnitzten Truhe, einem unmäßig breiten Bett mit gedrechselten Säulen und Vorhängen aus zitronengelbem Zindeltaft, kaufte ihr haufenweise schöne Spiegel – und jedesmal, wenn er zu Hause anlangte, hatte er von ihr an die zehn blühende Kinder. Doch war er dann daheim, so lösten sich Weib und Kinder unter seinen Hammerschlägen in Rauch und Dunst auf. Er bildete seine schwermütigen Vorstellungen in wunderlichen Entwürfen nach, verlieh seinen verliebten Träumen in allerlei wundersam verschnörkelten Geschmeiden greifbare Gestalt, und diese Kunstwerke gefielen den Käufern, die keine Ahnung hatten, wie viele Frauen und Kinder in den Goldschmiedearbeiten des trefflichen Mannes verborgen steckten. Und je kunstvollere Dinge er ersann, um so abgezehrter, hohlwangiger und bleicher ging er umher. Hätte Gott sich nicht endlich seiner erbarmt, so wäre er aus dieser Welt gegangen, ohne die Liebe gekannt zu haben. Aber er hätte sie dann im Jenseits kennengelernt, ohne die fleischliche Entstellung, die sie verhäßlicht und ihr abträglich ist, wie der edle Herr Plato gelehrt hat, der es wahrlich wissen mußte. Doch war der eben kein Christ und hat sich in seinem Heidenglauben sicherlich geirrt.

Ach weh! All diese vorbereitenden Reden sind lauter müßige Abschweifungen und lästiges Beiwerk entbehrlicher Kommentare und Glossen, worein unsereiner unter dem Zwang der Mucker seine Geschichten einwickeln muß, wie man ein kleines Kind in seine Windeln wickelt, ob es ihm schon viel besser bekäme, wenn es splitterfasernackt herumkrabbeln könnte, wie Gott der Herr es geschaffen hat. Daß ihnen doch der Oberste der Teufel mit seiner dreigezinkten rotglühenden Gabel die Kaldaunen durchs Hinterpförtchen kitzelte! Und jetzt will ich alles ohne weitere Umschweife erzählen.

Hört denn, was dem Goldschmied in seinem einundvierzigsten Lebensjahr begegnet ist. Eines schönen Sonntags, als er sich auf dem linken Ufer der Seine erging, kam er von ungefähr, in seine Heiratspläne versunken, bis auf die große Wiese, die seither den Namen Pfaffenwiese erhalten hat. Damals gehörte sie freilich zum Besitz der Abtei von Saint-Germain und war noch nicht Eigentum der Pariser Hochschule. Dort schritt der Touraner rüstig vorwärts und gelangte mit der Zeit aufs offene Feld hinaus. Mit einmal begegnete er einem armen Dirnlein, und da es ihn in seinen besten Sonntagsstaat gekleidet sah, grüßte es ihn ehrerbietig und sprach:

»Gott mit Euch, gnädiger Herr!« Als sie das sagte, klang ihre Stimme so herzbewegend sanft, daß der Goldschmied spürte, wie seine Lebensgeister von diesem Wohllaut weiblicher Süße berückt wurden; er faßte eine jähe Liebe zu dem Mägdlein, und dies um so leichter, als er sich ohnehin ernstlich mit Heiratsgedanken trug. So kam ihm diese Begegnung recht zupaß. Doch war er schon an der Maid vorübergegangen und wagte nun nicht mehr umzukehren, denn er war schüchtern wie ein Jungfräulein, das lieber in seinen Röcken stürbe, als daß es sie zu seinem Vergnügen aufhöbe. Als er aber auf Pfeilschußweite von ihr entfernt war, bedachte er, daß ein Mann, der seit zehn Jahren Goldschmiedemeister und im Besitz des Bürgerrechts sei, außerdem zweimal so alt wie ein ausgewachsener Hund, recht wohl ein Weib von vorn anschauen dürfe, wenn ihm der Sinn danach stehe, zumal ihm alle fünf Sinne juckten und kribbelten. So machte er denn kurzerhand kehrt, als hätte er sich's überlegt und wolle seine Schritte anderswohin lenken. So bekam er das Mägdlein von neuem zu Gesicht. Es hielt seine mägerliche Kuh an einem alten Strick und ließ sie das Gras abweiden, das am grünen Hang eines Grabens längs des Weges wuchs.

»Liebes Kind«, sprach er, »du bist wohl recht arm dran, daß du am Tag des Herrn arbeiten mußt. Hast du denn nicht Angst, du könntest ins Gefängnis kommen?«

»Gnädiger Herr«, erwiderte das Mägdlein mit demütig niedergeschlagenen Augen, »ich habe nichts zu fürchten, denn ich gehöre dem Kloster. Der Herr Abt hat uns Erlaubnis gegeben, unsere Kuh nach dem Vesperläuten auf die Weide zu führen.«

»Also ist dir deine Kuh lieber als dein Seelenheil?«

»Wahrhaftig, gnädiger Herr, unsere Kuh ist doch sozusagen unser halbes armseliges Leben.«

»Mich wundert, liebes Kind, daß ich dich so bitter arm und in Lumpen gehüllt, so kläglich gekleidet und mit bloßen Beinen an einem Sonntag draußen auf dem Feld sehen muß, wo du doch Schätze an dir hast, die kostbarer sind als alles, was rund um die Abtei gedeiht. Die Stadtleute werden dir gewiß mit ihren Liebesanträgen heftig zusetzen und dir keine Ruhe lassen.«

»Nein doch, gnädiger Herr, ich bin ja dem Kloster zu eigen«, erwiderte sie und zeigte dem Goldschmied ein Halsband, das sie um den linken Arm trug. Es war ein Lederriemen, wie ihn das Vieh auf der Weide trug, nur ohne Glocke.

Hierauf warf sie dem Meister einen so jammervollen Blick zu, daß ihm dabei fast das Herz brechen wollte; denn durch die Augen teilt sich ja dem Herzen zumeist ein tiefes Gefühl mit, das ansteckend wirkt.

»Ei, was ist denn das?« fragte er nun, denn er wollte genau über alles Bescheid wissen.

Und er berührte das Lederband, auf das gut sichtbar das Wappen der Abtei eingeprägt war. Doch wollte er eigentlich gar nicht das sehen.

»Gnädiger Herr, ich bin eines Hörigen Tochter. Deshalb würde jeder, der sich mit mir ehelich verbinden wollte, in Leibeigenschaft geraten; und wäre er auch Bürger von Paris, er würde mit Leib und Seele, mit seinem ganzen Hab und Gut Eigentum des Klosters. Wollte er mich anders, in freier Liebe, besitzen, so würden gleichwohl unsere Kinder dem Klostergut anheimfallen. Deswegen meiden mich alle Männer, und ich bin einsam und verlassen wie die armen Tiere auf dem Feld. Was mich aber am allermeisten kränkt, ist die Aussicht, daß ich bei Zeit und Gelegenheit nach dem Belieben des gnädigen Herrn Abts dem erstbesten Leibeigenen angetraut werde. Und wäre ich auch weniger häßlich, als ich bin, so würde mich der verliebteste Mann beim Anblick meines Armbandes fliehen wie die schwarze Pest.«

Bei diesen Worten zerrte sie am Strick, um ihre Kuh zum Mitkommen zu zwingen.

»Wie alt bist du jetzt?« fragte der Goldschmied.

»Ich weiß nicht, gnädiger Herr. Aber unser Herr Abt hat es aufgeschrieben.«

Solch bittere Not griff dem wackeren Mann ans Herz, denn auch er hatte lange Jahre hindurch das harte Brot der Armut gegessen. Er hielt gleichen Schritt mit dem Mägdlein, und so gingen sie in beredtem Schweigen nebeneinander her dem Flusse zu. Der Goldschmied verwandte keinen Blick von ihrer schönen Stirn, ihren kräftigen, von der Sonne geröteten Armen, ihren schlanken und wohlgeformten Hüften, ihren staubbedeckten Füßen, die gleichwohl zierlich und fein waren wie die einer Muttergottes, und von dem lieben, süßen Gesichtlein des Mädchens, das ein wahres Ebenbild der heiligen Genoveva war, der Schutzherrin von Paris und auch aller Mägdlein, die draußen auf dem Felde leben. Verlaßt euch nur drauf: dieser ahnungslose und liebesunerfahrene Mann, der von Kopf bis Fuß keusch war, ahnte mit einemmal, welch hübsche, schneeweiße Brüste dies Mägdlein sein eigen nannte, obschon sie in anmutiger Schamhaftigkeit sorgsam unter einem groben, schäbigen Tuch verborgen waren, und er ward danach gelüstig wie ein Schuljunge an einem heißen Sommertag nach einem saftigen, rotbäckigen Apfel. Ihr könnt euch auch denken, daß diese leckeren Proben ihrer Leiblichkeit auf ein wohlgestaltetes und vollkommen ebenmäßig gebildetes Dirnchen schließen ließen, auf ein makelloses Ding ohne Fehl und Mangel wie alles, was die Mönche besaßen. Je strenger aber dem Goldschmied verboten war, daran zu rühren, desto wäßriger wurde ihm der Mund nach dieser verlockenden Liebesfrucht, und das Herz hüpfte ihm im Leibe bis hinauf in die Kehle.

»Du hast da eine schöne Kuh«, sagte er schließlich.

»Möchtet Ihr gern einen Schluck Milch haben?« gab sie zur Antwort. »Es ist so heiß in diesen ersten Maitagen. Ihr seid noch weit von der Stadt.«

Wirklich war der Himmel tiefblau und wolkenlos, und die Sonne brannte glühendheiß hernieder. Alles strahlte vor Jugend, das Laub, die Luft, die Mägdlein und auch die Hagestolze. Alles glühte, grünte und duftete wie Balsam. Dieses kindlich einfältige Anerbieten, das doch auf keine Gegengabe hoffen konnte, weil auch ein Goldgulden die rührende Anmut dieser Worte nicht hätte lohnen können, dazu die bescheidene Haltung, in der sich das Mägdlein abwandte, schnürten dem Goldschmied das Herz zusammen, und er hätte alles drum gegeben, wenn er dieses leibeigene Mägdlein hätte in die Haut einer Königin stecken und ihr Paris zu Füßen legen können.

»Nein, nein, mein liebes Kind, ich bin nicht durstig nach Milch, sondern nach dir, und ich wollte, ich könnte dich freikaufen.«

»Das geht nicht an. Bis zum Tode gehöre ich dem Kloster. Seit undenklichen Zeiten leben wir in diesem Stande, er vererbt sich vom Vater auf den Sohn, von der Mutter auf die Tochter. Wie meine armen Vorfahren werde ich mein Leben hier auf diesem Grund und Boden verbringen, und auch meine Kinder werden hier leben und sterben, denn der Abt läßt es nicht zu, daß wir kinderlos bleiben.«

»Was?!« begehrte der Goldschmied auf, »kein braver Mann hat versucht, um deiner schönen Augen willen dir die Freiheit zu erkaufen, wie ich mich vom König freigekauft habe?«

»Das wäre doch viel zu teuer! Darum gehen auch alle, denen ich auf den ersten Blick gefalle, wieder ihres Wegs.«

»Und hast du nie daran gedacht, mit einem Geliebten zu Pferd, auf einem flinken Renner, in ein anderes Land zu fliehen?«

»O doch. Aber, gnädiger Herr, wenn man meiner wieder habhaft würde, so würde ich zumindest gehängt, und mein Liebster, wäre er selbst ein Graf, würde dabei seiner Güter und auch des Lebens verlustig gehen. So viel bin ich nicht wert. Und dann hat das Kloster lange Arme, die weit reichen, und so flink sind meine Füße nicht, daß sie ihnen entrinnen könnten. So lebe ich denn in Gottesfurcht und beuge mich unter Seinen Willen, denn Er hat mich so erschaffen, wie ich bin.«

»Und was tut dein Vater?«

»Er schneidet die Rebstöcke in den Weinbergen des Klosters.«

»Und deine Mutter?«

»Sie besorgt die Wäsche.«

»Und wie heißt du?«

»Ich habe keinen Namen, lieber gnädiger Herr. Mein Vater ist Stephan getauft, meine Mutter nennen sie die Stephanie, und ich bin die Steffi, Euch zu dienen.«

»Liebes Kind«, sagte nun der Goldschmied, »noch nie hat mir eine Frau so gut gefallen wie du, und ich weiß, dein Herz ist voller Schätze, die nicht vergehen. Weil dich nun aber meine Augen erblickt haben gerade zu der Zeit, da ich mir fest vornahm, eine Ehegefährtin heimzuführen, so glaube ich darin einen Fingerzeig des Himmels zu sehen; und wenn ich dir nicht allzusehr mißfalle, so bitte ich dich: Laß mich dein Freund und Beschützer sein.«

Da schlug das Mägdlein abermals die Augen nieder. Diese Worte hatte der Goldschmied so ernst und eindringlich gesprochen, daß der kleinen Steffi dabei die Tränen in die Augen traten.

»Nein, gnädiger Herr«, gab sie ihm schluchzend zur Antwort, »ich würde tausenderlei Mißhelligkeiten verschulden und brächte Euch nichts als Unglück. Für ein armes leibeigenes Mädchen ist eine solche Zwiesprache schon Freude genug.«

»Oho!« grollte da Anselm, »du weißt noch nicht, liebes Kind, mit wem du's zu tun hast!«

Und der Touraner bekreuzigte sich, faltete die Hände und sprach: »Ich gelobe dem heiligen Eligius, unter dessen Schutz und Schirm die Goldschmiede stehn, zwei Kästchen aus übergoldetem Silber anzufertigen und sie mit den kunstreichsten Verzierungen auszuschmücken, die ich vollbringen kann. Das eine soll für ein Standbild der jungfräulichen Muttergottes bestimmt sein, um ihr für die Freiheit meines vielgeliebten Weibes zu danken, das andere für meinen Schutzpatron, wofern ich in dem Unterfangen des Freikaufs der hier gegenwärtigen Steffi, der leibeigenen Maid, ans Ziel gelange. Ich baue darin auf seinen Beistand und schwöre außerdem bei meinem ewigen Seelenheil, beherzt in diesem Vorhaben zu verharren, alles, was ich besitze, dafür aufzuopfern und niemals davon abzustehen, bis mich der Tod ereilt. – Gott hat mein Gelöbnis gehört«, sprach er, und zu dem Mägdlein gewandt setzte er hinzu: »Und du, liebes Kind!«

»Ach, gnädiger Herr, seht nur! . . . Meine Kuh hat das Weite gesucht!« schrie sie weinend und umfaßte seine Knie. »Ich will Euch mein Leben lang liebhaben, aber nehmt Euer Gelübde zurück!«

»Komm, wir fangen deine Kuh wieder ein«, entgegnete der Goldschmied und hob sie auf, wagte aber noch nicht, sie zu küssen, obschon das Mägdlein gar nichts dawider gehabt hätte.

»Ja«, sagte sie dann, »man würde mich sonst schlagen.«

Nun rannte der Goldschmied in weiten Sprüngen hinter der verwünschten Kuh her, die für Liebesschwüre offenkundig nicht viel Verständnis hatte. Doch ward sie rasch bei den Hörnern gepackt und von den nervigen Fäusten des Goldschmieds wie in einem Schraubstock festgehalten; nur wenig fehlte, und er hätte sie wie einen Strohhalm in die Luft geworfen.

»Leb wohl, liebes Kind. Kommst du einmal in die Stadt, so suche mich in meinem Haus auf, nicht weit von Sankt Leodegar. Ich heiße Meister Anselm und bin der Goldschmied unseres allergnädigsten Königs von Frankreich. Mein Haus trägt Namen und Bild des heiligen Eligius. Versprich mir auch, daß du am kommenden Sonntag wieder hier auf dem Felde bist; ich komme bestimmt hierher, und sollte es Hellebarden vom Himmel regnen.«

»Ja, freilich, lieber gnädiger Herr. Dafür würde ich sogar über Hecken und Zäune springen, und aus Dankbarkeit möchte ich Euch ohne Arg und Tadel angehören und Euch vor Schaden bewahren, sollte es mich auch mein ganzes künftiges Glück kosten. Bis diese Glücksstunde für mich schlägt, will ich von ganzem Herzen für Euch zum lieben Gott beten.«

Hierauf blieb sie regungslos stehen wie ein steinernes Heiligenbild und rührte sich nicht, bis sie den Goldschmied aus den Augen verlor. Meister Anselm ging bedächtigen Schrittes heimwärts, wandte sich aber von Zeit zu Zeit nach ihr um und schaute freundlich zurück. Und als der Goldschmied längst weit weg war und sie ihn nicht mehr sehen konnte, stand das Mädchen immer noch am gleichen Fleck, bis die Nacht hereinbrach, in tiefem Sinnen und Zweifel, ob sie nicht bloß geträumt habe, was ihr begegnet war. Erst spät in der Nacht kam sie nach Hause und wurde geschlagen, weil sie sich verspätet hatte. Doch spürte sie die Schläge nicht.

Der wackere Meister Goldschmied mochte nicht mehr essen und trinken, er schloß seine Werkstatt, so hatte ihn die Liebe zu diesem Mädchen gepackt. Er konnte nur noch an sie den-

ken, überall sah er stets nur diese Dirn, und alles erinnerte ihn an sie. So machte er sich gleich am andern Tag zum Kloster auf und konnte es kaum erwarten, bis er mit dem Abt sprechen konnte. Unterwegs aber kam ihm in den Sinn, es wäre am Ende klug, sich unter den Schutz eines Höflings aus des Königs engstem Gefolge zu stellen. In dieser Absicht kehrte er um und begab sich an den Königshof, der zur Zeit in der Stadt weilte. Da er um seines lauteren und redlichen Wesens willen allgemein geachtet und wegen seiner zierlichen Arbeiten und seiner Dienstfertigkeit überall beliebt war, versprach ihm des Königs Kämmerer, dem er jüngst für die Dame seines Herzens eine Konfektschale aus Gold, mit Edelsteinen reich verziert, ein Kleinod, das einzig war in seiner Art, verfertigt hatte, seinen Beistand, ließ schleunigst sein Pferd satteln und einen Zelter für den Goldschmied zäumen, ritt unverzüglich mit ihm zur Abtei und fragte nach dem Abt. Das war damals der edle Herr Hugo von Sennecterre, ein ehrwürdiger Greis im hohen Alter von dreiundneunzig Jahren.

Als er nun mit dem Goldschmied, der in banger Erwartung seines Schiedsspruchs kaum mehr Atem fand, in dem Saal stand, bat der Kämmerer den Abt Hugo, er möge ihm im voraus schon einen Wunsch erfüllen, der leicht zu gewähren sei und mit dem er ihm einen großen Gefallen erweisen könne. Darauf erwiderte der hochwürdige Herr kopfschüttelnd, die kanonischen Gesetze verböten ihm ausdrücklich, sein Wort dergestalt zu verpfänden.

»Hochwürdiger Vater«, sagte nun der Kämmerer, »dieser Mann hier ist der Goldschmied des königlichen Hofes. Er hat eine große Liebe zu einem leibeigenen Mägdlein gefaßt, das Euerem Kloster hörig ist, und ich möchte Euch bitten, dieses Mägdlein freizugeben. Dafür verpflichte ich mich, Euch jeden Wunsch zu erfüllen, den Ihr gewährt haben wollt.«

»Wer ist sie denn?« fragte der Abt den Meister.

»Sie heißt Steffi«, entgegnete ängstlich der Goldschmied.

»Hoho!« meinte der gute alte Hugo lächelnd, »der Köder hat uns also einen prächtigen Fisch geangelt. Das ist ein ernster Fall, und allein kann ich ihn nicht entscheiden.«

»Ich weiß, was diese Worte zu bedeuten haben, hochwürdiger Vater«, erwiderte der Kämmerer mit ärgerlich gerunzelter Stirn.

»Lieber Herr, wißt Ihr aber auch, was dieses Mädchen wert ist?« fragte der Abt. Er befahl, Steffi zur Stelle zu schaffen, und schärfte dem Mönch, den er entsandte, ein, sie in schöne Gewänder zu kleiden und so anmutig herauszuputzen wie nur irgend möglich.

»Eurer Liebe droht Gefahr«, flüsterte der Kämmerer dem Goldschmied zu und zog ihn beiseite. »Gebt Eure Schrulle auf. Ihr werdet allerorten, sogar bei Hofe, edle Frauen, junge und hübsche, finden, die Euch gerne heiraten werden. Und wenn's sein muß, wird Euch der König beim Erwerb irgendeiner adligen Herrschaft helfen, mit der Ihr im Laufe der Zeit ein angesehenes Geschlecht begründen könnt. Habt Ihr nicht Taler genug, um Stammvater eines edlen Hauses zu werden?«

»Das kann ich nicht, gnädiger Herr«, antwortete Anselm. »Ich habe ein Gelübde getan.«

»So seht denn zu, daß Ihr die Freilassung des Mädchens erkaufen könnt. Ich kenne die Kuttenmänner. Bei ihnen ist mit Geld alles zu machen.«

»Hochwürdiger Herr«, sprach nun der Goldschmied zum Abt und trat wieder zu ihm, »Eures Amtes ist es, hienieden Gottes Allgüte zu verkörpern, die oft Milde gegen uns walten läßt und ein unerschöpflicher Hort des Erbarmens ist in unserer Not. So will ich mein ganzes Leben lang Euch jeden Morgen und jeden Abend in mein Gebet einschließen und nie vergessen, daß ich mein Glück durch Eure christliche Güte und Liebe empfangen habe, wofern Ihr mir dazu verhelfen wollt, mich dieses Mägdleins in rechtmäßiger Ehe zu erfreuen, ohne daß Ihr die Kinder aus dieser Ehe in Leibeigenschaft halten wollt. Zum Dank dafür kann ich Euch einen Schrein für das Allerheiligste schmieden, der so kunstvoll gearbeitet und mit Gold, edeln Steinen und Figuren geflügelter Engel verziert sein soll, daß in der ganzen Christenheit nicht seinesgleichen sein wird. Einzig und unerreicht soll er immerdar bleiben. Ihr sollt Eure Augen daran weiden, und Euer

Kloster soll dadurch so großen Ruhm gewinnen, daß die Leute aus der Stadt, ja die Herren aus fremden Landen hierher zusammenströmen, so über alle Maßen prächtig soll er werden.«

»Mein Sohn«, erwiderte der Abt, »verliert Ihr den Verstand? Wenn Ihr entschlossen seid, dieses Mädchen zur ehelichen und rechtmäßigen Gattin zu nehmen, so verfallt Ihr mit Leib und Gut der Abtei.«

»Ja, hochwürdiger Herr, ich liebe dieses arme Mägdlein über alles in der Welt, und mehr noch als ihre leibliche Schönheit hat es mir ihre Not und ihr wahrhaft christliches Herz angetan. Noch mehr aber«, setzte er mit Tränen in den Augen hinzu, »noch mehr aber bin ich über Eure Härte erstaunt, und das sage ich Euch, obwohl ich weiß, daß mein Schicksal in Eurer Hand liegt. Ja, hochwürdiger Herr, ich kenne das Gesetz. Doch wenn auch mein Geld und Gut in Euern Besitz übergehen, wenn ich auch Euer Leibeigener werde und mein Haus und Bürgerrecht verliere, so bleibt doch meine Kunst mein Eigentum. Ich habe sie in harter Arbeit und langem Nachdenken erworben, und sie ist hier drinnen eingeschlossen« – bei diesen Worten schlug er sich mit der Faust an die Stirn –, »an einem Ort, wo außer Gott niemand Herr sein kann, nur ich allein. Und Eure Abtei mit allem, was dazu gehört, kann die heimlichen Gedanken, die mein Kopf ausheckt, nicht bezahlen. Meinen Leib, mein Weib und meine Kinder werdet Ihr zu eigen besitzen, nichts aber wird mich dazu vermögen, Euch meine Geheimnisse und meine Kunst preiszugeben; nicht einmal die Folter, denn ich bin stärker, als Eisen hart, und geduldiger, als Schmerz und Qualen unerträglich sein können.«

Nachdem der Goldschmied dies gesprochen hatte, packte ihn maßlose Wut über den unerschütterlichen Gleichmut des Abtes, der anscheinend enschlossen war, die Golddublonen des Meisters für sein Kloster einzustecken. Er schlug mit der geballten Faust auf einen eichenen Stuhl und zerschmetterte ihn in tausend Splitter, denn er krachte auseinander wie unter einem Keulenhieb.

»Da seht, hochwürdiger Herr, was Ihr für einen Dienstmann haben werdet, und einen Schöpfer göttlicher Dinge würdigt Ihr zum Arbeitstier herab!« grollte er.

»Mein Sohn«, versetzte darauf der Abt, »zu Unrecht habt Ihr meinen Stuhl zerschlagen und meine Seele so leichtfertig beurteilt. Diese Dirne gehört der Abtei, nicht mir. Ich bin nichts als ein getreuer Verwalter und Wahrer der Rechte und Befugnisse dieses glorreichen Klosters. Auch wenn ich diesem Weibesschoß Erlaubnis geben kann, freie Kinder zu gebären, so bin ich doch Gott und der Abtei Rechenschaft schuldig. Nun ist aber, seit es hier einen Altar, leibeigene Menschen und Mönche gibt, *id est* seit undenklichen Zeiten, noch nie der Fall eingetreten, daß ein freier Bürger durch die Heirat mit einer leibeigenen Jungfrau Eigentum des Klosters geworden wäre. Es ist somit unerläßlich, daß wir nach Recht und Brauch vorgehen, daß wir von unserem guten Recht Gebrauch machen, damit es niemals verlorengehe, schwach und hinfällig werde und in Vergessenheit gerate, denn dies könnte unabsehbare Verwirrung stiften. Das ist alles weit wichtiger sowohl für den Staat wie auch für die Abtei als Eure sämtlichen Heiligenschreine, so herrlich schön sie auch sein mögen. Denn wir haben zwar einen Klosterschatz, der uns erlaubt, die prächtigsten Kleinode zu kaufen, doch vermag kein Schatz der Welt Bräuche und Gesetze aufzustellen. Darin rufe ich den Herrn Kämmerer des Königs zum Zeugen an, sieht er doch Tag für Tag, welch unsägliche Mühe es unsern gnädigen Landesherrn kostet, sich für die Innehaltung seiner Verfügungen mit den unbotmäßigen Untertanen herumzuschlagen.«

»Das zielt darauf, mir den Mund zu verschließen«, knurrte der Kämmerer.

Der Goldschmied, der kein großer Büchergelehrter war, schwieg nachdenklich.

Dann kam Steffi herein, blitzsauber wie ein Zinnteller, den die Hausfrau eben blankgescheuert hat, mit sorgfältig aufgestecktem Haar, in einen Rock aus weißer Wolle mit blauem Gürtel gekleidet, an den Füßchen zierliche Schuhe und weiße Strümpfe, kurzum, so königlich schön, so vornehm in ihrer Haltung, daß der Goldschmied in höchstem Entzücken versteinert dastand und auch der Kämmerer zugeben mußte, ein so vollkommen schönes Gottesgeschöpf habe er noch nie erblickt. Dann aber fiel ihm ein, dem Goldschmied drohe gar zu große Gefahr angesichts dieser lieblichen Erscheinung, er nahm ihn darum ohne Verzug mit in die Stadt zurück und legte ihm nahe, sich diese Sache noch gründlich zu überlegen, weil nämlich der Abt einen so wirksamen Köder nicht freigeben werde, mit dem er Bürger und adlige Herren im Pariser Becken einfangen könne.

Tatsächlich ließ das Kapitel den armen verliebten Meister wissen, wenn er das Mädchen heiraten wolle, müsse er sich entschließen, seinen ganzen Besitz und auch sein Haus der Abtei zu übermachen, sich selbst aber und alle Kinder, die dieser Ehe entsprießen mochten, als Leibeigene dem Kloster zuzuerkennen. Doch wolle ihn der Abt, als ganz besondere Vergünstigung, weiter in seiner Behausung wohnen lassen unter der Bedingung, daß er eine genaue Aufstellung über sein bewegliches Vermögen einreiche, alljährlich eine bestimmte Abgabe entrichte und zudem acht Tage lang in einer Hütte, die zum Kloster gehöre, Wohnung nehme, um damit öffentlich seine Knechtschaft zu bekunden.

Der Goldschmied, dem jedermann in den Ohren lag, wie unnachgiebig und hartmäulig die Mönche seien, sah wohl ein, daß der Abt unter keinen Umständen von dieser Verfügung abgehen werde, und geriet darüber so tief in Verzweiflung, daß er fast den Verstand verlor. Einmal wollte er das Kloster an allen fünf Ecken in Brand stecken. Dann wieder nahm er sich vor, den Abt an einen einsamen Ort zu locken und ihn dort so lange zu piesacken, bis er ihm einen Freibrief für Steffi unterzeichnet habe. Mit einem Wort: er heckte Plan um Plan aus, und jeder zerrann ihm unter den Händen, kaum hatte er ihn ersonnen. Doch zuletzt faßte er nach langem Wehklagen den Entschluß, das Mägdlein zu entführen und sich mit ihr an einem Ort verborgen zu halten, wo niemand sie finden konnte, und er traf die nötigen Vorbereitungen, denn er sagte sich, wenn er erst einmal außer Landes sei, könnten der König und seine vielen Freunde leichter mit den Mönchen unterhandeln und sie zur Vernunft bringen.

Der arglose Mann hatte freilich die Rechnung ohne den Abt gemacht. Denn als er wieder aufs Feld hinausging, fand er Steffi nicht mehr dort und erfuhr, sie werde in der Abtei in strengstem Gewahrsam gehalten. Wenn er ihrer habhaft werden wolle, so müsse er schon das Kloster belagern. Da gab sich Meister Anselm völlig der Verzweiflung hin und brach in laute Klagen und Verwünschungen aus. Und bald war dieser Vorfall Stadtgespräch; die Bürger und Hausfrauen sprachen von nichts anderem mehr. So weite Kreise zog das Gerede, daß der König, als er einmal den greisen Abt bei Hofe zu Gesicht bekam, ihn fragte, weshalb er in diesem Fall nicht nachgebe, um der großen Liebe des Goldschmieds willen fünfe gerade sein lasse und warum er die christliche Nächstenliebe nicht in die Tat umsetze.

»Weil, allergnädigster Herr König«, versetzte der Priester, »alle Rechte ineinandergreifen wie die einzelnen Stücke einer Rüstung, und wenn nur eines fehlt, so fällt das Ganze in sich zusammen. Würde uns dieses Mädchen gegen unsern Willen weggenommen und würden Recht und Gesetz dabei mißachtet, so würden Eure Untertanen Euch gar bald die Krone vom Haupte reißen. Allenthalben brächen Aufstände und Empörungen aus, weil das gemeine Volk die Steuern und Abgaben abschütteln möchte, die es bedrücken.«

Das verschloß auch dem König den Mund. So war denn alle Welt höchst gespannt auf den Ausgang dieser kniffligen Angelegenheit. So groß war die allgemeine Spannung, daß manche adelige Herren Wetten abschlossen, der Touraner werde seiner Liebe entsagen, und die Damen hielten die Wette und erklärten, das werde er mitnichten tun. Als sich der Goldschmied unter Tränen bei der Königin darüber beklagt hatte, daß ihm die Mönche nicht einmal mehr den Anblick seiner Geliebten gönnten, fand sie ein solches Verbot abscheulich und herzlos, eine menschenunwürdige Folter. Dann wurde, auf ihre Fürsprache beim Abt hin, dem Touraner gestattet, täglich am Sprechgitter des Klosters vorzusprechen, wohin auch Steffi kommen durfte, freilich stets unter Aufsicht eines alten Mönches, und jedesmal erschien sie prächtig angetan gleich einer vornehmen Dame. Doch war den beiden Liebenden nichts weiter erlaubt, als einander zu sehen und miteinander zu sprechen. Auch nicht das winzigste Bröslein Lust und Freude gönnte man ihnen, und ihre Liebe wuchs dabei nur immer noch an.

Eines Tages sprach Steffi zu ihrem Herzgeliebten: »Mein allerliebster Herr, ich bin mit mir zu Rate gegangen und habe mich entschlossen, Euch mein Leben darzubringen, auf daß Ihr alle Sorgen und Pein los seid. Hört zu, wie ich mir's denke. Ich habe mich über alles wohl erkundigt und einen Ausweg gefunden, wie ich die Rechte der Abtei umgehen und Euch dennoch alles Liebesglück schenken kann, das Ihr Euch vom Genuß meines Leibes versprecht. Der geistliche Richter hat doch erklärt, da Ihr bloß durch die Ehe mit mir Leibeigener werdet und nicht im hörigen Stande zur Welt gekommen seid, so falle auch Eure Leibeigenschaft wieder dahin, sobald die Ursache, durch die Ihr hörig geworden seid, nicht mehr bestehe. Wenn Ihr mich also über alles liebt, so setzt all Euer Hab und Gut daran, um unser beider Glück zu erwerben, und nehmt mich zur Ehefrau. Wenn Ihr dann meinen Leib genossen und mich umarmt und besessen habt, will ich mich, ehe ich noch gesegneten Leibes bin und Nachkommenschaft geboren habe, freiwillig ums Leben bringen, und so werdet Ihr wiederum ein freier Mann. Zumindest werdet Ihr bei diesem Betreiben den König, unsern gnädigen Herrn, auf Eurer Seite haben, heißt es doch, er sei Euch sehr wohlgesinnt. Und Gott, daran zweifle ich keinen Augenblick, wird mir meinen Tod verzeihen, gebe ich doch mein Leben hin, um meinen Ehegemahl frei zu machen.«

»Meine heißgeliebte Steffi!« rief der Goldschmied aus, »mein Entschluß steht fest! Ich werde ein Leibeigener, und du mußt am Leben bleiben, um mein Glück zu sein, solange Gott mir zu leben vergönnt. Mit dir vereint werden mich die schwersten Ketten nicht drücken; es soll mich wenig kümmern, ob ich Geld mein eigen nenne oder nicht, denn all mein Reichtum liegt in deinem Herzen, und meine einzige Wonne finde ich in deinem süßen Leib. Ich baue vertrauensvoll auf den heiligen Schutzherrn Eligius, der gnädig sein Auge auf unsern Jammer wenden und uns aus allem Ungemach erretten wird. Nun aber gehe ich stehenden Fußes zu einem Schreiber und lasse die Urkunden und Verträge aufsetzen. Eines aber, Blume meines Lebens, steht fest: du wirst wenigstens schöne Kleider tragen, behaglich wohnen und gleich einer Königin umhegt und bedient sein, solange du lebst, weil ja der Abt mir den Nießbrauch all dessen läßt, was ich mit meiner Hände Arbeit künftig verdiene.«

Steffi lachte und weinte in einem Atem, sie sträubte sich gegen ihr Glück und wollte durchaus sterben, um einen freien Mann nicht in Dienstbarkeit zu zwingen. Doch Meister Anselm sprach ihr mit so milden und sanften Worten zu und drohte ihr so eindringlich, er werde ihr ins Grab nachfolgen, daß sie schließlich in die Heirat einwilligte, denn sie dachte, sie könne sich ja nachher immer noch umbringen, wenn sie die Freuden der Liebe genossen habe.

Als in der ganzen Stadt bekannt wurde, daß sich der Touraner dem Abt unterworfen habe und daß er um seiner Geliebten willen auf Hab und Gut, ja sogar auf seine Freiheit verzichten wolle, da wünschte ihn jeder zu sehen. Die Damen des Hofes kauften noch und noch Geschmeide, nur damit sie mit ihm sprechen durften, und nach der langen Zeit, in welcher er niemals eine Frau gefunden hatte, sah er sich auf einmal mit ganzen Scharen von Frauen im Überfluß gesegnet. Doch wenn auch manche Steffi an Schönheit gleichkamen, so hatte doch keine ihr liebendes, opferwilliges Herz.

Wie dann endlich Meister Anselm die Stunde der Leibeigenschaft und des Liebesglücks schlagen hörte, schmolz er all sein Gold ein und machte daraus eine Königskrone, in die er alle Perlen und Diamanten, die er besaß, einsetzte. Dann begab er sich insgeheim zur Königin, überreichte ihr sein Werk und sprach: »Allergnädigste Frau, ich wüßte nicht, wem ich dies mein Vermögen anvertrauen könnte. Morgen fällt alles, was sich in meinem Hause findet, den verfluchten Mönchen in die Hände, die mit mir kein Erbarmen hatten. Wollet mir daher in Gnaden dies Kleinod aufbewahren. Es ist ein schwacher Dank dafür, daß Ihr mir zu der Freude verholfen habt, meine Geliebte zu sehen; denn ein einziger Blick von ihr ist mehr wert als alles Gold der Erde. Was aus mir wird, weiß ich nicht. Doch sollten eines Tages meine Kinder frei werden, so baue ich auf Eure Großmut. Ihr werdet wie eine Königin an ihnen handeln.«

»Wohlgesprochen, wackerer Mann«, erwiderte der König. »Es kommt der Tag, da die Abtei meiner Hilfe bedarf, und ich werde dies alles dann nicht vergessen.«

Unabsehbare Menschenmassen strömten zur Hochzeitsfeier der lieblichen Steffi in der Abtei zusammen. Die Königin hatte ihr das Hochzeitskleid gestiftet, und der König verlieh ihr das Recht, alle Tage goldene Ohrringe zu tragen. Als das bildhübsche Paar aus der Klosterkirche in Anselms Haus unweit Sankt Leodegar hinüberschritt, waren die Fenster mit Fackeln taghell erleuchtet, und alle wollten den Mann, der fortan ein Leibeigener war, von Angesicht sehen. Zu beiden Seiten der Straße standen die Schaulustigen in zwei langen Reihen wie beim Einzug des Königs. Der arme Ehemann hatte sich ein Armband aus Silber geschmiedet, das trug er um den linken Arm als Wahrzeichen seiner Dienstbarkeit gegen das Kloster Sainct-Germain. Aber seiner Knechtschaft zum Trotz jubelte ihm alles zu und schrie: »Hoch! Heil! Heil!« wie einem neugekrönten König. Der treffliche Mann verbeugte sich grüßend nach allen Seiten, glücklich wie je ein verliebter junger Ehemann, und freute sich über die Huldigungen, die alle Welt der Anmut und Züchtigkeit seiner geliebten Steffi darbrachte. Zu Hause fand der gute Touraner dann seine Tür mit immergrünen Zweigen und Kornblumengewinden bekränzt, und die angesehensten Meister des Stadtviertels waren alle zugegen, brachten ihm ein Ständchen und riefen allesamt wie aus einem Munde: »Ihr werdet allezeit ein edler Mann bleiben, dem Kloster zum Trotz!«

Seid überzeugt, daß die beiden glücklichen Eheleute miteinander scharmützelten, bis ihnen der Atem ausging. Der Ehemann mußte manch scharfen Stoß nach dem Schilde seines Liebchens führen, und sie hatte, als Jungfrau vom Lande, ganz das Zeug dazu, ihm nichts schuldig zu bleiben. So lebten sie munter und vergnügt einen vollen Monat lang, verliebt und selig wie zwei Turteltäubchen, die im Frühling Halm um Halm ihr Nest bauen. Steffi freute sich von Herzen an ihrer schönen Wohnung und strahlte übers ganze Gesicht, wenn Kundschaft kam und hernach voll Bewunderung für ihr liebreizendes Wesen und ihre Schönheit wieder wegging.

Als nun dieser Blütenmond verstrichen war, erschien eines Tages mit großem Gepränge der gute alte Abt Hugo, ihr Herr und Meister. Er betrat das Haus, das nicht mehr dem Goldschmied, sondern dem Kapitel gehörte. Und da sprach er zu dem Ehepaar: »Meine Kinder, ihr seid frei, los und ledig aller Dienstbarkeit. Jetzt kann ich euch ja sagen, daß ich von allem Anfang an von eurer gegenseitigen Liebe zutiefst bewegt gewesen bin. Drum war ich, sowie die Rechte der Abtei gewahrt blieben, in meinem Herzen entschlossen, euch ein ungeschmälertes Glück zu schenken, nun ich euere lauteren Herzen in Gottes schwerer Prüfung erkannt habe. Und diese Freilassung soll euch keinen roten Heller kosten.«

Nachdem er so gesprochen hatte, gab er jedem von beiden einen leichten, freundlichen Schlag auf die Wange, und sie sanken vor ihm auf die Knie und weinten vor Freude, und dazu hatten sie auch allen Grund. Dann trat der Touraner ans offene Fenster und verkündete den Leuten aus dem Viertel, die sich auf der Straße zusammenrotteten, die Großmut des Abtes und den Gottessegen, den er ihnen ins Haus gebracht hatte. Hierauf geleitete Meister Anselm den guten Abt Hugo in hohen Ehren heimwärts und führte sein frommes Pferd am Zügel bis hinaus zum Stadttor. Unterwegs warf der Goldschmied, der einen Sack voll Silbergeld mitgenommen hatte, die Münzen unter die Armen und Notleidenden und rief mit laut schallender Stimme: »Gott ist barmherzig! Gott ist barmherzig! Gott schütze und segne den Abt! Hoch lebe der gute Herr Hugo!«

Kaum war er dann wieder daheim, bewirtete er seine Freunde und feierte zum zweitenmal Hochzeit, und das Fest währte eine ganze Woche. Der Abt aber ward wegen seiner Milde von seinem Kapitel arg abkapitelt, denn die habgierigen Mönche hatten bereits das Maul weit aufgesperrt und gedachten diesen fetten Happen zu verschlingen. Und als dann übers Jahr der treffliche Abt Hugo erkrankte, hielt ihm sein

Prior vor, das sei nun die Strafe des Himmels, weil er die geheiligten Belange des Klosters und Gottes ungetreu verwaltet habe.

»Wenn ich diesen Mann richtig eingeschätzt habe«, versetzte der Abt, »so wird er nicht vergessen, was er uns schuldig ist.«

Und wirklich meldete an dem Tage, der zufällig gerade der Jahrestag der Hochzeit war, ein Mönch dem Abt, der Goldschmied lasse seinen Wohltäter um eine Unterredung bitten. Daraufhin trat er in das Gemach, wo der Abt weilte, und enthüllte vor ihm zwei wunderbar schöne Heiligenschreine, wie sie seither kein Künstler auf der Welt, so weit sie an Christus glaubt, schöner zustande gebracht hat. Darum nannte man sie später auch *Votivgabe einer ausharrenden Liebe*. Diese beiden Kostbarkeiten stehen heute noch, wie alle Welt weiß, auf dem Hauptaltar der Kirche und gelten als Arbeiten von unschätzbarem Wert, denn der Goldschmied hatte sein ganzes Vermögen darangewendet. Dennoch machte ihn dies fürstliche Geschenk nicht etwa zum armen Mann, sondern füllte seine Geldtruhe bis hoch zum Rande. Sein Ruhm verbreitete sich nämlich weitherum in allen Landen, und mit seinem Ruhm stiegen auch seine Einnahmen, so daß er sich zu guter Letzt einen Adelsbrief und große Ländereien kaufen konnte. Er gründete das Haus derer von Anselm, das seither im schönen Touranerland in hohen Ehren blühte.

Dies soll uns lehren, in allem, was wir unserer Lebtage unternehmen, allezeit auf Gott und seine Heiligen zu vertrauen und bei ihnen Hilfe und Zuflucht zu suchen und auch in allem ausharren, was wir einmal für gut erkannt haben. Letztlich aber können wir daraus lernen, daß wahre Liebe alles überwindet. Dies ist zwar eine uralte Weisheit, doch hat sie der Autor aufs neue hierhergesetzt, weil sie so erfreulich und tröstlich ist.

VON EINEM JUSTITIARIUS, DER KEIN GEDÄCHTNIS FÜR DIE WESENTLICHEN DINGE HATTE

In der guten Stadt Bourges wohnte um die Zeit, da unser König dort seinen vergnüglichen Hof hielt – seit jener Zeit aber ließ er ab von seiner Jagd nach Lustbarkeiten, um das Königreich zu erobern; und er eroberte es auch tatsächlich–, damals also wohnte in Bourges ein Profos, der in des Königs Auftrag für Ordnung und Ruhe zu sorgen hatte und darum der *Königliche Profos* genannt wurde. Aus diesem Amt ging später unter dem ruhmreichen Sohn des genannten Königs das Amt eines Hausprofosen hervor, das der Herr von Méré, genannt Gevatter Tristan, ein bißchen allzu handfest verwaltete. Von ihm war in diesen lustigen Geschichten schon verschiedentlich die Rede, wennschon er kein sonderlich lustiger Geselle war. Das sage ich all den Freunden, die in alten Schwarten und Scharteken schnüffeln und stöbern, damit ich ihnen etwas Neues herbrünzeln und klar beweisen kann, wie gelehrt diese meine Geschichten sind, ohne daß es sonderlich auffällt.

Nun also, dieser genannte Profos hieß *Pichel* oder *Pichler*, womit dann auch *picheln*, *pichen* und *Pichellatz* sowie *pechen*, *pecheln* und *Pechvogel* zusammenhängen. Andere wieder geben seinen Namen mit *Pickel* oder *Bickel* an, wozu *Pickelhäring* und die *Pickdame* gehören, manche wieder als *Puckel* oder *Buckel*, auch *Bockel*, welcher dem *Bockbier* und der *Bockwurst* ihren Namen gegeben hat, wieder andere sogar als *Kuchel*, *Kichel* oder *Kicherer*, zuweilen als *Knuchel* und *Knöchel*, also ein Ding, woran außer den Hunden kein Wesen etwas zu nagen findet. In Bourges aber hieß er der *Beck*, und dieser Name ward mit der Zeit zum Namen der ganzen Sippe, die ungewöhnlich fruchtbar war – trifft man doch, wohin man kommt, Leute dieses Namens –, und so soll er auch in dieser Geschichte kurzerhand *der Beck* genannt werden. Diese langen etymologischen Ausführungen aber habe ich hierhergesetzt, einmal um meinen bescheidenen Beitrag zur Sprach- und Namensforschung beizusteuern, und dann auch, um zu zeigen, wie die biedern Bürger und andere Leute eigentlich zu ihren Namen gekommen sind. Doch nun genug dieses wissenschaftlichen Krempels.

Der genannte Profos, der so viele Namen führte, wie es Länder gab, in die der Hof reiste, war nach seiner eigentlichen Veranlagung ein ungeleckter Bär, ein ungehobelter, rüpelhafter und grobschlächtiger Bursche, den seine Mutter äußerst liederlich und achtlos in die Welt gesetzt hatte, so daß es jedesmal, wenn er das Maul zum Lachen verzog, aussah, als wolle eine Kuh ihr Wasser abschlagen. Ein solches breites Lächeln nannte man denn auch bei Hofe ein Profosenlächeln. Als jedoch dem König eines Tages diese sprichwörtliche Redensart zu Ohren kam, sprach er zu etlichen seiner Höflinge, die sie ihm hinterbracht hatten: »Ihr irrt, meine Herren, der Beck lächelt gar nicht. Er hat bloß zu wenig Leder ums Kinn!«

Aber dank seinem falschen Lachen hatte der Beck so recht das Zeug zu einem Profosen und war just der richtige Mann, als Hüter der Gerechtigkeit zu wirken und im ganzen Lande das Unkraut gründlich auszujäten. Alles in allem war er den Stöhner wert, den er seine Eltern gekostet hatte. Das einzig Hinterhältige an ihm war, daß er ein bißchen zu den Geweihten, will sagen: zu den Gehörnten und Hahnreien gehörte. Sein einziges Laster war der tägliche Gang zur Vesper. All seine Weisheit erschöpfte sich darin, daß er Gottes Gebote befolgte, wann immer er konnte. Seine einzige Freude war, daß er eine Frau im Haus hatte. Und er kannte nur einen Zeitvertreib, der ihn von dieser Freude ablenkte: wenn er einen Mann zum Henken herbeischaffen mußte und Auftrag bekam, einen an den Galgen zu liefern. Und nie kehrte er unverrichteter Dinge, mit leeren Händen und ohne einen tauglichen Hängemann nach Hause. Doch wenn er zwischen seinen Betttüchern schlief, kümmerte er sich den Teufel um Diebe und Spitzbuben. Und nun findet mir in der ganzen gerichtsbaren Christenheit einen minder bösartigen und harmloseren Profosen! Nein, alle Profosen hängen entweder zuviel oder zuwenig, während dieser gerade so viele aufknüpfte, wie nötig waren, damit er mit Fug und Recht als Profos angesprochen werden konnte.

Dieser treffliche Justitiarius Beck nun hatte eine der schönsten Bürgerstöchter der Stadt Bourges zur Ehefrau. Die war ihm angetraut in rechtmäßiger Ehe, worüber er nicht weniger verwundert war als alle seine Mitbürger. Drum geschah es des öftern, wenn er seinem Henkersgeschäft nachging, daß er dem lieben Gott dieselbe Frage vorlegte, die sich auch manche Leute in der Stadt zuweilen stellten: Wie konnte es sein, daß er, der

Beck, der Justitiarius, der königliche Profos, für sich, den Beck, den Justitiarius, den königlichen Profosen, ein so kerzengerades, molliges Weib hatte, eine Frau, so weich gepolstert und anmutvoll geründet, daß sogar ein Esel vor Wonne brüllte, wenn sie vorüberging. Darauf gab ihm Gott der Herr keine Antwort, und ich meine, er wird wohl seine guten Gründe gehabt haben.

Aber an des Herrgotts Statt antworteten die Lästermäuler in der Stadt, es habe eben damals, als das Mägdlein des genannten Beck Eheliebste geworden sei, eine gute Spanne an ihrer Jungfernschaft gefehlt. Andere wieder munkelten, sie gehöre nicht ihm allein. Die Spottvögel hielten ihnen entgegen, nicht selten finde auch ein Esel in einen schönen Pferdestall. So gab jeder seinen Senf dazu und wußte etwas zu sticheln und zu lästern. Hätte sich einer die Mühe genommen, alle diese Hohnreden zusammenzulesen, er hätte ein gerüttelt Maß voll einheimsen können. Doch muß man von dem ganzen Gehechel gute vier Viertel abziehen, denn die Beckin war eine ehrbare Bürgersfrau und hatte nur einen einzigen Liebsten zu ihrem Vergnügen und ihren Gatten für die pflichtschuldige Ehefron. Findet mir nun in der ganzen Stadt viele Weiber, die so zurückhaltend sind mit Herz und Mund! Bringt mir nur eine zur Stelle, und ich gebe euch, was ihr lieber wollt, ein goldenes Nixlein oder ein silbernes Denkmirdran. Ihr werdet wohl ein paar finden, die haben weder einen Mann noch einen Liebsten. Manche haben einen Bettschatz, aber einen Gatten haben sie nicht. Manche Vogelscheuchen haben einen Ehemann, dafür aber keinen Buhlen. Aber in Wahrheit: Eine Frau anzutreffen, die einen Mann und einen Liebsten hat und es bei diesem Doppelspiel bewenden läßt, ohne zum Dreiklang weiterzugehen, das ist ein Gotteswunder, versteht ihr das, ihr Tölpel, ihr Grünschnäbel und Erztrottel?! So schreibt euch denn also die Beckin in euere Merkbüchel, vermerkt sie darin genauestens mit Haut und Haar, und geht eurer Wege, und somit fahre ich fort.

Die gute Beckin gehörte nicht zum Haufen jener Frauen-

zimmer, die immerfort auf den Beinen sind, hinter allem herlaufen, es nirgendwo lang aushalten, überall herumschnüffeln und ihre Nase in alle Töpfe stecken, die alles bemeckern und bekleckern, an allem herummäkeln und alles verekeln, die nichts haben, was sie stillsitzen läßt und festhält, die so leichtblütig sind, daß sie närrischen Windbeuteleien nachlaufen, als wären sie die Quintessenz ihres Lebens. Nein, ganz im Gegenteil: Die Beckin war eine tüchtige und ehrbare Hausfrau, saß immer in ihrem Sessel oder lag in ihrem Bett, war jederzeit da, wenn man sie brauchte, wie ein Kerzenleuchter, den man nicht lange zurüsten oder suchen muß. So harrte sie ihres Liebsten, wenn der Profos seinen Amtsgeschäften nachging, und empfing den Profosen, wenn der Geliebte fort war. Dieses pfiffige Weib dachte nicht im Traum daran, sich herauszuputzen und die andern Bürgersfrauen grün und blau zu ärgern. Unsinn und Flausen! Sie wußte ihre schöne Jugendzeit nutzbringender zu verwenden und hielt ihre Gelenke geschmeidig, um weiter zu kommen als andere Evastöchter.

Nun kennt ihr also den Profosen und seine hochachtbare Frau. Der Stellvertreter oder Hilfsgatte des Profosen beim ehelichen Pflichtdienst, der so anstrengend ist, daß ein Mann allein ihm nicht genügen kann, vielmehr ihrer zwei dazu vonnöten sind, war ein mächtiger Landjunker, den der König haßte wie die Pest. Merkt euch das gut, denn es spielt in dieser Geschichte eine wichtige Rolle.

Nun bekam einmal des Königs Kronfeldherr, ein ungeschlachter und ruppiger Geselle aus Schottland, von ungefähr des Profosen Hausehre zu Gesicht und wollte sie so gegen Morgen nach Herzenslust bei sich sehen oder, wie manche behaupten, bei sich haben, nur so lange, wie ein rüstiger Mann braucht, seinen Rosenkranz abzubeten, was ja nur christlich wohlanständig oder wohlanständig christlich ist. Auch gedachte er mit ihr die wesentlichen Dinge der Wissenschaft oder die Wissenschaft der wesentlichen Dinge gründlich zu erörtern. Vermutlich aber war die Beckin der Meinung, sie sei schon hinlänglich gelehrt und aufgeklärt, und wollte darum mitnichten des hochmögenden Kronfeldherrn Gründe und weise Lehren anhören; denn wie schon gesagt, war sie eben eine hochehrbare, sittsame und tugendhafte Bürgersfrau. Nach mancherlei Hinundhergeplänkel und beschwörendem Zureden, nach langem Winden und Drehen, nach vielen Botschaften und Botengängen, die alle für die Katz waren, schwor der Konnetabel bei seiner großen schwarzen Kogeldille, er werde ihrem Galan die Gedärme im Leibe zerfetzen, wenngleich er ein Mann von Ansehn und Gewicht sei. Hinsichtlich der Beckin verschwor er sich wohlweislich zu nichts. Das zeugt dafür, daß er ein guter Franzose war, fallen doch bei solchen Gelegenheiten manche Leute, wenn sie abblitzen, über den ganzen Krempel her und bringen von drei Beteiligten gleich ihrer viere um.

Der Herr Konnetabel aber hatte seine große schwarze Kogeldille in Gegenwart des Königs und der schönen Sorel, seiner Geliebten, verschworen, als sie vor dem Nachtmahl zusammen bei einem Spielchen saßen, und der gute König war's zufrieden, da er sah, daß er dabei diesen Junker loswerden konnte, der ihm so in der Seele zuwider war, noch dazu, ohne daß es ihn auch nur ein Paternoster kostete.

»Und wie wollt Ihr diesen Handel austragen?« fragte mit schelmischem Augenzwinkern die schöne Sorel.

»Oho! Oho!« grollte der Konnetabel. »Glaubt Ihr denn, ich wolle meine große schwarze Kogeldille verlieren?«

Was aber war denn eigentlich zu jener Zeit diese große schwarze Kogeldille? Ja ja, das ist ein dunkler Punkt, worüber man sich beim Schmökern in den alten Scharteken die Augen halb blind lesen könnte. Sicherlich aber war es ein hochwichtiges Ding. Also setzen wir unsere Brille auf die Nase und halten wir Umschau. *Dille* heißt im Rotwelsch oder Kauderwelsch ein stromerndes Weibsbild, ein zigeunerndes Frauenzimmer, und *Kogel* bedeutet eine Kochpfanne, *coquus* im Küchen- und Mönchslatein. Von diesem Wort wurde das französische *coquin* abgeleitet, das ist ein Tropf, der immerzu schlabbert und knabbert, säuft, hurt, frißt und schlingt, den lieben langen Tag und die halbe Nacht schmaust und sich den Wanst vollstopft und dieserhalb zwischen den Mahlzeiten zu nichts mehr kommt; und bei diesem Schlampampen verkommt er, wird ein schlechter Kerl, verarmt, und das bringt ihn zu übler Letzt so weit, daß er stiehlt und auf den Bettel geht. Aus alledem muß man schließen, daß die große schwarze Kogeldille ein Haushaltsgerät war in Form eines Kochtopfs, worin man die Mägdlein schmorte.

»Je nun«, hob der Konnetabel, der edle Herr von Richemonde, wieder an, »ich will diesem Profosen bestellen lassen, er soll für einen Tag und eine Nacht aufs Land verduften und dort im Dienste des Königs ein Schärlein Bauern aufgreifen, die im Verdacht stehen, mit den Engländern gemeinsame Sache zu machen und mit ihnen allerlei Verrätereien ins Werk zu setzen. Daraufhin werden sich die beiden Turteltäubchen, kaum haben sie erfahren, daß ihr Störenfried nicht zu Hause ist, freuen wie ein Soldknecht, dem man seine Löhnung auszahlt, sich zueinander stehlen, und wenn sie dann im schönsten Zuge sind, ziehe ich vom Leder, das heißt: ich schicke ihnen den Profosen auf den Hals. Er muß in des Königs Namen eine Haussuchung durchführen, an dem Ort, wo die beiden beisammenliegen, dann kann er noch zur rechten Zeit unsern Freund abstechen, der dies artige Leibgeding für sich allein beansprucht!«

»Leibgeding? Was soll denn das heißen?« fragte die begriffsstutzige Frau Agnes.

»Ratet einmal!« schmunzelte der König. »'s ist ein Wortspiel.«

»Gehn wir zu Tisch«, schlug Frau Agnes vor. »Ihr seid mir zwei schlimme Bösewichter und laßt es ebenso an der nötigen Ehrfurcht gegen ehrbare Frauen wie gegen die Pfaffen fehlen.«

Soweit gut. Nun hatte sich aber die gute Beckin schon lange gewünscht, sich's einmal eine ganze Nacht hindurch wohl sein zu lassen und sich in der Wohnung ihres vornehmen Geliebten nach Herzenslust auszutoben, wo sie ungehindert schreien und kreischen konnte, so laut sie wollte, und nicht Angst zu haben brauchte, die Nachbarsleute könnten davon aufwachen. Denn daheim im Hause des Profosen mußte sie sich immer in acht nehmen, durfte keinen Lärm machen und konnte sich deswegen immer nur an flüchtigen, karg bemessenen Kostproben und halb verstohlenen Genüssen erlustigen, kriegte jedesmal nur spärliche Häppchen zu kosten und getraute sich allerhöchstens, einen gelinden Zockeltrab anzuschlagen, und hätte doch gar zu gern einmal den gestreckten Galopp mit verhängten Zügeln ausprobiert. So trippelte denn anderntags das Zöfchen der hübschen Beckin um die zwölfte Stunde eilends zum Hause des Junkers, um ihm zu melden, daß der Profos über Land geritten sei. Und sie verkündete diesem verliebten Herrn, der sie oft und reichlich mit Geschenken bedachte und den sie deswegen gut leiden konnte, er möge seine Anstalten für die Liebesnacht treffen und eine leckere Abendmahlzeit bereithalten, denn er könne mit Bestimmtheit darauf zählen, daß das profosliche Pfropfreis auf den Abend hungrig und durstig bei ihm anrücken werde.

»Gut«, versetzte der Junker, »bestelle deiner Herrin, ich werde sie in keiner Hinsicht fasten lassen und sie solle in nichts zu kurz kommen.«

Als nun die Pagen des gottverfluchten Konnetabels, die rund um das Haus auf der Lauer lagen, sahen, wie sich der verliebte Ritter schniegelte und putzte und sich mit Flaschen und vollen Schüsseln wohl versah, liefen sie schleunig zu ihrem Herrn und meldeten ihm, wie trefflich sich alles anlasse und seiner Rachewut in die Hände arbeite. Als der gute Konnetabel dies hörte, rieb er sich schmunzelnd die Hände und malte sich schon aus, wie der Profos seinen Nebenbuhler kaltmachen werde.

Augenblicklich ließ er ihm, auf ausdrücklichen Befehl des Königs, bestellen, er müsse unverzüglich in die Stadt zurückkehren, um in der Wohnung des Junkers einen englischen Mylord festzunehmen; es bestehe nämlich der dringende Verdacht, daß die beiden zusammen einen finsteren Anschlag planten. Ehe er aber diesen Befehl ausführe, habe er noch im Königspalast vorzusprechen, damit man sich über die unerläßlichen Umstände eines höflichen Vorgehens in dieser Sache einigen könne. Der Profos freute sich wie ein König, daß er mit dem König sprechen durfte, und sputete sich sehr. So langte er schon in der Stadt an, als eben das Liebespärchen sein erstes Vesperläuten anstimmte. Der Beherrscher aller Hörnerträger und der umliegenden Völkerschaften, der ein ausnehmend schalkhafter Herr ist, fügte alles so trefflich, daß die Beckin mit ihrem geliebten Buhlen gerade in einer hitzigen Zwiesprache begriffen war, als ihr Herr und Gemahl mit dem Konnetabel und dem König sprach, was ihn so gut wie sie im höchsten Maß befriedigte; fürwahr ein seltenes Zusammentreffen in der Ehe!

»Ich sagte vorhin gerade zu unserm allergnädigsten Herrn«, sprach der Konnetabel zum Profosen, als dieser das Gemach des Königs betrat, »daß, so weit des Königs Macht reicht, jeder Mann das Recht hat, seine Frau wie auch ihren Buhlen ums Leben zu bringen, wenn er sie beim muntern Ritt erwischt. Nun hält dem aber unser gnädiger Herr, der ein huldreicher und mild gesinnter Herrscher ist, entgegen, es sei nur erlaubt, den Reiter zu töten, nicht aber die Stute. Sagt mir nun, was würdet denn Ihr tun, mein wackerer Profos, wenn Ihr von ungefähr einen Junker anträfet, der sich in dem niedlichen Gärtlein erginge, dessen Blumen zu begießen und zu pflegen nach menschlichem und göttlichem Recht und Gesetz Euch ganz allein übertragen ist?«

»Ich würde alles umbringen«, tobte der Profos, »bei den fünfhunderttausend höllischen Teufeln! Ich würde alles kurz und klein schlagen, Blüten und Samen, Sack, Kegel und Kugeln, die Kerne und den Apfel, das Gras samt der Wiese, die Frau wie den Mann!«

»Daran tätet Ihr unrecht«, gab ihm der König zu bedenken. »Das verstieße gegen die Gesetze der Kirche und des Reichs: des Reichs darum, weil ich um einen Untertanen ärmer wäre, und der Kirche, weil Ihr ein unschuldig Kindlein ohne Taufe in die Vorhölle schicken würdet.«

»Majestät, ich bewundere Eure abgründige Weisheit, und ich sehe wohl, Ihr seid der Inbegriff aller Gerechtigkeit.«

»Also können wir nur den Ritter ins Jenseits befördern? *Amen*, so sei's denn«, grinste der Konnetabel, »so bringt denn in Gottes Namen den Reiter um. Geht nun geschwind und unverweilt zu dem verdächtigen Junker, laßt Euch nicht Sand in die Augen streuen, doch laßt auch nicht aus dem Auge, was für Rücksichten Ihr dem Junker schuldet.«

Unser Profos sah sich bereits zum Kanzler von Frankreich

erhoben, wenn er seinen Auftrag getreulich ausführte. Er ging eilends aus dem Schloß in die Stadt, sammelte seine Leute, kam zum Hause des Junkers, stellte überall Wachen auf, besetzte mit seinen Schergen alle Ausgänge, erbrach geräuschlos im Namen des Königs das Tor, schlich auf leisen Sohlen die Treppe empor, fragte die Dienerschaft aus, wo sich der Junker aufhalte, nahm sie daraufhin fest und sperrte sie in sicherm Gewahrsam ein, rannte dann allein nach oben und klopfte schließlich an die Tür der Kammer, wo das Liebespärchen hitzig mit den Waffen aufeinander losging, die ihr ja kennt.

»Macht auf!« brüllte er. »In des Königs Namen, macht auf!«

Da erkannte die Beckin ihres Gatten Stimme und mußte lächeln, weil sie nicht erst das Gebot des Königs abgewartet hatte, um zu tun, was sie jetzt geheißen wurde. Doch auf das Lachen folgte alsbald tödlicher Schrecken. Der Junker griff nach seinem Mantel, hüllte sich hinein und trat zur Tür. Da er nicht wußte, daß es um sein Leben ging, gab er sich als Hofmann und Diener des allergnädigsten Königs zu erkennen.

»Papperlapapp!« tobte der Profos, »ich habe ausdrücklichen Befehl unseres allergnädigsten Herrn und Königs, und wenn Ihr nicht wegen Widersetzlichkeit und Aufruhrs bestraft werden wollt, habt Ihr mich augenblicklich einzulassen!«

Da schloß der Junker auf und kam heraus, zog jedoch die Tür hinter sich wieder zu.

»Was sucht Ihr hier drinnen?«

»Einen Feind unseres Herrn und Königs, und es ergeht an Euch der Befehl, ihn uns auszuliefern. Ferner müßt Ihr mir mit ihm zusammen aufs Schloß folgen.«

Aha! dachte der gute Junker, da steckt eine Heimtücke des Herrn Konnetabel dahinter, weil ihn mein Feinsliebchen nicht erhört hat. Nun gilt es, kalten Blutes aus diesem Wespennest zu entrinnen.

Er wandte sich zum Profosen, setzte alles auf eine Karte und sprach zu dem tobenden Hahnrei: »Guter Freund, Ihr wißt, ich halte Euch für einen Mann von Lebensart, soweit dies ein Profos in seinem Amte sein kann. Kann ich Euch also vertrauen? Ich habe nämlich drinnen in meinem Bett die schönste Dame vom Hofe zu Besuch. Was aber Eure Engländer anbetrifft, so habe ich nicht einmal so viel, daß es für das Frühstück des Herrn von Richemonde ausreichen würde, der Euch zu mir ins Haus geschickt hat. Das alles – ich will Euch des Rätsels Lösung verraten – ist nichts weiter als ein Spaß, eine Wette zwischen mir und dem Herrn Konnetabel, und der König hat halbpart daran teil. Beide haben nämlich gewettet, daß sie herausbekommen werden, wer die Auserwählte meines Herzens ist, und ich habe die Wette gehalten. Keiner haßt die Engländer grimmiger als ich, denn sie haben mir alle meine Besitzungen in der Pikardie gestohlen. Ist es nun aber nicht eine hundsföttische Hinterlist, die Justiz gegen mich aufzubieten? Hoho! Herr Konnetabel, Ihr werdet's erleben, daß Euch ein Kämmerling gewachsen ist, Ihr werdet den kürzeren ziehen! Mein lieber Beck, ich ermächtige Euch, nach Herzenslust bei Tag und Nacht in allen Ecken und Winkeln meines Hauses zu schnüffeln, soviel Ihr wollt. Tretet aber allein hier ein, laßt keinen Eurer Schergen mitkommen, durchsucht die Kammer, wühlt das Bett durcheinander, macht alles, wonach Euch der Sinn steht. Nur gestattet mir, die schöne Dame, die nämlich splitternackt ist wie ein Erzengel, mit einem Laken oder Schneuztuch zuzudecken, damit Ihr nicht erfahrt, welchem Ehegatten sie angehört.«

»Meinethalben gern«, versetzte drauf der Profos. »Aber ich bin ein alter Fuchs, dem man den Schwanz nicht lüpfen darf, und will meiner Sache sicher sein und haargenau wissen, ob die Dame auch wirklich ein Hoffräulein ist und nicht etwa ein Engländer, sintemal die Engländer eine so weiße und zarte Haut haben wie sonst nur die Weiber; das weiß ich recht wohl, habe ich doch schon manchen aufgeknüpft.«

»Gut denn«, erwiderte der Junker, »in Anbetracht der Missetat, deren man mich niederträchtigerweise verdächtigt und von der ich mich reinwaschen muß, will ich meine Herzliebste und Freundin bitten, für ein Weilchen ihre Schamhaftigkeit hintanzusetzen. Sie liebt mich viel zu sehr, als daß sie mir meine Bitte abschlagen könnte, mich von jeglichem Verdacht zu reinigen. So werde ich sie also ersuchen, sich umzudrehen und Euch eine Physiognomie zu zeigen, die sie auf keinen Fall verraten, Euch aber genügen wird, in ihr eine vornehme Dame zu erkennen, auch wenn sie verkehrtherum daliegt.«

»Einverstanden«, sagte der Profos.

Die Dame hatte das alles gehört, hatte sie doch mit ihren drei Ohren gelauscht, hatte ihre Kleider zusammengefaltet und unters Kopfkissen gestopft, hatte hierauf ihr Hemd ausgezogen, dessen Gewebe ihr Mann hätte betasten können, hatte ein Leintuch um ihren Kopf gewickelt und bot nun ihre molligen und prallen Rundungen zur Schau, schön halbiert durch die anmutige Furche ihres rosigen Rückgrates.

»Kommt nur herein, guter Freund«, rief nun der Junker.

Da guckte der Profos erst in den Kamin, riß den Schrank auf, öffnete die Truhe, stocherte unterm Bett, zerwühlte die Leintücher und durchsuchte alles. Dann nahm er in nähern Augenschein, was auf dem Bette lag.

»Gnädiger Herr«, grinste er und schielte lüstern nach seinem legitimen Eigentum, »ich habe schon junge Engländer gesehen, die genauso wohlgepolsterte Hinterteile hatten. Verzeiht also, wenn ich in Ausübung meines Amtes und Auftrags auch noch anderweitig Nachschau halte.«

»Was heißt Ihr anderweitig?« fragte der Junker.

»He nun, die andere Physiognomie, oder wenn Ihr lieber wollt: die Physiognomie des andern.«

»Dann müßt Ihr schon gestatten, daß sich die gnädige Frau bedeckt und zurechtlegt, damit sie Euch nur so wenig wie möglich von dem zeigt, was unser Glück ausmacht«, wandte der Junker ein, der wußte, daß die Beckin ein paar Leberfleckchen am Leibe hatte, an denen sie der Gatte leicht erkennen konnte. »Dreht Euch also ein bißchen zur Seite, auf daß meine vielliebe Dame der Schicklichkeit Genüge tun kann.«

Da lächelte die schöne Frau ihrem Freunde zu, gab ihm für seine Geistesgegenwart einen Kuß, legte sich zurecht, hüllte alles ein, was ihr Mann nicht sehen durfte, und als nun ihr Gatte unverhüllt sah, was ihn seine Frau sonst nie hatte sehen lassen, war er vollauf überzeugt, daß kein Engländer so geformt und gebildet sein konnte, wenn er nicht eine verflucht hübsche Engländerin war.

»Ja, Herr«, flüsterte er dem Junker ins Ohr, »'s ist sicherlich eine Dame vom Hofe, denn die Dinger unserer Bürgersfrauen sind nicht so edelrassig und wohlriechend.«

Als dann noch das ganze Haus von oben bis unten abgesucht worden war und sich nirgends ein Engländer finden ließ, kehrte der gute Profos, wie es ihn der Konnetabel geheißen hatte, ins Königsschloß zurück.

»Ist er totgeschlagen?« fragte der Konnetabel begierig.

»Wer?«

»Der Kerl, der Euch Hörner auf die Stirn gepflanzt hat!«

»Ich habe nur eine Frau im Bett des Junkers gesehen, und er war gerade im schönsten Zuge, sich mit ihr zu vergnügen.«

»Du hast also mit selbsteigenen Augen diese Frau gesehen, du gottverdammter Hornochse, und hast deinen Nebenbuhler nicht niedergestochen?«

»Es war keine Frau, vielmehr eine vornehme Dame vom Hofe!«

»Gesehen?«

»Und berochen von beiden Seiten.«

»Was wollt Ihr damit sagen?« fragte nun der König und brach in schallendes Lachen aus.

»Ich meine, bei allem schuldigen Respekt vor Eurer Königlichen Majestät, daß ich die Vorder- und auch die Rückseite in Augenschein genommen habe.«

»Du weißt also nicht einmal, wie das Ding deiner Frau aussieht, du alter Schlappschwanz ohne Gedächtnis? Du verdienst am Galgen zu baumeln!«

»Ich halte bei meiner Frau das, worauf Ihr anspielt, in allzu großer Verehrung, als daß ich es mit meinen Blicken entweihen würde. Überdies ist sie so fromm und geschämig, daß sie lieber stürbe, als mir auch nur ein Zipfelchen davon zu zeigen.«

»Wahrhaftig«, meinte der König, »das ist auch nicht zum Vorzeigen gemacht.«

»Du alte Kogeldille, das war doch deine Frau!« schäumte der Konnetabel.

»Herr Konnetabel, die schläft doch, die Ärmste.«

»Los! Auf denn, zu Pferd! Reiten wir hin! Und wenn sie zu Hause in deinem Bett schläft, ziehe ich dir nur hundert Hiebe mit dem Ochsenziemer über.«

Und gefolgt vom Profosen, langte der Konnetabel in kürzerer Zeit beim Hause des Justitiarius an, als ein Bettler braucht, um einen Opferstock zu leeren. »Holla! Heda!« Auf das Gelärm der Leute, die drohten, sie würden die Mauern in Brüche schlagen, öffnete das Zöfchen gähnend und sich verschlafen räkelnd das Tor. Der Konnetabel und der Profos stürmten Hals über Kopf hinauf in die Kammer, wo sie mit unsäglicher Mühe schließlich die Beckin aus dem Schlaf wecken konnten. Sie tat gar erschrocken und schlief so fest, daß sie ganz schlafverklebte Augen hatte.

Darüber frohlockte der Profos, und er sagte zum Konnetabel, sicherlich habe man ihm einen Bären aufgebunden, seine Frau sei die Keuschheit selber, und wirklich zeigte sie sich erstaunt wie kaum eine. Da räumte der Konnetabel kleinlaut das Feld.

Der gute Profos aber kleidete sich geschwind aus und

konnte es kaum mehr erwarten, bis er bei seiner Ehehälfte im Bett lag. Was er da eben erlebt, hatte ihn daran erinnert, daß er eine Frau hatte. Während er seinen Harnisch ablegte und seine Hosen aufknöpfte, fragte ihn die Beckin, die immer noch höchst erstaunt tat: »Sag mir nur, lieber Schatz, was soll denn all der Lärm bedeuten, was wollten der Herr Konnetabel und seine Pagen? Und weshalb kommt ihr alle hierher und schaut nach, ob ich schlafe? Ist es neuerdings das Amt der Konnetabeln, zu sehen, wie lang und breit unsere ...«

»Ich weiß nicht«, fiel ihr der Profos ins Wort und erzählte ihr haarklein, was ihm vorhin widerfahren war.

»Und du hast ohne meine Erlaubnis alles besehen, was eine Dame vom Hofe zu zeigen hat?« heulte sie entrüstet. »Huhuhuu! Hööhööhööhöö! Iiiii!«

Und nun hob sie an zu weinen und zu jammern, zu zetern und zu klagen und schrie so erbarmungswürdig und laut, daß der Profos nicht mehr aus noch ein wußte.

»Ei, was hast du nur, mein Schätzchen? Was willst du denn? Was möchtest du?«

»Huhuhu! Nun wirst du mich nicht mehr liebhaben, wo du jetzt doch weißt, wie's bei den vornehmen Hofdamen da unten aussieht!«

»Still doch, mein Schätzchen, das sind große Damen. Dir kann ich's ja sagen, nur dir allein: alles ist an ihnen verteufelt groß!«

»Ist das wahr?« fragte sie lächelnd. »Sieht es bei mir niedlicher aus?«

»Das will ich meinen!« rief er da ganz begeistert. »Genau eine gute Spanne kleiner!«

»Dann muß es ihnen aber unsäglich wohltun«, seufzte sie leise, »wo ich schon mit dem bißchen so glücklich bin!«

Daraufhin griff der Profos zu handfesteren Beweisgründen, um seine Frau zur Vernunft zu bringen und zu überzeugen; und er überzeugte sie auch, jedenfalls war sie zu guter Letzt vollauf überzeugt von der großen Freude, die Gott in so kleine Dinge gelegt hat.

Dies soll uns lehren, daß nichts auf Erden den Glauben eines Hahnreis zu erschüttern vermag.

ÜBER DEN MÖNCH AMADOR, DER NACHMALS EIN GLORREICHER ABT ZU TURPENAY WARD

An einem Nieselregentag, bei welchem Wetter die Damen frohgemut zu Hause in ihren vier Wänden bleiben, weil sie nämlich das Feuchte lieben und dann jeweilen die Männer, die sie gut leiden mögen, nahe bei ihren Röcken haben können, saß die Königin in ihrer Kammer im Schloß zu Amboise unter den Vorhängen des Fensters. Sie saß in ihrem tiefen Armstuhl vor einem Teppich und vertrieb sich die Zeit mit Sticken. Doch achtete sie nicht auf ihre Nadel, ihre Gedanken weilten vielmehr ganz woanders; sie schaute hinaus in den strömenden Regen, der in die Loire niedertropfte, sprach kein Wort, blickte in tiefem Sinnen vor sich hin, und ihre Hofdamen taten es ihr nach. Der gute König unterhielt sich angeregt mit seinen Höflingen, die ihn von der Schloßkapelle her begleitet hatten; denn es war Sonntag, und er kam eben aus der Vesper. Als er nun mit seinen Gefolgsleuten alles beredet und besprochen hatte und nichts mehr von Belang vorlag, fiel sein Auge von ungefähr auf die Königin, und er sah, daß sie düster gestimmt war, und sah auch, wie ihre Hofdamen mißgelaunt waren und Trübsal bliesen. Da bedachte er, daß alle Frauen, die hier beisammensaßen, mit den Dingen des Ehestandes wohl vertraut waren.

»Sagt einmal«, sprach er, »habe ich nicht eben vorhin den hochwürdigen Abt von Turpenay hier gesehen?«

Als er diese Worte hörte, trat zum König jener Mönch, der ehedem unserm König Ludwig dem Elften mit seinen Bittgesuchen so lästig gefallen war, daß der besagte Herrscher seinem Hausprofosen strenge befohlen hatte, ihn unverzüglich aus seinen Augen und aus der Welt zu schaffen, wie in der Geschichte von dem genannten König im ersten Zehnt erzählt worden ist, wo auch zu lesen steht, wie sich der Mönch durch ein Versehen des Gevatters Tristan aus der Schlinge zog.

Dieser Mönch war zu der Zeit ein Mann, dem sein gottgefälliger Wandel und seine Tugenden ersichtlich angeschlagen hatten, so sehr war er in die Breite gegangen und dick und feist geworden, und so augenfällig leuchtete und strahlte sein Geist auf seinem hochroten Gesicht. Drum hatten auch die Damen alle einen Narren an ihm gefressen, und sie stopften ihn mit Wein, Süßigkeiten und erlesenen Brocken von ihren Gastereien, Schmäusen und Liebesmählern voll, zu denen sie ihn gerne einluden, weil ja jeder Gastgeber diese unverwüstlichen Kostgänger des lieben Gottes gern um sich sah, mit ihren weißen Kinnladen, die ebenso viele erbauliche Reden führten, als sie gewaltige Bissen vertilgten. Dieser Abt war aber ein großer Schwerenöter, hatte es faustdick hinter den Ohren und flüsterte den Damen unterm Deckmantel seiner Kutte noch und noch die saftigsten Geschichten ins Ohr, über welche sie sich immer erst entrüsteten, wenn sie sie bis zum Ende angehört hatten. Denn ehe man über etwas die Nase rümpft, muß man doch wissen, was es für eine Bewandtnis damit hat.

»Mein hochwürdiger Vater«, sprach der König, »nun ist die Dämmerstunde gekommen, in der die Ohren der Frauen mit schnurrigen und ergötzlichen Geschichten erfreut werden können, weil da die Frauen ohne Erröten lachen oder unterm Lachen erröten können, wie's ihnen gerade lieb ist. Gebt uns einen saftigen Schwank zum besten, einen urechten Mönchsschwank. Ich werde ihn mit Vergnügen anhören, denn mir

steht der Sinn nach Kurzweil, und auch die Damen werden über eine Ablenkung froh sein.«

»Wir werden's uns wohl oder übel gefallen lassen müssen, Eurer Königlichen Majestät zuliebe«, sprach lächelnd die Königin, »denn der Herr Abt schlägt zuweilen ein wenig über die Stränge.«

»So lest uns denn eine gute christliche Erbauungsschrift, hochwürdiger Vater«, versetzte der König zum Abt gewendet, »vielleicht findet die gnädige Frau das unterhaltsamer.«

»Au weh, Majestät, ich habe schwache Augen, und der Tag geht zur Neige.«

»Dann erzählt uns eine Schnurre, die beim Gürtel aufhört.«

»Wohlan, gnädiger Herr«, erwiderte der Mönch, verschmitzt lächelnd, »die Geschichte, die mir just einfällt, hört genau da auf, freilich von den Füßen aufwärts gerechnet.«

Da lagen die anwesenden Höflinge der Königin und auch den Damen so lange mit inständigen und stürmischen Bitten und Vorstellungen in den Ohren, daß sie schließlich als gute Bretonin, die sie war, dem Mönch huldreich zulächelte.

»So legt denn los, hochwürdiger Vater«, sagte sie, »Ihr werdet unsere Sünden vor Gott zu verantworten haben.«

»Von Herzen gerne, gnädige Frau«, versetzte der Abt, »wenn Ihr dafür gnädiglich die meinen auf Euch nehmen wollt, so werdet Ihr dabei noch gewinnen.«

Alle lachten, auch die Königin. Der König nahm neben seiner Frau Platz, die er, wie jeder weiß, von Herzen liebhatte. Dann erhielten auch die Höflinge die Erlaubnis, sich zu setzen, natürlich nur die betagten Herren, denn die jungen stellten sich, mit Vergunst der Damen, dicht an ihren Stühlen auf, um leise und geziemlich in das Gelächter einstimmen zu können.

Und dann gab ihnen der Abt von Turpenay die folgende Geschichte zum besten; die heiklen Stellen aber überging er mit einer Stimme, die klang wie gedämpfter Flötenton.

Vor beiläufig hundert Jahren erhoben sich in der Christenheit grimmige Zwistigkeiten und Händel, weil in Rom zur gleichen Zeit zwei Päpste auftraten, die beide behaupteten, sie seien rechtmäßig und nach Gottes Willen erwählt. Das brachte den Klöstern, Abteien und Bischofssitzen gewaltigen Schaden, weil nämlich die beiden Päpste um die Wette sich die Anerkennung erkaufen wollten, indem sie, jeder den andern übertrumpfend, ihren Anhängern und Parteigängern Rechte und Vorteile zuschanzten, so daß allerorten doppelte Abgaben zu leisten waren und überhaupt eine arge Verwirrung einriß. Unter sotanen Umständen konnten die Klöster oder Abteien, die mit ihren Nachbarn einen Prozeß führten, nicht gut beide Päpste anerkennen, und so sahen sie sich denn jeweils hart bedrängt, weil sich ihre Gegenpartei an den andern Papst wandte, der natürlich den Feinden des Kapitels recht gab. Dieses arge Schisma brachte unermeßliche Not über die Welt und beweist hinreichend, daß keine Pestilenz bösartiger hausen kann und in der ganzen Christenheit mehr Unheil stiftet, als wenn die Kirche gleichsam Ehebruch treibt.

Zu jener Zeit also, wo der Teufel wider unsere armen Besitztümer wütete, hatte die hochberühmte Abtei Turpenay, deren unwürdiger Abt ich zur Stunde bin, mit dem übelbeleumdeten und allseits gefürchteten Schloßherrn von Candé einen verwickelten Rechtshandel um gewisse Rechte auszutragen. Nun war aber dieser Herr von Candé ein Ketzer und Erzheide, ein ungläubiger Götzendiener, Gottesleugner und lästerlicher Satansknecht, ein fleischgewordener Höllenteufel, der in Gestalt dieses adeligen Herrn auf Erden Wohnung genommen hatte. Dabei war er aber ein unerschrockener Haudegen, bei Hofe wohlgelitten und eng befreundet mit dem Herrn Burel de la Rivière, einem Günstling und Lieblingsdiener des Königs Karl des Fünften glor-

reichen Angedenkens. Im Schatten der Gunst dieses Herrn Burel meinte nun der genannte Herr von Candé sich in dem abgelegenen Tal des Indre ungestraft alles nach Lust und Laune herausnehmen zu dürfen. Von Montbazon bis Ussé mußte alles nach seiner Pfeife tanzen.

So liegt es auf der Hand, daß seine Nachbarn in ewiger Furcht lebten und vor ihm zitterten; und aus lauter Angst, er könnte sie sonst totschlagen oder auf irgendeine Art ins Jenseits befördern, ließen sie ihn gewähren, hätten ihn aber viel lieber unterm Rasen als obendrauf gesehen und wünschten ihm alle erdenklichen Übel an den Hals, was ihn aber wenig anfocht.

Im ganzen Tal bot diesem Wüterich nur die edle Abtei die Stirn, hat doch die Kirche seit jeher die Lehre vertreten, ihre Aufgabe sei es, die Schwachen und Notleidenden in ihrem barmherzigen Schoß zu bergen und nach Kräften die Unterdrückten zu schützen, insonderheit dann, wenn ihre eigenen Rechte und Privilegien bedroht seien. Der rauhe Haudegen haßte denn auch die Mönche, und vor allen andern war er denen von Turpenay spinnefeind, weil sie sich ihre Rechte weder mit Gewalt noch mit List noch anderswie rauben lassen wollten. Selbstverständlich kam ihm das kirchliche Schisma recht gelegen, und er wartete nur noch den Augenblick ab, da sich die Abtei für den einen oder den andern Papst entscheide, um sie dann auszuräubern, jederzeit bereit, den als Papst anzuerkennen, dem die Abtei Turpenay den Gehorsam verweigerte.

Seit seiner Rückkehr ins Schloß hatte er die üble Gewohnheit angenommen, die Mönche zu quälen, zu piesacken und zu mißhandeln, wo er ihrer nur habhaft werden konnte, sobald sie sich auf seinen Besitztümern nur blicken ließen, und er brachte es darin zu trauriger Berühmtheit. So wußte einmal solch ein armes Kuttenmännlein, als es ihn unversehens auf dem Wege zu seinem Schloß, der den Wasserlauf entlangführte, auf sich zukommen sah, keinen anderen Ausweg zu seiner Rettung, als sich kopfüber in den Indre zu stürzen, wo ihn durch ein besonderes Wunder des Allerhöchsten, zu dem er in seiner Not und Bedrängnis ein flehentliches Gebet emporsandte, seine Kutte über Wasser hielt, so daß er wohlbehalten ans andere Ufer schwamm und es vor den Augen des Herrn von Candé erreichte. Der aber schämte sich nicht, sich an der Todesangst eines Gottesdieners zu weiden. – Aus solchem Holz war also dieser gottverdammte Pilgrim geschnitzt.

Der Abt nun, dem damals unsere glorreiche Abtei in Obhut gegeben und zur Lenkung anvertraut war, führte einen gottgefälligen Lebenswandel und betete inbrünstig und in gläubiger Zerknirschung zu Gott, doch hätte er zehnmal eher seine Seele gerettet, so echt und tief war seine Frömmigkeit, als daß er auch nur die geringste Aussicht gehabt hätte, seine Abtei aus den Krallen dieses Unholds zu erretten. Wenngleich nun der hochbetagte Abt völlig ratlos war und sehenden Auges das Unheil herannahen sah, baute er doch auf Gott, hoffte zuversichtlich auf seinen Beistand, der früher oder später eintreffen mußte, und sagte immer und immer wieder, er werde es nimmermehr dulden, daß das Eigentum seiner Kirche geschmälert und beschnitten werde. Zudem erklärte er, Gott, der den Hebräern die Prinzessin Judith, den Römern eine Königin Lukretia habe erstehen lassen, werde auch seine berühmte Abtei Turpenay nie im Stich lassen; und solche und ähnliche weise und erbauliche Reden hielt er seinen Mönchen alle Tage. Doch die Klosterbrüder – ich muß es zu unserer Schande gestehen – waren ungläubige Zweifler; sie warfen ihm seine allzu große Langmut vor und sagten, man müsse alle Ochsen des ganzen Landes an den Karren der Vorsehung spannen, wenn man wolle, daß sie frühmorgens zur Stelle sei. Auch würden an keinem Ort der Welt noch Posaunen von Jericho angefertigt, und Gott der Herr habe mit seiner Schöpfung so viele Enttäuschungen erlebt, daß er lieber nicht mehr daran denke. Kurzum, sie wußten tausendundeine unchristliche Rede vorzubringen und konnten sich in Zweifelsucht und Hadern wider Gott nicht genug tun.

In dieser mißlichen Notlage trat zu aller Erstaunen ein Mönch auf, Amador mit Namen. Dieser Name war ihm spottweise angehängt worden, weil er ein leibhaftiges Ebenbild des falschen Heidengottes Egipan war. Wie dieser war

G Doré
GERARD

er schmerbäuchig und fettwanstig, er hatte krumme Säbelbeine gleich ihm, dazu kräftige haarige Arme wie die eines Henkers, einen Rücken, breit und mächtig und wie geschaffen zum Tragen des Bettelsackes, ein Gesicht, hochrot wie das eines Trunkenboldes, kleine funkelnde Äuglein, einen ungepflegten, ungekämmten Bart, eine kahle Stirn, und alles an ihm war so feist, so speckig, so vollgefressen, daß es aussah, als gehe er mit einem Kinde schwanger. Ihr könnt euch auch denken, daß er die Frühmette auf der Kellertreppe sang und die Vesper im Weinberg des Herrn las. Meist lag er im Bett wie ein schwärenbedeckter Bettler oder streunte durch das Tal, tagediebend und Unfug treibend, segnete die Hochzeiten ein, plünderte die Rebstöcke und schaute zu, wie die Mägdelein brünzelten, dem strengen Verbot des Abtes zum Trotz. Mit einem Wort, er war ein Stromer, ein Herumtreiber und Tunichtgut und ein schlechter Soldat der kirchlichen Heerscharen. Im ganzen Kloster hielt niemand etwas auf ihn, und man ließ ihn aus christlicher Barmherzigkeit herumlungern, weil er allgemein für übergeschnappt und nicht ganz richtig im Kopfe galt.

Amador wußte, daß das Weiterbestehen der Abtei auf dem Spiele stand, in der er sich wohlig suhlte wie eine Sau im Koben, und er sträubte seine Haare, lief bald dahin, bald dorthin, schlich in jede Zelle, lauschte im Refektorium auf die Gespräche, schnaubte durch die Nase und erklärte schließlich, er mache sich anheischig, das Kloster zu retten. So nahm er denn Kenntnis von den strittigen Punkten, erhielt vom Herrn Abt Vollmacht, im Prozeß einen Vergleich abzuschließen, und vom gesamten Kapitel wurde ihm das just frei gewordene Amt des Subpriors versprochen, falls er den Zwist beilegen könne. Dann machte er sich querfeldein auf den Weg, unbekümmert um die Grausamkeiten und Mißhandlungen des Herrn von Candé, denn er sagte, unter seiner Kutte trage er alles Erforderliche bei sich, um ihn zahm und kleinlaut zu kriegen.

Und wirklich machte er sich stehenden Fußes auf den Weg und nahm nichts als seine Kutte als einzige Wegzehrung mit, dafür strotzte sie aber auch so von Fett, daß ein Minorit hätte reichlich davon leben können. Er hatte aber für seinen Gang ins Schloß einen Tag ausgesucht, an dem es wie mit Kübeln vom Himmel goß, daß sich die Tröge aller Hausfrauen platschvoll füllten, und so gelangte er, ungeschoren und ohne einer Menschenseele zu begegnen, bis in Sichtweite des Schlosses. Triefend wie ein ersoffener Hund stahl er sich beherzt in den Schloßhof, verkroch sich hier unter ein Schirmdach, um abzuwarten, bis der Himmel seine Schleusen ausgeleert hatte, und trat dann furchtlos vor das Fenster, hinter dem er den Schloßherrn von Candé vermutete. Ein Diener, der gerade vom Nachtmahl kam, sah ihn dort stehen, und es erbarmte ihn seiner. Er riet ihm, lieber wieder fortzugehen, sonst werde ihm der gnädige Herr zum Empfang hundert Hiebe mit der Geißel überziehen, um mit ihm ins Gespräch zu kommen; und endlich fragte er ihn, wo er bloß das Gottvertrauen hernehme, ein Haus zu betreten, wo man die Mönche ärger hasse als Pest und Aussatz.

»Ach«, erwiderte Amador, »ich bin im Auftrag meines Herrn Abtes unterwegs nach Tours, und wenn der edle Herr von Candé mit den armen Dienern Gottes nicht so übel umspränge, müßte ich bei diesem sintflutartigen Regen nicht hier draußen im Hof stehen, sondern säße drinnen in seinem Hause. Ich wünsche ihm, daß er in seiner Todesstunde Erbarmen finde.«

Diese Worte hinterbrachte der Diener dem edeln Herrn von Candé. Der wollte in der ersten Wut den Mönch in die große Unratgrube des Schlosses werfen lassen, mitten hinein in den Unflat und Kehricht, als einen unflätigen Auswurf der Menschheit. Doch die Schloßherrin von Candé, die im Hause die Hosen anhatte und vor der er eine Heidenangst hatte, weil er von ihr noch eine erkleckliche Erbschaft erwartete – doch ließ sie ihn ihre Herrschaft nicht sonderlich spüren –, die Schloßherrin verwies ihm seinen Zorn und sagte, vielleicht sei auch dieser Mönch ein Christenmensch; bei einem solchen Hundewetter würden sogar Diebe die Schergen unterstehen lassen, und überdies müsse man glimpflich mit ihm umspringen, um in Erfahrung zu bringen, wofür sich die Mönche von Turpenay hinsichtlich des Schismas entschieden hätten. Ihrer Ansicht nach müsse man gütlich und beileibe nicht mit Gewalt die Mißhelligkeiten beilegen, die zwischen der Abtei und dem Rittergut von Candé entstanden seien, weil nämlich seit des Heilands Erdenwallen kein Kaiser noch König stärker gewesen sei als die Kirche und weil früher oder später die Abtei dem Schloß den Garaus machen werde. Zu guter Letzt brachte sie einen ganzen Rattenschwanz von trefflichen und klugen Gegengründen vor, wie sie Frauen in schwierigen Lebenslagen zu Gebote stehen, wenn sie in Bedrängnis geraten und es ihnen zu bunt wird.

Amador ließ die Ohren hängen und schnitt ein so klägliches Trauerweidengesicht, er sah so jammervoll, begossen, verkümmert und einfältig aus, daß der Schloßherr, dem das Regenwetter aufs Gemüt geschlagen war, auf den Gedanken verfiel, er könnte sich mit ihm einen Spaß leisten, ihn so recht nach Herzenslust quälen und tribulieren, ihm sein Trinkglas mit Essig ausspülen und ihm jedenfalls so mitspielen, daß er seinen Empfang im Schlosse nicht so bald wieder vergessen sollte. So band denn der Junker, der mit der Zofe seiner Frau heimlicherweise scharmutzierte und techtelmechtelte, diesem lockeren Frauenzimmer namens Perrotte auf die Seele, seinen arglistigen Anschlag, den er auf den armen Amador vorhatte, ins Werk zu setzen. Als nun alles zwischen ihnen ausgemacht und ihr ganzer Plan bis aufs i-Tüpfelchen vereinbart war, trat das Mägdlein, das seinem Herrn und Liebhaber zu Gefallen die Pfäfflein ebenfalls nicht riechen konnte, zu dem Mönch, der sich unter das Dach des Schweinekobens geflüchtet hatte, und setzte ein scheinheiliges freundliches Gesicht auf, um ihn desto abgefeimter zu übertölpeln.

»Hochwürden«, sprach sie zu ihm, »der gnädige Herr, dem dies Schloß gehört, bringt es nicht übers Herz, einen Diener Gottes hier draußen im Regen stehen zu lassen, während es drinnen im Saal Platz genug gibt, auch ein wärmendes Feuer im Kamin brennt und der Tisch gedeckt ist. In seinem Namen und im Auftrag der gnädigen Schloßherrin lade ich Euch ein hereinzukommen.«

»Ich sage der hohen Dame und dem gnädigen Herrn meinen schönsten Dank, nicht für das gewährte Obdach, denn solches ist nichts als Christenpflicht, sondern dafür, daß sie zu mir armen Sünder als Boten einen so liebreizenden und bildschönen Engel geschickt haben; ist mir doch, als sehe ich die jungfräuliche Muttergottes vor mir stehen, die von unserem Altar herabgestiegen ist.«

Während Amador das sagte, hob er die Nase und blitzte mit seinen funkelnden Augen, die heiße Flammenblicke warfen, das hübsche Zöflein so keck an, daß ihn die Jungfer gar nicht mehr so häßlich und schmutzig und bei weitem nicht so viehmäßig fand, wie man ihn geschildert hatte. Während Amador nun aber neben der hübschen Perrotte die breite Freitreppe hinanstieg, traf ihn unversehens auf Nase, Maul und Backen ein so schrecklicher Peitschenhieb, daß er alle Kerzenlichter des Magnifikat brennen sah, so wohlgezielt und treffsicher hatte ihn der Junker von Candé erwischt, der gerade seine Jagdmeute abrichtete und tat, als habe er den Mönch nicht gesehen. Nun bat er Amador, ihm dieses Mißgeschick zu verzeihen, und rannte mit geschwungener Peitsche hinter den Hunden drein, weil sie seinen Gast zu Fall gebracht hatten. Das Zöflein aber lachte sich den Buckel voll und wich flink zur Seite, wußte sie doch, was da gespielt wurde. Als der Mönch sah, wie artig die beiden zusammenspielten, ging ihm ein Licht auf, und es schwante ihm plötzlich, daß der Ritter mit der hübschen Perrotte unter einer Decke stecken könnte und die Perrotte desgleichen mit dem Junker. Vielleicht hatten ihm auch die Mägde des Tals an ihren Waschtrögen schon mancherlei davon vorgetratscht.

Von den Leuten, die sich zur Stunde im Saal aufhielten, rückte keiner zur Seite und machte dem Gottesmann Platz, und er blieb mitten in der Zugluft zwischen Tür und Fenster stehen und fror gottserbärmlich, bis der edle Herr von Candé, seine Frau Gemahlin und seine ältliche Schwester, das gnädige Fräulein von Candé, welche die Erziehung der Erbin des Hauses, eines etwa sechzehnjährigen Jungfräuleins, überwachte, ihre Sessel am oberen Ende der Tafel einnahmen, weit weg von der Dienerschaft und dem übrigen Ingesinde, nach alter Väter Sitte, von der, ganz zu Unrecht, heutzutage die hohen Herrschaften immer mehr abgekommen sind. Der Ritter von Candé hatte den Mönch längst vergessen und ließ ihn am untern Ende des Tisches in einem Winkel Platz nehmen, wo ihn zwei rohe Rüpel auftragsgemäß in ihre Mitte nahmen und erbarmungslos quetschten und drückten. Die beiden Rohlinge knufften ihn an Beinen und Armen und zwickten ihn am ganzen Leibe wie zwei geübte Folterknechte, gossen ihm Weißwein statt Wasser in seinen Becher, um ihn zu benebeln, damit sie desto leichteres Spiel mit ihm hatten. Doch leerte er mühelos sieben randvolle Krüge, ohne daß er auch nur ein einziges Mal gerülpst, aufgestoßen, gekotzt, gebrunzt oder gefarzt hätte, worüber sie baß entsetzt waren, weil sein Auge ungetrübt blieb wie ein blanker Spiegel. Da aber warf ihnen ihr Herr einen ermunternden Blick zu, und alsbald legten sie von neuem los. Sie kleckerten ihm unter ehrerbietigen Verbeugungen Brühen auf den Bart, gossen ihm Tunken übers Haupt, taten daraufhin, als wollten sie ihn hilfreich abtrocknen, hatten aber gar nichts anderes im Sinn, als ihn aus Leibeskräften am Bart zu rupfen. Dann schüttete der Küchenjunge, der eine siedend heiße Suppe auftischte, ihm die ganze Schüssel über den Kopf und gab wohl acht, daß die kochende Brühe dem bedauernswerten Amador den Rücken hinunterlief. All diese Leiden und Wehsale ertrug der Ärmste mit Fassung und Sanftmut, dieweil der Geist Gottes in ihm war und auch, das könnt ihr mir glauben, weil er den Zwist beizulegen hoffte, wenn er im Schloß tapfer durchhalte.

Desungeachtet brach die gottlose Rotte, seit der Sohn des Kochs dem trinkfesten Mönch die fetttriefende Taufe hatte angedeihen lassen, womit ihm – wie der Kellermeister hohnlachte – sein Spundloch hätte zugestopft werden sollen, in ein so unflätiges Gelächter und Gejohle aus und trieb es so toll, daß die Schloßherrin unwillkürlich einen Blick auf das untere Tafelende warf und schaute, was denn da vorgehe. Da sah sie den dicken Amador mit gottergebener Miene dasitzen und sich das triefende Gesicht abwischen, während er gleichzeitig an den klobigen Ochsenknochen nagte, die ihm das Gesinde auf einem Zinnteller vorgelegt hatte. Just im selben Augenblick spaltete der wackere Klosterbruder mit einem wohlgezielten Messerhieb ein ungeschlachtes Hüftbein mitten entzwei, packte es dann mit seinen haarigen Pratzen, brach es in Stücke und saugte mit offenkundigem Behagen das warme Mark aus.

Wahrhaftig, sagte sich da die Schloßherrin von Candé, diesen Mönch hat Gott mit seiner Kraft begnadet! In solchen Gedanken befangen, gebot sie streng den Pagen, Dienern und Knechten, den Mönch in Frieden zu lassen und nicht länger zu plagen, dem man eben aus Mutwillen eine Schüssel mit verfaulten Äpfeln und eine Handvoll wurmiger Nüsse vorsetzte.

Amador aber hatte wohl bemerkt, daß das ältliche Edelfräulein und ihr Zögling, die Dame und auch die Mägde seine Kraftprobe mit dem Rindsknochen gesehen hatten, und nun krempelte er seine Ärmel hoch, führte ihnen seine dreifältig nervigen und kraftstrotzenden Arme vor, klemmte dann die Nüsse eine um die andere in die Gabelung der Adern auf sein Handgelenk und zerquetschte sie nacheinander mit einem so kraftvollen Schlag seiner flachen Pranke, daß es aussah, als seien es lauter überreife Mispeln. Hernach schob er sie in den Mund und zermahlte sie mit seinen blitzweißen Zähnen, die scharf und kräftig waren wie das Gebiß eines Hundes, zerbiß die äußern grünen wie auch die harten innern Schalen, die Kerne und alles auf einmal, kaute es, bis

es im Handumdrehen zu Brei zermahlen war, und schlang es dann herunter, als wäre es ein Schluck Honigbier. Als er nur noch die Äpfel vor sich stehen hatte, klemmte er sie zwischen zwei Finger und schnitt sie wie mit einer scharfen Schere ratsch mitten entzwei, ohne zu mucksen. Ihr könnt euch denken, daß die Mägde mäuschenstill dasaßen, daß die Diener und Knechte fest überzeugt waren, in diesem Mönch müsse der leibhaftige Gottseibeiuns stecken; und wären nicht seine Frau und die stockfinstere Nacht gewesen, so hätte ihn der Ritter von Candé am liebsten an die Luft gesetzt, aus lauter Gottesfurcht und Frömmigkeit natürlich. Schon sagte

sich jeder im stillen, der Mönch sei Kuttenmanns genug, das ganze Schloß in den Wassergraben zu schmeißen.

Als nun jedermann den Schnabel saubergewischt hatte, ließ es sich der Ritter angelegen sein, diesen Teufel, dessen Bärenkräfte so gefährlich anzusehen waren, über Nacht in sichern Gewahrsam zu verbringen. Er hieß ihn in ein stinkendes Dreckloch führen, wo Perrotte bereits die nötigen Vorkehrungen getroffen hatte, um ihm die Nacht über das Leben sauer und die Hölle heiß zu machen.

Sämtliche Kater im ganzen Schloßbereich waren dahin zusammengetrieben und ersucht worden, bei dem Mönch zur Beichte zu gehen und ihm ihre Sünden in die Ohren zu maunzen und zu jaulen. Man hatte sie mit Katzenkraut, das sie bekanntlich geil und toll macht, dorthin gelockt. Desgleichen waren auch die Schweine, Säue und Ferkel dorthin gesperrt worden, und ganze Schüsseln voll Kutteln standen für sie unterm Bett, damit sie der Mönch, wofern sie vielleicht die Lust ankam, ebenfalls Mönche zu werden, davon abhalte und es ihnen gründlich verleide durch das *Libera*, das er ihnen anstimmen würde. Verlaßt euch auch drauf, daß im Bett des Klosterbruders überall kleingeschnittenes Roßhaar verstreut war, und wenn er sich dann kratzte und hin und her rutschte, so ergoß sich ein Platsch eiskaltes Wasser in sein Bett. So waren ihm noch tausenderlei andere Lausbübereien zubereitet, wie sie eben die Spaßvögel und Plaggeister in den Schlössern anzurichten pflegen.

Nun war alles zu Bett und wartete auf den Hexensabbat, den alsbald der Mönch vollführen würde, denn jeder war überzeugt, nun werde es gleich losgehen. Der Mönch war nämlich hoch oben unterm Dach in einem Türmchen untergebracht worden. Vor der einzigen Pforte, die ins Freie führte, hielten die bissigen Bluthunde des Schloßherrn scharfe Wacht und heulten mit geifernden Mäulern zu dem Mönch empor. Und weil der Ritter gar zu gerne gewußt hätte, in welcher Sprache sich der Mönch mit den Katern und den Schweinen unterhalte, schlich er sich in Perrottes Kammer, die nicht weit davon lag, und kroch zu seinem Liebchen ins Bett. Da nun Amador sah, wie man mit ihm umsprang, holte er unter seiner Kutte ein Messer hervor und erbrach damit flink und gewandt den Türriegel.

Darauf legte er sich auf die Lauer und horchte gespannt auf das Tun und Treiben im Schlosse, hörte auch, wie sich der Schloßherr unter Lachen mit der Magd vergnügte. Da ging ihm ein Licht auf, daß die beiden selbander das alte ergötzliche Spiel trieben, und so wartete er noch ein Weilchen, bis die Hausherrin vermutlich auch ins Bett geschlüpft war und sich nun seelenallein im Finstern fürchtete, und dann schlich er barfüßig treppab bis in ihre Kammer, damit seine Sandalen nicht um seine Heimlichkeiten wußten. Nun erschien er ihr beim Schein der Lampe, wie eben Mönche nächtlicherweile erscheinen, das heißt, in einem wunderbar begnadeten Zustand, der für Laien schwerlich lange auszuhalten ist, weil solche Wirkung von der Kutte ausgeht, die all unserer Schwachheit aufhilft und alles in Prächten erstehen läßt. Als er sie dann deutlich hatte sehen lassen, daß er mit Haut und Haar ein echter Mönch war, sprach er sanft und freundlich zu ihr, wie folgt:

»Hört mich an, gnädige Frau, Gott schütze Euch! Wisset, daß ich von unserem Herrn und Heiland und der jungfräulichen Gottesmutter Maria zu Euch gesandt worden bin, um Euch kundzutun, Ihr möget dem schmutzigen und sündhaften Treiben ein Ende setzen, all den frevlen Handlungen, die zum Schaden Eurer Tugend hier im Hause begangen werden; wird sie doch hinterlistig um das Beste betrogen, was Euer Gatte hat, weil er es Eurer Zofe zukommen läßt und sie damit bedenkt. Was frommt es Euch schon, eine adlige Dame zu sein, wenn die herrschaftlichen Abgaben in andere Scheuern fließen? So gerechnet, ist Euere Zofe die Dame, und Ihr seid die Magd. Stehen von Rechts wegen nicht Euch alle die Freuden zu, die Eure Zofe genießt? Da könnt Ihr Euch geradesogut an unsere heilige Mutter, die Kirche, wenden, denn sie hat Freuden in Hülle und Fülle zu vergeben, ist sie doch Trösterin aller Betrübten und Nothelferin der Darbenden. Seht in mir ihren Sendling, der bereit ist, diese Schulden und Rückstände zu bezahlen, wofern Ihr nicht darauf Verzicht leisten wollt.«

Während der wackere Mönch das sagte, lockerte er ein bißchen seinen Gürtel, weil der ihn offensichtlich beengte. So begierig war er anscheinend, all die schönen Dinge zu beschauen, welche der Ritter von Candé so sträflich verschmähte.

»Wenn Ihr die Wahrheit sprecht, mein Vater, werde ich mich gerne Eurer Führung anvertrauen«, erwiderte die Frau und sprang mit einem Satz aus dem Bett. »Ihr seid sicherlich ein Abgesandter Gottes; denn Ihr habt an einem Tag sehen können, was ich seit Jahr und Tag nicht wahrgenommen habe!«

Hierauf ging die Frau mit dem Mönch, dessen geweihte Kutte zu befühlen sie nicht versäumte, und sie war auch so begierig, es möchte sich bewahrheiten, was die gebauschte Kutte ahnen ließ, daß sie von ganzem Herzen hoffte, ihren Gemahl über einem Fehltritt zu ertappen. Und wirklich hörte sie ihn im Bett mit der Zofe schwatzen; sie machten sich weidlich über den Mönch lustig. Angesichts einer solch bodenlosen und niederträchtigen Untreue geriet die Dame in maßlose Wut und tat schon den Mund auf, um ihrem Herzen mit einer Flut von Schimpfworten Luft zu machen, wie es ja den Frauen eigentümlich ist. Sie wollte einen Höllenkrach schlagen, bevor sie ihre Magd der Gerechtigkeit überantwortete. Doch Amador hieß sie stille sein und bedeutete ihr, es sei weit klüger gehandelt, wenn sie zuerst Vergeltung übe und sich gründlich räche und erst nachher ein Geschrei erhebe.

»So rächt mich denn schnell und auf der Stelle, mein Vater!« drängte sie, »damit ich bald schreien kann!«

Daraufhin rächte sie der Mönch auf gut mönchische Art, er bot ihr eine erquickliche, eine genußvolle und ausgewachsene Rache, die sie sich gewissenhaft einverleibte und in vollen Zügen genoß, wie sich ein halbverdursteter Trunksüchtiger mit dem Mund ans Spundloch eines Fasses legt und einlaufen läßt, was nur hineinlaufen kann. Denn wenn eine Dame sich schon rächt, dann muß sie sich rächen, bis sie übergenug bekommen hat, oder lieber gar nicht erst dran nippen. Und so ward die Schloßherrin nach Strich und Faden gerächt, daß sie sich nicht mehr rühren und regen konnte, weil ja nichts so anstrengt, außer Atem bringt und erschöpft wie ein rechter Zorn und eine gründliche Rache. Aber obwohl sie gerächt, erzgerächt und vielfältig gerächt war, wollte sie doch nichts von Verzeihung wissen, um sich das Recht zu bewahren, wieder und wieder mit dem Mönch Rache zu üben. Als Amador diese übermächtige Rachsucht sah, versprach er ihr, solange ihr Zorn anhalte, wolle er ihr jederzeit bei ihrer Rache behilflich sein, und er gab ihr auch zu verstehen, daß er als Mönch, die ja von Gelübdes wegen genötigt seien, über die Natur der Dinge nachzudenken, eine schier unabsehbare Zahl von Arten, Formen und Verfahren kenne, wie man die

Rache ins Werk setzen könne. Hierauf unterwies er sie auf Grund der kanonischen Bücher, wie christlich es sei, Rache zu nehmen, weil sich nämlich in der ganzen Heiligen Schrift Jehova der Herr damit brüste, er sei ein Gott der Rache; und dessen rühme er sich vor allen andern Eigenschaften. Auch beweise er uns mit seiner Hölle, wie göttlich und über alles gottgefällig die Rache sei, sintemal seine Rache ewig währe. Daraus folge, daß sich die Frauen und auch die Mönche rächen müßten, wenn sie nicht als unchristliche und ungetreue Diener der göttlichen Lehren dastehn wollten. Dieses Dogma behagte der Dame über alle Maßen. Sie gestand, noch nie habe sie bislang die Gebote der Kirche so recht begriffen, und sie bat den lieben Mönch, sie ihr von Grund auf beizubringen. Dann aber ging die Schloßherrin, deren Lebensgeister dank dieser ausgiebigen Rache erfrischt und wie neugeboren waren, in die Kammer, wo sich die Magd ihrer Kurzweil mit Genuß und Hingebung widmete. Sie ertappte das freche Ding gerade dabei, wie sie just das in der Hand hielt, was die Schloßherrin gerne im Auge behielt, wie die Kaufleute ein Auge auf ihre kostbaren Waren haben, damit sie nicht gestohlen werden. Es war, wie der Präsident Lizet zu sagen pflegte, wenn er guter Laune war, ein in flagranti im Bett ertapptes Paar, das nicht aus noch ein wußte und kleinlaut, ratlos und bedeppert dalag. Dieser Anblick erregte das Mißfallen der edlen Frau mehr, als sich sagen läßt, was sich alsbald in ihrer Redeflut zeigte; denn sie brach dermaßen zornwütig und giftig los wie das Wasser ihres großen Teiches, wenn man das Abflußwehr wegzog. Die Gardinenpredigt, die sie ihrem Gemahl hielt, bestand aus drei Hauptpunkten, untermalt von schriller Musik, die in allen Tonarten abwechselte, in Dur und Moll, mit viel Kreuzen im Schlüssel.

»Ich danke schön für die Tugend, mein Herr Gemahl, ich habe davon die Nase voll! Ihr beweist mir so recht handgreiflich, daß es ein barer Unsinn ist, an eheliche Treue zu glauben! Nun weiß ich auch, weshalb ich keinen Sohn und Erben habe. Wie viele Kinder habt Ihr schon vergeudet in diesem Allerweltsofen, in diesem Opferstock ohne Boden, dieser Almosentasche, die immer noch Platz hat, in diesem

Napf eines Aussätzigen, dem wahren Kirchhof derer von Candé? Ich will endlich einmal wissen, ob ich unfruchtbar bin durch einen Leibesschaden, der mir angeboren ist, oder durch Eure Schuld! Meinetwegen treibt Euch künftig mit den Mägden herum, ich lasse sie Euch gern. Ich meinerseits will mir ein Schärlein schmucker Junker beilegen, auf daß wir doch noch einen Erben bekommen. Zeugt Ihr also die Bankerte, ich will für die legitimen Sprößlinge sorgen!«

»Mein Schatz«, stammelte der Ritter ganz verdutzt, »schreit doch nicht so laut!«

»Wahrhaftiger Gott!« erwiderte die Frau, »ich will aber schreien, und ich werde auch schreien, und zwar so, daß man es hört, daß es der Erzbischof hört, der Legat, der König, meine Brüder, und sie alle werden diesen Schimpf an Euch rächen.«

»Bringt Euern Gatten nicht in Unehre und Schande!«

»Dann ist also dies eine Schande? Recht habt Ihr! Doch nicht von Euch kann die Unehre kommen, mein Herr und Gemahl, sondern von diesem Luderweib, die ich auf der Stelle werde in einen Sack nähen und in den Fluß schmeißen lassen. So wird Eure Schande abgewaschen sein. – He! Holla!« rief sie.

»Schweigt doch still, liebste Frau!« begütigte sie der Ritter, der vor Scham und Angst den Kopf hängen ließ und den Schwanz einzog wie der Hund eines Blinden; denn dieser unerschrockene und gewaltige Kriegsmann, der einen Feind mir nichts, dir nichts abstach, war wie ein kleines Kind, sobald er's mit seinem Ehekreuz zu tun bekam. Solche Jammergestalten sind unter den rauhen Kriegsleuten gar nicht selten anzutreffen, weil nämlich in ihnen alle Kraft und Stärke liegt und ihr Wesen aus dem groben Stoff leiblicher Kräfte und aus eitel Muskelgepränge besteht, wohingegen in den Frauen ein überlegener und feiner Geist waltet und ein Abglanz der herrlich duftenden Flamme, die das Paradies erleuchtet, und das können die Mannsbilder nicht fassen noch vertragen. Das ist auch der Grund, weshalb manche Frauen ihre Männer gängeln und an der Nase herumführen, sintemal der Geist Herr ist über die Materie.

Da mußten die Damen alle lachen, und auch der König lachte mit.

»Ich will aber nicht stillschweigen!« keifte die edle Frau von Candé. – So fuhr der Abt in seiner Erzählung fort. – »Ich bin zu gröblich beleidigt worden. Das ist nun also der Lohn für die eingebrachten Reichtümer und meinen züchtigen Wandel?! Habe ich Euch jemals einen Wunsch abgeschlagen? Bin ich Euch auch nur einmal nicht zu Willen gewesen, sogar trotz Fastenzeit und Kirchenfesten? Bin ich vielleicht so kalt, daß die Sonne einfriert? Glaubt Ihr am Ende, ich habe nur gezwungenermaßen, aus Pflicht und purer Gefälligkeit, mit Euch geschlafen? Hab ich denn ein geweihtes Ding? Bin ich etwa ein Heiligenschrein, ein unberührbares Heiligtum? Brauchtet Ihr ein Breve des Papstes, um darin Einlaß zu finden? Herrgottsakrament! Habt Ihr Euch so daran gewöhnt, daß Ihr seiner nun überdrüssig seid? Habe ich's Euch nicht immer so gemacht, wie Euch der Sinn danach stand? Können's die Zofen besser als die Edelfrauen? Ach, das muß wohl wahr sein, da sie Euch hat ihr Feld pflügen lassen, ohne daß Ihr's besät habt! Lehrt mich doch diese Kunst, und ich will sie mit denen ins Werk setzen, von denen ich mir's künftig werde besorgen lassen. Denn soviel ist sicher, und dabei bleibe ich: frei will ich sein, und frei bin ich! Und es ist gut so. Ihr habt es mir gar zu schwer gemacht, und wenn Ihr mir, selten genug, Gesellschaft zu leisten geruhtet, habt Ihr mir jedesmal das bißchen Freude vergällt und es mich büßen lassen. Gott sei Dank, nun bin ich Euch los, und auf Eure Launen pfeife ich fortan! Ich gedenke mich nämlich in ein Mönchskloster zurückzuziehen ...« – ›In ein Nonnenkloster‹, hatte sie eigentlich sagen wollen, doch der Mönch hatte ihr mit seiner ersprießlichen Rache alle Gedanken und Gefühle dermaßen durcheinandergebracht, daß ihr die Zunge ausrutschte.

». . . Und ich werde mich mit meiner Tochter in diesem Kloster wohler fühlen als hier an diesem Ort abscheulicher Versündigung und Unzucht. Nun könnt Ihr als Euer Erbteil die Magd behalten. Hahaha! Eine schöne Schloßfrau von Candé habt Ihr da!«

»Was geht hier vor?« fragte mit einmal Amador und trat unter die Tür.

»Was hier vorgeht?« antwortete die Frau, »etwas, was nach Rache schreit, mein Vater! Zuvörderst werde ich dieses liederliche Weibsbild in einen Sack nähen und ins Wasser schmeißen lassen, weil sie das Saatkorn des Hauses derer von Candé zu ihrem Nutzen und Vorteil entwendet hat. So werden wir dem Henker die Mühe ersparen. Vorderhand aber will ich . . .«

»Mäßigt Euern Zorn, meine Tochter«, fiel ihr der Mönch begütigend ins Wort. »Unsere heilige Kirche gebietet im *Paternoster*, daß wir unsern Nächsten ihre Schuld vergeben sollen, wenn wir ins Himmelreich kommen wollen, weil Gott denen verzeiht, die auch ihren Schuldigern verziehen haben. Gott übt nur an den bösen Menschen, die sich gerächt haben, ewige Vergeltung, all denen aber, die verziehen haben, steht sein himmlisches Paradies weit offen. Daher kommt das Jubel- und Ablaßjahr, das eine hohe Freudenzeit ist, weil alle Schulden und Sünden vergeben werden. Es ist aber auch ein großes Glück, seinem Nächsten zu verzeihen. Verzeiht also! Vergebt und verzeiht! Verzeihen ist ein gottgefälliges Werk. Vergebt dem gnädigen Herrn von Candé, und der wird Euch für Euer huldreiches Erbarmen segnen und Euch hinfort innig lieben. Diese Verzeihung wird Euch einen neuen Liebesfrühling bescheren. Und glaubt mir nur, meine teure, schöne junge gnädige Frau, zuweilen ist Verzeihen nur eine besondere Art der Vergeltung. Verzeiht auch Eurer Magd, die für Euch zu Gott beten wird. Und Gott, also von allen mit Gebeten bestürmt, wird Euch in seinen besondern Schutz nehmen und Euch, um dieser Verzeihung willen, eine stattliche Schar wackerer Söhne schenken.«

Mit diesen Worten nahm er des Ritters Hand, legte sie in die Hand der Frau und setzte hinzu: »Geht jetzt und besprecht miteinander diese Verzeihung!«

Dann flüsterte er dem Ritter noch folgenden klugen Rat ins Ohr: »Gnädiger Herr, zückt Euer gewichtigstes Argument, und Ihr werdet sie schon zum Schweigen bringen; Ihr müßt ihr es nur recht überzeugend zu Gemüte führen . . .

Denn der Mund einer Frau fließt nur so lange von Worten über, wie ihr Pförtchen ungestillt brachliegt. So argumentiert denn, daß ihr Hören und Sehen vergeht, und dergestalt werdet Ihr Eurer Frau immer Meister werden.«

Bei Gott! Dieser Mönch hat es faustdick hinter den Ohren! sagte sich der Ritter im Hinausgehen.

Als sich nun Amador mit Perrotte allein sah, hielt er ihr folgende Predigt: »Ihr habt Euch schwer vergangen, mein Schätzchen, weil Ihr einem armen Diener Gottes habt übel mitspielen wollen. Drum droht Euch der Zorn des Himmels, und er wird auf Euch herniederbrechen. Wo immer Ihr Euch verkriechen werdet, überallhin wird er Euch folgen und Euch an allen Gliedern und Gelenken treffen, sogar nach Euerem Tod. Er wird Euch wie eine Pastete im höllischen Ofen braten, wo Ihr in alle Ewigkeit werdet schmoren müssen, und an jedem neuen Tag werden Euch siebenhunderttausend Millionen Peitschenhiebe verabreicht für den einen Streich, den ich dank Eurer Arglist abbekommen habe.«

»Ach, mein Vater!« wimmerte da die Zofe und warf sich kniefällig vor dem Mönch zu Boden, »Ihr allein könnt mich retten, denn dürfte ich unter Eure Kutte kriechen, so wäre ich in sicherer Hut vor Gottes Zorn!«

Und während sie dies sagte, lüpfte sie des Mönches Kutte, als wollte sie schauen, ob sie darunter Platz fände, und rief mit einmal aus: »Donnerfickchen! Die Mönche sind noch schönere Männer als die Ritter!«

»Beim brenzligen Teufelsgestank! Hast du noch nie einen Mönch gesehen? Auch keinen zu spüren gekriegt?«

»Nein«, seufzte das Zöfchen.

»Und kennst auch nicht die Metten, welche die Mönche singen, ohne ein Wort zu reden?«

»Nein«, hauchte Perrotte.

Da zeigte es ihr denn der Mönch die kreuz und die quer, in höchster Vollendung wie an hohen Feiertagen, wo an der Klosterkirche die großen Glocken geläutet werden, wo die Psalmen wunderwunderschön in F-dur ertönen, vorgetragen von lieblichen Chorknaben mit flackernden Kerzen, und er zeigte ihr den *Introitus* und auch das *Ite missa est*. Als er von ihr abließ, blieb sie so gründlich geheiligt zurück, daß Gottes Zorn auch nicht das winzigste Fleckchen hätte an dem Mägdlein finden können, das nicht überreichlich gemöncht und gesalbt worden wäre. Drauf führte ihn das Zöfchen auf sein Geheiß in die Kammer, wo das Fräulein von Candé schlief, die Schwester des Ritters. Ihr erschien er, um sie zu fragen, ob es ihr nicht genehm wäre, ihm ihre Sünden zu beichten und ihr Gewissen zu erleichtern, dieweil ja die Mönche nicht allzu häufig hierher ins Schloß kämen. Das Fräulein war's als gute Christin denn auch zufrieden, ihr Gewissen zu entstäuben und von allen Sünden zu reinigen. Amador ersuchte sie, ihm ihr Gewissen zu zeigen, und als ihn das Fräulein das hatte sehen lassen, was der Mönch das Gewissen der Frauen und Mädchen nannte, fand er es beängstigend schwarz und machte ihr weis, alle Sünden der Weiber würden hier vollbracht. Wenn sie also künftighin sündenlos leben wolle, müsse sie sich ihr Gewissen mit dem ablaßspendenden Weihwedel eines Mönchs verstopfen lassen. Als ihm darauf das ahnungslose Fräulein in Unkenntnis dieses Dings zur Antwort gab, sie wisse nicht, wo sie einen solchen ablaßspendenden Weihwedel hernehmen solle, erklärte ihr der Mönch, er trage einen unerschöpflichen Schatz an solchen Ablässen bei sich, sintemal das, was er da habe, nimmermehr ablasse, Trost und Segen zu spenden. Auch wirke es stumm und ohne viel Worte und beschere Wonnen ohne Zahl; und darin bestehe das wahre, ewige und hauptsächliche Wesen des Ablasses. Das arme Fräulein war von dem Schatz des Mönches so geblendet – sie hatte ja solch ein Ding noch nie zu Gesicht bekommen, geschweige denn je gespürt –, daß sie ganz taumelig davon wurde und ihr die Sinne schwanden, und sie glaubte so willig und aus vollem Herzen an die Reliquie des Mönchs, daß sie gar nicht mehr von dem erbaulichen Spiel ablassen wollte und nach immer neuen Ablässen lechzte, wie die edle Frau von Candé immer aufs neue nach Rache gelechzt hatte.

An dieser umfänglichen Beichte erwachte das kleine Fräulein von Candé und kam herein, um nachzusehen, was da vorging. Laßt euch gesagt sein, daß der Mönch diese Begegnung erhofft hatte, denn es hatte ihm der Mund gewässert nach dieser süßen und saftigen Frucht. Und er führte sie sich auch sogleich zu Gemüte, weil das gutherzige Tantchen es nicht verhindern konnte, daß er der Kleinen, die, ach! so gerne darauf einging, einen erklecklichen Rest von seinen Ablässen abließ. Doch muß man dabei in Betracht ziehen, daß ihm diese Freude wahrlich zu gönnen war nach all dem Ungemach, das er ausgestanden hatte.

Als der Morgen graute und die Schweine ihre Schüsseln leergefressen hatten, die Kater ihre Brunst ausgetobt und die ganze Nacht über überallhin gepißt hatten, wo sie das eingeriebene Katzenkraut witterten, da ging Amador in seinem Bett zur Ruhe, das ihm Perrotte ausgeräumt hatte. Jeder schlief dank dem Mönch und seinem segensreichen Wirken bis weit in den Tag hinein; im ganzen Schloß stand niemand vor Mittag auf, um welche Zeit das Mittagsmahl aufgetragen war. Die Diener glaubten alle, der Mönch sei der leibhaftige Teufel und habe die Kater, die Säue und auch die gnädigen Herrschaften geholt. Aber trotz ihrem Gemunkel erschien die ganze Familie vollzählig im Eßsaal zur Mahlzeit.

»Kommt, hochwürdiger Vater«, flötete die Schloßherrin und bot dem Mönch den Arm. Hierauf nötigte sie ihn an ihre Seite in den Armstuhl des Ritters, zum großen Erstaunen der ganzen Dienerschaft, die erst recht staunte, als der Herr von Candé dies ohne Widerrede geschehen ließ.

»Page, warte dem Vater Amador mit dem da auf«, gebot die gnädige Frau.

»Der Vater Amador muß von dem da nehmen«, erklärte das gutherzige Fräulein von Candé.

»Schenkt dem Vater Amador den Humpen randvoll!« befahl der Ritter.

»Vater Amador hat kein Brot!« lispelte das kleine Fräulein von Candé.

»Was ist Euer Begehr, Vater Amador?« erkundigte sich die hübsche Perrotte.

Und so ging es in einem fort: Vater Amador hinten und Vater Amador vorne die ganze Zeit. Der wackere Amador wurde gehätschelt und umhegt wie das Jungfernkränzchen einer Braut in der Hochzeitsnacht.

»Langt zu, mein Vater«, nötigte ihn die gnädige Frau. »Ihr habt gestern zur Nacht nicht üppig gelebt!«

»Trinkt, mein Vater!« munterte ihn der Ritter auf. »Ihr seid, Gotts Donner! der tüchtigste Mönch, dem ich zeit meines Lebens begegnet bin!«

»Vater Amador ist ein schöner Mönch!« schwärmte die Perrotte.

»Ein ablaßreicher Mönch!« pflichtete das Tantchen bei.

»Ein wohltuender Mönch!« hauchte das kleine Fräulein von Candé.

»Ein gewaltig großer Mönch!« flüsterte die gnädige Frau.

»Ein Mönch, der seinem Namen alle Ehre macht und ihn zu Recht trägt«, meinte der Schloßkaplan.

Amador schmauste und schmatzte mittlerweile, er fraß, schlemmte und schlang und leerte Schüssel um Schüssel, er soff den Würzwein wie klares Brunnenwasser, wischte sich mit dem Handrücken den Mund, rülpste, nieste und schnaubte, spreizte die Beine und räkelte sich auf seinem Sessel, kurz, er schlug sich den Wanst voll wie ein Stier auf der Weide. Alle Umsitzenden starrten ihn voll Angst und Grauen an und hielten ihn allen Ernstes zumindest für einen Hexenmeister.

Als das Mahl zu Ende ging, setzten die drei Weiber, die gnädige Frau, das Fräulein von Candé und das kleine Töchterlein, dem Ritter von Candé hitzig zu und lagen ihm beharrlich in den Ohren, er müsse den Prozeß mit dem Kloster beilegen. Die gnädige Frau konnte ihm nicht genug vorhalten, wie nützlich sich ein Mönch in einem Schlosse machen könne. Das Tantchen stimmte in ihr Lob ein, denn sie hatte die Absicht, täglich ihr Gewissen zu erleichtern, und auch das Jüngferlein zupfte seinen Vater am Bart und bettelte: »Nicht wahr, Väterchen, der Mönch darf bei uns auf dem Schloß bleiben?« Und nun hieß es, wenn je ein Zwist ausbreche, so könne ihn nur der Mönch allein schlichten. Der Mönch sei ein so verständiger, sanftmütiger, so weiser Mann, ein rechter Heiliger; es sei ein wahres Unglück, mit einem Kloster verfeindet zu sein, wo solche Mönche lebten und wirkten, und wenn alle Mönche so seien wie dieser Ausbund mönchischer

Tugenden, werde das Kloster jederzeit und allerorten über das Schloß den Sieg davontragen und es zu guter Letzt gar noch zugrunde richten, so gewaltig und überlegen sei der Mönch. Schließlich brachten sie tausend und aber tausend Gründe vor, und ihre Überredungskünste prasselten auf den armen Junker hernieder wie eine Sintflut von Worten, so daß der Ritter schließlich nachgab, weil er wohl sah, daß er so lange nicht werde Frieden in seinem Hause haben, bis dieser Streitfall, wie es das Weibsvolk wünschte, beigelegt sei.

Nun ließ er unverzüglich seinen Schreiber, der ihm jeweils seine Schreibereien besorgte, und auch den Mönch kommen. Da kramte zu seinem maßlosen Erstaunen der Mönch die Vollmachten und Urkunden hervor, so daß der Ritter und sein Schreiber die Aussöhnung nicht mehr auf die lange Bank schieben konnten.

Als die Schloßherrin von Candé sah, daß sie im schönsten Zuge waren, dem alten Zwist ein Ende zu machen, ging sie eilends in ihre Wäschekammer und holte dort ein großes Stück feinsten Tuches, aus welchem sie dem vielgeliebten Amador eine nagelneue Kutte schneidern wollte. Ein jeder im Schloß hatte gesehen, wie abgenützt und zerschlissen sein Gewand war, und es wäre eine Sünde und Schande gewesen, ein so köstliches Werkzeug der Rache länger in einem so häßlichen Sack zu lassen. Nun wollte aber jede von den Frauen an der Kutte mit Hand anlegen, und sie arbeiteten um die Wette daran: die gnädige Frau von Candé schnitt sie zu, die Zofe verfertigte die Kapuze, die Tante wollte sie nähen, und das kleine Jüngferchen machte sich an die Ärmel. Dann gingen sie mit Feuereifer daran, das neue Gewand fertigzustellen, und so groß war ihr Verlangen, den Mönch aufs schönste auszustaffieren, daß seine Kutte schon zum Nachtmahl fertig war, wie auch der Vertrag über die Aussöhnung mit dem Kloster verbrieft und vom Herrn von Candé besiegelt war.

»Ach, mein Vater«, sprach da die Schloßherrin, »wenn Ihr uns wirklich zugetan seid, so ruht Euch von Eurer schweren Arbeit aus und erfrischt Euch mit einem warmen Bad, das ich von Perrotte habe richten lassen.«

So ward also Amador in einem wohlriechenden Bad erquickt und gesäubert, und als er aus dem Wasser stieg, da fand er seine neue Kutte aus feinster Wolle und außerdem ein Paar schöne Sandalen, so daß er allen vorkam wie der glorreichste Mönch auf Gottes schöner Erde.

Unterdessen hatten die Mönche von Turpenay um ihren Bruder Amador gebangt und gezittert und aus Angst für sein Leben zwei Mönche ausgesandt; die sollten rund um das Schloß auskundschaften, was ihrem Bruder widerfahren sein mochte. Diese beiden Späher kamen just bei der Unratgrube vorüber, als Perrotte des Amador alte zerrissene und speckige Kutte mit einem Häufchen Scherben hineinwarf. Als sie das sahen, glaubten sie für gewiß, es sei um den armen Narren geschehen. Sie kehrten ins Kloster zurück und meldeten, sicherlich erdulde Amador für die Abtei ein grausames Martyrium. Als der Abt diese Kunde vernahm, ließ er alle seine Mönche in der Kapelle zusammenkommen und gebot ihnen,

zu Gott zu beten, daß er dem treuen Diener in seinen Martern beistehe.

Unterdessen hatte der Mönch Amador ein üppiges Nachtmahl verzehrt, steckte seine Urkunde in den Gürtel und wollte nach Turpenay heimkehren. Da fand er draußen vor der Schloßtreppe den Zelter der gnädigen Frau gesattelt und gezäumt, und ein Stallknecht hielt ihn am Zügel für ihn bereit. Überdies hatte der Schloßherr seinen Reisigen befohlen,

dem wackeren Mönch das Geleite zu geben, damit ihm nichts Böses zustoße. Als Amador alle diese Zurüstungen wahrnahm, verzieh er dem Junker von Herzen das ganze Ungemach, das er ihm tags zuvor angetan, und erteilte allen seinen Segen, ehe er aus diesem Orte abzog, wo er so segensreich und wundertätig gewirkt hatte. Ihr könnt euch denken, daß ihm die gnädige Frau mit tränenfeuchten Augen nachschaute und wehmütig erklärte, er könne reiten wie ein Gott. Perrotte versicherte, für einen Mönch halte er sich beim Reiten steifer als der erprobteste Kriegsmann. Fräulein von Candé, die Tante, seufzte nur tief. Die Kleine lispelte sehnsüchtig, sie wolle fortan recht oft zu ihm zur Beichte gehen.

»Er hat das Schloß geheiligt«, sagten sie alle wie aus einem Munde, als sie wieder im Saal beisammensaßen.

Als nun Amador mit seiner Begleiterschar hoch zu Roß vor das Tor der Abtei geritten kam, erhob sich im Kloster ein gewaltiges Wehklagen. Der Pförtner glaubte nämlich nicht anders, als der Herr von Candé habe nach der Ermordung des armen Amador Blut geleckt und rücke nun mit seinen Reisigen heran, um die Abtei von Turpenay zu brandschatzen und in Schutt und Asche zu legen. Aber Amador ließ seine kräftige, männliche Stimme laut erschallen, und da erkannten ihn die Klosterleute und ließen ihn in den Hof einreiten. Als er hier vom Zelter der gnädigen Frau stieg, gab es ein ungeheures Aufsehen. Die Mönche konnten sich gar nicht fassen und liefen aufgeregt durcheinander wie die Hühner, wenn's donnert. Und drinnen im Refektorium hoben die andern Mönche ein gewaltiges Geschrei an, kamen allesamt herausgerannt und wünschten Amador Glück, indes er seine Urkunde in der Luft schwenkte. Die reisigen Begleiter wurden mit dem besten Wein aus dem Klosterkeller bewirtet, einem Geschenk der Mönche von Marmoustiers an ihre Brüder zu Turpenay, denn dem Kloster Marmoustiers gehören die Weinberge von Vouvray.

Der gute Abt ließ sich das Schreiben des Herrn von Candé vorlesen und sprach sodann: »In all diesen unterschiedlichen Ereignissen ist deutlich der Finger Gottes zu erkennen; ihm müssen wir Lob und Dank sagen.«

Als nun der hochwürdige Abt in seiner Dankesrede immer wieder auf den Finger Gottes zu sprechen kam, fing der Mönch an zu maulen und zu murren, weil er seinen Zippidillderich so schmählich herabgesetzt und mißachtet sah, und er wies den Abt zurecht: »Nehmt lieber an, Gottes Arm habe da spürbar mitgeholfen, und sprechen wir nicht weiter davon.«

Nachdem nun der mißliche Prozeß zwischen dem Kloster von Turpenay und dem Schloßherrn von Candé zu aller Zufriedenheit beigelegt war, brach für diesen eine Zeit so hohen Glückes an, daß er hinfort unserer heiligen Kirche vollends ergeben war. Denn neun Monate später, auf den Tag genau, gebar ihm die gnädige Frau einen strammen Sohn. Zwei Jahre darauf wählten die Mönche Amador zu ihrem Abt; sie hofften nämlich auf ein Leben in Saus und Braus unter dem Regiment eines so ausbündigen Narren. Aber kaum war

Amador in Amt und Würden, so ward er ein ganz anderer Mensch, vernünftig, klug und maßvoll; denn er hatte seine schlimmen Begierden damals mit seiner unvergleichlichen Leistung im Schlosse von Candé ein für allemal ausgetobt und sein ganzes Wesen umgeschmolzen in der weiblichen Esse, worin ein Feuer brennt, das alle Dinge läutert, sintemal dies Feuer das verzehrendste und verheerendste, das glühendste, sprühendste, lohendste, sengendste, brennendste und hitzigste Feuer auf der ganzen Welt ist. Es brennt alles zu Asche, und so verkohlte es denn auch alles, was in Amador Arges und Böses wohnte, und ließ nur übrig, was es nicht angreifen konnte, nämlich seinen Geist. Der wurde klar gleich einem Diamanten, welcher ja, wie jeder weiß, ein Rückstand des gewaltigen Feuers ist, das einstmals unsern Erdball zu Kohle verbrannte.

So ward denn Amador das von der Vorsehung auserwählte Werkzeug, um unsere vielgerühmte Abtei gründlich zu re-

formieren, denn er ließ nichts beim alten, stellte vielmehr alle Übelstände gründlich ab, hatte Tag und Nacht ein wachsames Auge auf seine Mönche, sorgte mit Fleiß dafür, daß sie zur vorgeschriebenen Stunde zum Gottesdienst aus ihren Betten krochen, zählte sie in der Kapelle ab, wie ein Schäfer seine Schafe zählt, hielt sie in Zucht und Ordnung und ahndete jeden Fehltritt so schwer, daß er mit der Zeit aus ihnen eine Schar gottesfürchtiger und musterhafter frommer Mönche machte.

Dies lehrt uns, daß wir uns mit Frauen einlassen sollen, nicht um mit ihnen unseren Lüsten zu frönen, sondern um uns zu kasteien und Buße zu tun für unsere Sünden. Außerdem können wir aus dieser Begebenheit lernen, daß wir uns niemals mit Pfaffen und andern geistlichen Männern in einen Streit einlassen sollen.

Der König und die Königin fanden diese Geschichte zwar reichlich gesalzen und gepfeffert, aber doch höchst lehrreich und ganz nach ihrem Geschmack; die Höflinge gestanden, noch nie hätten sie eine lustigere und unterhaltsamere gehört, und alle Damen wünschten insgeheim, sie hätten sie am eigenen Leib erlebt.

DIE REUMÜTIGE BERTHA

I

Wie Bertha im Ehestand jungfräulich blieb

Ungefähr um die Zeit der ersten Flucht unseres gnädigen Herrn Dauphin, des Kronprinzen, die unserem guten König Karl dem Siegreichen viel Ärgernis und Verdruß brachte, ereignete sich in einem edlen Haus der Touraine, das seither gänzlich erloschen ist, ein betrüblicher Vorfall. Weil aber von den Betroffenen eben niemand mehr am Leben ist, kann diese jammervolle Geschichte hier ans Licht gebracht werden. Mögen dem Autor bei dieser Arbeit alle heiligen Glaubenszeugen, Märtyrer und andern himmlischen Heerscharen beistehen, die auf das Gebot des Allerhöchsten in dieser Begebenheit dem Guten zum Siege verhalfen. –

Das Wesen Herrn Imberts von Bastarnay, eines der mächtigsten Grundbesitzer unseres Touraner Landes, war so verschroben und tückisch, daß er keinerlei Vertrauen zu der Sinnesart der Weiber hatte und sie für allzu wetterwendisch, unbeständig und flatterhaft ansah, welche Untugenden er ihrem leidigen Hang zur Abwechslung und zu Circumbilivaginationen zuschrieb. Und vielleicht hatte er darin gar nicht so unrecht. So kam es, daß er in seiner Schwarzseherei als Hagestolz ein hohes Alter erreichte, was ihm aber mitnichten zu seinem Vorteil ausschlug.

Da er nun immer allein und für sich lebte, verstand es dieser Mann in keiner Weise, sich andern gegenüber freundlich und gesittet aufzuführen, denn er hatte sich sein Leben lang immer nur auf Kriegsfahrten herumgetrieben und mit lauter ungehobelten und rohen Gesellen verkehrt, bei denen er sich keinen Zwang anzutun brauchte. So stak er ungewaschen und dreckig in seinen Hosen, lief verschwitzt in seinem Harnisch herum, hatte immer schmutzstarrende kohlschwarze Hände, und sein Gesicht war haarig wie die Schnauze eines Affen. Kurzum: Er sah aus wie der häßlichste Mann der ganzen Christenheit, was seine äußere Erscheinung betraf, während er, was Herz, Kopf und andere, verborgene Dinge anlangte, treffliche Eigenschaften besaß, die ihn als Mann und Mensch durchaus annehmbar machten. Ein Abgesandter Gottes, das dürft ihr glauben, hätte weit herumwandern können, ehe er einem standhafteren Streiter begegnet wäre, einem Ritter, dessen Ehre makelloser und dessen Schild unbeflekter gewesen wäre, einem Mann, der weniger Worte gemacht und das einmal gegebene Wort gewissenhafter und ehrlicher gehalten hätte.

Manche, die ihn kannten und mit ihm gesprochen hatten, rühmten ihn als einen verständigen Ehrenmann, dessen Reden klug und wohlabgewogen, dessen Rat und Zuspruch jederzeit vernünftig und förderlich waren. Sieht es nicht beinah aus, als hätte es Gott mit Absicht so eingerichtet und seinen Spott mit uns getrieben, als er diesen Ausbund an Vollkommenheit in eine so zusammengestümperte Hülle steckte?

Der Ritter, der in jeglicher Hinsicht aussah wie ein sechzigjähriger Mann, obwohl er erst fünfzig Jahre alt war, entschloß sich eines Tages, sich eine Ehefrau aufzuhalsen, um von ihr Nachkommenschaft zu bekommen. Er hielt also Umschau im Lande, wo er etwa einen Model finden könnte, der ihm zupaß käme, und da hörte er viel Rühmens von der überirdischen Schönheit, der makellosen Anmut und erlesenen Liebenswürdigkeit einer Tochter aus dem berühmten Hause der Rohan, die damals große Lehen in unserer Provinz besaßen. Dieses edle Fräulein hieß Bertha mit Vornamen. Imbert, der, eigens um sie zu sehen, die Reise auf das Schloß Montbazon unternahm, war von ihrer Anmut und kindlichen Unschuld so betroffen und verliebte sich so bis über beide Ohren in das reizende Mädchen, daß für ihn sofort feststand, er müsse, koste es, was es wolle, sich ihres süßen Leibes erfreuen. Er entschloß sich also auf der Stelle, sie zur Frau zu nehmen; denn er war überzeugt, daß sich eine Jungfrau von so erlauchter Abkunft nie und nimmermehr wider ihre ehelichen Pflichten vergehen werde. Dieser Ehebund ward denn auch sogleich geschlossen, weil nämlich der edle Herr von Rohan sieben Töchter sein eigen nannte und nicht wußte, wie er sie alle an den Mann bringen sollte in diesen schweren Zeitläuften, wo sich jeder von den Kriegswirren erholen und seine zerrütteten Angelegenheiten wieder in Ordnung bringen mußte.

Wie vorauszusehen war, fand der Herr von Bastarnay in der Hochzeitsnacht sein junges Weib jungfräulich und unberührt, was bewies, daß ihre Mutter sie weislich erzogen und vernünftig in Zucht gehalten hatte. Und gleich in der ersten Nacht, als er sie nach Herzenslust umarmen durfte, zeugte er ihr ohne viel Umstände ein Kind, wofür er schon zwei Monate nach der Hochzeit den untrüglichen Beweis besaß, und darüber war Herr Imbert so glücklich wie noch nie in seinem Leben. Um diesen ersten Teil unserer Geschichte gleich hier vorwegzunehmen, sei vermerkt, daß aus diesem legitimen Samen der Junker von Bastarnay hervorging, der von dem König Ludwig dem Elften zum Herzog ernannt und zu seinem Kämmerling gemacht wurde und späterhin auch als sein Gesandter an etlichen europäischen Höfen weilte. Er wurde von diesem vielbeschrienen Herrscher sehr geschätzt und war bei ihm hoch angesehen, hielt aber auch durch dick und dünn zu ihm, ohne ihn jemals zu hintergehen. Diese unbeirrbare Treue hatte er von seinem Vater ererbt,der sich schon sehr früh dem gnädigen Herrn Dauphin mit Haut und Haar verschrieben hatte. Auch teilte er alle seine Schicksalsfügungen mit ihm, in guten wie in bösen Zeiten, ja er bot ihm sogar die Hand zu seinen aufrührerischen Anschlägen, denn seine Freundschaft ging so weit, daß er selbst den Heiland ein zweites Mal ans Kreuz geschlagen hätte, wenn man es von ihm verlangt hätte. Solche Freundschaft auf Gedeih und Verderb ist eine seltene Blüte in der Umgebung der Fürsten und Großen dieser Erde.

In der ersten Zeit ihrer Ehe betrug sich die liebreiche Frau von Bastarnay so ehrsam und züchtig, daß vor ihrer beglükkenden Gegenwart alle düsteren Anwandlungen, üblen Gedanken und schwarzen Wolken zerstoben, die im Gemüt des Ritters den lichten Strahlenglanz alles Weiblichen überschatteten. Und wie es oftmals bei übermäßig argwöhnischen und kleingläubigen Menschen der Fall ist, schlug sein übertriebenes Mißtrauen alsbald in so blindes und schrankenloses Vertrauen um, daß er Bertha im Hause schalten und walten ließ, wie es ihr behagte. Er machte sie zur Herrin über sein Tun und Lassen, überließ ihr die Entscheidung in allen Geschäften und Anordnungen, die es zu treffen galt, setzte sie zur Königin seiner Ehre ein, zur Hüterin seiner weißen

Haare, und er hätte jeden ohne viel Federlesens niedergemacht, der es sich hätte beifallen lassen, über diesen fleckenlosen Spiegel aller Tugenden auch nur das leiseste argwöhnische Wörtchen zu äußern. Er war überzeugt, kein Hauch habe je diesen Spiegel getrübt außer dem Hauch, der den Lippen des Ehemanns und Hausherrn entströmte, sie mochten nun frisch oder welk sein.

Doch wollen wir der Wahrheit die Ehre geben und müssen darum sagen, daß an diesem ehrbaren und tüchtigen Wandel zu einem guten Teil das artige Bübchen schuld war, mit dem sich sechs Jahre lang die hübsche Mutter Tag und Nacht abgab. Ihre erste Sorge ließ sie ihm angedeihen, als sie ihn mit ihrer Milch nährte, und es ersetzte ihr vollauf einen Liebhaber, wenn sie ihm ihre entzückenden Brüste gab und ihn herzhaft hineinbeißen ließ, soviel er wollte, und immer war ihr dabei, als sei er ihr Liebster. Die zärtliche Mutter kannte keine andern Liebkosungen als die täppischen Küsse seiner rosigen Lippen, kein anderes Streicheln als das seiner winzigen Patschhändchen, die wie Pfötchen lustig trippelnder Mäuschen über ihren Leib hinhuschten, sie las in keinem andern Buch als in seinen strahlenden klaren Augen, in denen sich der blaue Himmel spiegelte, sie hörte keine andere Musik als sein Plappern und Schreien, das ihrem Ohr wie Engelsmusik klang. Auch könnt ihr euch wohl vorstellen, daß sie den Kleinen immerzu herzte und an sich drückte, daß es sie schon am frühen Morgen gelüstete, ihn zu küssen, daß sie ihn spät abends noch küßte und sogar, heißt es, mitten in der Nacht zuweilen aufstand, um ihn vor Zärtlichkeit und Liebe fast aufzufressen. Sie wurde selber zum kleinen Kind und erzog ihn, so gut es in ihren Kräften als Mutter stand. Und sie war auch die allerbeste und glücklichste Mutter auf der ganzen weiten Welt, ohne daß wir der jungfräulichen Gottesmutter Maria zu nahetreten möchten, denn sie mußte sich gewiß nicht sonderlich abplagen, unsern Heiland zu einem rechtschaffenen Mann zu erziehen, war er doch Gottes Sohn.

Diese angelegentliche Beschäftigung mit ihrem Kind, die Mühe und Sorgfalt, die sie seiner Erziehung widmete, und auch der geringe Geschmack, den sie den ehelichen Pflichten und Freuden abgewann, erfreuten den ehrenwerten Mann über die Maßen, zumal er im Bett kein großer Held und Haudegen war und nur schwer größeren Ansprüchen hätte genügen können; auch ging er mit seinen Kräften recht haushälterisch um und sparte sie, um das Zeug für ein zweites Kind aufzubringen.

Als nun die sechs Jahre verstrichen waren, mußte die Mutter notgedrungen ihr Söhnlein in die Obhut der Stallmeister, Knappen und anderer Leute geben, denn der Herr von Bastarnay hatte ihnen die Aufgabe übertragen, ihn recht rauh anzufassen und ja nicht zu verzärteln, auf daß sein Erbe dereinst alle die angestammten Tugenden, Vorzüge, adligen Eigenschaften, den Mut und die Furchtlosigkeit seines Hauses zusammen mit den Gütern und seinem Namen erbe. Darüber weinte Bertha bitterlich, weil ihr damit ihr ein und alles, ihr ganzes Glück genommen wurde. Und wahrlich, für ihr Mutterherz war es gar nichts, wenn sie ihren heißgeliebten Sohn erst zuletzt nach allen andern und nur während einiger weniger flüchtiger Stunden bei sich haben dürfte. So fiel sie in düstere Trübsal und Schwermut. Als der Ritter sie so bitterlich weinen hörte, strengte er sich nach Kräften an, ihr ein zweites Kind zu verschaffen, doch brachte er's nicht mehr zustande. Darüber grämte sich die edle Frau schwer, weil ihr, wie sie sagte, die Machart eines Kindes höchst zuwider war und sie größte Überwindung kostete. Und darin sprach sie die lautere Wahrheit, oder keine Lehre ist wahr, und man müßte auch die heiligen Evangelien als verlogne Bücher verbrennen, wenn ihr diesem in aller Einfalt geäußerten Ausspruch nicht Glauben schenken wollt. Dessenungeachtet könnte dies für manche Frauen – die Männer lasse ich aus dem Spiel, denn sie kennen sich da aus – den Eindruck erwecken, als hätte ich ihnen Lügen aufgetischt. Darum hat der Verfasser Sorge getragen, die heimlichen Gründe und Ursachen dieser absonderlichen Abneigung darzulegen – ich meine damit den Widerwillen, den Bertha gegen all das empfand, was sonst den edlen Frauen über alles geht –, ohne daß diese witwenhafte Enthaltsamkeit von allen Freuden und Seligkeiten der Ehe ihr Antlitz gealtert oder dem Frieden ihrer Seele und dem Gleichmut ihres Herzens Abbruch getan hätte. Seid ihr jemals einem umgänglicheren, einem gefälligeren und entgegenkommenderen Schriftsteller begegnet? Habt ihr je einen getroffen, der so wie ich den Frauen von ganzem Herzen ergeben gewesen wäre? Nein, sicherlich nicht. Fürwahr, ich habe sie innig lieb, obzwar immer noch nicht so, wie ich's gerne möchte, weil ich öfter den Kiel meiner Gänsefeder in Händen halte als den Federbart, mit dem man ihnen die Lippen kitzelt, um sie lachen zu machen und mit ihnen allerlei Schabernack und übermütigen Unfug zu treiben – in aller Unschuld natürlich und bloß mit den Lippen. Hier vernehmt nun, woran es lag: Der biderbe Herr von Bastarnay war nämlich kein verzärtelter Weichling, kein verbuhlter Weiberheld und verstand sich kein bißchen auf die Leckereien, mutwilligen Späßchen und feinschmeckerischen Genüsse der Sache. Ihn kümmerte es wenig, auf welche besondere Art ein Kriegsknecht umgebracht wurde, wenn er nur tot hingestreckt dalag, und er hätte am liebsten seinen Kerl steif gemacht, ohne ein Wort zu verlieren, im Kampf, wohlverstanden. Diese völlige Unbekümmertheit hinsichtlich des Totmachens paßte so recht zu seiner Rücksichtslosigkeit beim Lebendigmachen, das heißt beim Zeugen und der ganzen Art, ein Kind in dem allbekannten, allerliebsten Backofen einzuschießen und zu backen. Ihr wißt schon, was ich meine... Der wackere Haudegen hatte keine blasse Ahnung von den tausenderlei unterhaltsamen und hochwichtigen Verrichtungen, die dabei üblich sind, von allen den hinauszögernden Vorkehrungen, den vorbereitenden Handreichungen, mundwässernden und anreizenden Hantierungen; er wußte nichts von den Reisigbündeln, mit denen man den Ofen anheizt, dem dicken Knüppelholz, das wie Balsam duftet und Ast um Ast in den Waldungen der Liebe aufgelesen worden ist, dem Necken und Schäkern, dem Geplauder, Tändeln, Hätscheln und Kosen, dem Geschleck, das zu zweit so köstlich schmeckt, dem genäschigen Nippen am Rande der Schüssel, wie es die Katzen im Schwange haben, und noch andere Beigaben und Würzen der Liebe, um die alle Lüstlinge recht wohl wissen, die verliebte Leute so gern immer aufs neue auskosten und die alle Frauen mehr als ihr ewiges Seelenheil lieben, weil sie nämlich darin eher genäschige Kätzchen sind als Frauen. Das geht klipp und klar aus ihrem ganzen weiblichen Gehabe und Betragen hervor. Wollt ihr Näheres darüber wissen? Ei, so schaut ihnen doch einmal beim Essen zu! Keine einzige von ihnen – ich spreche natürlich nur von den edeln, wohlerzogenen Frauen –, keine einzige von ihnen wird einfach mit ihrem Messer in die Schüssel langen, ein Stück Fleisch aufspießen und es kurzerhand hinunterschlingen, wie es die ungehobelten Mannsbilder tun; sie wird vielmehr genüßlich in den Speisen herumstochern, wird wählerisch daran nippen, wird die Bissen, die ihr munden, heraussuchen, wie man etwa Kichererbsen auf einem Laden sortiert, sie wird die Tunken und Brühen mit Wonne und Behagen einschlürfen und die happigen Brocken verschmähen, sie wird mit Messer und Löffel umgehen, als äße sie nur auf höhern Befehl. So sehr widerstrebt es ihnen, geradeswegs auf eine Sache loszugehn, wohingegen sie stets gerne Umwege einschlagen, Schliche anwenden und in allen Dingen wie die Katzen um den heißen Brei herumgehen und allerlei Schnickschnack treiben. Das liegt so in ihrem Wesen, und darum sind auch die Söhne Adams so närrisch auf sie versessen, weil sie nämlich alle Dinge so ganz anders anpacken als die Mannsleute, und zwar gut anpacken. Stimmt's etwa nicht? Ja? Da seht ihr! So hab ich euch gern.

Nun trampelte aber Imbert von Bastarnay, die alte Kriegsgurgel, der ungeleckte Bär, der keine blasse Ahnung hatte, was für zarte und zärtliche Rücksicht hier am Platze war, in das niedliche Venusgärtlein hinein, als gelte es eine Stadt im Sturm zu nehmen, ohne auf das Wehgeschrei der weinenden Einwohner zu achten, und pflanzte sein Kind, wie man etwa mit einer Armbrust ins Schwarze trifft. Wennschon die liebliche Bertha nicht gewöhnt war, daß so roh und rücksichtslos mit ihr umgesprungen wurde, so glaubte doch das arglose Kind – sie war ja erst fünfzehn Jahre alt! – in ihrem jung-

fräulich treuherzigen Glauben, das Glück, Mutter zu werden, sei ohne diese schreckliche, abstoßende, widerliche und ekelhafte Verrichtung nicht möglich. Und so betete sie während dieses harten Fronwerks inbrünstig zu Gott um Hilfe und Beistand, sandte ein Ave-Maria ums andere zur Muttergottes empor und fand, jene habe es doch eigentlich viel leichter gehabt, weil sie nur ihr Himmelstäubchen habe über sich ergehen lassen müssen. Da sie nun also nichts als lauter Unbehagen und Mißvergnügen im ehelichen Beisammensein verspürt hatte, lag ihr auch gar nichts daran, ihren Gatten gelüstig zu machen, und da auch, wie oben vermeldet, der biderbe Ritter nicht sonderlich darauf erpicht war, lebte sie fortan ganz für sich und keusch wie ein Nönnchen im Kloster. Sie fühlte nichts als Abscheu und Grauen vor der Beiwohnung des Mannes und ahnte nicht, daß der Weltenschöpfer soviel Lust in diese Verrichtung gelegt hat, bei der sie nur arge Schmerzen gelitten hatte. Um so zärtlicher liebte sie ihr Söhnchen, das sie schon vor seiner Geburt soviel Schmerzen, Qual und Leid gekostet hatte. Wundert euch darum nicht, daß ihr das lustige Turnieren zuwider war, bei dem der Zelter allezeit der Stärkere bleibt und der Reitersmann den kürzeren zieht, der gegängelt und abgehetzt und erst noch ausgezankt wird, wenn er je stolpert.

Solche leidigen Vorkommnisse findet man wahrlich in so mancher Ehe, wie uns alte Männer und Frauen immer und immer wieder bestätigen, und sie tragen auch Schuld an den Seitensprüngen vieler Frauen, die eines Tages, wenn es freilich zu spät ist, zur Erkenntnis gelangen, daß sie zu kurz gekommen sind. Und nun möchten sie in einen Tag mehr Zeit hineinpressen, als er fassen kann, um doch noch auf ihre Rechnung zu kommen und ihr Dasein auszukosten. Das heiß ich mir philosophisch gedacht, liebe Freunde! Drum lest mit Fleiß diese Seite, merkt wohl auf, damit ihr klüglich über die Aufführung eurer Ehefrauen, eurer Liebchen und überhaupt aller Weiber wacht, die von ungefähr eurer Obhut anvertraut sein mögen, wovor euch Gott behüte!

So war denn Bertha, obzwar Mutter geworden, in ihrem einundzwanzigsten Lebensjahr in Wahrheit doch Jungfrau geblieben. Sie war des Schlosses Zier, ihres Gatten Augenweide und Trost und Ruhm und Ehre des ganzen umliegenden Landes. Der Ritter von Bastarnay kannte kein größeres Glück, als dieses liebliche Kind kommen und gehen zu sehen, frisch und geschmeidig wie eine Weidengerte, behend wie ein Fischlein im Wasser, unschuldig und arglos wie ihr Söhnchen und doch verständig und gesetzten Sinnes, klug und besonnen, so daß der Ritter nie auch nur das geringste unternahm, ohne zuerst ihren Rat einzuholen. Denn wenn der Geist eines solchen Engels nicht in seiner Klarheit getrübt worden ist, gibt er einen reinen Klang, sooft man daran rührt.

Zu jener Zeit lebte Bertha unweit der Stadt Losches im Schloß ihres Herrn und Gemahls und kannte keine andere Ablenkung als ihre Haushaltsgeschäfte, wie es seinerzeit alle züchtigen Frauen hielten, bevor Frankreichs Damen durch die Königin Katharina und ihre Italiener, diese ewig vergnügungssüchtigen Festefeierer, von dieser guten Art abgebracht wurden. Dazu boten König Franz der Erste und seine Nachfolger nur allzu gerne die Hand, und ihre üppigen Feste und Lustbarkeiten trugen ebensoviel zum Niedergang Frankreichs bei wie die Umtriebe und Missetaten der Reformierten. Doch das gehört nicht hierher.

Um diese Zeit wurden der Herr von Bastarnay und seine Gemahlin vom König eingeladen, in seine Stadt Losches zu kommen, wo er sich dazumal mit seinem ganzen Hofstaat aufhielt; denn die Schönheit der edeln Frau von Bastarnay machte bei Hofe viel von sich reden. Also erschien Frau Bertha in Losches am Königshof, bekam vom König viel Schmeichelhaftes und Artiges zu hören, stand im Mittelpunkt der Huldigungen aller jungen Edelleute, die ihre Augen an diesem Liebesapfel weideten, und auch der alten Mummelgreise, die sich an dieser Sonne Blut und Knochen wärmten. Verlaßt euch aber drauf, daß alle, die Alten wie die Jungen, gerne tausendfach den Tod erlitten hätten, wenn sie dafür diesen wunderschönen, lustverheißenden Leib hätten genießen dürfen, der ihre Augen blendete und ihnen Sinn und Verstand verwirrte. In der ganzen Stadt Losches war bald von Bertha häufiger die Rede als von Gott im Evangelium, und darüber gerieten viele Damen am Hofe in helle Wut, weil sie nicht so überreich mit Reizen ausgestattet waren. Sie hätten ohne viel Umstände dem garstigsten Höfling zehn Nächte lang ihre Huld gewährt, wenn sie damit diese schöne Nebenbuhlerin, die ihnen alle Freuden und das Lächeln ihrer Anbeter wegschnappte, hätten auf ihr Schloß zurückzaubern können.

Eine junge Dame, die deutlich wahrnahm, daß sich einer ihrer Freunde bis über beide Ohren in die schöne Bertha verliebt hatte, faßte darüber solch maßlosen Groll, daß daraus alles künftige Ungemach der Schloßherrin von Bastarnay entsprang. Doch nahm hier auch ihr seligstes Glück seinen Ursprung, und dank ihr entdeckte sie das Wunderland derLiebe, welches ihr bis auf diesen Tag unbekannt geblieben war. Diese böse Hexe hatte einen Verwandten, der ihr, kaum hatte er Bertha gesehen, gestand, er wäre bereit zu sterben, wenn er einen Monat lang sich ihrer erfreuen dürfte. Nun müßt ihr aber wissen, daß dieser Vetter ein bildschöner Jüngling war, anmutig wie ein Mägdlein. Kein Härlein sproßte auf seinem Kinn, und seine junge, helle Stimme war so wohlklingend, daß er auch bei seinem grimmigsten und erbittertsten Feinde Schonung gefunden hätte. Er war freilich auch kaum zwanzig Jahre alt.

»Lieber Vetter«, beschied seine Base ihn, »verlaßt den Saal und geht nach Hause. Ich will mir alle Mühe geben, Euch dieses Glück zu verschaffen. Doch nehmt Euch in acht und zeigt Euch nicht vor ihr noch vor dem garstigen Pavian, den die Natur aus Versehen einem christlichen Stamm aufgepfropft hat und dem diese zauberschöne Fee gehört.«

Kaum hatte sich der schöne Vetter versteckt, machte sich die Dame an Bertha heran, rieb ihr tückisches Mundwerk an ihr, nannte sie »Liebste Freundin, Schätzchen, Stern aller Schönheit«, suchte ihr auf jede nur erdenkliche Art schönzutun, um ihre Rache an der Ärmsten um so sicherer ins Werk setzen zu können, hatte doch diese, ohne es freilich zu ahnen, ihr den Geliebten abspenstig gemacht, und das ist für alle

Frauen, die in der Liebe ehrgeizig sind, die schlimmste Untreue. Schon nach wenigen Worten, die diese arglistige Dame mit Bertha gewechselt hatte, konnte sie unschwer erkennen, daß die Ärmste ein gänzlich ahnungsloses Kind war und gar nicht wußte, was Liebe ist. Sie sah, wie in ihren Augen ein feuchter Schimmer glänzte, kein Fältchen verunzierte ihre Schläfen, auf ihrem schneeweißen Näschen war nicht das winzigste schwarze Pünktchen zu sehen, worin sich doch sonst die genossenen Freuden der Sinnenlust unverkennbar abzeichnen, kein Rünzelchen entstellte ihre makellose Stirn, kurzum, nichts war da wahrzunehmen, woraus man auf gewohnheitsmäßig genossene Liebeslust hätte schließen können, ihr Antlitz war rein und blank wie das einer unschuldigen Jungfrau. Da stellte ihr die ränkesüchtige Dame ein paar vertrauliche Fragen, wie sie Frauen untereinander wohl austauschen können, und Berthas Antworten gaben ihr die volle Gewißheit, daß sie zwar Mutterfreuden erlebt hatte, aber um die Freuden der Liebe betrogen worden war. Darüber freute sie sich sehr um ihres Vetters willen, als gutherzige Frau, die sie war!

Nun erzählte sie der arglosen Bertha, es wohne in der Stadt Losches ein junges Edelfräulein aus der Familie der Rohan, welcher Hilfe und Beistand einer ehrbaren Frau not tue, damit sie vom Herrn Ludwig von Rohan wieder in Gnaden aufgenommen werde. Und wenn Frau Bertha ebensoviel Güte in ihrem Herzen trage, wie Gott ihr Schönheit geschenkt habe, so stünde es ihr wohl an, die Unglückliche in ihrem Schloß aufzunehmen, sich von ihrem frommen und züchtigen Lebenswandel zu überzeugen und die Aussöhnung mit dem Herrn von Rohan zu betreiben, der sich beharrlich weigere, sie zu sich in sein Schloß zu nehmen.

Ohne zu zögern, erklärte sich Bertha dazu bereit; denn sie wußte um die mißliche Lage des unglücklichen Edelfräuleins. Hingegen hatte sie das Mägdlein, Sylvia mit Namen, selbst noch nie gesehen und glaubte, sie lebe im Ausland.

Hier ist es am Platze, zu erklären, warum der allergnädigste Herr König dem Ritter von Bastarnay die hohe Ehre erwiesen hatte, ihn zu sich aufs Schloß zu entbieten. Der Herrscher hatte nämlich bereits Wind bekommen von der geplanten ersten Flucht des Thronfolgers nach Burgund und wollte ihn darum eines so guten Ratgebers berauben, wie es der Ritter von Bastarnay war. Doch hatte sich der alte Herr schon längst im stillen dafür entschieden, daß er dem jungen Dauphin Ludwig die Treue halten wolle, und er hatte auch insgeheim schon alles dafür vorbereitet. Er geleitete also Bertha in sein Schloß zurück und mit ihr auch ihre neugefundene Gefährtin, die sie ihm zugeführt hatte. Die war aber niemand anders als der obenerwähnte Junker, der sich mit Hilfe seiner Base als Mägdlein verkleidet hatte. In ihrer Eifersucht hoffte sie, Bertha, aus rasender Wut über deren Tugend, zur Hurerei zu verleiten.

Imbert wollte erst nicht so recht seine Zustimmung geben, als er erfuhr, daß Sylvia von Rohan die vermeintliche Jungfrau sei. Doch dann ließ er sich von Berthas Güte rühren und dankte ihr sogar dafür, daß sie sich ins Mittel lege, um ein verirrtes Schäflein in seinen Stall zurückzuführen. In dieser letzten Nacht bereitete er seinem guten Weib ein Abschiedsfest, so gut er's vermochte, ließ einen Trupp Reisiger im Schloß zurück, und ritt dann mit dem Dauphin von dannen ins Burgundische, ahnte auch nicht im geringsten, welch erbarmungslosen Feind er zu Hause bei seiner Gattin zurückgelassen hatte.

Das Gesicht des verkleideten Jünglings war ihm unbekannt, weil er ein junger Page war, der jüngsthin erst an den Hof gekommen war, um sich dort ein wenig umzusehen, und jetzt beim Herrn von Dunois als Edelknappe diente, der ihn auch unterwies und auferzog. Der Ritter Imbert war des Glaubens gewesen, er sei wirklich ein junges Mädchen, und hatte es ausnehmend fromm und schüchtern gefunden, weil nämlich der Jüngling, aus Furcht, seine beredten Augen könnten ihn verraten, sie beständig niedergeschlagen hielt. Als er dann Berthas Kuß auf seinem Munde spürte, zitterte er vor Angst, sein Rock könnte sein Geheimnis ans Licht bringen. Er trat geschwind beiseite und drückte sich in den Fensternischen herum, so groß war seine Furcht, Bastarnay könnte ihn als Mann erkennen und totschlagen, ehe er noch sein Liebchen genossen hätte. Drum war er auch von Herzen froh, wie es jeder Verliebte an seiner Stelle gewesen wäre, als das Fallgitter endlich herabgelassen war und der alte Ritter ins freie Land hinausritt. Er hatte solche Todesängste ausgestanden, daß er das Gelübde tat, er wolle auf seine Kosten einen Pfeiler in der Kathedrale zu Tours errichten lassen zum Dank dafür, daß er dieser Gefahr entronnen war, in die ihn sein tollkühnes Unterfangen gebracht hatte. Und wirklich stiftete er auch fünfzig Mark Silber, um Gott seine Freude in klingender Münze zu bezeugen. Doch von ungefähr bezahlte er zugleich dem Teufel den Sündenlohn, wie aus den nachstehenden Begebnissen hervorgeht, wofern euch diese Geschichte so zusagt, daß ihr darin weiterlest. Sie soll jedenfalls so knapp erzählt werden, wie es jeder guten Geschichte ansteht.

II

Wie Bertha sich verging, als sie erfuhr, was Liebe ist

Besagter Junker war der junge Herr Johann von Sacché, ein Vetter des edlen Herrn von Montmorency, an den späterhin, nach dem Tode des genannten Johann, die Lehen von Sacché und andere Gebiete, der Lehensfolge entsprechend, zurückfielen. Er war zwanzig Jahre alt und hitzig wie Kohlenglut. Ihr könnt euch drum denken, daß er es fast nicht erwarten konnte, bis dieser erste Tag verstrichen war.

Als dann der alte Imbert über Land geritten war, setzten sich die beiden Bäschen oben auf den Söller über dem Burgtor, um ihm so lange wie möglich nachzuschauen, und winkten ihm Lebewohl, solange er noch zu sehen war. Als dann die Staubwolke, welche die Rosse aufwirbelten, am Horizont verschwand, stiegen sie wieder hinab und zogen sich in den Saal zurück.

»Was wollen wir anfangen, liebste Base?« fragte Bertha die falsche Sylvia. »Habt Ihr Musik gern? Dann wollen wir ein Weilchen miteinander musizieren. Kommt, wir singen ein Minnelied von einem alten Spielmann. Sagt, steht Euch der Sinn danach? Kommt mit zu meiner Orgel, kommt! Tut es mir zuliebe. Singen wir zusammen ein Lied.« Nun faßte sie

RIAULT

Johann bei der Hand und zog ihn mit sich ans Manual der Orgel, wo sich der Jüngling züchtig nach Frauenart niederließ.

»Ach, schöne Base«, rief Bertha, als die ersten Noten erklangen und der Junker ihr das Haupt zuwandte, um in den Gesang einzustimmen, »ach, schöne Base, wie schaut Ihr mich so seltsam an? Ihr greift mir ans Herz, ich weiß nicht wie, und erregt mich so sonderbar.«

»Ach, Muhme«, erwiderte die hinterlistige falsche Sylvia, »auch mir haben diese Augen Unheil gebracht. Ein edler, liebenswerter Lord von jenseits des Meeres hat mir einmal gesagt, ich hätte schöne Augen, und dann hat er mich so betörend und leidenschaftlich darauf geküßt, daß ich ganz schwach geworden bin und mit ihm gesündigt habe, so große Lust genoß ich dabei, wenn ich sie von ihm küssen ließ.«

»Liebste Base, so nimmt die Liebe also ihren Weg durch die Augen?«

»In der Glut der Augen werden Cupidos Pfeile geschmiedet, meine teure Bertha«, versetzte der verliebte Jüngling und schoß ihr einen Blick zu, der Feuer und Flammen sprühte.

»Laßt uns singen, Muhme!«

So sangen sie denn, zu Johanns Freude, ein Minnelied der Christine von Pisan, in dem leidenschaftlich von Liebe die Rede war. »Ach, Mühmchen, welche Tiefe, welch voller Klang tönt in Eurer Stimme! Sie wühlt mein ganzes Inneres auf!«

»Wo spürt Ihr's denn?« fragte scheinheilig die verwünschte Sylvia.

»Da«, gab ihr Bertha zur Antwort und deutete auf ihr liebliches Zwerchfell, wo der Gleichklang der Liebe besser vernommen wird als mit den Ohren, weil nämlich das Zwerchfell näher beim Herzen liegt und auch näher bei dem – ihr wißt schon, was ich meine –, bei dem andern Ding, das zweifelsohne das erste Denkorgan, das zweite Herz und das dritte Ohr der Weiber ist. Das sage ich in allen Ehren und Züchten, einzig und allein aus physikalischen Gründen und aus gar keinen andern.

»Wir wollen lieber nicht mehr singen«, hauchte Bertha, »es erregt mich allzusehr. Kommt ans Fenster, wir wollen uns bis zur Vesper mit Handarbeiten die Zeit vertreiben.«

»Ach, vielliebes Bäschen, Herzensmühmchen, ich verstehe nicht mit der Nadel umzugehn, da ich bisher zu meinem Verderben gewöhnt war, meine Finger für andere Dinge zu gebrauchen.«

»Ei, was habt Ihr denn immer den lieben langen Tag getrieben?«

»Ach, ich ließ mich von der Liebe treiben, sie läßt uns die Tage dahineilen wie Augenblicke, die Monate vergehen wie Tage und die Jahre wie Monate. Und hätte sie ewige Dauer, so käme uns die Ewigkeit vor wie eine Erdbeere, die man mit einem Schluck verspeist, weil alles daran Frische und Duft, Süßigkeit und unendliche Wonne ist.«

Hierauf senkte der schlaue Bursche züchtig seine Lider über die betörend strahlenden Augen und verharrte in Schwermut versunken wie eine untröstliche Dame, die von ihrem Liebsten verlassen worden ist und nun um ihn weint, ihn halten und ihm alle seine Treulosigkeiten gerne verzeihen möchte, wenn er nur das Herz hätte, den süßen Pfad zu dem einstmals geliebten Schoß zu suchen.

»Sagt, Base, gedeiht die Liebe auch im Ehestand?«

»O nein!« widersprach Sylvia, »denn im Ehestand ist alles Pflicht und Zwang, in der Liebe aber tut man alles aus freiem Herzen. Dieser Unterschied verleiht – ich weiß nicht wie – den Liebkosungen, den Blüten der Liebe, einen wohltuend linden Balsam.«

»Muhme, lassen wir solche Reden lieber bleiben; sie erregen mich noch ärger als vorhin das Musizieren.«

Geschwind winkte sie einem Diener und befahl ihm, ihr Söhnchen hereinzuführen, und kaum war der Knabe gekommen, kaum hatte ihn Sylvia erblickt, so rief sie hell entzückt: »Ah! Er ist schön wie Amor!«

Dann gab sie ihm einen Kuß auf die Stirn.

»Komm, mein Herzenskind!« rief die Mutter, als sich der Kleine in ihren Schoß kuschelte. »Komm, du mein Glück, du Lust deiner Mutter, du meine ungetrübte Seligkeit, du Freude zu jeder Stunde, meine Krone, mein Kleinod, meine reine Perle, mein schuldloses Seelchen, mein Schatz, mein Licht am Morgen und am Abend, meine einzige Flamme, mein Herzchen du! Gib deine Händchen, daß ich sie aufessen, gib deine Öhrchen, daß ich hineinbeißen, gib dein Köpfchen, damit ich dein Haar küssen kann! Sei glücklich, mein Herzblatt, mein Blümchen, wenn ich's auch sein soll!«

»Ach, liebstes Bäschen«, rief Sylvia aus, »Ihr redet ja mit ihm in der Sprache der Liebe!«

»Ist Liebe denn Kindsein?«

»Freilich ja, Bäschen. Drum haben ja die Heiden den Liebesgott auch immer als Kind dargestellt.« Und unter tausend andern ähnlichen Gesprächen, in denen immer wieder von der Liebe die Rede war, fingen die beiden hübschen Muhmen an, mit dem Kind zu spielen bis zum Nachtmahl.

»Hättet Ihr nicht noch gern ein zweites Kind?« fragte Johann in einem günstigen Augenblick. Er flüsterte es seinem Bäschen ganz leise ins linke Ohr und streifte es dabei mit seinen heißen Lippen.

»Ach, Sylvia, dafür würde ich mit tausend Freuden hundert Jahre lang die Qualen der Hölle erdulden, wenn es dem Allmächtigen gefiele, mir diese Seligkeit zu gewähren! Doch allem Bemühn, allen Anstrengungen und allem Placken zum Trotz, obschon sich mein Herr Gemahl die redlichste Mühe gibt und obschon ich all dies, so widerwärtig es mir auch ist, willig auf mich nehme, so weitet sich mein Gürtel trotzdem nicht. Ach, es ist, als hätte man nichts, wenn man nur ein einziges Kind hat. Wenn irgendwo im Schloß ein Schrei gellt, will mir das Herz stillestehn. Ich lebe in ständiger Angst vor Tieren und Menschen und fürchte, es könnte dem unschuldigen Liebling etwas zustoßen. Ich ängstige mich vor dem Reiten, dem Fechten, dem ganzen gefährlichen Waffenspiel, wie auch vor allem andern rohen Zeitvertreib der Männer. Ich lebe nicht mein eigenes Leben mehr, vielmehr nur noch in ihm. Und, ach, dieses Hangen und Bangen ist mir noch ein lieber Trost, denn solange ich mich ängstige, ist das ein Zeichen, daß mein Sorgenkind heil und wohlauf ist. Nur für sein Wohl ergehn bete ich zu den Heiligen und Aposteln Gottes. Ich könnte noch bis morgen darüber weiterreden, doch ich will's hierbei bewenden lassen. Nur eins: Ich glaube, meine Seele lebt in ihm, nicht in mir.«

Als sie das sagte, drückte sie ihr Söhnchen an ihre Brust, wie nur eine Mutter ihr Kind an sich zu drücken versteht, mit einer behutsamen, fürsorglichen Kraft, die außer einem Mutterherzen kein ander Ding beseelt. Und solltet ihr daran zweifeln, so schaut doch nur einer Katze zu, wie sie ihre Jungen im Maul herumträgt – dann werdet ihr mir recht geben.

Der Jüngling, dem angst und bange gewesen war, er tue unrecht, wenn er diese liebliche, brachliegende Wiese mit dem Wasser der Lust beriesele, fühlte sich durch diese Worte nicht wenig in seinem Vorsatz bestärkt. Ihm wollte mit einmal scheinen, es heiße recht eigentlich Gottes Gebote befolgen, wenn er diese darbende Seele der Liebe aufschließe. Und darin hatte er gar nicht unrecht.

Am Abend, als es dunkelte, lud Bertha nach altem Brauch und Herkommen, von welchem heutigentags die Frauen freilich abgekommen sind, ihre Base ein, mit ihr in ihrem breiten Ehebett zu schlafen. Die falsche Sylvia erwiderte, es werde ihr eine große Freude und Ehre sein; denn sie wollte um keinen Preis aus ihrer Rolle fallen und auch weiterhin das hochwohlgeborne Fräulein spielen. Als nun die Feierabendglocke geläutet hatte und alle Feuer gelöscht waren, zogen sich die beiden Basen in ihre mit prachtvollen Teppichen, Wandbehängen, Kissen und Tüchern reich ausgestattete Kemenate zurück, und Bertha fing an, sich mit Hilfe ihrer Zofen auszukleiden. Die falsche Muhme aber zierte sich schamhaft, wie ihr euch wohl denken könnt, und wollte sich um keinen Preis der Welt anrühren lassen, tat, als schäme sie sich halb zu Tode, und erklärte ihrer Base, sie sei es gewohnt, sich selber auszukleiden, seit ihr Liebster ihr nicht mehr dabei behilflich sei; denn er habe ihr den Geschmack an weiblichen Handreichungen verleidet mit seinen sanften und liebkosenden Manieren. Alle diese Zurüstungen riefen ihr die süßen, wonnesamen Worte wieder in Erinnerung, die ihr Herzallerliebster ihr dabei immer ins Ohr geflüstert, und die Narreteien und verliebten Tollheiten, die er begangen habe, wenn er sie nackt ausgezogen habe. Diese Erinnerung mache ihr jetzt noch den Mund wässerig und sei ihrer Ruhe höchst abträglich.

Über solche Reden war Frau Bertha baß verwundert, doch ließ sie ihre Base hinter den Bettvorhängen ihre Gebete und sonstigen Anstalten für die Nacht verrichten, und dann kroch der Junker, entflammt von heißem Verlangen, geschwind unter die Decken, überselig, weil er im Vorüberhuschen die wundersamen Reize der Schloßherrin erspähen und ein Auge voll von ihrem makellosen und blütenweißen Leibe nehmen konnte. Bertha war des Glaubens, sie sei mit einer Maid zusammen, die bereits mit einem Manne zu tun gehabt hatte, und so unterließ sie keine ihrer gewohnten allabendlichen Verrichtungen: sie wusch sich die Füße, ohne sich darum zu kümmern, ob sie sie höher als eben recht hob, sie zeigte ihre holdreizenden Schultern und machte hierauf, was alle Damen machen, ehe sie schlafen gehen. Schließlich schlüpfte sie ins Bett, dehnte und streckte sich darin wohlig aus und küßte auch ihr Bäschen auf die Lippen, die sie auffällig heiß dünkten.

»Fühlt Ihr Euch nicht wohl, Sylvia, daß Ihr so glüht?« fragte sie ganz erschrocken.

»Mir ist immer so heiß, wenn ich zu Bett gehe«, erwiderte sie, »denn da kommen mir all die wonnigen Zärtlichkeiten und Koseworte wieder in den Sinn, die er sich ausdachte, um meine Lust und mein Verlangen zu erwecken, und die mich nur immer mehr erhitzten.«

»Ach, Muhme, erzählt mir doch, was für eine Bewandtnis es mit *ihm* hat! Sagt mir, was Gutes an der Liebe ist. Ich lebe ja im Schatten eines weißhaarigen Hauptes, dessen schneeige Kälte mich gegen solche Gluthitzen schützt. Sagt es mir, da Ihr doch darüber hinweg und vorderhand geheilt seid. Das wird mir eine heilsame Unterweisung sein, und somit werden Eure übeln Erfahrungen zwei armen, bedauernswerten Frauen zugute gekommen sein.«

»Ich weiß nicht recht, ob ich Euch gehorchen soll, schönes Bäschen«, versetzte der Junker.

»Sagt, weshalb denn nicht?«

»Ach, besser wär's, all dies zu tun, statt bloß davon zu reden!« gab Sylvia mit einem Seufzer, der wie ein tiefer Orgelton klang, zur Antwort. »Überdies fürchte ich, mein

Lord hat mich so sehr mit Lust und Freude übersättigt, daß ich Euch ein gut Teil davon abgeben könnte; und es würde wohl ausreichen, Euch eine Tochter zu bescheren, weil das, was Kinder zeugt, in mir wirkungslos geworden sein dürfte.«

»Was Ihr nicht sagt!« staunte Bertha. »Wäre denn das zwischen uns eine Sünde?«

»Wo denkt Ihr hin! Im Gegenteil, es würde im Himmel wie auf Erden große Freude darüber sein. Die Engel würden Euch mit überirdischen Wohlgerüchen erfüllen und Euch himmlische Weisen musizieren.«

»Sagt es denn ungesäumt, Mühmchen!« bat Bertha.

»Wohlan denn, so machte es mein schöner Freund, wenn er mich in eitel Lust tauchen wollte.«

Und während er dies sagte, nahm Johannes Bertha in seine Arme und umhalste sie, drückte sie mit sehnsüchtigem Verlangen ohnegleichen an sich, lag sie doch beim Schein der Ampel in ihrem schneeweißen Nachtgewand in diesem verwünschten Bette wie die holden hochzeitlichen Gefäße der Lilien in ihrem jungfräulich weißen Blütenkelch.

»Wenn er mich dann so in seinen Armen hielt, wie ich jetzt Euch umfaßt halte, so sprach er zu mir mit einer Stimme, viel süßer als die meine: ›Ach, Sylvia, du bist mein ein und alles! Ich liebe dich, jetzt und in alle Ewigkeit. Du bist mir teurer als alle Schätze der Welt, du bist meine Freude, mein Glück Tag und Nacht! Du bist lichter als Sonnenschein und Tageslicht, lieblicher als alles hienieden. Ich habe dich lieber als Gott im Himmel, und ich möchte tausendfach sterben für die Seligkeit, die ich von dir heische.‹ Und dann küßte er mich, nicht so, wie Ehemänner küssen, nicht so roh und unzart, vielmehr sanft und behutsam, wie Täublein schnäbeln.«

Und zum Beweis, wieviel köstlicher die Liebhaber zu küssen verstünden, saugte er sogleich allen Honigseim von Berthas Lippen und lehrte sie, wie sie mit ihrem hübschen, kleinen, rosigen Zünglein, das flink und beweglich war gleich einem Katzenzünglein, beredt und ausdrucksvoll zum Herzen sprechen könne, ohne ein einzig Wort zu reden. Dann geriet Johann bei solchem Spiel immer mehr in Hitze und drückte seine feurigen Küsse nicht länger auf ihren Mund, sondern ging weiter zum Hals und vom Hals hinab zu den beiden holdesten Äpfelchen, die jemals eine Frau ihrem Kindchen zum Anbeißen geboten hat, damit es Milch daraus sauge. Und fürwahr, jeder, der an seinem Platz gewesen wäre und nicht ebenso getan hätte, der hätte sich für einen mißratenen Mann halten müssen.

»Ach«, seufzte Bertha, die bereits, ohne es zu ahnen, der Liebe verfallen war, »so ist's viel schöner! Das muß ich unbedingt meinem Imbert zeigen.«

»Seid Ihr von Sinnen, Base? Sagt Euerem alten Gemahl beileibe nichts davon, denn so lind und weich wie die meinen kann er seine Hände nicht machen, die rauh und hart sind wie Wäscheklöppel. Und sein grauer Stoppelbart muß sicherlich diesen Wohnsitz aller Lust und Wonne gar übel zerkratzen, diese Wunderrose, in der all unser Denken und Fühlen ruht, wo unser Glück, unser Reichtum, unsre Liebe und unsere ganze Seligkeit einbeschlossen sind. Wißt Ihr auch, daß diese Blume beseelt ist, daß sie zart umhegt und liebreich gepflegt sein will, nicht so ungestüm berannt, als gelte es, ein Katapult abzuschießen? Gebt nun wohl acht: Seht, so wonnesam wartete mir mein herzallerliebster Engländer auf.«

Und während er dies sagte, betrug sich der hübsche Junker so mannhaft, daß es zu einem wahren Schnellfeuer kam und die arme nichtsahnende Bertha laut aufstöhnte: »Ach, Mühmchen! Die Engel sind zu mir herniedergestiegen! Aber sie singen so himmlisch schön, daß ich nichts mehr höre, und so grell blendet mich ihr Strahlenglanz, daß ich davor die Augen schließen muß!«

Und wirklich vergingen ihr die Sinne vor dem Übermaß der Liebeslust, die sie überflutete wie brausender heller Orgelton, die rings um sie aufstrahlte wie die rote Glut der Morgensonne, ihre Adern durchrann wie der feinste Moschusduft und die Fesseln des Lebens entband und einem Kindlein der Liebe das Dasein schenkte; und wo ein solches Kind gezeugt wird, geht es ungestümer und unbändiger zu als überall sonst. Zu guter Letzt dünkte es Bertha, sie weile im himmlischen Paradies, so selig war ihr zumute, und aus diesem wunderschönen Traum erwachte sie in Johanns Armen.

»Ach, warum bin ich nicht in England verheiratet worden?« seufzte sie.

»Meine vielschöne Herrin«, erwiderte Johann, der seiner Lebtage noch nie solche Lust genossen hatte, »du bist mir in Frankreich angetraut, wo sich alle Dinge noch besser anlassen; denn ich bin ein Mann, der für dich tausend Leben hingäbe, wenn er tausend Leben hätte.«

Da stieß die arme Bertha einen so gellenden Schrei aus, daß er durch alle Wände drang, und sprang aus dem Bett mit einem solchen Satz, wie ihn kaum eine Heuschrecke der ägyptischen Landplagen zustande gebracht hätte. Sie fiel vor ihrem Betstuhl auf die Knie, rang die Hände und weinte eine wahre Perlenflut von Tränen, mehr als Maria Magdalena Perlen an ihrem Geschmeide trug.

»Ach, das ist mein Tod!« klagte sie. »Ich bin hintergangen von einem Teufel, der ein Engelsantlitz angenommen hat! Weh mir, ich bin verloren! Sicherlich habe ich ein schönes Kindlein in meinem Schoß empfangen und bin doch nicht schuldiger, als du es warst, jungfräuliche Muttergottes! Bitte für mich um Gnade und Barmherzigkeit vor Gottes Thron, wenn mich die Menschen verdammen, oder laß mich sterben, damit ich nicht vor meinem Herrn und Gebieter vergehen muß vor Scham.«

Als Johann hörte, daß sie nichts Böses gegen ihn sagte, erhob er sich, immer noch ganz kleinlaut und bestürzt, daß Bertha diesen schönen Tanz zu zweit so übel aufgenommen hatte. Doch kaum hörte sie, daß sich ihr Engel Gabriel regte, richtete sie sich geschwind auf, blickte ihn mit tränenüberströmtem Gesicht an und mit Augen, aus denen ein so heiliger Zorn blitzte, daß sie noch schöner anzusehen war als zuvor.

»Wenn Ihr mir nur einen einzigen Schritt näher kommt«, rief sie, »so bedeutet er für mich einen Schritt dem Tode zu!«

Und sie zückte einen zierlichen Dolch, wie ihn die Damen in jener Zeit auf sich trugen.

Da begriff Johann endlich, wie herzzerreißend ihre Qual war, und er antwortete ihr: »Nicht an dir ist es zu sterben,

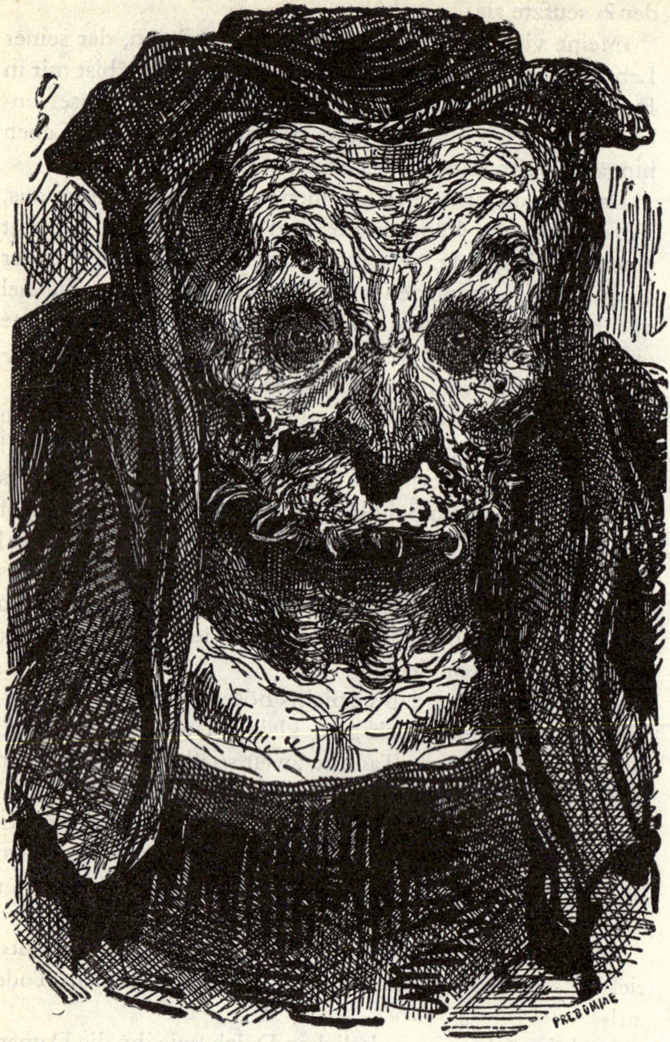

mein geliebter schöner Schatz, sondern an mir! Ich liebe dich mehr, als je auf Erden ein Weib geliebt ward!«

»Hättet Ihr mich wahrhaft geliebt, so hättet Ihr mich nicht so zuschanden gemacht, wie ich's jetzt bin, denn viel lieber will ich sterben, als von meinem Gemahl Vorwürfe hinnehmen zu müssen.«

»Wollt Ihr denn sterben?« fragte er.

»Ganz gewiß!« versetzte sie.

»Wenn ich also von ungezählten Dolchstichen durchbohrt bin, werdet Ihr Eures Gatten Verzeihung empfangen. Ihr könnt ihm sagen, zwar sei Eure Unschuld überrumpelt worden, doch hättet Ihr seine Ehre gerächt und den Mann getötet, der Euch angeführt und betrogen hat. Und für mich wird es das größte Glück sein, das mir widerfahren kann, für Euch zu sterben, da Ihr nicht für mich leben wollt.«

Als Bertha diese zärtlichen Worte hörte, die er unter Tränen sprach, ließ sie den Dolch fahren. Johann lief geschwind herzu, hob ihn auf und stieß ihn sich in die Brust.

»Solches Glück muß mit dem Leben bezahlt werden!« rief er und sank wie entseelt zu Boden.

Zu Tode erschrocken rief Bertha ihre Zofe herein. Die Zofe kam, und auch sie war vor Entsetzen starr, als sie in der Kammer der gnädigen Frau einen todwunden Mann liegen sah, während ihn die Herrin in ihren Armen hielt und wehklagte: »Was habt Ihr getan, Liebster?« Denn sie glaubte, er sei tot, und noch immer klang in ihr die tiefe Lust der vergangenen Nacht nach. Auch ward sie

den Gedanken nicht los, wie schön Johann doch sein müsse, da ihn jeder im Hause, sogar der mißtrauische Imbert, für ein Mägdlein angesehen hatte. In ihrem Schmerz erzählte sie alles ihrer Zofe; sie weinte und jammerte, es sei schon genug, daß ihr jetzt das Leben eines Kindes auf dem Herzen laste, und nun habe sie obendrein auch noch den Tod eines Mannes verschuldet. Als der arme Verliebte das hörte, schlug er mühsam die Augen gerade so weit auf, daß man ein schmales Stückchen vom Weißen sah.

»Ach, Herrin, weint nicht länger«, redete ihr die Zofe zu, »wir dürfen den Kopf nicht verlieren, sondern müssen den schmucken Ritter retten. Ich laufe rasch zur Fallotte und hole sie her; so brauchen wir keinen Wundarzt oder Heilkundigen in Euer Geheimnis einzuweihen. Sie ist ja eine zauberkundige Frau und wird, der gnädigen Frau zu Gefallen, das Wunder vollbringen, diese Wunde zu schließen, so daß nichts mehr zu sehen sein wird.«

»Lauf geschwind!« drängte Bertha. »Lauf, und ich will dich liebhaben und dir deinen Beistand mit Guttaten ohne Zahl belohnen!«

Vor allem kamen Herrin und Zofe überein, sie wollten über den Vorfall Schweigen bewahren und Johann vor unberufenen Augen verborgen halten. Hierauf holte die Magd zu nachtschlafender Stunde die Fallotte herbei, und ihre Herrin geleitete sie selbst bis zum Schloßtor, weil die Wache ohne ausdrücklichen Befehl Berthas das Fallgatter nicht hochziehen durfte. Bertha fand ihren schönen Liebsten in tiefer Ohnmacht, vor Schmerzen und auch wegen des großen Blutverlustes, weil das Blut, ohne zu versiegen, aus der Wunde sickerte. Als sie das ausströmende Blut sah, trank sie ein paar Tropfen davon, dachte dabei auch, daß Johann es ja ihretwegen vergossen hatte. Zutiefst gerührt von solch großer Liebe und von der Gefahr, in welcher der schöne Jüngling schwebte, küßte sie ihn innig und zärtlich auf den Mund,

verband seine Wunde und netzte sie mit ihren Tränen; sie flehte ihn an, er dürfe nicht sterben, und gelobte ihm, wenn er am Leben bleibe, so wolle sie ihn von ganzem Herzen und mit allen ihren Kräften lieben. Verlaßt euch drauf, daß die

LAVIEILLE

Schloßherrin sich heftig verliebte, als ihr beim Anblick des schmucken Junkers bewußt wurde, welch ein Unterschied zwischen einem Jüngling wie Johann, einem weißhäutigen, flaumbärtigen, blütenfrischen Mann, und einem alten Kracher wie Imbert bestand, einem haarigen, gelbhäutigen, runzligen Zittergreis. Dieser Unterschied rief ihr auch ins Gedächtnis zurück, wie unterschiedliche Lust sie mit beiden genossen hatte. Durch dieses Erinnern gelüstig gemacht, wurden ihre

Küsse allgemach so süß und lind, daß Johann darob wieder zu Bewußtsein kam, daß sein Blick sich klärte und er Bertha erkannte. Nun bat er sie mit schwacher Stimme um Verzeihung. Doch Bertha verbot ihm das Sprechen, bis die Fallotte zur Stelle sei. So brachten die beiden die Zeit damit zu, daß sie einander voll Liebe anschauten, denn aus Berthas Augen strahlte tiefes Mitgefühl, und in solchen Lagen ist ja Mitleid der Liebe nahe verwandt.

Die Fallotte war ein buckliges, verhutzeltes altes Weib und stand heftig im Verdacht, sie betreibe die Schwarze Kunst und Hexerei; und es hieß, sie reite nach Art und Brauch der Hexen auf einem Besen allnächtlich zum teuflischen Sabbat. Manche wollten sie gesehen haben, wie sie ihren Besenstiel im Stall anschirrte, welcher Stall, wie jeder weiß, in der Dachtraufe des Hauses gelegen ist. Die Wahrheit zu sagen, kannte sie mancherlei geheime heilkräftige Mittel und leistete den adligen Damen und Herren in gewissen Verlegenheiten so treffliche Dienste, daß sie ihre Tage in ungestörter Ruhe verlebte und ihre Seele nicht auf einem brennenden Holzstoß aushauchte, sondern in einem weichen Daunenbett, weil sie korbweise Dukaten aufgehäuft hatte, obschon die Ärzte sie oft und oft behelligten und ihr keine Ruhe ließen, auch immer wieder behaupteten, sie treibe einen schwunghaften Handel mit Giften, was freilich die Wahrheit war, wie aus dieser Geschichte klar hervorgeht. Die Zofe kam auch bald mit der Fallotte angeritten, beide zusammen auf einem Esel und so eilig, daß der Morgen noch nicht dämmerte, als sie im Schloß anlangten. Als die alte Buckelhexe die Kammer betrat, fragte sie: »Nun sagt, was gibt's denn, meine Kinder?«

Das war so ihre Art, mit den Großen umzugehen, die sie recht klein dünkten. Sie pflegte nicht viel Umstände mit ihnen zu machen und behandelte sie wie ihresgleichen.

Dann setzte sie ihre Brille auf, besah sich die Wunde mit großer Sachkenntnis und sagte hernach: »Schönes Blut ist das, mein Schätzchen. Du hast ja davon gekostet. Alles geht vortrefflich; er hat nach außen geblutet.«

Während sie dies sagte, wusch sie die Wunde mit einem feinen Schwamm, und keuchend und nach Luft ringend schauten die Damen und die Kammerfrau ihrer Hantierung zu. Schließlich erklärte die Fallotte entschieden und sachkundig, der Junker werde nicht an diesem Stich sterben, wenngleich er, so sagte sie nach einem Blick auf die Linien seiner Hand, eines gewaltsamen Todes als Folge dieser Nacht werde sterben müssen. Über diese Weissagung auf Grund ihrer Handlesekunst gerieten Bertha wie auch ihre Zofe in tödlichen Schrecken. Die Fallotte verschrieb ihnen noch die dringlichsten Salben und Kräuter und versprach, in der folgenden Nacht wiederzukommen. In der Tat pflegte sie die Wunde zwei Wochen lang; Nacht für Nacht kam sie ungesehen ins Schloß. Dem Ingesinde und den übrigen Burgbewohnern redete die Zofe ein, das Fräulein von Rohan liege auf den Tod krank zufolge einer Geschwulst im Unterleib, das müsse um der Ehre der gnädigen Frau, ihrer Base, willen ein Geheimnis bleiben. Jeder gab sich mit dieser Auskunft zufrieden und nahm davon den Mund so voll, daß er noch etwas abgeben konnte.

Die guten Leute waren des Glaubens, die Krankheit sei gefahrvoll und tückisch. Doch weit gefehlt: ungleich größere Gefahren barg die Genesung, denn je kräftiger Johann wurde, um so schwächer ward Bertha, so schwach, daß sie sich mitten in das Paradies hineinfallen ließ, an dessen Rand Johann sie emporgehoben hatte. Kurz: Sie liebte ihn von ganzem Herzen und von ganzer Seele, und mit jedem neuen Tag liebte sie ihn heißer und zärtlicher. Doch mitten im Strudel ihrer leidenschaftlichen Liebe wurde sie immerfort von bangen Ahnungen gequält, und allezeit gingen ihr die drohenden Worte der Fallotte im Kopf herum, auch bedrückte sie ihr Gewissen, ihr frommer Sinn ließ ihr keine Ruhe, und sie fürchtete sich vor Herrn Imbert, dem sie wohl oder übel hatte schreiben müssen, daß er ihr ein Kind gezeugt habe, mit dem sie ihn bei seiner Heimkehr erfreuen werde. Doch war dies eine Lüge, die schwerer wog als das Kind.

Die arme Bertha ging an dem Tage, da sie diesen trügerischen Brief schrieb, ihrem heißgeliebten Johann geflissentlich aus dem Wege, denn sie mußte darüber so bitterlich weinen, daß ihr Schnupftüchlein ganz naß ward. Als Johann sah, daß sie ihm auswich – sie gingen einander nämlich nicht einen Augenblick lang von der Seite, wie das Feuer nicht vom Holze läßt, sobald es einmal gezündet hat –, glaubte der Jüngling, sie hasse ihn gar wohl, und nun weinte auch er sich die Augen aus.

Am Abend nahm Bertha tiefbewegt an Johanns Augen, obwohl er sie ausgewischt hatte, immer noch Tränenspuren wahr, und da gestand sie ihm den Grund ihres Herzeleids, ließ auch durchblicken, wie sehr sie sich vor der Zukunft ängstigte, und hielt ihm vor, wie schwer sie sich beide versündigt hätten. Sie sprach ihm in so erbaulichen, christlichen, mit frommen Zähren und reumütigen Gebeten untermischten

Worten zu, daß Johann zutiefst ergriffen und von der gläubigen Frömmigkeit seiner geliebten Herrin im Innersten getroffen wurde. Diese Liebe, in Einfalt gepaart mit Reue, diese edle Gesinnung trotz aller schuldhaften Verfehlung, dieses Gemisch aus Kraft und Schwäche hätten, wie die alten Schriftsteller zu sagen pflegten, eines Tigers Herz erweichen müssen. Wundert euch darum nicht, daß Johann nicht anders konnte, sondern bei seiner Ritterehre schwor und sein Ehrenwort verpfändete, er werde ihr in allem gehorsam sein, was sie ihn zu ihrer Rettung in dieser und in der andern Welt tun heiße.

Als Bertha dieses blinde Vertrauen und diese redliche und gutwillige Gesinnung sah, warf sie sich Johann zu Füßen und bedeckte sie mit glühenden Küssen.

»O mein Freund!« frohlockte sie, »den ich lieben muß, obschon es eine Todsünde ist, du, so gut, so voll Erbarmen gegen deine arme Bertha: Wenn du willst, daß ich immerfort in unverminderter Freude deiner gedenke, wenn du den Strom meiner Tränen aufhalten willst, deren Quelle doch so hold und anmutreich ist« – und um es ihm zu beweisen, ließ sie ihn einen Kuß rauben –, »Johann«, so fuhr sie fort, »wenn du willst, daß die Erinnerung an unsere himmlischen Freuden, an die Engelsgesänge und den Balsamduft der Liebe mich nicht bedrücke, sondern mich im Gegenteil in bösen Tagen tröste, dann tue, was mir die Heilige Jungfrau dir zu befehlen aufgetragen hat. Ich habe sie im Traum kniefällig angefleht, mich in meiner gegenwärtigen Bedrängnis zu erleuchten; ich bat sie, mir zu helfen, und sie ist mir erschienen. Da schüttete ich ihr mein beklommenes Herz aus und sagte ihr, in welch grauenvoller Qual ich dahinlebe, wie ich immerzu um das Kleine zittere, das sich bereits in mir regt, und wie ich um den wahren Vater bange, der auf Gnade und Ungnade dem andern ausgeliefert sei und seine Vaterschaft möglicherweise durch einen gewaltsamen Tod sühnen müsse, wofern die Fallotte, woran ich nicht zweifle, in seinem künftigen Leben richtig gelesen habe. Da gab mir die Heilige Jungfrau lächelnd zur Antwort, die Kirche gewähre uns Vergebung unserer Sünden, wenn wir ihren Geboten gehorsam seien; nur müßten wir schon auf Erden einen Teil unseres Fegefeuers abbüßen und rechtzeitig bußfertige Einkehr halten, ehe uns der Zorn des Himmels treffe. Dann deutete sie mit ihrem Finger auf einen Jüngling, der dir zum Verwechseln ähnlich sah, doch war er gekleidet, wie du eigentlich gewandet sein müßtest und wie du's auch sein wirst, wenn du deine Bertha mit ewigwährender Liebe liebst.«

Da beteuerte ihr Johann aufs neue seinen unverbrüchlichen Gehorsam, er hob sie auf, setzte sie auf seine Knie und küßte sie inbrünstig. Nun erst gestand ihm Bertha, das Gewand, von dem sie gesprochen, sei eine Mönchskutte gewesen, und sie bat ihn, zitternd vor Angst, er könnte ihr diese Bitte abschlagen, er möge ins Kloster gehn und sich in die Abtei von Marmoustiers unweit Tours zurückziehen; doch schwor sie ihm bei allem, was ihr lieb und teuer war, sie werde ihm noch eine letzte Liebesnacht schenken; nachher wolle sie nie wieder einem Manne, weder ihm noch sonst wem hienieden, angehören. Zum Lohn für seine Willfährigkeit werde sie ihn jedes Jahr einmal zu sich kommen lassen, damit er sein Kind sehen könne.

Gebunden durch seinen Eid, versprach Johann, ins Kloster zu gehen, wenn es seine Liebste wollte, sagte ihr auch, auf die Weise werde er ihr die Treue halten und nie wieder andere Liebeslust genießen nach den Himmelswonnen, die er in ihren Armen gekostet habe, und so werde er in stetem Gedenken dieser überirdischen Freuden seine Tage beschließen. Als Bertha diese liebreichen Worte hörte, sprach sie zu ihm: »So schwer ich auch gesündigt habe und was mir Gott auch vorbehalten mag, diese Stunde wird mir helfen, alles zu ertragen; denn nun bin ich fest überzeugt, daß ich mich nicht einem Manne, sondern einem Engel hingegeben habe.«

So legten sie sich denn zueinander auf die Lagerstatt, wo ihre Liebe aufgeblüht war, doch diesmal galt es, der prangenden Blütenpracht ein letztes Lebewohl zu sagen. Und sicherlich hatte der kleine Liebesgott Cupido bei dieser Abschiedsfeier die Hand im Spiele, denn nie und nirgendwo auf der weiten Welt hat eine Frau solche unsagbar tiefen Wonnen gekostet, und nie hat ein Mann hinwiederum soviel lustvolle Seligkeit zum Lohne erhalten. Denn es ist ja der wahren

Liebe ein gewisser Einklang der Herzen wie der Leiber eigentümlich, und je mehr der eine gibt, um so mehr empfängt der andere, und umgekehrt, wie in bestimmten mathematischen Reihen, wo sich die gegebenen Ziffern mit sich selber bis ins Unendliche vervielfachen. Dieses Problem kann man begriffsstutzigen Leuten nur begreiflich machen, wenn man sie in einen venezianischen Spiegel schauen läßt, in dem sie tausend Figuren wahrnehmen, die alle durch eine einzige hervorgebracht werden. Gleichermaßen vervielfachen sich in den Herzen zweier Liebender die Rosen der Lust zu solch tiefer Verzückung, zu einem solchen Übermaß süßer Empfindungen, daß sie voll Staunen erkennen, wieviel Lust in ihren Herzen Raum findet, ohne daß sie darob zerspringen. Bertha und Johann hätten gewünscht, diese letzte Nacht ihrer Liebe wäre auch die letzte ihres Lebens gewesen, und glaubten, als wohlige Erschlaffung ermattend ihre Adern durchrann, es sei ihnen von der Liebe bestimmt, auf den Flügeln eines todbringenden Kusses von hinnen getragen zu werden. Doch konnte ihnen auch die ungezählte Vielfalt ihrer Liebkosungen nichts anhaben.

Tags darauf mußte Fräulein Sylvia Abschied nehmen, denn des Herrn Imbert Heimkehr stand nahe bevor. Das arme Kind sagte seiner Muhme unter Tränen und Schluchzen Lebewohl und küßte sie immer und immer wieder. Jeder Kuß war der letzte, und der letzte dauerte bis zum Dunkelwerden. Dann aber mußte geschieden sein, und er riß sich von ihr los, obschon ihm das Blut im Herzen stockte wie Wachs, das an einer Osterkerze niedertropft. Seinem Gelöbnis gemäß begab er sich nach Marmoustiers, wo er um die elfte Stunde anlangte, und ließ sich unter die Novizen einreihen. Dem Herrn von Bastarnay aber sagte man, Sylvia sei in die Arme ihres *Lords* zurückgekehrt, was auf englisch soviel heißt wie *Gott der Herr*, und also hatte Bertha darin nicht gelogen.

Die Freude ihres Gatten, als er Bertha ohne Gürtel sah, weil sie ihn nämlich wegen ihrer vorgerückten Schwangerschaft nicht länger tragen konnte, war der erste Schritt auf dem Leidensweg der armen Frau, die so gar nicht zu lügen und zu betrügen verstand und nach jedem unwahren Wort auf ihren Betstuhl niedersank, sich das Herzblut aus den Augen weinte und sich in flehendem Gebet Gott und allen Heiligen des Paradieses anempfahl. Und siehe, sie schrie so verzweifelt und so laut zu Gott, daß Er sie erhörte. Denn Er hört alles, Er hört sowohl das Rollen der Steine unter den Wassern wie auch das Wehklagen der Armen und hört die Mücklein durch die Luft schwirren. Haltet euch dies wohl vor Augen und vergeßt es nicht, denn sonst werdet ihr dem, was nunmehr geschah, keinen Glauben schenken.

Gott gebot dem Erzengel Michael, dieser bußfertigen Sünderin schon auf Erden die Hölle zu bereiten, auf daß sie unfehlbar ins himmlische Paradies eingehen könne. So stieg denn der heilige Michael aus den Himmeln hernieder, trat vor das Höllentor, zeigte dem Teufel Bertha, Johann und das Kind und lieferte ihm diese drei Seelen aus, gab ihm auch Vollmacht, sie für die Dauer ihres Erdenwallens zu quälen und durch alle Nöte und Drangsale zu jagen. Der Teufel, der nach Gottes heiligem Willen und Ratschluß Herr über alles Böse ist, erwiderte dem Erzengel, er werde sich des göttlichen Auftrags willig und gern entledigen.

Während im Himmel solches beschlossen und in die Wege geleitet wurde, ging das Leben hienieden seinen Gang. Die edle Frau von Bastarnay schenkte Herrn Imbert das schönste Kind von der Welt, ein Knäblein, lilienweiß und rosenrot, verständig und klug wie weiland das Jesuskindlein und lachlustig und mutwillig wie ein heidnischer Liebesgott. Es ward immer schöner von Tag zu Tag, während der ältere Sohn seinem Vater nachschlug und einem Affen immer mehr nachartete, bis er ihm schließlich geradezu beängstigend glich. Der Jüngere strahlte wie ein Stern, ein Abbild seiner Eltern, deren leibliche und geistige Vollkommenheiten bei ihm eine Mischung aus unnachahmlicher Anmut und wundersamem Verstand hervorgebracht hatte. Als Bastarnay dieses sich täglich vollziehende Wunder an Fleisch und Geist sah, die beide nach wesenhaften Gesetzen gemischt waren, sagte er, sein ewiges Seelenheil gäbe er gerne dran, wenn er den Jüngern zum Erstgeborenen machen könnte; er werde es sich angelegen sein lassen, dies durch des Königs Huld und Gnade zu erwirken. Bertha wußte nicht, wie sie sich dazu verhalten sollte, denn sie liebte Johanns Kind abgöttisch und brachte nur noch wenig Liebe für ihren ältern Sohn auf, doch nahm sie ihn dessenungeachtet in Schutz gegen die argen Absichten des alten Bastarnay. Sie war höchlich zufrieden mit dem Lauf, den die Ereignisse genommen hatten, sie wappnete ihr Gewissen mit Lügen und Spiegelfechtereien und redete sich ein, alles sei glücklich abgelaufen, weil inzwischen zwölf Jahre verstrichen waren, ohne daß irgend etwas ihr Glück getrübt hätte außer der Furcht, die ihr dann und wann die Lebensfreude vergällte. Jahr für Jahr stellte sich, wie damals vereinbart worden war, der Mönch aus Marmoustiers ein, den kein Mensch außer der Zofe kannte. Er blieb einen ganzen Tag im Schloß und weidete seine Augen an seinem Söhnchen, wennschon Bertha zu unterschiedlichen Malen den Bruder Johannes, ihren Geliebten, angefleht hatte, er möge auf sein Recht verzichten. Doch dann deutete Johann auf das Kind und wandte jedesmal ein: »Du siehst ihn alle Tage das ganze Jahr hindurch, mir aber ist nur ein einziger vergönnt!«

Darauf fand die arme Mutter kein Wort der Erwiderung.

Wenige Monate vor der letzten Empörung Herrn Ludwigs gegen seinen Vater ging das Kind schon in sein zwölftes Lebensjahr, und es sah ganz danach aus, als sollte er dereinst ein großer Schriftgelehrter werden, so beschlagen und bewandert war er in jeglicher Wissenschaft. Der alte Bastarnay war stolzer denn je auf seinen Sohn, und deshalb entschloß er sich, den Knaben mit sich an den burgundischen Hof zu nehmen, wo der Herzog Karl dem vielgeliebten Kind eine glänzende Stellung zu verschaffen versprach, um die ihn mancher Fürst beneiden mochte; denn der Herzog war ein Gönner und Freund aller hochbegabten und geistvollen Menschen.

Als nun der Teufel die Dinge so weit gediehen sah, hielt er die Zeit für gekommen, daß er Unheil stiften konnte. Er packte also seinen Schwanz und fuhr damit kurzerhand die Kreuz und die Quer in dem schönen Glück herum, um es nach seiner Laune durcheinanderzustochern.

III

Von dem schaurigen Strafgericht, das Bertha heimsuchte, wie sie sühnte und ihrer Sünde ledig starb

Die Kammerfrau der Schloßherrin von Bastarnay war um diese Zeit fünfunddreißig Jahre alt geworden und hatte sich in einen der Kriegsknechte des Ritters verliebt. Und sie war einfältig und blöde genug, ihn vorweg ein paar Brote aus ihrem Backofen ausborgen zu lassen, demzufolge sich in ihr eine natürliche Geschwulst bildete, die manche Spaßvögel hierzulande eine Neunmonatswassersucht benamsen. Die arme Frau bat ihre gutherzige Herrin flehentlich, sich für sie bei ihrem Gemahl zu verwenden, damit er das schlechte Mannsbild zwinge, am Traualtar zu vollenden, was er im Bett begonnen hatte. Es kostete die Frau von Bastarnay nicht viel Mühe, von ihrem Gemahl diese Gunst zu erwirken, und die Zofe war deswegen über die Maßen froh.

Doch der alte Haudegen, der seit jeher ein verteufelt rauher und ungehobelter Kerl gewesen war, ließ den Mann zu sich in sein Amtszimmer kommen, las ihm tüchtig die Leviten und befahl ihm bei Strafe des Stranges, die Zofe zu ehelichen, was dem Soldknecht um so eher zusagte, als er größern Wert auf seinen Hals als auf seine Gemütsruhe legte. Hierauf befahl Bastarnay auch das Weibsstück zu sich, denn er glaubte es der Ehre seines Hauses schuldig zu sein, daß er ihr eine lange Litanei, gespickt mit allerlei bildhaften Beiwörtern, abbetete und ihr gründlich mit hochtrabenden, schaurig tönenden Drohungen und Vermahnungen den Kopf wusch. Als Strafe stellte er ihr in Aussicht, sie werde nicht zum Traualtar geführt, sondern in ein finsteres, feuchtes Verlies geworfen werden. Da glaubte die Zofe, ihre Herrin wolle sie loswerden, um das Geheimnis der Geburt ihres geliebten Söhnleins aus der Welt zu schaffen. Als ihr nun der alte Affe Schimpfwort um Schimpfwort an den Kopf warf und unter andern Reden auch sagte, es müsse einer schon ein Narr und Tropf sein, wenn er eine Hure in seinem Hause dulde, da gab sie ihm in ihrem irrigen Glauben zur Antwort, dann sei er fürwahr ein Erztropf und Hauptnarr, weil nämlich seine Frau seit langem schon zur Hure gemacht sei, und noch dazu habe sie ein Mönch auf Abwege gebracht; das sei für einen Kriegsmann doch das Schlimmste, was ihm widerfahren könne.

Denkt nun zurück an das allergewaltigste Ungewitter, das ihr zeit eures Lebens erlebt habt, und ihr habt ein schwaches Abbild des rasenden Zornes, in welchen der Alte verfiel, als er an der Stelle seines Herzens getroffen wurde, wo das Leben dreier Menschen einbeschlossen war. Er packte die Zofe an der Gurgel und wollte sie auf der Stelle erwürgen. Doch sie rechtfertigte sich und gab ihm das Wann, Wie und Warum an, setzte auch hinzu, wenn er kein Vertrauen zu ihr habe, so könne er sich ja auf seine eigenen Ohren verlassen. Er brauche sich nur einmal an dem Tage zu verstecken, an dem Dom Johann von Sacché, der Prior von Marmoustiers, zu Besuch komme; dann könne er mit anhören, was der wahre Vater seines Kindes alles sage, wie er sich für sein jahrelanges Fernsein schadlos halte und seinen Sohn an einem Tag soviel küsse, daß es für ein ganzes Jahr lange.

Imbert befahl der Frau, sich augenblicklich aus dem Schlosse fortzuscheren, denn wenn ihre Anklagen wahr seien, werde er sie ebenso bestimmt töten, wie wenn sie einen Haufen bösartiger Lügen ersonnen habe. Dann schenkte er ihr kurzerhand zu ihrem Mann noch hundert Taler hinzu und band ihnen beiden auf die Seele, sie sollten keine Nacht länger in der Touraine verweilen; und um ganz sicherzugehen, ließ sie der Herr von Bastarnay durch einen seiner Offiziere ins Burgundische geleiten. Seiner Frau teilte er kurz mit, die beiden seien fortgezogen, fügte auch hinzu, die Zofe sei ein liederliches Weib, eine wurmige Frucht, und darum habe er es für klüger angesehen, sie hinauszuwerfen; doch habe er ihr hundert Taler mitgegeben und ihrem Beischläfer am burgundischen Hof eine Anstellung verschafft. Bertha war zwar erstaunt, daß ihre Zofe bereits das Schloß verlassen hatte, ohne von ihr, ihrer Herrin, Urlaub erhalten zu haben; aber sie sagte kein Wort dazu. Und nicht lange, so hatte sie ganz andere Sorgen im Kopf, denn mit einmal fiel ihr zu ihrer großen Bestürzung auf, daß ihr Gemahl sich völlig anders gegen sie betrug und einen ganz ungewohnten Ton anschlug, daß er anfing, Vergleiche anzustellen zwischen seinem Aussehen und den Zügen seines älteren Sohnes und plötzlich keinerlei Ähnlichkeit mehr, weder an Stirn noch Nase noch sonstwo, mit dem Letztgeborenen fand, den er so heiß geliebt hatte.

»Er ist mir wie aus dem Gesicht geschnitten«, gab ihm Bertha eines Tages zur Antwort, als er wieder einmal solch anzügliche Bemerkungen fallen ließ. »Wißt Ihr denn nicht, daß in guten Ehen die Söhne dem Vater und der Mutter nachschlagen, und zwar abwechselnd oder zuweilen auch beiden zugleich, weil nämlich die Mutter ihre Anlagen mit den Lebensgeistern des Vaters vermischt? Auch gibt es Ärzte, die sich damit brüsten, zahlreiche Kinder gesehen zu haben, die keinerlei Ähnlichkeit mit beiden aufweisen, und sie erklären, solche geheimnisvollen Vorgänge seien gänzlich Gott und seinem Willen anheimgestellt.«

»Ihr seid ja ausnehmend gelehrt geworden, mein Schatz«, versetzte Bastarnay. »Ich bin aber bloß ein ungebildeter Mann und meine drum, wenn ein Kind einem Mönch ähnlich sieht . . .«

»Dann muß es auch von diesem Mönch gezeugt worden sein?« fragte Bertha zurück und blickte ihm furchtlos in die Augen, obwohl ihr das Blut in den Adern zu Eis erstarrte.

Da glaubte der Alte, er sei doch von der Zofe irregeführt worden, und wünschte sie insgeheim zu allen Teufeln. Aber trotzdem brannte er nur desto unnachgiebiger darauf, sich in dieser verzwickten Sachlage Klarheit zu verschaffen. Da der Tag, der dem Dom Johann zustand, herannahte, schrieb ihm Bertha, die nach den ausfälligen Worten ihres Gatten mißtrauisch geworden war, es sei ihr Wunsch und Wille, daß er dieses Jahr nicht komme; den Grund dafür werde sie ihm später einmal mitteilen. Hierauf suchte sie die alte Fallotte in Losches auf und bat sie, den Brief zu bestellen und ihn Dom Johann auszuhändigen. Nun glaubte sie, für diesmal sei alles noch glimpflich abgelaufen. Sie war um so froher, an ihren Freund, den Prior, geschrieben zu haben, als Herr

Imbert, der sonst immer, wenn die Zeit für das alljährliche Wiedersehensfest des armen Mönchs herankam, in den Maine-Gau zu reisen pflegte, wo er große Ländereien besaß, diesmal von der Reise abstand, und zwar schützte er die Vorbereitungen zum Aufstand vor, den der gnädige Herr Ludwig gegen seinen armen Vater anzettelte, welcher – wie allbekannt – über diesen Waffengang so tödlich gekränkt war, daß er daran starb. Dieser Grund war so glaubhaft und einleuchtend, daß die arme Bertha ins Netz ging und sich wieder beruhigte.

Am vereinbarten Tage stellte sich der Prior wie alle Jahre auf dem Schloß ein. Als Bertha ihn kommen sah, ward sie aschfahl und fragte ihn, ob er ihre Botschaft nicht erhalten habe.

»Was für eine Botschaft?« fragte Johann verdutzt.

»Nun sind wir also verloren, das Kind, du und ich!« antwortete Bertha.

»Warum denn?« forschte der Prior.

»Ich weiß es nicht«, erwiderte sie, »aber soviel ist sicher: unser letzter Tag ist angebrochen.«

Sie fragte ihren inniggeliebten Sohn, wo Bastarnay sei. Der Knabe gab ihr zur Antwort, sein Vater sei durch einen Eilboten nach Losches entboten worden und werde wahrscheinlich erst spät am Abend heimkehren. Auf diesen Bescheid hin bestand Johann, allen Bitten und Warnungen seiner Geliebten zum Trotz, darauf, den Tag bei ihr und seinem teuren Kind zu verbringen. Er lege die Hand dafür ins Feuer, sagte er, daß ihm nichts Arges widerfahren könne, nachdem nun zwölf Jahre seit jener gesegneten Nacht vergangen seien, in der ihr Sohn zur Welt gekommen. An diesen Tagen, an denen Jahr für Jahr das Erinnerungsfest der schicksalsreichen Nacht begangen wurde, die ihr ja kennt, blieb die arme Bertha bis zum Nachtmahl stets allein mit dem armen Mönch in ihrer Kammer. Doch unter diesen Umständen speisten die beiden Liebenden, aufgestört durch Berthas Befürchtungen, die Johann teilte, kaum hatte sie sie vorgebracht, zeitiger als sonst. Zwar sprach der Prior von Marmoustiers Bertha Mut zu, hielt ihr die Vorrechte und Sondervergünstigungen der

CAVIEILLE.

Kirche vor Augen, und daß es sich Bastarnay, der ohnedies bei Hofe schlecht angeschrieben sei, keinesfalls leisten könnte, an einen Würdenträger von Marmoustiers Hand anzulegen.

Als sie sich zu Tische setzten, spielte ihr Kind gerade draußen im Schloßhof und wollte, ungeachtet der wiederholten Bitten seiner Mutter, nicht von seinem Spiel lassen. Er tummelte nämlich einen jungen spanischen Hengst, den der edle Herr Karl von Burgund dem alten Bastarnay zum Geschenk gemacht hatte. Und da sich Knaben ja gerne aufspielen und älter sein möchten, als sie sind, da sich Pagen als Knappen gebärden und Knappen wie Ritter auftreten möchten, so machte es dem Kinde Spaß, seinem Freund, dem Mönch, zu zeigen, wie groß er mittlerweile geworden war. Er ließ also den Hengst springen gleich einem Floh in den Leintüchern und wankte nicht im Sattel, als hätte er zeitlebens nichts anderes getan, als Rosse zugeritten.

»Laßt ihn nur gewähren, liebste Freundin«, redete der Mönch Frau Bertha zu, »eigensinnige Kinder werden später oft charakterfeste Männer!«

Bertha rührte kaum an die Speisen, so beklommen und bang war ihr ums Herz. Der Mönch aber, der sich auf alle Wissenschaften trefflich verstand, spürte schon nach den ersten Bissen in seinem Magen ein Rumoren und eigentümliches Wühlen und im Gaumen ein scharfes beizendes Jucken, wie von Gift, und er argwöhnte augenblicklich, der Herr von Bastarnay habe ihnen allen das Mahl gesegnet. Ehe er jedoch seiner Sache ganz sicher war, hatte Bertha auch schon ein paar Brocken gegessen. Mit eins riß der Mönch das Tischtuch samt allem, was darauf war, herab und warf die ganze Mahlzeit ins Kaminfeuer, sagte auch Bertha, was er argwöhnte. Bertha dankte der Heiligen Jungfrau dafür, daß ihr Söhnchen so eifrig auf sein Spiel versessen gewesen war. Johann verlor den Kopf nicht, erinnerte sich vielmehr seiner ehemaligen Fertigkeiten als Knappe, rannte in den Hof hinunter, riß seinen Sohn vom Pferd herab, sprang mit einem Satz in den Sattel und galoppierte so rasend schnell auf und davon, daß man hätte glauben können, eine Sternschnuppe flitze vorüber; er gab dem Roß die Sporen, daß er ihm die

Flanken blutig stieß, und langte in Losches bei der Fallotte in kürzerer Zeit an, als der leibhaftige Gottseibeiuns gebraucht hätte, um vom Schloß nach Losches zu fahren. In knappen Worten legte er der Fallotte den Fall dar, weil nämlich das Gift bereits an seinen Eingeweiden fraß, und bat sie um ein Gegengift.

»Weh!« rief da die Hexe, »hätte ich gewußt, daß das Gift für Euch bestimmt war, so hätte ich mir lieber den Dolch durch die Kehle stoßen lassen, mit dem man mich bedrohte, und hätte mein armseliges Leben hingegeben, um einen Mann Gottes zu retten und auch die liebreizendste Frau, die jemals auf Gottes Erde geblüht hat! Teurer Freund, wisset, ich habe nämlich nur noch dies kärgliche Restchen Gegengift in diesem Fläschchen.«

»Ist noch genug für *sie* drin?«

»Ja, doch müßt Ihr Euch beeilen!« drängte die Alte.

Da raste der Mönch noch geschwinder zurück, als er hergeritten war, so daß der Hengst im Schloßhof unter ihm zusammenbrach und verendete. Er rannte in das Gemach, wo Bertha, die ihr letztes Stündlein gekommen wähnte, sich in Krämpfen wand wie eine Eidechse im Feuer und dabei ihr Kind küßte und herzte. Doch galt ihr Wehgeschrei nicht ihrer eigenen Qual, sondern diesem heißgeliebten Sohn, der nun hilflos dem wütenden Zorn des Herrn von Bastarnay preisgegeben war. Ihre eigenen Todesmartern hatte sie über dem grausamen Los, das ihm, wie sie ahnte, bevorstand, völlig vergessen.

»Da, nimm«, rief der Mönch, »mein Leben ist in Sicherheit!«

Dom Johannes brachte den stolzen Mut auf, diese Worte zu sprechen, ohne mit der Wimper zu zucken, obwohl er bereits spürte, wie die Krallenfänge des Todes ihm ans Herz griffen. Kaum aber hatte Bertha getrunken, sank der Prior tot um, nachdem er noch seinen Sohn geküßt und seiner Liebsten einen Blick zugeworfen hatte, der auch noch gleich liebevoll schien, nachdem sein Auge gebrochen war und er seinen letzten Seufzer ausgehaucht hatte. Bei diesem Anblick erstarrte Bertha zu kaltem Marmorstein, sie fühlte solch maßloses Entsetzen in ihrem Herzen aufsteigen, daß sie starr und reglos vor dem Toten kauerte, der da ihr zu Füßen ausgestreckt lag. Sie drückte immer wieder die Hand ihres bitterlich schluchzenden Kindes, während ihr Auge trocken blieb

wie weiland das Rote Meer, als die Juden unter Führung ihres Herrn und Meisters Moses hindurchzogen. Es war ihr, als hätte sie spitzige Sandkörner unter den Augenlidern, die sie brannten, ohne daß sie aber weinen konnte. Betet für sie, barmherzige Seelen, denn keiner Frau ward jemals solch bitteres Herzeleid angetan wie ihr, als sie erriet, daß ihr Freund starb, weil er ihr das Leben hatte retten wollen.

Mit Hilfe ihres Sohnes bettete sie den toten Mönch auf ihre Lagerstatt und kniete zu seinen Füßen nieder in heißem Gebet mit ihrem Kind, dem sie nun endlich auch sagte, der Prior sei sein wahrer Vater. In dieser Haltung erwartete sie ihre schlimme Stunde, die ihr auch nicht erspart blieb. Denn um die elfte Stunde kam Bastarnay zurück, und schon draußen an der Zugbrücke wurde ihm gesagt, der Mönch sei tot, nicht aber die gnädige Frau und das Kind; zudem sah er noch seinen schönen Hengst verendet im Hofe liegen. Da packte ihn ein wildes Verlangen, Bertha und das Kind des Mönchs gleichfalls umzubringen, und er sprang mit einem weiten Satz

G. Doré
CARBONNEAU. SC

die Stufen der Treppe hinauf. Doch angesichts dieses Leichnams, für den sein Weib und der Sohn die Totengebete sprachen, ohne abzubrechen, ohne Ohr für sein fürchterliches Toben, ohne Auge für sein wütendes Fuchteln und Dräuen, da brachte er's nicht übers Herz, diese ruchlose Untat zu vollbringen. Als seine erste Wut verraucht war, wußte er nicht, was er beginnen sollte, und stampfte unschlüssig und ratlos im Gemach auf und ab wie ein Hasenfuß, den man bei einer Missetat ertappt, so hatten ihn die Gebete verstört, die ohne Unterlaß für das ewige Seelenheil des Mönchs gesprochen wurden.

Die Nacht verging unter Weinen, Seufzen und Beten. Auf ausdrücklichen Befehl ihrer Herrin mußte eine Kammerfrau nach Losches gehen und dort ein Kleid kaufen, wie es adlige Frauen trugen, und für den armen Sohn ein Pferd und eine Knappenrüstung. Als der Herr von Bastarnay dies sah, wunderte er sich nicht wenig darüber. Er schickte nach der gnädigen Frau und dem Sohn des Mönchs; doch weder Mutter noch Kind gaben ihm Antwort, sondern legten nur stumm die Gewänder an, die ihnen die Kammerfrau gekauft hatte. Auf Berthas Weisung mußte die Zofe über den Hausstand der Schloßherrin ein genaues Verzeichnis aufstellen, auch traf sie ihre Verfügungen über ihre Kleider, Perlen, Schmucksachen und Diamanten, wie solche Dinge jeweils bei der feierlichen Verzichtleistung einer Witwe auf ihre Rechte angeordnet werden. Bertha gebot sogar, obendrauf noch ihr Almosentäschchen zu legen, auf daß gar nichts mehr zu ihrer völligen Entäußerung jeglichen Besitzes, der ihrem Gemahl zu eigen war, fehlte.

Bald munkelte man im ganzen Haus von diesen Vorbereitungen. Jeder sah, daß die gnädige Frau das Schloß verlassen wollte, und große Traurigkeit befiel alle Herzen. Ja sogar ein kleiner Küchenjunge, der erst seit einer Woche da war, weinte, weil ihm die gnädige Frau schon ein gütiges und liebreiches Wort gegönnt hatte.

Entsetzt über diese Zurüstungen, stapfte der alte Bastarnay zu seiner Frau in die Kammer und traf sie, in Tränen aufgelöst, bei Johanns Leichnam; denn endlich waren ihr die Trä-

nen gekommen. Als sie aber ihren Gatten sah, trocknete sie die Augen.

Auf seine ungezählten Fragen antwortete sie in knappen Worten mit dem offenen Geständnis ihrer Schuld. Sie erzählte, wie sie hintergangen worden war, wie sich der arme Page habe entleiben wollen – sie zeigte ihm die Wunde auf der Brust des Toten –, wie lange es gewährt hatte, bis er genesen war, wie er hernach aus Gehorsam gegen sie und aus Bußfertigkeit gegen Gott und die Menschen ins Kloster gegangen war, wie er sein schönes Leben als Ritter aufgegeben und seinen Namen hatte erlöschen lassen, was ihn sicherlich härter ankam als der Tod. Auch habe sie gedacht, wennschon sie ihre Ehre räche, so hätte doch Gott selber dem Mönch nicht einen Tag in jedem Jahr verweigert, seinen Sohn zu sehen, um dessentwillen er alles aufgeopfert hatte. Und weil sie nimmermehr mit einem Mörder unter einem Dach leben wolle, gehe sie jetzt fort aus diesem Hause und lasse all ihr Hab und Gut zurück. Und ferner: Wenn die Ehre derer von Bastarnay befleckt sei, so habe nicht sie, sondern er Schande über sein Haus gebracht, denn sie habe in diesem Ärgernis nach bestem Wissen und Bemühn alles wieder zum Guten gewendet. Endlich tat sie noch das Gelübde, mit ihrem Sohn über Berge und Täler zu wandern, bis alle ihre Schuld gänzlich gesühnt sei, denn sie wisse, wie sie für alles Buße tun könne.

Nachdem sie mit edlem Anstand und wachsbleich im Gesicht diese ergreifend schönen Worte gesprochen hatte, faßte sie ihren Sohn bei der Hand und schritt in erhabener Trauer hinaus, weit schöner und hoheitsvoller als die edle Hagar bei ihrem Scheiden vom Patriarchen Abraham und so stolz, daß alle im Haus, bei denen sie vorbeikam, auf die Knie niederfielen und flehend die gefalteten Hände zu ihr emporhoben, als wäre sie Unsere Liebe Frau höchstselbst. Es war herzzerreißend anzusehen, wie der Herr von Bastarnay hinter ihr drein schritt, tränenden Auges, seiner Schuld bewußt und verzweifelt wie ein Mann, den man zum Schafott führt, daß er dort hingerichtet werde.

Bertha blieb taub gegen alles Flehen und Beschwören. So

groß und allgemein war die Verzweiflung und Ratlosigkeit im Schloß, daß sie die Zugbrücke herabgelassen fand. Sie schritt rascher aus, um bald außerhalb des Burgbereichs zu sein, denn sie fürchtete, man könnte die Brücke plötzlich hochziehen. Doch kein Mensch dachte daran oder brachte es übers Herz. Bertha setzte sich an den Rand des Burggrabens, vor den Augen sämtlicher Schloßbewohner, die sie unter Tränen dazubleiben baten. Der arme Schloßherr stand völlig gebrochen da und hielt sich an der Kette des Fallgitters fest, stumm wie einer von den steinernen Heiligen, die über dem Burgtor eingehauen waren. Er sah, wie Bertha ihrem Sohn gebot, den Staub von seinen Schuhen auf der Brücke abzuschütteln, damit er nichts mit sich forttrage, was den Bastarnay gehöre, und sie tat desgleichen. Hierauf deutete sie auf den Burgherrn, wies ihn ihrem Sohne mit einer feierlichen Gebärde und sprach zu ihm: »Mein Kind, sieh dort den Mörder deines Vaters, der, wie du weißt, der arme Prior war. Du aber hast den Namen dieses Mannes getragen. Sieh also zu, daß du ihn zurückgeben kannst, wie du hier in seinem Schloß den Staub zurückläßt, den du an deinen Schuhen mitgetragen hast. Was deine Kost und Erziehung in seinem Hause anlangt, so werden wir mit Gottes Hilfe die Rechnung auch begleichen.«

Als der alte Bastarnay diese feierlichen Worte hörte, hätte er am liebsten seinem Weib ein ganzes Kloster voller Mönche verstattet, wenn sie nur bei ihm bleiben und ihn nicht mitsamt dem Junker, welcher dereinst Ruhm und Preis seines Hauses abgeben konnte, verlassen wollte. So blieb er, das Haupt auf die Ketten der Zugbrücke geneigt, reglos und wie versteinert stehen.

»Teufel!« schrie Bertha, obschon sie nicht ahnte, wie sehr der Gottseibeiuns bei alledem seine Finger im Spiel gehabt hatte, »bist du jetzt zufrieden? Mögen nunmehr, da mein ganzes Glück in Scherben liegt, Gott, seine Heiligen und Erzengel uns Hilfe und Beistand gewähren, um die ich so inbrünstig gebetet habe!«

Mit einmal ergossen sich in Berthas Herz Ströme himmlischer Tröstungen, denn um die Biegung eines Feldwegs er-

VERDEIL
G Doré

schien mit wehendem Banner ein langer Zug Mönche aus dem Kloster Marmoustiers, unter frommen Gesängen, die ihr wie himmlische Stimmen in die Ohren klangen. Die Brüder hatten Kunde erhalten von dem Mord, der an ihrem vielgeliebten Prior verübt worden war, und kamen nun angewallt, um in feierlicher Prozession seinen Leichnam einzuholen, und mit ihnen schritten, Rechenschaft heischend, die Vertreter der kirchlichen Justiz. Als der Schloßherr von Bastarnay dies sah, fand er gerade noch Zeit, mit dem gesamten Schloßgesinde durch ein Nebentor abzuziehen; er entwich zu seinem Herrn, dem Thronfolger Ludwig, und ließ alles im Stich.

Die arme Bertha ritt, hinter ihrem Sohne aufsitzend, nach Montbazon zu ihrem Vater, um von ihm Abschied zu nehmen. Sie verhehlte ihm nicht, daß sie an diesem Schlag bestimmt sterben werde, und alle Angehörigen ihrer Sippe gaben sich redlich Mühe, ihr Trost zuzusprechen und sie aufzurichten, doch vermochten sie's nicht. Der alte Herr von Rohan schenkte seinem Enkelsohn eine prachtvolle Rüstung und ermahnte ihn dabei, so mannhaft Ruhm und Ehre mit seinen Waffentaten zu erringen, daß er die Schuld der Mutter in ewiges Lob wandle. Aber Frau Bertha von Bastarnay hatte im Herzen ihres teuren Sohnes keinen andern Gedanken genährt und gehegt als den, das angerichtete Unheil wiedergutzumachen, um sie und Johann vor der ewigen Verdammnis zu erretten. Sie wandten sich mithin alle beide nach der Gegend, wo der Aufstand tobte, und hatten nur einen einzigen Wunsch: dem Herrn von Bastarnay einen so namhaften Dienst zu erweisen, daß er ihnen mehr als sein Leben zu danken habe.

Die Flammen des Aufruhrs loderten, wie jeder weiß, in der Umgebung von Angoulême und Bordeaux, in der Guyenne und andern Orten des Königreichs, wo große Schlachten und Scharmützel zwischen den Aufrührern und den königlichen Heeren bevorstanden. Die Hauptschlacht, die auch den Krieg entschied und ihm ein Ende setzte, ward zwischen Ruffec und Angoulême geschlagen, wo alle Gefangenen gehängt oder sonstwie hingerichtet wurden. Diese Schlacht, die der alte Bastarnay befehligte, fand etwa im November statt, bei-

läufig sieben Monate nach der Ermordung des Priors Johann. Der alte Haudegen wußte wohl, daß er als erster Ratgeber des aufrührerischen Königssohns vorgemerkt war und daß man ihn einen Kopf kürzer machen wollte. Als nun die Seinen querfeldein flüchteten, sah sich der Alte mit eins von sechs

Reisigen hart bedrängt, die alles daransetzten, ihn gefangenzunehmen. Da ward ihm klar, daß man ihn lebendig fangen wollte, um seiner ganzen Sippe den Prozeß zu machen, seinen Namen für alle Zukunft auszutilgen und seine Güter einzuziehen. Doch der hartbedrängte Ritter wollte lieber im Kampf ums Leben kommen, um so sein Geschlecht zu retten und seinem Sohn Lehen und Grundbesitz zu erhalten. Er wehrte sich wie ein Löwe, der er wirklich war. Trotz ihrer Überzahl mußten die Kriegsknechte, als sie drei der Ihrigen fallen sahen, Bastarnay hart zu Leibe rücken, selbst auf die Gefahr hin, ihn tot niederzustrecken, und sie warfen sich alle zugleich auf ihn, nachdem sie seine beiden Knappen und einen Pagen erschlagen hatten. In dieser höchsten Gefahr fiel plötzlich ein Knappe mit dem Wappen derer von Rohan wie ein Blitz über die Angreifer her und schlug ihrer zweie nieder mit dem Ruf: »Gott schütze die Bastarnay!« Der dritte Kriegsknecht, der bereits den alten Bastarnay gepackt hielt, erhielt einen so wohlgezielten Hieb von dem Knappen, daß er seinen Gefangenen fahrenlassen und sich gegen den Knappen wenden mußte, dem er seinen Dolch in die Kehle stieß, da, wo die schützende Halsberge aufhörte. Bastarnay war ein zu ritterlicher Mann, als daß er hätte flüchten mögen, ohne zuvor dem Befreier seines Hauses zu Hilfe zu eilen; denn als er sich umwandte, sah er, daß sein Retter zu Tode verwundet am Boden lag. Da schlug er mit einem einzigen wuchtigen Keulenhieb den Kriegsknecht nieder, hob den sterbenden Knappen quer vor sich auf sein Roß und suchte das Weite, geleitet von einem Unbekannten, der ihn zum Schloß von La Rochefoucauld führte. Dort traf er nächtlicherweile ein und fand im großen Rittersaal Bertha von Rohan, die ihm diese Zuflucht vorbereitet hatte. Doch als er seinem Retter den Harnisch auszog, erkannte er Johanns Sohn, der auf dem Tisch seinen Geist aushauchte, nachdem er mit letzter Kraft noch seine Mutter geküßt und mit klar vernehmlicher Stimme gesagt hatte: »Mutter, wir sind ihm nichts mehr schuldig!«

Als die Mutter diese Worte hörte, umarmte sie den Leichnam dieses Kindes ihrer Liebe und vereinte sich für alle Ewigkeit mit ihm, denn sie starb vor Herzeleid, ohne sich an Bastarnays Verzeihung und Reue zu kehren.

Dies unfaßliche Unglück beschleunigte so sehr des armen Ritters letzte Tage, daß er die Thronbesteigung des guten Königs Ludwig des Elften nicht mehr erlebte. Er stiftete eine tägliche Messe in der Kirche von La Rochefoucauld, wo er Mutter und Sohn in derselben Grabstätte beisetzen und ihnen ein Grabmal errichten ließ, mit einer lateinischen Inschrift, in der viel Rühmliches über ihr Leben zu lesen steht.

Die Nutzanwendung, die man aus dieser Geschichte ziehen kann, sind für jedermanns Lebensführung höchst förderlich, weil nämlich dies alles beweist, wie höflich sich ein Edelmann allezeit gegen die Liebhaber seiner Frau verhalten soll. Überdies können wir daraus lernen, daß alle Kinder uns von Gott beschert sind und daß die Väter, wahre so gut wie unechte, keinerlei Recht haben, sie meuchlings umzubringen, wie seinerzeit in Rom durch ein abscheuliches heidnisches Gesetz verfügt ward, das aber der Christenheit gar schlecht ansteht, weil wir hier allesamt Gottes Kinder sind.

WIE DAS SCHÖNE MÄGDLEIN VON PORTILLON SEINEN RICHTER NASFÜHRTE

Die Schöne von Portillon, die, wie jeder weiß, späterhin die Tascherette wurde, war Wäscherin, ehe sie als Färbersfrau und Gattin des Taschereau im genannten Ort Portillon hauste, woher sie ihren Namen hat. Sollten manche Leser Tours nicht kennen, so sei ihnen gesagt, daß Portillon flußabwärts an der Loire liegt, auf der Seite von Saint-Cyr, ebenso weit von der Brücke entfernt, die zur Kathedrale von Tours führt, wie besagte Brücke von Maimoustiers abliegt, weil sich nämlich die Brücke genau in der Mitte des Dammes zwischen den obgenannten Orte Portillon und Maimoustiers befindet. Begriffen? – Ja? – Wohlan denn!

Dort also betrieb das Mädchen seine Wäscherei, konnte auch von da aus in einem Nu zum Fluß hinunterlaufen und in der Loire waschen oder mit der Fähre nach Sankt Martin übersetzen, das am andern Ufer des Flusses lag, wo sie den größten Teil ihrer Wäsche in Chasteauneuf und andern Orten abliefern mußte.

Um Sankt Johannis herum, sieben Jahre bevor sie den wackern Taschereau heimführte, kam sie ins Alter, wo die Mädchen zum Lieben reif werden. Da sie ein lachlustiges und frohmütiges Ding war, wehrte sie's keinem, der sie lieben wollte, begünstigte aber auch keinen von ihren Anbetern, die sie um ihre Liebesgunst angingen. Wennschon auf der Bank vor ihrem Fenster wohlhabende junge Burschen ihr den Hof machten, darunter der Sohn des Rabelais, dem sieben Kähne auf der Loire gehörten, der Älteste der Jahan-Sippe, Marchandeau, der Schneider, und Peccard, der Trödelkrämer, so trieb sie doch tausend Narrenspossen mit ihnen, weil sie zuerst wollte vor den Traualtar geführt werden, bevor sie sich mit einem Mannsbild einließ, was nur beweist, daß sie eine ehrbare Dirne war, solange ihre Tugendhaftigkeit noch nicht flötengegangen war. Sie war eins von den Mädchen, die sich wohl hüten, dem Teufel den kleinen Finger oder gar die ganze Hand zu geben; wenn dann aber der Rechte kommt und sie kurzerhand überrennt, kirrt und kleinkriegt, dann lassen sie den Dingen ihren Lauf und denken, es komme ja nicht so genau darauf an; ein Flecken oder ihrer tausend: säubern müsse man sich auf jeden Fall. Man muß mit solchen Menschenkindern eben Nachsicht üben.

Ein junger Geck vom Hofe sah sie eines schönen Tages, als sie Schlag zwölf Uhr bei sengender Gluthitze, die ihre fülligen, drallen Reize noch üppiger erstrahlen ließ, mit der Fähre über den Fluß setzte; und kaum hatte er sie gesehen, wollte er auch schon wissen, wer sie war. Ein alter Mann, der am Ufer Kies schippte, sagte ihm, sie sei die schöne Dirne aus Portillon, eine Wäscherin, weit herum bekannt für ihre lustigen Einfälle, ihr fröhliches Lachen und ihre Züchtigkeit. Der junge Fant war ein eitler Herr, wohlversehen mit gestärkten Halskrausen, Linnentüchern und kostbarer Leibwäsche, und so beschloß er, von nun an die Kundschaft seines Hauses der Schönen von Portillon zuzuhalten. Als sie bei ihm vorbeikam, sprach er sie an. Sie bedankte sich überschwenglich und konnte sich mit Knicksen und Kratzfüßen nicht genug tun, war er doch der edle Herr Du Fou, des Königs Kämmerling. Über diese Begegnung war das schöne Kind so beglückt, daß ihr der Mund überlief von diesem Namen. Sie redete von nichts anderem mehr als von ihrem vornehmen Kunden. Wer ihr zu Sankt Martin in den Weg lief, bekam die Neuigkeit zu hören, und als sie in ihr Waschhaus zurückkehrte, prahlte und plapperte sie in einem fort. Auch am andern Tag, als sie unten am Fluß wusch, fand sie kein Ende mit Erzählen und Tratschen, und so kam es, daß in Portillon von dem edeln Herrn Du Fou mehr die Rede war als in der Predigt vom Herrgott; und das war den Leuten denn doch zu viel.

»Wenn die schon jetzt so angibt, was wird erst werden, wenn ihr einmal einer einheizt?« maulte eine alte Waschvettel, »sie will endlich was Warmes kriegen. Na, er wird's ihr schon tüchtig heiß besorgen, der Du Fou!«

Als nun das närrische Ding, dessen Mund allezeit vom gnädigen Herrn Du Fou überfloß, zum erstenmal ihre Wäsche in seinem Palast abliefern mußte, wünschte der Kämmerling sie zu sehen. Er sang ihr die Laudes samt Komplet über ihre Bügel- und Wäschekünste und sagte ihr auch zu guter Letzt, das habe sie klug angestellt, daß sie so bildschön sei; und darum wolle er ihr den Wäscherlohn in harter Münze bar auszahlen. Auf die Worte folgte sogleich die Tat, denn in einem Augenblick, als sein Gesinde die beiden allein ließ, übertölpelte und überrumpelte er das schöne Kind. Das Mädchen aber meinte, er hole eine Handvoll blanker Taler aus seinem Säckel, und getraute sich nicht hinzusehen, was er sich daran zu schaffen machte; sagte auch, wie ein geschämiges Mägdlein, das sich ziert, seinen wohlverdienten Lohn einzustreichen: »So viel fürs erste Mal?«

»Ist gleich geschehen«, versetzte er drauf.

Manche behaupten, es habe ihn schwere Mühe gekostet, sie zu notzüchtigen, und er habe sie nur ganz obenhin vergewaltigt; andere wieder neigten zu der Ansicht, er habe sie recht mangelhaft und unzulänglich, ja geradezu stümperhaft vergewaltigt, dieweil sie sein Haus fluchtartig verließ, wie

ein Heer, das Reißaus nimmt, und unterwegs laut wehklagte und sich in Anschuldigungen und Verwünschungen erging und stracks zum Richter lief.

Zufällig war aber besagter Richter gerade über Land geritten. So wartete denn das schöne Kind im Saal auf ihn, weinte ganze Bäche salziger Tränen und erzählte unterdessen der Magd, sie sei bestohlen worden, denn der gnädige Herr Du Fou habe ihr außer der Notzucht und höhnischen Worten nichts angedeihen lassen, während ein Domherr vom Kapitel ihr jeweils ein schönes Sümmchen Geld für das gezahlt habe, was ihr der gnädige Herr Du Fou ganz umsonst geraubt habe. Wenn sie einen Mann gut leiden möge, dann halte sie es für klug und angezeigt, ihm diese Freude zu bescheren, weil sie dabei ihr Vergnügen finde; doch der Kämmerling habe sie roh angepackt, geknufft und gepufft und gar nicht etwa zart und liebreich umfangen und geherzt, wie sie's gehofft und erwartet habe, und drum schulde er ihr tausend Taler, genausoviel und ebensogut wie jeweils der Domherr.

Nun kam auch der Richter nach Haus, sah die schöne Maid dasitzen und wollte gleich mit ihr anbändeln. Doch sie verstand diesmal gar keinen Spaß, sondern gab ihm eins auf die vorwitzigen Finger und erklärte, sie sei hier nicht zum Zeitvertreib oder zu ihrem Vergnügen, vielmehr habe sie eine Klage vorzubringen. Der Richter ging alsbald auf ihren feierlichen Ton ein und erwiderte, sicherlich werde, wenn sie's wünsche und verlange, ein Gehenkter am Galgen baumeln, denn er sei ihr zuliebe zu jeglicher Schandtat bereit. Die schöne Dirne aber entgegnete, sie wolle keinesfalls, daß ihr Notzüchtiger sterbe, sondern daß er ihr tausend Goldtaler zahle, weil er ihr nämlich gegen ihren Willen Gewalt angetan habe.

»Hoho!« raunzte der Richter, »diese Jungfernschaft steht höher im Preis!«

»Für tausend Taler will ich mich zufriedengeben«, erwiderte sie. »Davon kann ich nämlich leben und brauche mich nicht mehr länger als Wäscherin abzuschinden.«

»Und der Kerl, der sich diese Freude zu Gemüte geführt hat, kann der berappen?« fragte der Richter.

»Oh, ganz bestimmt!«

»Dann soll er's teuer bezahlen. Wer ist es denn?«

»Der gnädige Herr Du Fou.«

»Das ändert freilich die Sachlage«, meinte der Richter bedenklich.

»Und die Gerechtigkeit?« begehrte sie auf.

»Ich habe gesagt: die Sachlage, nicht die Gerechtigkeit«, erwiderte der Richter. »Zunächst muß ich wissen, wie sich der Fall zugetragen hat.«

Da erzählte ihm die Schöne in aller Einfalt, wie sie in der Truhe des gnädigen Herrn die Halskrausen schön säuberlich geordnet habe, während er sich mit ihren Röcken zu schaffen gemacht; sie aber habe sich umgedreht und zu ihm gesagt: »Macht ein Ende, gnädiger Herr!«

»Damit ist alles gesagt«, schalt der Richter, »es ist doch sonnenklar, daß er daraufhin glauben mußte, du erlaubtest ihm, rasch sein Geschäft abzutun! Hahaha!«

Da aber machte die schöne Wäscherin geltend, sie habe sich weinend und mit großem Geschrei gewehrt, und somit habe er ihr Gewalt angetan.

»Ach Quatsch!« polterte der Richter. »Lauter Schnickschnack und Getue! So treiben's die Jungfern immer, wenn sie unsereinen scharf machen wollen!«

Schließlich führte die Maid an, ungeachtet ihres Sträubens und Widerstrebens habe sie mit einemmal gespürt, wie er sie um den Leib packte und rücklings aufs Bett warf, und da habe sie freilich Zeter und Mordio geschrien und um sich geschlagen; als sie jedoch habe sehen müssen, daß ihr niemand zu Hilfe komme, da habe sie eben zuletzt den Mut verloren.

»Schön! Schön!« grinste der Richter. »Hat es Euch wohlgetan?«

»Nein, gar nicht!« brauste sie auf. »Der Schaden, der mir zugefügt worden ist, kann nur mit tausend Golddukaten gutgemacht werden.«

»Liebes Kind«, versetzte nun der Richter, »leider Gottes muß ich deine Klage abweisen, weil ich nämlich überzeugt bin, daß man keinem Mädchen Gewalt antun kann ohne ihr Einverständnis.«

»Ach Gott im Himmel!« heulte nun die Dirne los, »fragt doch nur einmal Eure Magd und hört, was sie Euch sagen wird.«

Da versicherte ihm die Magd, es gebe zweierlei Notzüchtigungen, solche, die Spaß machen, und andere, die höchst widerwärtig seien. Und wenn für die Wäscherin weder Vergnügen noch Geld dabei herausgeschaut habe, so stünden ihr eben Vergnügen oder Geld zu. Dieses sachverständige Gutachten versetzte den Richter in nicht geringe Verlegenheit.

»Jacqueline!« entschied er schließlich, »bevor ich zum Nachtmahl gehe, muß ich das alles gründlich überdenken. Geschwind, hole mir eine Nadel samt einem roten Faden, wie ich sie zum Heften meiner Aktenbündel benütze.«

Jacqueline brachte eine Art Ahle mit einer zierlichen, eng geschlitzten Öse nebst einem dicken roten Faden, wie ihn die Gerichtsbeamten verwenden. Dann blieb sie neugierig stehen und wollte dabeisein, wenn der Richter seinen Spruch fällte; und beide, Magd und Wäscherin, waren höchst gespannt ob dieser geheimnisvollen Zurüstungen.

»Schönes Kind«, sagte nun der Richter, »ich werde jetzt die Stopfnadel halten, deren Öhr groß genug ist, daß man mühelos das Fadenende einfädeln kann. Könnt Ihr's hindurchstecken, so will ich mich Eures Falles annehmen, und der gnädige Herr muß bluten, das heißt: einen Kompromiß eingehen.«

»Was ist das: ein Kompromiß? Darauf laß ich mich keinesfalls im voraus ein.«

»Das ist ein Juristenausdruck und bedeutet soviel wie Vergleich.«

»Ein Kompromiß ist somit gewissermaßen eine ausgleichende Gerechtigkeit?« fragte die Wäscherin.

»Liebes Kind, die Vergewaltigung hat Euch auch den Verstand aufgeschlossen, dünkt mich. Habt Ihr's also begriffen?«

»Ja«, antwortete sie.

Zuvorkommend hielt nun der verschmitzte Richter dem vergewaltigten Mädchen das Öhr der Nadel bequem hin. Doch als sie den Faden, den sie gezwirbelt hatte, damit er schön steif war, hineinstecken wollte, zuckte der Richter ein

Stückchen beiseite, und das Mädchen hatte für diesmal das Nachsehen. Da ging ihr ein Licht auf, was für ein stichhaltiges Argument ihr da der Richter vorhielt; sie netzte den Faden, steifte und spitzte ihn schön gerade und ging erneut drauflos. Doch der listige Richter zuckte, zappelte und wand sich gleich einem Jüngferlein, das sich nicht recht traut. Und so wollte auch diesmal der vermaledeite Faden nicht ins Loch gehen. Nun gab sich das schöne Kind erst recht Mühe, zielte mit Fleiß aufs Öhr, probierte es noch und noch; der Richter aber schmunzelte und wich geschwind zur Seite, drehte das heißbegehrte Ösenloch weg, und umsonst war die ganze Liebesmüh. Der Faden kam nicht dazu, Hochzeit zu halten, das Ösenloch blieb jungfräulich, und die Magd mußte hellauf lachen und meinte anzüglich zur Wäscherin, sie verstehe sich offenkundig besser aufs Genotzüchtigtwerden als aufs Notzüchtigen. Da mußte auch der arglistige Richter lachen, die schöne Maid aber weinte bittere Tränen um ihre blanken Goldtaler, die ihr – es sah ganz danach aus – durch die Lappen gingen.

»Wenn Ihr nicht stillhaltet«, begehrte sie auf – denn schließlich riß ihr die Geduld –, »wenn Ihr mit Absicht nicht stillhaltet und in einem fort hin und her wackelt, kann ich doch nicht den dicken Faden durch das enge Pförtchen zwängen!«

»Das ist's ja eben, mein liebes Kind!« lachte der Richter. »Hättest du's auch so gemacht, dann hätte dich der gnädige Herr nicht kleingekriegt! Auch mußt du in Betracht ziehen, wie weit diese Öffnung hier klafft und wie eng und verschlossen so eine Jungfrau ist – oder doch sein soll!«

Da schwieg die schöne Maid, die sich nun einmal darauf versteift hatte, sie sei genotzüchtigt worden, nachdenklich und überlegte hin und her, wie sie es fertigbringen könnte, den Richter in die Enge zu treiben und ihm zu beweisen, wie sie wohl oder übel hatte nachgeben und den kürzeren ziehen müssen. Denn letzten Endes ging es hier um die Ehre und den guten Ruf aller armen Mädchen, denen es jederzeit blühen kann, daß einer kommt und ihnen mir nichts, dir nichts Gewalt antut.

»Euer Gnaden«, sagte sie, »auf daß Gerechtigkeit walte, ist es vonnöten, daß ich's genau gleich mache wie der gnädige Herr. Hätte ich nämlich bloß zu wackeln brauchen, so würde ich jetzt noch wackeln; aber er hat eben ganz andere Schliche angewendet.«

»Laß hören«, ermunterte sie der Richter.

Da ging das Mädchen zum Leuchter, tunkte den Faden ins Wachs der Kerze und rieb und drückte ihn, bis er steif und bolzgerade stand. Dann, als der Faden schön hart war, stieß sie damit nach dem Nadelöhr, das ihr der Richter hinhielt, wobei er immerzu bald rechts, bald links auswich. Da aber setzte ihm das Mädchen mit tausend spaßigen Reden zu, sagte einmal: »Oh, was für ein hübsches Öschen!« oder: »Wie niedlich zum Hineinstecken! Nie hab ich solch ein Kleinod gesehen!« – oder dann wieder: »Welch ein wunderliebliches Spältchen! Laß mich doch meinen Zauberfaden hineintun! Ach weh! Ei, ei, ei! Ihr tut ja meinem armen Fädchen weh! Meinem herzigen Faden dürft ihr nichts zuleide tun! Haltet doch still! Ruhig doch, mein Richterschatz, Richter meiner Liebe! Was meint Ihr? Soll der schöne Faden nicht durch das Eisenpförtchen sein Köpflein stecken, das ihm so übel mitspielen wird, daß er ganz schlapp wieder hervorkommt?« Und dazu lachte sie, daß ihr die Tränen über die Backen liefen, denn sie kannte sich in diesem neckischen Spiel seit langem weit besser aus als der Richter. Aber auch der hielt sich den Bauch vor Lachen, so putzig, drollig und possierlich war sie, wie sie den Faden bald vorstieß, bald zurückschnellte. Bis gegen die siebente Stunde hielt sie den Richter so in Atem; die ganze Zeit mußte er die Nadel schön aufrecht darstrecken, und sie setzte ihm unermüdlich zu, ohne abzulassen oder zu ermatten, und in einem fort tänzelte sie vor seiner Nase herum wie ein Murmeltier, das man von der Kette gelassen hat. Immer aufs neue versuchte sie den Fadenstumpf ins Öhr zu stecken. Der Richter aber konnte einfach nicht mehr, so ermattet war er, zudem brannte sein Braten an, und seine Hand wurde ihm so müde, daß er sie notgedrungen für ein Weilchen auf dem Tischrand aufstützen und ausruhen mußte. Und da steckte auch schon blitzschnell die schöne Dirn den

Faden hinein und hindurch und sprach: »So ist es zugegangen!«

»Aber mein Braten wäre fast angebrannt!« schimpfte der Richter.

»Meiner auch!« antwortete schlagfertig die Schöne.

Da sah der Richter, daß er den kürzeren gezogen hatte, und versprach der Wäscherin, er werde sehen, daß er mit dem gnädigen Herrn Du Fou sprechen könne. Er wolle die Sache in die Hand nehmen, denn es sei ihm nun klar, daß der Junker ihr gegen ihren Willen Gewalt angetan habe. Doch gedenke er aus triftigen Gründen die Angelegenheit gütlich beizulegen und zu vertuschen.

Anderntags begab sich der Richter an den Hof und sah dort den Kämmerling Du Fou. Da trug er ihm die Klage des Mädchens vor und erzählte auch, wie sie ihm den Fall dargestellt hatte. Diese Klageführung machte dem König viel Spaß. Und als der junge Du Fou zugab, es sei allerhand Wahres dran, fragte ihn der König, ob er den Zugang schwer gefunden habe. Da der Junker Du Fou ganz harmlos erwiderte, nein, schwer sei es nicht gegangen, meinte der König, diese vergnügliche Notzüchtigung sei gut und gern ihre hundert Goldtaler wert. Der Kämmerling gab sie dem Richter, damit man ihn nicht der Knickerei zeihen konnte, doch meinte er sauersüß, Wäsche steifen und Halskrausen stärken werde fortan ein einträgliches Geschäft für die Wäscherin sein.

Der Richter kehrte nach Portillon zurück und verkündete dem schönen Kind schmunzelnd, er habe hundert Goldtaler für sie herausgeschlagen. Wenn sie aber den Rest, der zu den tausend Talern fehlte, auch noch haben wolle, so seien da im Palast des Königs zur Zeit etliche adlige Herren, die von ihrem Fall gehört und sich erboten hätten, ihr das Ausstehende nach ihrem Gutdünken zu verschaffen. Die schöne Wäscherin schlug dieses Anerbieten keineswegs aus und meinte, wenn sie nicht länger die schmutzige Wäsche anderer Leute waschen müsse, wolle sie dafür recht gerne hie und da ein wenig ihre Kleine herleihen. Sie lohnte auch dem Richter aufs freigebigste seine Mühewaltung und verdiente dann ihre tausend Taler binnen eines Monats.

Solch emsiges Sichrühren erregte den Neid scheelsüchtiger Mitbürger, und so kam es, daß mancherlei lügnerische Verleumdungen und boshafte Späße über sie im Lande umgingen. Aus den zehn adligen Herren machten die eifersüchtigen Weiber mit der Zeit hundert, während ganz im Gegenteil und anders, als es sonst die Dirnen treiben, die schöne Wäscherin ein gesetztes und tugendliches Leben zu führen begann, sobald sie ihre tausend Goldtaler beisammen hatte. Sogar ein Herzog, er hätte denn fünfhundert Taler auf den Tisch gelegt, hätte die Maid seinen Wünschen nicht gefügig machen können, was beweist, wie sehr sie mit ihren Reizen knauserte. Richtig ist auch, daß sie der König einmal in sein Lusthaus an der Fünfwinkelgrunzgasse beim Buchfinkenplatz kommen ließ. Er fand sie ausnehmend schön und unterhaltsam, hatte auch seinen Spaß an ihr und gab Befehl, sie dürfe in keiner Weise von seinen Wachsoldaten belästigt werden. Als Nicole Schönlöchlin, des Königs Geliebte, sah, wie schön sie war, schenkte sie ihr hundert Golddukaten und schickte sie schleunig nach Orleans; sie sollte nachsehen, ob dort das Loirewasser die gleiche Farbe habe wie unterhalb Portillons. Das schöne Mädchen ging um so williger dorthin, als ihr am König rein gar nichts gelegen war.

Als dann der heilige Mann kam, der dem König in seinen letzten Lebenstagen die Beichte hörte und seither kanonisiert wurde, ging die schöne Wäscherin zu ihm, läuterte und säuberte ihr Gewissen, tat Buße und stiftete ein Bett im Siechenhaus zu Sankt Lazarus unweit Tours. Wie manche vornehme Dame, die ihr kennt, hat sich willig von mehr als zehn Edelleuten Gewalt antun lassen, ohne andere Betten zu stiften als die ihres Hauses!

Dieser schöne Zug muß hier verzeichnet werden, denn es gilt, die Ehre dieses guten Mägdleins reinzuwaschen, das seinerzeit anderer Leute schmutzige Wäsche reinwusch und seither so großen Ruhm erworben hat dank ihrer Schlagfertigkeit und ihrem Witz. Den besten Beweis für ihren Wert gab sie, als sie den Taschereau heiratete, den sie mit viel Umsicht zum Hahnrei machte, zu ihrer beider Zufriedenheit, wie weiter oben in der Geschichte, betitelt *Der Warnungsschrei*, schon berichtet wurde.

Dies beweist klar und einleuchtend, daß man mit Geduld und einem bißchen Gewalt auch die Justiz notzüchtigen kann.

RIAULT
G. Doré

HIER ERWEIST SICH ERNEUT, DASS FORTUNA ALLEZEIT EIN WEIB IST

Zu jener Zeit, als sich die Ritter auf der Suche nach dem Glück noch ritterlich und nach alter höfischer Sitte Hilfe und Beistand leisteten, ereignete es sich einmal, daß in Sizilien, das, solltet ihr's nicht schon wissen, eine Insel ist, gelegen irgendwo in einem Winkel des Mittelländischen Meeres und einstmals hochberühmt –, daß dort, sagte ich, ein Ritter in einem Walde einem andern Ritter begegnete, der seinem Aussehn nach ein Franzose war. Augenscheinlich war dieser Franzose im Augenblick recht übel dran, denn er ging zu Fuß, ohne Begleitung und Knappen, und sein Aufzug war so ärmlich und abgerissen, daß man ihn für einen Bettler hätte ansehn können, wären seine Miene und sein ganzes Auftreten nicht so hoffärtig und eher einem Fürsten angemessen gewesen. Vermutlich war sein Pferd vor Hunger oder Übermüdung schon gleich nach der Landung verendet. Der Ritter kam nämlich von jenseits des Meeres, im Vertrauen auf die günstigen Zufälle und Begegnungen, die in besagtem Sizilien fränkischen Rittern oft zu ihrem Glück verholfen hatten, was in jedem Sinne wahr ist.

Der sizilianische Ritter, Pezzara mit Namen, war ein Venezianer, der vor langer Zeit schon die Republik verlassen hatte und nicht mehr dorthin zurückzugehen gedachte, weil er am Hof des Königs von Sizilien Fuß gefaßt und Rang und Ansehn gewonnen hatte. Nun war er aber als Zweitgeborener arm und unbemittelt, verstand auch nichts von Handelsgeschäften und war aus diesen Gründen zuletzt von seiner Familie verstoßen worden, obwohl es sich immerhin um ein weitberühmtes Geschlecht handelte. Jetzt war er an diesem Hofe seßhaft geworden, wo er beim König in hoher Gunst stand. Dieser Venezianer machte gerade einen Spazierritt auf einem prachtvollen spanischen Hengst und überlegte eben, wie einsam er eigentlich an diesem fremden Hofe sei, ohne verläßliche Freunde, und wie unsanft das Schicksal in solchen Fällen mit alleinstehenden Menschen umspringe und wie es an ihnen trügerisch handle. Da gewahrte er den armen fränkischen Junker, der noch jammervoller und verlassener aussah als er selbst, der doch immerhin noch blinkende Waffen sein eigen nannte, dazu ein stattliches Pferd und eine Schar Diener, die er in einem Gasthof zurückgelassen hatte, wo sie ihm ein üppiges Mahl zubereiteten.

»Ihr müßt von weither kommen, daß Eure Füße so staubbedeckt sind«, sprach der Venezianer den Unbekannten an.

»An meinen Füßen klebt nicht der Staub des ganzen Weges, den ich hinter mir habe«, versetzte der Franzose.

»Seid Ihr so weit gereist«, entgegnete der Venezianer, »so seid Ihr wohl ein erfahrener Mann.«

»Ich habe gelernt«, erwiderte der Franzose, »mich nicht im geringsten um Leute zu kümmern, die sich nicht um mich scheren. Ferner habe ich gelernt, daß ein Mann, mag er seinen Kopf noch so hoch tragen, seine Füße stets auf dem gleichen Boden hat wie ich. Überdies habe ich noch gelernt, im Winter nicht dem warmen Wetter zu trauen, mich nicht auf den Schlaf meiner Feinde zu verlassen und auch den Worten meiner Freunde nicht blindlings zu glauben.«

»So seid Ihr reicher als ich«, meinte der Venezianer verwundert, »denn Ihr sprecht da gar kluge Dinge, an die ich nie gedacht habe.«

»Jeder muß denken, was ihn angeht«, erwiderte der Franzose, »und da Ihr mich schon gefragt habt, kann ich Euch wohl um die Gefälligkeit bitten, mir die Straße nach Palermo oder zu einer Herberge zu zeigen, denn die Nacht bricht herein.«

»Kennt Ihr denn irgendeinen Franzosen oder einen sizilianischen Edelmann in Palermo?«

»Nein.«

»Dann seid Ihr also gar nicht sicher, daß Ihr dort aufgenommen werdet?«

»Ich bin geneigt, all denen zu verzeihen, die mich abweisen werden. Edler Herr, der Weg?«

»Ich habe mich, wie Ihr, verirrt«, versetzte der Venezianer. »Suchen wir gemeinsam.«

»Um das zu tun, müßten wir zusammen gehen. Doch seid Ihr zu Pferd, und ich bin zu Fuß.«

Da ließ der Venezianer den Franzosen hinter sich aufsitzen und sprach: »Habt Ihr eine Ahnung, mit wem Ihr es zu tun habt?«

»Mit einem Mann, will mich dünken.«

»Glaubt Ihr denn, Ihr seid in Sicherheit?«

»Wäret Ihr ein Strauchdieb, so müßtet Ihr eher um Euer eigenes Leben bangen!« entgegnete der Franzose und setzte dem Venezianer das Stichblatt eines Dolches auf die Brust.

»Nun wohl, edler Franzose, Ihr scheint mir ein Mann von hohen Kenntnissen und großem Verstand. Wisset denn: Ich bin ein Edelmann, ansässig am Hofe von Sizilien, doch bin ich einsam und wünsche mir nichts sehnlicher als einen verläßlichen Freund. Ihr scheint mir in derselben Lage; denn wenn der Schein nicht trügt, so steht Ihr mit Eurem Schicksal auch nicht auf sonderlich vertrautem Fuß und könnt, will mich bedünken, jedermanns Hilfe wohl brauchen.«

»Wäre ich glücklicher dran, wenn jedermann mit mir zu schaffen hätte?«

»Ihr seid der reinste Teufel und treibt mich mit allem, was ich sage, in die Enge! Bei Sankt Markus! Herr Ritter, ist auf Euch Verlaß?«

»Eher als auf Euch selber; denn Ihr fangt unseren Freundschaftsbund gleich damit an, daß Ihr mir etwas vormacht. Ihr lenkt nämlich Euer Roß ganz wie ein Mann, der seinen Weg genau kennt, und doch sagtet Ihr, Ihr hättet Euch verirrt.«

»Und macht Ihr mir nicht auch etwas vor«, erwiderte der Venezianer, »da Ihr einen Mann, der in so jungen Jahren schon so verständig und weise ist, zu Fuß gehen laßt und einem edlen Ritter Aussehen und Gehaben eines Landstreichers gebt? Doch hier ist unsere Herberge. Meine Diener haben uns ein Abendbrot bereitet.«

Der Franzose sprang vom Pferd. Er trat mit dem venezianischen Ritter in die Herberge, nahm auch gern und mit Dank die Einladung zum Nachtmahl an, und beide setzten sich zu Tisch. Der Franzose hieb so wacker ein und schlang die Bissen so hastig hinunter, daß er damit bewies, wie trefflich er sich auf Essen und Trinken verstand; er zeigte auch, daß er tüchtig zechen konnte, denn er leerte die Krüge recht flink und geschickt, ohne daß sich sein Auge trübte oder sein Verstand verwirrte. Soviel ist sicher: Der Venezianer sagte sich, er habe mit einem urechten Adamssohn Bekanntschaft gemacht, einem, der aus der rechten Rippe stammte, nicht aus der falschen. Während sie so miteinander tafelten, gab sich der venezianische Ritter große Mühe, eine Ritze auszuforschen, um die heimlichen Gedanken seines neuen Freundes zu ergründen. Doch mußte er bald einsehen, daß er ihn eher dahin bringen könnte, sein Hemd abzulegen als seine kluge Vorsicht, und so hielt er's denn schließlich für das beste, seine Achtung und Wertschätzung zu gewinnen, indem er sein eigenes Wams aufknöpfte und mit offenen Karten spielte. Mithin gab er ihm Aufschluß, wie in Sizilien die Dinge lagen, wo Fürst Leutfried herrschte und seine anmutige Gemahlin; er schilderte ihm, wie liebesfroh und galant ihr Hofstaat sei, welch höfische Gesittung dort blühe und daß es von edlen Rittern aus Spanien, Frankreich, Italien und anderer Herren Ländern dort wimmle, Rittern mit stolzen Wappen und reichen Ländereien. Auch Prinzessinnen gebe es da in Menge, die seien so reich wie vornehm und so schön wie reich. Der Fürst strebe voll Ehrgeiz nach den höchsten Zielen und trage sich beispielsweise mit dem Gedanken, Morea, Konstantinopel, Jerusalem, die Sudanlande und andere afrikanische Gebiete zu erobern. Etliche gewiegte Ratgeber gingen ihm zur Hand, besorgten ihm trefflich seine Geschäfte, zögen die Blüte der christlichen Ritterschaft als Heerbann und Hilfstroß hier zusammen und hielten diesen Glanz aufrecht in der Absicht, dieses Sizilien, das in alten Zeiten so reich und mächtig gewesen war, zur Herrin des Mittelmeeres zu machen und Venedigs Macht zu brechen, das ja keine Handbreit Land besitze. Alle diese hochfliegenden Pläne habe er, Pezzara, dem König in den Kopf gesetzt. Doch obschon er beim Fürsten in hoher Gunst stehe, fühle er sich schwach und machtlos und habe unter den Höflingen und Schranzen keinen Rückhalt. Darum möchte er gar zu gern einen zuverlässigen Freund erwerben. In solch äußerster Not sei er darauf verfallen, auf seinem Ausritt das Los entscheiden zu lassen und sich dem erstbesten anzuvertrauen, der ihm entgegenkäme. Da er nun in solcher Absicht einem Mann von Verstand begegnet sei, wie ihm der Ritter ja bewiesen habe, schlage er ihm vor, sie wollten wie Brüder zusammenstehn; er stelle ihm seine Börse zur Verfügung und biete ihm seinen Palast als Wohnung an. Dann würden sie beide gemeinsam Ehren und Würden erringen, auch alle Freuden und Vergnügungen redlich teilen, ohne einander je einen Gedanken zu verheimlichen, und sie wollten einer dem andern in jeglicher Not und Gefahr treulich beistehen wie echte Waffenbrüder auf einem Kreuzzug. Da er, der Franzose, sein Glück machen wolle und dazu

Beistand brauche, so glaube er, der Venezianer, er werde mit diesem Anerbieten gegenseitiger Hilfeleistung nicht abgewiesen werden.

»Obschon ich keiner Hilfe bedarf«, versetzte der Franzose, »weil ich nämlich auf ein Mittel baue, das mir alles verschaffen soll, was ich mir wünsche, so will ich gleichwohl Euer ritterliches Betragen dankbar anerkennen, teurer Ritter Pezzara. Ihr werdet sehen, daß Ihr gar bald dem Ritter Walter von Montsoreau aus dem schönen Touranerlande zu Dank verpflichtet seid.«

»Besitzt Ihr denn eine wundertätige Reliquie, in der Euer Glück seine Wohnstatt hat?« fragte der Venezianer.

»Einen Talisman, den mir meine Mutter mitgegeben hat«, erwiderte der Touraner, »einen Zauberstab, mit dem sich auch Schlösser und Städte erbauen und zerstören lassen, einen Hammer, mit dem man Münzen schlägt, ein Heilmittel, das alle Übel kuriert, einen Wanderstab, den man zum Pfand setzen kann und der viel einbringt, wenn man ihn verpfändet, ein Wunderwerkzeug, das in allen Schmiedestätten traumhafte Geschmeide herstellt, ohne dabei Lärm zu machen.«

»Ei! Bei Sankt Markus! Ihr tragt ein Geheimnis in Eurem Panzerhemd!«

»Mitnichten«, versetzte der fränkische Ritter, »es ist ein ganz natürliches Ding, da, schaut nur her!«

Und mit einmal erhob sich Walter vom Tisch, um zu Bett zu gehen, und wies seinem Waffenbruder das schönste und stattlichste Werkzeug zum Freudenspenden, das der Venezianer je zu Gesicht bekommen hatte.

»Dies«, sprach der Franzose, während sie sich beide nach damaliger Sitte zusammen ins Bett legten, »räumt alle Hindernisse beiseite, denn es verhilft mir zur Macht über die Herzen der Frauen; und weil die Frauen an diesem Hof Königinnen sind, wird es nicht lange währen, und Euer Waffenbruder Walter ist hier der Herr.«

Der Venezianer konnte sich lange nicht erholen, so erstaunt und überwältigt war er vom Anblick der heimlichen Prächte seines Freundes, der in der Tat von seiner Mutter und wohl auch von seinem Vater wunderbar ausgerüstet worden war und daher allenthalben sieghaft und erfolgreich sein mußte, zumal sich zu dieser prachtvollen, überwältigenden Männlichkeit der schlagfertige Witz eines frechen jungen Pagen und die Weisheit eines schlauen alten Teufels gesellten.

So schwuren sie einander denn unverbrüchliche Treue und engen Zusammenhalt, wobei sie auch ein Frauenherz für nichts achten wollten. Sie gelobten sich, fürderhin nur noch ein Herz und eine Seele zu sein, allezeit einträchtig und einhellig zu denken und zu handeln, als wären sie ein Leib und ein Kopf, und so schliefen sie, hochbeglückt von ihrer neugeschlossenen Bruderschaft, auf dem gleichen Kopfkissen. So ging es nämlich in jener Zeit unter Waffenbrüdern zu.

Anderntags schenkte der Venezianer seinem Freund Walter einen stattlichen Hengst, dazu eine Gürteltasche voller Goldtaler, feine seidene Beinkleider, ein samtenes, golddurchwirktes Wams und einen reichgestickten Mantel, und diese prächtigen Kleidungsstücke brachten sein schmuckes Aussehen erst recht zur Geltung und setzten seine Schönheit in so helles Licht, daß der Venezianer seine Hand dafür ins Feuer gelegt hätte, er werde die Damen alle berücken. Pezzaras Diener erhielten Befehl, diesem Walter zu gehorchen wie ihm selber, so daß sie glauben mochten, ihr Herr sei fischen gegangen und habe diesen Franzosen dabei geangelt.

Darauf hielten die beiden Freunde und Schwurbrüder ihren Einzug in Palermo, zur Stunde, als sich gerade der Fürst mit seiner Gemahlin lustwandelnd in den Straßen erging. Voll Stolz stellte Pezzara seinen Freund, den Franzosen, vor, rühmte seine Verdienste und verschaffte ihm dadurch eine so huldreiche Aufnahme, daß ihn Leutfried zum Nachtmahl bei sich behielt.

Der fränkische Ritter beobachtete das Tun und Treiben bei Hofe mit wachsamen und klug abschätzenden Augen. Dabei kam er ungezählten eigentümlichen und höchst wissenswerten Zusammenhängen auf die Spur. Der König war ein tapferer und schöner Mann, die Königin, seine Gemahlin, ihrerseits eine heißblütige Spanierin von feurigem Temperament, die schönste und begehrenswerteste Frau am ganzen Hof, doch lag ein Schatten von Schwermut auf ihrem Antlitz. Da der Touraner dies wahrnahm, dachte er bei sich, gewiß werde sie vom König in der Ehe arg vernachlässigt und allzu kärglich bedient; denn in der Touraine gilt das Sprichwort: Es strahlt das Angesicht, wenn sich das andere freut. Pezzara machte seinem Waffenbruder im Handumdrehen mehrere Damen namhaft, denen sich Leutfried huldreich zeigte und die eifersüchtig einander den Rang abzulaufen suchten, die sich in einem Wettstreit weiblicher Listen und Ränke gegenseitig überboten und auszustechen trachteten, um ihn ganz für sich allein zu kapern. Aus alledem schloß Walter, daß der Fürst, obwohl er die schönste Frau in der ganzen Welt besaß, an seinem Hofe ein großer Wüstling, Schürzenjäger und Hurer war und nichts anderes im Sinne hatte, als sich die sizilianischen Damen der Reihe nach zu Willen zu machen und sein Rößlein in ihrem Stall einzustellen, ihm Abwechslung in seinem Futter zu verschaffen und die verschiedenen Arten kennenzulernen, wie man in jedem Lande reitet. Als der Junker von Montsoreau sah, was für ein Lotterleben

König Leutfried führte, als er sich auch davon überzeugt hatte, daß niemand an diesem Hof den Mut aufbrachte, der

Königin die Augen über dies Treiben zu öffnen, da entschloß er sich ohne langes Zaudern, mit einem Schlag und Meisterstreich sein Fähnlein im Feld der schönen Spanierin aufzupflanzen. Hört nur, wie er's anfing.

Um dem fremden Ritter die gebührende Höflichkeit zu erweisen, teilte ihm der König beim Nachtmahl den Ehrenplatz an der Seite der Königin zu. Der tapfere Walter reichte ihr die Hand, geleitete sie in den Saal hinüber und wußte es so einzurichten, daß sie einen ziemlichen Vorsprung vor den andern gewannen, die nachkamen. Er trug sich nämlich mit der Absicht, ihr gleich zu Anbeginn etwas über die Dinge zuzuflüstern, die allezeit die Damen mit Wohlgefallen aufnehmen, welchen Standes sie auch sein mögen. Ihr könnt euch denken, was für Reden er vorbrachte und wie rasch er quer durch den Kohlacker mitten in den brennenden Dornbusch der Liebe vordrang.

»Ich weiß wohl, Frau Königin, aus welchem Grund Euer Angesicht so blaß ist.«

»Weshalb denn?« fragte sie.

»Ihr seid so schön, so verlockend schön, und es muß so wonnevoll sein, Euch zu besitzen, daß der König sicher Tag und Nacht nichts anderes mehr tut, als mit Euch das Liebesspiel zu treiben. Ihr mißbraucht dabei aber Eure überlegene Macht, denn er muß gewiß bald am übermäßigen Liebesgenuß sterben.«

»Was soll ich denn tun, um ihn am Leben zu erhalten?« fragte erschrocken die Königin.

»Ihr müßt ihm verbieten, mehr als drei *Oremus* täglich auf Euerem Altar darzubringen.«

»Ihr scherzt wohl, Herr Ritter, wie es Art und Brauch von Euch Franzosen ist. Denn der König hat mir erklärt, mehr als ein einfaches Paternoster in der Woche übersteige bereits das äußerste Maß und könne zum Tode führen.«

»Da seid Ihr angeführt worden«, sprach Walter, indes er an der Tafel Platz nahm. »Ich kann Euch im Gegenteil den Beweis erbringen, daß die Liebe, für Königinnen wie für gewöhnliche Frauen, tagtäglich die Messe, die Vesper und die Komplet feiern muß, dazu ein *Ave* von Zeit zu Zeit oben-

drein, und diese Andachten soll sie Tag für Tag gewissenhaft einhalten wie die Mönche in ihrem Kloster. Für Euch aber, schönste Frau Königin, sollten diese wonnevollen Litaneien überhaupt nie ein Ende nehmen.«

Da warf die Königin dem schönen fränkischen Ritter einen Blick zu, der keineswegs erzürnt oder ungnädig war, lächelte und sprach mit ungläubigem Kopfschütteln: »In diesem Punkt sind die Männer samt und sonders große Lügner.«

»Ich trage eine überzeugende Wahrheit bei mir«, gab der Ritter zur Antwort, »die will ich Euch, so Ihr's wünscht, gerne zeigen. Ich mache mich anheischig, Euch aufzuwarten, wie sich's für eine Königin geziemt, und Euch Lust, so viel und mehr, als Ihr's Euch erträumen könnt, zu verschaffen. So werdet Ihr die verlorene Zeit leichtlich wieder einbringen, zumal sich der König mit anderen Damen zuschanden geliebt hat, während ich alle meine Kräfte für Euern Dienst bereithalten will.«

»Und wenn der König von unserem Einvernehmen Wind bekommt, legt er Euch den Kopf vor die Füße.«

»Und sollte mir dieses Unglück auch nach der ersten Nacht schon widerfahren, so würde das Glück, das ich genossen hätte, hundert Jahre meines Lebens aufwiegen, denn niemals bisher, so viele Königshöfe ich schon gesehen habe, ist mir eine Fürstin vor Augen gekommen, die an Schönheit Euch hätte gleichgestellt werden können. Mit einem Wort: Komme ich nicht durch das Schwert um, so sterbe ich doch durch Euch, denn ich bin fest entschlossen, mein Leben in unserer Liebe zu verströmen, wofern das Leben da entfleucht, wo es gezeugt wird.«

Noch nie hatte die Königin solche Worte vernommen, und sie taten ihr wohl und erbauten sie mehr als der schönste Gesang beim Hochamt. Das sah man an ihrem Gesicht, denn sie lief purpurrot an, weil diese Worte ihr das Blut so in Wallung versetzten, daß alle Saiten ihrer Laute in Schwingung gerieten und in vollem, starkem Akkord bis hinauf in ihr Ohr zusammenklangen, denn diese volltönende Laute erfüllt, dank einer besondern Begabung ihrer widerklingenden Natur, mit ihrem Klang Leib und Seele der edlen Frauen und läßt sie zutiefst erzittern und erwartungsvoll erschauern. Wie mußte sie in jäher rasender Leidenschaft aufflammen, war sie doch jung, schön, eine Königin und Spanierin, und dennoch hintergangen und betrogen!

Sie faßte eine tiefe, tödliche Verachtung für alle die feilen Schranzen ihres Hofs, die aus Angst vor dem König zu diesem Verrat geschwiegen hatten, und nahm sich fest vor, mit Hilfe des schönen Franzosen Vergeltung zu üben und Rache zu nehmen. Er schien so wenig am Leben zu hängen, daß er gleich im ersten Gespräch sorglos sein Leben aufs Spiel setzte und vor einer Königin eine Sprache führte, die ihn den Hals kosten mußte, falls sie ihrer Pflicht nachkam. Doch sie trat ihm im Gegenteil unterm Tisch auf den Fuß und drückte ihn in unzweideutigem Einverständnis, während sie laut sagte: »Herr Ritter, sprechen wir lieber von anderem, denn es ist nicht schön von Euch, eine arme Königin an ihrer schwachen Stelle anzugreifen. Erzählt uns lieber ein wenig von den Gepflogenheiten der Damen am Hofe in Frankreich.«

So erhielt der Junker einen zarten Wink, daß die Sache abgemacht und in bester Ordnung sei. Da fing er an, närrische und ergötzliche Schnurren und Schwänke zum besten zu geben, die während des ganzen Mahles den Hof, König, Königin und alle Höflinge, in so heitere Stimmung versetzten, daß Leutfried, als er die Tafel aufhob, gestand, noch nie habe er sich so köstlich unterhalten.

Hierauf verfügte sich die ganze Tafelgesellschaft in die Gärten hinunter, welche die schönsten auf der ganzen Welt waren; dort nahm die Königin etliche Aussprüche des fremden Ritters zum Vorwand, um mit ihm abseits von den andern in einem Orangenhain zu lustwandeln, dessen Blüten einen balsamisch süßen Wohlgeruch verbreiteten.

»Schöne vieledle Königin«, hob sogleich der wackere Walter an zu sprechen, »ich habe in allen Landen, überall, wo ich hinkam, die Erfahrung gemacht, daß Gefahr und Verderben den Liebenden nur aus dem leidigen Äugeln, Schmachten, Hofieren und Anhimmeln erwachsen, kurz dem, was wir ›höfisches Benehmen‹ nennen. Wenn Ihr Vertrauen zu mir habt, so schließen wir als zwei Menschen hoher Gesinnung ein Abkommen, uns ohne alle diese sonst üblichen Alfanzereien und Spiegelfechtereien zu lieben. Auf diese Weise wird niemand Argwohn schöpfen, und wir können uns unbehelligt, ungefährdet und lange Zeit unseres Glückes erfreuen. So müssen es die Königinnen halten, wenn sie nicht in Ungelegenheiten geraten wollen.«

»Wohlgesprochen«, erwiderte die Königin. »Doch da ich ohne jede Erfahrung in solchen Dingen bin und ein Neuling im Anzetteln von Liebeshändeln, weiß ich nicht, wie man's einrichten soll, damit uns niemand auf die Spur kommt.«

»Habt Ihr unter Eueren dienstbaren Frauen keine, auf die Ihr Euch ganz verlassen könnt?«

»Freilich«, entgegnete sie. »Ich habe eine Zofe, die mit mir aus Spanien hergekommen ist, die würde sich mir zuliebe auf einen glühenden Rost legen, wie es Sankt Lorenz um Gottes willen getan hat. Aber sie kränkelt immer.«

»Gut«, versetzte der Ritter, »Ihr werdet sie dann und wann besuchen.«

»Ja«, antwortete die Königin, »und zuweilen auch nachts.«

»Vortrefflich!« frohlockte Walter. »Für diesen glücklichen Umstand gelobe ich der heiligen Rosalia, der Schutzpatronin Siziliens, einen goldenen Altar!«

»Herr Jesus!« rief die Königin selig aus, »wie bin ich glücklich; und doppelt glücklich, weil ein so anmutvoller Liebster auch noch so frommgläubig ist!«

»Oh, allergnädigste Frau, ich bin zwiefach fromm und gläubig von heut an, weil ich eine Königin im Himmel verehre und eine andere hienieden, und zum Glück kommt dabei weder die eine noch die andere Liebe zu Schaden.«

Diese Worte waren für die Königin ein wahres Labsal und rührten sie über die Maßen; es fehlte nicht viel, und sie wäre mit dem kecken Franzosen auf und davon gegangen.

»Die Jungfrau Maria hat viel Macht im Himmel«, sprach die Königin, »möge ich durch die Liebe ebenso mächtig werden wie sie.«

»Bah, sie reden von der Jungfrau Maria!« murmelte der König, der sich leise herangeschlichen hatte und sie belauschte, denn ein sizilianischer Höfling, der vor Wut über die rasche Gunst des verdammten Franzosen aus der Haut fahren wollte, hatte ihm den Stachel der Eifersucht ins Herz gesetzt.

Die Königin und der Ritter trafen ihre Maßnahmen, und alles ward aufs sinnreichste vorgekehrt, um den Spitzhelm des Königs mit unsichtbarem Zierat zu versehen.

Dann kehrte der Franzose zur Hofgesellschaft zurück und machte sich bei allen lieb Kind. Hernach ritt er nach Hause in Pezzaras Palast und berichtete ihm, ihrer beider Glück sei gemacht, denn schon in der kommenden Nacht werde er bei der Königin schlafen. Dieser unerwartet rasche Ablauf der Dinge verwunderte den Venezianer nicht wenig, aber als guter Freund sorgte er gleich für wohlriechende Wässer, feine Brabanter Linnenwäsche und andere kostbare Gewänder, wie sie sich im Verkehr mit einer Königin schicken. Damit stattete er seinen lieben Waffenbruder aus, auf daß die Hülle des darin verwahrten heilkräftigen Inhalts würdig war.

»O mein Freund«, sprach er, »bist du auch sicher, daß du nicht straucheln und ausgleiten wirst, sondern unverzagt deine Pflicht tust, daß du der Königin gebührend aufwartest und ihr in ihrem Lustschloß Gallardin solche Feste bereitest, daß sie sich für alle Zukunft an diesen Zauberstab klammern wird wie ein Schiffbrüchiger an eine Planke?«

»Wo denkst du hin? Sei unbesorgt, lieber Pezzara, habe ich doch allerhand zusammengespart auf meiner Reise, und ich gedenke sie zu zwiebeln und zu piesacken, als wäre sie eine einfache Dienstmagd. Ich werde ihr alles beibringen, was die Damen in der Touraine können, und die verstehen sich aufs Lieben besser als alle andern, weil sie's nämlich machen und wieder machen, dann zum Abgewöhnen noch einmal machen, und haben sie's dann wieder gemacht, so machen sie's weiter, noch und noch, und haben gar nichts anderes mehr zu tun als das, weil es etwas ist, was immer wieder gemacht sein will. Nun aber gilt es, über unsere Zukunftspläne ins reine zu kommen. Hör zu, wie wir die Herrschaft über diese Insel erringen werden: Ich nehme mich der Königin an, und du hältst dich an den König. Nun führen wir vor den Höflingen eine kluge Komödie auf und tun, als seien wir geschworene Todfeinde. So werden wir sie in zwei Parteien spalten, die von uns geführt sind, und werden doch Freunde bleiben, ohne daß sie es ahnen. Auf diese Weise erfahren wir jederzeit ihre Anschläge und können sie vereiteln, indem du meine Feinde aushorchst und ich die deinen. Somit werden wir in einigen Tagen zum Schein einen Streit vom Zaun brechen und uns heftig verfeinden. Vorwand und Anlaß für diesen Zwist wird uns die Gunst des Königs liefern, die du auf mein Anstiften genießen wirst; denn ich will sie dir über die Königin und mit ihrer Hilfe verschaffen, so daß er dir die höchste Machtbefugnis und Gewalt überträgt, mich aber zu meinem Schaden zurücksetzt.«

Anderntags schlich der wackere Walter in aller Heimlichkeit zu der spanischen Hofdame, nachdem er überall ausgestreut hatte, er habe sie seinerzeit in Spanien oftmals getroffen und viel mit ihr verkehrt. Und er blieb volle sieben Tage bei ihr. Wie sich jeder wohl denken kann, wartete der Touraner der Königin auf, wie ein rechter Mann seiner Geliebten aufwartet, und ließ sie in so manch unbekanntes Land der Liebe schauen, enthüllte ihr so viele echte französische Arten und Abarten, lehrte sie so artige Drehungen, Windungen, Verzückungen und Erquickungen, daß sie vor Lust beinah verging und darob fast toll wurde und schwor, einzig die Franzosen wüßten, wie eine Frau geliebt sein wolle. So bekam der König seine Strafe dafür, daß er, um sie züchtig und brav zu erhalten, lauter leere Strohgarben in diese hübsche Liebesscheuer eingefahren hatte. Diese überirdisch herrliche Liebesnacht beglückte die Königin so tief, daß sie gelobte, dem wackeren Junker Montsoreau ewig treu zu bleiben, der sie erst erweckt und ihr enthüllt habe, welch ein genäschiges Leckermaul ihr Frauenschoß sein könne.

Sie kamen überein, daß die spanische Hofdame von nun an immer die Kranke spielen und daß der einzige Mensch, den die beiden Liebenden in ihr Verhältnis einweihen wollten, der Leibarzt der Königin sein solle, ein ihr treu ergebener Mann. Ein seltsamer Zufall wollte es, daß die Stimmbänder dieses Arztes denen des Junkers haargenau gleich waren, so daß sie zufolge eines Naturspiels eine täuschend ähnliche Stimme besaßen, worüber sich die Königin nicht genug wundern konnte. Der Leibarzt schwor bei seinem Leben, er werde dem anmutigen Liebespaar treu dienen, denn es hatte ihm in der Seele leid getan, wie verlassen und verschmäht die arme schöne Königin immer hatte leben müssen, und jetzt freute er sich von ganzem Herzen, daß sie, was nicht häufig der Fall ist, so fürstlich bedient war und endlich genug von dem bekam, was sie so lange hatte entbehren müssen.

Ein Monat war inzwischen verstrichen, und alles ging den beiden Freunden nach Wunsch. Sie knüpften die Fäden, welche die Königin auslegte, geschickt und listig und trachteten zielbewußt danach, die ganze Herrschergewalt von Sizilien Pezzara in die Hände zu spielen, während Montsoreau, welchen der König um seiner großen Erfahrung willen hochschätzte und gut leiden mochte, leer ausging. Doch die Königin widersetzte sich jeder Auszeichnung und Gunst, die ihm zuteil werden sollte, aufs heftigste und erklärte immer wieder, sie könne ihn nicht ausstehen, weil er ein gar zu ungehobelter und unliebenswürdiger Geselle sei. Leutfried gab dem Herzog von Cataneo, seinem ersten Ratgeber, den Laufpaß und setzte Pezzara an seine Stelle. Der Venezianer behandelte seinen Freund, den Franzosen, wie Luft und schien ihn gänzlich

vergessen zu haben. Da zieh ihn Walter in einem wütenden Ausbruch der Treulosigkeit, warf ihm schwarzen Undank und gemeinen Verrat an ihrer Freundschaft vor und brachte damit sogleich Cataneo und seine Anhänger ganz auf seine Seite; er schloß mit ihnen einen geheimen Pakt zum Sturz Pezzaras.

Kaum war der Venezianer in sein hohes Amt eingesetzt, so vollbrachte der gewitzte und zum Regieren wie geschaffene Mann – der, wie alle seine Landsleute, der geborene Staatsmann war – in Sizilien wahre Wunder, ließ die Häfen ausbauen, lockte mit mancherlei von ihm ersonnenen Erleichterungen, Freiheiten und Vorrechten die Handelsleute ins Land, verschaffte ungezählten armen Leuten lohnende Arbeit und zog Handwerker jeglichen Gewerbes heran, weil ein Fest das andere ablöste und die Insel nicht mehr aus dem Feiern herauskam. Auch reiche Leute und Müßiggänger strömten von allen Seiten, von weither, sogar aus dem Morgenland, herbei. So herrschte große Nachfrage nach Getreide und Früchten, alle Bodenerträgnisse und andern Handelswaren fanden reißenden Absatz, die Galeeren und Kauffahrteischiffe liefen aus Asien ein, und so war der König bald der meistbeneidete und glücklichste König der ganzen Christenheit, weil dieser Aufschwung seinem Hof in ganz Europa hohen Ruhm einbrachte. Diese glückliche Politik verdankte das Reich dem rückhaltlosen Einvernehmen zweier Männer, die ihr abgekartetes Spiel trieben. Der eine kümmerte sich um die Lustbarkeiten und sorgte persönlich für die Freuden der Königin, die jetzt immer ein heiteres Gesicht zur Schau trug, weil sie nach alter Touraner Art getröstet und bedient ward, und ihr Glück, ihr strahlendes, zufriedenes Wesen wirkte allerorten ansteckend. Doch der Ritter wachte auch

darüber, daß der König stets guter Laune war, indem er ihm immer neue Geliebte verschaffte und ihn in tausend Vergnügungen stürzte; auch wunderte sich der König höchlichst über die Duldsamkeit und Nachsicht der Königin, die er, seit der Junker von Montsoreau ins Land gekommen war, sowenig angerührt hatte wie ein Jude den Schweinespeck.

So waren der König und die Königin vollauf beschäftigt und überließen die Sorge für ihr Land dem andern Freund, der die Regierungsgeschäfte erledigte, die Ämter besetzte, den Staatshaushalt überwachte, die bewaffnete Macht mit fester Hand im Zaume hielt und weise lenkte, Geldquellen erschloß und in die königlichen Schatzkammern leitete, kurzum alle die obenerwähnten weisen Maßnahmen in die Wege leitete und durchführte.

Dieses gute Einvernehmen der beiden Freunde währte drei Jahre, manche sagen vier; doch haben die gelehrten Benediktinermönche die Zeitspanne bisher nicht genau heraustifteln können, so daß sie in Dunkel gehüllt bleibt so gut wie die Gründe für das Zerwürfnis, das späterhin die beiden Freunde entzweite. Wahrscheinlich war dem Venezianer seine Macht zu Kopfe gestiegen, und ihn hatte der maßlose Ehrgeiz gepackt, fortan ohne jegliche Aufsicht und Einrede zu regieren, so daß er darüber die guten Dienste vergaß, die ihm der Franzose erwiesen hatte. So geht das bei Höflingen, denn, wie Aristoteles irgendwo in seinen Schriften sagt, was auf dieser Welt am raschesten altert, ist eine Wohltat – obwohl auch erloschene Liebe zuweilen ranzig riecht.

So baute denn der Venezianer einzig auf die blinde Freund-

schaft des Königs, der ihn seinen liebwerten Gevatter zu nennen pflegte und ihn, hätte er's haben wollen, in sein eignes Hemd gesteckt hätte. Er faßte den Plan, sich seines Freundes zu entledigen, indem er dem König das Geheimnis seines ehelichen Pechs preisgab und ihm enthüllte, wie sich das Glück der Königin erkläre. Er hegte auch nicht den leisesten Zweifel, daß Leutfried dem Junker von Montsoreau unverweilt den Kopf abschlagen lasse, wie das in Sizilien bei derartigen Prozessen das landesübliche Verfahren war. Somit würden dem strebsamen und tüchtigen Pezzara auch die gleißenden Goldvögelein zufallen, die Walter und er in aller Heimlichkeit bei einem genuesischen Geldwechsler sicher angelegt hatten. Dieses Geld war ihr gemeinsames Eigentum, wie sie's seinerzeit, als sie ihr Schutz- und Trutzbündnis schlossen, vereinbart hatten. Dieser Schatz wuchs von Jahr zu Jahr, einerseits dank den Geschenken und Zuwendungen der Königin, die den Junker von Montsoreau bei jeder Gelegenheit aufs fürstlichste zu beschenken liebte, wozu sie ihre ansehnlichen Besitzungen und Ländereien in Spanien und auch ausgedehnter Grundbesitz in Italien, der ihr durch Erbschaft zugefallen war, instand setzten. Andererseits trugen auch die großmütigen Erkenntlichkeiten des Königs an seinen Minister zur Häufung ihres Spargroschens bei; er hatte ihm nämlich bestimmte Rechte und Privilegien über die Kaufleute eingeräumt und auch andere Vorteile und Nebeneinküfte zugewiesen.

Als sich der treulose Freund zum Verrat entschlossen hatte, legte er es darauf an, Walter mitten ins Herz zu treffen, weil der Touraner Manns genug war, auch den Schlausten in die Tasche zu stecken.

So wartete Pezzara auf einen günstigen Augenblick, bis er eines Nachts mit Bestimmtheit wußte, daß die Königin mit ihrem Geliebten im Bett lag. Dieser liebte sie immer noch so heiß wie zuvor, und jede Nacht, die er mit ihr verbrachte, dünkte ihm eine erste Hochzeitsnacht, so geschickt stellte sie sich an. Als nun, wie gesagt, der Verräter die Gewißheit hatte, daß die beiden Liebenden beisammen waren, machte er sich dem König gegenüber anheischig, ihm den bündigen Beweis zu liefern, wie treulos der Junker von Montsoreau an ihm handle, und er versprach ihm, er werde mit eigenen Augen sehen können, wie sich das abspiele, und zwar durch ein Loch, das er in eine Tür der Kleiderkammer der spanischen Hofdame gebohrt habe, derselben, die sich anstelle, als ob sie stets auf den Tod krank liege.

Um aber desto deutlicher und unleugbarer die Schuld der beiden Ehebrecher beweisen zu können, wartete Pezzara, bis der Morgen graute und man im Dämmerlicht des beginnenden Tages unterscheiden konnte, was im Zimmer vorging. Die spanische Hofdame, die ungeachtet ihres vorgeblichen Siechtums flink auf den Beinen war, scharfe Augen und ein feines Gehör hatte, mit dem sie das Gras wachsen hören konnte, spitzte die Ohren, als sie vor der Tür Schritte vernahm. Sie spähte durch einen Spalt des Verschlags, in dem sie in den Nächten schlief, wenn die Königin ihren Freund zwischen zwei linnenen Laken bei sich hatte – was allezeit die beste Art ist, einen Freund bei sich zu haben –, und sah den König, hinter ihm den Venezianer, heranschleichen. Da lief sie geschwind hinein zu dem kosenden Paar und warnte die Verliebten, sie seien verraten worden. Doch der König hatte schon das Auge an dem verfluchten Loch.

Und was sah er? Die schöne, göttliche Ampel, die soviel Öl verbrennt und die Welt erhellt, das Lämpchen, das mit den prächtigsten Schnörkeln geschmückt ist und strahlend hell leuchtet. Und nun fand er dies Ämpelchen weit anziehender als alle andern, weil er es nämlich so lange aus dem Auge verloren hatte, daß es ihm gänzlich neu erschien. Durch das kleine Loch konnte er nichts anderes sehen als eine Männerhand, die schamhaft diese Ampel umschloß, und er hörte Montsoreaus Stimme, die sprach: »Wie geht es der herzigen Kleinen heute morgen?« Solche übermütigen Koseworte gebrauchen Liebende ja oft, wenn sie miteinander schäkern, weil dieses Lämpchen in allen Ländern die Sonne der Liebe ist, und darum geben sie ihm tausenderlei Kosenamen und vergleichen es mit den schönsten Dingen, nennen es »mein Granatäpfelchen, meine Rose, mein Müschelchen, mein Igelchen, mein Liebeshäuschen, mein Goldschatz, mein Schneck-lein, mein Herr und Meister, mein Kleinchen«, ja manche gehen sogar so weit, es höchst ketzerisch »mein Gott« zu benamsen. Ihr könnt meinetwegen da und dort herumfragen, wenn ihr's mir nicht glauben wollt.

Als sie gerade dabei waren, diesen Rosenkranz verliebter Kosenamen abzubeten, gab ihnen die Hofdame durch ein Zeichen zu verstehen, der König sei da.

»Kann er uns hören?« fragte die Königin leise.

»Ja.«

»Sehen?«

»Ja.«

»Wer hat ihn hergeführt?«

»Pezzara.«

»Hol den Leibarzt herauf und verstecke Walter in seinen Gemächern!« gebot die Königin.

In der kurzen Zeit, die ein Bettler braucht, um sein Sprüchlein herzusagen, umwickelte die Königin ihr Ämpelchen mit Linnentüchern und blutbefleckten Pflastern, daß es aussah, als leide sie an einer abscheulich schwärenden Wunde und bösartigen Entzündung. Als aber der König in rasender Wut über die vernommenen Worte die Tür einrannte, fand er die Königin auf dem Bett liegend an der selben Stelle, wo er sie durch das Loch erblickt hatte, und über sie geneigt, stand der Leibarzt an ihrem Lager, hängte die Nase auf ihren Leib und hielt die Hand an das mit Binden umwickelte Ämpelchen gelegt und sagte: »Und wie geht es der herzigen Kleinen heute morgen?« mit demselben Stimmklang, den der König vorhin gehört hatte. Ein höchst spaßiger und übermütiger Ausspruch, der einem Arzt merkwürdig ansteht, doch bedienen sich ja die Heilkünstler und arzneikundigen Männer gern solcher vertraulicher Necknamen im Umgang mit den Damen und ver-

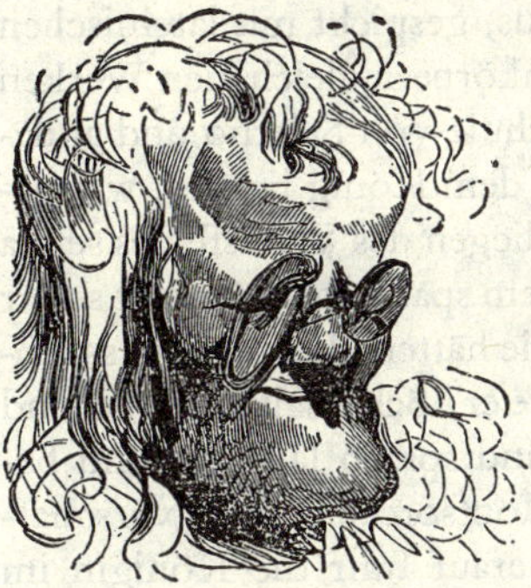

wenden bei der Behandlung dieser licht- und freudespendenden Blüte mit Vorliebe blütenreiche Wendungen und verblümte Redensarten. Bei diesem Anblick blieb der König kleinlaut und beschämt stehen wie ein Fuchs, der sich in der Falle gefangen hat. Die Königin richtete sich, rot vor Scham, im Bett auf und rief entrüstet, welcher Mann sich erdreiste, zu dieser Stunde hierherzukommen. Doch als sie den König gewahrte, sprach sie vorwurfsvoll: »Ach, mein Herr und Gemahl, nun wird Euch offenbar, was ich Euch so geflissentlich verhehlen wollte. Ich meine, Ihr besorgt mir's so selten, daß ich mir ein hitziges Übel zugezogen habe. Mein Selbstgefühl verbietet mir, darüber zu klagen; doch verlangt mein Zustand täglich erneuerte Verbände, die ich mir in aller Heimlichkeit anlegen ließ, um dadurch einem allzu heftigen Zusammenströmen meiner Lebenssäfte zu steuern. Um meine und auch Eure Ehre zu retten, Herr, bin ich genötigt, diese Behandlung bei meiner guten Doña Miraflor vorzunehmen, die sich meiner Schmerzen liebreich annimmt.«

Und nun holte auch noch der Leibarzt zu einer langatmigen und hochgelahrten Rede aus, gespickt mit lateinischen Zitaten, die er, kostbaren Samenkörnern gleich, den Werken des Hippokrates, Galen, der Schule von Salerno und anderer entnommen hatte, worin er dem König bewies, wie gefährlich für eine Frau das Brachliegen des Venusfeldes sei, ja daß es bei Königinnen mit heißem spanischem Geblüt sogar zum Tode führen könne, denn sie hätten überaus liebessüchtiges Blut. Diese Sprüche brachte er höchst salbungsvoll und feierlich vor, reckte den Bart und sprach langsam und bedächtig, um dem Junker von Montsoreau Zeit zu verschaffen, sein Bett aufzusuchen. Hierauf fuhr die Königin im Texte fort, holte weit aus und kam vom Hundertsten ins Tausendste, all dies, um Zeit zu gewinnen. Dann nahm sie des Königs Arm und ließ sich hinausführen unter dem Vorwand, die arme Kranke müsse jetzt allein bleiben, auch könne man ihr nicht zumuten, sie wie sonst immer zurückzugeleiten, was sie jeweilen tue, um jede üble Nachrede zu vermeiden. Als sie in der Galerie waren, wo der Junker von Montsoreau hauste, sagte die Königin scherzend: »Ihr solltet diesem leichtlebigen Franzosen einen Schabernack spielen. Ich möchte wetten, er ist nicht zu Hause, sondern buhlt mit irgendeiner Hofdame. Alle Frauenzimmer am Hofe sind ja ganz verrückt nach ihm, und seinetwegen wird es noch mancherlei Mißhelligkeiten und Streit absetzen. Hättet Ihr meinen Rat befolgt, so wäre er längst nicht mehr in Sizilien.«

Da drang der König unversehens in Walters Kammer ein und fand ihn im tiefsten Schlaf, schnarchend wie ein Mönch im Chor. Die Königin kehrte mit dem König in ihre Gemächer zurück und hielt ihn dort fest; unterdessen ließ sie

durch einen Wachsoldaten den Herzog von Cataneo zu sich bitten, den Pezzara verdrängt hatte. – Während sie nun mit dem König frühstückte und ihn dabei mit süßen Worten umstrickte, stellte sich dieser Edelmann im anstoßenden Saal ein, sie nahm ihn beiseite und sprach zu ihm: »Errichtet einen Galgen auf der Bastei, dann nehmt den Herrn Pezzara fest und sorgt dafür, daß er unverzüglich gehenkt wird. Laßt ihm auch keine Zeit, ein Wort zu sagen oder zu schreiben, was es auch sei. So wünsche und befehle ich's.«

Cataneo ließ sich's gesagt sein und machte nicht viel Federlesens. Während der Ritter Pezzara noch bei sich dachte, nun werde sein Freund Walter bald einen Kopf kürzer sein, erschien der Herzog von Cataneo, nahm ihn fest und führte ihn auf die Bastei. Von dort aus gewahrte er am Fenster der Königin den Junker von Montsoreau in Gesellschaft des Königs, der Königin und sämtlicher Höflinge, und da wurde ihm klar, daß, wer auf seiten der Königin stand, besser fuhr als der, der sich den König warmhielt.

»Lieber Freund«, sprach die Königin zu ihrem Gemahl, indem sie ihn ans Fenster zog, »da seht Ihr einen tückischen Verräter, der alles ins Werk setzte, Euch das zu rauben, was Euch auf der Welt das Liebste ist, und ich werde Euch auf Wunsch den Beweis dafür erbringen, sobald Ihr Muße habt, die Beweisstücke zu prüfen.«

Als Montsoreau die Zurüstungen zur Hinrichtung sah, warf er sich dem König zu Füßen und flehte um Gnade für seinen Todfeind, was den König zutiefst rührte.

»Junker von Montsoreau«, grollte die Königin und zeigte ihm ein zorniges Gesicht, »erkühnt Ihr Euch, meinem Wunsch und Willen entgegenzustehen?«

»Ihr seid ein edler Ritter«, sprach der König und hob den Junker von Montsoreau auf, »doch wißt Ihr ja nicht, wie schmählich der Venezianer gegen Euch gewühlt hat!«

So ward denn Pezzara fein säuberlich zwischen Kopf und Schultern erdrosselt, denn die Königin bewies dem König seine Verrätereien und ließ ihm auch durch einen in der Stadt ansässigen Geldwechsler die ungeheuerlichen Summen vorrechnen, welche Pezzara auf der Bank von Genua hinterlegt hatte und die nun dem Junker von Montsoreau zufielen.

Die schöne, hochgemute Königin starb, wie in der Geschichte Siziliens berichtet wird, an den Folgen einer schweren Geburt, in der sie einem Sohn das Leben gab, der später ein großer Mann, aber auch ein großer Pechvogel in allen seinen Unternehmungen wurde. Der König ließ sich von seinem Leibarzt einreden, verdorbenes Blut trage an dieser qualvollen Niederkunft die Schuld, weil nämlich die Königin ein gar zu keusches und enthaltsames Leben geführt habe. Und da er sich am Tod der tugendsamen Königin schuldig fühlte, tat er Buße für seine Missetat und stiftete die Kirche Unserer Lieben Frau, die eine der allerschönsten in Palermo ist. Der Junker von Montsoreau, der des Königs Schmerz und bittere Reue mit ansah, sagte ihm frei heraus, wenn ein König seine Gemahlin aus Spanien hole, dann müsse er wissen, daß sie ausgiebiger besorgt sein wolle als jede andere Frau, weil nämlich die Spanierinnen so hitzig und liebestüchtig seien, daß füglich eine jede von ihnen für zehn Weiber zähle, und wenn er eine Frau einzig um der Schaustellung willen habe heiraten wollen, so hätte er sie aus dem Norden, von Deutschland, holen müssen, wo die Weiber nicht so heißes Blut hätten, vielmehr kühl und fischblütig seien.

Der wackere Junker kehrte mit Glücksgütern überreich gesegnet in seine Heimat, die Touraine, zurück und lebte dort noch viele Jahre. Doch behielt er das Glück, das er in Sizilien gefunden hatte, für sich und ließ nie ein Sterbenswort darüber verlauten.

Später kehrte er dorthin zurück, um dem Sohn des Königs auf seinem Zuge gegen Neapel beizustehen, und als der schmucke Prinz, wie in der Chronik berichtet wird, zu Tode verwundet wurde, verließ er Italien aufs neue.

Abgesehen von den hochweisen Nutzanwendungen, die man aus dieser Geschichte ziehen kann, in welcher nämlich erhärtet wird, daß das Glück allezeit ein Weib ist und darum stets auf Seite der Damen steht, daß mithin die Männer guten Grund haben, ihnen nach bestem Vermögen aufzuwarten, beweist uns das Vernommene auch, daß Verschwiegenheit neun Zehntel der Weisheit ausmacht. Dessenungeachtet neigt der Mönch, der uns diese Begebenheit aufgeschrieben, dazu, auch noch eine andere, nicht minder einleuchtende Lehre daraus zu ziehen, daß nämlich Eigensucht, die so viele Freundschaften knüpft, sie auch wieder zerstört. Nun wählt meinethalben von diesen drei Deutungen die passendste aus; die, die eurer Sinnesart und euerm augenblicklichen Bedürfnis am ehesten zusagt.

VON EINEM STROMERNDEN BETTELMANN, WELCHER DER »ALTE STÖRZER« GENANNT WURDE

Der alte Chronist, der den Hanf geliefert hat, aus welchem die vorliegende Geschichte gesponnen ward, behauptet, er habe zur Zeit, als sich diese Begebenheit zutrug, in der Stadt Rouen gelebt, die seinen Namen auch wirklich in ihren Registern aufführt. In der Umgegend dieser schönen Stadt, wo dazumal der Herzog Richard Hof hielt, streunte bettelnd und fechtend ein Landstreicher herum, der hieß Tryballot; doch nannte man ihn überall nur *den alten Störzer*, nicht weil er etwa gelb und trocken wie ein Storz, sondern weil er unermüdlich unterwegs war auf Wegen und Stegen, über Berg und Tal, allnächtlich unter freiem Himmel schlief und kein anderes Dach jemals überm Kopfe hatte und zerlumpt und in Fetzen einherkam wie ein Vagabund. Dessenungeachtet war er im ganzen Herzogtum beliebt und gern gesehen, und klein und groß hatte sich so sehr an ihn gewöhnt, daß jeder fragte: »Wo bleibt nur der Alte?« wenn ein Monat verstrich, ohne daß er mit seinem Napf herumging und Almosen erbettelte. Und dann lautete die Antwort jedesmal: »Über alle Berge!«

Selbiger Stromer hatte zum Vater einen Tryballot gehabt, der zu seinen Lebzeiten ein geachteter Mann war, häuslich und arbeitsam und immerfort darauf bedacht, etwas auf die Seite zu tun, so daß er seinem Sohn, ebendem Störzer, Stromer und Walzbruder, ein erkleckliches Vermögen hatte hinterlassen können. Doch der junge Luftikus verplemperte alsbald alles, lebte in Saus und Braus und vertat sein Hab und Gut, denn er war das gerade Gegenteil seines Vaters. Dieser hatte, wenn er vom Felde nach Hause kam, unterwegs bald hier, bald dort ein Scheitlein oder Stecklein vom Weg aufgelesen, das rechter oder linker Hand liegengeblieben war, und dazu jeweils aus voller Überzeugung gesagt, was ein rechter Mann und Hausvater sei, der dürfe nie mit leeren Händen heimkommen. So wärmte er sich winters auf Kosten der Vergeßlichen, der Liederlichen und Verschwender, und daran tat er gut. Jeder mußte anerkennen, welch ein Vorbild

er fürs ganze Land war, denn ein Jahr vor seinem Hinscheiden ließ weit und breit keiner mehr auch nur ein Spänchen an den Wegen und Straßen herumliegen. Er hatte es fertiggebracht, daß auch die schlimmsten Verschwender zu guten Haushältern und ordentlichen und sparsamen Leuten wurden. Sein Sohn jedoch verpraßte alles, warf das schöne Geld scheffelweise zum Fenster hinaus und folgte seinem weisen Beispiel ganz und gar nicht. Sein Vater hatte das kommen sehen. Schon in seinen frühesten Kinderjahren, wenn ihn der alte Tryballot hinaus aufs Feld schickte, damit er den Vögeln auflauerte, die seine Erbsen, Bohnen und andere Saatkörner wegfressen wollten, und dieses Diebsgesindel verscheuchte, vornehmlich die Häher, die alles mit ihrem Mist bekleckern, so schaute er ihnen zu, hatte seine helle Freude daran, wenn er sah, wie anmutig sie herzuflogen, mit dem stibitzten Futter davonschwirrten, dann wieder zurückkamen und mit scharfem Blick die Schlingen und Fallen erspähten, die man ihnen gelegt hatte; und er lachte herzlich, wenn er sah, wie geschickt und schlau sie ihnen auswichen. Stellte dann der alte Tryballot fest, daß zwei oder oft auch drei Malter am vollen Maß fehlten, brauste er heftig auf und erboste sich sehr. Doch so oft er auch seinem Sprößling die Ohren langzog, wenn er ihn dabei ertappte, wie er nichtsnutzig unter einem Haselbusch lag, dem lieben Gott den Tag stahl und Maulaffen feilbot – der Lümmel kehrte sich nicht im geringsten an seine Scheltworte und lief abermals hin, um die Amseln und Spatzen zu belauschen und auch dem munteren Treiben der andern, nicht minder gewitzten kleinen Korndiebe zuzuschauen.

Eines Tages sagte sein Vater zu ihm, er täte gut daran, wenn er sich seine kleinen Freunde zum Vorbilde nähme; denn wenn er weiter auf diese Art tagediebe und herumstrolche, könne er leicht auf seine alten Tage gezwungen sein, sein Futter gleich ihnen zusammenzustehlen und von der Hand in den Mund zu leben, und gleich ihnen werde er dann von den Dienern der Gerechtigkeit zu Paaren getrieben. Das bewahrheitete sich denn auch, weil er, wie wir schon weiter oben berichtet haben, binnen kurzem die schönen harten Taler durchbrachte, die sein sparsamer Vater sein Leben lang mühsam zusammengekargt hatte. Er trieb's mit den Menschen akkurat so wie mit den Sperlingen, ließ jeden mit der Hand in seine Taschen greifen und weidete sich daran, wie zutunlich und artig ihn so mancher darum anging, seine Börse schröpfen zu dürfen. So währte es denn auch nicht lange, und er konnte ihr auf den Boden sehen. Als nur noch der Leibhaftige allein im Sacke saß, ließ sich Tryballot deswegen keine grauen Haare wachsen, sondern sagte jedem, der es wissen wollte, er habe keine Lust, um dieser schnöden irdischen Güter willen in ewige Verdammnis zu fallen; seine Lebensweisheit habe er von den Vögeln auf dem Felde gelernt.

Nachdem er nun in Saus und Braus gelebt und alles verjubelt hatte, blieben ihm als einziger Besitz noch ein Becher, den er einst auf der Kirmes erstanden hatte, sowie drei Würfel – Hausrat genug, um zu bechern und zu würfeln, und überdies brauchte er sich nicht mit Möbeln herumzuschleppen, wie's die großen Herren tun müssen, die keine Reise ohne Troß, Teppiche, Bratpfannen, mit allem Drum und Dran, unternehmen können, gar nicht zu reden von der Unzahl Gesinde und Dienerschaft. Nun wollte Tryballot seinerseits seine guten Freunde besuchen und bei ihnen zu Gaste gehn; aber da wollte ihn keiner mehr kennen, und das gab ihm die Befugnis, auch keinen von ihnen mehr zu kennen.

Als er zu dieser Einsicht gekommen war und ihm vor Hunger die Zähne weh taten, beschloß er, einen Beruf zu ergreifen, und zwar sollte es einer sein, bei dem es nichts zu arbeiten und viel zu verdienen gab. Nach langem Überlegen kam ihm das anmutige Treiben der Amseln und Spatzen in den Sinn. Und da erwählte der gute Tryballot als sein Gewerbe den Bettel von Haus zu Haus und ging von Tür zu Tür fechten. Schon am ersten Tag gaben ihm die Leute um Gottes willen und aus Barmherzigkeit übergenug, und Tryballot war's zufrieden. Er fand sein Gewerbe just das Rechte für sich; es bot keine großen Vorteile, aber auch keine unvorhergesehenen Fehlschläge und Mißerfolge, im Gegenteil: nichts als bequeme Annehmlichkeiten. Er übte sein Gewerbe so freudig und rechtschaffen aus, daß er bald allerorten beliebt war und tausenderlei Tröstungen empfing, die reichen Leuten versagt sind. Der Schlaukopf sah zu, wie die Landleute pflanzten, säten, Lese hielten und die Ernte einbrachten, und sagte sich, die guten Leute müßten sich doch arg für ihn plagen. Wer ein Schwein in seiner Räucherkammer verwahrte, hielt füglich auch für ihn einen Happen bereit, ohne

daß der Schweinehalter es sich träumen ließ. Ein anderer buk Brot in seinem Backofen und buk es für Tryballot, ohne es zu ahnen. Nie nahm er etwas mit Gewalt, im Gegenteil, die Leute gaben ihm noch gute Worte obendrein, wenn sie ihm ihr Scherflein darboten.

»Nehmt nur, alter Störzer«, sagten sie etwa, »stärkt Euch. Wie geht's, wie steht's? Immer gut? Kommt her, nehmt das da. Die Katze hat es angeknabbert, Ihr könnt es aufessen.«

Der alte Störzer war bei allen Hochzeiten, Kindstaufen und Leichenschmäusen mit dabei, weil er überall auftauchte, wo es offen oder heimlich etwas zu festen und zu juchheien gab. Er hielt auch gewissenhaft die Satzungen und Gebote seines Gewerbes, nämlich: nie und nimmermehr Arbeit zu verrichten; denn wenn er auch nur die leichteste Arbeit getan hätte, so hätte ihm keiner mehr etwas geschenkt. War er dann satt, so streckte sich der weise Mann längelang in einen Graben oder lehnte sich faul an einen Kirchenpfeiler und ließ sich die Staatsgeschäfte durch den Kopf gehen, hing seinen Gedanken nach und philosophierte und sinnierte wie seine zierlichen, flinken Lehrmeister, die Amseln, Krähen und Spatzen, und machte sich seine Gedanken beim Betteln und Fechten. Denn war auch sein Kleid ärmlich und abgerissen, so war das noch lange kein Grund, daß auch sein Verstand dürftig sein mußte. Seine Lebensweisheit behagte seiner Kundschaft ausnehmend, denn er gab ihnen zum Dank die schönsten Goldkörner seines Wissensschatzes zum besten. Wenn man ihn hörte, so waren die Pantoffeln schuld, daß die Reichen das Zipperlein in die Knochen bekamen. Er rühmte sich, er sei noch so gut auf den Beinen, weil ihm sein Schuster Schuhwerk liefere, das im Erlenwäldchen gewachsen sei. Auch tue manchem der Kopf weh unter seiner Krone, er aber bleibe von solchen Gebresten verschont, weil seinem Kopf weder Sorgen zusetzten noch ihn eine Krone drücke. Des fernern behinderten edelsteinbesetzte Ringe den Blutkreislauf. Und wenn er auch mit Schrammen, Beulen und Kratzern übersät war, wie's der Bettelstand eben so mit sich bringt, so könnt ihr mir doch glauben: er war gesünder als ein Kind, das man zur Taufe trägt.

G. Doré

Der lockere Vogel schlug gern und oft mit seinesgleichen, den andern ehrenwerten Mitgliedern der Bettlerzunft, die Zeit tot, trieb sich faulenzend und tagediebend mit ihnen herum, spielte auch ab und zu ein Spielchen mit seinen drei Würfeln, die er sorgsam aufgehoben hatte, damit er nie vergesse, seine Groschen auszugeben und allezeit arm zu bleiben. Ungeachtet seines Armutsgelübdes aber ging es ihm wie den Bettelorden: es flossen ihm so reichliche Almosen zu, daß er einmal an Ostern, als ihm ein anderer Fechtbruder im voraus für die Einnahmen des Tages zehn Taler bot, diese rundweg ausschlug. In der Tat verjuxte er am Abend vierzehn Taler bei einem Festschmaus zu Ehren der Almosenspender, denn in den Satzungen der Bettelgilde stand geschrieben, man müsse sich den barmherzigen Gebern dankbar erzeigen. Obschon er mit Fleiß alles von sich warf, was andern Leuten Sorgen einbrachte, die mit Glücksgütern allzu reich gesegnet sind und die deshalb immerfort der Kummer heimsucht, war er weit glücklicher jetzt, da er nichts mehr auf Erden sein eigen nannte, als damals, wo er noch seines Vaters Taler besaß. Und was seinen Adelsbrief anlangte, so konnte er sich jederzeit geadelt fühlen, tat er doch nie etwas, es sei denn, Lust und Laune gaben es ihm ein, und lebte also auf echt adlige Art, ohne je etwas zu arbeiten. Selbst dreißig Taler hätten ihn nicht dazu bewegen können aufzustehen, wenn er sich einmal hingelegt hatte. So lebte er von einem Tag zum andern, unbekümmert und sorglos wie alle andern, und führte mithin jenes schöne beschauliche Leben, welches nach Platons Äußerung, dessen Autorität ja schon zu mehreren Malen in diesen Geschichten angerufen wurde, ehemals verschiedene Weise des Altertums geführt haben.

Nach und nach war der alte Störzer zweiundachtzig Jahre alt geworden, und kein Tag war vergangen, ohne daß er nicht einen Zehrpfennig und Notgroschen ergattert hätte. Immer noch prangte sein Gesicht in den blühendsten Farben, die ihr euch vorstellen könnt. Auch war er davon überzeugt: hätte er auf der breiten Straße der Reichen ausgeharrt, so hätte er Schaden genommen und wäre längst begraben und verwest, und es ist wohl möglich, daß er darin recht hatte.

In seiner grünen Jugend war des alten Störzers hervorstechendste und weit herum bekannte Tugend, daß er unersättlich auf die Weiber versessen war, und seinen unstillbaren Liebeshunger hatte er, wie man munkelte, den Vögeln auf dem Felde, vorab den Sperlingen oder Spatzen, abgeschaut. So war er denn allezeit bereit, den Frauen seinen Beistand zu leihen, wenn sie etwa die Lust ankam, die Deckenbalken zu zählen, und solche Großzügigkeit fand ihre physikalische Ursache darin, daß er nie etwas tat und deswegen jederzeit imstande war, dies und das zu tun. Die Wäscherinnen, welche dortzulande Bükerinnen genannt werden, pflegten zu sagen, sie könnten die Damen noch so gut einseifen, der alte Störzer verstehe sich immer noch besser darauf. Diese seine verborgenen Fähigkeiten hatten auch, wie man sagte, zu der hohen Gunst geführt, deren er sich im ganzen Land erfreute. Manche behaupteten sogar, die edle Frau von Hitzbühel habe ihn auf ihr Schloß kommen lassen, um die Wahrheit über diese heimlichen Eigenschaften zu ergründen, und ihn eine volle Woche lang bei sich versteckt gehalten, um ihn von dem leidigen Fechten abzuhalten, doch habe der Alte durch die Hecken das Weite gesucht, aus lauter Angst, er könnte noch reich werden.

Als er nun älter und älter wurde, sah sich dieser große Quintessenzenspender verschmäht, wennschon seine erstaunlichen Fähigkeiten im Lieben keinerlei Einbuße erlitten hatten. Diese ungerechte Sinneswandlung und Abkehr des Weibervolkes war der Anlaß zur ersten Bestrafung des alten Störzers und zu dem berühmten Prozeß zu Rouen, von dem nun endlich die Rede sein soll.

In diesem zweiundachtzigsten Lebensjahr lebte der alte Vagabund notgedrungen ein volles halbes Jahr oder mehr gänzlich enthaltsam, weil er nämlich in dieser Zeit keinem Weib begegnet war, das bereit gewesen wäre, ihm zu Willen zu sein. Vor Gericht sagte er denn auch aus, das sei das Erstaunlichste gewesen, was ihm in seinem ganzen langen und ehrenhaften Leben zugestoßen sei. In diesem überaus qualvollen Zustand gewahrte er einmal im schönen Monat Mai auf freiem Felde ein Mägdlein, das von ungefähr noch Jungfrau war und dort die Kühe hütete. Die Hitze war so drükkend, daß sich die Kuhhirtin im Schatten einer Buche ins Gras legte, bäuchlings, mit dem Gesicht dem Grase zugekehrt, wie es die Bauersleute in der Gewohnheit haben, wenn sie auf dem Felde arbeiten. Sie wollte ein Schläfchen machen, während ihr Vieh wiederkäute. Aber mit einmal erwachte sie davon, wie sich der Alte über sie hermachte und ihr das raubte, was so ein armes Mägdlein eben nur ein einziges Mal verlieren kann. Als sie sich nun geschändet und ihres Jungfernkränzleins beraubt sah, ungefragt, und ohne daß er ihr wohlgetan hätte, da erhob sie ein so lautes Zetergeschrei, daß die Leute, die rings auf den Feldern an der Arbeit waren, herzugelaufen kamen. Sie wurden von der Maid auch gleich zu Zeugen genommen, sobald der Schaden offenbar war, der in der Hochzeitsnacht einer Neuvermählten angetan zu werden pflegt. Sie kreischte und jammerte kläglich, sagte auch, der alte geile Affe hätte ja ebensogut ihre Mutter notzüchtigen können, die hätte gewiß nichts dagegen gehabt. Der Alte gab den Bauern, die bereits mit ihren Gabeln und Karsten aufzogen und ihn totschlagen wollten wie einen räudigen Hund, zur Antwort, er habe einen unbezwinglichen Trieb verspürt, seine Lust zu büßen. Doch die Bauern hielten ihm mit Recht entgegen, ein Mann könne recht wohl seine Lust und seine Kurzweil finden, ohne gleich einer Jungfrau Gewalt anzutun, welcher Fall den Profosen angehe und ihn schnurgerade an den Galgen bringen werde. Und unter wüstem Geschrei und Getümmel führten sie ihn nach Rouen in den Kerker.

Das Mägdlein wurde vom Profosen verhört und erklärte, sie habe geschlafen, um die Zeit totzuschlagen. Dabei sei ihr gewesen, sie träume von ihrem Liebsten, mit dem sie uneins sei, weil er nämlich noch vor der Hochzeit an ihrem Sächlein habe Maß nehmen wollen; als sie nun im Traum miteinander ihren Spaß gehabt und gescherzt und gekost hätten, da habe sie ihn schauen lassen, ob auch alles schön zusammenpasse, damit späterhin keinerlei Mißhelligkeiten entstünden und keins von beiden zu Schaden komme. Ihrem Verbote zum Trotz sei er jedoch weiter gegangen, als sie ihm's erlaubt hatte, und da ihr die Sache mehr weh als wohl getan habe, sei sie aufgewacht und habe den alten Stromer über sich liegen gesehen, der sich auf sie geworfen habe wie ein Barfüßermönch auf einen Schinken am Fastenende.

Der Fall erregte so großes Aufsehen in der Stadt Rouen, daß der Profos vor den gnädigen Herrn Herzog befohlen wurde, welcher den dringenden Wunsch geäußert hatte zu erfahren, was an der Sache wahr sei. Auf des Profosen Bestätigung hin gebot er, der alte Landstörzer solle ihm in seinem Palast vorgeführt werden, damit er hören könne, was er zu seiner Verteidigung vorzubringen habe.

Da erschien also der Alte vor dem Fürsten und erzählte ihm des langen und breiten in aller Herzenseinfalt, was für ein Mißgeschick ihm zugestoßen sei, daß ihn die Natur mit Allgewalt und gebieterisch dazu getrieben habe; sagte auch ganz treuherzig, er sei darin wie ein Jüngling und werde von übermächtigen Gelüsten beherrscht. Bis zu diesem Jahr habe er immer Weiber zu seiner Verfügung gehabt, doch jetzt habe er acht Monate lang fasten müssen, denn er sei zu arm, um sich an Buhlmenschern schadlos halten zu können, und die ehrbaren Frauen, die ihm sonst dann und wann die Almosen spendeten, hätten sich vor seinem Haar geekelt, das tückischerweise weiß geworden sei, ungeachtet seiner immer noch grünenden Liebeskraft. So habe er, der Not gehorchend, seine Lust da genommen, wo sie sich geboten habe. Da habe ihm just das verdammte Jungfräulein in die Augen gestochen, das sich längelang unter der Buche hingestreckt und dabei das wunderhübsche Innenfutter ihres Röckleins zur Schau dargeboten habe, dazu zwei Halbkugeln, weiß wie Schnee, die ihm vollends den Verstand geraubt hätten. Schuld an allem sei die Dirne und nicht er, weil es den Jungfrauen verboten sein müßte, die Vorübergehenden gelüstig zu machen, indem sie ihnen das zu sehen gäben, was der *Venus Kallipygos* ihren Beinamen eingebracht habe. Und schließlich müsse der gnädige Herr Herzog doch wissen, welche Mühe es einen Mann koste, Schlag Mittag seinen Hund schön brav kuschen zu lassen, weil auch König David zu dieser Stunde den Reizen der Frau des Urias erlegen sei. Und wo sogar ein Judenkönig, der bei Gott doch wahrlich gut angeschrieben gewesen sei, habe straucheln können, dürfe ein armer freudloser Mann, der gezwungen sei, sich seinen Lebensunterhalt zusammenzustehlen, wohl füglich auch sündigen. Im übrigen sei er gern bereit, für den Rest seiner Tage bußfertige Psalmen zur Laute zu singen nach dem Vorbild des genannten Königs, welcher das schwere Unrecht begangen habe, meuchlings den Gatten seines Liebchens zu morden, während er doch nur eine Bauerndirne ein kleines bißchen beschädigt habe.

Der Herzog fand Geschmack an den Beweisgründen des alten Störzers und sagte, der sei fürwahr ein unverwüstlicher, ein urechter Mann. Hernach erließ er nachstehendes denkwürdiges Urteil: wenn dieser Bettler, wie er behaupte, in seinem Alter noch ein so zwingendes Bedürfnis nach feilen Weibsbildern verspüre, so stelle er ihm frei, das am Fuße der Leiter zu beweisen, die er emporsteigen müsse, um gehängt zu werden, wozu ihn der Profos kurzerhand verurteilt hatte. Wenn er, mit dem Strick um den Hals, zwischen dem Priester und dem Henker stehe und ihn dann solch ein Gelüst noch ankomme, solle er Gnade finden.

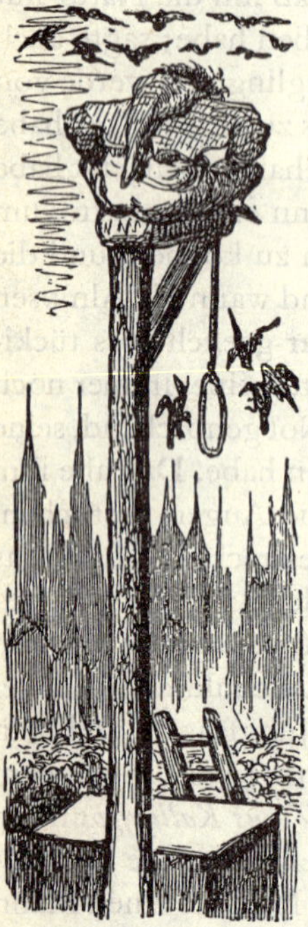

Als dieses Urteil bekannt wurde, strömte eine unübersehbare Menschenmenge zusammen, die zuschauen wollte, wie man den Alten zum Galgen führte. Zu beiden Seiten der Straße standen dichtgedrängt die neugierigen und schaulustigen Gaffer, wie beim Einzug eines Herzogs, und wie immer waren da mehr Hauben zu sehen als Männerhüte.

Der alte Störzer ward von einer Dame vor dem Gehenktwerden bewahrt, die über die Ma-

ßen neugierig war und unbedingt sehen wollte, was für ein Ende dieser unbezahlbare Mädchenschänder nehmen werde. Selbige Dame erklärte dem Herzog, die christliche Barmherzigkeit gebiete, daß mit dem Alten ehrlich Spiel getrieben werde, und so putzte sie sich denn, als wollte sie auf ein Ballfest gehen; sie stellte mit Vorbedacht zwei üppige Halbkugeln lebendigen Fleisches zur Schau, so blendendweiß, daß auch das hauchfeine schneeweiße Linnen ihres Busentüchleins dagegen verblaßte, und diese schönen Liebesfrüchte boten sich spiegelglatt und ohne das leiseste Fältchen über ihrem Mieder dar, gleich zwei voll ausgereiften Äpfeln, und ließen einem das Wasser im Munde zusammenlaufen, so appetitlich waren sie. Diese edle Frau, die eine von denen war, bei deren Anblick sich jeder richtig als Mann fühlte, stellte sich lächelnd und mit herausfordernd geschürzten Lippen zuvorderst unter die Schaulustigen. Endlich kam der alte Störzer, bekleidet mit einem grobleinenen Kittel, links und rechts von Gerichtsdienern flankiert. Er machte ein bekümmertes Gesicht und sah unruhig und verzweifelt rundum, und es schwante ihm, er werde wohl eher nach dem Gehenktwerden das Zeug zum Notzüchtigen aufbringen als vorher. Wohin er auch blickte, überall sah er nur lauter Altweiberhauben und hätte gerne, so sagte er, hundert Taler gegeben für eine hochgeschürzte stramme Maid wie die Kuhhirtin, deren pralle, runde, weiße Venussäulen ihm Unheil und Verderben gebracht hatten und die er sich jetzt wieder vorzustellen versuchte, weil sie ihm diesmal Rettung und Heil bringen konnten. Doch alt und müde, wie er war, mochte er seine Vorstellungskraft noch so heftig anstrengen, sie wollte dennoch nicht wirksam werden. Als er nun schon unterm Galgen stand und bereits einen Fuß auf die Leiter gesetzt hatte, fielen ihm die beiden schwellenden Rundungen der Dame in die Augen und das lockende Delta dazwischen, das sich da auftat, wo die hochgewölbten schneeweißen Hügel zusammenstießen. Und kaum hatte er diese Lockvögel erblickt, so geriet sein Hans Jelängerjelieber in solchen Zustand rasender Gier, daß ihn der Linnenkittel offenkundig verriet, denn er bauschte sich vorne mächtig auf.

»Heda, kommt her und nehmt es schleunig in Augenschein!« rief er den Schergen zu, »ich habe meine Gnade erwirkt. Doch stehe ich für den Lümmel da nicht lange ein.«

Die Dame war von dieser schmeichelhaften Huldigung höchlichst erbaut und erklärte, dies dünke sie ein noch stärkeres Stück als die Schändung der Kuhdirne. Die Büttel, die Auftrag hatten, den Kittel zu lüpfen und den Sachverhalt in Augenschein zu nehmen, glaubten nicht anders, als der Alte sei der leibhaftige Teufel, weil sie bis auf diesen Tag in ihren Schriftsätzen noch kein I angetroffen hatten, das so kerzengerade gewesen wäre wie das Richtholz dieses Mannsbildes. Kein Wunder, daß er daraufhin im Triumph durch die ganze Stadt bis zum Palast des Herzogs geführt wurde, dem die Gerichtsschergen und andere Leute den Tatbestand beglaubigten. In jenen Zeiten finsterer Unwissenheit ward dieses Beweisverfahren in solchen Ehren gehalten, daß die Stadt die Errichtung eines Standbildes an der Stelle beschloß, wo der Wundermann seine Gnade erwirkt hatte; er wurde darauf in Stein abkonterfeit, wie er beim Anblick dieser ehrbaren und tugendsamen Dame dagestanden hatte. Das Steinbild war noch zu sehen zu der Zeit, als die Engländer die Stadt Rouen einnahmen, und die zeitgenössischen Chronikschreiber verzeichneten allesamt diese Geschichte unter den bemerkenswerten Begebenheiten ihrer Zeit.

Als sich drauf die Stadt erbot, den Alten bis an sein Ende mit Frauen zu versorgen und für seine Verköstigung, Bekleidung und Behausung aufzukommen, da legte sich der gute Herzog ins Mittel. Er schenkte der Entjungferten tausend Taler und vermählte sie mit dem mannhaften Alten, der fortan nicht länger der alte Störzer hieß. Er wurde vom Herzog zum Herrn von Wackerhoden ernannt. Sein Weib aber kam neun Monate später mit einem wohlgestalten Knäblein nieder, einem kräftigen Buben, der sogar mit zwei Zähnchen zur Welt kam. Aus dieser Heirat stammt die erlauchte Sippe derer von Wackerhoden, die später, da sie sich – sehr zu Unrecht – ihres Namens schämten, bei unserem vielgeliebten König Ludwig dem Elften um eine verbriefte Ermächtigung nachsuchten, ihren Namen in Wackenroder abzuändern. Der gute König hielt bei dieser Gelegenheit dem Junker von Wackerhoden vor, es gebe im Staate der wohledlen Herren von Venedig eine weitberühmte Familie, die *Coglioni*, welche drei Eier in ihrem Wappen führe. Doch die genannten Herren von Wackerhoden hielten dem entgegen, ihre Frauen müßten sich jedesmal schämen, wenn man sie in Gesellschaft mit diesem Namen anrede. Der König erwiderte, dabei würden die Damen viel verlieren, weil nämlich mit dem Namen zumeist auch die Sache verlorengehe. Dessenungeachtet gewährte er ihnen den Freibrief. Seit jener Zeit war nun die Sippe unter diesem Namen bekannt und breitete sich in mehreren Provinzen des Königreichs aus. Der Stammvater derer von Wackerhoden lebte noch volle siebenundzwanzig Jahre und zeugte noch einen weiteren Sohn sowie zwei Töchter. Doch grämte er sich sehr, weil er nun zu guter Letzt doch noch reich geworden war und nicht mehr streunend sein Brot betteln durfte.

Daraus könnt ihr eine der schönsten Lehren und die handgreiflichste und erbaulichste Moral entnehmen, wie sie in keiner Geschichte zu finden sein wird, die ihr zeit eures Lebens lesen werdet, ausgenommen natürlich diese glorreichen hundert tolldrastischen Geschichten. Daß nämlich nimmermehr ein Abenteuer dieser Art den schlappen und verweichlichten Höflingen, reichen Leuten und andern zugestoßen wäre, die ihr Grab mit eignen Zähnen schaufeln, indem sie unmäßig schlemmen und Wein trinken und damit ihr freudespendendes Werkzeug und Zeugwerk zuschanden machen. Diese fettwanstigen Schmerbäuche wälzen sich auf köstlichen Linnen und Daunenbetten, während der Herr von Wackenroder auf dem harten Boden nächtigte. Etliche hätten in seiner Lage, wie man gemeinhin sagt, Kohl gefressen und hernach Brei geschissen. Dies sollte manchen, der diese Geschichte liest, dazu bewegen, sein Leben von Grund auf zu ändern und dem alten Störzer in seinem hohen Alter nachzuleben.

ALLERLEI UNGEREIMTE UND UNZIEMLICHE REDEN DREIER PILGRIME

Zu der Zeit, da der Papst seiner guten Stadt Avignon den Rücken kehrte, um wieder in Rom seinen Wohnsitz zu nehmen, waren zahlreiche Pilger arg genasführt und machten lange Gesichter, weil sie sich nach dem Komitat auf die Strümpfe gemacht hatten und nun über die himmelhohen Alpen ziehen mußten, um in die genannte Stadt Rom zu gelangen, wo sie das *Remittimus* ihrer buntscheckigen Sünden zu finden hofften.

Dazumal traf man auf den Straßen und in den Herbergen die Büßer, die um den Hals die Schaumünze der Kainsbrüder trugen, anders gesagt: die Blüte der Reue und Bußfertigkeit, samt und sonders üble Gesellen, deren Seelen vom Aussatz der Sünde zerfressen waren und die danach dürsteten, sich im päpstlichen Weihwasserteich reinzubaden. Sie trugen haufenweise Gold und kostbare Geschmeide bei sich, womit sie ihre Sünden aufwiegen, die Ablaßbriefe bezahlen und wovon sie den Heiligen Weihegaben stiften wollten. Verlaßt euch drauf: Beim Hinweg tranken sie pures Wasser, doch wenn ihnen der Herbergswirt auch auf der Heimreise Wasser vorsetzte, verlangten sie Weihwasser – freilich mußte es aus dem Keller sein.

Zu jener Zeit kamen drei Wallfahrer nach Avignon, zu ihrer großen Enttäuschung wie auch zu ihrem Schaden, weil die genannte Stadt damals gerade ihr Wittum angetreten hatte und eben dem fortgezogenen Papste nachtrauerte. Als sie nun rhoneabwärts weiterwallten und der Küste des Mittelländischen Meeres zustrebten, schlug sich einer der drei Pilgrime, der seinen höchstens zehnjährigen Sohn mitschleppte, seitwärts in die Büsche und blieb zurück. Später, unweit Mailand, tauchte dieser Weggenosse mit einmal wieder auf und gesellte sich erneut zu ihnen, doch ohne seinen Sohn. Nun feierten sie die Rückkehr des Pilgers mit einem üppigen Schmaus, hatten sie doch schon geglaubt, der Ärger, weil er den Papst nicht in Avignon vorgefunden, habe ihm die ganze Pilgerfahrt verleidet und er sei ohne Buße wieder nach Hause gegangen.

Von diesen drei Rompilgern kam der erste aus der Stadt Paris, der zweite stammte aus Deutschland, und der dritte, der offensichtlich seinem Sohn durch diese Reise ein lehrreiches Erlebnis hatte bieten wollen, war aus dem Herzogtum Burgund hierher gewallfahrtet. Er besaß dort etliche Lehnsgüter und war ein jüngerer Sohn des Hauses derer von Villers-la-Faye *(Villa in Fago)*, als welcher er den Namen La Vaugrenand führte. Der Baron aus Deutschland war mit dem Pariser Bürger unterhalb Lyon zusammengetroffen, und dann hatte sich ihnen der Junker von Vaugrenand in Sichtweite von Avignon angeschlossen.

In dieser Herberge nun ließen die drei Wallfahrer ihren Zungen freien Lauf und kamen überein, gemeinsam romwärts weiterzupilgern und sich zusammenzutun gegen Wegelagerer, Straßenräuber, Nachtvögel und anderes Gelichter, das es darauf abgesehen hatte, die Pilger um das zu erleichtern, was ihren Leib belastete, bevor ihnen der Papst abnahm, was ihr Gewissen beschwerte.

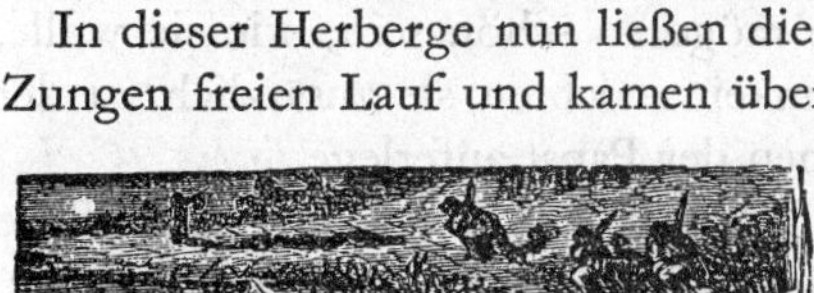

Nach dem Labetrunk gerieten die drei Pilger ins Schwatzen, denn Wein und Becherklang lösen die Zungen und machen gesprächig. Und alle drei gestanden, der Grund für ihre Wallfahrten sei eine trübe Geschichte mit einer Frauensperson. Die Magd, die ihnen beim Trinken zuschaute, meinte dazu, von hundert Pilgern, die in dieser Herberge Rast hielten, seien neunundsiebzig aus diesem Grund unterwegs. Da erkannten die drei gewitzten Pechvögel, wie verderblich das Weib für den Mann sein kann. Der Baron wies die schwere goldene Kette vor, die er unterm Panzerhemd trug, um sie Sankt Peter in Rom zum Geschenk darzubringen; er habe so schwer gefrevelt und sich solcher Sünde schuldig gemacht, sagte er, daß auch der Wert von zehn gleich kostbaren Ketten nicht ausreichen würde, Vergebung für seine Missetat zu erlangen. Der Pariser Bürger streifte seinen Handschuh ab und ließ einen Ring mit einem blitzenden weißen Diamanten im Lichte funkeln; er bringe dem Heiligen Vater noch hundertmal soviel mit, wie dieser Ring wert sei, sagte er. Der Burgunder nahm seine Mütze ab und brachte zwei auserlesene edle Perlen zum Vorschein, die als herrliches Ohrgehänge für unsere Liebe Frau von Loreto bestimmt waren. Wehmütig gestand er, eigentlich sähe er sie ja lieber am Hals seiner Eheliebsten.

Da entfuhr es der Magd, ihre Sünden müßten ja wohl so schwer wiegen wie die Missetaten der Visconti.

Ja, das täten sie auch, erwiderten die Pilgrime, und sie hätten, ein jeglicher in tiefster Seele, das Gelübde abgelegt, nie wieder, solange sie noch zu leben hätten, ein fremdes Weib anzurühren, sie möge so schön sein, wie sie wolle, und solche Enthaltsamkeit möchten sie zusätzlich zu der Buße ausüben, die ihnen der Papst auferlege.

Da konnte sich die Magd nicht genug wundern, daß sie alle drei dasselbe Gelübde abgelegt hatten. Dieses Gelübde, sagte der Burgunder, sei schuld gewesen an seiner Verspätung, seit sie in Avignon Einkehr gehalten hätten; es sei ihm nämlich mit einmal schrecklich bange geworden, sein Sohn könnte sich am Ende, ungeachtet seines unreifen Alters, mit Weibern einlassen und auf Abwege geraten, und er habe sich geschworen, Menschen und Tieren in seinem Haus und auf seinen Ländereien jedwede unzüchtige Fleischeslust zu verleiden. Als nun der Baron wissen wollte, was er damit meine und wie er dazu gekommen sei, berichtete ihnen der Burgunder die Sache, wie folgt: »Ihr wißt doch, daß seinerzeit die gute Gräfin Johanna von Avignon eine Verordnung erlassen hat, laut welcher die Buhldirnen gezwungen waren, in einer Vorstadt beisammen zu hausen, und zwar in Bordellhäusern mit rotgestrichenen und allezeit geschlossenen Fensterläden. Als ich nun in eurer Gesellschaft durch diese gottverfluchte Vorstadt kam, stachen meinem Sohn die genannten Häuser mit den grellrot bemalten und verschlossenen Läden in die Augen, und da nun seine Neugier geweckt war – ihr wißt ja, diese zehnjährigen Sackerlotter haben ein Auge auf alles! –, da zupfte er mich am Ärmel und hörte nicht mehr auf, mir zuzusetzen und mich mit Fragen zu quälen, bis er von mir erfahren hatte, was für eine Bewandtnis es mit diesen Häusern habe. Damit er mich endlich in Ruhe lasse, sagte ich ihm, unerwachsene junge Burschen hätten nichts an solchen Orten zu suchen und dürften sie auch nicht betreten, wenn ihnen ihr Leben lieb sei, weil dies nämlich der Ort sei, wo Männlein und Weiblein gemacht würden, und wenn einer von diesem Gewerbe nichts verstehe, sei die Gefahr so groß, daß jedem Unkundigen, der hereinkomme, fliegende Krebse und anderes wilde Getier ins Gesicht sprängen. Da bekam es der Bengel mit der Angst, schlich kleinlaut und bedrückt hinter mir her bis in die Herberge und getraute sich nicht mehr, seine Augen zu den genannten Bordellhäusern aufzuheben. Während ich nun im Stall war, um nachzusehen, ob unsere Pferde auch gut untergebracht seien, stahl sich mein Sohn wie ein Dieb aus dem Hause fort, und die Magd konnte mir nicht Auskunft geben, wo er hingegangen war. Da geriet ich in große Angst wegen der liederlichen Mädchen, doch beruhigte ich mich wieder, als mir die Verordnungen einfielen, die verboten, so junge Bürschlein dort einzulassen. Erst zum Nachtmahl stellte sich der Schlingel wieder ein, keck und kein bißchen mehr verlegen, wie weiland unser himmlischer Heiland damals im Tempel mitten unter den Schriftgelehrten.

›Wo kommst du her?‹ fragte ich ihn ungehalten.

›Aus den Häusern mit den roten Läden‹, gab er zur Antwort.

›Du ungezogener Tolpatsch und unverbesserlicher Tunichtgut!‹ schalt ich ihn, ›ich werde dir die Rute geben!‹

Da hob er an zu schluchzen und zu plärren. Nun sagte ich ihm, wenn er mir haarklein alles gestehe, was ihm widerfahren sei, so wolle ich ihm die Schläge erlassen.

›Ach‹, schnupfte er, ›ich habe mich schön gehütet, dort hineinzugehen, wegen der fliegenden Krebse und wilden Tiere, habe auch bloß vor den Fenstergittern gestanden und wollte von draußen zuschauen, wie die Menschen gemacht werden.‹

›Und was hast du gesehen?‹ fragte ich.

›Gerade als ich hineinschaute, wurde eine wunderschöne Frau fertiggemacht. Es fehlte ihr nur noch ein einziger Zapfen, und den hat ihr just ein junger Geselle mit heißem Bemühen eingesetzt. Kaum war sie aber fertig, so ist sie aufgestanden, in der Kammer herumgegangen, hat mit ihrem Verfertiger gesprochen und ihn geküßt.‹

›Iß jetzt‹, gebot ich ihm.

Noch in der gleichen Nacht bin ich dann nach Burgund zurückgekehrt und habe ihn bei seiner Mutter gelassen, voll Angst, er könnte in der erstbesten Stadt seinen Zapfen irgendeiner Dirne einsetzen wollen.«

»Ja, Kinder geben einem oft so drollige Antworten«, meinte der Pariser. »Das Bübchen meines Nachbarn brachte mit einem solchen einfältigen Ausspruch einmal in aller Arglosigkeit seines Vaters Hahnreischaft an den Tag. Eines Abends fragte ich ihn, weil ich wissen wollte, ob er in der Schule schön brav lerne und in der Religion gut Bescheid wisse: ›Was ist Hoffnung?‹ – ›Ein feister Armbrustschütze aus des Königs Truppe, der immer zur Mutter kommt, wenn der Vater nicht zu Hause ist‹, gab er mir zur Antwort. Tatsächlich führte der königliche Schützenweibel in seiner Rotte diesen Spitznamen. Als nun der Nachbar diese Antwort hörte, war er höchst verdutzt, und wenngleich er sich zusammennahm und tat, als beschaue er sich im Spiegel, so konnte er doch seine Hörner darin nicht sehen.«

Die Antwort dieses Kindes, meinte der Baron, sei vor

allem darum so sinnreich, weil ja in der Tat die Hoffnung eine Hure sei, die sich zu uns ins Bett lege, wenn wir uns um die handgreiflichen Tröstungen des Lebens betrogen sehen.

»Ist ein Hahnrei ebenfalls nach Gottes Ebenbild geschaffen?« fragte der Burgunder.

»Wo denkt Ihr hin?« versetzte der Pariser, »Gott hat auch darin weise gehandelt, daß er nie ein Weib gefreit hat. Darum ist er glücklich in alle Ewigkeit.«

»Aber«, wandte die Magd ein, »die Hahnreie sind doch nach Gottes Ebenbild geschaffen worden, ehe sie gehörnt wurden.«

Drauf hoben die drei Pilger ein wüstes Geschimpfe gegen die Weiber an und erklärten, an allem Unglück und Übel auf dieser Welt trügen nur sie die Schuld.

»Ihr Schoß ist ein gieriger und unersättlicher Schlund«, sagte der Burgunder.

»Ihr Herz ist gerade wie ein Winzermesser oder eine Sichel«, höhnte der Pariser.

»Warum sieht man nur so viele Pilger und so wenige Pilgerinnen?« fragte der deutsche Baron.

»Ihr verdammtes Ding sündigt eben niemals«, gab der Pariser zur Antwort. »Es kennt nicht Vater noch Mutter, weder die Gebote Gottes noch die der Kirche, weder göttliche Gesetze noch menschliche. Es weiß von keiner Doktrin, von keiner Ketzerei, man kann ihm nichts vorwerfen. Es ist unschuldig an allem und lacht immerfort. Es hat nicht Verstand noch Einsicht; darum graut mir davor, und ich habe tiefen Abscheu vor ihm.«

»Mir geht es ebenso«, sagte der Burgunder, »und ich verstehe nun allgemach die abweichende Auslegung, die ein Schriftgelehrter den Bibelversen gibt, in denen die Schöpfungsgeschichte berichtet wird. In diesem Kommentar, den wir bei uns zu Hause ein *Noël* oder eine Legende nennen, steht sonnenklar zu lesen, wo der Grund für die Unvollkommenheit des Weiberdinges zu suchen ist, dessen Durst, zum Unterschied von andern Weibchen, kein Mann jemals zu stillen vermag, so höllisch hitzig ist seine Brunst. In dieser Legende wird erzählt, daß Gott der Herr, als er unsere Urmutter Eva schuf, den Kopf zur Seite wandte, um sich nach einem Esel umzuschauen, der zum erstenmal in seinem Paradies brällte. Diese Gelegenheit benutzte der Teufel, um seine Finger in dies gar zu vollkommene Geschöpf zu stoßen, und riß ihm eine klaffende, schmerzende Wunde, die Gott der Herr gleich wieder sorgsam zustopfte und verklebte; seither gibt es Jungfrauen. Mittels dieses Pflasters sollte das Weib verschlossen bleiben, und die Kindlein sollten auf dieselbe Art gemacht werden, wie der Herr die Engel geschaffen hatte, nämlich in einer geistigen Lust, die über jegliche Fleischeslust ebenso erhaben ist, wie das Himmelszelt die Erde überragt. Als nun der Teufel diesen Verschluß wahrnahm, war er fürchterlich erbost, weil er so übertölpelt worden war, und zerrte den schlafenden Adam an der Haut und zog so lange daran, bis ihm ein Anhängsel, seinem teuflischen Schwanz ähnlich, herunterhing. Weil nun aber der Urvater aller Menschen auf dem Rücken lag, befand sich dieses Anhängsel vorn statt hinten. So kommt es, daß diese beiden Teufeleien immerfort mit großem Verlangen zueinander streben und sich vereinigen wollen, nach dem Gesetz, daß gleich und gleich sich gern gesellt, welches Gesetz Gott der Herr zu Nutz und Frommen und zum Besten seiner Welten gemacht hat. Dies führte zum Sündenfall, und alles Ungemach und Leiden des Menschengeschlechtes hat hier seinen Ursprung, weil Gott, als er des Teufels Werk sah, wohlgefällig schmunzelte und wissen wollte, was daraus entstehen mochte.«

Da gab auch die Magd ihren Senf dazu und meinte, freilich hätten sie recht mit dem, was sie da gesagt hätten; das Weibervolk sei wahrhaftig ein arges Gelichter, und sie kenne ihrer etliche, die sie lieber unterm als überm Erdboden sähe. Da nun die Pilger gewahr wurden, daß die Magd ein bildhübsches Ding war, bekamen sie's mit der Angst, sie könnten ihrem Gelübde untreu werden, und gingen zu Bett. Das Mädchen aber lief eilends zu ihrer Herrin, erzählte ihr, sie beherberge in ihrem Hause ein paar gottlose Gesellen, und berichtete ihr, was sie für Reden über die Frauen geführt hatten.

»Papperlapapp!« erwiderte die Wirtin, »was kümmert's

mich, was meine Gäste denken und was ihnen im Kopf herumgeht? Wenn nur ihre Geldsäckel prall gefüllt sind!«

Doch als ihr die Magd von dem Geschmeide erzählt hatte, sprach sie ganz aufgeregt: »Das geht alle Frauen an! Komm, wir wollen sie zur Vernunft bringen! Ich nehme die Adligen auf mich, und dir überlasse ich den Bürgersmann.«

Die Wirtin, welche die abgebrühteste und durchtriebenste Erzhure im ganzen Herzogtum Mailand war, begab sich unverweilt hinab in eine Kammer, wo der Junker von Vaugrenand und der Baron aus Deutschland schliefen, und beglückwünschte sie zu ihrem Gelübde, sagte ihnen auch, die Frauen verlören ja nicht sonderlich viel dabei. Doch müßte man, um das genannte Gelübde zu erfüllen, erproben, ob sie auch nur der allerkleinsten Versuchung widerstehen könnten. Und nun erbot sie sich, an ihrer Seite zu schlafen, so neugierig sei sie festzustellen, ob sich nicht einer mit ihr einlassen werde, was noch nie unterblieben sei, wenn sie mit Männern im selben Bett geschlafen habe.

Anderntags beim Frühstück hatte die Magd den Ring am Finger. Die Wirtin aber trug die goldene Kette um den Hals und die Perlen in den Ohren. Die drei Wallfahrer blieben noch nahezu einen Monat in der Stadt, gaben dort all das Geld aus, das sie in ihren Geldkatzen mit sich führten, und gaben zu, wenn sie so arg über die Weiber hergezogen seien, so sei es nur darum geschehen, weil sie die Mailänderinnen noch nicht probiert hätten.

Bei seiner Heimkehr nach Deutschland meinte der Baron, er habe sich nur einer Sünde schuldig gemacht, nämlich daß er schon wieder daheim in seinem Schloß sei. Der Pariser Bürger kehrte mit Muscheln beladen nach Hause zurück, und wer war bei seinem Weib? Niemand anders als der Bogner mit dem Spitznamen *Hoffnung*! Der burgundische Junker fand die Edelfrau von Vaugrenand in solcher Trübsal, daß er vor lauter Tröstungen, die er ihr angedeihen ließ, beinahe ins Gras gebissen hätte, seinen abschätzigen Reden zum Trotz.

Daraus können wir lernen, daß wir in Herbergen und Gasthäusern besser daran tun, das Maul zu halten und nicht zuviel zu schwätzen.

KINDERMUND

Beim doppelten feuerroten Kamm meines Hahns und beim rosafarbenen Futter im schwarzen Pantöffelchen meines Liebchens! Bei sämtlichen Hörnern der vielgeliebten Hahnreie und bei der Tugendhaftigkeit ihrer sakrosankten will sagen: unnahbaren, unberührten und ewig tugendsamen Ehefrauen! Das schönste Werk, das die Menschen hervorbringen, sind nicht ihre Dichtungen noch ihre Gemälde, nicht ihre Musik noch die steinernen Bildwerke, auch nicht die Schlösser, die sie erbauen, mögen sie noch so schön sein, auch nicht die stolzen Segel- oder Ruderschiffe – sondern vielmehr ihre Kinder. Wohlverstanden, ich meine die Kinder bis ins Alter von zehn Jahren, denn nachher werden sie bereits kleine Männer und Frauen, und sobald sie zu Verstand und Vernunft kommen, sind sie nicht mehr wert, was sie gekostet haben: und die schlimmsten sind noch die besten. Schaut ihnen nur zu, wie sie in kindlicher Einfalt mit allem spielen, was ihnen in die Hände gerät, mit Schuhwerk, zumal mit dem durchbrochenen, mit Haushaltsgerät und ähnlichem Werkzeug, wie sie liegenlassen, was ihnen nicht gefällt, und mit lautem Geschrei nach dem verlangen, was sie gerne haben möchten, wie sie überall im Hause Zuckerwerk und Schleckzeug stibitzen, die Vorräte anknabbern und in einem fort lachen, sobald sie einmal die Zähne bekommen haben – und ihr werdet gleich mir der Ansicht sein, daß sie einfach entzückend sind; ganz abgesehen davon, daß sie Blüte und Frucht zugleich sind, Frucht der Liebe und Blüte des Lebens. Solange ihr Geist noch ungetrübt und nicht verschandelt ist vom ruhelosen Umtrieb des Lebens, kann man nichts Unverdorbeneres und Vergnüglicheres finden als ihre drolligen Einfälle und naiven Aussprüche, die an Einfalt und Natürlichkeit nicht ihresgleichen haben. Das ist so wahr, wie daß ein Ochse wiederkäut. Nie werdet ihr einen erwachsenen Mann so arglos reden hören, wie es die Kinder tun, weil nämlich in allem, was ein Mann sagt, und sei es noch so naiv, noch so einfältig, irgendein Quentchen berechnende Vernunft enthalten ist, während die Einfalt der Kinder rein und lauter und ohne Arg ist, und man spürt sogleich, wes Geistes Kind ihre Mutter ist, was auch aus der nachfolgenden Geschichte erhellt.

Die Königin Katharina war zu der Zeit, als diese Geschichte sich zutrug, noch Dauphine. Um sich beim König, ihrem Schwiegervater, dem es damals schon recht erbärmlich ging, lieb Kind zu machen, beschenkte sie ihn von Zeit zu Zeit mit italienischen Gemälden, denn sie wußte, daß er solche über alles liebte, war er doch mit Raffael von Urbino, Primaticcio und Leonardo da Vinci befreundet, welchen er regelmäßig ansehnliche Summen übersandte. So erhielt sie nach langem Bemühn von ihrer Familie, die stets die kostbarsten solcher Gemälde besaß, weil dazumal der Herzog von Medici über die Toskana herrschte, ein wertvolles Bild, gemalt von einem Venezianer namens Tizian, der Hofmaler des Kaisers Karl und sein besonderer Günstling war. Auf diesem Bild hatte er Adam und Eva dargestellt in dem Augenblick, da Gott der Herr sie in seinem irdischen Paradies Zwiesprache halten ließ, und sie waren in natürlicher Größe gemalt und im Kostüm ihrer Zeit, worüber kaum ein Irrtum möglich ist, weil sie nämlich bloß mit ihrer Unschuld bekleidet waren und angetan mit der göttlichen Gnade und Liebe, die sie umhüllte. Solcherlei Dinge sind ja nun ausnehmend schwer in Farbe nachzubilden, obzwar des besagten Tizian Stärke und überragende

Leistung vornehmlich in der satten Farbenpracht seiner Bilder hervortrat. Das Gemälde wurde in das Gemach des armen Königs gebracht, der gerade arge Schmerzen litt und unter der Krankheit stöhnte, an der er später auch starb. Die Malerei erregte am französischen Hofe großes Aufsehen, und alle Welt wollte sie sehen, doch wurde das keinem Menschen gestattet, bis der König tot war, weil auf seinen ausdrücklichen Wunsch das Bild in seinem Gemach hing, solange er lebte.

Eines Tages nahm Madame Katharina ihren Sohn Franz und die kleine Margot mit in des Königs Gemach. Die beiden fingen damals gerade an, munter draufloszuplaudern, ohne Zweck und Ziel, was ihnen gerade in den Sinn kam, wie es alle Kinder tun. Nun hatten sie schon da und dort die Erwachsenen belauscht, wenn sie über Tizians Bild von Adam und Eva sprachen, und hatten darum ihrer Mutter in den Ohren gelegen, sie solle es ihnen einmal zeigen. Da die Kinder zuweilen den alten König aufzuheitern vermochten, führte die Dauphine sie schließlich hin.

»Ihr habt Adam und Eva, unser aller Ureltern, sehen wollen. Nun, da sind sie«, sagte sie zu ihnen.

Damit ließ sie die beiden, die Mund und Nase aufsperrten, vor dem Bild stehen und setzte sich ans Krankenbett zum König, der mit sichtlicher Freude seine Augen auf den Enkelkindern ruhen ließ.

»Welcher ist denn Adam von den beiden?« fragte Franz und stupfte sein Schwesterlein Margrit.

»Bist du aber dumm!« gab ihm das Mägdlein zur Antwort, »das kann man doch erst wissen, wenn sie Kleider anhaben!«

Diese Antwort entzückte den armen König und auch die Mutter, und sie wurde in einem Brief, der nach Florenz abgesandt wurde, von der Königin Katharina aufgezeichnet.

Da bisher kein Schriftsteller sie ans Licht gebracht hat, wird sie, einer köstlichen Blume gleich, in einem Winkelchen dieser Geschichten still und unbemerkt blühen, obwohl sie so gar nichts Tolldrastisches an sich hat und man keine andere Lehre daraus ziehen kann, als daß man solche allerliebsten kindlichen Aussprüche nur zu hören bekommt, wenn man Kinder in die Welt setzt.

DIE SCHÖNE IMPERIA IM EHESTAND

I

Wie sich Frau Imperia selbst in den Netzen verfing, die sie ihren verliebten Täubern zu legen pflegte

Die schöne Frau Imperia, die so rühmlich und glorreich diese Geschichten eröffnet hat, weil sie Ruhm und Ehre ihrer Zeit war, mußte einst notgedrungen romwärts ziehen und in dieser Stadt Aufenthalt nehmen. Das ergab sich kurz nach Abschluß des Konzils; denn der Kardinal von Ragusa war so toll in sie verliebt, daß er eher seinen Kardinalshut hergegeben als auf sie verzichtet hätte und sie immerzu um sich haben wollte. Dieser Mordskerl im geistlichen Gewande war so prunkliebend und großspurig, daß er ihr den prachtvollen Palast zum Geschenk machte, den sie in der genannten Stadt Rom ihr eigen nannte.

Um jene Zeit widerfuhr ihr das Unglück, daß sie von dem Kardinal geschwängert ward. Wie alle Welt weiß, endete diese Schwangerschaft mit einer schönen Tochter, von welcher

G.Doré

der Papst scherzweise sagte, man müßte sie eigentlich *Theodora*, das will sagen: ›Geschenk Gottes‹ taufen. So wurde das Mägdlein denn auch genannt und blühte zu einem bildschönen Jungfräulein heran. Der Kardinal setzte sein Töchterlein zur Erbin aller seiner Besitztümer ein, und die schöne Imperia wies Frau Theodora ihren eigenen Palast zum Wohnsitz an, während sie eiligst aus dieser Stadt flüchtete. Rom sei ein Ort der Verderbnis und des Schreckens, sagte sie, man laufe da Gefahr, Kinder zu kriegen; es habe nicht viel gefehlt, und sie hätte ihre liebreizende Gestalt eingebüßt und wäre um ihre weitberühmten Leibesgaben gekommen: die geschmeidigen Hüften, den makellosen Rücken, die zierlichen Brüste, die schlanken und biegsamen Gliedmaßen, um alle die Rundungen und heimlichen Reize ihres Leibes, die sie so hoch über alle Frauen der Christenheit erhöben, wie der Heilige Vater über alle Christenleute erhaben sei. Doch wußten ihre Verehrer, daß sie dank dem Beistand von elf Doktoren aus Padua, sieben Heilkundigen aus Pavia und fünf Wundärzten, die von überall herbeigerufen worden waren, auf daß sie ihr bei der Entbindung und im Wochenbett Hilfe leisteten, vor allem Schaden bewahrt blieb. Ja, manche behaupteten, sie habe noch gewonnen an vollendeter Feinheit und Weiße der Haut. Ein weltberühmter Gelehrter aus der Schule von Salerno schrieb darüber ein Buch, in welchem er bewies, wie günstig und bekömmlich das Kinderkriegen der Jugendfrische, Gesundheit, Wohlgestalt und Schönheit der edlen Damen sei. Aus dieser hochgelehrten Scharteke erhellte den Lesern, daß das Schönste, was an Frau Imperia zu sehen war, just das war, was nur ihr Beischläfer anschauen durfte. Und dieser Fall trat nur selten ein, denn sie kleidete sich den deutschen Fürsten zuliebe gar nicht erst aus, von denen sie geringschätzig nur als von ihren Markgräflein, Burggrafen, Kurfürsten und Herzöglein redete, wie etwa ein Feldhauptmann von seinen Söldnern spricht.

Jeder weiß auch, daß die schöne Theodora, als sie ins achtzehnte Lebensjahr gekommen war, für das leichtfertige Leben ihrer Mutter Sühne leisten und darum ins Kloster gehen wollte, wobei sie all ihren Besitz der Abtei der Klarissinnen zu vermachen gedachte. In dieser Absicht gab sie sich in die Hände eines Kardinals, der sie auf ihr frommes Klosterdasein vorbereiten sollte. Dieser schlechte Hirte fand sein Schäflein so über alle Maßen schön, daß er ihr Gewalt anzutun versuchte. Da machte Theodora mit einem Dolchstoß ihrem Leben ein Ende, denn sie wollte nicht von dem obgenannten Pfaffen besudelt werden. Diese Begebenheit, die in den Chroniken jener Zeit aufgezeichnet ist, jagte die Stadt Rom in argen Schrecken und versetzte alle in Trauer, so sehr wurde die Tochter der Frau Imperia geliebt.

Damals kehrte die vornehme Buhlerin gramgebeugt nach Rom zurück, um dort ihre arme Tochter zu beweinen. Sie

ging zu jener Zeit in ihr neununddreißigstes Jahr und prangte, wie die zeitgenössischen Autoren einhellig überliefern, im höchsten Glanz ihrer unvergleichlichen Schönheit, weil dazumal alles an ihr auf dem Höhepunkt der Vollkommenheit angelangt war wie bei einer vollreifen, köstlichen Frucht. Der

Schmerz machte sie hoffärtig und abweisend gegen alle Männer, die ihr von Liebe sprachen, um ihre Tränen zu trocknen. Der Papst suchte sie höchstselbst in ihrem Palast auf, um ihr etliche trostreiche Worte zu spenden. Doch verharrte sie in ihrer Trauer und erklärte, sie wolle fortan nur noch Gott angehören; denn noch von keinem Manne sei ihr volle Befriedigung zuteil geworden, so viele sie ihrer auch kennengelernt habe, weil alle, sogar ein junger Pfaffe, der sie angebetet habe gleich einem Heiligenschrein, sie zu guter Letzt betrogen und enttäuscht hätten, wohingegen Gott sie nimmermehr betrügen und enttäuschen werde. Solcher Entschluß ließ alle ihre Verehrer erbeben, denn sie war Freude und Trost zahlloser edler Ritter und Herren. Und begegneten einander zwei auf der Straße, so hieß es: »Wie steht's um die schöne Frau Imperia? Wird sie die Welt arm machen und gänzlich der Liebe berauben?« Ja, es gab sogar Botschafter, die ihren Herren darüber lange Berichte erstatteten. Der Römische Kaiser war tief betroffen, weil er volle elf Wochen lang wie ein Süchtiger mit Frau Imperia gebuhlt, sie auch nur verlassen hatte, um in den Krieg zu ziehen, und weil er sie immer noch liebte wie das kostbarste Glied seines Körpers, welches, dem Gerede seiner Höflinge zum Trotz, das Auge war; denn es konnte, wie er sagte, seine teure Imperia zur Gänze umfangen.

In dieser äußersten Not ließ der Heilige Vater einen hispanischen Arzt rufen und führte ihn der schönen Imperia zu. Dieser bewies klug und gewandt, mit wohlerwogenen Gründen und gespickt mit lateinischen und griechischen Zitaten, daß solches Weinen und Kümmern der Schönheit abträglich sei und daß sich durch das Pförtlein der Verbitterung mit Sicherheit die Runzeln und Fältchen einschlichen.

Dieser Lehrsatz, der von den gelehrten Doktoren in einer Disputation des Heiligen Kollegiums eifrig erörtert und schließlich bestätigt wurde, hatte die gewünschte Wirkung: noch am Abend desselben Tages taten sich die Türen des Palastes wieder auf. Die jungen Kardinäle, die Gesandten der fremden Länder, die begüterten Leute und die hochmögenden Ritter der Stadt Rom stellten sich alsbald ein, füllten die Säle und veranstalteten ein prächtiges Fest; das niedere Volk

1000
10000
ROUGET

aber zündete Freudenfeuer an. Dergestalt feierte alt und jung, daß die Königin der Lust zu ihrer Tätigkeit zurückgekehrt war, denn zu jener Zeit war sie die höchste Herrin der Liebe. Die Handwerker jedes Gewerbes waren ihr sehr zugetan, da sie ansehnliche Summen für den Bau einer Kirche in jener Stadt ausgab, wo das Grabmal der Theodora zu sehen war. Dieses ward späterhin bei der Plünderung Roms zerstört, als auch der verräterische Konnetabel von Bourbon das Leben lassen mußte; die fromme Jungfrau war nämlich in einem Sarg aus reinem vergoldetem Silber beigesetzt worden, den die verdammten Soldknechte als Beute haben wollten. Diese großartige Basilika kostete, hieß es, mehr als die Pyramide, die einstmals von der schönen Rhodope, einer ägyptischen Buhlerin, erbaut wurde, achtzehnhundert Jahre vor der Menschwerdung unseres Erlösers, was für das hohe Alter dieses lustigen Gewerbes zeugt und auch beweist, wie teuer die weisen Ägypter ihre Freuden bezahlten und wie seither alles im Preis gesunken ist, sintemal einer heutzutage in der Hurengasse zu Paris ein Hemd voll weißes Fleisch schon um einen roten Heller kriegen kann. Ist das nicht ein Jammer?

Noch nie war Frau Imperia so wunderschön in Erscheinung getreten wie an diesem ersten Fest nach ihrer Trauerzeit. Alle Prinzen, Kardinäle und andern Fürstlichkeiten erklärten, sie sei würdig der Huldigung des ganzen Erdenrunds, das bei ihr vertreten war durch einen hohen Herrn aus jedem bekannten Lande, und so ward hinlänglich dargetan, daß allerorten die Schönheit aller Dinge Königin sei. Der Gesandte des Königs von Frankreich, ein jüngerer Sohn aus dem Geschlecht derer von Isle-Adam, kam erst zu später Stunde, obwohl er Frau Imperia noch nie zu Gesicht bekommen hatte und höchst neugierig war, sie kennenzulernen. Er war ein schmucker junger Ritter, der des Königs Wohlgefallen erweckt hatte. Auch hatte er bei Hofe ein Liebchen, dem er mit zärtlicher Innigkeit zugetan war, eine Tochter des Herrn von Montmorency, dessen Güter an die Besitztümer des Hauses von Isle-Adam grenzten. Diesem jüngern Sproß, der völlig mittellos war, hatte der König etliche Aufträge im Herzogtum Mailand anvertraut, deren er sich so klug und umsichtig entledigt hatte, daß er deswegen soeben als Gesandter nach Rom geschickt worden war, um die wichtigen Verhandlungen voranzutreiben, von denen die Geschichtsschreiber in ihren Büchern des langen und breiten berichtet haben. Wennschon nun der arme hübsche Junker von Isle-Adam auf Erden nichts sein eigen nannte, so baute er doch auf einen so guten Anfang. Er war schmächtig von Gestalt, aber gerade gewachsen und schlank wie eine Säule, braunhäutig, hatte kohlrabenschwarze Augen, die wie zwei Sonnen strahlten, und einen Prachtbart, würdig eines alten Legaten, dem man kein X mehr für ein U vormachen kann. Zu all seiner Schlauheit hatte er obendrein noch das Gehabe eines unverdorbenen Kindes, und das machte ihn liebenswert und reizend wie ein kleines lachlustiges Mägdlein. Sowie Frau Imperia den Junker erblickte, der so unbekümmert durch die Säle schlenderte, fühlte sie sich von einem übermächtigen Verlangen gepackt, das heftig an ihre Laute rührte und ihr einen Klang entlockte, den sie seit langem nicht vernommen hatte. Drum wurde sie beim Anblick dieser frischen Jugend von echter Liebe gepackt, und hätte sie nicht gefürchtet, ihrer kaiserinnenhaften Würde etwas zu vergeben, so wäre sie schnurstracks zu ihm hingelaufen und hätte ihn auf seine lieben Backen geküßt, die leuchteten wie zwei rotwangige Äpfelchen. Nun müßt ihr aber eins wissen: Die sogenannten keuschen und züchtigen Frauen, die Damen mit wappengestickten Röcken, leben in vollkommener Unkenntnis der wahren Natur des Mannes, weil sie sich nur an einen einzigen halten, wie die Königin von Frankreich, die glaubte, alle Männer seien stinkend, weil ihr Gemahl, der König, übel roch. Eine so erfahrene Buhlerin aber wie Frau Imperia kannte die Männer von Grund auf, weil sie mit einer erklecklichen Anzahl von ihnen zu tun gehabt hatte. In ihrer Schlafkammer waren sie samt und sonders weniger geschämig als ein Köter, der seine eigne Mutter bespringt, und jeder zeigte sich so, wie er von Natur war, weil er sich sagte, er sehe sie ja nun lange Zeit nicht mehr. Solche Erniedrigung und Dienstbarkeit hatte sie oftmals und immer wieder bitter beklagt und geäußert, die Männer seien

G. Doré
JATTIOT

für sie nicht so sehr eine Lust als vielmehr eine Last, sie verdiene weniger Neid, sondern eher Mitleid. So sah eben die Kehrseite ihres Lebens aus. Bedenkt auch, daß mancher Liebhaber eine ganze Maultierlast Goldtaler anschaffen mußte, um eine Nacht in ihrem Bett zu verbringen, und nicht selten blieb einem Anwärter, den sie abwies, nichts anderes übrig, als sich die Kehle durchzuschneiden.

So war das Beseligende für sie, daß sie noch einmal eine gleiche Liebe wie in ihrer Jugend verspüren konnte, so stark wie damals, als sie sich in das junge Pfäfflein verliebt hatte, von dem die Geschichte ganz zu Beginn dieser ergötzlichen Sammlung berichtet. Da sie aber inzwischen älter geworden und erfahrener war als in jener langvergangenen schönen Zeit, loderte auch die Liebe viel jäher und leidenschaftlicher in ihr auf, und sie erkannte alsbald, daß sie in ihr weiterfraß wie lichterlohe Feuersbrunst. Denn gleich spürte sie, wie es sie versengte, und es war ihr in ihrer Haut so wohl zumute wie einer Katze, der man das Fell über die Ohren zieht; hätte sie sich's getraut, so wäre sie am allerliebsten dem Junker um den Hals gesprungen und hätte ihn in ihr Bett getragen, wie ein Falke seine Beute fortträgt. Doch hielt sie, wenn auch mit großer Mühe, an sich und bezwang ihre verliebte Ungeduld. Als er nun zu ihr trat und sie begrüßte, stellte sie hoffärtig den Kamm und panzerte sich mit ihrer erhabensten Majestät, wie jede Frau, wenn sei eine keimende Liebe im Herzen trägt. Dies würdevolle Gehabe, das sie gegen den jungen Gesandten zur Schau trug, wirkte dermaßen auffällig, daß manche glaubten, sie habe ihm ein hochwichtiges Anliegen zu unterbreiten oder müsse ihm etwas Dringliches auseinanderlegen, und was solcher hämisch-zweideutiger Anspielungen noch mehr waren, wie sie ja zu jener Zeit im Schwange waren.

L'Isle-Adam, der sich von seiner Herzallerliebsten innig geliebt wußte, scherte sich keinen Deut darum, ob Frau Imperia ernst oder übermütig, feierlich oder mutwillig aufgelegt war, und vergnügte sich wie eine Ziege, die man von ihrem Pflock losgebunden hat. Dies verdroß die Buhlerin sehr, und sie zog andere Saiten auf. Statt streng und hochfahrend gab sie sich nun zuckersüß und liebenswürdig. Sie hielt sich, wo es nur anging, in seiner Nähe, legte die schmelzendsten Töne in ihre Stimme, verschlang ihn mit den Augen, wiegte ihr Köpfchen, strich mit dem Ärmel an ihm hin, redete ihn mit »gnädigster Herr« an, wickelte ihn mit seidenweichen Worten ein, sie spielte mit ihren Fingern in seiner Hand und lächelte ihn zu guter Letzt verheißungsvoll an. Der Junker aber ließ sich nicht träumen, daß ihr der Sinn nach einem so geringen Buhlen stand, daß ein Junker Habenichts wie er überhaupt in ihren Augen Gnade zu finden hoffen durfte, wußte er doch nicht, daß seine Schönheit alles Gold der Welt für sie aufwog. Deshalb ließ er sich nicht umgarnen, sondern verhielt sich trotzig, stolz und spröde und blieb unnahbar und abweisend wie zuvor. Solche Verkennung ihrer Verliebtheit erzürnte die schöne Frau im tiefsten Herzen, und nun fing sie erst recht Feuer. Wenn ihr daran Zweifel hegt, so nur deshalb, weil ihr eben nichts vom Gewerbe der schönen Imperia versteht. Sie hatte es schon so oft gemacht, daß man sie zu Recht mit einem Kamin vergleichen kann, in dem schon unzählige lustige Feuerlein angezündet worden sind und die ihn ganz verrußt haben; und in diesem Zustand genügt ein Funken, um alles in Brand zu setzen, wo bisher hundert Reisigbündel ohne Schaden gebrannt haben. Sie stand von Kopf bis Fuß in hellen Flammen, und dieses lodernde Feuer konnte durch nichts gelöscht werden als nur durch das Wasser der Liebe. Der Junker von Isle-Adam aber ahnte nichts von dieser Glut, die in ihr wütete, und nahm Abschied von der schönen Frau. Sie verlor, aus Verzweiflung über seinen Weggang, völlig alle Fassung von Kopf bis Fuß und sandte ihm Leute nach, die ihn überall auf den Straßen suchen und ihm bestellen sollten, er möge zurückkommen und mit ihr diese Nacht das Lager teilen. Verlaßt euch drauf: Zeit ihres Lebens hatte sie niemals so kleinmütig gehandelt, für keinen König, keinen Papst und keinen Kaiser, weil ja der hohe Preis, den der Besitz ihres Leibes kostete, auf der Knechtschaft beruhte, in der sie die Männer hielt, und je tiefer sie ihre Anbeter demütigte und beugte, um so höher stieg sie in ihrem Wert.

So wisperte denn die erste Kammerzofe, ein pfiffiges und ausgepichtes Frauenzimmer, diesem Kostverächter ins Ohr,

G. Doré
DEGHOUY

er werde, wenn nicht alles trüge, eine wunderherrliche Nacht verleben, denn sonder Zweifel werde ihm die gnädige Frau mit ihren erlesensten Liebeskünsten aufwarten. Hocherfreut über diesen unerwarteten Glücksfall, eilte der Junker von Isle-Adam in den Palast zurück. Als sich der Gesandte Frankreichs wieder blicken ließ, erhob sich ein wahrhaft ökumenischer Freudensturm, denn jedermann hatte beobachtet, wie Frau Imperia bei seinem Abschied erblaßt war. Jetzt waren sie alle froh, weil sie offenkundig ihr altgewohntes verliebtes Leben wiederaufnehmen wollte. Ein englischer Kardinal, der schon mehr als einen dickbäuchigen Krug leergeschlürft hatte und nun gar zu gern die schöne Imperia gekostet hätte, trat zu dem Junker heran und zischelte ihm ins Ohr: »Zwiebelt sie nur recht tüchtig, damit sie Euch nicht in die Binsen geht!«

Was sich in dieser Nacht alles zugetragen hat, wurde dem Papst bei seinem morgendlichen Empfang erzählt, und er erwiderte darauf: »*Laetamini, gentes, quoniam surrexit Dominus*«, über welches Zitat sich die alten Kardinäle als über eine Profanation der Heiligen Schrift über die Maßen entsetzten und es schlechthin abscheulich fanden. Als dies der Heilige Vater gewahrte, kanzelte er sie ab nach Noten und nahm die Gelegenheit wahr, ihnen tüchtig die Leviten zu lesen: sie seien vielleicht, meinte er, gute Christen, bestimmt aber schlechte Politiker. Tatsache ist, daß er mit der schönen Imperia rechnete, um den Kaiser seinen Plänen gefügig zu machen, und in dieser Hinsicht schmierte er der Buhlerin Honig um den Mund und trug die Schmeicheleien faustdick auf.

Als es im Palast überall dunkel geworden war, als die goldenen Becher am Boden herumlagen und die betrunkenen Gäste auf den Teppichen ihren Rausch ausschliefen, betrat die schöne Frau ihr Schlafgemach. An der Hand führte sie ihren erwählten Herzensfreund, und so selig war sie, so liebestoll, daß sie später gestand, sie hätte sich am liebsten auf den Boden hingelegt wie ein Tier und ihn geheißen, er möge sie zertreten, wenn es nur möglich gewesen wäre. Der Junker tat seine Kleider ab und legte sich ins Bett, als wäre er hier zu Hause. Als das Imperia sah, sprang sie ungeduldig von der Estrade herab, zertrampelte ihre Gewänder, die sie sich vom Leibe gerissen hatte, und stürzte sich mit solch hemmungsloser Gier in den Liebeskampf, daß ihre Zofen sich baß darüber verwunderten, kannten sie ihre Herrin doch sonst gar nicht von dieser Seite, sondern wußten vielmehr, daß sie im Bett zuweilen recht zimperlich tat und so spröde war wie keine andere. Dies Erstaunen ergriff das ganze Land, denn die beiden Verliebten blieben volle neun Tage und Nächte beisammen im Bett, aßen, tranken und trieben miteinander das schöne alte Spiel auf eine wahrhaft meisterliche, staunenswert vollkommene Art. Frau Imperia gestand nachher ihren Kammerfrauen, sie habe da einen wahren Vogel Phönix der Liebe in die Hand bekommen, denn sooft er auch gestorben sei, jedesmal sei er sogleich verjüngt wiedererstanden.

In Rom, ja in ganz Italien war nur noch die Rede von diesem Sieg über die schöne Imperia, die sich gerühmt hatte, keinem Manne gegenüber werde sie sich jemals etwas vergeben, und sie spucke auf alle Mannsbilder, nicht zuletzt auf die Herzöge. Denn was die vorerwähnten Burg- und Markgrafen anlange, so erlaube sie ihnen höchstens, ihr die Schleppe zu tragen, weil, so sagte sie, diese eingebildeten Gernegroße ihr auf der Nase herumtanzen würden, wenn sie ihnen nicht zeige, wo Barthel den Most holt. Die schöne Frau machte ihren Zofen auch das Geständnis, diesmal ergehe es ihr gerade umgekehrt wie bei allen andern Männern, so viele sie bis zum heutigen Tag erduldet habe; je mehr sie diesen Herzkäfer herze und küsse, um so größer sei die Lust, ihn immer und immer wieder zu herzen und zu küssen. Sie könne gar nicht mehr ohne ihn sein, könne seine strahlenden Augen, die sie blendeten, nimmermehr missen, und ohne sein Korallenstänglein, nach dem sie Tag und Nacht hungere und dürste, möge sie keine Stunde länger leben. Noch andere ungereimte Reden führte sie, sagte beispielsweise, sie würde ihn, wenn ihn die Lust danach ankäme, ihr Blut auszusaugen und ihre Brüste aufzehren lassen, die schönsten Brüste auf der weiten Welt, sie ließe ihn ihre Haare abschneiden, von welchen sie nur einmal ein einziges hergeschenkt habe, ihrem guten Römischen Kaiser nämlich, der es seither wie eine kostbare Reliquie um den Hals trage. Endlich gestand sie, erst in dieser herrlichen Nacht habe ihr wahres Leben angefangen, weil dieser Junker Villiers von Isle-Adam sie zutiefst aufgewühlt habe beim Liebesspiel und ihr das Blut dreimal zum Herzen jage in der kurzen Spanne Zeit, die zwei Fliegen brauchen, um sich aneinander zu reiben. Solche und ähnliche Aussprüche machten die Runde in Stadt und Land, und wer sie hörte, war darob von Herzen betrübt.

Als sich Imperia zum erstenmal wieder öffentlich blicken ließ, erklärte sie den römischen Damen, wenn dieser Edelmann sie je verließe, stürbe sie eines elenden Todes: wie einst Königin Kleopatra würde sie sich von einem Skorpion oder einer giftigen Natter stechen lassen. Zum Schluß erklärte sie unverblümt, sie sage für immer und ewig ihrem tollen Leben Valet; sie werde der ganzen Welt zeigen, was es mit der Tugend auf sich habe, indem sie um dieses Junkers willen ihrer schönen Herrschaft entsage, denn sie wolle tausendmal lieber seine Dienstmagd sein als über die ganze Christenheit regieren. Eine solche echte Liebe zu einem einzigen Mann im Herzen einer Frau, die allen Männern zur Freude bestimmt sei, hielt dem Papst der englische Kardinal vor, sei eine Schande und ein schmählicher Abstieg, und er müsse durch ein *Breve in partibus* diese Heirat vierfach für null und nichtig erklären, weil sie nämlich für die ganze Welt zu einer Strafe werde. Doch die Liebe dieser armen Buhlerin, die nun so aufrichtig das bittere Elend ihres liebelosen Lebens eingestand, war etwas so Herzerquickendes und ging auch dem ärgsten Lästermaul und Bösewicht so zu Herzen, daß alles Gerede davor verstummte und ihr jeder das gefundene Glück verzieh.

Eines Tages zur Fastenzeit ließ die schöne Imperia all ihr Gesinde fasten und befahl ihm, zur Beichte zu gehen und sich zu Gott zu bekehren; dann warf sie sich dem Papst zu Füßen und bereute so zerknirscht ihren verbuhlten Wandel, daß sie von ihm gänzliche und vollkommene Vergebung aller ihrer Sünden erlangte; sie glaubte nämlich fest daran, daß die Absolution des Heiligen Vaters ihrer Seele die Jungfräulichkeit zurückgeben könne, die sie zu ihrem Leidwesen dem geliebten Freund nicht mehr darzubringen vermochte. Doch muß man wohl annehmen, daß die kirchliche Sündenwäsche etwelche Wirkung hatte, denn der Junker ward mit so unentrinnbaren Netzen umgarnt, daß er sich wie im Himmelreich fühlte; er ließ die Verhandlungen für den französischen König unerledigt, ließ seine Liebe zum Fräulein von Montmorency erkalten, ja ließ zuletzt überhaupt alles im Stich, um Frau Imperia zu ehelichen und mit ihr zu leben und zu sterben.

Dergestalt erreichte also die große Buhlerin ihr Ziel, dank ihrem wohlbedachten und klug ersonnenen Verhalten und dank ihren Erfahrungen, die sie zum erstenmal zu Nutz und Frommen einer echten und aufrichtigen Liebe verwendete.

Frau Imperia nahm Abschied von ihren Anbetern, von ihren Verehrern und Gönnern und gab ihnen allen ein letztes königliches Fest zur Feier ihrer Hochzeit, an der sogar die italienischen Fürsten teilnahmen; es war ein märchenhaftes, unerhört prächtiges und rauschendes Fest. Sie besaß – so hieß es – gut und gern eine Million Golddukaten. Angesichts dieser ungeheuerlichen Summe schalt keiner den Junker Isle-Adam, sondern alle Welt wünschte ihm Gottes Segen, und niemand neidete ihm sein Glück, zumal offen zutage lag, daß weder Frau Imperia noch ihr junger Gemahl an diese großen Reichtümer dachten, so ausschließlich kreisten ihre Gedanken um ihr Hauptanliegen. Der Papst segnete ihren Ehebund und sprach dabei, es sei erhebend zu sehen, wenn eine Buhlerin zu guter Letzt sich zu Gott bekehre und im heiligen Ehestand ihre Sünden büße. Doch gab es in dieser letzten Nacht, da es allen noch einmal vergönnt war, die Königin der Schönheit zu sehen, die nun als einfache Schloßherrin nach Frankreich ziehen wollte, manche Herren, denen es bitter leid tat um die ausgelassenen Nächte, die Zechgelage, Maskenfeste, übermütigen Streiche und lauschigen Stunden, wo ihr jeder sein Herz ausschütten durfte. Sie gedachten voll Wehmut all der Annehmlichkeiten, die sie bei diesem gottbegnadeten Geschöpf gefunden hatten, das schöner und verlockender erschien als im Lenz ihres Lebens, strahlte sie doch vor Glück und Seligkeit wie die Sonne.

Nicht wenige wehklagten, weil sie die betrübliche Laune angekommen war, tugendhaft und ehrbar ihr Leben zu beschließen. Denen allen hielt Frau Imperia scherzend vor, nach vierundzwanzig Jahren, die sie darauf verwendet habe, zum öffentlichen Wohlergehen beizutragen, habe sie es nun wahrhaftig verdient, daß man ihr die langentbehrte Ruhe gönne. Etliche begehrten auf, die Sonne, so weit sie auch von der Erde entfernt sei, wärme und erquicke doch alle Menschen, während sie fortan unerreichbar und unsichtbar bleiben werde. Denen gab sie zur Antwort, sie werde auch in Zukunft immer noch ein Lächeln für die edlen Herren übrig haben, die zu ihr kämen und sehen möchten, wie sie ihre Rolle als züchtige Hausfrau spiele. Darauf erwiderte der englische Gesandte, sie sei zu allem imstande, sogar die Tugend bis zum Äußersten zu treiben.

Sie hinterließ jedem ihrer Freunde ein Geschenk und vermachte auch beträchtliche Summen den Armen und Notleidenden in Rom. Hierauf verschrieb sie dem Kloster, in das ihre Tochter hätte aufgenommen werden sollen, und der Kirche, die sie erbaute, das Geld, das sie von Theodora ererbt hatte und das vom Kardinal von Ragusa stammte.

Als die beiden Neuvermählten ihre Reise antraten, gaben ihnen trauernde Ritter und sogar eine Menge Volks ein großes Stück Wegs das Geleit, und alle wünschten ihnen von Herzen Glück und Wohlergehen, denn Frau Imperia hatte nur gegen die Großen und Mächtigen Härte gezeigt, gegen die Armen war sie jederzeit mildtätig und voll Erbarmen gewesen. Desgleichen wurde diese Königin der Liebe in allen Städten Italiens gefeiert, durch die sie auf ihrer Reise kam. Das Gerücht von ihrer Bekehrung hatte sich nämlich weit herum verbreitet, und jeder war neugierig, die beiden wahrhaft liebenden Gatten zu sehen, so selten war dieses Geschehnis.

Unterschiedliche Fürstlichkeiten empfingen an ihrem Hof das anmutige Paar. Dieser Frau, so sagten sie, gebühre alle Ehre, habe sie doch den Mut aufgebracht, ihrer Herrschaft über die gesamte Männerwelt zu entsagen, um eine ehrbare Frau zu werden. Doch fand sich unter ihnen ein lausbübischer

Geselle, der edle Herr Herzog von Ferrara, der dem Junker von Isle-Adam hämisch zu verstehen gab, sein großes Vermögen habe ihn nicht viel Mühe gekostet. Auf diese Beleidigung hin – die erste, die ihr angetan wurde – zeigte Frau Imperia, wie hochherzig sie gesinnt war. Sie stiftete nämlich, bis auf den letzten Taler, das ganze große Vermögen, das sie mit ihrem Gewerbe erworben und ihren Liebhabern abgenommen hatte, zur Ausschmückung des Doms von Santa Maria del Fiore in der Stadt Florenz, wodurch sie den edlen Herrn von Este dem allgemeinen Gespött preisgab, weil er sich, trotz seinen schäbigen Einkünften, gebrüstet hatte, er werde eine Kirche bauen. Verlaßt euch drauf, daß er um dieser Prahlerei willen von seinem Bruder, dem Kardinal, heftig getadelt wurde. Die schöne Imperia behielt lediglich ihren eigenen Besitz für sich und dazu noch die Güter, die ihr der Kaiser nach seiner Abreise aus reiner Freundschaft verehrt hatte; auch die waren freilich noch recht ansehnlich. Der Junker von Isle-Adam aber forderte den genannten Herzog zum Zweikampf und verwundete ihn. So konnte man weder der Frau von Isle-Adam noch ihrem Gatten auch nur den leisesten Vorwurf machen. Dieses ritterliche Verhalten verschaffte ihr überall, wo sie vorüberkam, einen begeisterten Empfang, vornehmlich im Piemont, wo die Festlichkeiten mit großem Aufwand begangen wurden. Alle Dichter besangen sie in Sonetten, Epithalamis und Oden, und diese Verse wurden auch in zeitgenössischen Gedichtsammlungen gedruckt; doch wirkte alle Dichtkunst nur wie ein schwacher Abglanz ihrer Schönheit, war sie doch, wie Messer Boccaccio sagt, die leibhaftige Poesie selbst.

Der Preis dieses Wettstreites an Festen und galanten Huldigungen gebührte dem guten Römischen Kaiser. Er hatte von der törichten Beleidigung des Herzogs von Ferrara gehört und daraufhin seiner vielgeliebten Freundin einen Boten mit einem lateinischen Handschreiben gesandt, worin er ihr kundtat, er liebe sie so um ihrer selbst willen, daß er sich von ganzem Herzen freue, sie glücklich zu wissen. Er sei aber traurig, weil nicht er ihr Glück habe begründen können. Er habe ja nun kein Recht mehr, sie zu beschenken; doch wenn ihr etwa der König von Frankreich die kalte Schulter zeige, so werde er sich eine hohe Ehre daraus machen, einen Villiers dem Heiligen Römischen Reich zu gewinnen; er werde ihm jedes Fürstentum verleihen, das er sich unter seinen Krongütern auswählen wolle. Darauf antwortete ihm die schöne Imperia, sie wisse wohl, wie groß und mächtig der Kaiser sei, doch sie sei gesonnen, ihr Leben in Frankreich zu beschließen, und müßte sie auch tausend Kränkungen dafür in Kauf nehmen.

A. PISAN

II

Was für ein Ende diese Heirat nahm

Da die edle Frau von Isle-Adam nicht wußte, ob sie bei Hofe gut empfangen würde oder nicht, wollte sie sich dort überhaupt nicht zeigen, sondern zog es vor, auf dem Lande zu leben, wo ihr Gatte ihr die Herrschaft Beaumont-le-Vicomte kaufte, was Anlaß zu einem sinnreichen Wortspiel über diesen Namen bot, wie unser vielgeliebter Meister Rabelais in seinem prachtvollen Buch berichtet. Dann erwarb der Junker noch die Herrschaft Nointel, den Wald von Carenelle, Sankt Martin und andere Ortschaften in der Nachbarschaft von Isle-Adam, wo sein Bruder Villiers wohnte. Diese Erwerbungen machten ihn zum mächtigsten Grundherrn der Isle de France und der Vizegrafschaft Paris. Er baute ein wunderschönes Schloß unweit Beaumont, das nachmals von den Engländern zerstört wurde, und schmückte es mit reichem Hausrat, Zieraten, fremdländischen Teppichen, Truhen, Gemälden, Statuen und andern sehenswerten Kunstgegenständen seiner Frau, die in solchen Dingen eine gute Kennerin

war, wodurch dieses Schloß den prächtigsten bekannten Schlössern ebenbürtig ward. Die beiden Eheleute führten ein allerseits beneidetes Leben, so daß in der Stadt Paris und am Hofe nur noch von dieser Ehe und vom Glück des Herrn von Beaumont die Rede war und vor allem von dem vollkommenen, ehrsamen, anmutigen und frommen Lebenswandel seiner Frau, die manche nach alter Gewohnheit immer noch Imperia nannten. Doch war sie nun nicht mehr so hochfahrend und stolz wie ehemals, sondern besaß jetzt alle Tugenden und Eigenschaften einer unbescholtenen und vornehmen Hausfrau, so daß manche Königin noch hätte von ihr lernen können. In hohen Ehren stand sie bei der Kirche wegen ihrer großen Frömmigkeit; denn sie hatte sich zu keiner Zeit ihres Lebens von Gott abgekehrt, da sie ja, wie sie vorzeiten zu sagen pflegte, oft genug mit geistlichen Herren, Äbten, Bischöfen und Kardinälen, Umgang gepflogen habe, die ihr geweihtes Wasser in ihre Muschel gespendet und zwischen zwei Bettlaken eindringlich das ewige Seelenheil gepredigt hätten.

Das Lob, das dem König allenthalben von dieser Dame gesungen wurde, machte ihn begierig, dieses Weltwunder mit eigenen Augen zu sehen; er kam ins Beauvoisis und erwies dem Herrn von Beaumont die Gnade, in seinem Schloß über Nacht zu bleiben. Er weilte drei Tage lang bei ihm und hielt eine königliche Jagd ab, an der auch die Königin und der ganze Hofstaat teilnahmen. Ihr könnt mir ruhig glauben, daß der König, die Königin, die Damen und der ganze Hof höchst erbaut waren von den Umgangsformen der schönen Schloßherrin, die, wie alle laut verkündeten, eine ausnehmend adlige, züchtige und herrlich schöne Frau war. Der König und nach ihm auch die Königin und alle Höflinge konnten dem Junker Isle-Adam nicht genug Glück wünschen, daß er eine so vorbildliche Frau bekommen hatte. Das bescheidene Auftreten der Schloßherrin richtete mehr aus als früher ihr Stolz, denn sie wurde eingeladen, bei Hofe zu erscheinen, und auch überall sonst ging sie als willkommener Gast aus und ein, so gebieterisch warb ihr hochherziger Sinn, so zwingend wirkte ihre leidenschaftliche Liebe zu ihrem Ge-

mahl. Ihre Reize, verborgen unter den Hüllen der Tugend, kamen nur desto lieblicher zur Geltung, glaubt mir's nur! Der König gab das frei gewordene Amt seiner Statthalterschaft in der Isle de France und der Vogtei zu Paris seinem ehemaligen Gesandten, verlieh ihm auch den Titel eines Vizgrafen von Beaumont, wodurch er Statthalter der ganzen Provinz wurde und bei Hofe in eine angesehene und einflußreiche Stellung emporstieg.

Gelegentlich dieses königlichen Besuches empfing aber die Frau von Beaumont eine schwere Wunde in ihr Herz. Ein Bösewicht, der mit neidischen Augen dies ungetrübte Glück sah, fragte sie hämisch, ob Beaumont ihr auch von seiner ersten Liebe zum Fräulein von Montmorency erzählt habe. Das Fräulein sei jetzt zweiundzwanzig Jahre alt, denn zur Zeit der Hochzeit in Rom habe sie sechzehn Lenze gezählt, und sie liebe ihn so sehr, daß sie Jungfrau geblieben sei, von einer Ehe nichts wissen wolle und sich in Verzweiflung und Sehnsucht nach ihrem Liebsten verzehre, weil sie ihn nicht vergessen und seinen Verlust nicht verwinden könne. Nun wolle sie im Kloster zu Chelles den Schleier nehmen.

In den sechs Jahren ihres Eheglücks hatte Frau Imperia noch kein einziges Mal diesen Namen gehört, und daraus erkannte sie, daß ihr Gatte sie aufrichtig liebte. Auch müßt ihr bedenken, daß den beiden Liebenden diese Zeit vergangen war wie ein einziger Tag, daß beide das Gefühl hatten, sie seien erst seit gestern verheiratet. Jede ihrer Nächte war eine Hochzeitsnacht, und mußte der Vizgraf einmal seinen Geschäften nachgehen und seine Frau allein daheim lassen, so ließ er den Kopf hängen, denn er konnte ihren Anblick nicht missen und ebensowenig sie den seinen.

Auch der König, der den Vizgrafen liebte und schätzte, sagte einmal etwas zu ihm, was ihm wie ein Dorn im Herzen zurückblieb. »Du hast keine Kinder?« fragte er ihn. Darauf entgegnete Beaumont, und er zuckte zusammen, als hätte man ihm den Finger in eine blutende Wunde gebohrt: »Gnädigster Herr, mein Bruder hat Söhne, und so ist unsere Nachkommenschaft gesichert.«

Nun traf es sich aber, daß die beiden Kinder seines Bruders

G. Doré

eines plötzlichen Todes starben, der eine bei einem Turnier infolge eines Sturzes vom Pferd, der andere an einer Krankheit. Ihr Vater nahm sich ihren jähen Tod so zu Herzen, daß er daran starb, so sehr hatte er seine beiden Söhne geliebt. Infolgedessen fielen die Vizgrafschaft von Beaumont, die späteren Erwerbungen Nointel, Carnelle und Sankt Martin sowie die umliegenden Güter an die Herrschaft Isle-Adam samt den angrenzenden Waldungen, und der jüngere Sohn wurde als Haupt der Familie eingesetzt. Zu jener Zeit zählte Frau Imperia fünfundvierzig Jahre und war immer noch jung genug, Kinder zu gebären, so gesund und kräftig war ihre Leibesbeschaffenheit; doch empfing ihr Schoß nicht. Als sie nun das Geschlecht derer von Isle-Adam erlöschen sah, vermaß sie sich, trotz allem noch Nachkommenschaft zur Welt zu bringen. Da sie aber in den verflossenen sieben Jahren auch nicht das leiseste Anzeichen einer Empfängnis festgestellt hatte, so verfiel sie auf den Gedanken – und zwar auf den Rat eines gelehrten Arztes, den sie insgeheim aus Paris hatte kommen lassen –, solche Unfähigkeit zur Empfängnis rühre daher, daß sie beide, ihr Gatte und sie, immer noch eher wie zwei Frischverliebte und nicht wie Eheleute zusammenlebten und beim Liebesspiel so übermäßige Wollust empfänden, daß gerade dadurch eine Empfängnis verhindert werde. Nunmehr gab sich die gute Frau eine Zeitlang alle Mühe, dabei ruhig zu bleiben wie eine Henne, wenn sie der Hahn bespringt. Der Arzt hatte ihr nämlich klargemacht, die Tiere im Naturzustand könnten allemal jungen, weil die Weibchen keinerlei lüsterne Kunstgriffe anwenden, keine Reizmittel, keine Neckereien, Näschereien und allerliebsten Zutaten, womit die Damen die Oliven von Poissy würzen und pfeffern. Und darum, so meinte sie, würden sie ja auch *dumme Tiere* gescholten. Sie gelobte sich also, fortan nicht mehr mit seinem Korallenstänglein zu spielen und alle die sinneberückenden Sonderlüste der Beiwohnung zu unterlassen, die sie erfunden und ausgeprobt hatte. Ach! obschon sie brav und regungslos dalag gleich jener deutschen Ehefrau, die mit ihrem fühllosen und trägen Stillehalten schuld daran war, daß ihr Gatte sie zu Tode drillte und hernach zum

Papst wallfahrten mußte, der Ärmste, um Absolution von dieser Sünde zu erbitten, worauf der Heilige Vater sein vielbeschrienes Breve erließ, in welchem er die Damen im Frankenlande ersuchte, sich beim Liebesspiel wenigstens so weit zu regen, daß solche Sünde nicht wieder vorkäme – obwohl, sagte ich, sie sich so mucksstill verhielt, empfing Frau von Isle-Adam mitnichten und geriet dadurch in arge Kümmernis. Auch fiel ihr allgemach auf, wie nachdenklich und besorgt zuweilen Isle-Adam umherging; sie behielt ihn im Auge, wenn er sich unbeobachtet wähnte, und sah, daß er manchmal weinte, weil er keine Kinder sein eigen nennen durfte. Und da in dieser vorbildlichen Ehe den Gatten alles gemeinsam war, da sie auch allezeit unzertrennlich waren, so teilten sie sich stets alle ihre Gedanken und Kümmernisse mit, und es dauerte nicht lange, bis sie auch diesen Kummer zusammen trugen und ihre Tränen miteinander vermischten. Wenn Frau Imperia das Kind eines armen Mannes sah, wollte sie vor Kummer fast vergehen und brauchte einen ganzen Tag, bis sie darüber hinweggekommen war. Als der Herr von Isle-Adam diesen Jammer bemerkte, erließ er das Gebot, alle Kinder müßten sich von seiner Frau fernhalten, und er tröstete sein Weib mit liebreichen und begütigenden Worten, sagte ihr auch, Kinder gerieten oftmals übel. Darauf erwiderte sie ihm, ein Kind, das sie in ihrer grenzenlosen Liebe zeugen würden, wäre das allerschönste auf der Welt. Hielt er ihr entgegen, ihre Söhne könnten den Tod finden wie die seines armen Bruders, so versetzte sie, sie würde ihre Kinder nicht von ihrem Schürzenzipfel fortlassen, wie eine Glucke ihre Küken keinen Augenblick aus den Augen verliere. Kurzum, auf alles wußte sie eine Antwort.

Hernach ließ sie ein Weib kommen, das im Geruch der Zauberei stand und im Verdacht, sie wisse um mancherlei Geheimnisse, die sie den übernatürlichen Mächten abgelauscht habe. Die Alte sagte ihr, sie habe schon oft Frauen bei sich gesehen, die keine Kinder empfangen konnten, obschon sie in allen Arten der fleischlichen Beiwohnung wohlerfahren gewesen seien. Die meisten seien später schwanger geworden, wenn sie nach Art der Tiere empfangen hätten, welche die

einfachste sei. Nun legte es die schöne Frau mit Fleiß darauf an, es den Tieren gleichzutun, aber desungeachtet schwoll ihr Leib keinen Fingerbreit an, blieb vielmehr fest und weiß wie Marmor. Hierauf wandte sie sich erneut der Wissenschaft der gelehrten Doktoren von Paris zu und ließ einen berühmten arabischen Arzt kommen, der sich zu jener Zeit gerade in Frankreich aufhielt, um hier eine neuaufgekommene Wissenschaft vorzuführen. Dieser Arzt nun, Schüler eines Meisters Averroes, eröffnete ihr schonungslos und rundheraus: Weil sie allzu viele Männer in ihrem Schifflein empfangen habe und stets willfährig auf ihre Gelüste eingegangen sei, solange sie die Liebe als Gewerbe betrieb, habe sie für alle Zukunft gewisse traubenförmige Organe zuschanden gemacht, an welchen nach dem Willen der Natur eine Menge Eilein festgewachsen seien. Diese würden vom Mann befruchtet und dann wohlumhegt ausgebrütet; aus ihnen schlüpften schließlich bei der Geburt die Jungen aller säugenden Weibchen aus, was durch die Haut, die manche Kinder bei ihrer Geburt auf dem Köpfchen trügen, erwiesen sei. Diese Beweisführung schien so albern, erzdumm und einfältig, so im Widerspruch zu der Heiligen Schrift, in der die Ehrbarkeit des nach Gottes Bild erschaffenen Menschen verkündet ist, auch so entgegen allen hergebrachten und gewöhnten Anschauungen und Lehrmeinungen, dem gesunden Menschenverstand und der anerkannten Auffassung, daß die Doktoren zu Paris ihr Gespött damit trieben. Der arabische Arzt kehrte daraufhin der Fakultät den Rücken, wo hernach nie wieder von seinem Meister Averroes die Rede war.

Die Heilkundigen erklärten Frau Imperia, die heimlich nach Paris gereist war, sie möge ruhig ihr Leben so weiterführen wie bisher, habe sie doch auch früher schon die schöne Theodora vom Kardinal von Ragusa empfangen. Für eine Frau bestehe immer noch Aussicht aufs Kindergebären, solange der Strom ihres Blutes noch fließe; sie solle nur dafür besorgt sein, die Möglichkeiten einer Empfängnis tunlichst oft zu schaffen.

Dieser Rat dünkte sie so klug und weise, daß sie ihre Bemühungen mit verdoppeltem Eifer fortsetzte und Sieg auf

Sieg davontrug; doch waren diese Siege eher Niederlagen zu nennen, denn sie zeitigten nur Blüten und niemals Früchte.

Da schrieb die Ärmste in ihrer großen Betrübnis an den Papst, welcher ihr sehr zugetan war, und vertraute ihm ihr Herzeleid an. Der Heilige Vater antwortete ihr in einer huldreichen handgeschriebenen Homilie, wo menschliche Wissenschaft und irdische Kunst versagten, müsse man den Himmel zu Rate ziehen und Gottes Gnade anflehen. Da entschloß sie sich, barfuß in Gesellschaft ihres Gatten zu Unserer Lieben Frau in Liesse zu wallfahrten, die bekannt ist für ihren Beistand in solchen Fällen, und tat das Gelübde, als Dank für ein Kind eine prächtige Kirche zu bauen. Doch nahm sie die beschwerliche Reise umsonst auf sich und lief ihre schönen Füße vergeblich wund: nichts anderes empfing sie als bitteren, herzzerreißenden Kummer, so daß ihr etliche Haare ausfielen und andere weiß wurden.

Endlich verlor sie überhaupt die Fähigkeit, Kinder zu empfangen und zu gebären, was schwermütige Zustände im Gefolge hatte, welche vom Hypochondrium ausgingen und ihre Haut gelb färbten. Sie zählte damals neunundvierzig Jahre und wohnte im Schloß von Isle-Adam, wo sie abmagerte wie ein Aussätziger im Siechenhaus. Die Ärmste wollte schier verzweifeln; um so mehr, als Isle-Adam immer noch verliebt wie je und denkbar gut zu ihr war, wohingegen sie ihrer Pflicht nicht mehr genügen konnte, weil sie in der Vergangenheit allzu oft von den Männern beschlafen worden und, wie sie sich geringschätzig ausdrückte, nichts Besseres mehr war als ein Kessel, um Würste darin zu sieden.

»Ach weh!« klagte sie eines Abends, als solche Gedanken ihr das Herz zermarterten, »was auch die Kirche, was der König sagen mag, allem zum Trotz bleibt die Schloßherrin von Isle-Adam eben die arge Imperia!«

Manchmal packte sie eine unbändige Wut, wenn sie ihren blühenden Gemahl ansah, der alles hatte, was er sich nur wünschen mochte, Reichtum und Güter in Fülle, des Königs Gunst, eine Frau, wie's keine zweite gab, Liebe ohnegleichen, soviel sein Herz begehrte, Freuden, wie sie kein anderes Weib zu schenken vermochte, und der sich doch vergeblich nach dem sehnte, was dem Haupt eines vornehmen Hauses am teuersten sein mußte: nach einem Erben. So grübelte sie und wäre am liebsten gestorben, wenn sie überlegte, wie edel und großherzig er sie allezeit behandelte und wie sie ihre Pflicht versäumte, indem sie ihm keine Kinder geschenkt hatte und ihm auch künftighin keine schenken konnte. Doch verbarg sie ihr Leid tief in ihrem Herzen und faßte einen Vorsatz, der ihrer großen Liebe würdig war. Um dieses heldenmütige Vorhaben ausführen zu können, gab sie sich noch liebevoller als bisher, pflegte ihre Schönheit mit aller erdenklichen Sorgfalt und gebrauchte eine Menge geheimer Mittel, um ihre Schönheit und Jugendfrische zu bewahren. Denn immer noch strahlte sie in makelloser, blendender Schönheit.

Um diese Zeit geschah es, daß der Herr von Montmorency die Abneigung seiner Tochter gegen die Ehe überwand, und es war allgemein die Rede von ihrer Verbindung mit einem Ritter von Chastillon. Da schickte Frau Imperia, die nur drei Meilen von Montmorency entfernt wohnte, eines Tages ihren Gemahl auf die Jagd in den Wald und machte sich auf den Weg nach dem Schloß, wo damals das Fräulein von Montmorency wohnte. Im Schloßpark angelangt, erging sie sich darin und trug einem Diener auf, dem Fräulein zu bestellen, eine Dame habe ein dringliches Anliegen an sie, und sie möge ihr unbedingt Gehör schenken. Höchst verwirrt durch all das, was man ihr von der Schönheit, dem höfischen Auftreten und dem Gefolge der unbekannten Dame berichtete, eilte das Fräulein von Montmorency flugs in den Garten hinunter und traf dort ihre Nebenbuhlerin, die sie bisher nie gesehen hatte.

»Mein liebes Kind«, sprach die arme Frau unter Tränen, als sie sah, daß das Fräulein ebenso schön war wie sie, »ich weiß, man will Euch zwingen, den Herrn von Chastillon zu ehelichen, obschon Ihr den Herrn von Isle-Adam liebt. Habt Vertrauen in das, was ich Euch jetzt prophezeie: Der Mann, den Ihr geliebt habt und der Euch nur untreu wurde, weil er in Schlingen geriet, in denen sich sogar ein Engel verfangen hätte – er wird von seiner alten Frau befreit sein, ehe noch das Laub von den Bäumen fällt. Und so wird Eure beharrliche Liebe gekrönt und mit Blüten bekränzt werden. Habt also den Mut, Euch der geplanten Heirat zu widersetzen, und Ihr sollt Euch Eures heißgeliebten Freundes erfreuen. Gebt mir Euer Wort darauf, daß Ihr Isle-Adam von ganzem Herzen lieben wollt. Er ist der allergütigste, liebenswerteste Mensch auf der Welt; Ihr müßt mir versprechen, ihm nie Kummer zu bereiten. Er soll Euch auch alle die Geheimnisse der Liebe offenbaren, die Frau Imperia erfunden hat; denn wenn Ihr, jung wie Ihr seid, sie anwendet, so wird es Euch

ein leichtes sein, die Erinnerung an sie in seinem Herzen auszulöschen.«

Das Fräulein von Montmorency war so verblüfft, daß sie kein Wort der Erwiderung fand und diese Königin aller

Schönheit ziehen ließ; sie hielt sie für eine Fee, bis ihr ein Tagelöhner sagte, diese Fee sei die Frau von Isle-Adam gewesen. Wenngleich sich das Fräulein von Montmorency dieses Erlebnis nicht erklären konnte, so sagte sie dennoch ihrem Vater, sie werde erst, wenn der Herbst vorbei sei, eine Antwort auf die vorgeschlagene Heirat geben. So sehr liegt es in der Natur der Liebe, sich mit der Hoffnung zu verschwistern, den unsinnigen Ködern zum Trotz, die ihr diese trügerische und holde Gespielin als süße Honigkuchen zu schlucken gibt.

Während des ganzen Monats der Weinlese duldete Frau Imperia nicht, daß Isle-Adam sie allein ließ, und sie bot ihre glutvollsten Wollüste auf, so daß man hätte glauben können, sie wolle ihn mit ihrer Liebesglut gänzlich auszehren. Isle-Adam wiederum kam es vor, als habe er es in jeder neuen Nacht mit einer völlig neuen Frau zu tun. Beim Erwachen dann bat ihn Imperia, solche vollkommene und überirdische Liebe nie zu vergessen. Und um das Herz ihres Liebsten ganz zu ergründen, sprach sie zu ihm: »Du Ärmster, wir haben unklug gehandelt, als wir einen Jüngling, wie du's mit deinen dreiundzwanzig Jahren warst, mit einer alten Frau verheirateten, die bereits gegen die Vierzig ging.«

Darauf antwortete er, sein Glück sei so groß, daß ihn Tausende darum beneideten, und trotz ihren Jahren habe sie nicht ihresgleichen unter den Jungfrauen, und wenn sie je alt werde, dann werde er auch ihre Runzeln liebhaben – er sei überzeugt, auch im Grabe werde sie noch wunderschön aussehen und auch ihr Gerippe werde noch liebenswert sein.

Bei solchen Antworten traten ihr die hellen Tränen in die Augen. Eines Morgens jedoch erwiderte sie voll Arglist, das Fräulein von Montmorency sei doch bildschön und ausnehmend treu. Da versetzte er bekümmert, sie tue ihm weh mit solchen Worten, denn sie erinnere ihn damit an das einzige Unrecht, das er zeit seines Lebens begangen habe, indem er nämlich seiner ersten Braut die Treue gebrochen habe; doch habe sie alle Liebe zu ihr in seinem Herzen ertötet.

Dieses aufrichtige Wort bewirkte, daß sie ihn umfaßte und innig an ihr Herz drückte, so erschüttert war sie von diesem ehrlichen Geständnis, wo die meisten Männer Ausflüchte gemacht hätten.

»Teurer Freund«, sprach sie zu ihm, »seit ein paar Tagen

werde ich von einem Krampf im Herzen geplagt, der mich schon in jungen Jahren fast ins Grab gebracht hätte. Diese ständige Todesdrohung hat auch der arabische Arzt neulich wieder bestätigt. Wenn ich sterben muß, so schwöre mir mit dem heiligsten Eid, daß du das Fräulein von Montmorency zur Frau nehmen wirst. Ich bin meines Endes so gewiß, daß ich alles, was ich besitze, deinem Hause vermache unter der Bedingung, daß du diese Heirat eingehst.«

Als Isle-Adam das hörte, wurde er aschfahl im Gesicht und fühlte, wie ihm schon beim bloßen Gedanken an eine ewige Trennung von seiner herzlieben Frau die Sinne schwanden.

»Ja, mein Geliebter«, fuhr sie fort, »Gott hat mich an dem gestraft, womit ich am meisten gesündigt habe, weil nämlich die tiefen Wonnen, die ich genossen habe, mein Herz erweitert und, wie der arabische Arzt meint, die Gefäße verengert haben, so daß sie platzen, sobald einmal eine sengende Hitze kommt. Doch habe ich allezeit zu Gott gebetet, er möge mich in dem Alter sterben lassen, in dem ich jetzt stehe, weil ich den Verfall meiner Schönheit nicht überleben will.«

Und nun erkannte diese hochherzige, edle Frau erst, wie sehr ihr Gatte sie liebte. Jetzt empfing sie das größte Opfer, das die Liebe zu bringen vermag und das auf Erden gebracht wurde. Sie allein wußte, welche Verführungskraft in den unsagbaren Wonnen, inbrünstigen Umarmungen und feurigen Liebkosungen des ehelichen Lagers lag. Sie waren so köstlich, daß der arme Isle-Adam lieber gestorben wäre, als daß er sich der Herrlichkeiten des Liebesgenusses hätte entwöhnen lassen, die sie ihm bereitete. Aber auf ihr Geständnis hin, ihr Herz könne in einer solchen rasenden Liebesverzückung brechen, warf sich der Ritter vor ihr auf die Knie und gelobte ihr, um ihr Leben zu erhalten, werde er fortan nie wieder von ihr Liebe heischen. Er wolle glücklich und zufrieden sein, wenn er sie nur sehen und an seiner Seite spüren könne, und er werde sich damit begnügen, ihre Hauben zu küssen und ihre Röcke zu streifen. Da gab sie ihm tränenüberströmt zur Antwort, lieber wolle sie ihr Leben lassen, als daß sie eine einzige Knospe an ihrem Rosenstrauch ungepflückt verkommen ließe; sie wolle sterben, wie sie gelebt habe, und zu ihrem Glück wisse sie ja, wie sie's anstellen müsse, damit ein Mann ihr beischlafe, wenn ihr der Sinn danach stehe, ohne daß sie auch nur ein Wörtlein zu sagen brauche.

Hier nun ist der Ort, zu erwähnen, daß sie von dem öfters angeführten Kardinal von Ragusa ein kostbares Angebinde erhalten hatte, das dieser verbuhlte Wüstling ein *Breve in articulo mortis* nannte. – Diese vier lateinischen Worte müßt ihr nicht krummnehmen; sie stammen vom Kardinal. – Es war ein Fläschchen aus dünnem Glas, wie es in Venedig hergestellt wird, nicht größer als eine Bohne, und enthielt ein so schnellwirkendes Gift, daß man's nur zwischen den Zähnen zu zerbeißen brauchte; der Tod trat augenblicklich ein. Man spürte auch nicht den leisesten Schmerz dabei.

Dieses Gift hatte ihm die Signora Tofana, die berühmte Giftmischerin in Rom, gebraut. Die winzige Glaskugel war unter dem Stein eines Ringes verborgen und vor jedem Druck oder Stoß durch Goldplättchen geschützt.

Schon mehrmals hatte die arme Imperia das Gläschen in den Mund genommen, konnte sich aber nicht entschließen, draufzubeißen, so große Lust bereitete ihr jedesmal wieder das Einssein mit dem geliebten Mann, das sie jeweils für das letzte hielt. Dann kostete sie der Reihe nach sämtliche Arten, sich mit ihm zu vereinen, ehe sie auf das Glas biß, und nahm sich vor, wenn sie allerhöchste und vollkommenste Lust verspüre, wolle sie die Phiole zerbeißen.

Das arme Geschöpf gab sich den Tod in der ersten Oktobernacht. Da ward weithin in den Wäldern und oben in den Wolken ein großes Wehgeschrei vernommen. Es klang wie das Wehklagen aller Liebesgeister: »Wehe! Die große Lust ist tot!« wie einst die heidnischen Götter wehklagten, als der Heiland aller Menschen auf Erden erschien. Die flüchteten damals hinauf in die Himmel und jammerten: »Der große Pan ist tot!« welches klägliche Geschrei von etlichen Schiffern auf dem Euböischen Meer vernommen und von einem der Kirchenväter überliefert wurde.

Frau Imperia schied dahin, ohne an Schönheit eingebüßt zu haben, so große Sorge hatte Gott getragen, einen Frauenleib ohne Makel und Fehl zu schaffen. Sie hatte noch im Tode, so wird berichtet, eine wundersam frische Hautfarbe, eine Wirkung der eben genossenen Lust, deren flammengeflügelter Gott weinend an ihrer Seite kauerte.

Ihr Gatte trauerte um sie, wie nie zuvor ein Mann um sein Weib getrauert hat. Doch ahnte er nicht, daß sie gestorben war, um ihn von einer unfruchtbaren Frau zu erlösen, und der Arzt, der den Leichnam einbalsamierte, ließ kein Wort über die Todesursache verlauten. Die selbstlose Tat ward erst sechs Jahre nach der Heirat des Ritters mit dem Fräulein von Montmorency offenbar, als sie ihm in ihrer Herzenseinfalt vom Besuch der schönen Imperia erzählte. Von dem Tage an lebte der arme Ritter in düsterer Schwermut dahin und starb schließlich, weil er die Erinnerung an jene Liebeswonnen nicht aus seinem Herzen verbannen konnte, die ihm ein unerfahrenes Ding wie seine zweite Frau nie und nimmermehr zu ersetzen vermochte. Und so bewahrheitete sich der Spruch, der damals in aller Munde war: Diese Frau starb nie in einem Herzen, in dem sie einmal geherrscht hatte.

Das lehrt uns, daß Tugend nur von solchen Weibern wahrhaft verstanden und geübt werden kann, die das Laster kennen. Denn von den tugendhaften und keuschen Frauen hätten nur wenige ihr Leben auf solche Art hingegeben, so fromm und heilig ihr sie auch einschätzen mögt.

EPILOG

Ah! du närrisches Schätzchen, da solltest du nun für Heiterkeit und gute Laune sorgen und hast dich, tausend wiederholten Verboten zum Trotz, abermals in diesem Pfuhl der Schwermut gewälzt, wo du bereits einmal die reumütige Bertha herausgefischt hast! Jetzt kommst du wieder an mit struppigem, aufgelöstem Haar, wie eine Dirne, die eine ganze Rotte Landsknechte genotzüchtigt hat! Wo hast du deine schönen goldenen Schnürbänder mit den Schellen dran, deine Blumenranken aus feinem Filigran, die wie übermütige Arabesken sind? Wo hast du deinen blaßroten Narrenstecken, geschmückt mit kostbaren Zieraten, gelassen, der einen ganzen Sack voll Perlen wert ist? Warum willst du auch mit garstigen Tränen deine schwarzen Guckaugen verunzieren, die so lustig blitzen, wenn darin das Salz einer guten Geschichte funkelt, daß auch die Päpste dir deine losen Reden verzeihen? Denn du würzt sie mit deinem Lachen, daß sie fühlen, wie ihre Seele zwischen dem Elfenbein deiner Zähne zappelt, und ihr Herz hüpft so vergnügt angesichts deines rosigen Zungenspitzchens, daß sie gern ihren Pantoffel gegen ein Lächeln tauschten, das auf deinen Lippen das gesunde Rot des unverdorbenen Blutes hervorzaubert. Du lachlustiges Ding, wenn du dich immer jung und frisch erhalten willst, so laß allezeit das Weinen sein! Hab nichts im Sinn, als auf eingezäumten Fliegen zu reiten, mit schönen Wolken deine chamäleonischen Schimären aufzuzäumen, die lebendigen Wirklichkeiten in regenbogenfarben umkleidete Figuren zu verzaubern, aufgeputzt mit glutroten Träumen, mit tiefblauen Flügeln und schillernden Kringeln darin.

Bei Gottes Leib und Blut, bei Weihrauchfaß und Siegel, bei Buch und Schwert, bei Lumpen und Gold, bei Klang und Farbe, wenn du mir noch einmal in dies Lasterloch der Klagelieder zurückkehrst, wo die Verschnittenen häßliche Vogelscheuchen für verblödete Sultane aufgreifen, dann verfluche ich dich, vermaledeie und verwünsche dich, lasse dich darben und versage dir meine Liebe und meine Schnurren, ich ...

Brrr! Da reitet sie dahin auf einem Sonnenstrahl, umringt von einem neuen Zehnt, das auseinanderspritzt und sprüht in luftigen Meteoren! Sie tummelt sich in ihrem siebenfarbig gebrochenen Licht und rast davon, so flink, so wild, so keck und hoch, so widersinnig, widerborstig und wider alles, daß man sie wahrlich schon seit langem kennen muß, um ihrem silbergeschuppten Sirenenschwanz folgen zu können, der lustig in den Kunstgebilden dieser neuen Schnurren zappelt.

Wahrhaftiger Gott! da hat sie sich draufgeworfen, wie hundert Schulbuben, wenn sie aus der Schule kommen, sich über eine Hecke voller Brombeeren hermachen! Hol der Teufel den Schulmeister! Das Zehnt ist vollendet. Genug jetzt der Arbeit! Kommt her, lustige Gesellen!

BALZAC
FIN

NACHWORT

Es ist etwas Seltsames um den Ruhm. Dem einen versagt er sich über den Tod hinaus, und nur wenige Eingeweihte halten ihm die Treue. Andere erleben ihn im Übermaß zu ihren Lebzeiten, und kaum sind sie tot, wird es still um sie. Wieder andere jagen ihm ihr Leben lang nach, holen ihn ein, sonnen sich darin, und auch die Nachwelt versagt ihnen nicht, was bereits die Zeitgenossen ihnen zugestanden hatten. Doch wie oft ist der Ruhm nicht mehr als ein weitverbreiteter Irrtum! Wie oft Zufall, Mache, Mißverständnis oder Gewohnheit!

Das wird kaum irgendwo so deutlich wie bei den beiden größten Wegbereitern des heutigen Romans: Stendhal und Balzac.

Stendhal, der – mit etwas koketter Resignation – von sich sagte, er werde erst um 1930 verstanden werden, ist heute berühmt. Aber ist es der wahre Stendhal, der Stendhal der Selbstanalyse, der tiefe und unbestechliche Psychologe des *Henri Brulard*, der *Lamiel*, des *Lucien Leuwen*, der Meister der *Kartause von Parma*? Beschränkt sich die Kenntnis Stendhals – in Deutschland wenigstens – nicht gar zu oft auf den Verfasser von *Rot und Schwarz*? Ist nicht der erbarmungslose, schonungslose Seelenzergliederer, der auch sich selbst nicht schonte, hinter dem Dichter eines der schönsten Liebes- und Entwicklungsromane zurückgetreten?

Das gleiche gilt für Honoré de Balzac, diesen wandelbarsten Proteus unter den Romanciers der neueren Zeit, ja aller Zeiten, diesen vielseitigsten, produktivsten, unbedenklichsten und eruptivsten aller modernen Schriftsteller. Wer liest schon sein gesamtes Werk? Ein halbes Dutzend Romane – *Eugénie*

Grandet, *Le Père Goriot*, *La Cousine Bette*, *Les Illusions perdues*, *La Femme de trente ans*, *La Peau de chagrin*, und wenn's hoch kommt noch *Le Lys dans la Vallée* – eine nach Spannung und großer Publikumswirkung getroffene Auswahl also, und damit ist es getan.

Aber Balzac ist wie ein riesiger Gebirgszug mit hundert himmelhohen Gipfeln, die nur zusammengenommen als Gebirge zählen und nur in ihrer Gesamtheit, ihrem architektonischen Aufbau, ihrer geologischen Schichtung und Struktur erfaßt und richtig verstanden werden können. Sein Werk ist ein Ganzes, Untrennbares, es umfaßt eine ganze Nation, eine ganze Menschheit mit allen ihren Sitten und Schichten, guten wie schlechten, ansprechenden und abstoßenden. Die *Menschliche Komödie*, diese in Romane gegossene Soziologie Frankreichs, seinem überhitzten Gehirn entschleudert, überragt alle Schulen und Strömungen seiner Zeit; sie umfaßt alle Tendenzen, Weltanschauungen, alle Philosophien und Religionen. Gewiß, sie ist rein stoffmäßig spannend, ist im einzelnen Werk zugänglich, wie ein einzelner Gipfel des Bergzugs eine herrliche Fernsicht bieten kann. Aber verstanden kann sie nur aus der Ganzheit werden, wie ein Bienenstaat, ein Volksganzes, ein gewaltiges Gemälde. Müßig, darin nach romantischen oder realistischen Zügen suchen zu wollen. Ebensogut könnte man den Kosmos nach idealistischen oder pragmatischen Absichten durchforschen. Wenn *einmal* der Dichter Medium einer höheren Macht gewesen ist, dann bestimmt im Phänomen Balzac. »Ein welthaltiges Werk, ein welthaltiger Mensch können nur aus dem Weltganzen gedeutet werden« (Curtius). Die *Einheit in der Vielheit*, auf die sich Balzac in der Vorrede zur *Menschlichen Komödie* beruft, ein Problem, mit dem sich die größten Geister vor ihm schon beschäftigt hatten, ist die Urzelle seines gigantischen Werks, das er längst nicht vollenden konnte, dessen riesenhafte Fragmente jedoch ausreichen, ihn zum größten literarischen Schöpfer seiner Zeit zu stempeln.

Balzac und Napoleon – der Vergleich ist oft gezogen worden, Balzac selbst hat gesagt, der Schriftsteller sei dem Staatsmann ebenbürtig, wenn nicht überlegen. Was der eine mit dem Schwert erkämpfte, das vollbrachte der andere mit der Feder: eine neue Welt, in der er allein herrschte, eine unteilbare, durch tausend unsichtbare Bande verknüpfte Einheit, einen Kosmos, der nur im lebendigen Gleichgewicht bleibt, solange alle Räder ineinandergreifen und kein noch so winziges Teilchen des ganzen Mechanismus versagt. Das Werk Balzacs, unfaßlich in seinem Umfang, in seiner Größe, in seiner Bedeutung, gleicht einer solchen Welt. Sie in ihrer vollkommenen Ganzheit zu verstehen, kennenzulernen, sich zu eigen zu machen ist dem Leser vorbehalten.

Je höher aber ein Gebirge in den Himmel hinaufragt, um so breiter, ausladender, fester muß der Grund sein, auf dem es ruht. Nirgendwo bewahrheitet sich dieses Gesetz so deutlich wie im Schrifttum Frankreichs, aus dem Balzac hervorgewachsen ist. Er hat sein Rüstzeug, seine gewaltige Kraft, seine Imagination aus einem uralten Arsenal bezogen; ohne diese zuverlässige Grundlage, diesen Nährboden wäre er nicht das geworden, was er war.

Von den Anfängen der französischen Literatur bis in die neueste Zeit gibt es kaum etwas Zufälliges, wild Gewachsenes, von ungefähr Entstandenes. Eine unabgebrochene Tradition zieht sich durch die unerhört reiche Literatur dieses gesegneten Landes, sichtbar, spürbar, greifbar. Oder vielmehr: es sind zwei parallel verlaufende Traditionen, die sich ab und zu tangieren, zuweilen ineinandermünden und eine Zeitlang vereint laufen, dann wieder auseinanderstreben, nie aber versiegen.

Neben der anerkannten, offiziellen, »großen«, von Staats und Religions wegen begünstigten und geförderten Literatur verläuft eine zweite Strömung, eine aus dem Volk, aus seinen Bedürfnissen und innersten Anliegen und Kräften gespeiste Literatur, eine oft ins Kraut schießende, oft über die Stränge schlagende und zuweilen üppig wuchernde volkstümliche und volksverbundene Überlieferung, der freilich die besten Köpfe der Nation häufig gehuldigt haben, die jedoch stets nur am Rande der anerkannten Schriftwerke verlief und gedieh und eine Art Ventil für das dauernd Subversive und die Eigenbrötelei des französischen Nationalcharakters bildete.

Diese zweite, im Volk verwurzelte Literatur, deren vielfarbige Facetten man gern unter dem Schlagwort des *Esprit gaulois* zusammenfaßt, trat schon im frühen Mittelalter in der Spielmannsdichtung, den *Fabliaux*, den *Farces* und *Soties*, den spätmittelalterlichen Satiren, etwa den *Quinze Joyes de mariage*, oder den alten Volksbüchern zutage. Es ist eine realistische Kunst, urgesund, derb und oft zynisch, ja unflätig, saftig und unbeschönigt, ohne jede Rücksicht auf Prüderie und Zimperlichkeit, eine echte, südliche, gallische, unverblümte, unverdorbene, unverkümmerte, unverwüstliche, respektlose Sinnenkunst, genährt von den urtümlichen Kräften des offenen Landes, das nie Berührung und Zusammenhang mit der Natur und ihren Natürlichkeiten verloren hat.

Es ist aber beileibe keine anonyme Produktion, die im geheimen ein lichtscheues Dasein gefristet hätte. O nein, die größten Geister des französischen Schrifttums haben daran mitgewirkt, ja eine gute Spanne der französischen Literatur wird von ihr beherrscht: die Renaissance, die neben der Lyrik Ronsards, Du Bellays und der Louise Labé ihr Bestes auf dem Gebiet der Erzählung gegeben hat. Rabelais, gleich Balzac ein erratischer Block riesenhaften Ausmaßes im Geröll der übrigen Literatur, in seinen ungeheuerlichen Werken, *Gargantua* und *Pantagruel*, Bonaventure des Périers, Noël Du Fail in ihren *Contes*, Montaigne in seinen *Essais*, die Königin Marguerite von Navarra mit ihrem *Heptameron*, Guillaume Bouchet mit seinen *Sérées*, Etienne Tabourot mit den *Escraignes dijonnoises*, Béroalde de Verville mit dem *Moyen de parvenir*, einem skurrilen, quicklebendigen Gesprudel anzüglicher Weisheiten und Schnurren, Henri Estienne, der in seiner *Apologie d'Hérodote*, einem grundgelehrten Werk, jede Gelegenheit beim Schopf ergreift, wo er eine gesalzene Geschichte anbringen kann, Agrippa d'Aubigné, der in seinem *Baron de Foeneste* den ersten komischen Roman geschrieben hat, und viele andere, minder berühmte und erlauchte Geister mehr. Kurz, es ist die ganze illustre Schar der geistigen Elite jener Zeit, in der das Individuum zum erstenmal anspruchsvoll hervortrat, in der das Einzelwesen Mensch sich als Kosmos zu fühlen begann und seinen kritischen Verstand an den überlieferten und bislang unangetasteten Autoritäten zu wetzen anfing. Sie alle haben ihre mutwillige Laune, ihren Witz, ihre Weisheit – ja, ihre Weisheit! – in den ergötzlichen, äußerlich frivolen, zutiefst aber sinnreichen Werken ihrer unheiligen Muse ausgetobt.

Es ist die Sprache freier Geister, die sich mit dröhnendem Lachen über alles Muffige, Überlebte, Verstaubte, Unfreie und Scheinheilige hermachten. Es ist ein Bekenntnis zum Irdischen, zur schönen, lebendigen Welt, in der sie nicht ein Jammertal erblickten, sondern einen Ort des Behagens und des Glücks. Die alte heidnische Weisheit, daß der Mensch auf der Welt sei, um glücklich zu sein und die Schönheiten des Daseins auszukosten, war noch in ihnen lebendig.

Das ist typisch romanisch-südlich gedacht und gefühlt und für viele nordische Geister und Gemüter schlechthin unfaßbar. Das gute Gewissen der unbefangenen Kreatur ist uns längst abhanden gekommen. Wir sehen immer nur den zürnenden, strafenden, vergeltenden Gott des Alten Testamentes oder den milden, entsagenden des neuen Bundes. Es ist der Zwiespalt, der Deutsche und Franzosen immer wieder trennte. Hier Seelentiefe, Ernst, Gläubigkeit, Gedankenschwere und Grübelei, dort realistisches Sichabfinden mit Autorität und Heiligem, Heiterkeit und leichter Sinn, unbeschwerte Sinnenfreude, angriffslustiger Spott und nüchterne Tatsachenhinnahme. Es ist das kreatürliche Lachen des Kindes gegenüber der gerunzelten Stirn des Denkers, es ist Schadenfreude sogar und oft herzlose, jedenfalls völlig unsentimentale Selbstsicherheit im Gegensatz zum Mitleiden, zum Erbarmen, das aus dem in den Nächsten projizierten Bewußtsein der eigenen Sündhaftigkeit fließt. »Lachen heißt schadenfroh sein, aber mit gutem Gewissen«, sagt Nietzsche in der *Fröhlichen Wissenschaft*. Besser könnte man das gallische Lachen nicht definieren.

Man sehe nur, wie der Südländer zur Kirche steht! Für uns ist sie ein Ort der Sammlung, der Stille, der Erbauung, des Insichgehens. Für den Romanen ist sie außerdem Treffpunkt, Versammlungsort, Rendezvous; in der Kirche trifft man sein Liebchen, man schwatzt unbekümmert um die Heiligkeit des Ortes mit der Frau Nachbarin, man fädelt Liebschaften ein oder zettelt Verschwörungen an. Man kürzt sich den Umweg ab und geht mitten durch das Hauptschiff der Kathedrale zum Marktplatz, mit Gemüse, Hühnern und allem Drum und Dran. Da sind keine feierlichen, prunkvollen Kirchenstühle. Der Fußboden ist leer, nur ein paar Betbänke stehen da, auf denen man rasch mit der Geliebten, neben sie hingekniet, ein paar Worte wechselt und das nächste Stelldichein verabredet. Der Pfarrer, der einem Fremden die Kirche zeigt, streckt ungescheut die Hand hin, um sein Trinkgeld zu heischen, er spuckt ohne jede Hemmung, ohne den Schatten eines Gedankens an das Respektlose seines Tuns, auf den Boden. Stolpert er etwa, so flucht er unbekümmert auf die Madonna und gibt ihr die unflätigsten Schimpfnamen. Das alles hindert ihn aber nicht, mit inbrünstiger Andacht nachher die Messe zu lesen.

Das sind keine Übertreibungen schriftstellernder Freigeister; das kann jeder an Ort und Stelle beobachten. Ebenso sind dem Südländer alle natürlichen Dinge nichts anderes als ganz selbstverständliche Erscheinungen, weder mit Sünde noch mit einem Fluch behaftet. Darum sind ihm auch Zoten und Zweideutigkeiten fremd; er kennt sie gar nicht, und es braucht schon eine nordische verdorbene Phantasie, um in den drastischen Szenen Boccaccios oder des Gargantua schwüle Unanständigkeiten zu wittern.

Diese gesunde Drastik findet sich in allen romanischen Literaturen. Zumal die französische, insbesondere ihre volkstümliche Strömung, die zu allen Zeiten wieder durchbricht, nennt die Dinge stets bei ihrem richtigen Namen und geht nicht wie die Katze um den heißen Brei herum. Die oben genannten Dichter sind denn auch heute noch in ihrer Heimat durchaus lebendig: ein Schriftsteller wie Brantôme, dessen *Dames galantes* im Norden nur unter der Hand herumgeboten und heimlich gelesen werden, figuriert in den großen Klassikerreihen neben Molière, Corneille und Racine. Tiefe, Weisheit und Bedeutung muß für den Franzosen nicht mit tierischem Ernst und bombastischen Phrasen gepaart sein; er spürt sie auch im leichtfertigsten Bonmot heraus. »In

Deutschland fehlt dem höheren Menschen ein großes Erziehungsmittel: das Gelächter höherer Menschen: diese lachen nicht in Deutschland.« Wieder ist es Nietzsche, der diese beherzigenswerte Wahrheit ausspricht. Leute wie Lichtenberg, Heine oder neuerdings Thelen sind Ausnahmen und werden als große Geister kaum anerkannt. Das respektlose Spielen mit »heiligen Gütern« endet für uns immer im Katzenjammer des schlechten Gewissens.

Die Erzählungskunst der Franzosen, Jahrhunderte hindurch auch für die Deutschen maßgebend, feierte schon früh Triumphe. Eine reiche und großenteils erhaltene Literatur blühte, als Deutschland noch kaum etwas wie eine Literatur besaß. Noch vor den großen Epen und Romanen – Tristan und Isolde, Parzival – bestand ein zahlreiches Schrifttum: Novellen, kunstvolle Verserzählungen von zum Teil zauberhaftem Reiz – man denke nur an die *Lais* der Marie de France –, realistische Mären, angriffslustige Possen und Schnurren waren zu Hunderten verbreitet. Ihr Einfluß reicht bis in unsere Zeit, hat doch noch Johann Peter Hebel seine Geschichten vom Zundelheiner und vom Zundelfrieder den altfranzösischen *Fabliaux* entlehnt. Es sind darunter Meisterwerke psychologischer Erzählungskunst und raffinierter Kenntnis der menschlichen Triebkräfte. Ihre Absicht, ihr Zweck? Unterhaltung im besten Sinne. Allerdings eine Unterhaltung, die noch – bei aller Primitivität der Sitten – geistige Aufgeschlossenheit voraussetzte und jenes unvoreingenommene Interesse an den Fragen des menschlichen Zusammenlebens, das uns weitgehend verlorengegangen ist. Das Staunen vor dem Wunder der Liebe, nicht etwa einer mystischen, platonischen, rein geistigen Seelengemeinschaft, sondern vor den beglückenden Tatsachen der sinnlichen, fleischlichen Liebe, das im Roman von Tristan und Isolde so gewaltigen Ausdruck gefunden hat, tritt uns auf Schritt und Tritt entgegen. Im *Jehan de Paris*, im *Petit Jehan de Saintré*, in der *Chastelaine de Vergy* ist es noch ehrfürchtige Verwunderung und Idealisierung; später kommen neue Töne auf, ebenjene Schadenfreude, von der wir sprachen, die Freude am Unzulänglichen, am Komischen im Mitmenschen, dem man gern am

Zeug flickt. Die bürgerliche Satire, gutmütig und im Grunde harmlos, bemächtigt sich dieses ewig alten, ewig neuen Stoffes und verarbeitet ihn auf ihre Weise. Mit scharfer Beobachtungsgabe erfaßt man die kleinen Schwächen der Nachbarn, der Sinn für Komik, die Selbstironie des Städters nimmt sich der kleinen ehelichen Unfälle und Seitensprünge an, der sportliche Geist zollt der Schlauheit der Frauen Lob und Beifall, der betrogene Ehemann wird zur lächerlichen Figur, der Galan zum beneideten und bewunderten Vorbild. Wieweit es damit den Erzählern ernst war, sei dahingestellt. Die Lust am Fabulieren überwog wohl alle moralisierenden Tendenzen. Ihren Mitbürgern einen Spiegel vorzuhalten lag ihnen sicherlich fern. Arglistige Bosheit war ihnen fremd. Sie weideten sich ganz einfach an einer spaßigen Situation und genossen das kribbelnde Gefühl einer gelungenen Geschichte. Daß man gleichzeitig noch den Pfaffen eins versetzen konnte, erhöhte den Reiz. Was sich liebt, das neckt sich. Auch die Spötteleien auf die Geistlichen waren harmlos und nicht bös gemeint. Sicherlich waren viele Geschichten, die man sich von ihnen erzählte, sogar wahr.

Diese drastischen Schnurren stellten sich in bewußten Gegensatz zur hohen Literatur, zu den Heldentaten der Ritter und Adligen. Wenn Cervantes seinem sinnreichen, idealistischen Hidalgo Don Quijote den dicken, derben, mutterwitzigen Sancho Pansa an die Seite stellt, sozusagen als fleischgewordenen Kommentar seiner vergeistigten Ritterlichkeit, so hat er, mit oder ohne Wissen, nur denselben Vorgang wiederaufgenommen. Oder wenn in einem berühmten Buch des spätern Mittelalters der weise Salomon mit dem Rüpel Markolf disputiert, der ihm auf seine weisen Sprüche jedesmal mit einer Unflätigkeit antwortet, ist – ins Satirische, Moralische abgeleitet – dasselbe ungleiche Paar am Werk. Bürgerliche erdennahe Schlagfertigkeit setzt sich mit vornehmer Bildung und Gesittung auseinander. Der witzige Trick setzt sich durch die ganze Literatur fort bis auf den heutigen Tag: etwa im braven Soldaten Schwejk, der mit seiner tolpatschigen, durchtriebenen Schlauheit sogar den Kampf gegen eine Monarchie aufnimmt und gewinnt.

Dieser Atmosphäre bürgerlicher Pfiffigkeit und entlarvender, desillusionierender Respektlosigkeit allem Gestelzten und Hochtrabenden gegenüber, diesem Kreis autoritätsfeindlicher Gesinnung entstammen die meisten Erzählungssammlungen bis auf den heutigen Tag, bis zu den Geschichten eines Marcel Aymé oder den *Contes du Chat noir* des Rodolphe von Salis. In dieser Tradition sind auch Balzacs *Contes drolatiques* verwurzelt. Man muß sie denn auch in diesem Sinne verstehen, als einen späten Sproß vom alten Baum der Erkenntnis, dessen Wurzeln hinabreichen bis zu den Anfängen der Literatur. Dies ist auch der Grund, weshalb Balzac sich dafür ein eigenes Mittelfranzösisch fabriziert hat, eine Rabelais und den alten *Conteurs* abgeguckte, nicht immer ganz authentische Sprache, die er überdies noch mit eigenen Wortbildungen belebte und aufputzte. Aber – so viel man auch daran bemängelt hat – sie ist reizvoll und mit großem Geschick gehandhabt, das richtige Gewand für diese saftigen Geschichten, deren Stammbaum in der älteren Erzählungsliteratur öfters zu verfolgen ist.

Gewiß, sie sind ein Bankertkind des großen Schöpfers der *Menschlichen Komödie*, etwa wie gewisse arge Mußekinder Goethes oder Mozarts Dorfmusikantensextett. Aber deswegen ist der »Musikalische Spaß« eben doch ein großes Kunstwerk, ist das »Tagebuch« dennoch eine unnachahmliche Dichtung!

Insgesamt dreißig solcher *Contes drolatiques* hat Balzac erscheinen lassen. Geplant waren ursprünglich hundert, nach dem Vorbild der *Cent nouvelles nouvelles*, der berühmten Novellensammlung aus der Zeit Ludwigs XI. Das erste Zehnt erschien denn auch vielversprechend im Jahre 1832 bei Charles Gosselin unter dem Titel *Les cent Contes drolatiques*, das zweite Zehnt, ebenfalls bei Gosselin, 1833, ein Jahr später, das dritte Zehnt erst 1837 bei Werdet. Eine Gesamtausgabe der ersten dreißig Geschichten erschien kurz nach Balzacs Tod, 1853, bei Giraud et Dagneau, und 1855 erneut im Rahmen der *Oeuvres complètes*, Band 20, bei der Witwe Houssiaux. Im selben Jahr erschien dann auch die berühmte von *Gustave Doré* illustrierte Ausgabe.

Was an Entwürfen und zum Teil ausgearbeiteten Fragmenten in Balzacs hinterlassenen Papieren vorgefunden wurde, erschien in der großen, von Marcel Bouteron und Henri Longnon betreuten Ausgabe des Verlags Louis Conard in Paris. In einem kurzen Vorwort zum (geplanten) vierten Zehnt führt Balzac die Titel der nächsten Geschichten an: Prologue – Triste erreur de Dona Mirabella – Maulvaise foy d'ung héréticque – L'Incube – Combien estoit clemente madame Impéria – Confession bigearre – Les trois Moines – Le Paysan de Montsoreau qui havoit perdu son veau – D'une Guerre esmeue entre les Guilleris et les Kallibistrifères – Aultre naifveté – Mot d'une vertueulze abbesse de Chinon – Epilogue.

Ferner waren für ein fünftes Zehnt, das er *Le Dixain des Imitacions* nennt, ein Fabliau *Le Fabliau de l'Amour, l'enfant et la mère* und eine Erzählung im Stil Perraults, *La Filandière*, geplant, und vom zehnten Zehnt liegen kurze Fragmente zweier Geschichten vor: *Le Mignon du Roy* und *Le Cheval de Saint-Martin.* Über die Quellen, aus denen Balzac geschöpft hat, findet sich alles Wissenswerte in den Anmerkungen der Conard-Ausgabe (Band 37).

Es wäre interessant, die Entwicklung der französischen Erzählung von den Anfängen, das heißt den altfranzösischen *Fabliaux* mit ihrer noch recht primitiven, von Wiederholungen und Längen wimmelnden Erzählungstechnik – sie wurden ja nicht gelesen, sondern von den Spielleuten, den Jongleurs, vorgetragen –, über die Meister der Hochblüte zu verfolgen *(Cent nouvelles nouvelles, Comptes du Monde adventureux, Printemps d'Yver, Heptaméron, Récréations et joyeux Devis, Contes d'Eutrapel, Propos rustiques & Baliverneries* und andere), durch die reizvolle Erzählungsliteratur des 18. Jahrhunderts (Vivant Denons *Point de lendemain,* Voltaires und Diderots Erzählungen) ins 19. Jahrhundert vorzustoßen und bis in unsere Zeit vorzudringen.

Das Erstaunliche dabei wäre, daß im Grunde lediglich die Technik des Erzählens sich geändert hat, entsprechend den höheren Ansprüchen der Leserschaft, daß aber die Problematik und Thematik im Grunde dieselbe geblieben ist. Marcel

Aymé, ein Meister der modernen Erzählung, hat freilich eine durch alle Errungenschaften der modernen Erzählungstechnik verfeinerte und bereicherte Darstellungskunst zur Verfügung; doch was sind seine *Grüne Stute*, was so manche seiner *Contes* anderes als saftige Mären, die – mit anderen, weniger raffinierten, aber durchaus wirksamen Mitteln – auch ein Verville, ein Rabelais oder Balzac hätten erzählen können?

Natürlich sind nicht alle Erzählungssammlungen der älteren und neueren französischen Literatur gleichwertig, natürlich – wie könnte es sein? – sind sie nicht alle Kunstwerke von höchstem Rang, natürlich sind sie nicht immer stubenrein, unanstößig und »moralisch«. Aber es gibt eine gesunde Sinnlichkeit, eine Derbheit, die so natürlich ist, daß man sie, ohne zu erröten, genießen kann, wie auch kaum je ein gesunder Mensch beim Anblick nackter Kinder oder triebhafter Tiere auf »sündhafte« Gedanken kommt. Nur wo Schwüles sich breit macht, wo die Absicht zum Aufreizen unverkennbar ist, wo die mulmige, halbverhüllte Frivolität des Lasziven und Obszönen ihre Zweideutigkeiten – meist witz- und geistlos – darbietet, da besteht Gefahr. Goethes »Meister Iste« – welch gesundes Empfinden bei aller Drastik! Und wie unbehaglich wird einem bei gewissen Geistreicheleien Wildes, die doch so unverfänglich sind – von seinem »Priester und Mesnerknaben« ganz zu schweigen . . . Welche Literatur kennt solche Elaborate nicht? (Auch die französische hat sie: Paul de Kock beispielsweise.) Wer überall Unmoral wittert, darf auch nicht auf die Straße, geschweige über Land gehen. Da bekommt er auf Schritt und Tritt unziemliche Dinge zu Gesicht. Wir sind im übrigen keineswegs der Ansicht, daß unmündige Kinder die französischen Erzähler verschlingen sollen: Auch der Faust eignet sich nicht zur Jugendlektüre, ja manche Bibelstellen und Heiligenlegenden (die Geschichte der Maria Aegyptiaca zum Beispiel) sind derart ungeschminkt und drastisch, daß unreife Menschen auf arge Gedanken kommen könnten. Aber wir finden, ein gesunder Mann, eine unverdorbene, unverkünstelte Frau dürften keinen Anstoß nehmen an den natürlichen Natürlichkeiten einer Literaturgattung, die jahrhundertelang die Unterhaltung eines ganzen Volkes, hoch und niedrig, bildete, das wahrhaftig dadurch nicht im mindesten Schaden genommen hat.

Noch etwas: Die moderne Tiefenpsychologie hat die Gefahr der Verdrängungen und unterdrückten Gefühle klar erkannt und immer wieder davor gewarnt. Ihre Schriften sind voll von Fällen, in denen sich verkümmertes Triebleben pervertiert hat in allen erdenklichen Auswüchsen des Eros. Nenne man es nun so oder so, die Natur rächt sich immer, wenn ihr Gewalt angetan wird. Der Marquis de Sade wäre niemals zu seiner traurigen Berühmtheit gekommen, wenn er andere, natürliche Ventile gefunden hätte. Erst durch die erzwungene Enthaltsamkeit wurde er in seine abscheulichen Ersatzphantasien gedrängt... In unserer mit Ressentiments geladenen, mit Minderwertigkeits- und anderen Komplexen belasteten, mit restaurativen Bestrebungen verdunkelten Zeit tut uns eine Besinnung auf die natürlichen, die sinnlichen und unverdrängten Tatsachen des Lebens dringend not. Statt neoromantischer Schummrigkeit, statt introvertierter Selbstbespiegelung und wehleidiger Selbstbemitleidung täte uns allen die romanische Klarheit, die Unverblümtheit und Sinnenfreude des Balzacschen *Esprit gaulois* gut, die weltoffene, unsentimentale, männliche Hinnahme aller Herrlichkeiten des Daseins, des Jasagens zur Wirklichkeit, wie sie tatsächlich ist. Das Muckertum macht sich in zahllosen Tarnungen breit. Es kommt uns weltanschaulich, politisch, religiös, weinerlich oder ölig lächelnd. Tartuffe ist allgegenwärtig, er verfolgt seine schmuddeligen Ziele eh und je. Setzen wir ihm das dröhnende Lachen des Rabelais und seines Nachfahren Balzac entgegen. Brechen wir den Bann der finstern, dumpfen, verdummenden und letztlich brutal machtgierigen Engherzigkeit, der schleichenden Scheinheiligkeit mit dem erlösenden Wort, das alle kleinen Teufel der seelenlosen, blutleeren, kleinmütigen Feigheit vor dem lebendigen Leben verscheucht.

Die Popanze, mit denen wir geschreckt werden sollen, sind uralt und immer die gleichen. Die Hölle, die man uns heiß macht, ist eine Ablage der gleichen fanatischen Unduldsamkeit, der gleichen sturen herz- und humorlosen Rechthaberei, die einen Hus, einen Servet in den Tod getrieben hat. Sie hat mit Konfessionen nichts zu tun, sie findet sich überall, in Rußland wie in Deutschland, in der Schweiz und in Frankreich. Es ist die entseelte, hartherzige Intoleranz, die in allen religiösen und politischen Lagern gedeiht, die im trüben fischt und ihre Geschäfte insgeheim auf Kosten der gottgewollten Natur macht. Recht ist, was ihr nützt! Das meiste Leid, das die Menschheit getroffen hat, rührt von der dummen, von tierischem Ernst erfüllten Intoleranz anmaßender Fanatiker her, seien sie nun Politiker oder religiöse Eiferer, Savonarola oder Cromwell . . .

Doch all dies hat unser Honoré de Balzac in den verschiedenen Vorsprüchen und Epilogen seiner dreißig Tolldrastischen Erzählungen mit beherzigenswerter Offenheit bereits gesagt. Unser François Rabelais, in seiner gereimten Widmung an den Leser, hat es unübertrefflich ausgedrückt:

Amis lecteurs, qui ce livre lisez,
Despouillez-vous de toute affection,
Et, le lisant, ne vous scandalisez:
Il ne contient mal ne infection.
Vray est qu'icy peu de perfection
Vous apprendrez, sinon en cas de rire;
Aultre argument ne peut mon cueur eslire,
Voyant le dueil qui vous mine et consomme:
Mieux est de ris que de larmes escripre,
Pour ce que rire est le propre de l'homme.

. . . weil Lachen nur des Menschen Vorrecht ist.

Walter Widmer

VERZEICHNIS DER ABBILDUNGEN

DAS ERSTE ZEHNT

Die schöne Imperia

Die lässliche Sünde

Das Königsliebchen

Des Teufels Erbe

Die fröhlichen Schnurren und Streiche des Königs Ludwig des Elften

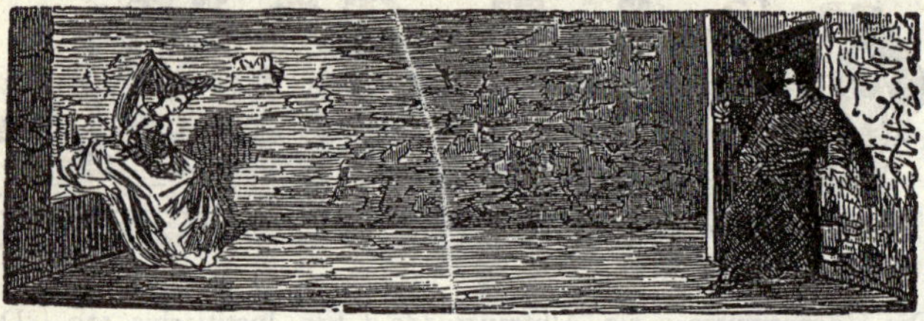

Das Weib des Konnetabels

Die Jungfrau von Thilhausen

Der Waffenbruder

Der Pfarrer von Azay-le-Rideau

DAS ZWEITE ZEHNT

Die drei Saufkumpane

DAS FASTEN DES KÖNIGS FRANZ DES ERSTEN

DIE WUNDERLICHEN REDEN DER NONNEN VON POISSY

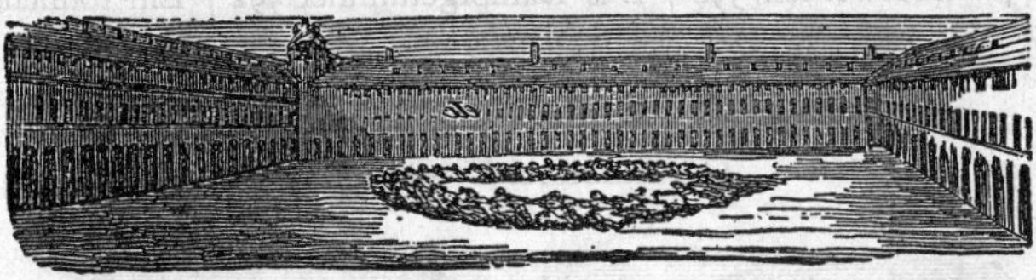

WIE DAS SCHLOSS VON AZAY ERBAUT WURDE

DIE VERMEINTLICHE BUHLDIRNE

GEFÄHRLICHE UNSCHULD

DIE TEURE LIEBESNACHT

Verzweifelte Liebe

DAS DRITTE ZEHNT

Beharrliche Liebe

Von einem Justitiarius, der kein Gedächtnis für die wesentlichen Dinge hatte

Über den Mönch Amador, der nachmals ein glorreicher Abt zu Turpenay ward

Die reumütige Bertha

Wie das schöne Mägdlein von Portillon seinen Richter nasführte

Hier erweist sich erneut, dass Fortuna allezeit ein Weib ist

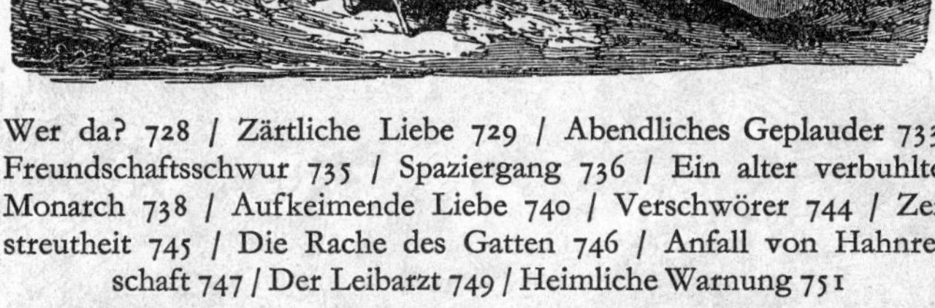

Von einem stromernden Bettelmann,
welcher der »alte Störzer« genannt wurde

Allerlei ungereimte und unziemliche
Reden dreier Pilgrime

Kindermund

INHALT